梅青（李鸣）　摄于（Buckeyes Village）2008 年冬天

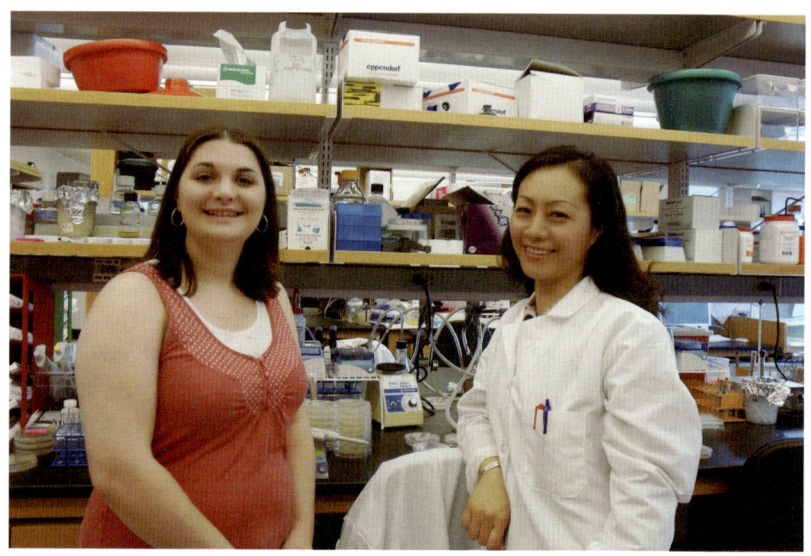

作者与同事在俄亥俄州立大学的 BRT 十楼实验室

作者与邻居们在一起（Buckeyes Village ——692 Ashtabula Ct）

梅 青／著
MEI QING

此情永驻 珍藏版

Ciqing Yongzhu （下）

沈阳出版发行集团

沈阳出版社

目 录

三十六

前些日子，戴维听保罗说到迈克意外受伤的事情。保罗说，迈克是和东方梅在一起溜冰时出的意外，迈克为了保护东方梅落得个遍体鳞伤。戴维听了保罗的话，心里便生出莫名的嫉妒来，他希望那个受伤的人换成是他才好呢！

为什么偏偏是迈克呢？戴维越想越郁闷，他日思夜想、长吁短叹，谁让人家比俺先一步认识东方梅呢？这是无法改变的现实……好在，我们相遇了！也许，我到美国来就是为着与她遇见的——

骄傲的戴维彻底沦陷在渴慕东方梅的爱情里。

当他得知东方梅住到迈克的家里去照顾迈克时又震惊又伤心。甚至，一度心灰意冷。每想到东方梅和迈克有可能是那种爱情关系，他就心急如焚、坐立不安，他想尽一切办法来说服自己不要相信他们是那种关系。可是，真实情况谁又知道呢？反正，他不希望他俩是那种关系。

因为这种复杂的心思，戴维时常不知不觉地发愣……在某个实验的空隙，他站在窗子前望着那些树叶愣愣出神；在阅读资料的某个瞬间，或是看见某个熟悉的字眼，他就浮想联翩。

那晚，戴维从手术室出来，说好要和保罗一起去健身中心游泳的，可是，当他在更衣室里听保罗那张大嘴说到东方梅去照顾迈克的事情后，忽然就没有了心思。他借口说身体不适，匆匆与保罗道别。

戴维神情恍惚回到宿舍，心情更是糟糕透顶。他一个人闷声不响喝起了白兰地（保罗存放在他那儿的一瓶白酒），启开瓶盖嘴巴对着酒瓶咕嘟咕嘟地喝，不知不觉把那瓶白兰地喝个精光……

他吐了一地，趴在地毯上睡了一个晚上。

日上三竿，戴维从沉睡中醒过来。

他坐在地毯上，脑袋晕乎乎的，一时想不起自己是在什么地方。环视整个屋子，定了定神，才缓过神来：是在美国自己租的公寓里！他抿嘴笑笑，用英文念出那所公寓的名字"Holiday House Apartment"！

有一刻钟，他怀疑自己是不是生了一场病。他把手搁在额头上若有所思，胃部发出一阵咕咕的叫声，接着，又打了一个响嗝，一股浓浓的酒气从喉咙里喷了出来……他的目光触及脚边的一只空酒瓶，这才想起——昨夜，他独自喝光了一瓶白酒。

"保罗的白兰地被我全喝了！"他不可思议地笑笑，摇了摇头。他努力地站起来，头有点晕，脚步咣当地走进厨房，伸手去推开那扇旧式的百叶窗，手伸出去的那一刻，他的胃像是被人塞进了一只拳头，整个胃都顶到了嗓门上。瞬间，胃里翻江倒海，一股又酸又臭的液体倾囊而出……他哇里哇啦地吐了一地。呕吐过后，他感觉胃舒服了许多，扶着墙慢慢地往洗漱间走去，刚打开马桶盖，又"哇"的一声吐了起来，整个人趴在马桶的边缘，黄疸水都给吐出来了。

"今天估计是去不了实验室啦！"戴维很沮丧地想，他的老板刚好去了外地出差没回来，他心里又暗暗庆幸，说了句"感谢上帝！"。

吐完之后，戴维一屁股坐在地上，背靠着坐厕，全身软绵绵的，连一丝力气都没有了。

他想给保罗打电话，在口袋里摸索了半天却找不到手机，他强打起精神走回卧室，看见手机昨夜被他扔在地毯上。他一屁股坐到地毯上，四脚朝天地躺倒在地毯上给保罗打电话，声音十分沙哑。电话那头，保罗听得大声惊呼："我的上帝，戴，发生了什么事？你声音像鬼叫一样！"

"我喝酒了！"戴维有气无力。

"大白天你在喝酒？我的上帝！你没事吧？"保罗刚查完房，回到医生办公室，他的眼睛睁得老大。

"昨夜干的——现在，我的胃难受得很。"戴维一副幸灾乐祸的语气，好像是说别人的事情。

"我处理一下手头的事情就上你那儿去，你没发烧吧？"

"我把你那瓶白兰地给干了！"戴维答非所问。

"天！是那瓶高度白兰地吗？兄弟，你得感谢上帝，好在，那酒没把你的胃烧出一个窟窿来！"

"是啊，嘿嘿……"戴维在电话里傻笑。

"好吧，等着，我就来。"保罗处理完手头上的事情，匆匆地奔戴维的住处来了。

门一打开——

"好臭！"保罗被满屋子的臭气熏得直往后退，他捏着鼻子跑去把卧室的窗口全都打开，一阵冷风吹进屋来。

保罗把戴维扶到沙发上，拿了只空杯子去水龙头接了一杯水给戴维，命令道："兄弟，喝杯冷水清醒一下！"戴维推开保罗的手嘟哝说："我才不喝你这美国佬的自来水呢！"

保罗听了大笑，拍着胸膛说："兄弟，瞧瞧，美国佬就是喝自来水身体才那么壮的！"

"拜托，给我倒一杯果汁吧！冰箱里有——我都快虚脱了！得补点维生素。"戴维指了指冰箱的方向，一脸苦笑。

"好吧，听你的。"保罗耸耸肩，屁颠屁颠地去给戴维倒果汁。保罗把一大杯果汁送到戴维手中，看着他一口气喝了个精光，又举着空杯子说："兄弟，再来一杯。"

"告诉我，什么理由让你把我的白兰地喝得一滴不剩？它和你有仇吗？"保罗举着空杯子风趣地问。

戴维叹了一口气，说："为一个女孩子！"

"一个女孩子？什么样的女孩子值得你喝成这个狼狈样？"保罗听了呵呵大笑，他长这么大还没见过一个男人为了一个女孩子喝成这样，他好奇极了。不等戴维回答他又问："是美国女孩还是意大利女孩？如果是美国女孩和意大利女孩我都可以帮你搞定。"

"中国女孩。"戴维严肃认真。

保罗"呃"了一声，耸耸肩，说："对不起，我不了解中国女孩。兄弟，这回得靠你自己了！"

"替我保密。"戴维说。

"我从未听您说过这事。"保罗呵呵大笑，又问："能不能偷偷告诉我——那个中国女孩是谁？"

"最高机密。"戴维打了一个响嗝。

"OK！"保罗打了一个响指，说："戴，今晚，我请你出去散散心。"保罗向戴维发出热情的邀请。

"散心？干吗？"戴维乜着眼睛问。

"品新酒。我一个意大利朋友在 S 州开酒庄，今晚要在酒庄举办一个盛大的新酒 party。戴，新酒 party 一般都十分热闹，俊男靓女、品新酒、跳舞、唱歌、非常的 happy。"保罗进一步鼓动说："保不齐，你还会在那儿遇上你喜欢的女孩。"

"我喜欢的女孩绝对不可能出现在那种地方！"戴维一脸鄙视。

"哈，那就当是去品新酒好了，我保证那些新酒比我的白兰地好喝一千倍一万倍。"

"我可不想当灯泡。"戴维以为保罗会带由美子同去。

"由美子不去，就咱们哥儿俩。"保罗发誓。

"那行，咱哥儿俩一同去。"戴维那口气好像人家保罗和他同是天涯沦落人似的。其实，人家保罗纯粹去给朋友捧场。

保罗开酒庄的那个朋友名叫简妮，简妮是一个热情好客的意大利女郎，她原先是保罗的一个病人，两个人你来我往便成了无话不谈的好朋友。简妮到 S 州来开酒吧已经有很多个年头了，她的酒吧装修得精致、大气、上档次，生意做得红红火火。

"我去给你叫外卖吧！吃点东西好好睡上一觉，晚上等着我过来接你好了！"保罗说。

"伙计，我还得上实验室一趟，午饭就在医院饭堂吃，你记得晚上过来接我好啦！现在，我想应该搞一下个人卫生了！"

"好吧！就这样，晚上咱们坐的士去，我绕个圈过来接你——"保罗大步流星地朝门外走去，随手关上了房门。

…………

在简妮的新酒 party 上，戴维意外地见到了和他一起在 K.L 教堂学习的意大利女孩——维多娜佳。

维多娜佳在简妮的新酒 party 上做业余调酒师——五色灯光、龙飞蛇舞，伴着美妙的轻音乐，维多娜佳的调酒技艺时而轻柔似梦、时而迅如疾风，刚柔相济、潇洒自如。

戴维陶醉在女调酒师魔幻般的调酒技艺中，丝毫没留意到那五彩纷呈的灯火后面，女调酒师朝他射来的一双火辣辣的目光。

今夜，维多娜佳浓妆盛艳，一副吉卜赛人百搭多姿的打扮——以红、黄为主色调的彩绸搭上了青、绿、金等不下六、七种的颜色，从头到脚裹成一朵五光十色的彩云。

维多娜佳这朵神秘的彩云时而飘逸、时而奔放、时而狂野，伴随着梦幻般的调酒技艺，令人眼花缭乱。

有一时间，她向戴维靠得很近很近，变换着各种精湛绝妙的技艺去挑逗他……在令人眼花缭乱的灯火中，俊美如处子般的戴维竟没把维多娜佳给认出来，随着雷声般的喝彩和尖叫，戴维被淹没在狂欢的人海中。

维多娜佳天生就是一块品酒的好材料，调酒技艺只是她的业余爱好，这个业余爱好不仅给她带来乐趣，也给她带来一笔不菲的收入。维多娜佳本身就是一个极其喜欢热闹的女孩，喜欢被雷声般的喝彩和尖叫包围，喜欢出现在重大的隆重场合，每当雷声般的喝彩和尖叫声在她耳边响起，她便获得巨大的幸福和满足。维多娜佳是一个不折不扣的不甘于安静的女孩。

说起葡萄酒，人们第一时间会想到法国。

与法国浓郁芳香的葡萄酒相比，意大利葡萄酒多了一分活泼和热情，这分活泼和热情恰似意大利女子热情奔放的性格。众所周知，有着四千多年酿酒历史的意大利，葡萄酒的出口总量一直在红酒行业当中独占鳌头，由此而诞生的精湛调酒技艺以及身怀绝技的女调酒师不计其数、屡见不鲜。

维多娜佳就是这类天生女调酒师当中出类拔萃的一个，她精湛的调酒技艺加上天生一副嘹亮的歌喉，再配上热情奔放的意大利乡村爵士乐，人们很难抵挡住这位魅力四射的女调酒师所带来的刺激和魅惑，他们如潮水般向她一齐围拢过来。

人们手拉着手跌入舞蹈的漩涡。女调酒师火辣辣的情歌、火辣辣的舞蹈、火辣辣的目光，点燃了人们心底疯狂的欲望，巅峰的热情随之燃烧……一股由女调酒师掀起的人海巨浪欢快地向戴维奔涌而来，神秘的女郎卖弄着诡秘的表情朝他唱起了意大利嘹亮的情歌："噢，我梦中的王子，我的爱人，我此刻欲火焚烧，我毫无保留、我热烈地爱上了你，来来来，我们一起唱歌、跳舞——"

女调酒师把手搭在戴维的肩上又轻轻地一把将他推开——他被动地配合着她的动作，跳起了莫名其妙的舞蹈……火辣辣的挑逗、火辣辣的爱情表白，戴维听不懂歌词的内容，却本能感知那是一种疯狂的、火辣辣的爱情表白——宛如人类听不懂鸟儿的歌唱，却能感受到鸟儿的欢乐与缠绵。

维多娜佳举手投足风情万种。

有一瞬间，戴维似乎感觉到一种非常熟悉的气息，他脸上流露出一丝讶异的表情，他正想看她一个究竟——她却像一阵风消失在搅动的人群中。未等戴维反应过来，维多娜佳又领着一群人踏着热烈的拍子，舞动着节奏欢快的脚步如潮水一般向他涌来……

灯火闪烁、眼花缭乱中，戴维忽然看清了维多娜佳的面目，他兴奋得像个大孩子，高喊着她的名字："维多娜佳！维多娜佳！维多娜佳！"

"哦，他在呼唤我！"维多娜佳风一般地扑向戴维，迅速地吻了他的脸颊……他，那一刻，呆若木鸡。

鲜红的唇印宛如一只张开着双翼的蝴蝶驻足在他红润的腮边……他怔怔地站立在舞池的中央，耳边响起了人们雷声般的喝彩和尖叫。

"怎么可以这样？"他摸着脸上那只该死的蝴蝶又尴尬又生气，他那张东方脸庞在维多娜佳眼里更加魅力四射了。

"我就是这样！"她一副胜利者的挑衅，高昂着头颅、火辣辣地乜着眼睛盯着他看。人们一阵欢快的哄笑，狂野的维多娜佳一把拉过戴维的手，打开她嘹亮的歌喉："来吧！来吧！亲爱的！——今夜，我们热烈地舞蹈！痛快地扭动着青春的躯体！噢，请给我来一杯意大利美酒！来吧！来吧！亲爱的，你不可以有半点儿犹豫，良辰美景即将过去……"

"来吧！来吧！来吧！"人们重复着简单热烈的歌子，狂热地舞动着，时而像一条扭动的巨龙，时而形成一个巨大的舞的漩涡，维多娜佳欢快地把戴维拽入漩涡的中心。

歌罢舞歇，他俩站在舞池的中央，他下意识地与她保持着距离，客气而礼貌对她说："你的舞蹈真是漂亮。"

"我的一切都很漂亮，不是吗？"维多娜佳笑得比蜜还甜，她目光灼灼、俏皮而大胆地看着他，意味深长地问："戴，我今晚像不像一个新娘子？"

他回答她说："你更像一个热情奔放的吉卜赛女郎！"

"你知道我想要的答案——"她柔情蜜意望着他。

"我不知道，去问你的新郎！"戴维说着就要离开，维多娜佳一把挽住他的手臂，一副挑衅的目光盯着他："如果，你就是我的新郎？"

"哦，维多娜佳，你喝多了！"戴维乜着眼睛看着她说："我去给你倒一杯冰镇的果汁。"

他撇下她离开了舞池，去给她拿了一杯冰镇果汁。他俩来到舞池边上的一条长凳上坐下。

"戴，问你一个问题。"维多娜佳一口气把杯子里的果汁喝完。

"问吧。"他看着舞池笑。

"我有吉卜赛人的秘密武器你信不信？"她满脸认真。

"什么武器？"他满脸惊讶。

"'塔罗'（TAR）①和'金盏草'②。"她俏皮地回答。

"那又怎样？"他听不明白。

"吉卜赛人最有魅力的爱情武器——喏，就是这个。"维多娜佳从口袋里掏出一张扑克牌和一只狗尾草做的指环，她把那对玩意儿举到戴维的跟前。戴维觉得她在故弄玄虚，一脸不屑。

"小姐，我不是三岁小孩，我不喜欢玩白雪公主和王子那类游戏。"

"先生，请您别小看这些小玩意儿，它的功效可是厉害着呢！"戴维轻慢的态度让维多娜佳很不服气，她得意扬扬地对他说："知不知道？这两件宝贝是被施了魔法的！如果拥有了它，你就可以轻而易举去俘获爱人的芳心。"最后一句话，她加重了语气。

"哈，有这么厉害？"戴维表示惊讶，他立即想到东方梅。维多娜佳好像看穿了戴维的心思，望着他一脸诡秘的笑。

---

① 吉卜赛人的 TAR——吉卜赛人喜欢用来占卜的扑克牌。

② 金盏草——金盏草是吉卜赛人的一个爱情道具。

"要不，你拿去试试？"她说。

"嗯，小姐，这玩意儿你还是留着自个用吧！咱们不如继续舞蹈？"戴维呵呵一笑，潇洒地站了起来，向维多娜佳发出邀请。

"好，咱们跳舞！"维多娜佳笑道，不由分说拉起戴维的手，旋风般卷入了舞池。

舞池的音乐由慢节奏变作激烈的摇滚——一群美国大男孩大女孩，疯狂地舞动起来。

…………

歌罢，舞停。

调酒师维多娜佳撇下戴维一声不吭走了，戴维独自坐在 party 的一角，保罗从进入酒庄的那一刻起，不是陪老板娘见客人就是和酒友们谈天论地，完全把戴维抛至脑后。

当戴维再次见到维多娜佳的时候，她已经洗尽铅华成一副可人的素颜，和刚才那个热歌劲舞吉卜赛女郎的装扮判若两人——她一身洗白的淡蓝色牛仔，上衣短巧，内衬一件荷叶立领的藕色衬衣。

维多娜佳神清气爽地举着杯子走到戴维跟前，指指戴维身边的空位子俏皮地问："先生，可以吗？"

"随你。"戴维话音未落，维多娜佳一屁股坐在戴维身边的空位子上，她满脸的幸福和满足。

"你还在继续品新酒吗？"戴维问。

"这不是新酒，see——"维多娜佳嫣然一笑，让戴维看她酒杯里微微泛黄的液体，说："这是酒的天敌——Digestive Enzymes（一种解酒酶）。先生，我是调酒师也是舞者，调酒和跳舞我都是很敬业的。"

"OK！为你的敬业干杯！"戴维举杯和维多娜佳碰了一下。

"戴，你知道吗？我很喜欢中国的脸谱，如果我今晚能画上中国脸谱，你肯定认不出我！"维多娜佳得意扬扬。

"中国脸谱？"戴维有一点惊讶，他没想到一个地道的意大利女郎，也知道中国脸谱这个民俗文化。

"对呀，就是中国脸谱。很奇怪吗？"她朝他嫣然一笑，说："我不但喜欢中国脸谱，我还非常喜欢中国京剧，那个唱腔、那个调调，真是迷死了人的耳朵。嗯，可惜，我听不明白。戴，除了脸谱、京剧，我还非常喜欢中国的刺绣、中国的古建筑——长城！在我眼里，中国是'谜'一样的国家。戴，如果有朝一日，你能陪我一起到中国去旅游吗？朋友？"

维多娜佳对中国的热爱着实让戴维感动，但是，她忘了戴维有朝一日若要去中国，是回家不是她说的去旅游。

"维多娜佳，有朝一日，你若去中国旅游又不介意我不是专业导游的话，我很愿意为你服务——不过，你得付我薪水，可以吗？维多娜佳小姐。"戴维俏皮地笑问。

"噢，我的天！我太幸福啦！戴，我一点都不介意。当然，我也不会付给你钱的。"她说罢开心地大笑。

"难道意大利女孩都像你这样的吗？"戴维故作很惊讶的语气，他自觉这个问题问得太绝了，她一定找不出答案来。在他得意扬扬之际，她望着他含情脉脉地说话了。

"戴，你可能不明白，对于我们意大利人来说，没有爱情的生活是不可以想象的。特别是意大利南方人，噢，我就是那类典型的意大利南方人——一个待婚的姑娘。"

维多娜佳说这话时脸忽然红了。戴维很纳闷，她为什么要对我说这些莫名其妙的话？

接着下来发生的情形让戴维更加懵懂，维多娜佳忽然向他大侃意大利人的爱情观……

保罗举着酒杯忽然出现在他俩的面前——刚好路过的他，从维多娜佳口中听到了意大利那句著名的爱情宣言（没有爱情的生活是不可以想象的）。

保罗朝戴维眨眨眼睛，调侃道："兄弟，如果我没听错，一只美丽的爱情鸟正对着你歌唱。"

维多娜佳满脸通红、目光异样地瞟了戴维一眼，戴维望着维多娜佳一脸的莫名其妙。保罗站在一旁，呵呵大笑，他说："伙计，散场吧！今夜，恐怕有人要为爱情一夜难眠了！"

"谁？"戴维傻傻地问。

"问问这位好姑娘！"保罗指了指维多娜佳笑道。

"噢，保罗先生，我只是说了一句意大利人的名言而已。"维多娜佳耸耸肩、看着戴维温柔地笑。

这晚，维多娜佳正如保罗所说——因为爱情，维多娜佳一夜难眠。

三十七

　　月亮露出弯弯的脸蛋儿，戴维接到维多娜佳的电话——盛情邀请他前去参加她家举办的周末 party。

　　刚好，戴维这个周末没有什么安排，K.L 教堂的英语学习活动因为迈克的受伤暂停了一周，百无聊赖的戴维爽快地答应了维多娜佳的盛情邀请。他想兴许在维多娜佳的 party 上还能多认识几个意大利新朋友。

　　那晚，戴维穿着一套正式的西装，路过花店时买了一束鲜花和一盒比利时巧克力。

　　戴维按响了维多娜佳家的门铃，维多娜佳出来给他开了门。

　　维多娜佳的住处算不上宽敞却布置得极是温馨、浪漫，粉色的窗帘、粉色的沙发、粉色的台布，整一个粉色的天地。柔美的光线，若隐若现的背景音乐，圆形餐桌中央一只黑色波纹状高脚花瓶里插着一束红色的月季，满屋子的空气飘荡着月季花淡淡的清香……屋里的一切，恰到好处地烘托出这位意大利年轻女郎的生活品位：温馨、浪漫、诱惑。

　　红色的月季下，摆着意大利的红酒和刀叉、欧式的培根、烧烤小牛肉和浇上草莓色拉的蔬菜。这是一个微型私人 party，整个 party 只有戴维和维多娜佳两个人。

　　朦胧的灯火中，维多娜佳穿了一件闪着亮光的黑色吊带短裙，香肩尽露，纤纤玉臂性感、漂亮，白皙的颈根上戴着一串精致的 Chanel 项链，香腮上足了粉色的胭脂。

　　香灯、丽人、美酒、令人魅惑的乐曲……维多娜佳满脸掩不住的幸福。她丰盈性感、含情脉脉，不言而喻，他俩目光对视的刹那，戴维有一种恍惚和不安。

"她真美!"戴维由衷地赞叹。

其实,戴维赴维多娜佳之约内心并非没有芥蒂,他之所以欣然前往,其缘由连他自己也闹不明白。当他得知东方梅前去照顾迈克的起居时,内心一直很受刺激,他被一种不可把控的情绪折磨着,挥之不去,拂之又来。他极不情愿相信东方梅和迈克是那种关系,每想到东方梅和迈克待在一起,他的心情就会很乱、很烦……他渴望有一个局外人可以倾诉,可以让他发泄一下怅然的情绪。但是,在这个偌大的陌生国度里,他的身边既没有挚友更没有知己,他能向谁倾诉呢?保罗吗?不可能!

对于美酒,维多娜佳和戴维在某种程度皆属于豪饮之人。以酒量而论,维多娜佳比戴维更胜一筹,这个自幼在酒庄里长大的意大利女孩,不仅酒量了得,酒品更是一等一的豪爽,在酒精的微妙作用下,维多娜佳和戴维不知不觉敞开了各自的心扉。

她含情脉脉,他大吐苦水。

戴维对那个"她"一往情深,激起了维多娜佳极大的好奇。女性的第六感很敏锐地告诉她:戴维陷入了不能自拔的爱情。戴维这点情形和维多娜佳的确是同病相怜,但,他们不可能相互安慰。谁叫维多娜佳爱上的是戴维呢?酒喝得酣畅淋漓,维多娜佳又伤感又失落,醉幽幽的她颇为侠义地对他说,为了爱情她愿意帮他出谋划策——话说出口,她内心一片黯然。面对满脸虔诚的他,她暗自感叹:为什么你爱的不是我?

维多娜佳闷声不响,独自喝了一杯又一杯。

"她很性感对吗?"维多娜佳喜欢用"性感"来形容女性的魅力。戴维不予苟同,他认为用"性感"来形容东方梅丝毫不足以体现他对她的爱。而且,还会玷污了她的高贵。虽然,她很美也很性感,但她的性感和一般女子不同,她是深刻而有内涵的,而她们是肤浅而空乏的。

"不对。"他的舌头有点打结,维多娜佳家的酒后劲很足。

"漂亮时尚?"她醉眼蒙眬地追问。

"嗯，好像也不完全是这样——"他似是而非地摇摇头，指着自己的心口说："总之，她让我的心跳加快！"

"哈！我肯定，你的心早被丘比特的爱之箭给射穿啦！"维多娜佳的文学修养一点都不逊色，她笑得满脸桃花，大声地对他说："戴，我怀疑她会魔法！吉卜赛人的魔法！这下你完了！"

"嗯，为什么她爱的是别人不是我呢——？"他面带苦楚，声音宛若呻吟，他的帅气和他声音都十分令人心醉。

"你确定她爱上了别人吗？"维多娜佳深深地看着戴维。

"我……确定？不确定！谁知道呢？"戴维在维多娜佳面前语无伦次地比画着，他真是醉了。

"这么说你没有机会啦？"维多娜佳幸灾乐祸地呵呵大笑。

"我不同意你这么说……No，never——！"戴维使劲地摇晃着手指，醉眼蒙眬但语气却相当霸道："Never——！"

因为酒精的作用，两位醉鬼继续有一搭没一塔地说着话。

"告诉我——女孩的名字？"维多娜佳问。

"这是一个秘密！"戴维的脑袋耷拉下去了。

"让我摸摸你的心跳！"她的手向戴维伸了过来，戴维拿起着酒杯给挡住了，说："别碰，一碰，我的心就碎了。"

"呵呵呵……原来，你有一颗玻璃心呀！"维多娜佳开心地叫道。

"Cheers！"戴维一头倒在餐桌上。

"Love like a good meal brought cheer to our hearts！"（爱情就像一顿美餐让我们心中愉快）维多娜佳眯起好看的眼睛哼了一句，接着，一头倒在餐桌上睡着了。

他俩各自伏在餐桌上迷糊睡去了一阵子。

维多娜佳毕竟酒量了得，迷糊了一阵先醒了。有一瞬间，她的内心很冲动，很想去抚摸戴维那一头浓密的乌发，很想去拥抱他……她葱白一般的手指刚刚触到他的头发尖儿，他忽然醒了过来。

朦胧的灯火照着维多娜佳一对含情的美目，她起身笑意盈盈地朝戴维走了过来——两腮香艳、粉如桃花，轻纱裙钗下宛如无骨曼妙的腰肢，丰挺的胸部若隐若现，她性感十足、香气逼人……那一刻，戴维的内心涌起一阵莫名其妙的冲动，他浑身燥热，脉管里的血好像在沸腾、燃烧。

　　他紧盯着她看——喉咙和咽部干渴极了——他的面前摆着一杯冰镇果汁，刚才，他特意向她要的……这会儿，那杯果汁就像是与他结了仇似的，被他一把拿起恶狠狠地喝了个精光。

　　冰镇的果汁让他的大脑稍稍清醒，他避开对方射来的火辣辣目光，起身离开餐桌，脚步有些踉跄地奔到窗子前，双手一把把窗子推开——春寒料峭，夜风猎猎地灌了进来，窗帘打在他的脸上……他一个激灵，完全清醒了过来。

　　在这个充满诱惑的春之夜，在极其温柔的悬崖之边，他，戛然止步；维多娜佳红着脸儿说要去冲一个热水澡，戴维起身借说夜色已深，急忙向年轻的女主人告辞。

　　周一的上午，戴维在去医院取标本的路上遇上了维多娜佳，一向热情似火的她变得冷若冰霜，他刚想和她打招呼，她瞟了他一眼，好像不认识他似的，一声不吭，扭头就走。

　　"我怎么得罪她了？那晚还说得好好的！"他回想周末那晚他俩一番推心置腹的长谈，真有一点儿尴尬。毕竟，他酒后吐了真言。然而，他心里还感念着她的侠义心肠呢，她今儿却翻脸不认人了。

　　戴维回到科室见到保罗，第一时间把维多娜佳上周末请他到她家去参加party 和今天早上所遭遇的冷遇给保罗说了，保罗听了呵呵大笑，反问戴维说："哥们儿，你是真的傻呢？还是假的傻？一位青春正好、热情万丈的意大利女孩单独约你共进晚餐，难道你真的不明白人家姑娘的心意？你呀，活该被人家冷落！哼，连我都要鄙视你了，不解风情！"

　　"不解风情？你当我是什么人啊！我的心思全向维多娜佳坦白啦，她还说要帮我出主意的呢！亏我当她作自家哥们儿了！"

"她不是哥们儿，是姐们儿。"保罗笑嘻嘻地纠正道，他说："戴，你可别看维多娜佳表面上对你一副行侠仗义的样子。我敢打赌——她心里一定是爱上你啦！兄弟！"

"不可能！我不想和你打赌。"戴维一脸不屑。

"好，咱们不打赌，那我替你分析分析？"保罗说："正如意大利语所说的那样——意大利人没有爱情的生活是不可想象的。维多娜佳是一个典型的意大利人，而且，是一个风情万种的意大利南方女孩，她热情浪漫、不拘小节……据我的经验，这类女孩是很容易坠入情网的。"

"这和我有什么关系？"

"人家喜欢你呀！"

"保罗，你又绕回来了，没意思。"戴维嘴角一撇，耸耸肩。

"兄弟，我还没把话说完呢！情况并非像你想象的那么简单。"保罗用一副老油条的语调说："意大利人历来很重视家族的感情，年轻人自由恋爱，双方就算是到了谈婚论嫁，如果没有得到家族之间的支持和认可，就算是私下想喜结良缘，恐怕也要比登天还难。所以，就算是维多娜佳对你热情万丈、如胶似漆，也未必就见得人家想和你喜结良缘。兄弟，我这么说你还不明白吗？"

"你越说我越糊涂了！我对维多娜佳根本就没那个心思——我怎么可能会考虑和她喜结连理呢？兄弟，我发誓我从来就没有过那样的想法！"戴维愤愤地说，他看上去一脸烦恼。

"我说的是维多娜佳。没说你，唉，真是榆木脑瓜！"保罗一脸无奈，摊开双手，耸耸肩，冲戴维说："说白了，人家不过就是想和你谈一场恋爱而已，一夜风流，知道不？"

说完，保罗大笑。

"天！你是说她想和我搞一夜情？"戴维差点骂出粗话来，他愤懑地对保罗吼道："她怎么可以这样想呢？"

"戴，你不会告诉我，你还是一介童男吧？"保罗诡秘地笑。

"我？我当然就是一介童男！怎么啦？"戴维生气了。

"好吧，你是一介童男。反正，说到底还是你的问题。"保罗一副息事宁人的态度。

"我能有什么问题？"戴维瞪着眼睛看保罗。

"对我们来说——噢，我是说西方人，我们并不认为婚前多交几个异性朋友是什么坏事，不过是提前获得生活经验而已。当然，你若是已为人夫那就另当别论啦，家庭是非常重要的，NO.1。婚后，我们绝对把家庭放到第一位，是绝对的第一位。"

"噢，那是你们西方人的方式。我——戴维，得为我的爱人在婚前守身如玉。"戴维得意扬扬。

"中国方式？"保罗拍拍戴维的肩膀说："兄弟，那就按你的中国方式来吧！别理维多娜佳好啦！OK？"

"OK！"戴维大声地笑道。

现在，戴维认为维多娜佳已经非常明白他的态度了，他们的交往也就到此结束。不想，才过几日，戴维打开邮箱却意外地收到维多娜佳的一封邮件，她在邮件里问他：为何礼拜一没见他去教堂参加英语学习？问他是不是生病了？字里行间流露的尽是柔情和关怀。维多娜佳的书信与那日的冷淡天地之别，戴维十分纳闷。

戴维这周一没去教堂参加学习的原因，是国内来了几个好朋友，他陪朋友们一起到佛罗里达旅游去了。对于维多娜佳的关心，戴维没把她放在心上，他很客气地给维多娜佳回了一句话："谢谢关心，我很好，非常忙。"

收到维多娜佳邮件的当天，戴维去动物中心的路上意外地遇上了维多娜佳，她好像是专门跑来与他偶遇的。保罗说，戴维出门不久维多娜佳就来电话找过戴维。见到戴维，维多娜佳的表现好像是什么事都没发生过一样（其实，他俩也没发生什么实质的事情），她又盛情约戴维去参加她家的周末party。

有了上次的经验，戴维谨慎了许多。他推说实验太忙实在是离不开，很礼貌地回绝了她的邀请。那段时间他的确很忙，为了完成一系列重要的实验，除了吃饭，他几乎都泡在实验室里。维多娜佳不理会戴维的回绝，给他丢下一句话说："好吧，我等着你有时间的时候再来约你。"

戴维没把维多娜佳这话放在心上，他从教会学友那儿了解到迈克的身体已经恢复健康，估摸用不了多长时间就能在 K.L 教堂见到东方梅了，他为此高兴了好几日。现在，见到东方梅对戴维来说，就是人生最大的幸福、最开心的一件大事。

戴维万万没有想到这件幸福的事情提前降临了。

周五的中午，BRT 有一个综合学术会议，戴维去参会时遇见了裴金涛，会议中场休息时，裴金涛和他谈到下周一上午要送儿子去医院做手术的事情，说刚好有一个重要的实验不能离开，妻子佟小慧又没有拿到 S 州的汽车驾照，裴金涛正打算向教会的兄弟姐妹求助。

戴维听了这事拍着胸口对裴金涛说："裴大哥，送成成上医院的事就包在我身上了！"

"你真的可以帮我送成成上医院？"裴金涛喜出望外。

"就算没时间，俺发誓——也得挤出时间来！"戴维心里高兴得像滚开水般咕嘟咕嘟地冒气泡。他这话一点不假，特别是"挤出时间来"这两个字，绝对是发自他的内心——谢天谢地，裴金涛给他提供了这么一个能见到东方梅的宝贵机会。

"裴大哥，梅小姐是成成的医疗翻译吧？"戴维怀着极其兴奋的心情迫不及待地向裴金涛确认这个重要的信息。

"是的，我已经给梅老师发邮件了。"裴金涛回答说。送儿子上医院的大事得到落实，裴金涛舒了一口气，他非常感激戴维慷慨的帮助，他向戴维作揖说："谢谢啦！戴维兄弟。"

"裴大哥，应该是俺谢您才对！"戴维内心的幸福洋溢在脸上，裴金涛当他是客气了。

"一切都是上帝奇妙的安排！阿门！"陷入爱情的戴维忽然发觉信仰上

帝是一件非常幸福的事情，就像牧师所说的那样："在我们生命当中，发生的每一件事，遇到的每一个人，并非偶然，一切都在上帝精美的计划当中。"

下周一就能见到东方梅了，戴维幸福了整个周末。

他春风满面，喜气洋洋，步行去实验室加班，一路上，他嘴角儿微微上翘莫名其妙地傻笑。

"这个世界真是可爱！"他边走边笑，目光所及之处花儿盛开、蜂飞蝶舞、春光大好，他对迎面走来的每一个人都笑脸相迎，无论是熟人或是陌生人，他一边走一边很陶醉地哼起了一首很旧的歌曲《我们的生活充满阳光》。

这是八十年代一首著名的爱情歌曲，优美的旋律令人听得心花怒放，戴维就是听着这首优美的旋律目睹他大哥、二哥陆续地走向幸福婚姻生活的。今天，戴维很高兴、很开心，自然而然就哼起了这首优美的老歌——

"并蒂的花儿竞相开放，比翼的鸟儿展翅飞翔……"

戴维历来自以为崇向理性和严谨，他讨厌无聊的煽情和空谈，就像他的职业一样，他是一介优秀的外科大夫，他的手术活儿干得利索、漂亮，他希望他的爱情同样漂亮、潇洒。

自从遇见东方梅之后，他发现情况发生了微妙的变化——他似乎失去了往日的理性和果断。在她的面前，他变得优柔寡断、甚至六神无主。他强烈地感觉到：他好像没有从前那么干练和潇洒了。

他幻想以最完美的状态出现在她面前，英俊、潇洒、智慧、幽默、风趣、多才多艺、才华横溢……这类体现男性魅力的词有多少要多少，他一点都不介意把它们统统地发挥在自己的身上，他想留给她最美好而深刻的印象。可是，一旦遇见了她，情况又发生了改变，他完全忘记了事前的种种预演和设计，他被她美好的神韵和优雅的谈吐弄得神魂颠倒，他不知道该对她说些什么好，甚至连基本的礼貌都快要忘记了，他变得傻愣愣的……这种不争气的情形，着实让他感到十分苦恼。

俗话说人靠衣装马靠鞍。戴维第一次感觉到衣装十分重要，他注意到东方梅是一个十分懂得穿衣的女子，她的每一套衣服都穿得得体、上品位。戴维开始注意自己的穿着。同时，他也很注意纠正自己大大咧咧的毛病，学会安静地倾听、悉心留意东方梅有什么特别的喜好，关于她的种种信息……只要有机会见到东方梅本人，他都会竭尽全力地争取在某个事情上与她产生共鸣。

戴维喜欢看《动物世界》，这个环球经典的电视节目被他从中国一直看到德国再从德国看到美国，不同的语言从不影响他对节目内涵恰到好处的理解和诠释。无论多忙，他每集必看，他将男性的实力较量比作最高的"丛林规则"——他认为，男人必须以实力取得在社会上的一席地位。同样，男人也必须以实力赢得异性的爱情。

这类观点被他在不同场合大肆宣讲，颇为洋洋得意。

然而，认识东方梅之后戴维忽然认识到：这类爱情观点十分庸俗和拙劣。他常常反思，这种用所谓的实力去征服异性的爱情与文明世界对浪漫爱情的诠释是格格不入的。他还深刻地认识到：他必须得改掉以往那种粗俗的思维，包括粗俗的、不文明的口头语言。

戴维似乎对爱情的浪漫性有了更深的理解，他觉得很有必要把丢弃多年的文学爱好拾掇回来，他骨子里原本就是一枚有梦想、懂浪漫的文艺青年，他不能把这个高雅的爱好给丢了。

"来自不同世界的两个人是不可能产生爱情的。"这是戴维遇见东方梅之后得出的另外一个观点。

在和东方梅短暂的接触中，戴维认识到：要获得东方梅这位高贵优雅、美丽知性女士的爱情，必须得具备和她一样丰富的内涵和优秀的特质。戴维清醒地认识到：亲爱的东方梅女士对一介只会舞弄手术刀的外科大夫，是不可能产生爱情的。

爱情，可以让内心卑微的人变得自信；爱情，也可以让普通寻常的日子变得光华灿烂。坠入爱情的戴维尝试着去体验这种神圣的自信，去享受这种被爱情光环照耀的光华灿烂的日子。

现在，戴维下班回到公寓，第一时间就跑到镜子前自我审视起来：嗯，这张脸盘有点儿大，下巴如果再尖一点会更好，眉毛有点儿粗，眼睛还行，双眼皮、够大，鼻子够挺，嘻嘻。

戴维在镜子前转悠，一副自我陶醉的样子。

有女孩曾经对戴维说他长得有几分像新生代的男明星胡歌，也有女孩说他从侧面看更像香港巨星刘德华。刘德华是谁，东方梅应该是知道的。戴维猜想像东方梅这类有品位上档次的女孩，大多不会去看无聊的古装戏，不像他戴维，逮着什么影片都看，什么歌都跟着唱，甚至对古装武侠片还怀有几分热爱。

"万能的上帝啊！能不能今夜托一个梦来告诉我：她到底喜欢哪一类型的帅哥啊？俺妈生俺就这样了！我也没办法啊！"

戴维很虔诚地祷告起来。

虽然他不是基督徒，不知道这样祷告管不管用，反正他祷告了，很认真也很心诚的样子。

"无论如何，亲爱的梅小姐，咱们就要见面了！"戴维冲着镜子做了一个鬼脸。

自从接受护送成成上医院的任务后，戴维熬过了两天两夜，好不容易等到星期天的晚上。他吹着口哨完成了夜间的洗漱，非常幸福地躺在床上准备进入甜美的睡眠。

忽然，他想起了一件非常重要的事情。

他一骨碌起床，翻箱倒柜去找一套明天穿的衣裳。他从小到大对穿衣打扮从未有过如此上心、着急，浅灰色的西装穿在他身上适合不过——得体大方、笔挺帅气，白色的衬衣打上粉色条纹领带，新皮鞋擦得乌黑锃亮。

"妥了！"他站在镜子前左看右看、得意扬扬，想起老乡加老同学夏倩倩说过的一句经典名言："西装，永远是男生最佳的战斗武器。"

戴维对夏倩倩的着装艺术佩服得五体投地。他把一份简单的护送工作当成了与情人的高级约会。

行头选好了以后，戴维怀着美好的心情愉快地进入了梦乡。

凌晨五点一刻，戴维忽然醒过来，怎么也睡不着了。他索性起床、洗漱、早餐、更衣、打扮。穿好了西装，打好了领带，站在镜子前左照右照，总觉得哪里有些不妥——忽然，他眼睛盯着头顶上翘起来的一绺头发，哭丧着脸儿叫道："我可怜的头发啊！"

他那头乌发就像夏天疯长的茅草，头顶冷不丁有一小绺头发直愣愣地翘着，像极了画眉鸟屁股上高高翘起的尾巴。

"简直就是一只发情的红雀鸟！"他苦笑着自嘲。咋办？他心里很是着急，一屁股坐到沙发上，抬起手腕看了看表：还好，没到六点！还有大把时间！一个大胆的念头从他的脑幕一闪而过，他兴奋得从沙发上跳了起来。

对面公寓住着一位中国小伙，名叫朝阳。前些日子，戴维曾热心地帮朝阳小兄弟剪过头发。在美国，大部分华人都不会去理发店修剪头发，特别是有家庭的人家，丈夫的头发大多数妻子亲自修剪。在生活当中，同胞之间相互帮忙修剪头发是一件十分常见的事情。尽管，很多国人在国内从未有过动手去帮别人修剪头发的经验，然而，到了美国给别人修剪头发这手艺儿竟无师自通。

戴维火急火燎地拨响了朝阳小兄弟的手机。好一会儿，电话那头传来小伙子含糊不清的声音："哈罗，什么事，老戴？这么早就呼我——"

"朝阳兄弟，救急！"戴维一句话让朝阳彻底清醒过来。他一骨碌地坐起来急切地问："你家着火了？"在美国经常听到火警的鸣笛，戴维的电话当真把朝阳吓了一大跳。

"小兄弟，就算我家着火也用不着往你那儿打电话呀！兄弟，今儿我还真有比着火还要紧的事情找你帮忙呢！"

"帮什么忙？反正我都给你闹醒了——"朝阳打着哈欠嘟嘟哝哝。

"帮我理一个头发。"戴维火急火燎地说。

"理发？毛病，老戴，我没听错吧？这头发就不能等到天亮再理吗？"朝阳一头倒下又要睡觉。

"要是等到天亮就迟了！十万火急！求你啦！朝阳兄弟！"戴维的语气

听上去十万火急又令人啼笑皆非，他不由分说地给朝阳下达命令："兄弟，请你赶紧把理发工具准备好，我五分钟之后就到，赶快。"

"毛病。"朝阳嘴上说着立即起了身。五分钟之后，戴维准时来敲门，朝阳把剪头发的工具、椅子、地盘儿都给准备妥当，戴维十分感动地走过去拥抱了朝阳，说："朝阳，你真是我的好兄弟。"

"干吗想着一大早就要理头发？难不成你理个头发都要挑时辰？"朝阳打趣道，他在一张报纸上掏了个洞，把报纸套到戴维的脖子跟上，权当是罩衣，遮挡修剪下来的碎发。

"嗯，你爱这么想也行。"戴维看上去心情特别愉快。

"大哥，您这句'爱这么想也行'是啥意思？"朝阳理发的手停在半空，他好奇心十足。

"别停下来啊！我可要赶时间的——快，赶紧理发，我以后告诉你。"戴维火急火燎地催着。朝阳又埋头给戴维理起头发来，边理发边咕哝，"戴大哥，别怪我没提醒你，若是为了去会女朋友，你得去发廊整个漂亮的发型，我这手艺可不行……"

"哈，兄弟，瞧你啰里啰唆的，还真给你说准了！不瞒你说，俺就是去会女朋友的，你说这个时辰我上哪儿找理发店啊？"

"戴大哥，你真的是去会女朋友啊？"朝阳的手抖了一下，说："完了！完了！"

"完什么完？没完，抓紧点儿，好兄弟，天就快要亮了。"戴维的心情好到了极点。

"哦，你不介意就行。"朝阳嘟哝道。朝阳兄弟动作麻利地帮戴维理好了头发，两个人一前一后，一坐一站，对着镜子看：镜子里，戴维两鬓的头发明显不对称，左边的剪短了，右边的有点长。为了平衡，戴维坐在镜子前亲自指挥朝阳兄弟进行了一番补救。

头发落了一地，戴维的新发型隆重出炉。

戴维照着镜子仔细看：发型虽然没有专业理发师的水准，但，大体还看得过去。猛然一看：颇有几分外星人的雏形，嗯，不乏新潮、时尚。

"还行。"戴维站起来把报纸摘掉，拍了拍身上的碎发，内心对朝阳兄弟充满了感激。他乐呵呵地自我调侃："这超级恐龙式的发型比刚才那翘着尾巴似的红雀鸟好多了！朝阳兄弟，改天俺把你嫂子娶回家来，请你去'香港百汇'吃满汉全席！"

"戴大哥，你请我去吃法国大餐好了！"朝阳兄弟的理发手艺得到戴维的肯定，心里十分高兴。

戴维回到公寓把西装穿上，重新站到镜子前。忽然，灵感来了！他脱下一本正经的西装，换上一套酷酷的西部牛仔装。"这才叫绝配呢！耶——！"他开心得跳了起来。

装扮完毕，戴维开着车子直奔裴金涛的家。

他刚把车子停在裴金涛那个院子的客人停车位上，佟小慧母子俩便从家里那条两旁堆着积雪的小道上走了出来，成成的右手臂上打着厚厚的石膏，小家伙见到戴维，一路小跑，高兴得大声叫："戴哥哥——！"

"小心路滑！"戴维大声叮嘱道。

"戴大夫，真是麻烦你了！"戴维特地来送母子俩上医院，佟小慧心里很是感激。

"举手之劳。"戴维微微一笑，说："小慧姐，别客气，您以后叫我的名字好了，叫小戴也行。"戴维看见成成上了车，便叮嘱他："成成，记得把安全带系好。"

"哎呀！戴哥哥！"成成盯着戴维的发型大叫了起来，"你这发型看上去好酷耶！"孩子最有审美的天赋，成成的话让戴维听了心里高兴，便问："酷到什么程度？"

"像超级恐龙一样酷！"成成满脸羡慕。

"超级恐龙？天啊！真的很酷！"戴维往车的玻璃窗瞟了一眼：两边颞部的头发修得过短，头顶上的头发像山脊梁一般凸起来，活脱脱的一只超级恐龙的造型。他暗暗佩服孩子的眼力，小声问小家伙说："哥哥这个发型好不好看？”

“好看！”成成响亮回答。

“小孩子别乱说话。”佟小慧轻声责备儿子，她看了一眼戴维的发型，笑道：“没错，有点像恐龙。”

“小慧姐，像恐龙好啊！我喜欢！”戴维笑呵呵地启动了车子。

“哥哥，我们班有一位非洲裔同学，他的头发就剪成您这个样子，全班的女生都爱死他了！她们都想做他的女朋友。”成成说。

“真的吗？听你这么说，哥哥更加高兴了！”戴维伸手去摸了一下成成的脑袋。

“哥哥，你是不是要中桃花运啦？”小家伙调皮地问。

“小孩子家家懂什么桃花运呀！别乱说话。”佟小慧轻声呵斥儿子。

“小慧姐，您还别说，现在的孩子比我们那会儿早熟，什么都懂。”戴维小声地逗成成说：“成成，你的发型也很酷啊！像一只铁铲，你们学校有没有女生喜欢你？”

“没有。”小伙子警惕地瞟了妈妈一眼，小声回答：“我要是有女朋友，我妈非打死我不可。”

“又胡说了。”佟小慧小声呵斥。成成调皮地朝戴维伸出小舌头，两人偷偷地笑。

戴维的车子刚驶入医院的停车场，几乎是同一时刻，东方梅的车子从停车场的另外一个入口驶入了停车场。

东方梅下了车，戴维和佟小慧远远看见了她：今天的她竟也是一身淡蓝色的牛仔装束，脖子上围着一条白色漂亮的针织围脖，乌黑的头发在后脑勺上绾成一个优雅的发髻。

看见东方梅的刹那，戴维的胸口就像是奔跑着一只调皮的小鹿。尽管早就有心理准备，一旦见着她本人，他还是莫名其妙地有点紧张，他极力克制住内心的紧张，迈着故作轻松的步伐向她走去。

东方梅看见是戴维颇有些意外。

"你好，梅小姐。裴博士走不开，我来送成成。"戴维微笑着解释，同时，向她伸出手。

她和他轻轻地握了一下手。

"谢谢你，戴先生。"她说，目光落到佟小慧母子身上，笑道："小慧姐，成成，咱们又见面了！"

"姐姐好！"成成兴高采烈地去拉东方梅的手，迫不及待地向她求证他最关心的球讯："姐姐，我听说'湖人'队要来S州比赛是真的吗？"

"当然是真的。我们的学报都刊登了这个消息，你的偶像科比也来了。"东方梅笑吟吟地回答说。

"太好了！"成成高兴得跳了起来。

"走吧！"东方梅拉着成成的另一只手，一行四人走进了医院的大门。

"刚才在路上耽搁了一会儿，我还以为要迟到了呢。"东方梅微笑着对佟小慧说。

"没事，时间还早得很。"佟小慧指了指墙上的挂钟，他们比预约的时间早到了半个小时。

"西校区那段路也会塞车吗？"戴维问。他知道迈克住在西校区那边，这一问，好像暴露了他内心某种隐秘的想法，他心虚地看了她一眼。她一脸平静，柔和的轮廓格外清晰，她微笑着回答他说："是十二街的十字路口有人出了点小意外。"

"哦，那个路口实在是太窄了！"他如释重负，笑道。

"我们在那儿坐一会儿吧！"佟小慧指着前面的一排椅子说，她和东方梅并排坐下，戴维和成成在她俩对面的椅子上坐了下来。佟小慧对东方梅说："老裴这段时间实在是太忙了，一连好几个周末都没有休息。"

"裴大哥他们要出大文章了吧？"东方梅关切地问。

"猴年马月。"佟小慧说。

"Ms.梅，你认识Dr.温吗？"戴维忽然问。

"我听方涛先生提到过这个人。"东方梅微微一笑。戴维立即就想，方涛肯定是从老叶那儿知道 Dr. 温的，他们是老朋友。

"哥哥，你和东方姐姐今天穿的可是一套情侣装耶！"成成笑嘻嘻地对戴维耳语，他的话犹如一发炮弹炸在戴维的心上。

"真的吗？"戴维飞快地瞟了东方梅一眼，其实他早就发现了这个秘密，童言无忌。

"瞧瞧，你俩是同一色的牛仔服，和我们学校那对小情侣穿着是一样样的哦！"成成很诚实地说："不过，他们比不上你们有品位。"

"这句话你敢不敢在东方姐姐面前再说一遍？如果你敢的话，哥哥一定会奖励你。"戴维压低了声音。

"小 case！"成成满脸豪爽，又问："哥哥，你奖励我什么？"

"你说。"戴维一脸豪气。

"科比那款篮球？"

"没问题，成交。"戴维和成成拉了一下小勾勾。东方梅和佟小慧谈得正欢，她俩没留意戴维和成成的小动作。

"迈克先生好些了没有？"佟小慧轻声问。

"已经好了，他很快就要到中国去工作。"东方梅的声音很轻柔，戴维却是听得清清楚楚。

"听你这么说我还真想家了！唉，古话说得好——在家千般好，出门万般难。"佟小慧轻轻一叹。

"小慧姐，您好像遇上难事了？"东方梅关切地问。

"嗯，老板要停发老裴一个月的工资。"佟小慧说。

"为什么要停发裴大哥的工资？"东方梅美眉微皱，关心地问。

"经费紧张。唉，我们又刚好碰上这个节骨眼，我担心我们家的医疗保险续不上，成成的手术费就麻烦了。"

"经费紧张就要停发职员的工资？我没听说过有这样的事情。"东方梅很是纳闷。

播音在呼叫成成的名字：女士、先生请注意了！现在，请成成和他的家人一起到 NO.3 准备室。

一位年轻的护士向他们走了过来。成成对手术原先是有些心理准备的，这会儿，小伙子忽然紧张起来了，拉紧妈妈的手："妈妈，手术会不会很疼？"佟小慧安慰儿子说："不怕，医生会给你打麻药。"

妈妈的安慰不太起效，成成的情绪有点烦躁，戴维在一旁开导说："成成，这只是一个小手术，小 case，时间不会太长，医生给你上了麻药，你睡上一觉，醒来，手术就结束了。"

"就这么简单啊！"小成成叹了一口气，笑了。他没有忘记刚才和戴维的约定，小声问戴维："哥哥，你记得奖励我哦！"

"还记得那句话吗？"戴维握着成成的手在他耳边小声问。

"当然记得！"成成向戴维作了一个 OK 的手势。

护士小姐领着佟小慧母子和东方梅三人往 NO.3 准备室方向走去，戴维独留在等候大厅里，趁着空闲，他喝着咖啡阅读起随身带的一些资料来，脑幕却不断地回放刚才与东方梅见面的情形……后来，他无法集中精神去阅读资料。有一时刻，他喝着咖啡，对着窗口发呆。

NO.3 约莫三十平方米的空间，中央摆着一张多功能单人床，床对面的屋角有一张小圆桌，圆桌上摆着一束紫色的薰衣草，满屋子淡淡的清香。

护士小姐把成成安顿在床上。随即进来一位资深护士，她态度和蔼、温暖亲切，手里拿着一个护理夹。护士小姐向东方梅和佟小慧介绍说："这是我们的护理总管杰西卡女士，接着下来的工作就交给杰西卡女士。"

"你们好，我是杰西卡。"杰西卡分别和东方梅、佟小慧握手，她笑容可掬地询问成成："你好吗？成。"

"我很好，谢谢杰西卡。"成成很有礼貌地和杰西卡握手。

"成，很高兴为你服务！"杰西卡很耐心地向成成讲解进入手术室前的一系列准备工作，她和颜悦色地说："成，从现在开始，在见到你的手术医生之前，你将会依次见到以下这些女士和先生：他们是前来为你做体征测量的护士、负责更衣的手术护士、带你去领取免费礼物的'天使'、将你送入魔幻世界的麻醉师……最后就是珍妮大夫要为你做这个奇妙的手术！"

杰西卡带着几分兴奋的语气。

"真的是珍妮大夫吗？"成成开心地问。之前，维托大夫向成成透露过珍妮大夫的信息。

"没错，我猜，一定有人向你泄露了秘密。"杰西卡微笑着点点头。

"《大森林》我每集必看！杰西卡，我可以让珍妮大夫给我签名留念吗？"成成高兴地问。

"如果你愿意的话，我猜，你想和珍妮大夫合影也行啊！"杰西卡同样兴奋的语调和语气，惹得成成吹了一声稚嫩的口哨。

《大森林》是一档非常火爆的少儿节目，神秘、热闹的大森林里有一位擅长讲故事的珍妮大夫。各类动物冒险和猎奇经历，不仅让儿童们废寝忘食，也吸引了不少成成这样的小少年。

"妈妈，我让珍妮大夫在哪儿签名好呢？我的 T 恤？还是……？"听说可以请珍妮大夫签名，成成着急了，佟小慧一时没有了主张。还是杰西卡护士经验老到，她笑眯眯地向成成建议说："等会，你挑选好吉祥礼物就让珍妮大夫在你的吉祥物上签名，上这儿来的孩子们都这么办。"

"谢谢杰西卡！Great！"成成与杰西卡兴奋地击掌。

"小伙子，祝你好运。"杰西卡离开后，她所描述的那些人物按顺序隆重登场。成成跟着"小天使"在琳琅满目的礼物当中，挑选了一副美国孩子最喜欢玩的一种 RISK 象棋；当他把那只装着 RISK 象棋的盒子抱回准备室，一位年轻帅气的麻醉师出现了，他风趣地向成成介绍了麻醉可能带来的种种魔幻体验，颇为幽默地问成成："小伙子，请告诉我，你喜欢让哪种香味陪伴你进入魔幻世界？西瓜味？朱古力？草莓？还是 banana（香蕉）？"

"朱古力！"成成愉快地回答。

"棒极了！就朱古力！那么，当你醒来的时候喜欢听到哪一首美妙的乐曲？"麻醉师又问。

"Justin Bieber—Baby.（贾斯汀·比伯）"成成不假思索地回答。

"好品位！我也喜欢这家伙的歌！"麻醉师赞叹道。麻醉师离开不久，传说中的珍妮大夫隆重登场了。

她一头漂亮的银发一丝不乱地集中在后脑勺上盘了一个精致、高耸的发髻，她步履轻盈、精神矍铄，她亲切的微笑宛如邻家慈爱的老奶奶。

"你好！成？我是珍妮大夫。"珍妮大夫笑容可掬地走进来，老朋友一般和成成打招呼，她的亲和力非同一般，像所有的小崇拜者一样，成成对珍妮大夫佩服得五体投地。的

"珍妮大夫，我好喜欢您的节目哦！"他俩像老朋友一样握手、拥抱，小家伙虔诚地向珍妮大夫提出他的请求："珍妮大夫，我想请您为我的吉祥礼物签名可以吗？"

"我很乐意为你效劳。"珍妮大夫从胸前取下一支笔，潇洒地在成成的礼品盒子上签上她漂亮的名字。

"珍妮大夫，好莱坞明星恐怕都没有您拥有那么多的小粉丝呢！我是今天的中文翻译东方梅。瞧瞧，这会儿好像不需要翻译了啊！"

"成的英语棒极了！"珍妮大夫望着东方梅会心一笑，同时，她向东方梅伸出了手，赞美的口吻说："梅女士，你好，你优美动听的声音让我紧张的神经得到了很好的放松。"

"谢谢珍妮大夫。"东方梅微笑着和珍妮大夫握手。

"成，你紧张吗？"珍妮大夫温和地问。

"珍妮大夫，我希望拥有一次魔幻的体验！"成成俏皮地回答。

"确实是一次魔幻的体验。小伙子，来，咱们再握握手，合作愉快！"珍妮大夫笑道。

"珍妮大夫，这是佟小慧女士，成的妈妈。"东方梅向珍妮大夫介绍了佟小慧。

"您儿子棒极了！"珍妮微笑着和佟小慧握手。

"谢谢珍妮大夫。"佟小慧望着这位年过半百却是精神矍铄的资深女大夫满脸的钦佩。

珍妮大夫领着佟小慧和东方梅来到隔壁的一间准备室，她向佟小慧介绍了成成手术的过程，东方梅照着珍妮的原话向小慧翻译了一遍。佟小慧本身就是医生，这类术前与病人家属的谈话对她来说最熟悉不过。可是，当她第一次处在手术患者家属的这个位置上，又身在异国他乡，她第一次尝到了那种从未有过的担忧和顾虑。

　　佟小慧得知儿子的手术采用吸入式全麻，心里有点儿担心，在手术签字时她想到了戴维，问东方梅说："我想和戴大夫商量一下。可以吗？"东方梅把小慧的意思给珍妮大夫作了翻译，珍妮大夫微笑着点点头，吩咐了身边的护士去等候大厅把戴维请过来。

　　佟小慧把担心和顾虑说给戴维听，戴维安慰小慧的说：吸入全麻在美国外科手术中非常普遍，技术相当成熟也非常安全，没必要担心。佟小慧随即打消了心里的顾虑。

　　"珍妮大夫，给您添麻烦了。"佟小慧颇为歉意对珍妮大夫说。

　　"慧，在美国，我们同样回避给亲人做手术。您的心情我能理解，放心，一切顺利。"珍妮大夫安慰人的话又温暖又实在。

　　"谢谢珍妮大夫。"佟小慧在手术单上签了字，他们一起回到 NO.3 准备室里，珍妮大夫微笑着问成成："Are you ready?"

　　"Yes!"成成响亮地回答。

　　成成被护士送入手术室。

　　佟小慧、东方梅和戴维三人一起回到等候大厅去等候，等候厅里播放着一系列令人舒适的轻音乐，空气中有咖啡的芳香和淡淡的茶香，巨大的滚动屏在无声地翻动着，各台手术的进展状况一览无遗。

　　滚动屏上不同的颜色标志着各台手术处于不同的工作状态，橘色表示术前准备，红色表示手术当中，绿色则表示手术结束。佟小慧和东方梅正对着手术屏幕而坐，各台手术状况一目了然。佟小慧颇为感叹："美国医院在人性化服务方面做得很好。"

"小慧姐，他们的分级诊疗更科学合理，既解决了病人看病难的大问题，又节省了不必要的医疗资源，还保障了医生的工作时间，挺好。"戴维爽快地接过佟小慧的话说道，他给她俩端来两杯速溶热咖啡，佟小慧让戴维把咖啡递给东方梅，她说："我一会儿喝茶。"

"如果咱们国家也实行分级诊疗就好了！让我们这些临床医生多少能喘一口气，也解决了病人看病难的问题。"佟小慧感叹道。

"会的，咱们国家应该也看到了人家分级诊疗的好处，势在必行，只是时间的问题而已。"戴维充满了信心。

"那就好，我期待着呢。"佟小慧起身离开，微笑道："你俩先聊，我去倒一杯茶。"

"小慧姐，我去帮你倒茶。"戴维站了起来，立即被佟小慧拒绝了，"戴大夫，别客气，我自己去好啦。"她说。

座位上只剩下戴维和东方梅，戴维心里有点儿激动，想对她说点什么，一时又想不出该说些什么好？这时候，东方梅说话了。

"什么叫分级诊疗？"她很好奇地问。

戴维一听高兴极了，这属于他的职业知识范围，他可以很从容地回答她的问题。

"分级诊疗主要就是——按照疾病的轻重缓急及治疗的难易程度来进行分级，不同级别的医疗机构承担不同疾病的治疗。"他富于磁性的声音听上去十分悦耳动听。

"哦，在美国不是所有的病人都需要到医院去的。每个家庭都有自己的家庭保健医生，上医院看病需要提前预约——我这样理解可以吗？"她微笑着很谦虚地问。

"对极了！"戴维鼓掌笑道，很巧妙地转移了话题，他说："梅小姐，您的声音好听极了！"

"哦，是吗？"她笑道，漂亮的眼睛看了他一眼。

他受到了极大的鼓舞，继续夸她说："您的发音带一点儿胸音，听起来特别柔和、十分悦耳动听呐。"话毕，他大胆地看着她笑。

"多熟悉的笑容啊！"东方梅怦然心动，那一刻，她想起了凌志，内心十分惊讶：明明是两个完全没有血缘关系的人，怎么会长得那么相像呢？连笑容都十分像！她美眉微蹙，颔首不语。

"我听说梅小姐和佟大夫是老乡？"他又转移了话题。

"是的。"

"这世界真小！"他感叹道："说不准——这世界上还有更加不可思议的事情呢！"

他这话让她听得暗暗吓了一跳，凌志那张帅气的笑脸一直停留在她的脑幕上。他俩忽然异口同声说："那么——"

他微笑着很绅士地谦让道："梅小姐，您先说。"她抿嘴一笑，朱唇轻启，"没事。戴先生，您请——"

"好，那我就先说了！"他冲她灿烂一笑，说："梅小姐，咱们好像在哪儿见过。"

他的话令她骇然。过了好一会儿，她才缓过神来。

"您是说——之前，咱们可能见过面吗？"她问。

"不，我指的是……啊，我也不能完全表达得出这个意思。我是说，我感觉咱俩之前应该是见过面的。可是，是在哪儿呢？噢，我越想越糊涂了！"他有点儿激动，有点儿语无伦次。

她好像是听明白了。

"我听说，时空在某种特殊的情况下可能会有多维存在。戴先生，说不准，咱们在另外一个时空还真的见过面呢！"她几分俏皮，语气真诚而自然。

话音刚落，她心里暗暗吃惊：我为什么要说这样的话？简直是莫名其妙！好像是着了魔似的，她的心情好得很。尽管，她表面看上去给人一种不动声色的冷静，然而，心里却是波涛汹涌。就在前一秒钟，戴维先她一步说出了她想要表达的心思，这是一种多么不可思议的默契啊！她的话对他而言，无疑是受到了某种重要的启发，他又俏皮又帅气地朝着她笑，反问她说:"梅小姐,您说的是我们的前世吧?我倒希望真有那么一个特殊的多维存在!真的。"他炽热的目光紧紧地看着她。

一丝阴影片刻间从她那双美丽而清澈的眼睛掠过——她微微颔首,避开了他炽热的目光。他有点懊悔,不应该把话说得那么直白,以至让对方听起来有可能会认为他这人有点轻浮……出于这类考虑,他变得三缄其口。

尴尬时分,佟小慧回来了。

"小慧姐,你还在担心家庭保险的事情吗?"东方梅见佟小慧一副愁眉不展的样子,关切地问。

"担心也没用。"佟小慧坐下来,喝了一口茶。

"怎么回事?"戴维小声地问。

"裴大哥这个月的工资没了,这会儿小慧姐担心他们的家庭保险续不上。"东方梅替佟小慧说。

"裴大哥的工资怎么就没了?上回,俺在老叶家的 party 上,听金铃说老板要扣他们的工钱,还以为是说着玩的呢!动真格啦?娘——"戴维刚想骂一句粗话,却及时打住了,他看了东方梅一眼,说:"家庭保险应该可以自己掏钱给续上的吧?"

"不知道行不行?反正人家一直都是从工资里直接扣除的。"佟小慧忧心忡忡。

"小慧姐,咱们试试呗。"戴维愤愤不平地说:"要不,咱们就把 Dr. 温告到人力资源部去!"

"别,老裴不想把这事儿闹大,说不想让外国人看咱们的笑话。再说,他们的实验经费肯定是紧张的了,没有好数据,说不准什么时候就得关门了……唉,大家心情都不好。"

"就算是经费紧张也不能无故克扣员工的工资呀!"东方梅说。

"世界无奇不有。小姐,只是没给你遇上罢了。"戴维一副老成世故的语气,又问佟小慧:"成成的手术费家庭保险能覆盖多少?"

"90%。"佟小慧说。

"裴大哥当初为什么不办理 100% 那类？"东方梅问。

"刚来美国经验不足呗。"佟小慧解释说。

"小慧姐，咱们得好好评估一下。"戴维算了一下，说："成成这个手术做下来，万八美金肯定是要的，除了医疗保险覆盖的 90% 之外，咱们还得掏 10%，这可是不小的一笔数字呢！"

"我担心的就是这个。"佟小慧说。

"小慧姐，解决的办法还是有的，我们一起来想想。不急。"东方梅安慰佟小慧。

"梅小姐，你有什么好办法？快说来给我们听。"戴维目光熠熠地看向东方梅。

忽然，大厅在播报了一个通知。

"格兰先生请注意了，现在，请您到前台来填报蒲公英慈善机构为您提供的一个医疗资助表。"

播音小姐的声音甜美柔和，这个消息连续播报了三遍。

"瞧，机会来了！小慧姐，咱们去咨询台那边看看。"东方梅的声音极是兴奋，她挽起佟小慧的胳膊，两人迈着轻快的步子向咨询台走去，戴维默默地跟在她俩的后面。

美国民间有很多对医疗方面的慈善资助计划，这些慈善机构的背后是一些资产雄厚的财团在支持。他们会根据申请资助者的家庭实际收入情况，分别给申请者划出不同等级的资助和种类，以确保患者能得到及时的救护和治疗。这类慈善机构一般就进驻在医院里，配有专人的管理和指导，申请手续十分简便。东方梅他们听到的这个通知就属于这类慈善资助。

东方梅向工作人员咨询了相关的资助条例，又替佟小慧向工作人员申述了希望申请资助的诉求。

接待他们的是一个态度温和的中年白人女士，她自我介绍说她名叫玛丽。玛丽女士向佟小慧要了她和丈夫的安全号，在电脑上进行了仔细的查询，很快就了解到小慧的实际家庭收入。玛丽女士为成成选择了一个慈善资助计划，她拿出一堆申请慈善资助的表格来让佟小慧填写。

在戴维和东方梅的帮助下，佟小慧填好了所有的申请表格。当佟小慧把填好的表格交回玛丽女士手中，玛丽女士用一种轻快愉悦的语气对佟小慧说："佟女士，您申请的慈善资助计划已经成功递交。接着下来，您只需回家等着好消息。Good luck！"

"谢谢玛丽女士。"

申请资助的手续这么简单就完成了，佟小慧有点不可思议，她问东方梅说："这是真的吗？"

"申请一旦成功，慈善机构直接与院方对接。到时，你们会收到院方发来的完成缴费通知单。小慧姐，这类申请百分之百会成功的，您放心好了。"

听了东方梅的解释，佟小慧欣慰地笑了。

"小慧姐，这回咱们不用担心家庭保险的事情啦！"戴维真心替佟小慧感到高兴。

"多亏有你们的帮助！"佟小慧望着戴维和东方梅满怀感激。

"小慧姐，要谢，您就谢这位梅女士吧！我可什么忙也没帮上。"戴维笑吟吟地看着东方梅，称她为"梅女士"而不是"梅小姐"。

"你们俩我都要感谢！改天，我请你俩一起上我家参加 party！"佟小慧欢天喜地地说："老裴要是知道这事一定会高兴得很！"

"小慧姐，给裴大哥打个电话吧！"戴维兴高采烈地提议。佟小慧拿出手机就给丈夫打去电话，可惜，电话那端没人接。佟小慧说："老裴估计又去动物房了。"

"小慧姐，你家的 party 一定得叫上我！"戴维兴奋地叮嘱道，他恨不得佟小慧家的 party 明天就开。

"请你俩是必须的。"佟小慧开心地笑道。

成成的手术标志由红色变成了绿色。

播音里传来甜美的女中音——"3 号手术室的工作已经结束，患者送往观察室。下面，请 3 号手术的家属前往 NO.3 号房等待"。

佟小慧听到这个播音，心里一阵轻松，她拉着东方梅的手高兴地奔NO.3 号房去。

在 NO.3 号房里，他们再次见到了珍妮大夫。此刻，珍妮女士已经换上了白大衣，珍妮大夫告知佟小慧说："成的手术很顺利也很成功，请您放心。"

"谢谢珍妮大夫。"佟小慧握住珍妮大夫的手说。

"谢谢珍妮大夫！"东方梅和戴维分别和珍妮大夫握了手。接着，珍妮大夫把手术以及手术的后续工作向他们作了说明。

"我们在成成受伤的右侧肱骨内上踝与肱骨体的裂开处上了一颗钢钉，皮肤外开有一小口，手术进行得十分顺利。回去后，你们要特别注意让成保持包扎处的干燥……日常护理要遵照护理师术前教导的来执行，可以吗？"珍妮大夫的语气十分温和。

东方梅照旧把珍妮大夫的医嘱给佟小慧翻译了一遍。

"我们一定会照办的。"佟小慧回答说。

"佟女士，一周后，成成需要回医院来查看术后情况，大概一个月左右可取出钢钉。"

"明白了。"

珍妮大夫说一句，东方梅向小慧翻译一句。

"珍妮大夫，手术最多的时候您一天可以做多少台手术？"作为外科同行的戴维好奇地问。

"看情况，一般来说会有五台左右，偶尔会客串一下其他台的手术。"珍妮大夫微笑着问戴维，"戴，您也是外科大夫吗？"

"是的，我是普外大夫，可我没有您那么棒。您太棒了！我知道您是明星大夫。"戴维夸奖道。

"中国大夫是非常了不起的！我记得发生非典的那年——噢，应该就是03 年吧？中国大夫真的很棒！"珍妮大夫竖起了大拇指。

佟小慧听珍妮大夫说到 03 年的"非典"内心很受触动，她忍不住接过话来说："珍妮大夫，03 年我在中国刚好在呼吸内科上班。当时，情况确实是非常凶险……还好，我们熬过来了。"

东方梅把佟小慧的话一字不落地翻译给珍妮大夫听。

珍妮大夫听了，满脸钦佩，她再一次去握佟小慧的手，说："佟女士，你真了不起！"

说话间，一位护士走了进来，告诉他们说："成成已经醒过来了，很快从观察室送回 NO.3 房。"

"好，你们等着孩子，我还有一些工作先走了，各位，再见。"珍妮大夫挥手和佟小慧他们道别。

术后的成成回到 NO.3 房时完全清醒了。

护士给了他一瓶草莓味酸奶，小家伙儿一路喝着酸奶，看见母亲和东方梅，高兴得冲她们咧嘴一笑，迫不及待地对他母亲说："妈妈，护士小姐说我喝完这瓶酸奶就可以回家了！"

"小伙子，手术不疼吧？"戴维笑嘻嘻地问。

"嗯，一点都不疼！"小家伙儿点着小脑袋回答说，戴维凑近小家伙儿的耳边小声问："还记得咱们的约定吗？"

"当然记得！"小家伙笑道，转向东方梅，很响亮的声音对她说："东方姐姐，您今天穿的衣服和戴哥哥是一对情侣装哦！"

"是吗？"东方梅听成成冷不丁这么一说，飞快地看了一眼戴维，戴维一脸得意。成成继续说："姐姐，我们班上有一对小情侣和你俩一样穿情侣装！"

戴维站在一旁望着成成笑，小家伙获得鼓励，朝戴维扮鬼脸、吐舌头——他俩的举动被东方梅看在眼里，她抿嘴一笑，云淡风轻地说："成成，真正的情侣是不会穿情侣装的。"

成成一听，急了。问戴维："戴哥哥，东方姐姐说的是真的吗？"

不待戴维回答，东方梅反问成成："成成，你爸爸妈妈平日是不是也不穿情侣装呀？"

东方梅颇为得意地瞟了一眼戴维，后者一脸惊讶。

"嗯，是没有穿情侣装哦！"成成很无助都看向戴维。戴维呵呵一笑，此地无银三百两跑出来圆场说："成成，东方姐姐太厉害了！走，咱们回家。放心，我会兑现承诺的。"

"哥哥，这话当真？"成成咬着戴维的耳根问，他被戴维一下抱到一张轮椅上。

"奖励你一个篮球如何？来，和护士姐姐说 Bye——Bye!"戴维推着小家伙往外走，他们与护士们挥手道别。

出医院大门的时候，东方梅笑吟吟地问成成："刚才，你俩在说什么呢？"

"好事情！"成成笑道。

"嗯，是好事情！"戴维得意扬扬附和道。

"戴先生，您今天的发型和服装倒是特别登对。"东方梅俏皮地笑道。

"我也是这么想的，谢谢梅小姐的夸奖。"戴维大喜过望，心想：原来她在暗中观察我呀！他深情地看了一眼东方梅，心里像是吃了蜜一般甜。

戴维把成成抱到车上，成成说："哥哥，我和东方姐姐的想法是一样的啵！"成成端坐在副驾驶位置上，从车窗伸出个头来，调皮地冲戴维说："哥哥，刚才我瞧见你脸红了！"

"成，别乱说话。"佟小慧小声呵斥儿子，又叮嘱东方梅说："小梅，你路上小心开车。"

佟小慧上了车子的后座。

"成成，哥哥回头收拾你！"戴维朝成成笑笑，挥了挥拳头。他转身，极温柔地对东方梅说："梅小姐，我去送送你吧！"

东方梅莞尔一笑，戴维跟着走到她那辆漂亮的车子旁，目送她上了车，启动车子，她摇下车窗，朝他微微一笑，说："再见。"

"再见，梅小姐。"

戴维一动不动地站在原地，日送着东方梅的车子在视野中消失——他心情大好，脱口说出两字："真美！"

三十八

　　自从迈克去了中国后，K.L 教堂的英语学习又添了不少新的学员，为了帮助索菲亚开展正常的义教工作，东方梅到 K.L 教堂的次数也多了起来。

　　几乎每个周一的晚上，戴维都会早早跑来参加 K.L 教堂的英语学习。这段时间，他非常开心、非常幸福，因为，他每次都能如愿地在 K.L 教堂见到东方梅，并且，还能和她说话和交流一些问题。

　　戴维住在 Holiday House Apartment，这个公寓位于 K.L 教堂的西北角上，离 K.L 教堂不远，隔着两条大街和一条小巷。

　　转眼，又到了周一的下午，戴维为了赶去 K.L 教堂参加学习，早早结束了实验室的工作，在医院的饭堂吃了晚餐，回到公寓沐浴更衣、对着镜子打扮了半晌之后，匆匆奔 K.L 教堂去了。

　　戴维站在 K.L 教堂的大门外等候东方梅的到来。傍晚七点，东方梅那辆漂亮的蓝色保时捷准时驶进了 K.L 教堂的停车场——戴维看着心里一阵欢喜，他飞快地朝停车场小跑过去，殷勤地为东方梅拉开车门，从她手里接过一沓学习资料，陪她说笑着走进教堂。

　　东方梅主要负责英语基础组的教学，学习的内容大多是生活用语和介绍一些 S 州的风俗、民情。索菲亚代替迈克领着英语基础好的学员去观看英语视频、组织他们讨论短片中的情节，帮助学员提高英语会话能力。

　　在这些学员当中，戴维的英文最好，他完全可以在索菲亚那组担当老师的助手，但他要求留在东方梅负责的基础组里。他的理由冠冕堂皇——他需要多多了解 S 州的风俗民情。

因为戴维的加入，基础组的学习气氛十分活跃，特别是在口语会话练习这个环节，戴维除了完成与拍档的合作，还主动去指导其他学员的练习。他很自觉地担当起东方梅的助手来。

佟小慧的学习几乎离不开戴维的帮助，比较长的句子或是有一点难度的单词，她都让戴维教她反复练习好几遍。戴维很受学员们的喜欢，他长得帅、脾性好、有耐心、有求必应，他常常一边解答学员的小问题，一边客串另一个小组游戏中的拍档。

东方梅见他如此热心，便让他单独负责指导一个小组的口语练习。偶尔，两人的目光不经意相触，彼此的内心会暗暗掠过一阵美妙的甜柔。戴维似曾相识的笑容，让东方梅莫名其妙地感动；戴维每看一眼东方梅心里便像是喝了蜜一般甘甜。这两个内心怀着美好的年轻人看上去精神气爽、春风满面。

她忙得不亦乐乎，他也忙得不亦乐乎。

有一天，维多娜佳忽然从索菲亚小组跑东方梅这组来，她一屁股坐到戴维的左边的空位上。佟小慧刚好坐在戴维的右边，她俩一左一右把戴维夹在中间，两人轮番向戴维请教问题。戴维要同时扮演这两位女士口语练习的拍档，又要解答她俩不同的问题，三个人南腔北调，趣事横生，引得众人阵阵捧腹。

东方梅向学员们提问某一个问题时，他们仨人常常不约而同地举手抢答，大伙又一阵大笑。

除了回答老师的问题，维多娜佳很轻易就把问题延伸了出去——譬如说，本次学习的内容要求围绕气候这个概念来谈谈 S 州的天气状况，结果，维多娜佳就从天气谈到某个国家的美食抑或是意大利的红酒……兜了一大圈子，学员们的思路不断被维多娜佳转移，讨论的内容五花八门，气氛十分活跃，老师预先设计好的学习内容完全被修改了。

针对这类状况，东方梅对教学的方式进行了改革，她把课前设计好的主题和需要学习的新单词公布给学员，然后，任由他们海阔天空地漫谈。到了最后十分钟，她让学员们运用本次规定学习的新单词进行组句、会话。这样的改革似乎很奏效，颇受学员们的欢迎。

某个周一的晚上，东方梅事先设计了一个以"问候语"为主题的会话，并且，给每个学员颁发一些简单的会话例题，由学员自由组队进行练习。这类学习对戴维来讲简单不过，对佟小慧和维多娜佳来说可不是一件容易的事情。两位女士轮番向戴维讨教，戴维忙得左右开弓。

佟小慧是南方人，南方人说普通话缺少卷舌音，她把握不好英语单词里的卷舌音。维多娜佳的英语是典型的意大利口语，她分不清英语单词的轻、重发音，拖着硬邦邦的意大利辅音颇有装腔作势之态。戴维夹在这两位极有语言个性的女士中间，既当翻译又当导演。三个人颇为壮观的"舌战"把其他学员的注意力全都吸引过来，大伙嘻嘻呵呵笑成了一团。

索菲亚提议让戴维回到影评小组来，佟小慧自然不乐意戴维离开，维多娜佳听说戴维要回到索菲亚的那组，立即向索菲亚提出她也要加入索菲亚的学习小组。维多娜佳声音响亮地对索菲亚说，她的英文已经提高到一个适合会话的水准了。东方梅心情极好地看了他俩一眼，替他俩向索菲亚求情，"索菲亚，就让他俩一齐过去吧！"

当着大伙的面，维多娜佳高兴得跑去拥抱戴维，戴维十分尴尬，一本正经地对维多娜佳说："我得抛硬币来做决定。"

戴维不由分说从钱夹子里拿出一枚 quarter（硬币），他动作潇洒、表情俏皮，得意地向众人展示手里的硬币，一副魔术师的口吻说："大家瞧好了，一会儿落地的时候，硬币朝上的一面若是老鹰，我就去索菲亚那组，相反，我得留下。请大伙一块给我个作证。"

戴维一个潇洒的动作把硬币抛上空中，那枚硬币在空中划了一个漂亮的弧形，尚未落地，他又一个优雅的动作快速地将那枚硬币抓在手里，手掌朝众人展开，而后得意地笑道："哈哈，不是老鹰那面，我留下了。"

戴维笑着飞快地看了东方梅一眼，维多娜佳噘着嘴巴"哼"了一声，扭捏着性感的身子，很无奈地去了索菲亚的那组。

这晚学习结束，索菲亚颇为神秘的表情和语气对东方梅说："我打赌，那个意大利女孩一定是喜欢上戴维了。"

"维多娜佳？"东方梅朝维多娜佳和戴维的方向看去，那两个人正在台桌的另一边有说有笑地收拾学习用具。东方梅抿嘴一笑，小声对索菲亚说："他俩看上去还真是般配的一对。"

"我看不见得。"索菲亚意味深长地看着东方梅说："贾宝玉爱的恐怕是林黛玉而不是薛宝钗。"

"谁是林黛玉？"东方梅诧异地问。

"你呀！"索菲亚小声地笑道。东方梅轻轻地推了一下索菲亚的胳膊，小声嗔道："瞎说。"

"我瞎说？瞧，你都脸红了。"索菲亚看着东方梅笑。她俩正说着话，戴维收拾好了什物，向她俩走来。他笑吟吟地说："梅小姐，我可不可以问你一个问题？"

索菲亚乐了，在东方梅耳边低声打趣道："瞧，我说曹操，曹操就到。"索菲亚站直了身子，一脸正经地代替东方梅回答戴维说："戴，你可以向梅小姐提 N 个问题。"

"谢谢索菲亚。"戴维向两位女士欠了欠身子，微笑着问东方梅说："梅小姐，我今晚可以搭你的顺风车吗？"

"完全可以。"索菲亚又口齿伶俐地替东方梅回答了戴维的请求，她风趣地笑道："刚才，我还以为戴同学要向梅老师提哲学问题呢！当然，你这个问题要比哲学问题实在多了！"

被索菲亚这么一夸，戴维高兴极了。

"谢谢索菲亚！"他说，兴高采烈地转向东方梅求证，"是真的吗？梅小姐！我可以搭你的顺风车吗？"

"戴先生，当然是真的啦，我可以保证。"索菲亚用俏皮的语气替东方梅回答，戴维目光熠熠生辉地望着东方梅笑，索菲亚拉了一下东方梅的手，笑道："梅小姐，我走啦！"

"晚安，索菲亚。"东方梅很温柔地说。

"晚安，梅。噢，戴先生，我先走了——晚安！再见。"索菲亚笑吟吟地看了戴维一眼，转身往门口走去，

"索菲亚，晚安。"戴维声音响亮地与索菲亚道别。

自从坐了东方梅的顺风车后，戴维每次上 K.L 教堂学习的劲头更足了。

三月中的一个傍晚。

戴维吃过晚饭就奔 K.L 教堂来了，到达 K.L 教堂的时候，教堂掌管钥匙的人还没来。他站在 K.L 教堂的大门外发呆。

傍晚 7：10，管理员准时到达。

戴维很殷勤地帮着把 K.L 教堂那扇又笨又重的大门推开——今晚的天气有些冷，戴维站在 K.L 教堂的大门前，一阵寒风拂面而过，哆嗦了一下。

就在那一刻，东方梅那辆宝蓝色保时捷 Macan 缓缓地驶入停车场。戴维心头一喜，快步向停车场走去。和往常一样，他殷勤地为东方梅打开车门，接过她手里的资料，陪着她一路走向教堂。

"戴先生今天下班这么早呀？"她一句寻常的问话，他忽然脸红了，心里的秘密仿佛被她看穿了似的。他微微一笑，解释说："我今天没有实验。梅小姐，咱们今天学习的主题是什么？"

"美食。"

"美食？"他听了高兴极了，自夸起来，他说："梅小姐，我的厨艺的确是不错啊！有机会让您鉴赏一下。"

"好呀，我让学员们都向你学习。"她笑容姣好，夸奖道："没想到戴先生的厨艺会那么好。"

"哦，你以为外科大夫只会做手术吗？"他俏皮地朝她笑，得意扬扬地

给她讲述他大学时代的趣事。

"你知道，学校的食堂都一个样，饭菜根本不能称作美食。也许，你们北大的饭菜比我们学校的要好一些。毕竟是名校嘛，我们的饭菜有时候简直就是'猪食'——"天啊，又说粗话了！他立即纠正道："应该说，有一点瘆人。梅小姐，你一定不相信我们经常吃到半生不熟的米饭吧？我们男生深更半夜常爬起来抢厕所……"

"啊，又说错话了！"他心想，颇为不好意思地说："我估计你们不会有这样的状况。"

她很平静地回答说："确实没有。"

他似乎得到了鼓励，接着说："所以啊，我们男生得出这么一个经验教训：将来我们找老婆……哦，"他看了她一眼，纠正了"老婆"那个词，他说："将来，我们若是找女朋友，首要的条件就是她必须能把饭煮熟。"

听了他的话，她"扑哧"一声笑了，说："这有什么难？"

"难道梅小姐也会做饭？"他颇为惊讶。

"什么叫也会做饭？"她觉得他很有意思，做饭本身就是一件很寻常的事情，她好奇地问："这和你的厨艺有什么关系？"

"嗯，这就是我要向您透露的一个重要信息了！"他得意扬扬地说："我和他们不同，我不需要我的女朋友会做饭，更不要求她会做美食。假如，她愿意嫁给我的话，我保证让她过上女王般的生活，舒舒坦坦地坐在客厅里指挥我去干厨房的活儿……"他目光炙热地盯着她看。

"哦，你家的女王真幸福呢！"她避开他那炙热的目光，微微一笑，问："戴先生，你都会做哪些美食呢？"

"可多了！"他问，"您吃过烩面没？"她点点头。他又问："烩面好不好吃？"她回答说："好吃。"

他受到了极大的鼓舞，兴高采烈地向她细数起他拿手的美食来，"筋凉皮、灌汤包、鸡蛋灌饼、肉盒、扁粉菜、壮馍、洛阳牛肉汤、道口烧鸡……

这些俺全都会做。"

他几乎把中原的美食都罗列成了他的拿手菜，她睁大了眼睛，"戴先生，这么多美食你都会做啊？"

"当然。"他洋洋得意地问她，"你说，做俺的媳妇是不是很幸福？"

"哦，是做你们中原的媳妇很幸福——"她呵呵大笑。他站一旁出神地望着她，愣愣地说了一句，"梅小姐，你笑起来真是好看，神采飞扬。"

"谢谢。"她笑道。

他俩一起步入教堂，大门在他俩的身后"呼"的一声关上了。两人刚踏上第一级楼梯，大门"吱呀"的一声又被推开了。

两人回头一看：一位身穿橘色羽绒大衣，脚穿褐色牛皮长靴，用一张蓝底粉色大花的披巾把整个脑袋包裹得严严实实的高挑女郎，一阵风地卷了进来。她的声音宛如银铃般响亮："下雪了！好冷！"

"维多娜佳！"戴维回头一看，皱了皱眉头，心里嘀咕："见鬼，不想见谁偏偏谁就来。"

"戴——！"维多娜佳一眼看见停在楼梯口的东方梅和戴维，兴奋得直呼戴维的姓，她一阵风似的朝他扑了过来。戴维手上捧着一沓学习资料，本想避开却一时躲闪不及，手中的资料被撞得跌落了一地。

东方梅微笑着蹲下去捡拾那些散落在地上的资料，维多娜佳极兴奋地扑到戴维的怀里，高声嚷嚷："戴！我猜想你一定是上这儿来了。果真没错！被我猜到了！"

"废话，这哪需要猜？"戴维心里狠狠地骂了一句，一股浓烈的酒气扑鼻而来，他本能地后退了半步。维多娜佳追求戴维已经不是什么秘密，这位意大利女郎对戴维的热情，高调得就差没有直接拉戴维上 CNN 那档相亲栏目。

"维多娜佳，你喝酒了？你是怎么来的？"戴维讶异地盯着维多娜佳那张红扑扑的脸。

"开车！"她醉眼迷离地盯着戴维，气喘吁吁地说："戴，刚才，我去了你的公寓，我给你带了一瓶意大利红酒，哦，那酒……我把它搁在车上了！"维多娜佳舌头打结，话没说完，竟一摊烂泥似的栽在戴维的怀里。

"你疯啦！你喝了酒居然还敢开车上这儿来？"戴维使劲地扶住了维多娜佳的身子。

"哈哈哈……戴，我是喝了酒了！我找人代驾不可以吗？"她性感十足的嘴唇贴到戴维的脸上，灼灼逼人的语气："戴，东方 style……我爱！有错吗？"她紧紧地搂着他的腰力气大得惊人。同时，她一派胡言乱语、酒后真言。

"你真是醉了！"戴维费了好大力气才把维多娜佳推开、扶住，她的双手却像蛇一般缠绕在他脖子上，他又急又躁顾不上斯文对她吼了起来："维多娜佳，请把你的手拿开，你的手缠着我……快不能呼吸啦！别闹，我马上送你回去！"

戴维和维多娜佳两个人推搡着，戴维一个劲地把维多娜佳笨重的身子往门外拖，这个意大利女孩如此疯狂的举动，让他十分尴尬、十分狼狈！并且，是当作东方梅的面！天啊！他戴维此刻跳楼的心都有了。

"梅老师，对不起，我先把维多娜佳送回去。"在这个尴尬的时刻，他很庄重地称呼她为梅老师。

"小心开车。"东方梅捧着刚刚拾掇好的资料，望着他俩往大门外拉拉扯扯地走了出去。

戴维把维多娜佳架到她车子的边上，从她衣袋里找出钥匙，使出了吃奶的力气才把她弄到副驾位上。正想离开，却遭她喷来一嘴温热的酒气，烈焰红唇像一只蝴蝶印到他脸上。她醉眼迷蒙地冲着他说："戴，I love you——！"说完这话，她就像一只泄气的皮球，窝在副驾驶位上酣然大睡。

"酒鬼！"戴维帮她系好了安全带，狠狠地骂上一句，呼地把车子开出百来米。戴维把维多娜佳送回她的公寓，把她丢在床上，为她盖好被子。

最后，戴维只好步行到一个较远的公交小站，上了途经 K.L 教堂的一辆公交车。

戴维返回 K.L 教堂时，佟小慧正在介绍客家菜的制作，他脸颊上带着一只醒目的大口红印子走了进来，大伙望着他哄堂大笑。

戴维一脸懵懂、愣愣地问："有什么好笑的？"

大伙又一阵大笑。

佟小慧指了指他的脸颊，说："戴大夫，你脸上有一只口红印子。"佟小慧递给他一张纸巾，说："赶紧擦擦吧。"

戴维闹了个大红脸，瞟了东方梅一眼，向大伙解释说："不好意思，刚才不小心被猫儿吻了一下。"

"是被一只漂亮的猫儿幸福地吻了一下吧！"有人调侃说，大伙又一阵愉快地笑，维多娜佳对戴维的追求已经是公开的秘密。

"维多娜佳没事吧？"东方梅关切地问。

"我已经把她安全送达了。"戴维讪笑。

"没事就好。咱们接着听佟小慧女士的美食介绍。"东方梅微微一笑，指着佟小慧边上的空位很礼貌地问："戴先生，你坐到那儿去好吗？"

"好嘞。"戴维应了一声，欢快地坐到那个位子上去。

佟小慧见大伙如此认真聆听她的美食介绍，心情真是美极了。她兴致盎然地领着大伙继续客家美食之旅——"客家菜的品种较多，一般来说，客家菜特别讲究选材新鲜、原汁原味、营养的互补。所谓'清而不淡、口齿留香'，就是这个理念……客家酿菜最常见的有豆腐酿、瓜酿、花酿、葱酿……这些小菜一般都很讲究营养和品质，口感都是一流的。"

介绍了一大堆客家菜的美食特色之后，佟小慧饶有兴致地问大伙："你们当中有谁吃过这类酿菜？"

"我吃过。"戴维举起右手大声回答说。

"好，戴大夫吃过。我相信，戴大夫对它的美味一定怀有深刻的记忆。好，接着下来，我给大家简单介绍这类酿菜的制作方法。"

佟小慧介绍了几款客家酿菜的简单制作，惹得学员们跃跃欲试，戴维吃过正宗的客家水豆腐酿，他绘声绘色地向大伙描述客家酿豆腐的清香和鲜味，是如何的与众不同……大伙听得口水都快要流一地。

"小慧姐，改天您亲自教我几款客家菜吧！我迫切需要学习，嘿嘿。"戴维说着得意扬扬地瞟了东方梅一眼，东方梅是客家人，戴维说的是心里话，他确实非常迫切需要学习客家菜的烹制。

"没问题，戴大夫，你若喜欢客家菜，改天，请你到家去把正宗的客家菜尝一个够，然后，再教你几招。"佟小慧大方地答应了戴维的请求。

"谢谢小慧姐！"戴维向佟小慧双手作揖。

佟小慧的客家美食介绍完毕，轮到日本 AKiKo（晶子）女士的烤鳗鱼寿司卷和 MiSo 美容汤，接着下来依次是法国的红酒炖鸡、韩国朴女士的萝卜丝泡菜……

各国的美食介绍完毕就到了下课时间。

这晚，西蒙从亚特兰大出差回来，索菲亚赶着去飞机场接西蒙，东方梅负责收尾的工作，戴维格外开心，他故意留在最后。

佟小慧临走时告诉东方梅说，她下个礼拜就要到周莺莺他们实验室去做 volunteer 了。东方梅真心替佟小慧感到高兴，说："小慧姐，恭喜您。在美国从做 volunteer 到正式工作只是一步之遥，祝您好运。"

"小梅，托你吉言。"佟小慧喜不自禁。

"小慧姐，说不准您就留在他们实验室上班了呢！"东方梅笑道。

"如果那样就更好了！"佟小慧想起那日在老叶家听说美国快要爆发经济危机的事情，肖琴说，老叶有几个在华尔街工作的老朋友，最近都撤到二、三线城市来了，有的还转行了。美国这几年经济一直处于低迷，而且，情况越来越糟糕，就连华尔街几家实力雄厚公司都在开始在裁员，大伙都在说，美国怕是要爆发经济危机了。

"爆发经济危机？"佟小慧在国内从未关注过这类事情，这类事情对她来说遥远得很。现在，她也无法想象经济危机对他们的生活会带来怎样的影响？她首先想到的是失业，然后就是找工作难。听说经济危机对股民的伤害最大，其次是投资者，她既不是股民也不是投资者，两者她都不沾边。毕竟，她现在身处美国，听到经济危机这词，心里难免有点担忧。

从事科研的科学家们都在观望，美国未来的新总统能不能在科研经费方面有更大的作为。说白了，就是新总统上台会不会加大对科研经费的投入。毕竟，美国国家对科研经费的投入，直接影响到科学家们的事业和生活。佟小慧听丈夫说过 Dr. 温的科研经费已经捉襟见肘，实验室面临关门走人的困境，现在，老裴得考虑另择老板另谋出路了。

佟小慧若能像东方梅所说的那样，通过一段 volunteer 的经历，获取一份正式的工作，对他们家来说是一件大好事。

"小慧姐，祝您早日找到好工作。"戴维走过来向佟小慧道贺。

"谢谢，如果真像梅老师说的那样——等迈克先生回来，我就请他领我去教堂洗礼好了。"佟小慧笑道。

"小慧姐，您洗礼的动机好像不太不纯正。"戴维开玩笑说。

"戴大夫，你去洗礼了吗？"佟小慧问。

"没有。"戴维把一张椅子叠到另一张椅子上面，刚才，他听佟小慧说到迈克的名字，心里怪怪的，他瞟了东方梅一眼。东方梅听佟小慧说到迈克，便悄悄地分了神——她好久没有收到迈克的消息了，不知道迈克在中国过得怎么样。自从迈克去中国后，起初还收到他的一些邮件，从什么时候开始她和迈克的联系渐渐就少了。唉，都怪她太忙，太投入工作了。

佟小慧抬头看了一眼墙上挂钟，对东方梅说："小梅，我得走了，我来的时候，你裴大哥还没回家。"

"小慧姐，赶紧回去照顾裴大哥吧。"东方梅把佟小慧送到门外。

"小慧姐，我也送送您！"戴维跟着说。

"不用，你们赶紧收拾好东西早些回去，这天气好像越来越冷了，怕是又要下雪了呢！再见！"佟小慧向他俩挥了挥手。

偌大个教堂只剩下戴维和东方梅两个人。戴维欢天喜地去整理椅子和桌子，把学习用的道具装到一只大纸箱里去。当他抱起那只大纸箱走出教堂的大门的时候，发觉天气冷得要命，借着路灯，他看见漆黑的天空竟飘起了雪花——他抱着那只装满道具的纸箱放到东方梅的车尾箱里。

"维多娜佳今晚是怎么回事？"东方梅在发动车子时问戴维。

"鬼知道她中了什么邪？女孩家家喝成那个样，服了她了！哼。"戴维答非所问，那口气好像和维多娜佳有仇似的。

"你有没有读过裴多菲的爱情诗？"东方梅笑吟吟地问。

"生命诚可贵，爱情价更高。因为爱情，有人连命都可以不要，又何况人家只是喝了一口小酒。"她调侃道。

"什么爱情？乱七八糟！"他鄙夷地笑。

"辜负人家姑娘的一片好意可不好，我觉得——你俩挺般配的。"东方梅轻描淡写地说。

戴维听她这么一说，心里暗暗地吓了一跳，他坐直了腰杆，瞪大眼睛看着东方梅，很严肃地问："梅小姐，您这是在嘲讽我吗？我和她怎么就般配了？"

"一个玉树临风，一个风情万种。"她笑道，很熟练地将车钥匙插入车锁发动车子，捣鼓了好一阵，车子毫无动静。她颇为诧异，说："咦，这车子怎会一动不动的？"

"谁让你乱点鸳鸯？这就是惩罚——瞧，就连这漂亮的车子都不乐意了呢！梅小姐，你现在知道错了吧？不过，要道歉还来得及！嘿嘿。"

他幸灾乐祸地笑。

她看了他一眼，不吱声，继续发动车子，车子依然毫无动静……他看见她着急的样子，拍了一下手，笑道："梅小姐，如果，您肯向我认个错的话，我保证能帮您把车子开动起来。"

"我认什么错？"

"瞧，您真是贵人多健忘了吧？我可是记仇的——刚才，哦，不是，从今以后，不许你把维多娜佳和我扯到一块儿。行不？"他很认真地问。

"行。来，你试试——"东方梅说着下了车，一阵寒风吹来，她冷得浑身直哆嗦。戴维跟着下了车，从车子前面绕过去上了驾驶座，东方梅坐到副驾驶的位置上。

外面的风吹得越来越紧，呼啸着从车窗边吹过。

车子在寒冷的空气中沉寂得像是消失了一般。无奈，戴维走下车去，双手把车的前盖打开，嘴里含着小电筒去查看零件，他吩咐东方梅再次发动车子……任凭东方梅如何努力，汽车零件就像一堆冰冷的废铁。

戴维让东方梅把车灯打开，车灯不亮，他恍然大悟，说："梅小姐，蓄电池的电被耗光了！"

蓄电池没电也不是什么大事，接到人家电瓶上充充电就可以了。可是，眼下教堂人走楼空，停车场上除了他们这辆车外，四周空空荡荡，寒冷的风把地面的枯叶卷起来，吹落到更远的地方。戴维是英雄无半点用武之地，他一丁点儿办法都想不出来了。

"怎么可能？"她很是疑惑。

"你下车时一定是忘了关车灯了，我也遭遇过这类事情。"戴维把车盖重新盖上，对东方梅说："好在，我的公寓离这儿不远，咱们先到我的公寓去吧，然后，我开车送你回家。"

"糟糕。"她忽然记起停车时好像少了这么一个关灯的动作。

他俩并肩走出停车场，寒冷的风，从他俩的耳边呼啸而过，东方梅的体质本来就比较纤弱，此刻，冷风一吹又被彻骨的寒冷所包围，整个人就像是掉进了冰窟窿一般。因为是开着车来，她像往常一样只穿了件夹层牛仔短装上衣，里面是一件薄薄的羊绒毛衣打底。

到底是北方的寒冬腊月，东方梅单薄的身子哪经得起这般折腾？加上她患有过敏性鼻炎，这会儿，眼泪鼻涕一齐稀里哗啦……戴维见东方梅如此狼狈，立即脱下身上的羽绒大衣，把她裹了个严严实实。

他身上只剩下一件单薄的高领毛衣，寒风中，他哆嗦得像一只筛子，爱情的力量让他在她面前尽量保持一副潇洒的模样。

"暖些没？"他关切地问，他俩仿佛是一对恩爱的恋人。

"好多了！"她说。大衣保存着戴维的余温，东方梅的眼泪和鼻涕止住了，她渐渐感觉到了温暖，他们在寒风中并肩前行。

随后，她感觉身边的他每走一步身子都在发抖，她要脱下大衣还他，他制止了，说："这个温度对俺正好，就像秋天一样凉爽，舒服极了！"话未落地，他一连打了几个喷嚏。他颇为幽默地自嘲，"这天气真是凉爽极了！就连打喷嚏都感觉很舒服呐！"

她听了极是感动，坚决要把大衣脱下来还他。他却一把抱住她，说："别动，你身子弱，小心感冒了！"

她一半是感激一半是鼻黏膜受了寒冷刺激的缘故，顿时泪眼婆娑、楚楚动人……他以为她哭了，很温柔地安慰她说："你放心，我真的一点都不冷，真的，不信你摸摸——这儿火热得很呢！"他一把握住她的手放到他的心口上，她破涕而笑。"感觉你的心脏在跳——！"她说。

"傻！我的心脏不跳不就完蛋了嘛！"他咧嘴一笑，搂起了她的小蛮腰，大声而俏皮地对她说："咱俩手挽着手朝着幸福的康庄大道齐步走！"

他的手搂着她的小蛮腰——并非他所说的手挽着手。

"瞧，你都快成雪人了！"她俩相拥着在寒风中艰难前行，隔着厚厚的大衣都能感觉到他冷得瑟瑟发抖，她尽量向他靠近，想给他多一些温暖，他心领神会地报之以灿烂一笑。她忽然在他耳边说了一句："你笑起来很像我儿时的一个伙伴儿。"

"是青梅竹马的朋友吧？"他俏皮地问。

"是。哦，不是。"她莞尔一笑，忽明忽暗的灯火中，她的眼睛闪烁着一种晶莹剔透的光亮，如同黑夜里的星辰。他内心涌起一股暖暖的冲动，忍不住去拉她的手，那只手很温润、很娇柔。

他们沿着街道的边上走，因为是逆风而行，寒冷的风直愣愣地扑打在他们脸上……她忽然激烈地咳嗽起来，娇柔的身子要不是倚在戴维的身上，几乎要被肆虐的风雪掀倒。

往前走，风更大了。

猛烈的风抽打在他们的脸上，连呼吸都感到困难。走到十字街头的路口，戴维突然想起左边八街的尽头有一条小径，通过这条小径可以直达他公寓后面的一片小树林，穿过小树林就到了公寓大楼后边的停车场，如果这样换一个方向走，他们可以避开风口少遭一些罪。

"哎——"戴维这一声"哎"自然而亲切，他俩的关系不知不觉地上升了一个层面。他满眼柔情对她说："我知道有一条小路可以通向公寓后面的停车场，就是要走一点弯路，这该死的风啊！吹得我整个人都发麻了！"

戴维说着又连打了几个喷嚏。

"那咱们就走小路吧？我现在暖和多了，把大衣给你捂一下。"东方梅说着又要脱大衣。

"千万不要。我身体好极了，正好有机会考验一下我的抵抗力。"戴维握紧了东方梅的手，说："走，我带你去走小路。我们小步跑着前进，这样会暖和起来。"

戴维拉起东方梅的手就往十字路口的对面跑过去。很快，他俩走到了八街的尽头，往右拐进了一条小道，那小道从一片满是枯枝的小树林中间穿过——他俩跑进了小树林。

风，好像变小了。

因为小跑的缘故，他俩的身上变得暖和起来，两人心里高兴得颇有绝后余生的感觉。东方梅大声对着戴维说："外科大夫，风好像被咱俩甩到后头去了！"

"你叫我什么？"戴维停下脚步，目光熠熠望着东方梅——雪光中，她红扑扑的脸愈是漂亮，眼珠子亮如黑夜中的星辰。

"我叫你——外科大夫！"她望着他俏皮地笑。他冲动地去拉她的手笑道："你叫我外科大夫？我喜欢，梅，以后你就这么叫我，好吗？"他诚恳地央求她，他对她的称呼不知不觉就变成了一个字："梅"。

"好。"她有点神不守舍，周围的情景让她感到忐忑不安——暗灰色的天空下，光秃秃的树枝就像一条条伸向空中的怪物，枯枝林里弥散着阴森森的水雾，看上去有些怕人……她不自觉就拽紧了他的手，他感觉到了她细微的变化，安慰她说："这里不会有坏人的。再说啦，俺可是搏斗的高手。"

他讲的是中原方言，她听得懵懵懂懂。

"你会少林武功？"她仰起面孔满脸惊讶，他大声回答说："俺的武功比电影里的武僧厉害多了！他们是绣花拳脚表演给观众看的，俺可是货真价实的真打。"他挥了挥拳头。

"你是一俗家弟子啊？"

"嗯，是可以娶媳妇的那一款。"他笑道。

"你读过但丁的《神曲》没？"她忽然问。

"原来你害怕的是这个呀？"他恍然醒悟，他当然看过但丁的《神曲》，他当然知道但丁笔下所描述的那一片诡秘的"小树林"。他拉紧了她纤柔的手儿，很温柔地对她说："等到春暖花开咱们再到这儿来，你会发现这个小树林漂亮得很呢！"

"真的吗？"她问得天真无邪。

"骗你我就是一只小狗！"他学了两声犬吠。她"扑哧"一笑，她说："外科大夫，没想到你也读过但丁的《神曲》。"

在她的印象中，外科大夫除了手术一般不会去关注文学作品，戴维和她所认识的外科大夫有点不同。

听她这么一说，他忽然就站定了。

他得意扬扬又故作漫不经心，他说："我何止只是阅读过但丁的作品？外国名著我还真的读了不少呢！梅小姐，您听好了，我这就给您数数——！"

"梭罗的《瓦尔登湖》、简·奥斯丁的《傲慢与偏见》、司汤达的《红与黑》、托尔斯泰的《战争与和平》、陀思妥耶夫思基的《罪与罚》、马尔克斯的《百年孤独》、罗曼·罗兰的《约翰·克利斯朵夫》、雨果的《悲惨世界》、小仲马的《茶花女》、考琳·麦卡洛的《荆棘鸟》、玛格丽特的《飘》，嗯，还有劳伦斯的《查泰莱夫人的情人》……嗯，还有很多呢！"戴维一口气列举了不下十部名著以及它们的作者。

东方梅听得内心连连惊叹，在戴维罗列的这些名著里，有一些是她的最爱，譬如：梭罗的《瓦尔登湖》、罗曼·罗兰的《约翰·克利斯朵夫》、简·奥斯丁的《傲慢与偏见》、玛格丽特的《飘》……

总之，他的阅读让她感到十分意外。

他越说越得意，越说越兴奋，完全忘记了夹着雪花的寒风呼啸着从他耳边吹过。

"哈，你一定想不到我还特别喜欢外国的诗词吧？！"他得意扬扬地向她坦白，"彭斯的《一朵红红的玫瑰》算是一个，博尔赫斯①的《致一枚硬币》、朗费罗②的《人生礼赞》……"

他罗列了不少国外诗人的名篇，最后，他说："当然，最让我情有独钟

---

① 博尔赫斯：豪尔赫·路易斯·博尔赫斯（JorgeLuisBorges，1899年—1986年），阿根廷作家。

② 朗费罗——Henry Wadsworth Longfellow，（1807—1882）19世纪美国最伟大的浪漫主义诗人。

的要数莱蒙托夫①的《星》！"

她听得满脸惊讶，完全出乎她的意料之外，这个外科大夫的阅读那么丰富和广泛。

"你的阅读真杂。"她笑道。

"逮着谁就读谁的作品。"他得意扬扬。

"如果说你读过彭斯、朗费罗甚至是莱蒙托夫的作品，我都不会大惊小怪。但是，谈到博尔赫斯的作品，就让我不得不刮目相看了！"

"确实，像博尔赫斯那样的诗人实属罕见。小姐，我可以认为你是在夸我吗？"

她微笑着点点头，他的内心一片欢欣鼓舞。他十分诚恳地央求她说："梅，外科大夫这个称谓从此为你专属，好吗？"

"难道从来就没有人这么称呼过你吗？"她俏皮而优雅地问。

"不一样的。我只想知道你要不要这个专利？"他看着她目光灼热，一副玩世不恭的样子。

"专利？那就免了吧——"她说这话好像并不那么干脆。

"为什么就免了呢？"他看出了她的羞涩，故意逗她，他喜欢看她羞涩的样子。

"一个称呼而已。"她朝他灿烂一笑，很爽快地说："好吧，我就叫你——外科大夫？外科大夫！"

"走，梅小姐——"他兴高采烈地去拉起她的手向前一阵小跑。

前面出现了一条小水沟，对面就是 Holiday House Apartment 大楼后面的停车场，东方梅刚迈开步子想跨过那条小水沟，冷不丁被戴维一把抱起……没等她反应过来，他抱着她飞快地跨过了小水沟。

---

① 莱蒙托夫——米哈依尔·尤利耶维奇·莱蒙托夫（Lermontov, MikhailIurievich），俄国诗人。

她惊讶得仰起面孔去望他，忽然，一只炽热的唇在她光洁的额头上轻轻地触了一下，她闻到了他身上近似栀子花一般的一缕清香……他轻轻地把她放了下来，四目相对，目光灼灼。

这是多么奇妙的一刻啊！他的一切令她心醉神迷——他拥有与凌志非常酷似的外表、挺拔的身子、阳光帅气的笑容、富于磁性的男中音……他，仿佛就是凌志的另一个孪生亲兄弟。他让她感到魅惑、惶恐，甚至感伤。

关于爱情，如果说凌志给予东方梅只是一个象征，那么戴维给予东方梅的却是最真实的存在。无论她愿意或不愿意，他爱情的激流正向她奔涌而来——她，注定无处可逃。

戴维目光炙热地看着东方梅，幸福之花在他心中极致绽放。他无限爱怜地去拉她的手，极温柔地对她说："快到家了，走吧。"

他拉着她的手默默地走了一段路。

他拉着她的手一起走入 Holiday House Apartment，上了楼梯，来到他的房门前。

进了屋，东方梅刚要把大衣脱下，就被戴维制止了。他温柔地对她说："屋里的温度还不够暖，小心着凉。"他领她坐到沙发上，向她提议说："咱们先喝一杯热果汁暖暖身，这样又可以及时补充维生素 C。"

她微微一笑，在沙发上坐下，像皇后一样高贵、漂亮。他像一个分外殷勤的仆人，内心被一种不可言喻的幸福所充满。他健步如飞奔进厨房，兴高采烈为她端出一杯热气腾腾的果汁，他把果汁恭恭敬敬地送到她的手中说："果汁温热刚好。"他蹲在她面前，傻笑着看她喝果汁。

"你不喝果汁吗？"她问。

"我喜欢看你喝。"他看着她笑。

"真傻。"她也看着他笑。

"你笑起来真好看！"他含情脉脉地说。

"嗯，快去弄一杯来，咱们一起喝。"她命令道。他"哎"了一声，又飞奔进了厨房。

"梅，我们坐到餐桌那边去喝果汁吧，舒服一些。"他拿了两支吸管分别插到两只杯子里。他俩面对面坐着吸杯子里的热果汁，四目对视，暖暖地笑。两个青春正好的年轻人不知不觉陷入了对方的爱情。

"外科大夫，这屋子有点乱。"她避开他含情脉脉的目光，环视他的整个屋子，他的目光随着她的目光流转：厨房、客厅、卧室、床、沙发、衣柜、书柜、电脑台……一目了然，这是一个开放式的一室一厅一厨房。从客厅到卧室、从餐桌到沙发、从书柜到电脑台，到处都是书、杂志、衣物和袜子，这些什物有一搭没一搭地散落在每一个不确定的地点和角落……电脑台边上的墙上还挂着一张黑白胶片。

"这屋子缺少一位女主人。"他俏皮地对她说。

"找意大利女郎好了。"她嫣然一笑。

"为什么是意大利女郎？"他目光深邃地盯着她看。

"性感、浪漫、风情万种。"她笑出声来。

"俺爹说了，俺老戴家可不能娶外国媳妇儿。"他颇为严肃的态度像是在向她坦白。

"又不是你老爹娶媳妇，难不成你老爹还给你包办一个媳妇不成？"她颇为惊讶的样子。

"婚姻大事当然不能包办，但是，俺也不敢私自破坏老戴家列祖列宗定下来的规矩。再说啦，俺不能改良俺老戴家的优良品种啊！"他的话说得几分俏皮、几分得意。

"改良品种？"她笑了，想起大学时代一位女生讲村里人娶媳妇的故事，说，新媳妇必须得身体强壮、能吃、能喝、能干活，胳膊，腰，腿都要粗实……一句话，照莫言先生的《丰乳肥臀》去寻媳妇就中了。

"外科大夫，你读过《丰乳肥臀》吗？"她笑吟吟地问。

"很遗憾，没读过。"他咧着嘴朝她笑，知道她在笑话他，他当然读过莫言这部热情地讴歌生命最原初的创造者——母亲的伟大、朴素和无私的小说。于是，他乜着眼睛对她说："俺老戴家对新媳妇的要求还是挺高的，必须得粗胳膊、粗腿、粗腰，俺媳妇儿要给老戴家生一窝的娃。"

话毕，他看着她放肆地笑。

"外科大夫，我听说爱尔兰妇女最能生娃了，你要是娶爱尔兰女子就妥了。"她跟着他呵呵大笑。

"错！"他很认真地纠正她说："要我说，你来做俺老戴家的媳妇儿最好不过啦！真的。"

她一听，愣了。

她没想到他会把话说的那么直接，原本，她是想开他玩笑来的，不想，他直接绕到她身上来了。

"梅，你不会认为我爱上维多娜佳了吧？"他好像是看透了她的心思，问得直接、问得严肃、问得认真。她后悔开他的玩笑了，这玩笑开大了，她有气无力回答他说："你俩确实很般配。"

"你到现在还敢说我和她很般配？梅小姐——"他一副玩世不恭的样子盯着她看，一把握住她纤柔的手放到他的心口上……很认真地问她，"现在，你感觉到我的心跳了吗？告诉你，这地球上任何一个女人，任何一款雌性动物，恐怕都不能令我动心了！谁让我遇见你了呢！"

他的爱情表白很坦率也很奇特。

"雌性动物？呵呵！他竟然把女人和雌性动物相提并论！这人是怎么啦？"她满脸惊讶，微微地偏着脑袋儿睁圆了眼睛去看他，他说话的表情让她想大笑，可又笑不起来。

"我听不懂动物的语言。"她风趣地回答他。

"我只是一个比喻。就算我是一介好色之徒，我也不会为维多娜佳的风情万种所打动的。"他有点歇斯底里。他知道她明白他所指，只是，他真的很生气，她不该把他和维多娜佳弄到一块儿。

她被他的歇斯底里惹得笑出声来，因为笑得急，喉咙一阵酥痒，她轻轻地咳了起来。

　　"嗬，你是在看我的笑话吗？梅小姐，我真应该教会你听听动物的语言。"他说这话有点莫名其妙，他心里却极想去亲吻她，见她咳得一副楚楚可怜的样子，就走到她身边去轻轻为她揉背、将她揽入怀里，极温柔地对她说："看你，都咳成这个样子，还笑。"

　　她喝了一口果汁，停止了咳嗽，又听他颇为严肃地说："梅，对不起，我就是一个粗人，虽然读了几年大学，但我还是免不了一些粗俗。如果，我过分了，请你原谅，咱们和好。好吗？"

　　她忽然沉默。

　　她的沉默如同一只深不可测的黑洞，他的情绪不由自主地往她的那只黑洞坠落，在坠落的过程中，他生出一种莫名的愤怒，"在她面前，我为什么总会变得如此卑微和渺小？唉，她让我失去了往日的潇洒和骄傲！可是，这又能怎样？谁让我那么地爱她呢！"戴维轻轻一叹。

　　"你对我了解多少？"她淡淡的语气包含着不言而喻的怀疑。

　　"哦，我根本就不需要了解你，我原本就懂你。"

　　"是吗？"她微微一笑。

　　"我不是一个轻率之人。"他争辩道。

　　"你确定——咱们不是在排演舞台剧？"她站了起来面对着他，她的微笑里有一种莫名的冷酷。

　　"什么舞台剧？梅小姐，我对你是认真的。"他一脸的无可奈何，他发出轻轻的一声叹息，"因为爱，再聪明的人都变得愚蠢了！再愚蠢的人都会突然变得诗情画意，俺现在就是一个活生生的例子。"最后一句，他说的是家乡的方言，她一字不落听得十分清楚。

　　"外科大夫，我得走了。"她朝他莞尔一笑，转身离开，不想，他拉住了她的手。

"我送你。"他说。

她的手被他拉着，她没有拒绝他的心意。他在心里暗暗地给自己鼓劲：爱上如此优秀的女子确实需要勇气，甚至是需要付出沉重代价的。这样的念头一闪而过，戴维内心生出几分悲壮来。

他开车把她送回她的公寓。

当他返回家里，时间已经很晚了。他的心情莫名兴奋，他给自己倒了一杯果汁。喝完了果汁依然毫无睡意，他一屁股坐在床边的地毯上，头仰靠着床沿，脑子里尽是东方梅的影子。

他越想她就越爱她。

现在，她若是要让他上刀山下火海，他一点都不会迟疑；她若是愿意让他陪她一生，他就陪她到地老天荒。

冲动和力量让戴维联想到动物世界里那只可怜的公螳螂——他终于明白，那只可怜的公螳螂是因为爱情，心甘情愿地被母螳螂吃掉的。戴维长叹一声，自嘲："我何尝不是心甘情愿地被她吃掉？"

这晚，戴维做了一个非常奇特的梦。梦中，他变成了一只公螳螂。

为了爱，他既幸福又悲壮。

三十九

　　凌晨，戴维从悲壮而幸福的梦魇中挣扎着醒了过来。

　　他浑身滚烫得像被火烧着了一般，喉咙肿痛、口干舌燥、四肢无力……好不容易坐起来，又是一阵头昏目眩。

　　他倒头又躺了回去，回忆起那个奇特的梦境——梦里，他的腰部被一只母螳螂用钳子一般的双臂夹着，疼得他锥心刺骨、大汗淋漓，眼看着身子就要被拦腰截成两段，他吓得魂飞魄散，使出洪荒之力，终于从母螳螂那双强有力的臂膀的夹缝里逃了出来……

　　他不顾一切地向前奔跑。

　　风，呼啸着从他耳边吹过，他跑呀跑呀，直跑得口干舌燥、脚底抽筋，刚想停下了歇一歇。不想，前面又来了一大群母螳螂，黑压压的一大片，铺天盖地朝他围拢过来……他简直快要疯掉，歇斯底里地叫喊着、拼尽了吃奶的力气，一路狂奔——越过高山、涉过江河、跌入滚烫的沙漠……悲摧的是，烫热的沙子瞬间将他活埋了下去。

　　"救我！"他铆足平生的力气大喊了一声，从噩梦中醒了过来。

　　严重的高烧让戴维浑身像着了火一般，他努力地挣扎着坐起来。作为一名临床医生，他意识到自己正患着严重的高烧。他捂着晕乎乎的脑袋下了床，扶着床头柜慢慢地站了起来，瞬间，眼冒金星、天旋地转……一屁股又坐到床上歇了半晌。等到感觉慢慢好了一些，他扶着就近的椅子、桌子、门框，借助一切可以扶持的什物，迈着踉跄的脚步走进厨房。

　　他伏在水池边上去喝冰凉的自来水……喝足了水，索性将脑袋送到水龙头下……

"我的妈呀！"他大叫了一声，整个人像是跌入冰窟。

作为外科大夫，他家里除了绷带从不预备药物，况且，他身强力壮又热衷于锻炼，从不知道病为何物。保罗曾开他的玩笑说："爱情就像小感冒，常常会在你意志薄弱的时候光临。"戴维想起保罗这句笑话就想大笑，可是，此刻可怜的他却笑不出声来。

现在，爱情和小感冒一齐光临——在他意志最坚强的时刻。

戴维刚想到保罗，保罗就来电话了。戴维踉跄着走回客厅，有气无力地接起了电话。保罗的声音一如既往的洪亮，他几分幸灾乐祸地在电话里说：

"伙计，你还不舍得出门啊？被窝里藏着美妞儿？托马斯让我问你，你养的细胞都 OK 吗？"

"应该没问题吧——！"戴维的声音像撕裂了一般，还大声地干咳起来。

"伙计，你又病了？"保罗关切地问。

"高烧。"他沙哑着声音回答。

"天啊，好像很严重哦——干吗呢？"保罗很是惊讶。

"都快成烤肉了！我还能干吗？"戴维想笑又笑不出声来。

"哦，可怜的人，我去看看你吧！"保罗同情心大发。

"拜托，你来的时候先到超市去给我买点退烧液。"

"没问题，伙计，等着啊！"

"放心，没那么快就 OK，嘻嘻。"戴维艰难地挤出一丝笑容。

接完保罗的电话，头晕得更厉害了，倒头躺在地毯上，这会儿，他冷得瑟瑟发抖，伸手从床上扯下被子，人又睡了过去。

保罗赶到戴维的住处，摁了半天的门铃没人应答，他叫来公寓管理处的人前来帮忙。

进了戴维的屋，保罗看见戴维像一摊烂泥睡在床边的地毯上，保罗走过去费了好大的劲才把戴维弄到床上。

戴维的身子热得滚烫，保罗从冰箱里弄来一些冰块，装到几个保鲜袋里，给戴维进行物理降温。随后，保罗倒了一些退烧液给戴维喝下，他对戴维大声嚷嚷："但愿上帝保佑你的脑子不会被烧坏！兄弟，看来咱们得上一趟医院了！"不等戴维吱声，保罗找来一条毯子往戴维身上一裹，背起戴维"噌噌噌"就下了楼，然后把戴维往后车位上一放，开着车子往医院呼啸而去。

戴维这一烧竟烧出了个急性肺炎。

戴维住院的第二天傍晚，东方梅得知他生病住院，便在超市里买了一些樱桃和雪梨，匆匆赶来医院探望。

戴维躺在床上打点滴，床头柜上放着医院给他配好的晚餐：一大盅牛肉汤汁和一盘意大利通心面，却一点胃口都没有。

房门开着，东方梅提着一袋水果笑吟吟地走进屋来。戴维愣愣地看着东方梅傻了眼，他不敢相信自己的眼睛，想着是不是在做梦。他掐了掐自己的胳膊：疼，心里一阵狂喜，望着东方梅愣愣地说了两字："真好。"

"外科大夫，你好些了吗？"她关切地询问他。

"梅小姐，你怎么来啦？"他故作轻松，其实，他的胃难受得很。

"对不起，让你受苦了。"她满怀歉意。

"俺乐意。你坐，别累着。"他让她坐到床边的椅子上。

"要不是索菲亚给我打电话，我还不知道你生病了呢，真的很抱歉。"东方梅看见摆在床头柜上的牛肉汤和通心面，便温柔地问："你一点东西都不想吃吗？"

"嗯，胃难受得很，看见这些东西就想吐。"戴维瞟了一眼牛肉汁，皱起了眉头。

"我去给你洗点樱桃？"她起身去洗樱桃，他看见她用一只杯子去装那些颜色鲜艳的樱桃，唾液剧增，高兴地问："你怎么知道我爱吃樱桃？"

"我现在才听你说的呀！"她俏皮地冲他一笑，端着装满樱桃的杯子走进了病房的洗漱间。一会儿，她端着洗干净的樱桃回来，他迫不及待伸手去取杯子里的樱桃吃。

"真甜！"他吃着樱桃望着她傻笑，红色的果汁从嘴角流了出来，她给他递去纸巾，护士站在一旁好生羡慕，说："你俩好恩爱呀！"听护士口无遮拦的这么一说，东方梅脸颊泛起了两朵红云，转向别处装着没听见，戴维一脸俏皮故意问她，"梅小姐，刚才护士说什么？"

"我去给你熬一点牛奶麦片粥来。"她答非所问。

"我现在一点都不饿。"他笑嘻嘻地说。

"晚上肚子饿了怎么办？我还是去给你煮一点麦片粥吧！很快就回来。"她说着就要离开，刚一转身就被戴维冷不丁拉住了手。他瞅着护士走了出去，便央求她说："别走，和我说一会儿话，求你。"

他拉着她的手不放。

"我很快就回来的。"她把手从他手心里轻轻地抽出来。

"一定要去吗？"他一副可怜巴巴的样子望着她。她笑了，用不容置疑的口吻回答他说："外科大夫，你得吃点东西。"

"那就去我的公寓好啦，离这儿近，麦片和牛奶都有现成的。"戴维不等她回答就把家里的钥匙交到她手上。

"你屋里有冰糖吗？"她问。戴维想了一下，回答说："好像还有半块红糖，上回做糖醋鱼给剩下的。"

"红糖也行，我先走了。"她冲他一笑，走了。

戴维望着东方梅的背影消失在门外，心里好一阵温暖。不到一个小时，东方梅捧着热乎乎的牛奶麦片粥回来了。这碗甜滋滋的牛奶麦片粥对极了戴维的胃口，他把牛奶麦片粥喝了个精光，咂着嘴巴说："好吃极了！"

"你喜欢，我明天再给你做。"她很开心地望着他笑。

"嗯，你明天一定要来，不能骗我。"他孩子般的认真。

"我什么时候骗过你？"她笑吟吟地问。

"那，咱们拉个勾吧！"他真的就去拉她的手。她愣住了，当年，她为了一点小事也是这么和凌志拉勾的。看着戴维那张像极了凌志的脸，她一时心潮澎湃、感慨万千。

病人休息的时间到了，戴维依依不舍地和东方梅作别。

"明天你一定要来看我——"他把她刚才放在床头柜上的钥匙交回到她手上，说："这条钥匙就留给你了，我那儿还有一把——"

东方梅愣住了，他这一举动让她十分吃惊。生活的常识告诉她：如果一位女生拥有一位异性家里的钥匙，那就意味他们的关系非同一般——这会儿，他俩的心思想到一块儿去了。

四目相对，他含情脉脉，她满脸的惊讶。

"我想随时喝到你熬的牛奶麦片粥。"他此地无银三百两地向她解释道。

"好吧，我答应你了。"她抿嘴一笑。外貌酷似凌志的戴维让东方梅内心生出一种说不清、道不明的情愫。

想起前天晚上，他不顾一切地为自己遮风御寒的情形，他这点要求一点都不过分，况且……忽然，她心底响起一个极隐秘、极温柔的声音："或许，命运所有的等待都是为了这个人儿的到来——"

谁在说话？这个极其隐秘、极其温柔的声音让东方梅吓了一大跳！令她一时间心思恍惚。

戴维见东方梅忽然变得有些愣愣的样子，以为她哪儿不舒服了，便关切地问："梅，你没事吧？哪儿不舒服吗？"

听他那么温柔地询问，她回过神来，内心极是感动，冲他灿烂一笑，说："没事，明天见，外科大夫。"

她快步走出了他的病房。

一连几日，东方梅下了班都先到 Holiday House Apartment（戴维住的公寓）去把牛奶麦片粥做好，然后再把粥送到戴维的病房，看着戴维把甜滋滋的牛奶麦片粥喝了个精光，她心里有说不出的甜柔。

因为这次生病住院，戴维不仅初步收获了爱情，还收获了众多华人同胞以及国际友人的爱心。

老叶和裴金涛每天下班前都会到病房来探望戴维，和他聊上几句话，佟小慧给戴维做了冰糖炖雪梨羹，肖琴做了戴维最爱吃的刀削面，教会的弟兄姐妹给他送来一大篮新鲜的爱心瓜果，K.L 教堂的学友们特地为他制作了九十九颗幸运星。

有日，保罗陪着老板托马斯忽然来到了病房，戴维又惊又喜又惭愧，他这一住院耽搁实验不说，就连养细胞这样的活都扔给保罗帮忙。托马斯不仅没有责备他，还给他捎来了一个很好的消息，说他上次培养出来的细胞株长得又肥又壮，保罗用他培养出来的细胞株做了一个关键的实验，获得了一组非常漂亮的实验数据。此外，托马斯从保罗那儿听说了戴维风雪送美人的浪漫故事，便很高调地祝福了戴维，幽默地调侃戴维说："戴，听说你这一病喜获了爱情和佳人，咱们科的单身大夫可是羡慕极了！等你病好了，我专门给你预留一个下午的 happy time，主题是如何收获爱情，你得给他们传授一下经验。"

托马斯这一番幽默的调侃，闹得戴维满脸通红。托马斯临走时还特别向戴维交代说："下次我家开 party 的时候，记得带上你的佳人一起来。"

一个礼拜后戴维出院了。

戴维出院这天天气出奇地好，冬日难得一见的太阳竟露出了金灿灿的笑脸，路上的积雪尚未完全融化，向阳处的草地上露出尖尖的草芽儿，一群大雁从天空徐徐降落，雁群很有秩序地排成了一条长队，个个昂首挺腹、慢悠悠地穿过一条州际公路——路两边的车主们在耐心地等待雁群通过。

戴维坐在东方梅的车子上目睹了这颇为壮观的一幕，他兴奋地指着那些优哉游哉穿越公路的大雁对东方梅感叹："瞧，这些大雁出行比英国王室有派头多了！我下辈子就投胎做一只大雁好了！"

"哦，你也相信有轮回啊？"东方梅笑问。

"信！为什么不信？"戴维一脸俏皮。

"你相信有神论？"她有点意外。

"俺不知道到底有没有神？可俺打小就害怕听鬼怪故事，特别是到了晚上。您呐，最好别在晚上和我提到鬼字，俺很怕鬼的，真的。"他俏皮地称她为"您"。

"外科大夫，你真的怕鬼？我才不信呢！你说笑啦！"这类胆小鬼的话从戴维的嘴里说出来一点信服力都没有，作为一介临床大夫，他每天都和生死打交道，怎么可能？东方梅权当他是说笑。不想，戴维却一本正经地向她强调说："真的。拜托，亲爱的，你在晚上千万别和我说鬼的故事，不然，你试试——"他故作一副凶样。

"怎么试？"她一脸天真。

"晚上，你到我家来给我讲鬼的故事试试看？看我怎么收拾你！"戴维笑道，一脸痞相。

"讨厌！"东方梅坚信戴维说的是一句玩笑话。

车子驶入 Holiday House Apartment 停车场，他俩下了车并肩上了楼，东方梅打开房门，戴维眼前一亮：平日邋里邋遢的屋子如今被收拾得整洁干净、焕然一新，他差点还以为走错了房间。

进了屋，他闻到一股别样的清香，他环视屋里的一切：原先粘上污渍的地毯清新洁净，像是换上了新的一般；窗帘显然是被拆下来浆洗过的，书架上的书籍、杂志被整理得像士兵出列一般整齐；床上叠得整齐的被褥也是被清洗过的，戴维从洁净的枕巾嗅到一股栀子花的清香；书桌、茶几、沙发、餐桌、厨房全都被拾掇得整齐干净，一尘不染。咦，书桌上还添了一个崭新的镂花笔筒，各式各样的笔被整齐地收拢在一起，戴维那两把心爱的眼科小手术剪，倒插在五颜六色的笔当中。

屋子的空气中流淌着一股特别清香的气息。戴维惊喜地发现，厨房的餐桌上添了一盆稀罕的绿色植物，远远看去，那盆植物修长健美、秀叶披拂，盈盈的绿叶间露出一些青紫色的花朵，含苞待放的花蕾宛如处子般隐藏在叶间，幽幽的兰香随着呼吸而来……戴维贪婪地呼吸清香的空气，心都醉了。

这盆植物看起来有些眼熟，戴维搜肠刮肚却想不起在哪儿见过，叫什么名字，他想了好半天，还是想不起来。

"它叫什么名字？"戴维指着那盆花卉好奇地问。

"寒兰。"她微笑着回答说。

"没错，就是寒兰。我是知道它的。"他非常惊讶，鼻子往一朵盛开的花朵上嗅，"香，但不醉人。"

他看着她笑。

"寒兰，也叫细叶寒兰。它是兰花族中最重要的一员，最能经受寒冷的一种兰花。"她笑吟吟地补充道。

"我觉得它像极了一个人。"他望着她发呆。

"像一个人？外科大夫，你的想象力真是非同凡响！"她笑了，没有理会他，开始整理从医院带回来的什物。

"梅，难道你不想知道我想说它——像谁吗？"他颇为得意洋洋，又把鼻子伸到花丛去嗅那花的清香，心里对东方梅生出柔柔的爱意，他站着这盆普通的寒兰前，发呆、嗅花、尽说一些没头没脑的话。

东方梅拿起那只空便当饭盒径自去了厨房，在池子里清洗饭盒和一些厨房的用物……她的背影、身段、动作甚是美妙、楚楚动人，戴维极是冲动，轻轻地走到她的背后，很轻柔地去拥抱了她。

她原本在专注做事，冷不丁被他拥抱，脖子根被他的呼吸弄得痒痒……她忍不住笑出声来，举起湿漉漉的双手，声音如黄鹂般悦耳动听。

"外科大夫，你干啥呀？"

"你说呢？我觉得那花很像你。"他在她耳根上说，很温柔地把她的整身子朝他怀里转了过来。

"哎呀呀，你瞧我这手——"她举着湿漉漉的双手，水滴滴到他的脸上，他抓住她湿漉漉的手就往他身上擦，还兴高采烈地对她说："俺就愿意做你的一块抹布。"

他在她光洁的额头上飞快地亲吻了一下，"我吻到你了！"他像孩子般快乐地说："梅，你就像这株寒兰。不对，应该是这株寒兰像你，太美了！"

他随性、浪漫，他的话让她十分感动。

寒兰是一种极其耐寒的花卉，在Ｓ州更是十分稀罕，属于珍稀一类观赏植物。这盆清丽的寒兰是简豪俊的太太在自家院子精心培育出来的。简太太听说东方梅非常喜爱花卉，特意让简豪俊给东方梅送过来。这会儿，东方梅听戴维说，这盆寒兰像极了她，便联想起他俩一同经历的那夜雨雪——寒风中，她被冻得瑟瑟发抖，他亦是狼狈不堪……她"扑哧"一声笑了。

"我哪点像寒兰呐？外科大夫，你真会说笑！"

"我当然不是说笑——！"他满脸认真，指着寒兰说："梅，你仔细观察这盆寒兰——它株型修长健美，叶姿优雅俊秀，花色冷艳，香味清醇，这寒兰有一种飘逸却不乏孤傲的气质，真的很像你。"

"嗯，你很会赏花。"她望着他，内心极是感慨。

"何止只会赏花！"他一副得意扬扬的样子，问道："梅小姐，想不想听听，俺给你说说这盆寒兰的故事？"

"好啊，我洗耳恭听。"她有些意外。

"古人云：赏叶胜过看花，说的就是这盆寒兰。"他一语道出了欣赏兰花的精髓，"古人赞兰有'四清'之德，香清、色清、姿清、韵清。而寒兰则更是甚之，与其他兰种相比，寒兰在'四清'之后续上一个'寒'字。其缘由在于其花开于隆冬腊月且愈寒愈香，其瓣形瘦狭姿色愈显清寒，最美妙的是兰叶间透露出的一种潇洒孤傲的气质，这和独立不迁的人格品质完全媲美。所以，我说这花像你。"

他笑容极好地望着她。

"他是借花在夸我呢！"东方梅报之以灿烂一笑。心想，他对寒兰的点评真是清新脱俗令人刮目，这个外科大夫是有点与众不同。听完他一番精彩的点评之后，她幽默地补充道："外科大夫，寒兰是兰花族中的一员不假，比起它的其他姊妹来说，它更是凌霜冒寒、芳华绝代。可惜呀！我一点都不耐寒，不敢与它比肩。"话毕，她捂着嘴笑。

"听你这么说我就更爱这盆花了！"戴维凝望着东方梅美丽的脸庞，内心泛起一阵绵绵的爱意。

"时间不早了！"她望向他笑吟吟地问："想吃点什么？我去给你做。"

当他听她说"时间不早了！"这句话时心里"咯噔"了一下，以为她马上就要离开了呢！还好，她没走，而是站在原地很好看的微笑着问他"想吃什么？"那一刻，他简直是高兴坏了，急切地向她求证，"你确定能留下来和我一起共进晚餐吗？"

"当然。"她莞尔一笑。她很奇怪这么寻常的一件小事，竟然让他欢天喜地、高兴得像个孩子。她微笑着离开他往冰箱走去，一把打开冰箱的门。

"哇！有那么多好吃的东西呀！"他跟着站在她的身后发出一声惊叫。

"先生，点菜吧！"她俏皮地冲他一笑。

"随便！"他开心极了。

"随便是什么意思？"她问。

"随便就是你做啥我吃啥呗！"他大声地笑道。

"好吧，先生，请你坐到沙发上去稍稍等待。"她优雅地向他做了一个请的手势。

"我可以给你做帮手。"他舍不得离开她。

"我不需要帮手，你去看一会儿电视，我就把吃的做好了！"她看上去有点强势，其实是不想让他累着。毕竟，他刚从医院回来。

"让我看你做菜好吗？"他可怜巴巴地央求她。

"不好。"她态度很坚决，葱白般修长的手往沙发一指，说："到沙发上去乖乖待着看电视。不然，我就不给你做好吃的了。"

虽然她好像是在威胁他，但她俊俏的模样甚是楚楚动人。

"好吧，我投降。"他乖乖地坐到沙发上。打开电视，手里拿着遥控器选择他最喜欢的球赛栏目。

东方梅在厨房里忙着准备做菜的食材，她打算做三菜一汤。白灼一个海虾，酿一碟水豆腐，再炒一个蒜蓉甘蓝，外加一个清淡而富有营养的香菜、瘦肉、三文鱼鱼排汤。正当她忙得不亦乐乎的时候，忽然听到戴维向她提了一个很有意思的问题："梅，你这个姓很特别哦！"他笑吟吟地朝厨房的方向望去，心里很认真地研究起东方梅的名字来。

"不过是一个复姓而已。"她微笑着向他看去，两人的目光在空中相遇，彼此的内心幸福至极。

"单凭'东方'这个复姓已经足够气派了，再加上一个'梅花'的'梅'那就更不得了了！"戴维目光灼灼，声音有些洪亮。

"怎么说？"她莞尔一笑，问。

白灼虾煮熟了，东方梅把熟虾装在一个碟子里，取出一些酱油、醋、香麻油、顺手拍了几粒蒜米，制作白灼虾的蘸料。她瞟了一眼戴维，对方一副洋洋得意的表情。

"你的名字里包含了两个 NO.1。"他说。

"我听妈说，我和哥的名字都是外祖父生前给起好的。外祖父说，妈以后若是生了女孩就沾一个'梅'字，若生了男孩就带一个'剑'字。所以，我叫东方梅，哥的名字叫东方剑。"她朝他莞尔一笑。

"你外祖父肯定是一个了不起的人物！"他很肯定的语气。

"我外公年轻时是一个威武帅气的中国军人，他参加过淞沪战役、台儿庄战役和武汉会战。"

东方梅的语气听上去很平静，说话的内容却不同凡响。戴维听了内心受到极致的震撼，他忽然站起来朝厨房走去，对着忙碌的东方梅感叹道："天啊！你外公太了不起了！"

谈到中国的抗战史必定绕不开这几个赫赫有名的战役，这几个战役不仅扭转了中国抗战的被动局面，还记载着中国军人的巨大牺牲。戴维万万没想到的是东方梅的外公就是这几个战役的亲历者。顿时，戴维对东方梅的外公心生敬意，他夸老人家说："梅，你外公太了不起了！是咱们民族的大英雄啊！"

"是的，我外公很了不起。"东方梅朝戴维很自豪地笑道，接着问："外科大夫，你的名字有什么特别的意义吗？"

"应该没有。俺父母大字不识几个，祖宗三代清一色的普通农民，俺的名字沾不上丝毫的罗曼蒂克。"戴维诙谐地调侃说："不过，俺老爹倒是颇有国际主义情怀，呐——你把我们兄弟的名字连起来念就很有意思了！"

"你兄妹几个？"她问。

"开始查户口了？中！俺给你仔细说说。"戴维俏皮地换上了家乡特有的方言，"梅小姐，请听好了！俺父母生俺兄弟姐妹六个——大哥：戴平；二哥：戴和；本人排行老三：戴维；俺之后还有一个小弟：戴持；之后，还有两个妹妹：戴愉、戴悦。"

"天啊！你们家可真是现实版的超生游击队呀！"她笑了，笑得有点喘不过气来，说："你老爸挺逗的，你们家男孩子全派出去维持世界和平了。"

"你还真是说出了俺老爹的心思。"戴维笑道，心里却颇有点不好意思，他们老戴家尚来就以多子多孙为荣。

"你若是和你小弟换一个位置更好。"

"维持和平？嗯，没错。"戴维把小弟的名字与自个的倒了过来，念出口，自个乐了。

"你们家的女儿都干啥去了？"她笑吟吟地问。

"哦，女儿家家都享受生活去了呗！戴愉、戴悦——俺的两个妹妹又漂亮又贤惠又勤劳还忒旺夫，她俩都嫁了会挣钱的好夫婿，人家的生活过得红红火火，真是遂了老爹的心愿啦！"

"你老爹真有智慧。"东方梅夸奖道。

"谁说不是呢，俺也觉得智慧和文凭没有半毛钱的关系。俺爹只是一介普通的铁路扳道工，俺妈是一家庭妇女。要说俺妈的文凭要比爹的还高着咧。妈是高中毕业，爹只读了高小。"戴维咧嘴一笑，得意扬扬地说，"嗯，俺算是青出于蓝而胜于蓝。"

"是爹的蓝还是妈的蓝？"她俏皮地问。

"不告诉你！"他得意地跷起了二郎腿，轻轻地哼起了小曲。

戴维的爹妈是十四亿中国普通老百姓当中最普通的一对，老夫妇俩心地善良、勤劳朴实，他们带着儿女们远离热闹的城市中心，居住在荒郊铁路边上的一个小站上。这个小站离戴维父亲老家的那个小山庄不远，那个时候，戴维的祖父母都还健在，每当工作闲暇，父亲就领着儿女几个回老家探望。

戴维的祖父母养育了一大群儿女，戴维的父亲也养育了一群儿女，老戴家讲究人丁兴旺、子孙满堂。虽然日子过得清苦，但一大家子四世同堂、尊老爱幼、其乐融融。

戴维的两个兄长一到放学时间，就领着弟妹们沿着铁路边上，拣从火车皮上掉下来的煤渣，捡来的煤渣夏天用于烹煮冬天用来取暖。春天的时候，母亲领着孩子们上山开垦荒地种上地瓜和木薯。他们居住的地方离黄河边上不远，兄弟几个在夏天里去河里游泳、摸鱼、捞虾，这些既能补给营养又让他们快乐无比的小把戏，整个夏天都让他们乐此不疲。

"小时候我们常常惹妈生气。"戴维的思绪回到充满野性的少年，他的少年充满了各种小精彩和小冒险，给那对老实厚道的父母惹了不少小麻烦。

"老爸没多少文化，是个老实人，话不多，在一个偏僻的小站上干了一辈子的扳道活。"说到父亲戴维满脸的敬重和热爱，"不过，爸说了，如果我们哥们几个谁要是干了坏事，他一定会打断我们的'狗腿'。"

"'狗腿'？"东方梅笑道："你老爸好像很暴力哦！"

"话是这么说，但爸好像从没动手打过我们几个，老妈倒是揍过我好几回。瞧，我这'狗腿'好着呢！"戴维大声地笑了起来。

"你爸是个好人。"东方梅对戴维的父亲肃然起敬。

"我也是一个好人啊！难道你没看出来？"戴维得意扬扬毫不谦虚。东方梅假装没听清他的话，不搭理他。他又问：

"梅，你猜猜谁会成为我老爹的儿媳妇？"

"我怎么知道那个幸运儿会是谁？"她瞟了他一眼，俏皮地笑，俊模样甚是迷人。

"要我告诉你吗？"他一下就蹦到厨房，狡黠地望着她笑，她看也不看他，命令道："外科大夫，请你把这虾和酱料摆到餐桌上。"

她的声音不高却极有魅惑力。

"你不想知道老戴家的三媳妇儿是谁吗？"他嬉皮笑脸。

"不想。"她的声音悦耳动听，接着吩咐道："把这个蒜蓉和甘蓝也摆到餐桌上去。哦，三文鱼排汤也烧好了！"

她把备好的葱和芫荽一齐撒到滚烫的汤里，整个屋子立即弥散着瘦肉三文鱼排汤特有的清香。

"真的不想？"他贴近她。

"讨厌。"她嗔道。

他忽然搂紧她的小蛮腰，贴着她的耳根小声说："你——就是俺老戴家的三媳妇儿！"

"坏蛋！"她从他怀里挣脱出来，对着他举起一把长勺，满脸的娇羞，他站得笔直，俏皮地向她行了一个军礼："是，长官，我把所有的菜都送到餐桌上去！"

四十

自东方梅在迈克住的那个村子见过艾略特的"四月花"之后，又过去了几个礼拜，S州才真正地步入春天。

现在，覆盖在 Olentangy River 厚厚的冰层已完全融化——厚重、浑黄的河水变得清澈欢畅，两岸的草甸子碧绿如洗，五颜六色的迎春花肆意绽放，河面到处是成群结队的野鸭子。它们在河里游荡、嬉戏，有的把头扎到水中觅食，有的仰着长颈向天"嘎嘎"欢叫，鸭妈妈带着一群毛茸茸的小鸭子，钻进颇为幽暗的水边灌木丛，惊起灌木丛里的一只小鸟，小鸟扑棱着小翅膀惊慌飞出，小鸭子扬起羽翼未丰的小翅膀，一副幸灾乐祸的小样。

橙树、杨柳、榆树枝条上的绿叶愈是茂密了，紫色丁香看上去给人几分神秘感，黄色的连翘金光闪闪耀人的眼，木兰、郁金香、紫罗兰、迎春、吊兰仿佛是约好似的齐齐怒放，妖娆的长寿花惹得一群蜂蝶围着它飞舞，蒲公英的花絮在芬芳的空气中到处飞扬，美丽的红雀鸟藏在浓密的七叶树中婉转鸣叫，新生代小松鼠沿着经冬的松树干上蹿下跳、眼睛睁得贼亮……春回大地，万物复苏，天地间上演着一曲气势恢宏的交响乐。

佟小慧到周莺莺老板 Dan 的实验室做了两个礼拜的 volunteer，得到了Dan 的赏识。周五上午这天，Dan 把佟小慧叫到办公室，问她愿不愿意留下来做一名技术员。佟小慧十分高兴之际，但考虑到自己的实际情况，她向Dan 申请了一份 part-time job。

佟小慧从 Dan 的办公室出来，立马就给丈夫裴金涛打电话去报喜，不想，电话那头是忙音，估计裴金涛又去了动物中心。动物中心在大楼的地下层，几乎没有信号。

这天，佟小慧在实验室配制了十几瓶不同的培养基，差不多下班的时候，她看见周莺莺从外边回来，便把好消息告诉周莺莺，周莺莺听了高兴得跳起来去拥抱佟小慧，说："你真行呀！两个礼拜的工夫就拿到了 offer！Dan 也够待见你的了！告诉裴博士了没？"

"电话没打通，估计又去了动物房。"佟小慧说这话的时候，她的手机响了，是东方梅打来的。

"小慧姐，我们为成成申请的慈善资助已经 work 了！回头，您留意一下邮箱的信息。"东方梅十分喜悦的语气。

佟小慧今天可是双喜临门！她高兴得差点跳起来，她很开心地对电话里的东方梅说："小梅，我正有好消息要告诉你呢！"

"什么好消息？"对方好奇地问。

"我拿到 offer 了！"佟小慧中大彩似的小声地叫了起来。

"太好了！恭喜小慧姐！"听声音东方梅比佟小慧更激动。

"下周末，我们家举办 party。小梅，你和戴维一起来！"佟小慧正式向东方梅发出了邀请。

"小慧姐，您是好事连连呐，咱们是得庆贺一下。"东方梅愉快地接受了佟小慧的邀请。

经过一番努力，佟小慧从全职太太回到了职业妇女的队伍。

虽然，这只是一份普通的 part time 工作，但，对佟小慧来说意义却十分重大。佟小慧和丈夫裴金涛是大学时代的同学——他们是 20 世纪 80 年代的"天之骄子"，是时代的宠儿。

在那个崇尚科学、崇尚文明、改革开放的年代，他们那代人就像对待初恋情人一样痴迷地去追求知识、追求真理，他们有理想、有梦想、有抱负，他们的大学生活过得诗意和浪漫。

他们把阅读、探索和思考作为生活当中最愉悦和最幸福的事情。他们内心平静，不骄不躁，大家都非常勤奋和努力，非常谦卑和自律，他们的生活充满了阳光，质朴美好。

被称作 80 年代的"天之骄子"的那一代大学生，他们赶上了中国改革开放的美好时代——鉴于各路人才奇缺，各类高校怀着"得天下英才而育之"的家国情怀，学校开明，老师尽职；无论大学、中专、职业技工学校，学生们毕业、就业一条龙，国家统一分配工作，统一分配入住免费的福利房。

年轻人的婚恋价值取向十分注重对方的人品和才华，婚礼崇向简朴、大方、实在——在单位上发几粒喜糖或是在公布栏上发一则喜讯，两个人的终身大事就算礼成。按当今的网络语来说，他们是真正意义上的"裸婚"（指物质）一族。

有人认为，80 年代那拨大学生是最有梦想、最幸福的一代；甚至，有人认为他们是中国的最后一拨精神贵族。

从另一个角度来看，那是一个极其倡导妇女独立精神的黄金时代：中国妇女的经济地位前所未有的独立，奠定了妇女们非同凡响的社会地位；中国妇女在社会各个领域做出的贡献成绩斐然。最能体现出中国女性集体力量、团队精神、最杰出的——要数 20 世纪 80 年代在世界杯赛、世锦赛、奥运会上连创"世界大赛五连冠"的中国女排。

中国社会对妇女作用的肯定和尊重空前绝后。佟小慧就是在这么一个浓郁的社会氛围和大背景下成长起来的女性，一个相当独立的知识女性。她很清楚自己所需要的安全感不仅来自婚姻的稳定和丈夫的忠诚，更源于自身的经济和思想的独立。

周一早晨，佟小慧一如既往地给丈夫和儿子准备早餐，待丈夫和儿子相继出门上班、上学后，她稍稍收拾一下，跟着出门上班去了。佟小慧乘坐的是早上八点半那趟校园巴士。

这天，佟小慧走在去搭校园巴士的路上，她想起了周一晚上 K.L 教堂的英语学习。

自从去 Dan 的实验室做 volunteer 后，因为顾及家庭和工作，她已经很长一段时间没去 K.L 教堂参加英语学习了。佟小慧猜想 K.L 教堂该添了不少的新学员。今天的活不多，她想提前下班，回家给丈夫和儿子准备好晚餐，然后，上一趟 K.L 教堂去见见老师和学友们。她很享受和大家在一起学习、做游戏的时光。

佟小慧下班回到家里，立即动手做晚上的饭菜，做好后，自己先吃了晚饭，六点半左右，她穿上一件风衣出了门，坐上校园巴士，直奔 K.L 教堂。

正如佟小慧所想，K.L 教堂的英语义教学习不但添了不少新学员，还添了不少新老师。让她感到有些意外的是，在教堂里没有见到东方梅。索菲亚代替迈克组织学员去看电影短片，由于新学员较多，基础学习分成了三个小组，三个小组的义教老师分别是米雪儿、芭比、亚当和贝利，这些老师都是新来的，佟小慧很快就和他们熟悉了。

米雪儿很年轻，性格活泼开朗，笑点很低，随时都会听到她发出清脆的笑声。她长着一张圆圆的娃娃脸，一双蓝色的大眼睛，胖墩墩的矮个儿。她自称是一个素食主义者，同时，也是一个独身主义者。

米雪儿是一所幼儿园的钢琴教师，她喜欢动物，是动物协会的主干成员，她养了一只纯白毛宠物哈巴狗，名叫甜甜，她喜欢把甜甜一起带到教会里来做义教。甜甜不到一岁，模样长得乖巧可爱，十分讨人喜欢。

芭比老师是一个中等个儿、慈眉善目的中年妇女，她不高不矮，不胖不瘦，属于保养得极好的那类美国女士。她是一个受过高等教育的全职太太，今年，最小的儿子考上了一所常春藤大学，丈夫在政府部门供职，芭比现在拥有大把自由的时间。芭比大学时代主修教育学，三个儿子在她的精心教育和管理下，人品极好，才华更是各有各的出众，邻居们都夸芭比夫妇是妥妥的人生赢家。

芭比夫妇信奉上帝，是一对虔诚的基督徒，打小儿子上大学后，芭比决定从今以后，全心全意到教堂来做义工，回报上帝对他们家的厚爱。

亚当是一个微微发胖的中年男士，也是一个 IT 人士，在一个世界五百强的公司上班。亚当喜欢旅游、喜欢冒险，当然，他曾经的梦想是要做一名中学老师。遗憾的是，囿于种种原因，他一天都没当过老师，在选择专业方面，他完全听从老父亲的愿望，他是美国男孩当中少有的听话孩子。

亚当到 K.L 教堂来做义教，多半是去想圆他当老师的一个梦想。他和米雪儿一样，奉行独身主义和素食主义。

听了亚当和米雪儿的自我介绍，佟小慧有一种误入特别群体的错觉。之前，她听说过美国人特立独行的种种癖好，如今，她亲眼看见，似乎也十分寻常，没有想象中的大惊小怪。由于这个缘故，佟小慧多看了亚当和米雪儿两眼——他俩和普通人确实没什么区别。

有意思的是，对方似乎看穿了佟小慧的心思，两人不约而同又颇为热情地望着佟小慧笑笑，表情十分坦然。

贝利老师最后一个自我介绍，他刚刚从密西根大学社会公共管理学院的硕士研究生毕业，目前在 S 州政府部门做一份信访工作。贝利老师是一个非洲裔美国人，黑黝黝的皮肤和洁白光亮的牙齿形成强烈的反差，他的笑容里透露出一股满满的自信。贝利是一个很阳光、很清纯的大男孩，他的目光清澈、天真无邪，留给人一种非常美好的印象。

东方梅已经很久没来 K.L 教堂做义教了。

这段日子，她的工作被安排得非常满、非常繁忙。另外，她和戴维恋爱了。东方梅没来教堂，戴维也在教堂消失了影踪。

从上次风雪夜送东方梅回家，生了一场不大不小的病后，戴维彻底沦陷在东方梅的爱情里——坠入了爱河。

戴维态度非常明确、行动非常果敢，他向东方梅展开了热烈的爱情攻势，这是他有生以来，第一次强烈地感受到内心对神圣爱情的渴望。可是，东方梅对他的态度若即若离，很多时候，他揣摩不透她的心思，他索性就当她默认了他这个男朋友。

戴维沉醉在爱情当中，每天都活力十足，快乐无比。他浑身有使不完的劲，他的心每时每刻都被一种叫"快乐"的东西填满，无论是醒着还是梦里，他的心里都是东方梅的影子。

他神采飞扬、健步如飞，宛如四月的阳光，无论走到哪儿，哪儿都是明晃晃、亮堂堂，就连晚上睡去的那一刻，他都带着透明的快乐。

他每天早早去实验室做实验，中午咖啡时间，他必定会给东方梅打电话，问她是否吃过午饭。咖啡时间过后，他要么去听一场综合性的学术报告，要么去临床取标本。

戴维一天到晚忙得不亦乐乎，忙得无比开心和快乐。

傍晚下班，戴维准时把车开到东亚系大楼前，只等东方梅的身影出现在东亚系的大门，便快步跑上前去，迎接他心中的女王。他悉心殷勤地照顾她登车、落座，然后，和所有恋爱中的年轻人一样，他们不断地变换着各种方式，去消遣属于他们美好的时光。

东方梅有一段日子没有自己开车上班了。每日，戴维早晚接送，态度殷勤、悉心周到，东方梅那辆漂亮的新车就这样孤零零地被冷落在地下车库。

东方梅喜欢吃日本料理，戴维投其所好殷勤相陪一同前往。他俩的爱情在悄悄地、热烈地进行着，没有卡翠娜和小川一郎的爱情高调，但爱情的甜蜜度有过之而无不及。

他俩成了 High Street 边上 Sushi 日本料理店的常客。

这家名叫 Sushi 的日本料理店，被主人装修得金碧辉煌、精致典雅，深红色的地板配上深红色的樱桃木餐桌，既煽情又经典；屋顶吊着一盏晶莹剔透的琉璃灯，灯光辉映着包厢，既温馨又魅惑；墙上挂着一小帧日本江户时代风格的浮世绘画，很容易给人造成一种穿越时空的恍惚……幽暗中，纯美的日本轻音乐缓缓流淌，这种温馨浪漫的氛围，深得恋人们的青睐。

戴维和东方梅面对面坐在临窗的位子上，在等候美食的时间里，他俩轻声曼妙地说着体己的话，偶尔一顾窗外的景色，夜幕下的 Olentangy River 带着几分妩媚和诡秘，心情甚是惬意。

在这个弥漫着另类深度和典雅的东方文化餐馆里，精美的食物、怀旧的仕女浮世绘、古典的乐曲、奇妙的爱情很容易带给恋人们一种奢华的享受。东方梅喜欢那种穿越时空、似幻似真的体验，这种体验——戴维还未能与她产生共鸣，但丝毫不妨碍他对她的浓情蜜意。

他灼热的目光始终没有离开过她。她时而微微蹙眉，时而露出纯美的欢畅的笑颜。她的一颦一笑、一举一动在他眼里，十分妩媚、优雅、迷人。偶尔，他会被她那种颇为高冷而又仪态万方的高贵气质所震撼。

他忽然担心，唯恐品位和她不在同一个层面或是在某个谈话的细节，会不会遭到她嫌弃。谢天谢地！他小心观察，她似乎没有对他产生丝毫的鄙夷，相反，她在听他说话时，表现出一种极大的好奇和兴趣。还好，她没有和他继续深入谈论关于日本浮世绘画的风格，更没有谈论那些对他来说，宛如天方夜谭一样的其他艺术上的事情。

她很少说话，多数时间都在微笑着倾听他的胡说八道。他拥有大部分的话语权，东扯西扯，扯生活当中他最拿手、最熟悉的那些小把戏。出乎他的意料之外，这些小把戏对她而言竟是十分有趣和好笑。她常常被他的一个冷笑话惹得低低地笑出声来。他得意极了，心里十分感慨："能和她在一起是多么奢侈的享受啊！"

这家日本料理店在 S 州颇有名气，美食的原材料全是当日从日本本土空运过来，店里的师傅个个身怀绝活。如果顾客愿意，可以坐在漂亮的高脚椅子上，隔着透明的玻璃面对面地欣赏师傅们匠心独具的各种绝活。

每款料理经过厨师们的精心制作，皆以优雅的姿态诱人馋涎的色相呈现在食客的面前。经过舌尖与美食的亲密接触，食客的味蕾就这样被 Sushi 店的美食牢牢地锁住了。

餐馆一年四季宾客满座，美食供不应求。前来问鼎的顾客需要提前几日预定，而且，还被要求限额，也就是说这家餐馆的出品每天都有定量的。为了能预定到 Sushi 的周末餐票，戴维常常在三天前就预定好了。

那是一个令人惬意的周末。

戴维和东方梅从日本料理店走出来。夜色正浓，夜空中有一弯弯的下弦月，天地苍茫，树影婆娑，微风送来百花的暗香，远处三两声雏鸟的鸣叫。

"夜色真美！"东方梅感叹道，微笑着朝戴维望去。正好，他也在看向她。四目相对，两人深情款款。

"这么美好的月夜，我真想听你演奏一曲古筝。"他满脸期待，她温柔一笑，说："好，我给你演奏一曲古筝。"

他随她来到了她的公寓。

她端坐在心爱的古筝前。而他，站在离古筝一步之遥的前方，身子斜斜地倚在一张椅子背上，帅气十足地注视着他爱慕的人儿。她微微一笑，倾国又倾城。他的心醉了。

"先生，想听什么曲子？"

"《茉莉花》。"

"好，《茉莉花》。"她美目流转，十指如葱，轻轻一拨——优美的旋律立即将他带入空山路远之地……他的心彻底沦陷在她的温柔之乡。

她一头乌发原是随意地绾起的，经不起她柔美的一丝微力，顷刻间，宛如瀑布般倾泻下来……

质感温婉的紧身纯羊绒上衣，勾勒出她曲线柔美的小蛮腰，凸显她丰颐美胸的轮廓——她时而抬腕垂眉、时而轻舒秀手，她抬头瞟他一眼，明眸皓齿、巧笑嫣然，一勾、一抹、一挑、一剔、一劈……一连串漂亮的动作灵动、优美，令人叫绝。

柔和的壁灯投射在她极其俊秀的脸上，半明半暗中，挺拔的鼻梁灵巧笔直、生动可人，小嘴唇微微翘起，娇羞可人，他看得心生爱怜，心旌摇荡。

正当，他沉醉于她的美，古筝音律戛然而止。

"结束啦？"他意犹未尽。

"还未尽兴？好，再给你演绎一曲——？"她很豪爽，抿嘴一笑，一扬手，另一曲古筝悠悠而出，时而高亢、时而缠绵——不知不觉，他进入了一种美得无与伦比的意境之中……

她以一个漂亮的动作收尾。

"你刚才演奏的是什么曲目？"他温柔而富于磁性的男中音轻轻地敲打着她的芳心。

"《出水莲》。"她的眼眶忽然溢满了泪水。唯恐被他看见笑话，她轻柔地一低首，一滴硕大的泪珠洒落在筝弦上……终究，她抵挡不住他投射过来的多情的目光。

这个叫戴维的人，酷似深藏在她岁月深处的凌志。

他悄然走到她的身边，俯下身子去搂她的香肩，在她耳边极其温柔地问："你怎么啦？"

这一富有磁性的男中音带着神奇的俘获力穿越时空而来——既遥远而又熟悉，既亲切又动人，她内心最后一道防线被他的柔情突破……

她惶恐而不知所措，双手落在古筝上，引发一阵争鸣——哗然流响的筝韵，宛如她内心炙热的回响，激起了他内心爱的波澜……他强有力的双臂轻柔地从她的身后去环抱着她，温热的嘴唇贴在她的耳根上，他急促的呼吸诱惑了她——两只热唇贴在一起。

一阵奇妙的电流迅速地穿过她的心脏，继而化作一股强大的暖流，裹在她心灵上那层厚厚的冰迅速融化。

他狂热而冲动地去吻她的红唇。

"梅，我爱你。"他充满着诱惑的男中音令她天旋地转，她被一只无形的手拽着往一个极温暖的地方掉……起初，她还想做一些挣扎，最后，她知道，那只是徒劳。

情感泛滥，她完全失去了所谓的理智。

"戴维——"她呻吟般地呼唤着他的名字。这一呼唤，彻底地激起了他的疯狂，他生命的激情彻底地被燃烧——他抱起她勇敢地向卧室走去，他轻轻地把她放到床上。

她躺在他面前，恬静而圣洁，美貌而娇羞——她惊心动魄的美，致命地刺激着他原始的冲动。他目光如水，很轻柔地替她解去衣裳——她，宛如月下一株不胜娇羞的红莲，红莲瓣上的甘露令他如饥似渴……他忘情地去深吻她那甜美而充满魅惑的甘霖……她没有挣扎，她湿润而富于弹性的红唇，激起他一发不可收的爱怜……

世界对他来说早已不存在，排山倒海的野性和征服欲令他不顾一切地向她狂奔——他温柔地爱抚着她那富有弹性的丰乳，轻唤着她可爱的名字，热烈而绵长地访问了她圣洁的处女地。

当爱的风暴呼啸而去，洁白的床单上落下梅花点点，他为自己的粗鲁感到深深内疚。他温柔地搂着她不敢去看她的眼，轻柔地问她："疼吗？"她低低地回答说："疼。"

他无限爱怜地亲吻着她的额头。

经历了人生第一次暴风骤雨似的爱情，她耗尽了生命的元气。她一动不动地躺在他的怀里任他爱抚，散发着汗香的一缕秀发散在她美丽的脸颊，他轻轻地替她把那一缕秀发捋好，对她耳语："你好美，我很爱你。"她忽然流下了眼泪，他又心疼又惊讶，问："为什么哭了呢？"

"好累。"她说。他稍稍松了一口气，抱紧了她，安慰她说："你再睡一会儿，我抱着你。"

她在他怀里幸福地闭上了眼睛。

这幸福来得突然，她心潮起伏、思绪万千……她还未做好充分的心理准备，这神圣的男女之爱突如其来。她内心反复自问：这是在爱了吗？真的是在爱了吗？一种极幸福又极宿命的苍凉油然而生……在他充满了阳刚之暖的怀抱里，在他俊美英挺的身躯下，她的骄傲被他摧毁得片甲不留。

"梅，我想让你记住——我是深爱你的，我对你的情意，一生一世都不会改变。这话很老土对吧？我告诉你，我是真心的——我真的很爱很爱你。"

当戴维触摸到东方梅脸颊上那滴温润的泪珠时，他心疼极了，他深刻地意识到爱情赋予男儿肩上的重量。他既幸福又内疚，轻柔地问她："你睡了吗？你听见我的心在为你跳动了吗？我很爱你！"

她没有回答，他当她是睡着了。

因为有了这种神圣而亲密的关系，戴维和东方梅开始了另一种崭新的生活——他俩像一对快乐的小鸟，在两个人的公寓之间飞来飞去，度过了一段非常亲密相爱的时光。

四十一

周四上午，佟小慧上班见到周莺莺立即向她发出了邀请——周末来她家参加 party。不想，周莺莺满脸兴奋地告诉佟小慧说，她昨天就向老板告了假，今天中午就得离开 S 州前去旧金山。

"你和 Grand 又去浪漫啦！"佟小慧以为周莺莺和男朋友外出旅游。周莺莺神秘一笑，回答说："这次，我可不是和 Grand 去浪漫，实话告诉你——"周莺莺贴着佟小慧的耳根子低声说："赶明儿，各州都有华人组团去旧金山参加护卫北京奥运火炬的传递。知道了吧？这可是一件大事！"

"那是大事呀！你们怎么知道这个消息的？你要不告诉我，我可是一点都不知道！可惜，这回我和老裴都去不了啦！"

佟小慧又意外又惊喜又遗憾，她太埋头于日常的琐碎生活了，这么大的一件事情事前一无所知，她真是惭愧极了！

"Anyway，整个华人圈都轰动啦，就你俩不知道。"周莺莺耸耸肩，面带一丝不屑的表情。佟小慧更是羞愧极了，见佟小慧面露羞愧之色，周莺莺心软了又安慰起佟小慧来，她说：

"小慧，这事你不知道也不奇怪，很多华人原先也不知道。之前，奥运火炬传递的路线是非常保密的。可气的是，CNN 电台某些人心术不正给提前播报了。这世界就有那么一些不安好心，唯恐天下不乱的人。不过，咱们不怕，咱们人多，各州的华人都一齐上，人多力量大啊！嘿嘿，北京奥运火炬的传递，咱们一定得赢！"周莺莺一副巾帼不让须眉的豪迈。

"你们是自驾上去吗？"佟小慧问。

"是呀，我和教会的弟兄姐妹开十几辆车子一块儿。"周莺莺的口气像是带兵上战场打仗似的，他们兵源充足、粮草富裕、得意扬扬。她说："沿途还会有其他州的华人车队不断地加入进来，小慧，你想象一下，咱们的队伍多壮观呀！一路浩浩荡荡奔旧金山去！"

"唉，我家老裴怎么也不知道这件大事呢！"佟小慧还在为这事自责。

"你家老裴就算知道他也走不了呀！Dr.温会给他放假吗？除非太阳打西边升起！"周莺莺满脸鄙夷。

"不一定吧？"佟小慧嘴上这么说，心里却也没有底。

"不信？你试试。"周莺莺瞪着大眼睛看着佟小慧嚷嚷："你打个电话让老裴找Dr.温试试，可别说是我让你干的哦。"

"莺莺，早知道的话，我真想和你们一块去呢。"佟小慧说。周莺莺听了佟小慧的话很是感动，她安慰小慧说："爱国的方式有很多，不一定人人都得上前线，对吧？这次嘛，你就使劲为我们加油好了！"

周莺莺安慰起人来也是一套套的。

"我怎么使劲法？"佟小慧傻傻地问，她一门心思想着自己去不了旧金山，什么忙也帮不上，心情沮丧着呢。

"记得和你家博士一起上教堂为我们祷告啊！正义站在我们这边，上帝站在我们这一边，我们必胜！"周莺莺挥了挥拳头。

"好吧，我们一家都去教堂为你们做祷告，等你们的凯旋。"佟小慧说话的底气足了起来。

"必须的。"周莺莺信心十足地握紧拳头说。

"你们注意安全，再见。"佟小慧和周莺莺道别完，立即给东方梅打去电话——东方梅接到佟小慧的电话，正在赶往High Street星巴克咖啡馆的路上，她去赴索菲亚之约，她很高兴地接受了佟小慧的盛情邀请。

那是四月底一个阳光明媚的上午。

阳光静静地照着碧绿油亮的新叶子，像无数的小镜子到处闪闪发光。索菲亚在电话里说，有一件非常重要的事情要亲口告诉东方梅。东方梅一路走一路在猜想："索菲亚会给我带来什么重要的消息呢？"

自从与戴维相爱之后，东方梅忙于工作兼顾恋爱，几乎没有时间再去参加 K.L 教堂的义教活动，她和索菲亚有好些时日没见过面了。另一方面，戴维也很忙碌，他既要在实验室里完成实验，又要跟随托马斯到临床去观摩手术。此外，为了他和东方梅将来的生活，他开始为参加美国临床职业医师的各种考证做充分的准备。戴维和东方梅各自忙得不亦乐乎，两人常常工作很晚才回到家（戴维住的 Holiday House Apartmen）。

他们自己在家做简单的饭菜，东方梅和戴维的厨艺都不差，戴维的北方饭菜简单，东方梅的南方厨艺精致，两人轮换着做，过着既浪漫又充满了生活情趣的小日子。

鉴于 Holiday House Apartmen 离他俩上班的地方较近，周一至周五的上班时间，他们住在 Holiday House Apartmen。到了周末，两人又跑去东方梅的 Rose 1480 公寓居住。

每个周末的清晨，人们都会看见戴维和东方梅这一对璧人，在 Olentangy River 边上的小道上慢跑或是漫步，这对青春靓丽的年轻爱侣，浑身洋溢着幸福的气息，感染了每一个从身边经过的路人。

两个坠入爱河的年轻人，在时光的闲暇里，尽情地享受着属于他们甜柔的爱情生活。

…………

"哦，亲爱的梅，好久不见。"索菲亚和东方梅一见面便亲热地拥抱在一起。

索菲亚的体态看上去更显富态了。今天，索菲亚的好心情全都写在脸上，她笑起来就像一朵怒放的牡丹花。相反，东方梅看上去略显清丽却格外精神，她神采飞扬、顾盼生辉，妩媚的笑容如同流蜜一般。

"梅！我就要当妈妈了！"索菲亚一坐下来就迫不及待地对东方梅说，湛蓝色的大眼睛暴露了她内心巨大的幸福。

"天啊！你真的要当妈妈啦？真好！索菲亚！你太伟大了！"巨大的幸福冲击着东方梅的心扉，她开心地去拉索菲亚的手，她感慨万分地对索菲亚说："你和西蒙的虔诚终于感动了上帝！"

"是啊，感谢万能的主！一切都借着他的恩典和祝福。"索菲亚非常虔诚地在胸前划了一个十字，无限幸福地说："梅，当妈妈真是一件非常非常幸福的事情。"

"哦，快和我说说——他踢了你没有？我猜想，他是个调皮的小子！"

"早着呢，我昨天才去医院做妊娠检查，医生说才一个月大。咦，你怎么会觉得他是一个小子呢？"索菲亚很奇怪。

"你不喜欢小子吗？"东方梅俏皮地笑。

"我家西蒙说小子和姑娘他都喜欢。"索菲亚满脸幸福。

"我听人家说怀孕早期反应会很大。索菲亚，你现在有没有反应？"东方梅关切地问。

"好像没什么反应。"索菲亚忽然有点不安。

"估计是还没到时间吧！"东方梅安慰道。

"对呀，医生说了每个孕妇的情况都有所不同。"索菲亚笑道。

"嗯，我嫂嫂怀孕那会儿就开始看《育儿大全》。初为人母很需要这方面的指导。"

"哦，那我去买一本《育儿大全》来看看？等我有了实战经验，还可以指导你呢！"索菲亚美美地说。

"索菲亚，我可没那么快。"东方梅羞红了脸，她漫不经心地朝着窗外看了一眼。窗外，一只花雀鸟像是受了惊吓，扑棱棱地从树冠丛中飞了出来，向远处飞去。

"瞧你，害羞啦？告诉我——外科大夫对你好不好？我好久没见着他了，他好吗？"

"好。"东方梅暖暖的目光看了索菲亚一眼，心里十分幸福。

"老戴真有魅力。"索菲亚俏皮地称戴维为"老戴"她小声而神秘地问："我听保罗说，你俩要去拉斯维加斯登记结婚？"

"保罗都知道啦？这个戴维呐，长着一张大嘴巴！"东方梅娇嗔道，她脸腮上的颜色更深了，像是上了一层深色胭脂。

在他们的爱情生活中，戴维高兴起来就像一个大孩子。他对她说：要去拉斯维加斯举办婚礼，说那才够浪漫、够神速。他还说，他很爱很爱她，他实在是等不及啦！将来，他们还要回中国去操办一场正儿八经的婚礼，让老父亲为他们选一个良辰吉日，他要用八抬大轿热热闹闹地把东方梅迎进老戴家的大门。

拉斯维加斯具有"世界娱乐之都"和"结婚之都"的美称，拉斯维加斯Clark County Marriage License Bureau（克拉克县民政局）办理的结婚手续是目前世界上最简单、也是最神速的。并且，**在拉斯维加斯举办结婚**，无需拘泥于传统的烦琐，情侣们随心所欲，**既浪漫又随个性**。东方梅心想：就目前她和戴维的情况，去拉斯维加斯登记结婚不乏为一个简单妥当的好办法。

"结婚是件大喜事，美人儿，无论如何，我和西蒙都会祝福你们恩恩爱爱、白头偕老。"

"谢谢索菲亚！"

"梅，我想悄悄地问你一个问题，你和迈克认识那么久了——你对他，从来都没有产生过爱情吗？"索菲亚的声音很轻柔，让东方梅感受到那种唯有闺蜜之间才有的贴心。从前，索菲亚问过她这类问题，她只能一笑而过。如今，索菲亚老调重弹，不仅不会勾起东方梅的难堪，反而让她感到有一点释然。

迈克，在东方梅内心是一个绕不开的话题，东方梅多么希望有人能和她谈谈体己的话儿，这个人非索菲亚莫属。

"对不起，索菲亚。之前，我以为自己对爱情已经完全绝望。可是，戴维的出现唤起了我对爱情的渴望——索菲亚，也许，以往的一切都是为了铺垫他今天的出现……我这么说是不是很宿命啊？"东方梅的肺腑之言像是问索菲亚又像是自问。

"戴维让你完全变了一个人。"索菲亚一针见血。

"是好还是不好？"她傻傻地问。

"说到戴维，你整个人容光焕发气色红润，你说是好还是不好？"索菲亚目光清澈、笑容可掬地反问道，她取笑东方梅说："你就承认了罢！在我看来，戴维就像一支兴奋剂、美容剂，瞧，你脸颊红得就像是抹了深红色的胭脂似的。不瞒你说，我一开始就看出端倪来了，你俩是一见钟情，真正的郎才女貌！"

"谢谢。"东方梅感激的目光看向索菲亚，她和戴维的爱情能被索菲亚理解和祝福，她的心温润至极。当东方梅听到索菲亚说"戴维就像一支兴奋剂、美容剂"时，忍不住笑出声来。

"你说——他就像一支兴奋剂？索菲亚，说实话，戴维长得酷似我年少时的一位朋友。"

"青梅竹马？求细节？"索菲亚狡黠地盯着东方梅笑。

"不过是一厢情愿。"东方梅自嘲。

"谁的一厢情愿？"索菲亚追问。

"我——"东方梅此刻已没有了丝毫的伤感。

"你？不会吧？"索菲亚颇感意外。在她眼里，东方梅才貌双全、出类拔萃，诸如东方梅这类优秀的女子，同性都会发自内心去喜欢她，更何况是异性？单恋或是暗恋，可以发生在任何一个人的身上，但是，若是发生在东方梅身上，索菲亚认为那简直就是天方夜谭。

"梅，我一点都不相信。"

"是的。千真万确，我在人家的心目中不过是一只丑小鸭。"东方梅坦然地笑道。

"能够让梅小姐害单相思的人，应该也是一个出类拔萃的人物吧。"索菲亚忽然想起了什么，"啊"了一声，接着说："我想起来了！梅，当年，你忽然改变主意不回国，就因为他吗？噢，我的天！你在西雅图还生了一场大病，难道也是因为他？"

东方梅微笑着点点头，声音很平静地说："那时候，我刚刚收到他新婚的消息。"

"Oh，My God！太残忍了！梅，我很难过。可怜的姑娘！"索菲亚很体恤地去拉东方梅手，颇有感触地说："我明白了，可怜的迈克向你表白总不是时候。"

索菲亚用"总不是时候"来形容迈克与东方梅两人擦肩而过的情缘。当初，迈克遇见东方梅可谓是一见钟情，然而，东方梅的心里早就有了别人，等到她好不容易走出单恋的阴影，却又遇上了酷似故人的戴维……唉！一往情深的迈克和情感多舛的东方梅终究是有缘无分。

"梅，你不会把戴维当成那个青梅竹马的朋友吧？"索菲亚既为迈克惋惜又为东方梅担心。

"他俩是完全不同的两类人。"东方梅的回答冷静而清晰。看来，她对爱情是有足够认识的，索菲亚为东方梅感到高兴和欣慰。

"梅，祝你和戴维一生幸福。"

"谢谢。索菲亚，眼前发生的一切似乎太快了。其实，我自己都还没有完全回过神来，就像是做了一场很美的梦……我不知道该如何告诉迈克？"

"噢，你一直都没有和迈克说起你们的事情吗？也就是说，迈克并不知道你俩结婚的事情？"索菲亚有点意外。

东方梅颔首沉默，心绪很是复杂。索菲亚小声而关切地问："你是不是担心迈克不能理解？"

"不知道。"东方梅眼眶忽然被泪水盈满。索菲亚见此情形，便拉着东方梅的手安慰她说，"爱，没有什么对和错，爱了就爱了。我相信，迈克会理解的。我保证。"

"谢谢。"听索菲亚这么说，东方梅笑着落泪。索菲亚给她递去一张纸巾，哄孩子的语气说，"瞧，你脸上的胭脂都给弄花了，被你家外科大夫看见该笑话你啦！"

"索菲亚，我好久没有迈克的信息了！不知道他在中国过得好不好？"东方梅轻轻擦去脸上的泪水。

"你们不是一直都有联系的吗？"索菲亚非常惊讶。

"开始是有的。后来，忽然就没有了。"东方梅支支吾吾道，她和戴维恋爱那段时间，确实把迈克给忽略了。自从她和戴维从拉斯维加斯新婚回来后，再也没有收到迈克的邮件。她怀疑，迈克会不会是从其他途径知道了她和戴维结婚的消息，想必迈克是故意躲着她，也许迈克以后都不会再和她有往来了。

"迈克离开 S 州应该有三个多月了吧？"索菲亚掐着手指算了算，忽然问："迈克换了新邮箱你知不知道？"不待东方梅回答，她"噢"了一声，"天啊！迈克说让我转告你的，我偏偏把这件大事给忘了！梅，都怪我！都怪我！你是不是还往他那个旧邮箱寄邮件？"

"是啊。"东方梅点点头。

"问题就出在这儿了，都怪我。"索菲亚十分自责，她安慰东方梅说："找个适当的机会，你亲自和迈克说，我相信迈克一定会祝福你们的。"

"谢谢索菲亚。"

得知和迈克失联的原因后，东方梅稍稍释怀，她的邮箱很可能把迈克的新邮件默认为垃圾邮件给处理了。

回到办公室，东方梅在第一时间打开她的私人邮箱，果然，在垃圾邮箱里，她看到迈克一连写来的好几封邮件。她怀着几分喜悦、十分内疚的心情去阅读迈克的邮件。

从邮件中得知，迈克在中国的工作开展得十分顺利。迈克在邮件里一如既往地给东方梅讲述，他在工作中遇见的每一个人和每一件有趣的事，他的文笔一贯幽默、风趣，令东方梅不时捧腹。随后，东方梅从迈克的字里行间读出了他淡淡的感伤。迈克在邮件里追忆他们在一起的快乐时光，说他抽空回了一趟北大，在他们当年一起走过的小道上漫步、徘徊，说未名湖的水依然清澈、岸边的杨柳美好如初，只是来来去去的新人已换了好几茬……他深情的描述让东方梅感动得几度落泪。

最后，迈克提到了他们当年最喜爱的哲学老师——Mr. 霍，说 Mr. 霍与电影界的一位女演员正在筹划婚姻大事。当年，Mr. 霍因为没有遇上类似波伏娃式的女孩，一直坚持不谈恋爱、不结婚，甚至扬言要保持独身主义。

因为迈克的到来，Mr. 霍召集在京的老学生们欢聚一堂。Mr. 霍的女朋友也来了，那是一个非常漂亮的中法混血女子，无论外貌、着装颇乃至言谈举止都颇有几分波伏娃的做派。席间，迈克还意外地见到了东方梅昔日的同窗好友加闺蜜苏日娜。苏日娜的父亲得了脑瘤，苏日娜专程从德国回来陪同父亲一起来北京治病。

东方梅怀着十分内疚和不知从何而言的心情，给迈克回了一封寓意深长的书信，她在邮件里写道：

"迈克，见信好。原谅我迟迟回复，世事总是难料，宛如 Mr. 霍遇见他生命中的'波伏娃'，苏日娜遇见她的德国先生，每个人的命运都充满了奇迹……迈克，我希望，将来我的遇见能得到你的理解和祝福……"（写到这里，东方梅十分犹豫——她觉得，在邮件里和迈克谈戴维不是最好的方式，而且，现在还不是最好的时机。）

东方梅笔锋一转，写道：

"迈克，今天我和索菲亚坐在从前咱们常去的咖啡馆里喝咖啡，我们很开心，有一个非常令人兴奋的好消息要告诉你：索菲亚要当妈妈了！自你离开美国后，我们的生活发生了很大的变化——我亲爱的朋友，我该如何开口向你描摹生活当中的一些变化呢？此时此刻，我只想告诉你的是：无论岁月如何流逝，无论我们的生活如何改变，无论将来的命运如何，我都十分恳切地请你相信：我们那份真挚的友情是永远不会改变的。如果，在以往的岁月中，我曾令你伤怀，请求你千万原谅。如果，我曾给你带来过快乐，也请你千万把它遗忘。此情此刻，我的朋友，我有许多话想要对你说，可是，我只能请你原谅我的缄默……迈克，我亲爱的朋友，我真诚地祝福你开心、快乐。同时，也请你和我一道为索菲亚和西蒙他们祈祷吧！愿仁慈的上帝看顾他们的孩子，愿你在中国的一切均好！你的朋友：梅。"

东方梅写给迈克的信内容写得很隐晦，可她又希望聪明的迈克能从字里行间读懂她的一点心情。

她把邮件发出去后，就像是背着重重的行囊越过了一座高山，内心的负重得到些许的释放。

四十二

　　如果说，凌志曾给东方梅一种类似爱情的感性体验，那么，戴维却非常真实地将东方梅拽入了爱情之海。在戴维和东方梅的爱情进程中，有一个人起到了推波助澜作用。她，就是风情万种的意大利女孩——维多娜佳。

　　维多娜佳向戴维表白爱情遭到拒绝后，这位热情万丈的意大利女孩对戴维的渴慕并没有因此而退步。相反，她对戴维更加充满了渴望和好奇，当她得知东方梅就是戴维钟情的女子时，她又羡慕又生出几分望尘莫及的感慨。

　　维多娜佳不是一个轻言放弃追求的意大利女孩，对事业如此，对爱情更是如此。

　　"没有爱情的生活真是不可想象。"维多娜佳每想到戴维，耳边便响起祖先的这句谚语。

　　她自幼受这句座右铭的熏陶，在极其推崇"爱情"的氛围中长大，她浪漫多情、无所畏惧，她的脉管里流动着意大利民族最容易澎湃的血液、最善于竞争的基因。源于对爱情的渴慕，源于对爱情敢于竞争的天性，维多娜佳在东方梅与戴维之间演绎了一段非常浪漫的小插曲。

　　某天中午，维多娜佳穿戴艳丽、做派时尚，前来约东方梅在四季餐厅的咖啡厅见面。她在电话里对东方梅说："梅小姐，我有非常重要的事情要向您宣布——咖啡时间，咱们在四季餐厅见。"

　　东方梅怀着几分好奇的心情前来赴维多娜佳之约。

　　维多娜佳一头金色的波浪长卷发，用一条颜色鲜艳的丝带高高束起。红黄双色大彩花高腰迷你短裙把她的美胸、长腰、秀腿勾勒得凹凸有致、性感十足，她浓妆艳抹、明眸皓齿、耳佩银环、风情万种地出现在东方梅面前。

正当东方梅猜想维多娜佳将要对她宣布什么神秘的事儿之际，美艳熏香的维多娜佳略带几分俏皮、单刀直入地向东方梅宣战了，她说："Ms. 梅，我今天来找您，就是想亲口告诉您，我想和您将要竞争戴维的爱情。没办法，我爱上他了，怎么办呢？咱们竞争吧！我知道他心里喜欢您！但是，我也喜欢他！"

维多娜佳快言快语，完全没有意识到自己的话充满了矛盾。她很优雅地朝东方梅耸耸肩，俏皮的语气和表情像是在开玩笑又像是在和东方梅说别人的故事。东方梅微微一笑，说："维多娜佳，你真是一个可爱的女孩。我听说意大利女孩十分浪漫，没想到你还十分勇敢。"

"嗯，这么说，您同意了？ Ms. 梅，我可是认真的。"维多娜佳听东方梅夸她勇敢，开心极了，歪着脑袋瓜儿问。

"哦，你约我来就为了谈这个事情？"

"您不相信我是来和您竞争戴维的吗？"维多娜佳双手优雅地挥动着，模样可爱极了，东方梅想笑，但忍住了。她柔声地问维多娜佳："小姐，你认为真正的爱情需要竞争吗？"

"当然，这——"维多娜佳听了东方梅的话愣了一下，又以一副顽皮的表情问："为什么不需要竞争呢？"

"那么，咱们如何竞争？"东方梅的语气很温柔。

"热情。嗯，我拥有意大利太阳般的热情……"维多娜佳比画着，仿佛她就是那颗将对方融化的太阳。

"你太有趣了！"东方梅轻轻地笑了起来，说："维多娜佳，你没有正面回答我的问题。"

"竞争"这两个字从维多娜佳的嘴里说出来，丝毫没有让对手感到它的真实存在。相反，让东方梅觉得这位意大利姑娘十分有趣，她一时望着维多娜佳微笑不语。

"梅小姐，我这么说，难道您没有感觉到一点点压力？"维多娜佳颇为吃惊。

"嗯，你是太阳，我是月亮，咱俩没有可比性啊。"东方梅风趣地说。她有点好奇，维多娜佳怎么会那么坦白地跑来向她提这样的一个问题？她真是一个与众不同的女孩！

"无论如何，竞争是存在的。至少，我和戴已经迈出了一小步……"维多娜佳诡秘的表情朝东方梅笑笑，举起咖啡杯放到嘴边很性感地啜了一小口。

"一小步？"东方梅有点疑惑。

"是的，非常有意思的一小步！"维多娜佳颇为得意地打了一个响指："Ms.梅，现在，您还打算放弃和我竞争吗？"

"竞争戴维？"东方梅笑笑、耸耸肩，优雅起身，"维多娜佳，咱们的咖啡时间结束了。"

"好吧，Ms.梅，今天就当我是来向你下挑战书的。"维多娜佳得意扬扬跟着站了起来。

…………

"维多娜佳真像是一个孩子！"东方梅在回办公室的路上，回想维多娜佳说话的情形，抿嘴一笑。转而，她又细细地回想维多娜佳说的那句话："我和戴维迈开了一小步？"东方梅百思不得其解："难道他俩还能有什么秘密？维多娜佳为什么会突然提出竞争戴维？"

东方梅的心情忽然有些怅然。

恋爱中的人容易生疑，聪慧的东方梅也不例外。维多娜佳如此坦白地提出要和她竞争戴维，让东方梅浮想联翩——不久前，戴维一双亮晶晶的目光看着她，颇为霸道地对她说："梅，你是我的 terminal（终点站）！"

"Terminal"？这个词真有意思！原先，东方梅并不在意这个词，被维多娜佳这么一来"竞争"，她就认真琢磨起这个"词"来了。戴维为什么说她是他的"terminal"？难道，之前他经历过无数个"她"？其中，也包括维多娜佳？当然，就维多娜佳本身而言，漂亮、性感，万种风情，她身上这些女性的优点，对一般男生来说，魅力非凡，不可阻挡。

"我们的爱情是不是发展得太快了呢？！"东方梅轻轻一叹，"情不知所起却一往情深"她对他隔岸观火，不知不觉变成了一只扑火的飞蛾。

面对维多娜佳的挑战，东方梅表面上云淡风轻，其实，她那颗敏感的心却被维多娜佳一句挑起了微澜。回到办公室，东方梅即刻给戴维拨去电话，电话那端处于忙音。她反复拨了几次，终于，有人接电话了。

"我要进手术室了，回头联系你。"戴维在电话里说了这么一句话，匆忙把电话挂了。

东方梅的眼泪很不争气"唰"地掉了下来。

外表酷似凌志的戴维，有着与凌志完全不同的性情。自从与戴维相爱之后，东方梅的神经变得十分脆弱，情绪经常起伏，动不动就掉眼泪……私下，她曾悄悄地拿戴维和凌志做过比较，他俩是多么的不同啊！

凌志性情温和，为人中庸周全，做事四平八稳，待她宽厚可亲、呵护有加，从不伤害她的骄傲，俨然一位和蔼可亲的兄长。而戴维不仅个性分明，还很容易冲动，他外表貌似强大，内心却敏感脆弱；他时而温柔体贴，时而大大咧咧；他莽撞多情，略带一丝痞气；他脱口而出的言谈诙谐有趣，常常令人忍俊不禁；他有时候很霸道、不讲理，甚至胡说八道，而且，随手就可以破坏她的骄傲。唉，这个叫戴维的人，轻而易举就把她这些年辛辛苦苦地经营起来的、看似坚固的外壳和所谓的骄傲砸了一个粉碎。

戴维，就像一块磁铁牢牢地吸引了东方梅。有日，她毫不设防地对他说起——他长得酷似她昔日的某个故人。他听了就莫名其妙地冲她表示愤怒，很霸道对她大声嚷嚷："东方梅，告诉你，我就是我，绝不可能是别人的代名词！"

自然，外貌酷似凌志的戴维在东方梅的心里绝对不是别人的"代名词"，他完全彻底地俘获了她的芳心。她失去了所谓的骄傲，她把生命的本色赤裸裸地展现在他的面前——这个美丽、纯粹、骄傲的女人，甘心情愿地做了他的爱情俘虏，做了他的女人。

"'至少，我和戴已经迈开了一小步'维多娜佳这话是什么意思？"东方梅开始胡思乱想，并且越想越是生气。

天光渐渐地暗了下去，路灯的光晕，过往的车灯魅影般掠过她办公室的窗前，她懒得去开灯，许是受周围环境的魅惑，她的心情陷入一片灰暗当中……忽然，手机铃声大作，把沉思默想中的她被吓了一跳。她接起电话一听，是保罗打来的。

"Hello！梅，您在哪儿？"保罗的声音格外响亮。

"我在办公室。"

"可是，您的办公室是黑灯瞎火的呀！梅，我就在您办公室的楼下！"保罗电话里的声音很洪亮。

"保罗，你没和由美子在一起吗？"东方梅有点惊讶。

"我刚下手术台，联系不上由美子，她的手机关机了。"保罗很着急的语气。

"哦，她今天有外派，不过，这时候她应该回来了呀。"东方梅打开办公室的灯光，看了一眼墙上的钟点。

"她不会有事吧？"保罗急了，又问："由美子去什么地方？"

"你稍等，我去她办公室看一下。"东方梅打着电话出了门，穿过走廊来到由美子的办公室。那门轻轻一推就开了，由美子的椅上搭着一条围巾，午饭的便当搁在台上，看情形，由美子还没回来。

东方梅用座机试试拨打由美子的手机号码，居然给接通了。由美子说她正在赶回来的路上。

"你让保罗在东亚系待一会儿，我马上就到。手机刚充了一点儿电，你就打进来了！"由美子在电话里笑嘻嘻地说。

东方梅从由美子办公室走出来，回到自己的办公室稍稍作收拾，下楼寻保罗来了，保罗站在东亚系楼下听东方梅说到由美子的情况，又问她："戴维怎么没来接您？"

"他不是和你一起手术的吗？"东方梅鼻子酸酸的。

"哦，对了！老板找他有事呢！估计他也快来了！"保罗看了一下手表，提议说："咱们一起去四季咖啡厅喝咖啡等他俩？"

"也好。"

保罗和东方梅坐在四季餐厅的包厢里喝咖啡、闲聊。闲聊中，保罗聊到他那位意大利朋友开酒庄的事情，不知不觉就聊到维多娜佳的调酒技艺……保罗不经意就把维多娜佳请戴维喝酒的那件事情给说漏了嘴。东方梅睁大了眼睛，她满脸惊讶地望着保罗。

保罗担心东方梅听了他的话会对戴维产生误会，就把那晚带戴维去意大利朋友的酒庄品酒，巧遇维多娜佳以及戴维后来赴维多娜佳家庭 party 之约的前后经过，一五一十毫无保留地给东方梅说了。冰雪聪明的东方梅自然领会保罗的一番好意，听完事情的经过，她又惊讶又欣慰。原来维多娜佳跑来对她说的那一句——"至少，我和戴已经迈开了一小步"指的就是这个呀！东方梅心里释怀了。

为了不让东方梅对戴维产生误会，保罗还特别向东方梅介绍了意大利人的风土人情，他颇为风趣地对东方梅说："意大利姑娘的浪漫让绅士们无法抵挡，多半是意大利红酒惹出来的祸，我保证这和罗曼蒂克毫不相关。"

"这么说全是红酒惹的祸啰！"东方梅风趣地笑道。

保罗立马向东方梅保证说："梅小姐，我担保，从今以后戴维肯定不会再和维多娜佳单独去喝红酒啦！如果，他敢，我就替您收拾他好了！"保罗做了一个很 power 的动作。

东方梅笑了。

"谢谢保罗！"她举起咖啡杯和保罗轻轻地碰了一下。同样是坐在这个四季咖啡厅里，东方梅的心情上午与傍晚截然不同。

东方梅和保罗喝了约莫半个时辰的咖啡，戴维和由美子几乎是同时到达。这两对热恋中的情人，彼此的眼睛里流淌着蜜一般的甜柔，他们拥着各自的爱侣互道晚安。

如此特别的一天，维多娜佳和保罗先后出现，两人给东方梅带来的信息令东方梅心潮起伏、感慨万千。就那么一天的时间，她心的历程仿佛经历了好几个世纪那么漫长，她尝到了爱情酸楚的滋味。

在戴维的情感世界，因为拥有了东方梅，同样掀起了无与伦比的幸福的波澜。他爱她，是一种从未有过的刻骨铭心；她让他释怀了过往的一切，让他学会了对生活感恩、超脱和豁然；他对她的爱，超过了生命当中的一切；因为她的到来，他找回了最初的自己——那个非常认真、追求完美、独立不阿的男子，她让他触摸到了自己内心深处最真实的快乐和诉求。他终于明白：以往所经历的种种不过是要迎接她的到来。

他是如此爱她，每个白天和夜晚，每个工作的空闲，每时每刻，他都会情不自禁地去想她、去关注她。有时候，因为太想她太爱她的缘故，他的心都会悄悄落泪。都说"男儿有泪不轻弹"，戴维为东方梅落的是幸福之泪，他万万没想到，他那幸福之泪却温润了她寂寞的心田。此刻，他紧紧地拥抱着他的爱人，发自肺腑地对她说："You are my terminal!"

她浅浅一笑，问他："你是一个浪人？"

他立刻明白她嘲笑他的含义，大笑着地回答她说："是啊，我本来就是一个浪人，到处流浪、没人要的那个浪人！但是，因为有了你，我的心从此不会再去流浪了！"

他笑着落泪。她望向他，满脸诧异。

…………

因为一个比较复杂的手术，保罗、托马斯和戴维在手术台上忙乎了一整天。戴维从手术台上走下来的时候，两条腿就像是灌了铅似的沉。然而，在走下手术台的那一刻，他立即想起了东方梅，顾不得周身劳顿，他开着车子直奔东亚语言系的方向来了。

由美子和保罗像两只快乐的小鸟先飞走了。

咖啡厅已打烊，长长的走廊上空空荡荡，戴维和东方梅这一双璧人相对而立，四目相对，他俩清晰地听见了彼此的呼吸。

柔和的壁灯中，东方梅一双美丽的眼睛闪着晶莹剔透的泪光，她亭亭玉立、楚楚动人。戴维忍不住内心的爱恋和冲动将她拥入怀里，轻柔地问她：

"你今天是怎么啦？"东方梅百感交集、泪如雨下。戴维见此情形，连连自责今天因为太忙而冷落了她。

"对不起，我今天真的是太忙了！"他央求她，"原谅我好吗？以后，我保证再忙也要听老婆的电话。梅，我诚心诚意地向作你检讨，好不好？"他说着去亲她的额头。

"不原谅！就是不原谅！"她噘起小嘴，一脸梨花带露不胜的娇羞。他默然一笑，俯首去亲吻她脸颊上的一滴泪。

"嗯，有点咸。"他俏皮地说。

"讨厌！"她被他逗笑了。

"咱们回家！"他强壮有力的双臂一把将她抱在怀里大步朝大门走去。

回到戴维的公寓，他拥着她坐到沙发上，柔声问她："今天到底发生了什么事情？你还在生我的气吗？"

"你说呢？"她噘着那张小嘴。

"让我想想——"他很好心情地把他的脸贴在她的额头上，俏皮地对她说："噢，你这额头儿真是漂亮！"

"讨厌！"她伸出如葱白般漂亮的手指去揉他的腹部，风趣地笑他，"你这肚子里装了什么？"

"稻草！"他的反应很机敏，一把抓住她的手哈哈大笑，问："你是在变相骂俺腹内草莽之人吗？没错！俺现在就是那位幸福的宝哥哥！"

"OK，我知道你读过《红楼梦》——"东方梅乜着眼睛看着戴维笑道，她想起上次风雪夜，他在小树林里给她细数的那一大堆名著。

"哼，你这个骄傲的女人！俺告诉你，俺不仅读过《红楼梦》！俺还读过捷克最伟大的作家米兰·昆德拉的一部小说……噢，叫什么来着？"他忽然短路，轻轻地拍了一下脑瓜，略略一想，又兴高采烈地说："对了！就是——《生命不能承受之轻》！"

"*The Unbearable Lightness of Being.*"东方梅用娴熟的英文俏皮地替他纠

正道："中文翻译过来应该是《不能承受的生命之轻》！"

"Yes，yes，没错，就是这部小说。亲爱的，这下，咱们终于找到共同语言啦！"他欢天喜地看着她说。她也眨着眼睛看他，意味深长地问："那么说，你是托马斯的同伙啰？"

"你这小脑瓜究竟在想些什么啊？你以为我会上你的当吗？"聪明的他当然明白她话里有话。他用手指轻轻地点了一点她漂亮的额头，说："我还知道米兰·昆德拉有一条非常著名的语录。"

"说来听听。"她十分好奇。

"'人类一思考，上帝就偷笑。'——"他说。

"No，No，外科大夫，'人类一思考，上帝就偷笑'这句话应该是出自犹太谚语，不是米兰·昆德拉的原创。"她纠正道。

"瞧，这就是——为什么'人类一思考，上帝就偷笑'的答案了！"戴维指着东方梅呵呵大笑，"还有一句：人在思考的时候往往抓不住真理。"他颇为得意地自嘲："这是戴维语录。"

"鸡同鸭讲。"东方梅说了一句粤语。

"无论如何——托马斯都算得上是一介很优秀的外科大夫，让他去干粉墙工这样的粗活实在是暴殄天物啊！"他忽然不想和东方梅继续谈论托马斯这个话题了，因为托马斯不是好男人的代表，他有太多情人，他怕东方梅联想过于丰富。他很后悔刚才不该向她提什么米兰·昆德拉，他不过是一时得意，想向她炫耀一下自己的文学功底。没想，却给自己惹来了麻烦。唉，女人啊女人，天生就是敏感多疑的尤物。

"托马斯算不上是一位优秀的男人，更不配做一个好丈夫。"东方梅果然反驳了。

"我没说他是一个好丈夫。我只是从同行这个角度来说，他的确是一个非常优秀的外科大夫。"戴维决定立即结束这个话题，他一骨碌站了起来，大声对她嚷嚷："唉，稻草人现在饿极了！戴太太，你有什么可以给稻草人填饱肚子的吗？"他迈开大步朝厨房走去，打开冰箱拿出一只苹果，往衣服上蹭了一下，就往嘴里送。东方梅看得真切，急得站了起来，叫道："喂！有这样吃苹果的吗？还大夫呢！"她走到他跟前一把他手里的苹果拿了下来。

"我知道有人爱惜我的胃。"他眼神极温柔地看着她笑。

"谁爱惜你的胃？自作多情！等着，我去给你做碗面条吃。"她说着走到厨房的门后取下那条荷叶镶边的围裙围在腰身上，转过身来冷不丁被戴维抱在怀里，他又激动又俏皮地对她耳语："梅，我忽然发现——你就是那个躺在涂着树脂草筐里顺着河流到达我生命堤岸的小天使！"

话一出口，他立即意识到自己又犯了一个弥天大错！他觍着脸苦笑着，小声咒骂：米兰·昆德拉真是一个超级骗子。

"在我看来，你不打自招。"她笑着离开了他的怀抱。

"亲爱的，我不是托马斯，你也不能是特蕾莎。"他很严肃认真地对她说。

"一边歇着去。"她笑了，她明白他想表达的含义。他回到客厅半躺在沙发上把电视打开，目光却跟随着在厨房里忙碌的她转——她的身材颀长、优美，烹调姿势甚是优雅，他越看越喜欢。

"今天什么事情令你这么不开心？"他问。

"吃你的醋呀！"她回答说。水龙头的水声很响，他隐约听到一个"醋"字，便以为她在找醋，指示她说："抬起你漂亮的脑袋儿，喏——醋就搁在左边的橱柜里。"

"笨蛋！"她嗔道。

"说谁呢？！"他傻傻地问。见她并没有去找醋，他立即就明白过来了，笑着吹了一声好听的口哨。

"说说你和那个意大利女孩吧！你俩的故事。"她瞟了他一眼，表情严肃、一本正经的语气。

"您说维多娜佳？哦，她又漂亮又 sexy，难得的一个美人儿！"他不假思索、脱口而出，"可是，我俩怎么可能会有故事？咦，梅老师，她也是您的学生啊，这个我就不用向您介绍了吧？"他嬉皮笑脸，一副与他毫不相关的神情。

"坦白交代！"她娇嗔地命令道。

"我猜，她就想跑我这儿来，给我做一盘意大利通心粉，仅此而已。"他得意扬扬。

"嗬，原来你喜欢吃意大利通心粉呀？早说啊！"她把手中的活儿停下，一副嘲讽的口吻。

"No，意大利通心粉一点都不合我口味。梅老师，我最爱吃的还是您亲手做的清水挂面！"他笑道。

"美得你，清水面做好了！"她很快就端出热气腾腾的一碗热面条，轻轻地搁在茶几上。

"哈，我说喜欢清水面，你真的就给做清水面啊？怎么一点肉星儿都看不见？梅小姐，你怎么可以这样虐待你亲爱的丈夫？"他对着那碗清水面一脸苦瓜相。

"谁的丈夫啊？人家又没有嫁给你！"他那句"亲爱的丈夫"令她羞得面如桃花，她给他递上一双筷子，把一小碟配菜搁到茶几上。

"你知道我说的是谁？"他笑嘻嘻地看着她，她把围裙脱下来挂到厨房的门后上，转过身来，故作一副严肃的态度对他说，"别转移话题，把刚才那个问题交代清楚，我等着呢！"

她一屁股坐在他身边的沙发上。

"动真格啦！"他一副可怜相，笑嘻嘻地问："我能有什么问题？我和她都是您一手教出来的学生。不过，我还真是纳闷，戴太太，我和维多娜佳那点破事儿你是怎么知道的？"

"纸包不住火呗！"她得意地笑。

"保罗说的？"他把一小碟配菜倒到面条里，用筷子去搅拌那碗热气腾腾的面条。

"维多娜佳今天来找我了。"她说。

她的话令他倒吸一口凉气，他又惊讶又警惕，停下了筷子，很严肃地问："维多娜佳和你说了些什么？"

"她说——她是你的女朋友！"她用探奇的眼光看向他。

"屁！她什么时候成了我的女朋友？想冤死我啊！Shit。"他脱口骂了一句粗话。

"哦，那你得感谢保罗。"她笑道。

"保罗又告诉你什么啦？改天我请他喝酒去！这哥们儿还真行！"他心里一阵轻松。

"简妮酒庄的调酒师风情万种吧？"她笑问。

"啥？我对调酒师一点兴趣都没有！"他知道她说的那个调酒师是谁，他故作轻松地耸耸肩。

"啥叫不感兴趣？"她一副调侃的语气。

他立马明白自己又犯了一个低级错误，他害怕她会想岔过一边去，便急急忙忙地向她解释。

"梅老师，请您原谅我用词不当。您知道，我的语文成绩一向不好，特别是用词方面，一贯都很糟糕。归根结底，就是俺不够重视人文修养，不注重学习的恶果。"

他很诚恳地向她检讨。

"今天，我十分慎重地向您发誓：从今以后，我要多向梅老师学习、请教，恳请梅老师多多批判。"

他的检讨又诚恳又滑稽，她忍不住笑出声来，她说："快吃吧，你的面条要凉了。"

"你笑起来真好看！"他松了一口气，端起那碗面，狼吞虎咽、风卷残云，转眼，一海碗汤面全倒到肚子里。他很享受地咂砸嘴，一副欢快的语气说："这面好吃极了！里头是不是搁了鸡精？"

"我从不用鸡精。"她一脸不屑。

"那，怎么会那么好吃？有一种奇特的鲜味！"他一脸不可思议的表情望着她。

"很简单，它不是一碗清水面。"她洋洋得意，把碗筷送到厨房里去，一边冲洗一边得意地向他介绍她的杰作，"这碗汤是用瘦肉熬出来的汁，再加上荷包蛋、蘑菇，还有几只圣女果……"

"圣女果？我没吃着呀！"他急切地问。她抿嘴一笑，打开冰箱拿出一只鸽子蛋大小的西红柿向他展示。

"喏，就是这个。"

"不就是小一号的西红柿嘛！瞧你说得文绉绉的。"他一副漫不经心的态度，颇为得意的口吻说："我在伊犁见过很多稀奇古怪的水果，闭着眼睛都能把它们数出来。不信，我给你数数？"

不等她回答，他果真闭起眼睛给她数起水果来了。

"蟠桃、伽师甜瓜、巴旦杏、阿月浑子、沙棘……咦，我还真是没见过这枚圣女果哦！不对，应该是小西红柿。"他睁开了眼睛。

"圣女果是南方的佳果，你这个北方的娃自然不会认识它。"她一副得意扬扬的语气。

"好吧，算我这个北方娃见识少。不过，我现在总算是认识它了！"他很得意地笑，他说："梅，伊犁可是一个好地方呀，号称塞外江南。有机会，我领你一起上那儿去看看。"说到伊犁，他突然心血来潮，问她，"你想不想听听我那段'曲线救国'的故事？"

"'曲线救国'？好啊，说来听听。"她笑如春风。虽然，他俩是同一代人又都属同一代人中的佼佼者，但是，他俩的生活际遇大不相同。戴维没有直接回答东方梅的问题，而是向她提出另一个问题："梅小姐，你知不知道我们是怎么看待你们北大外语系女生的吗？"

"怎么看？"她好奇极了。

"北大是国之利器、国之栋梁，北大外语系的女生就更了不得啦！我听说，你们北大的毕业生不是进中央级的部门就是出国留学，哪像我们这些可怜的小医生啊！到了毕业季，就像蒲公英一样随风流浪，飘落到九百万平方公里的任何一个角落，唉……"他轻轻一叹，笑了。

"你这话照我听来十分诗情画意！"她鼓起掌来笑道："可是，我也知道你们有不少人留在京城里做大夫的，我不认为你们和我们有多少差别。"

"能留在京城的大多是有背景的人。像我这样一没背景、二没经济实力的穷学生，唯一的选择就是支援边疆。"

"哦，原来这就是你的'曲线救国'啊？很有趣！"她笑了，笑容极美，他痴痴地望着她连连点头，颇有些得意地笑道："还好，我的支边生活并没有想象中那么可怕。相反，我收割了许多意外的惊喜，添了许多与众不同的生活内容。"

他的表情忽然变得肃穆。

"我永远都不会忘记，第一次看见飞翔在草原上空的那只雏鹰。那一刻，我就像一只小鸟忽然找到了蓝天；那一刻，我忽然发觉自己的选择不再是无奈和被动的，我甚至为我的选择有些骄傲。"

"你说这话的时候就像是一个哲人。"她赞许道。

"哲人？我认为诗人比哲人更有趣。梅小姐，你也许不知道，我喜欢诗，更喜欢词，我研究过词的韵律，非常有趣，很美。我还会填词，你想得到吗？"他颇为得意洋洋。

"填词？噢，那是一种很严格的文体！"东方梅直起了小蛮腰。唐诗宋词堪称中华民族的文化瑰宝，宋词更是华夏民族的一朵文化奇葩。出于欣赏，东方梅爱不释手，倘若要她去学填词，就望而生畏了。戴维告诉她，他不仅喜爱词，还会填词，这点令她感到意外，对他刮目相看。

"梅，我是一个讲究严谨的人，我讨厌煽情、讨厌废话。词，它讲究简洁、格律，这很符合我的性情……"

他借说"词"来向她表明心志，他从容不迫、侃侃而谈，有一时刻，他完全迷住了她的心魂。

"我最害怕的就是词和散文这两种文体了！"她仰望着他，满脸的惊喜和讶异。她根本没有听明白他是在借词来表达心志的弦外之音，相反，她很着迷他对词这种文体的鉴赏。

她专心致志地聆听的模样甚是可爱，他忍不住用手指背轻轻地刮了一下她那高挺漂亮的鼻梁，又温柔地捧起她那张美丽的脸庞，目光灼热看着她的眼睛，很温柔地对她说："什么样的风格对我来说一点儿都不重要。梅小姐，我只希望你听仔细啰，俺不抽烟、不酗酒、不赌博、不那啥……总之，请你务必相信，我将会是一个非常好的丈夫。"

"这和我有什么关系？"她俏皮地问。

"哦，我将会是你的好丈夫。戴太太，难道你还听不明白吗？"他飞快地吻了她那只温润的唇，俯在她耳边轻声问道："你想不想听听我在伊犁'曲线救国'的故事？"

她面如桃花，微笑着点点头。

他开始向她描述他支边的一段岁月。

在伊犁，他学会了骑马，学会了喝当地人做的葡萄酒和马奶酒……最后，他得出结论：伊犁的白酒可以和伏特加、威士忌这类高度酒媲美。

由于极其兴奋的缘故，他竟忘了刚才不酗酒之说，当然，她好像也没有留意到他的话有什么可挑剔的地方。他俩所表现出来的这类情形，再一次证明恋爱中的男女情商和智商均为零。

除了个人遭遇那段意外的感情之外，戴维把在伊犁那几年的生活，用一种颇为诗意的基调向东方梅做了一个大概的描述。

"你一定想象不出伊犁的秋天有多美！简直就是一种无法描摹的大美！天空碧蓝，就像一块巨大的水晶刚刚从天池里洗出来，如果恰好遇上一群白鸽打着鸽哨从透明的天空飞过，立刻就能勾画出一条神秘的弧线……转眼，白鸽不见了身影，一串清脆的鸣叫声依旧留在广袤的苍穹中。"

"梅，伊犁的秋天真是太美了！就连平时那些最平凡普通的树叶，到了秋天全都变得金碧辉煌。哦，特别是那整排的白桦树。总之，就一个字：美！"

他滔滔不绝。她突然问："伊犁有枫叶吗？"

"有啊！不过，伊犁属于北疆，随处可见的是白桦树——成排、成片、成林，它们的树干修长、挺拔，树叶一年四季变换着不同的颜色。唉，你没去看过伊犁的白桦树，真是遗憾。"他说。

"如果一个人在白桦树林中散步，你会有一种既凄凉又温暖的感觉。"他很温柔地看了她一眼。

"那，你见过胡杨吗？"她又想到另外一种植物。

"见过。得跑很远的地方，托克拉克大多生长在南疆。"他用维吾尔语说出胡杨的名字。

"托克拉克？"她一脸疑惑的表情。他忍不住呵呵大笑，俏皮地问："你不会把托克拉克当成美少女吧？"

"估计会。"她翘起小嘴。

"傻！"他很疼爱的语气，他说："托克拉克在维吾尔语中就是胡杨的意思，它被喻为'最美丽的树'。当然，你愿意的话也可以当它是树中的一位美少女啊！哼哼。"他很得意地耸耸肩。

"我听说胡杨很神奇？"她一副半信半疑的表情。

"没错。它们确实是一种很神奇的树木。"他满脸敬畏，感叹道："它们活着昂首一千年，死后挺立一千年，倒下不朽一千年。"

"我看过它们的照片！"她兴高采烈地说。

"照片上的胡杨和现实中的差了十万八千里。将来有机会，我带你走一趟咱们的大新疆，从南疆到北疆咱们走一个遍。梅，新疆还有一种很好喝的马奶酒。"

他不知不觉又说起了酒。

"你不是说你不喜欢酗酒的吗？"她终于发现了问题。

"酗酒和喝酒两码事，我肯定不会酗酒的。"他很认真的态度，他说："但是，我也不会拒绝去品尝世间的美酒。梅小姐，请您注意：这是品尝——"他颇有些得意地她辩解。

"马奶酒就是'阿日里'呗，我也知道。"她说出马奶酒的另一个名字，颇为得意洋洋。

"'阿日里'是什么意思？"他有点意外。

"'阿日里'，蒙古语就是马奶酒。"她很得意地向他解释。

"原来你会说蒙古语啊！早说呢！"他满脸钦佩。

"我到过草原、骑过马、还喝过马奶酒，怎么样？没输给你吧？"她得意地笑。

"嗯，咱们又多了一项共同语言。"他高兴地去亲吻她漂亮的额头，风趣地说："从今以后咱俩就是一对无话不谈、彼此忠诚的革命同志啦！"

"同志？"她俏皮地念这两字，问："是真的吗？"

他点点头，笑。

"那么，你发誓！"她小声而霸道地下命令。

"发什么誓？"他故意逗她。

"你说呢？"她站了起来，双手叉腰，一副母夜叉的架势。

"好！我发誓，我要一生一世挚爱我的老太婆——东方梅！"他跟着站了起来，举起右手大声地向她发誓。

"哈，谁是你的老太婆啊？讨厌！"她噘起小嘴生气了，他呵呵大笑，一把将她的小蛮腰揽入怀里。

"梅，我们结婚吧！"他很认真地对她说。

周五的中午咖啡时间过后，佟小慧结束了一天的 part- time job。她走出实验楼的大门，匆匆跨过马路，走到对面一个公交小站去等开往 Aesculus Village 那辆校车。

这个时间点很少有人乘坐校车。

很多时候，校车上只有佟小慧和司机两个人，时间一长，大部分校车师傅都认识了佟小慧。师傅们大多善谈，喜欢和佟小慧聊天，给她讲他们生活的种种趣事。

在校车师傅当中有好几个都上了七十岁，在中国，这个年纪的老人早就待在家颐养天年了。美国不同，佟小慧刚到美国那会，看到超市或是政府一些服务机构都有不少的老人活跃在工作岗位上，内心十分感慨，所谓"生命不息，奋斗不已"这句漂亮的口号还真被美国老人实践了。

在和这些"生命不息，奋斗不已"老人们的交流当中，佟小慧又理解到这句口号的另一层含义。

美国的人力资源相对匮乏，各种保险费用相当昂贵，曾被佟小慧视为"生命不息，奋斗不已"的老人们，他们出来参加社会工作的目的，除了补贴家用之外，也是一种避免孤独的积极生活方式。

从另一个角度来看，美国对人力资源的利用极尽能事。佟小慧把自己得出的观点说给周莺莺听，周莺莺一脸不屑，她说："哪有什么'生命不息奋斗不已'那么崇高？活着就得干活，手停了，嘴巴也得跟着停。现实就是这样，不信，你试试。"

"美国老人不是可以享受丰厚的福利吗？"佟小慧问。

"福利是很丰厚。但大多数美国人崇尚独立自强，他们认为不劳而获是一件令人不齿和难堪的事情。"

周莺莺这话说得没错，佟小慧在校车上听师傅们谈笑过拒绝去领政府免费面包的故事，他们为自己没有丧失劳动能力感到骄傲。

············

佟小慧在公交小站上等了好一会儿，校车从前面的路口缓缓驶入。她远远听见，一个洪亮的女声从车上飘过来：

"Hello! 慧！我们又见面了！"

公交车稳稳地停在她面前，车门打开，佟小慧看见非洲裔女师傅特曼莎那张亲切的笑脸。

"Hello！特曼莎!"佟小慧上了车，高兴地与特曼莎拉了一下手，和平时一样，挑了最前面的位子上坐下。

特曼莎今年刚满六十岁，不久前刚荣升为外婆。她性格开朗、热情直率、带一点男子的豪放。佟小慧第一次坐她当班的车次，两人就交上了朋友。特曼莎结过几次婚又离过几次婚，她患有家族病不能生育。后来，她索性不再结婚。恢复独身后，第一件事就是跑到中国去收养了一位小女孩。

自从有了养女，特曼莎成功上位成了一名幸福而勤劳的单亲母亲。和其他单亲妈妈一样，她的日子过得忙碌而充实，她非常快乐地把女儿养大、把女儿培养成人，幸福地看着女儿嫁给了一户好人家。

每次见到佟小慧，特曼莎都要讲养女的故事。尽管，佟小慧的英语词汇不足以全部听懂特曼莎的故事，但丝毫不影响她和特曼莎之间的交流。大部分时间里，特曼莎在滔滔不绝地讲，佟小慧在默默地倾听。

特曼莎说，她的养女不仅长得漂亮还十分能干。大学毕业后，在 S 州一家金融部门工作，嫁给了一个华裔。女婿在政府部门工作，特曼莎的亲家也是 S 州立大学的一名研究员。由于这层特殊关系，特曼莎对前来坐车的每一位华裔都视如亲戚一般。上个星期，特曼莎的养女生了一个漂亮的小外孙女，特曼莎谈起小外孙女，乐得合不拢嘴。

"慧，这是我小外孙女出生时的照片。瞧，这小鼻子，小眼睛，小手儿，还有小脚儿，小宝宝多漂亮啊！慧，你仔细瞧瞧，这小可爱是不是很像她的外婆啊？"喜滋滋的特曼莎忽然问这么一句，把佟小慧给问住了。

"不像吗？"特曼莎加了这么一句。

"嗯，像，像极了她外婆！"佟小慧又违心又开心，忍不住笑出声来。这宝贝儿明显随了她的亲生父母，皮肤白皙细腻，完全就是亚裔的后代，哪来特曼莎的影子？

佟小慧笑，特曼莎也跟着大笑起来。她乐呵呵地说："慧，我知道你笑什么。可是，你瞧瞧，小宝宝笑得多开心啊！瞧，这小嘴儿张得那么大，这个不像她外婆吗？"特曼莎说得甚是道理。

"对，这个开心太像她的外婆啦！"佟小慧为特曼莎那分拳拳的爱心深深地感动。

车上有一路人甲好奇地凑过来看佟小慧手里的照片，满脸疑惑。特曼莎俏皮地朝路人甲扮了一个鬼脸，指着照片上的宝宝对路人甲说："先生，没错，我就是这个小宝贝的亲外婆。"

"恭喜您，女士，您的小外孙真可爱。"路人甲会心地笑道。

"谢谢！"特曼莎从佟小慧手里接过照片，对着照片给了一个很响的"吻"，很开心地把照片装入外衣那个靠近心脏位置的口袋里，兴高采烈地对着小喇叭播报起来：

"女士、先生们，请坐好，车子就要开动了。"

校车上只有佟小慧和路人甲、特曼莎三个人。佟小慧一路在倾听特曼莎眉飞色舞地讲她小外孙女的种种趣事——特曼莎说，她想辞职不干这份公交司机的活儿了，她是小宝宝的外婆，理应要去帮女儿带孩子的，她问佟小慧说："中国外婆是不是都去要帮女儿带孩子？"佟小慧笑着回答说："很多外婆是要去帮女儿带孩子的。"特曼莎听了十分开心，她说，她想当一名称职的中国外婆，可是女儿不让。女儿心疼她，说怕累着孩子的外婆。特曼莎说着"嘿嘿"地笑了起来，一副极幸福的样子。

"您的女儿真有孝心呢！"佟小慧真心夸奖。

"是啊，是啊，我那宝贝女儿是妈的贴心小棉袄。女儿说，她要亲自带孩子，我想这样也好，孩子更愿意和妈妈待在一块儿对不对？"

特曼莎一副过来人的口吻，佟小慧微笑着点点头表示赞同，特曼莎脸上笑成了一朵花。

"所以啊，我就想多赚一些钱给小外孙女儿花呢！可是，女儿说不要我的钱啊。"特曼莎耸耸肩，有点失落。

"特曼莎，你真是一个好外婆！"佟小慧给特曼莎竖起大拇指。

"慧，我的小外孙女儿太让人疼爱了！我都想不出这个世界上还有比她更可爱的小家伙了！"特曼莎三句不离小外孙女，她喜气洋洋地说："慧，等会儿下了班，我又可以去看小孙女儿了！好开心！噢，瞧瞧，我今天的装扮如何？是不是很漂亮啊？"

特曼莎朝佟小慧转过大脸盘。

美国人崇尚古铜色，无论是漂亮白人姑娘还是性感的非洲裔美女，又或是成熟稳重的中年女士都喜欢把泥色的粉饼涂在脸上，以达到接近古铜色的时尚效果。泥色粉饼涂在白人脸上看上去效果似乎不错，然而，泥色的粉底打在非洲裔女士的脸上就另当别论了。

"啊，是很漂亮！"佟小慧又开心地说违心话了。经特曼莎这么一问，她有点恍然大悟——难怪，今天第一眼看见特曼莎时，总感觉有些怪怪的，原来是她今天的妆容。化妆比平日浓艳，泥色粉饼打得过厚，看上去显得格外粗糙、刺眼，更糟糕的是，她今天偏偏选了一支颜色鲜艳的口红，嘴唇本来就很厚实，再涂上这异常鲜艳的口红，张口就给人一种血盆大口的感觉。

"就特曼莎今天这个妆容去见她的小外孙女儿，不把小家伙吓哭才怪呢！"佟小慧正这么想着，听见特曼莎笑声朗朗，大声地问："慧，我今天的妆是不是很 amazing？"

"嗯，特曼莎，您今天的妆好极了！"佟小慧笑道。特曼莎每次见到佟小慧都会问她同样的问题，佟小慧的答案几乎千篇一律，今天也不能例外。

"慧，我今天特别可爱？是可爱外婆对不对？"特曼莎朝佟小慧挤眉弄眼、咧嘴一笑，活脱脱一个现代版的"狼外婆"。佟小慧忍不住笑了。她说："没错，特曼莎，今天，您绝对是一个漂亮的外婆！"

"慧，我很可爱也很漂亮，对？"特曼莎朝车镜子的方向瞟了一眼，大声哼起了欢快的小曲儿。

校车在特曼莎愉快的歌声中，缓缓地停靠在 Aesculus Village 的小站上，佟小慧到站了。

"慧，希望下次再见到你！"特曼莎向佟小慧挥了挥手。

"周末愉快！特曼莎，替我亲亲您的宝贝小外孙女儿，祝您拥有一个愉快的晚上。"

佟小慧回到家里还未到下午两点，离准备晚饭的时间还很早。她想等儿子放学回来，让他陪着自己一起开车去 Krgol 采购日常用品，顺便买些新鲜的蔬菜和瓜果。

佟小慧拿到了 S 州的驾照，和大多数新车手一样，佟小慧一有空闲就想开上车子到处遛遛。Krgol 是一个综合型的小超市，在 Aesculus Village 的东边，出了村口不到两英里路，若是抄小道走更近。

佟小慧把便当盒子洗刷干净，听见儿子在门外叫她的声音，她打开厨房的门往外看——不远处的草坪上，儿子一边玩着足球，一边朝家的方向跑过来。

"妈，家里还有没有比萨？我快要饿死啦！"声音未落，人已经跑进厨房里来，小家伙把书包往沙发一扔，跑到冰箱前，打开冰箱拿出一瓶酸奶，拧开瓶盖，仰起小脖子咕嘟咕嘟喝了个精光。

"学校今天没给你们午饭吃？"做母亲的一脸惊讶。

"吃了一盘沙拉和一杯可乐。"小家伙把空瓶子往垃圾桶里一扔。

"都和你说了，不要喝那么多可乐，对你的牙齿不好，你就是不听，等以后老了牙齿全都掉光了，你就知道错了！"佟小慧唠叨道。

"妈，人老了牙齿不就得掉光光的嘛？"小家伙俏皮地反问。

"妈给你弄只汉堡填填肚子，等会儿，陪妈开车去 Krgol 买点菜。"佟小慧说着就给儿子准备汉堡。

"又去买菜！我们家怎么老是买菜啊？"小家伙心里早就盘算好等会去山姆家找 Ken 一起玩耍，计划又给妈妈打乱了，心里老不高兴，一屁股坐到沙发上，嘟嘟哝哝。他从母亲手里接过一只夹着西红柿和奶酪的汉堡狼吞虎咽吃了起来，另一只手拿着遥控器在搜索电视节目，边吃边抱怨道："怎么还没有球赛？全是竞选新总统的演说。真是讨厌！"

"你爸那么辛苦，咱们晚上做点新鲜蔬菜给你爸吃。"佟小慧搬出爸爸的权威来，儿子就不再吱声了。

"等你吃完汉堡，咱们就出发，我上卧室去换件衣服。"佟小慧吩咐道，上了楼上的卧室。

"好吧！"儿子眼睛盯着电视一副不情愿的口吻。

佟小慧穿戴完毕下了楼，成成吃完了一只汉堡。母子俩一前一后地出了门，开上自家的车子上路了。不到十分钟，佟小慧母子俩来到了小超市 Krgol，佟小慧买了牙膏、洗衣液一类的日常用品，又了几样新鲜的蔬菜，还买到了新鲜的玉米棒子，成成捧了一只足足二十磅重的大西瓜。

回到家里，佟小慧在厨房里准备做晚饭，成成抱着那只大西瓜一溜烟跑山姆家找小朋友玩去了。

山姆是 S 州立大学医学中心的一个牙医，人长得又高又瘦，走起路来总是一副低头沉思的样子，村里熟悉他的人给他起了一个很有意思的绰号"哲学家"。当然，如果山姆的嘴上叼上一支香烟或是雪茄，外貌就更接近《西西弗的神话》的作者———一位货真价实的哲学家阿尔贝·加缪[①]。

山姆的妻子茱莉亚是爱尔兰籍女子，人长得矮矮胖胖，具备了爱尔兰妇女最传统的一切美德——吃苦、耐劳、为夫家开枝散叶。鉴于两家孩子来往密切，佟小慧和茱莉亚也熟悉了起来。茱莉亚见佟小慧年过四十身材依然姣

---

① 阿尔贝·加缪（1913—1960），法国小说家、哲学家、戏剧家、评论家。

好，心里十分羡慕。她对佟小慧说，在生这群孩子前她也曾拥一副苗条的好身材。茱莉亚特地把年轻时候的照片拿出来给佟小慧看，佟小慧看了表示十分惊讶，说："你那时候的身材确实比现在苗条多了！"茱莉亚听了眉开眼笑，几分惋惜又十分满足的表情摇晃着脑袋感叹："是啊，是啊，都是为了这一群可爱的小天使，我把自己给牺牲掉了。"

其实，茱莉亚做姑娘时也并不苗条，只是没有现在这么胖，个子也没有现在这么显矮。正如爱尔兰的一句俚语——"矮脚的植物更容易开枝散叶。"茱莉亚是一位高产的母亲。

山姆夫妇一口气生了三女四男七个孩子。茱莉亚对佟小慧说，山姆还嫌孩子生得不够多，说他的理想是要有几十个孩子才算好。佟小慧听了茱莉亚的话，嘴巴张得老大，说：

"哎哟喂！难不成你俩想去创造生孩子的吉尼斯纪录？"

"慧，吉尼斯纪录恐怕我们是达不到啦。你知道最能生孩子的那个女人是谁吗？"茱莉亚的声音格外洪亮，她自问自答，说："是一个俄罗斯人，一共生了69个孩子，厉害着呢！"

"天啊！你不说，我还真不知道呢！茱莉亚，你家山姆怎么那么喜欢生孩子啊？"佟小慧好奇极了。

"山姆说，他一看见孩子就会有动力。"茱莉亚说起自己的丈夫满脸自豪和幸福。

"你们家山姆说话就像一个哲学家，太深奥了！"

茱莉亚听佟小慧在夸她丈夫，欢天喜地回应说："是啊，是啊，他说的话一般人都听不明白！有人说他像一个哲学家，可我知道他不过是一个牙科大夫而已，他得挣钱回来养这群孩子。"

茱莉亚指着在跟前嬉戏打闹的孩子们开心地笑了。

因为孩子众多的缘故，山姆家的孩子全都在家里完成幼儿和小学全部课程的教育，教师就是由茱莉亚一人担当。平日，茱莉亚既要管理一大家子的吃喝拉撒又要负责孩子们的学前和小学教育。如此重任还真不是一般家庭妇女所能为，但是，茱莉亚的出身非同寻常，能力也不是一般家庭妇女可比。

茱莉亚早年毕业于斯坦福大学（Stanford University）的教育学院，是一个非常勤奋又务实的女生，鉴于个人的聪慧和努力，毕业时，她一连拿了好几个学士学位。可以说，茱莉亚是一位非常全能的优秀生，这为她后来成为了不起的家庭教师加保姆奠定了十分雄厚的基石。目前，山姆家除了老大、老二上高中外，老三、老四、老五和成成同在一个学校上不同年级的初中，老六、老七还在家接受母亲的教育和训练。

每天放学，成成便跑去山姆家和那几个大孩子玩，他们玩的花样很多，美式橄榄球、足球、篮球、捉迷藏、躲猫猫……但凡男孩子能玩的小把戏，他们一概无师自通。天气稍稍转暖，孩子们就从家里拿出一根长长的水管，把水从家里引出来灌满一只偌大的橡胶人工游泳池，一群大小孩子光着身子在池里池外嬉戏打闹，每个孩子浑身都弄得湿漉漉的，大声尖叫、大声嬉笑，去逗那些小一些的孩子，直闹得小孩子哇哇大哭，他们的母亲才从屋里跑出来干预。

多数时间，山姆家的孩子都在学习，母亲除了要给孩子们讲授必修的课程之外，还给孩子们讲授《圣经》。遇上这类情形，成成便安静地坐到山姆家后排的空位上，和山姆家的孩子一起倾听茱莉亚讲《圣经》里的故事。

茱莉亚对孩子们的管教很有一套，奖励孩子们的办法也很多——各种美味的小食品、漂亮的小玩具，还有各种励志的赞美词。作为教育学院毕业的高才生和母亲这双重角色，茱莉亚十分了解她的每一孩子，她因材施教、有的放矢，教育收效十分明显。茱莉亚待孩子的小朋友一视同仁，从不吝啬小礼物、表扬和奖励。山姆家除了自己的孩子外，村里许多孩子一放学就往他家里跑，山姆家都快成为村里的第二课外学校了。每每课程结束，孩子们就等茱莉响亮的一声："孩子们！玩去吧！"

一群孩子就像是出笼的小鸟，飞向屋前、屋后偌大的草甸子，瞬间，整个草甸子的上空充满了孩子们的欢笑声、打闹声、尖叫声……这个时候，茱莉亚常常会站在门边望着那群嬉戏打闹的孩子们出神，偶尔，她也会纳闷："山姆为什么那么喜欢孩子？"

直到夜幕降临，茱莉亚才会伸伸有些酸疼的胳膊，慢悠悠地转身回屋里去，开始为孩子们准备晚饭了。

村子里的路灯全被点上的时候，裴金涛才拖着疲惫的步履回到了家中。

儿子成成刚从山姆家玩得尽兴回来，正在楼上的浴室淋浴，小家伙把水弄得哗啦啦作响，扯着刚刚变音的嗓子在尖声地唱歌（他自认为是唱歌）——Linkin Park[①] 的一首流行说唱曲 *Shadow of the Day* 被他演绎得鬼哭狼嚎。

裴金涛进门就听到了儿子鬼哭狼嚎的歌声，他眉头微皱，问妻子道："这什么曲子？被他唱成那样！"

佟小慧瞟了一眼楼上，笑出声来，说："老裴，你这就 out 了吧！这是美国年轻人眼下最火爆的说唱摇滚乐曲，你儿子现在是学校乐队的一名打击手，人家还怪咱们没给他遗传一个好嗓门呢！"

"哟，这小子成了乐队的打击手啦？我怎么不知道？好事情呀！"在裴金涛的印象中儿子一向不喜欢参加文艺活动，更别说参加舞台演出了。如今儿子去乐队当了一名打击手，真是太阳打西边出来了呢！

"你一天到晚都忙着做实验，哪顾得上儿子的事情？咱们儿子的变化可大啦！"佟小慧颇有些得意，告诫丈夫说："咱们可不能当面说他唱歌难听，得说好听的、表扬！知道不？"

"表扬孩子也得实事求是啊！瞧瞧，他那嗓门也真是的。"裴金涛苦笑着摇摇头，把电脑包放到沙发上，一屁股坐下来，说："累死了，我先睡一会儿，等会再吃饭。"

"爸、妈，你俩说啥呢？"小家伙湿漉漉的小脑袋从楼梯口上端探了出来，一条白色的大浴巾包裹着下半身，他听到了楼下的动静，伸出小脑袋兴高采烈地问楼下的父亲，"爸爸，您知不知 Linkin Park？他们好厉害哦！一个超级厉害的乐队！我们老师说他出一张专辑就有 300 万的销量，真正的摇

---

①   Linkin Park——林肯公园，来自美国加利福尼亚州的知名摇滚乐队。

滚乐天才呐！我崇拜死他们了！"

"瞧瞧，水珠儿都掉下来了！快去擦干你身上的水！小心感冒了！"佟小慧呵斥儿子道。

"爸，你看我妈一点都不懂！"小家伙朝他那对父母扮了个鬼脸，扭着小屁股拐进了自己的房间。

佟小慧见丈夫躺在沙发上，就把电视机的声音调成了静音。她轻轻地上了楼，督促儿子穿好衣服、吹干头发。等佟小慧下楼把晚饭端上餐桌，裴金涛眯了十几分钟的眼起来吃晚饭了。

"先喝碗小米粥吧？"佟小慧把一碗黄澄澄的小米粥端到餐桌上。裴金涛闻到一股小米的清香味，他心情极好地说："闻到这香味儿胃口就开了。"

"是肖琴送的小黄米，说是她家乡的特产，一位小老乡从国内捎带过来的。肖琴说这小米粥养胃，在她们家乡专给产妇坐月子吃的。"

"嗬，那我今晚享受的是产妇待遇啊！"裴金涛打趣道。他从妻子手中接过筷子，又问："没有小菜送粥啊？"

佟小慧从冰箱取出一小碟客家咸菜，裴金涛夹了咸菜送粥，砸着嘴巴说："这咸菜送粥真爽口。"

"你喜欢，改天我到华人店去买些小黄米回来，天天给你熬粥吃。"佟小慧望着丈夫很贴心地说。

"天天喝粥可不行。"裴金涛忽然想起了明晚的家宴，问小慧明晚准备了哪些菜肴。佟小慧把列好的菜单拿给丈夫过目，裴金涛浏览了一下菜单，直夸妻子考虑得周全。

明天是周末，一家人可以好好睡上一个懒觉，然后，全家一齐出动，开车去三十英里以外的大超市采购。

美国是名副其实的车轮上的国家，地大物博，地广人稀，人们一出门就得开车，没车寸步难行。佟小慧常常感叹：在国内出门几步就可以逛街、购物、吃零食这样的好日子一去不返了。裴金涛安慰妻子说："美国这儿全是国内买不着的名牌衣服，价廉物美。改天，你约莺莺一起去逛逛 Outlet，想买就买，千万别为我省钱。"

丈夫如此体贴的话，佟小慧听了极是感动，她正想和丈夫说点什么，冷不丁听丈夫说："我得考虑离开老温的实验室了！"

佟小慧心头一紧，问："你被解雇了？"

"不是我被解雇，而是，温老板雇不起我了。"裴金涛见妻子一副紧张兮兮的模样，就安慰她说："在美国像我这类优质研究员不怕找不到下家的，放心好了。"

"听说美国眼下经济很紧张，不知道新工作难不难找？"佟小慧心里七上八下。

"刚才不是说了嘛，我是优质研究员啊！找工作说难也不难。反正，现在一时半会不急着离开。"裴金涛说，"时间不早了，咱们先上楼。"裴金涛连打几个呵欠。

夫妇俩上了楼。

佟小慧心里嘀咕：在国内的时候听人家说美国人的生活如何潇洒，说他们喜欢不停地换地方、换工作。当时，她还真羡慕他们拎起提包、开着车子说走就走的潇洒呢！现在看来，现实与潇洒无关。

如果丈夫在 S 州找不到合适的工作，那就意味着他们得准备搬家了。上个礼拜，佟小慧在村里认识的一个华人太太，她先生新近在纽约找到了一份更好的工作，他们一家立马搬到纽约去了。原先，她俩还约好说下个礼拜一起去购物呢！计划总赶不上变化。那位华人太太说，他们一家到 S 州还不到三个月，儿子刚办好入学手续，这不，又得搬家了。

"鱼儿总得往饲料丰富的地方游。人也一样，得往有更好的地方去发展去生活。"华人太太对佟小慧说了一句很有意思的话。佟小慧在美国所遇见的太太们，无论哪个国家的，她们的生活态度都非常接近哲学家的思维。

有时候，佟小慧冷不丁会想起肖琴说过的一句话："在美国，可以自由到让你选择任何一种不挨饿的方式。"

为了生存，随时拎包走人的生活方式，对于像佟小慧这类在国内生活了很长时间的人来说，确实有点不很适应，但也无奈。

这一夜，裴金涛夫妇俩早早上床睡觉了。

四十四

周五，戴维有一个实验从上午八点一直做到次日凌晨才结束，他在实验室熬了一个通宵。

戴维不在家的日子，东方梅的感觉又回到了从前的单身生活——一个人独自在家待着，什么都可以不做，胡思乱想，空间无限。

黄昏时光，她从一个午后的睡眠中醒来，坐在落地窗前的椅子上，安静地凝望着窗外那条缓缓流动的 Olentangy River。

落日映红了天边的晚霞，金色的余晖透过薄如蝉翼的窗帘照进屋里来，一片明晃晃、亮堂堂，酒红色的家具闪着柔和的光亮，藏青色的地毯上光圈点点，好似草原上盛开的格桑花。

虽说是进入了初夏，但 S 州依旧处在春潮之中。

清新芳香的气息顺着微微打开的窗子潜入室内，空气中有新长成的树木的奇香、有人家院子割下的草香、有几百种花儿的混合香……在几百种花儿的混合香里，东方梅嗅到了那种来自草原特有的奶茶香味，这种奇特的气息让她想起了久违的大学闺蜜、来自大草原的苏日娜。

自大学毕业后，东方梅和苏日娜未曾见过面。尽管如此，东方梅始终相信她和苏日娜的友谊，只要听到对方的名字或是彼此的消息，她们年轻时代建立起来的友谊就会溢满彼此的心间。

想到苏日娜，东方梅很自然就会想起他们家的蒙古包，想起苏日娜母亲做的各种草原美食，还有他们家滋味独特的"阿日里"（马奶酒）。

苏日娜的父亲和兄长都是那类典型的蒙古族汉子，身材高大魁梧，性情粗犷豪迈。苏日娜的母亲身材丰腴、健硕，性情却宛如江南女子一般温柔、贤淑。苏日娜外表承接了父亲的高大壮实，性情却秉承了母亲的温柔、贤惠。

东方梅无法想象苏日娜父亲病中的模样，在东方梅的记忆里，苏日娜的父亲属于钢铁长城一般的硬汉子，照理说病痛应该与他无缘。可是，命运无常，世事难料。基于与苏日娜深厚的情谊，东方梅对老人家的关切之情非同一般。东方梅从迈克邮件里得知苏日娜父亲生病的事情，便迫不及待地给苏日娜打去越洋电话，可是，当她拨动那一串数字的时候，忽然意识到 S 州和中国相隔 12 个小时的时差，S 州的黄昏正是中国的凌晨。

东方梅停止了拨号，把手机轻轻地搁在茶几上。

给苏日娜打电话时间尚早，东方梅走进卧室打开微型手提电脑，想查看拉斯维加斯的信息。不巧，微型手提电脑的蓄电池用完了，戴维的手提电脑和她的电脑并排摆在一块，她顺手就打开了戴维的电脑——一曲优美煽情的音乐响起，一朵红红的玫瑰在电脑屏幕上徐徐绽放，紧接着，跳跃出一圈五颜六色的美术字：我的爱人是一朵红红的玫瑰。

东方梅耳目一新。他不是说很讨厌煽情吗？难道这还不算煽情？屏幕上赫然闪出一首小诗，诗的题目叫"最难"——东方梅怀着十分好奇的心情欣赏起这首小诗来：

最难忘／是你善睐的明眸／像一泓碧水／如波、似漾／让人流连忘返／心驰神往

最难舍／是你浅笑的脸庞／像初春的花蕾／如羞、似怯／叫人精心呵护／窃窃欣赏

最难想／是你纤纤的玉指／轻拂急奏间／如溪、似瀑／天上的仙乐／人间绕梁

最难解／是你，美丽的姑娘／像楼兰的夕阳／如梦、似幻／令我朝思暮想／把爱深藏……

"《最难》？他为什么要起这样的题目？"她百思不得其解。也许，这位楼兰姑娘长得一定很美，并且，在戴维心目中非同寻常。

戴维曾给她讲述他的一段支边生活，他称之为"曲线救国"。东方梅猜想：

戴维一定是见过不少能歌善舞技艺了得的回族姑娘。也许，这位楼兰姑娘就是众多回族姑娘当中的一位。

当初，她就很想问问戴维是否见过回族姑娘反弹琵琶这类绝活，可是后来又没有开口问。东方梅带着这类浪漫的问题浮想联翩……就在她浮想联翩之际，手机响了，是戴维打来的。说曹操，曹操就到。

"亲爱的，你在干什么？"他的声音很温柔。

"楼兰姑娘一定长得很美吧？"她答非所问。

"什么楼兰姑娘？"他一头雾水。

"我在你电脑上看到一首小诗。"她笑嘻嘻地说。他恍然大悟却故作一副吃惊语气，"啊，梅小姐，你竟敢偷看我的私隐？"事实上，他的内心一阵窃喜，"她终于看到我为她写的小诗了！"

"我的手指只是轻轻地摁了一下。"她俏皮地辩解，他却在电话那头呵呵大笑，说："小妇人！"他俏皮地称她为小妇人，"告诉我，你想不想见见现实版的'楼兰姑娘'？"

"怎么见？"她傻傻地问。

"自己走到镜子前面去！"他在电话里呵呵大笑。

"讨厌！没正经。"她知道他在笑话她。

双方沉默了一秒钟。

"你一定不会相信，我第一次见到你演奏古筝的时候，诗的灵感就蜂拥而至。"他情真意切地打破了沉默。

"哦。"她没想到他会把她比作楼兰姑娘。

"很意外吧？梅小姐。"他自鸣得意。

"你看过姜戎的《狼图腾》吗？"

"没有。"他回答得干脆响亮，甚至有几分自豪。然而，他很快又此地无银三百两地自我暴露了，他说："她在我心里比姜戎笔下任何一个回族姑娘都要奇特、漂亮。她，是我生命当中最重要的一个人。"停顿了几秒，戴维富含磁性悦耳动听的男中音在东方梅耳边再度响起，"梅，这首诗是我特别为你而写的，喜欢吗？"

"谢谢。"她的眼眶忽然有泪水打转。

"我爱你——亲爱的，早点休息。"他在电话里轻柔地叮嘱。

东方梅挂了电话，走到镜子前静静地对着镜子，镜子里照出一位青春佳人楚楚动人。

S州与中国相隔十二个小时的时差，美国晚上的十点正是中国上午的十点，这个时辰苏日娜应该起床了，东方梅愉快地拨通了太平洋彼岸那边苏日娜的电话号码。

苏日娜和表妹乌云图雅正陪着父亲在北京一家医院看病，医院的病床很紧张，医生说要等一个礼拜才能安排他父亲住院。苏日娜接到东方梅的电话万分欣喜，激动得都不知道说什么好了，一个劲地傻笑。直到东方梅温柔地问她一句："你老爸是怎么得病的？"

苏日娜这才反应过来，给东方每说起老父亲生病的经过。

"老爸一大早起来就喊头疼，稍微歇一歇似乎又有所好转。起初，家人都以为父亲是因为上了年纪又早起放牧受了寒的缘故，妈就去找本地郎中给爸开了些方子，喝了一阵子的中药，父亲的头疼不但不见好转反而日渐加重了。爸的记忆越来越差，脾气也越来越坏……梅，你知道，老爸原先是非常开朗的呀！"苏日娜说："老爸忽然变得寡言少语，还整天闷闷不乐，一丁点小事稍不顺心就大动肝火。后来，大哥领着父亲上医院去看医生，医生怀疑爸的脑子里面长了肿瘤，还说问题比较严重，这样，大哥给我打了电话，我就赶回来领着老爸上北京看病来了。"

"还有谁和你一起陪老爸来北京？"东方梅关切地问。

"乌云图雅——我的小表妹，你还记得暑假那年经常跑我们家蒙古包来和我们一起玩的那位小姑娘吗？"苏日娜的声音洪亮。

"当然记得！乌云图雅还像当年那么害羞吗？"东方梅笑问。她当然记得苏日娜的小表妹，那个梳着长辫子有点害羞的小姑娘。小姑娘很爱学习，那年暑假，老缠着东方梅教她学习英文。

"人家现在大方得很，都长成大闺女啦！一米六八的个儿。乌云图雅高中毕业考上了新疆医科大，读的是护理专业，现在在伊犁的一家医院当护士。"苏日娜很自豪地说。

"时间过得真快呀！"东方梅感叹道。她对伊犁这两个字有着特别的感觉，因为戴维也曾在伊犁工作过。东方梅颇有兴趣地问苏日娜说："乌云图雅在伊犁哪家医院工作？"

"R 医院。"

"真巧。"东方梅笑道。

"巧从何而来？"苏日娜很是好奇。

"以后告诉你。苏日娜，要不要让我家外科大夫给老父亲帮帮忙？他是在北京上的医学院校。"

"你家外科大夫？原来你的白马王子是一位大夫啊？真被我说中了！东方梅，你快快坦白交代！"苏日娜依然是当年那副说话的口气。

"苏日娜，我会彻底向你坦白交代的，不过，不是现在。"东方梅欢快地向苏日娜发出盛情邀请，"苏日娜，你秋天到美国来玩好吗？"

"这个主意不错。梅，我见到迈克了！"苏日娜心无芥蒂地说，"梅，我一直以为你俩会走到一块呢！同学们都这么认为，当初，你和迈克是多般配的一对儿呀！"

"苏日娜，我们现在过得很幸福，真的。"东方梅心里装满了戴维。

"我知道啦！幸福的小妇人，我在说迈克，你就想着你的外科大夫。那句话怎么说来着？爱情可以让女人的情商迅速为零。是这样的吗？东方梅！"苏日娜在电话里咯咯笑。

"都说德国盛产哲学家。苏日娜，难不成你也嫁了一位德国哲学家？顺便成了半个哲学家？"东方梅笑道。

"哲学家？No！no！说到哲学家，我倒是想起一个人来了！梅，这次我到北京见到 Mr. 霍了！"

"你们一伙人聚到一块儿吃了饭！"东方梅欢快地补充道。

"噢，肯定又是迈克向你告密了！这个迈克呀，当初对你什么都坦白，现在还是那个老样——忠心耿耿、矢志不渝。"苏日娜好羡慕迈克对东方梅的友情，她说："梅，Mr.霍终于找到他的'波伏娃'啦！他的'波伏娃'是一位漂亮的混血儿。"

"终于遂了 Mr.霍的心愿！苏日娜，给我说说，你和德国先生的爱情故事呗！"

"还爱情故事呢，都老掉牙啦！我们现在有了两个孩子。哦，难道你也找了一位德国帅哥不成？"苏日娜突发好奇。

"他在德国待过，但他是一枚货真价实的中国制造。嘻嘻。"

"哈，听你那得意的口气。你们结婚了？"

"我俩正准备去拉斯维加斯举行婚礼。"

"去拉斯维加斯举行婚礼？为什么？"苏日娜很意外，"为什么不到教堂去接受主的祝福？你俩都在美国，美国最不缺的就是教堂啊！"苏日娜是一个虔诚的基督徒。

"这是外科大夫的主意，说去拉斯维加斯举行婚礼够浪漫、够神速。"东方梅笑吟吟地解释道。

"天！有人把拉斯维加斯称为 the Entertainment Capital of the World（世界娱乐之都），也有人称之为 Sin City（罪恶之城）。亲爱的梅，去拉斯维加斯举行婚礼，说真心话，我为你俩感到遗憾。"

苏日娜的夫家是一个虔诚的基督教家庭，婚后，苏日娜随丈夫接受了基督的洗礼。在苏日娜看来，拉斯维加斯是一个名声在外的赌城，去拉斯维加斯举办婚礼太缺乏严肃性和神圣性。

"仅仅是一个仪式而已。苏日娜，外科大夫说了，就冲那儿的手续简单，他只想和我快快结婚。我呢，不瞒你说，也想去看看这个'堕落'的城市。嘻嘻。"东方梅的话几分俏皮。

"上帝啊，请原谅东方梅小姐吧！"苏日娜在胸前很虔诚地划了一个十字架。她全心全意祝福东方梅："Anyway（无论如何），愿万能的上帝保佑你这个被幸福淹没的女人。梅，我很想去感受一下尼亚加拉大瀑布的恢宏气势。"

"好呀，苏日娜，热烈欢迎你到美国来！到时，我陪你一起去感受尼亚加拉大瀑布的恢宏气势。"

东方梅向苏日娜发出热切的邀请。

"秋天应该是北美最美的季节吧？"苏日娜兴致勃勃地问。

"没错。苏日娜，北美这儿盛产枫树，到了秋天，不但可以欣赏到各种颜色的枫叶，午后，我还可以为你备上一杯冰镇的枫浆糖水。我保证，那滋味保你一生难忘。"

"冰镇枫浆？噢，我喜欢世上的一切甜食，梅小姐，我的心被你说动了！入秋，我一定上美国去找你！"

"不见不散？"

"不见不散！"

"苏日娜，请代我问好你的父亲，等老人家的检查报告出来，你发一份到我的邮箱里来，我让外科大夫给老父亲仔细看看，他是一位神经外科大夫。"

"好的，代我问候你的外科大夫。"

"谢谢。"

东方梅挂了苏日娜的电话，心情极是惬意。她做完晚间的洗漱，又仔细地在脸部抹上一些温润的精华露，心满意足地上床去休息。

东方梅一觉醒来，发现自己被戴维拥在怀里，她的小脑袋枕着他的胳膊，他的双手怀抱着她。

他，睡得正酣。

"他是什么时候回来的？我怎么一点都没感觉？"东方梅微微抬了一下脖子，戴维轻轻地"哼"了一声，转身，很自然又抱住了她的腰，接着一条大腿搭在她身上。

"把我当作大狗熊玩具了！"他这可爱的动作，让她想笑，却忍住了。因为怕惊扰戴维的美梦，东方梅一动不动地任他抱在怀里。这么近的距离，面对毫无设防的戴维，东方梅感到又新鲜又兴奋又好奇，她静静地端详起这个走入她生命当中的男人。

晨光熹微。

夜的精灵演奏完最后一支欢快的曲子，飞蝗斯的鸣叫渐渐地消失在清新空气中。薄薄的纱窗挡住了透进屋里的光线，卧室朦胧而静美，戴维从他子呼出的气息轻轻地撩拨着东方梅的耳根，她怦然心动——忍不住用鼻尖去凑近他那挺拔的鼻梁，睡眠的他嘴唇红润而性感……这个充满着青春活力的男人，即便是在安静的睡眠当中都如此撩人心魂。

她看着他愣愣出神："为什么会爱上这个男人？因为他长得帅气俊美？还是因为他长得像极了某一个人？"她胡思乱想中忍不住去亲吻他的唇……忽然，她"啊！"了一声，她的唇被另一只温热的唇牢牢吸住了。

"坏蛋！"她挣扎着吐气如兰："明明是醒了偏偏还要骗人家！真是一个大骗子！"

"是谁在偷窥美男子？谁？告诉我！"他望着她嬉笑，很霸道地去亲她的唇。慌乱的目光中，她娇羞的脸颊红得像一只熟透的苹果……他按捺不住内心的冲动，一把将她搂在怀里，轻柔地将她放在身下，两个亲爱的人宛如两根亲密地缠绕在一起的藤，任青春的潮水恣意奔涌……

"我爱你！"他又勇猛又温柔，爱的狂风暴雨过后，天地一片宁静。"宝贝，我得起床了！"他更换了对她的昵称，他总是那么任性，随心所欲地更换对她的昵称。

她看上去很娇羞，奄奄一息，楚楚动人。他怜惜地看着她，很温柔地说："我的公主，你再多睡一会儿，早餐想吃什么？我去给你做。"

不待她回应，他像一条生猛的鱼，从床上一跃而起。

"给我一点水。"她的声音近乎呻吟。他飞速地去给她倒了一杯温开水，趴在床边喂她喝，杯子剩下一滴水，他仰头把那滴水一干而尽。

"好了，我去准备早餐。"他起身离开了卧室。

她忽然想起晚上小慧家的 party，同时，又想起了苏日娜父亲的事情，她睡意全无，起身去浴室沐了一个晨浴。

在她在晨浴的时候，他在厨房里做好了早餐：一碟三明治、两只煎得金黄的鸡蛋、几片烤火腿、两杯牛奶、两只香蕉，外加一大盘洗干净的新鲜樱桃。这是他自认为准备得最丰富的一顿早餐。

他坐在餐桌旁满脸幸福地等候她一起共进早餐。

满屋子的晨光，她穿了一件白色轻纱睡裙从浴室走出来，飘然若飞，她宛若一位刚刚下凡的仙女，乌发如云、粉面含春……他出神地望着她，心都被融化掉了。

"你太美了！"他情不自禁地起身上前去拉她的手，安顿她。坐在他对面的椅子上，两个坠入爱河的可人儿面对面地坐着，沐浴在五月的朝阳里，享受着甘美而富于营养的食物，享受着属于他们青春无敌的爱情。

"我们准备什么礼物去参加小慧姐家的 party？你要不要 show 一下你的刀削面？"

"这次不行。我下午还要去实验室做一个 PCR——嗯，不用担心，时间不长，我很快就回来，不会错过 party 的。"

"那我做一些菜带过去？做什么菜好呢？"她有点为难了。

华人的家庭 party，主人多以家乡菜为主打，佟小慧是客家人，她家的 party 必定是以客家菜为主。东方梅除了做客家菜，也想不出自己还能做出别的什么好菜式来。戴维看穿了她的心思，安慰她说："咱们去 Eagle（老鹰）超市，买一盒田纳西的烤牛排好了！我和保罗吃过那儿的烤牛排，味道好极了！这个你不用操心，我做完实验直接去 Eagle 买烤牛排，然后回来和你会合就是。你在家好好休息，等我回来。"

"这主意不错。我记得成成最爱吃牛排了，小伙子说 NBA 的球星都是吃牛排才长的。"

东方梅愉快地接受了戴维的提议。戴维吃完早餐刚准备起身离开，又听东方梅说："外科大夫，问你个事儿。"

"什么事？"戴维重新坐下。

"脑子长瘤要不要紧？"

"谁得了脑瘤？"戴维有些意外。

"哦，我大学闺蜜苏日娜的父亲得了脑瘤，现在在北京等着手术治疗。"东方梅把苏日娜父亲的情况说给戴维听。

"脑瘤无论是良性还是恶性，从手术这个角度来说都比较麻烦。到时，你让苏日娜把她父亲的检查报告传过来给我看看。他们在北京哪家医院？要不要我帮忙？"戴维关切地问。

"我忘记问具体是哪家医院了。"

"你问一下，北京可是我的地盘。"戴维颇为得意。

"我代苏日娜谢谢外科大夫。"东方梅笑道。又问："今天的午饭你要不要回家来吃？"

"我在医院的餐厅吃好了。你吃完早餐再睡一会儿，别给累着了。"他俏皮地朝她笑，她被羞得满脸通红，娇嗔道："讨厌！"

"我走了！"他呵呵大笑，潇洒起身，从沙发上拿起他的手提电脑，一阵风似的出了门去。

东方梅吃完早餐，看了一会儿书，喝了一盏茉莉花茶。很快，就到了午饭的时间。

早餐吃得晚，没有多少食欲。东方梅坐在电脑前浏览与拉斯维加斯相关的信息，航班、旅游线路、酒店、婚礼登记、婚礼操办程序，以及在拉斯维加斯这个赌城发生的种种爱情故事……拉斯维加斯真是一个有意思的城邦，"世界结婚之都"实至名归。

在它的领地上，无数对新人品尝了新婚的甜美，演绎着众多闪电般传奇的婚姻故事。就连大名鼎鼎的大歌星布兰妮与童年好友杰森这对新人，也是在拉斯维加斯举办婚礼的，他俩的新婚仅仅两天就结束了，美其名曰"闪婚"。

"难怪，苏日娜会反对我们去拉斯维加斯举行婚礼。"东方梅想象那日电话那头苏日娜不可思议的表情，便忍不住要笑出声来。

她坚信：她和戴维的爱情是绝对认真的，去拉斯维加斯举办婚礼不过是他们爱情当中的一个浪漫小插曲。戴维说了，将来要带她回老家去补办一场中式婚礼，他要八抬大轿热热闹闹把她迎进老戴家的大门。那日，他是一副严肃的态度向她提出婚礼大事的，至今，她还在为他的诚挚和认真感动着呢。

小时候，东方梅跟着外婆去参加亲戚家的婚礼，最吸引她目光和最令她羡慕的就是——新娘子身上那件喜庆漂亮的旗袍。年幼的她曾经幻想：有朝一日，她要穿上一件漂亮的旗袍出嫁。如今，她就要成为戴维的新娘了，远在异国他乡上哪儿去寻这么一件可心的旗袍？她心心念念着那件新娘的旗袍，心中难免有一丝遗憾。

她浏览着拉斯维加斯的情况，眼睛不由自主地犯困起来，冲了一杯咖啡，喝完咖啡，她依然感觉到困倦，索性到床上去睡一会儿。不想，这一睡竟睡到了黄昏。

夕阳斜照，屋子一片暖色。

急促的手机铃声把东方梅从酣睡中闹醒。是戴维打来的电话，他已经完成了实验。接起电话，她那慵懒的声音让戴维又怜惜又好笑。他温柔地取笑她："姑娘，你怎么累成这样？我一会儿就到家。"

"讨厌。"被他笑话，她彻底地苏醒过来。

　　这个周末，裴金涛开车领着妻子和儿子去超市购物，他们先去了 Meijia 大超市，这家超市的海鲜品种多样齐全，价格还十分实惠。各种各样的贝类被冰镇着，龙虾和鳟鱼在池子里游动，三文鱼的肉质也特别新鲜。佟小慧挑了两条一磅多重的 rainbow(鳟鱼)、十二只 loster(大龙虾)，还称了差不多三磅重的 mussel(海虹)。

　　在烹饪海鲜方面佟小慧是一把好手，家庭主妇忙于采购食物，裴金涛父子俩在日常用品的货架上各取所需，裴金涛买了一瓶汽车用的 coolant（冷却液），儿子挑了一双篮球护膝，接着又向父亲申请购买一支袖珍篮球充气筒。这支袖珍充气筒的价格有点贵，上个星期成成在另外一个超市看了好几次，妈妈没让他买，这回逮着父亲同意，小家伙高兴得有些飘飘然。

　　裴金涛一家推着满满一货车什物从 Meijer 出来，他们的下一站是华人超市歌城。几乎每个周末，他们去歌城超市采购都会遇到同事或是熟人，来歌城超市采购的大多是华人同胞，除此之外，还有 S 州立大学东亚系的美国学生也是常客。

　　佟小慧在干货架采购的时候，遇见了东亚系那位名叫波波·熊的美国男生。波波·熊的中文纯熟、流利，略带点好听的京腔。他领着一群师弟妹前来歌城购物，见到佟小慧亲热地跑过来打招呼，热情地把他的师弟妹们介绍给佟小慧。

　　波波·熊娴熟的京腔引得其他华人好奇地围拢过来，大伙一齐夸他的中文说得好。

　　佟小慧一家从歌城出来，就到了午饭的时间。他们在歌城超市隔壁的一家中餐馆吃了一碗兰州拉面。回到家里，裴金涛忙着上实验室，成成写完作业跑去和山姆家的孩子玩足球，佟小慧稍稍歇了一会儿，便到厨房去准备晚上 party 的食物。

她把泡过水的干香菇捞出来放置在一透明的玻璃碗里，把从华人店里买来的那只整鸡清洗干净，给它抹上一遍细盐再抹上一层香油，然后，再用一只保鲜袋把整鸡严严实实地包裹起来。她把珍珠米淘净后放入锅里，拧开电炉开关用大火熬至水滚，转入文火慢慢将米粒熬到五成熟。在熬粥的空隙，她开始处理龙虾、鳟鱼和贝类，顺便将芫荽、姜丝、葱白这些配料洗净、切好。今晚，佟小慧将以客家菜加海鲜两种南方特色佳肴来招待客人。

傍晚时分，佟小慧精心准备的丰盛菜肴摆满了一大桌。

金灿灿的客家油豆腐酿、碧绿的苦瓜酿、香喷喷的客家咸鸡块、韭菜黄腌贝类肉、水豆腐清蒸鳟鱼、十只对半切开的蒜蓉蒸大龙虾装盘、肉末粉丝、红烧茄子和豆角、菜干蒸肉饼……龙虾粥在砂锅里冒着小气泡。

满屋子的饭菜飘香。

佟小慧摘下围裙，上楼去洗了一把脸，换上一身干净的家居衣服。她给丈夫打电话，裴金涛说他已经领着张磊和金铃在回家的路上了。

佟小慧从卧室的窗口往外瞭了一眼，肖琴领着她家那几个漂亮的女孩出现在远处的草坪上，正朝小慧家的方向走来。

草坪上，美国邻居家的几个大孩子在踢球，年纪小的孩子则围着一座带有小滑梯的小木屋，玩滑滑梯、躲猫猫的小把戏，几位年纪相仿的小女孩在一棵树下跳橡皮筋。

肖琴家的老三和老四走到一半就停住了，她们跑去和那些女孩跳橡皮筋。老大和老二跟在母亲的左右，母亲推着婴儿车。老大金娣手里提着一个带盖的藤制食物篮，老二银娣则捧着一个塑料果盘。娘仨还未走近小慧的家门，小慧早早就迎了出去："老叶怎么没和你们一块儿来？"

"他和老范一会儿一起来。"肖琴看上去又胖了一圈。肖琴笑着向小慧解释说，老叶去老范的家里搬打印机。

老范下个礼拜就带要着女儿离开 S 州去澳大利亚工作。他没有收到国内单位的工作通知，选择了澳大利亚一所大学的一份研究工作。老范有些家什带不走，卖不了几个钱，便送给有需要的同胞和朋友们。他把打印机送给老叶，女儿把带不走的玩具全都留给老叶家的几个女儿。昨天，老范刚把自家的车子卖出去，老叶去老范家取打印机，顺便接父女俩一同前来参加小慧家的 party。

佟小慧和肖琴正说着话，满娣在婴儿车里忽然哭闹起来。

肖琴把小家伙抱在怀里哄着，小家伙越哄哭得就越凶，肖琴估摸说："满娣可能是饿了！"佟小慧便拍手笑道："正好，龙虾粥也熬好了，我给满娣盛点来，你喂她吃。"

佟小慧把肖琴母女让到餐桌边上坐下，肖琴看见一大桌子菜，有些意外，便问佟小慧说："这一桌子菜都是你一个人做的啊？"

"对呀，都是一些家常菜，没什么讲究，不知道是不是合大伙的口味？"佟小慧端来一小碗龙虾粥，递给肖琴喂满娣吃。

"小慧，你真能干！都说吃在南方，我瞧着这一桌好菜，口水都快要流一地啦！"肖琴真心地夸奖道。

"妈，我们出去玩玩。"金娣和银娣进了屋就把手里的东西搁在茶几上，趁着母亲和佟小慧说话的空当，就向母亲请求让她们出去玩。

肖琴叮嘱两个大女儿说："看好你们的妹妹，别只顾着自己玩。"

"好嘞。"两姊妹异口同声一溜烟儿跑出门去了。

"肖琴，你也太客气了！还带那么多吃的东西来。"佟小慧打开肖琴带来的食物盒子，里面装着花卷和肉夹馍。

做面食肖琴是行家，她做的花卷和肉夹馍又弹又有嚼劲，大人和孩子都喜欢吃。上回，成成在老叶家吃过肖琴做的花卷，回来就嚷嚷让佟小慧给他做，可惜，佟小慧一回也没做成功。成成向肖琴阿姨抱怨说，妈妈做的花卷就像一团硬邦邦的面粉团。肖琴这次特地做了不少的花卷带来，此外，她还做了不少的下酒菜，醋拌土豆丝、层层猪耳脆。

满娣吃饱喝足又安静地睡着了。肖琴将满娣放回婴儿车，给她盖上一张小婴儿毛毯，把婴儿车推到屋子的角落。肖琴看见佟小慧还在厨房忙碌，便问道："小慧，你们家今晚 party 都请了谁？"

"老裴实验室的两个学生、老范父女、梅老师和戴维，还有就是你们一家了。"佟小慧问肖琴，"你喝点什么？果汁、茶、还是咖啡？"

"喝点果汁，我自己来吧！"肖琴从佟小慧手里接过一只玻璃杯，从冰箱拿出果汁给自己倒，她边倒果汁边问小慧说："要不要我给你也倒一杯？"

"不用。我想把生菜再过一下水。"佟小慧说。

"生菜不用过那么多次水，这儿和国内不一样，人家美国人从地里摘下生菜连洗都不洗就往嘴里送呢！"

肖琴一屁股坐到沙发上。

"也是。"佟小慧给自己倒了一杯果汁，坐到肖琴对面的沙发上。

"周莺莺在的话，咱们就更热闹了！"肖琴小喝了一口果汁说。

"莺莺上旧金山去了，听说是去护卫奥运圣火。肖琴，你知道这事不？"佟小慧好奇地问。

"我当然知道，可是我走不了啊！你瞧瞧。"肖琴朝满娣的婴儿车方向瞟了一眼，自嘲道："我也是很爱国的，可周莺莺老说我不够爱国。嘻嘻。"

"啥叫不够爱国？她是说笑的吧，别听她的。"佟小慧不以为然。

"哼，如果周莺莺对待婚姻也能像她对待爱国那般热情和认真，那我就真的是服了她了！"肖琴鼻子哼了一声，佟小慧听得出来她话里有话。

在教会里，小慧听人说过莺莺与前夫闹离婚的事情，具体的情况她也不太清楚，今日听肖琴如此坦率地说起周莺莺的个人私事，佟小慧便觉得她俩的关系非同一般，毕竟她俩是老乡嘛。

"是不是她丈夫的原因？"佟小慧出于平常人的经验。

"错，恰恰是莺莺自己的问题。"肖琴嘴巴一撇，感叹道："婚姻这类事情为什么老被人想着是男方出了问题呢？"

"通常都这样。"佟小慧说。

"我不同意这个说法。"肖琴很为周莺莺的丈夫打抱不平。她说:"我们和周莺莺夫妇俩都是老乡,很了解他们的情况。她前夫张大夫来美国好几次,都到我们家做客,和老叶很谈得来。为了他们夫妇两国分居的事情,老叶提了不少建议,张大夫也想尽快到美国来团聚。问题出在周莺莺身上。"肖琴叹了一口气,说:"人家张大夫可是一个很好的人呐,长得帅气,责任感强,有担当,人家在国内也是一个非常有前途的外科大夫。据说是下一届科室主任的人选呢!为了和周莺莺团聚,人家把前程都给放弃了。偏偏,周莺莺铁定了心要和张大夫离婚。唉,你说这是什么事?"

"听说他俩还是大学时的恋人?"佟小慧想不明白。

"那又怎样?当初,还是周莺莺厚脸皮追人家张大夫的呢!"肖琴愤愤不平。

"那,到底是为什么啊?"佟小慧彻底想不明白了。

"周莺莺在家里晕倒了一次,醒来就悟出了这么个人生大道理,她决定和张大夫离婚。"肖琴讥讽道。

"什么人生大道理?"佟小慧很是好奇。

"她说'生命脆弱,人生短暂,要及时行乐,不要再相互拖累',就这么个人生大道理。"肖琴满脸嘲讽的表情。

"啥叫不要相互拖累?离婚就能解决问题了?这是什么人生大道理呀!肖琴,还记得小时候老师是怎样教育咱们的不?什么世界观、人生观、价值观……这些概念,所谓'三观'要正,等等,我到现在总算有些明白了!按照老师的说法,周莺莺这可是地地道道的资产阶级价值观啵。呵呵。"

佟小慧说着笑出声来。

"切,与其说以阶级划分三观,我更愿意相信人性。"肖琴一副哲学家的口吻,"周莺莺走离婚这一步,和什么阶级没有半毛钱的关系,鬼知道她是怎么想的?她这个人很现实。"

"周莺莺当初为什么要出国?"

"为了儿子呗。出国前,他们夫妇俩商量好的,说等儿子在美国上了大学，周莺莺立马回国。说到出国这事，周莺莺那可是费尽了心思的呢！先是通过熟人找到一位华人小老板的实验室，说是来美国进修，实则是办理了停薪留职的那一类。她在华人老板这里干了一年多 volunteer，一分钱的收入都没有，她转到 Dan 实验室来也是半年前的事情。"

"张大夫同意和莺莺离婚了？"

"当然不同意。你想啊，当初为了让母子俩出国，张大夫把国内的家底全都换成了美金。唉，现在闹得人家张大夫落得一个妻离子散、人财两空。你说，人家能愿意吗？"

肖琴唉声叹气为张大夫叫屈。

"周莺莺也够潇洒的，连结发丈夫都给丢了。"佟小慧感叹道。

"人啊，复杂着呐。周莺莺是一个极好强又极爱面子的人。她说'出国前把单位的事情想得过于简单，出国后又把单位的事情想得过于复杂。'小慧，这话是啥意思？我一直闹不明白。"

肖琴皱起了眉头。

"在国内当临床医生确实不容易，离开临床工作一年，变数就很大了，莺莺离开临床工作那么多年，很多事情都发生了变化。不只是自身的业务问题，应该还有其他的难言之隐吧。"

佟小慧颇有感触。

"没错，周莺莺出国前是科室的骨干人物，原想着送儿子出来读书，顺便给自己镀镀金，等儿子上了大学，自己也带着'海归'的身份回去，这可是一举两得，两不误。没想，刚出来科室就发生了天翻地覆的变化。她师妹去日本进修半年，回来评上了副教授还当上了科室副主任。估计，这会儿，她师妹都快当上科室主任了。莺莺到现在就一小技术员，连一篇文章都没有。唉，她可不像我，没有什么追求。就这么个要强的人，回国也真够难为她的了。"

"莺莺和 Grand 是怎么认识的？"

"网恋。"肖琴很神秘的表情。

佟小慧惊讶得小声叫了起来："天啊，莺莺有这么新潮啊！那个 Grand

对莺莺好吗？"

"都这把年纪了，有啥好不好的？两个人文化背景不同，生活背景也不同，Grand 吃西餐，周莺莺吃中餐，饭都吃不到一块儿去。你想想，两个都有故事的人能好到哪里去？"

肖琴一点都不看好莺莺和 Grand 这对半路夫妻。

"哦，那只有莺莺自己知道了。"佟小慧说这句话的时候，她家的门铃清脆地响了起来，"肖琴，我去看看是谁来了！"佟小慧起身往大门方向走去。

佟小慧开了门，裴金涛领着金铃和张磊有说有笑地走了进来。

"师母好！"金铃和张磊双双向佟小慧问好。佟小慧向他们"嘘"了一声，指了指沙发边上的婴儿篮，两个年轻人心领神会、相视一笑，伸了伸舌头。他们向肖琴挥手笑笑，迈着猫步走到那婴儿篮子跟前，好奇地去看婴儿篮里满娣那张胖嘟嘟的婴儿脸。

"满娣睡觉的样子好可爱。"金铃笑嘻嘻地小声说。

佟小慧给他们分别倒了一杯果汁，把他们招呼到沙发上坐下。两位年轻人立即被电视里的球赛给吸引了，电视是静了音的，却一点都不妨碍他们观看球赛。裴金涛提着电脑包轻手轻脚上了楼，一会儿，他走下来，轻声问肖琴："老叶和老范他们快到了吧？"

"我给老叶打个电话问问看。"肖琴说着，走到厨房的窗边往外看了一眼，拨通了老叶的手机。

"儿子呢？"裴金涛坐到一张椅子问妻子。

"到山姆家去了。"佟小慧给丈夫递去一杯温开水，声音刚落，听见儿子在门外拉长声音大叫，"妈妈！妈妈！给我接一根水管出来。"

佟小慧和裴金涛夫妇开门出去一看：妈呀！儿子一身泥水，湿漉漉地站在离家门五六米远的草坪上，背后跟着山姆家的几个孩子，那些个在草地上玩的大、小孩子也一齐跟了过来，跑的跑，闹的闹，嘻嘻哈哈闹成一片……

忽然，一个美国小男孩从对面家里拖来一支水管枪对着他们喷射……孩子们尖叫着，四处逃散，老叶家那几个女孩也被挟胁在其中。

肖琴从屋里看得真切，飞快跑出来，一手拽一个，把傻乎乎的玉娣和宝娣拽到屋檐下。

金娣和银娣聪明极了，姐妹俩远远地躲在一边看热闹。满娣被吵醒了，躺在婴儿车里扑棱着四肢，哇哇大哭。肖琴把老三和老四拉进屋里，抱起小满娣哄着、给她换尿不湿、喂水。

裴金涛夫妇俩朝那群乱哄哄的孩子奔了出去，那群熊孩子起初还以为大人要加入他们的活动，个个兴奋得手舞足蹈、大喊大叫，一根水柱很壮观地朝裴金涛身上喷了过来，把裴金涛浑身打了个全湿，他急忙用手臂挡住喷来的水柱，朝那个熊孩子大声喊叫道："Stop！ Stop！"

那个调皮的熊孩子把水管丢在地上，一溜烟儿跑了。

金铃和张磊站在屋檐下，观赏这乱哄哄颇为喜剧的场面，两人笑弯了腰。裴金涛好不容易制止住这场混乱，急匆匆奔自家楼上去换衣服。佟小慧从自家接了一条水管出来，给儿子和那些满身是泥水的熊孩子们冲洗干净。

就在大人和孩子混战的时刻，东方梅和戴维的车子恰好从草坪的边上开过，看到这热闹有趣的一幕，戴维把车子停了下来。这时候，老叶的车上载着老范和他女儿娇娇、莺莺的儿子豆豆跟着开了过来。

老叶的车子也停了下来，豆豆和娇娇一齐下了车，站在草坪边上又跳又叫，双手做喇叭状，幸灾乐祸地朝那群孩子大喊："加油！加油！"

老叶和老范一起目睹了裴金涛的狼狈样，两人把手叉在腰间，站在大草坪的边上，开怀大笑。

客人到齐，佟小慧家的 party 开始了。

孩子们分装了自己喜欢的食物，欢天喜地边吃边玩去了，这是孩子们最自由、最开心的时刻，也是家庭 party 的可爱所在。

成成领着豆豆上了楼，在成成的卧室里，两位男孩边吃边玩起了 Risk（美国孩子喜欢玩的一种棋子游戏）。

老范的闺女娇娇和金娣、银娣姐妹俩排排坐在沙发上，三个大女孩颇有大姐大的风范，她们边吃美食边看电视边小声地说着体己话；地毯上坐着玉娣和宝娣，她俩边吃边看小人书。满娣拖着婴儿学步车满地走，手里拿着一只手摇铃使劲摇晃，两个小姐姐冲她嚷嚷："哎呀呀，你真是吵死人啦！"，满娣以为两个小姐姐逗她玩，乐得手舞足蹈，口水流了一地。

　　电视节目是一组幽默好笑的家庭泡泡剧，姑娘们不时笑得前俯后仰。宝娣和玉娣坐在一旁，知其然不知其所以然地跟着傻笑。满娣眼睛睁得老大老圆，望着快乐的姐姐们，快乐地摇动手风铃，手风铃发出欢快清脆的响声。

　　大人们围着一大桌美食吃得热火朝天。

　　老叶和老范分别坐在裴金涛的左右边，肖琴挨着老叶坐，老范的右边是戴维和东方梅，东方梅下来是佟小慧，接着是张磊和金铃。华人 party 的餐桌一般都少不了主人的家乡美食，无论是北方或是南方，来自中国的美食都能唤醒游子们熟悉而亲切的味觉记忆。

　　大伙都称赞蒜蓉蒸龙虾的火候正好，入口鲜嫩美味。客家特色咸鸡块转眼成了"光盘"行动的 NO.1，其余的客家菜也让大伙赞不绝口。

　　肖琴带来的几碟冷盘，成了男士们最开胃的下酒菜，老范带来的那箱啤酒被大伙喝去了一大半。

　　"小慧姐，您做的客家咸鸡块太好吃了！我头一回吃到这么好吃的咸鸡块。嗯，香！回味无穷！"戴维咂着嘴用美食家的口吻评价说："比白切鸡多了一分盐的清香，较辣子鸡又添了几分鲜嫩。"

　　"这做饭做菜这活儿和你们做实验一样，只要用心就行。"佟小慧很谦虚地打了一个比喻。

　　"戴大夫，你在哪儿吃到白切鸡？"金铃故意问，她知道白切鸡是南方的特色食物，戴维是北方人，肯定不会做。

　　"当然是梅老师给他做的啦！"张磊白了金铃一眼。

　　"戴哥，您不怕梅老师生气啊？"金铃俏皮地问。

　　"梅老师才不生气呢！"戴维笑眯眯地看着东方梅说："梅老师做的白切

鸡那是'舌尖上的中国'。"

"天啊,戴哥,我不得不服你了!马屁都能拍得那么有品位!"金铃啧啧了两声。

"小慧姐,做菜和做实验有什么关系?"张磊愣愣地问。佟小慧匀了些菜给客厅的孩子们送去,没顾得回答张磊的问题。

"说你笨呢,你还真笨啊,做菜和做实验不就一样的嘛,呐,对着单子加样和放油放盐是不是一个样?人家那是比喻!知道不?"金铃对着张磊比画着手势说。

"难怪呀,咱们师母一个礼拜就打通了一个 passway!高手啊!呵呵!我终于明白了!"张磊笑道。

"你啥意思啊?咱们师母能和小慧姐比吗?"金铃横眉竖眼。

"女孩子果然比男孩精灵!咱们做实验确实和做饭是一样的呢!"老叶啜了一口酒,摸着自个的脑瓜儿笑道。

"您老不是说咱们都是高科技民工嘛,实验和做菜当然是一样的啦!出好菜和出好数据都需要一个好的 idea,一个好的厨师和实验师,做 PCR、Western Blot 和做菜一样得讲究细节,马虎不得。"

老范间接地表扬了佟小慧是一个优秀的实验师,裴金涛接过老范的话来调侃道:"老范,照您这么说拿杀猪刀的也可以上手术台啰!"

"唉,老裴,你还真别说!"老叶"嘿嘿"笑了两声,说:"'文革'的那个时候还真有过这类荒唐的闹剧。"

"叶老师快说来听听。"金铃又兴奋又好奇。

"喂喂,老叶,别把话题扯远了。"老范的手越过裴金涛的背后去扯了一下老叶的衣裳。

"你们说什么呀?"佟小慧从孩子当中回到了餐桌。

"夸你做菜好吃呢!说你是一个好的实验师。"肖琴替大伙回答说。

"说我是一个好主妇还行,说我是一个好实验师那就差远了。"佟小慧嘴上这么说,心里可高兴了。

"如果做实验也和做菜那么有趣就好了！"肖琴揶揄道。在她印象中，丈夫的科研历来都是枯燥无趣的，整天和细菌啊，癌细胞啊，还有试管啊瓶瓶罐罐的打交道，一点乐趣都没有。

"何止是有趣啊？"金铃说："肖老师，当你有重大发现的时候，那才叫有趣呢！谁都想像范老师那样发高点数的文章啊，啧啧，像他那样能跟着世界级的牛老板做实验，羡慕死我们了呢！"

"这妮子的心眼可大！"肖琴笑道。

"范老师，您给我们讲讲奥尼先生呗，我听人家说他是一外星人呀！"金铃央求道。

"是呀，范老师，您就给我们说说奥尼先生呗。"张磊跟着央求。

"给他们说说？"老叶看着老范问。

"我也想听听这个传奇人物的故事。"戴维一本正经地跟着附和。

"好吧，我给你们说说这个'外星人'奥尼先生吧！"老范笑吟吟地环视了众人一眼，开始了奥尼先生的故事。

"奥尼先生有一只闪米特人的鼻子，有一双鹰样的眼睛，还有一头金色浓密的头发，他的发质又硬又挺，高高地耸立在饱满的天庭上方，远远看去就像一堆愤怒的草丛。"

老范向大伙大概描述了一下奥尼先生的外貌。

"奥尼先生平时不苟言笑，他那立体感很强的脸廓，留给人一种十分冷酷的印象。其实，奥尼先生是一个极有个性的人，无论是外貌还是内涵，他确实与众不同。据说，奥尼先生的祖先流淌着闪米特种族①的血脉。这里有谁听说过闪米特这个古老的种族？"

老范故意提问，其实，他并不想别人给出答案。

"据我了解，闪米特人在人类历史上曾统治过西亚三四千年之久。这就

---

① 闪米特种族——又称"闪族人""塞姆人"（Semu）。这个名字出自《旧约全书·创世纪》所载传说，称其为诺亚（Noah，）长子闪（Shemu"塞姆"）的后裔。

145

是闪米特人最光荣的历史，奥尼为此感到骄傲和自豪，他常常为自己脉管里流动着那么优秀和强悍的血脉兴奋莫名。"

"奥尼先生和我说过，在孩提时代，他父亲曾给他看过一张非常古老陈旧的画像，那是他们一个伟大先祖的画像。族人都说奥尼长着一只和先祖一模一样的鼻子、一张带有极其家族特征的脸谱、一颗聪明无比的脑袋，奥尼先生为此一连兴奋了好几个晚上都睡不着觉。长大后，他做出一个伟大的决定：要在某个方面像他的祖先一样对人类有所贡献。"

"果然是出身名门不同凡响啊！"张磊感叹道。

"奥尼先生自步入神圣医学殿堂的一刹那，立即就领悟到上帝所赋予他的神圣使命。奥尼先生诞生在人类发展极致文明的时代，人类的健康遭遇了前所未有的威胁——癌症宛如笼罩在人类上空的阴霾。全力以赴去解决人类的重大疾病，是这个时代真正的勇士所为。奥尼作为一名捍卫人类健康的医学斗士，脉管里那份光荣而好战的血脉立即激荡澎湃。"

"奥尼先生是一个精力充沛之人，他所取得的成就和在州立大学举足轻重的地位，大伙是有目共睹的。同行们习惯用幽默的口吻来谈论他、赞扬他'瞧，那个外星人又在干什么？'。没错，在这个外星人的带领下，我们随时都有可能揭示下一个生命的秘密。"

"毫无疑问，在这类标杆性人物的手下工作，是我的一种幸运。攀登科学顶峰去观看别样的风景，是每一个科研人最渴望做的事情，那种美妙的滋味，我不说，你们也懂的。嘿嘿。"

老范得意地笑了。

"奥尼先生淡泊名利、超凡脱俗，他的母亲是一英国上流社会名门望族的后裔，祖上曾与英国皇室连亲。尚若要仔细追究起来，奥尼先生与戴安娜王妃应该还能认上半个表亲戚。可是，奥尼先生一心扑在科研上，对其他的话题一概不感兴趣。"

"有一次，我应邀去奥尼先生家里参加 party——你们知道的，美国人家里喜欢把家族成员的照片挂满客厅。很荣幸，我在奥尼先生客厅的墙上看到了传说中的戴安娜王妃和奥尼先生老母亲的亲密合影。席间，有客人向奥尼问及此事，奥尼一副轻描淡写的口吻回答说'那是母亲在一个朋友的 party 上与王妃不期而遇'。那语气倒像是人家王妃想要巴结他母亲似的。"

老范朗朗地笑道。

"听说他是一个很古怪的人，听说他离婚了？"金铃八卦的语气问。老范笑笑，回答说："美国人很重视个人隐私，奥尼先生却有点不同，他不介意向别人谈论他个人的情感、婚姻或是家庭。的确，他有过一段婚姻，和妻子生了一双儿女。夫人不愿意随他到 S 州来生活，他们便离了婚。至今，奥尼先生依然单身一人。他一心扑在科研上，毫无结束单身生活的打算。"

"在科研方面奥尼先生十分执着，照咱们的话来说：就一疯子。可能，这就是局外人传说的古怪之处吧！奥尼先生有一句至理名言，他说，'科研是他一生当中唯一不可以舍弃的东西'。他就是这么一个人，让他在科研和老婆中选一个，他会毫不犹豫地选择科研。"

"天！这什么人的想法啊？太太不肯跟他过来就闹离婚。"佟小慧小声地嘀咕，肖琴接过佟小慧的话来说："人家美国女人讲究独立，说不来就不来，一点也不奇怪。"

"范老师，我听说奥尼先生建议你离婚是吗？"张磊很好奇地问。老范听了呵呵笑，回答说："确实有此事。"

奥尼先生了解到老范辞职是为了解决夫妻两地分居时，便建议老范让妻子到美国来。老范说妻子不愿意来美国，奥尼先生提出每年给老范带薪休假三个月的优惠，即在美国工作三个月，回国带薪休假一个月。这种工作福利在美国十分少见，在奥尼的实验室更是首例。然而，老范拒绝了奥尼先生提出的优惠条件。最后，奥尼索性建议老范为了科研离婚算了。

"咱们中国人是宁拆十座庙也不拆一桩婚，这个奥尼还真是一个怪人。"肖琴说。

"范老师，您真舍得离开奥尼实验室啊？要是换了我绝不。至少，不会选择这个时候离开……这可是两篇大文章耶！可惜了！"张磊摇头叹气，他为老范感到十分惋惜。

"是啊，范老师，您不知道有多少人羡慕您呢！我那个美国朋友保罗都说了，Dr. 范现在真的要离开，不仅丢了两篇第一作者的文章不说，恐怕奥尼团队向诺贝尔进军的脚步也要慢下来了。"戴维一脸真诚。

"多谢你那位保罗朋友了！"老范朝戴维笑道。

"老范，奥尼现在是不是急着要招人啊？"老叶很认真地问。

"没错，奥尼让我给他物色一个像我这样的人！"老范喝了一口啤酒说。听了老范的话，老叶笑眯眯地看了裴金涛一眼，不动声色地问了老范一句，"老伙计，你瞧瞧，咱们的裴博士如何？"

老范盯着裴金涛看，目光熠熠生辉。他拍了一下大腿，笑道："照我看，裴博士还真是奥尼不二的人选呢！"他关切地问裴金涛说："老裴，Dr. 温现在能不能放你走？"

"已经不是他放不放的问题了。"裴金涛苦笑道。

"那就妥了！我回去和奥尼说一声，回头，你发个人 CV 给我，我把你向奥尼推荐一下。"

"好极了！来，咱们为健康干杯！为未来干杯！"老叶乐滋滋地向各位提议道。

"以我看，裴博士入职奥尼的团队问题不大。只是——"老范看向裴金涛态度很真诚地说："老裴，我得提醒你，万一你真的加入了奥尼的团队，要留心萨娜就是。"

"怎么说？"裴金涛问。

"听我给你说。"老范一脸无辜地，"奥尼先生让我在离开前就实验的前景在 Lab Meeting 上做一个 presentation，我按照奥尼的要求认真做了一个很全面的 PPT。"

"在 Lab Meeting 前的一天萨娜和我要了那个 PPT，她对那个 PPT 进行了一些修改。萨娜和我是合作者，又是我的小上司，我没理由不让她修改。对吧？可是，萨娜的这一修改和我原先想要表达的意思南辕北辙。这么说吧！

我的 presentation 给大伙描述了一个诺贝尔奖的愿景，萨娜修改后的 PPT 便是诺贝尔奖愿景的破灭。"

显然，萨娜不想待老范离开后继续原来的实验方向。毕竟，用人家的大脑来主导自己的跑马场不是一件愉快的事情。萨娜一心想了断奥尼对老范 idea 的期待，萨娜坚信：科学实验永远都是一个未知数，谁的 idea 都不是唯一的选择，要消除奥尼对老范的幻想，就得让老范的 presentation 成为实验的结束而不是开始。

老范说到这，大伙会心一笑。

张磊快言快语地接过话来说："范老师，萨娜肯定是不想让您的思想去主导她的跑马场。"

"没错，小伙子听出精髓来啦！"老范表扬了张磊，他接着说："萨娜确实不想让我的思想去主导她的跑马场。换了咱们恐怕也是一样，对吧？但是，她没有明白这次的 idea 不单单是我的思想。而是，奥尼先生和我一起产生的共同思想。"

"萨娜这人十分固执。平时，我若是有 n 个 idea，就会有 n 次被萨娜一票否决。有一次，为了证实我的 idea 的正确性，我私下增加了一组实验。尴尬的是，萨娜常常会冷不丁地从某个地方拿出一皿实验品来质问——'范，咱们这个实验好像用不上这个试剂呀？'她那个表情就像是逮住了一个贼似的。然而，按照萨娜 idea 所进行的实验结果都走进了死胡同。沮丧之际，俺那组地下实验却意外地获得了成功。那可是一组十分漂亮的数据啊！"

老范得意地捋了一下头发笑道。

"范老师，您真是一个实验高手！"张磊满脸敬佩地望向老范。老范笑笑，接着说："你当奥尼是什么人啊？外星人的嗅觉敏锐得很呐！奥尼立即意识到我这组数据将意味着什么！奥尼私下向我下达了指示，让我乘胜追击。进入下一步实验。奥尼先生预言：'我们实验室很快就要在《自然》杂志上发大文章了！'"

老范喝了一点小酒，此刻脸色通红。

"之前，我提醒过萨娜，我说，Ourne will kill me tomorrow when I show these data!(明天，奥尼听了我的汇报非把我给杀了不可！) 你们猜猜萨娜怎么说？"不等大伙回答，老范接着说："萨娜听了我的话呵呵大笑，她安慰我说：'Mr. 范，Don't worry, I can save you!(别怕，我救你！)'"

"范老师，萨娜救你了吗？"金铃天真地问。

"救什么救啊！我看她那天的情形胆子都被吓破了！"老范回想那天奥尼在会上发飙的状况，心里至今都发怵着呢！

"范老师，人家是女士，胆子肯定比您小啦！"金铃说。

"是啊，都怪耳根软，听了这固执女人的话。"老范唉声叹气，"虽然，俺在 Lab Meeting 上作了一些折中的汇报。但是，奥尼先生还是发现了问题，他果然发飙了！奥尼先生当着众人的面第一次失去了往日的绅士风度。"

"当时，奥尼就坐在我正对面位子上，在我做汇报的时刻，奥尼似乎被某种奇怪的东西给镇住了。随后，他鹰一般的眼睛犀利地扫了一眼我的 PPT，最后，犀利的目光落在我的脸上，我被他盯得心里直发毛，两腿很不争气地哆嗦着，头都不敢抬……唉，糟糕透啦！那天，我都闹不清楚自己是怎么结束汇报的。奥尼勃然震怒，站了起来，声音亢奋地质问我。"

"范，你这个实验怎么就进入死胡同了呢？怎么就被枪毙了呢？谁给你这个权力？范，我问你，今天这个 presentation 的意义何在？请你告诉我——你是在和我开国际玩笑吗？哼哼！"

…………

被奥尼劈头盖脸的一阵质问，老范脸色惨白、哑口无言，Lab Meeting 从未有过的沉闷，暴风雨即将来临。有人轻轻地咳嗽，奥尼平日很优雅地插入裤袋里的双手，此刻，变成了一对愤怒的拳头。

"奥尼两只结实的拳头齐齐搁在裤兜的前方，因为生气的缘故，他整个人微微向前倾斜。他，像一名被激怒的拳击手，下一刻就要出拳了。"

"俺的神经被绷得紧紧的都快要崩溃了！也许是从小接受绅士教育的缘故，看得出来，奥尼在极力地克制着内心的愤怒。他犀利的目光迅速地扫了大伙一眼，最后，落到俺的脸上。他略带英国贵族优雅的语调，听上去又冷又硬。"

"'We have several times group meeting to discuss these data for ×××paper publishing, why do you change the direction？(我们已经反复商讨，并决定将这些关键数据用到未来的×××文章里，我不明白是什么理由让您改变了研究的计划？什么叫行不通？什么叫不可能继续下去？)'奥尼光洁的宽额头上青筋暴露，他盯着俺一字一句地继续说：'This means the project will die, I don't understand why you do this？(这就意味着您要把我们的课题置于万劫不复。为什么您要这样做？范？)'"

"奥尼一连串责问宛如一连串霹雳响雷在俺头上炸开，俺以为萨娜会在这个时候站出来说点什么？俺悄悄瞟了她一眼，她——仿佛刚刚被雷电击中了一般，处在一种很奇怪的麻木状态，完全失去了当日的女侠风采。"

"'How do you explain it？范？ (你作如何解释？)'面对奥尼的质问，俺只能老老实实把责任担当起来，俺回答说：'奥尼先生，我向您表示万分的歉意，一切都是我的错。'"

"奥尼的目光狠狠地扫了萨娜一眼，他意味深长地问了俺一句，'Just because you are leaving?(难道仅仅是因为你要离开吗？)'不等我回答，奥尼先生一甩手离开了会场。"

"第二天，俺去奥尼办公室向他表示歉意，奥尼听了俺的道歉颇为动容。他说：'范，我知道这 PPT 并不完全是你的本意，但是——范，你要记住，你是一个男人。'"

"奥尼的这一句'你是一个男人！'说得俺真是脸红心跳啊！说真心话，和奥尼共事这么多年，在我眼里，奥尼是一个非常可敬的科学家。"

老范以十分敬佩的口吻结束了他对奥尼的描述。

后来，奥尼没有再继续追究，他和老范的谈话很自然就回到了科研的话题上……他俩的谈话越来越投机，奥尼都快忘记老范要离开实验室这一事实。最后，他们又回到老范辞职的问题上，奥尼向老范提出一个请求，希望老范在离开前，帮他物色一个合适的人选来接替老范的工作。

奥尼特别强调说："最好是一位中国籍的博士后。"老范答应帮奥尼这个忙，但奥尼对老范的辞职仍然依依不舍。他说："范，就算你为我找到一个合适的人选，我的团队依然随时欢迎你回来。"

奥尼的肺腑之言让老范心生惭愧，他对奥尼萌生了人生知己的心情。话说回来，自从奥尼拂袖离开 Lab Meeting 后，萨娜心里一直忐忑不安。一方面，她自觉愧对老范（毕竟修改 PPT 是她的主意）；另一方面，奥尼的一番雷霆怒火让她感到十分震惊。那日，老范刚从奥尼办公室走出来，萨娜便跑来找老范，小心翼翼地问："范，整个上午奥尼先生都和您在谈了些什么？""奥尼想让我记住我永远都是一个 man。"老范风趣地回答说。

"奥尼先生真是幽默。"萨娜嘴上这么说，心里却明白奥尼先生是在借此说彼。萨娜问老范什么时候离开，说要组织大伙为老范举办一个送别 party，她那殷勤的态度就像是在给老范赔罪似的。

在老范离开 S 州前，研究室的全体同事为老范举办了一个盛大的送别party。他们陪老范一起去吃意大利大餐、喝法国红酒，集体送给老范一件印有 S 州立大学标志的 T 恤，T 恤上写满了每一个同事的祝福和签名。

…………

大伙听了老范讲的故事对奥尼先生油然而生敬意，同时，又难免为裴金涛有点点担心。

"裴老师您得提防那个萨娜。"金铃直不愣登地说。

"提防什么呀！咱们的裴老师可是一个真正的 man。"张磊快言快语地笑道。

"喂，张磊你说这话啥意思啊？难道咱们范老师就不是 man 啦？"金铃伶牙俐齿地质问，张磊吐了一下舌头，赶紧向老范解释说："范老师，我不是那个意思。"

"没错，裴博士是一个真正的 man。"老范笑道。

"什么 man 不 man 的，八字还没有一撇呢！范老师，老裴的事情还得您多多帮忙。"佟小慧笑道。她很希望丈夫能到奥尼实验室去，毕竟，那是一个资源充足的大平台，只要有好的 idea 就可以有一番作为。

"佟大夫，放心，这事包在我身上啦！"老范豪爽地拍拍胸口。

"你们这些年轻人呐，趁着在国外学习的机会好好学一些过硬的本事，将来回去报效祖国。"老叶鼓动张磊和金铃道。

"叶老师，您这话说得特像我们大学辅导员说的——语气和语调都一样样的！"金铃笑嘻嘻地说。

"金铃姑娘，你就当老叶是你现在的辅导员好了！"老范调侃道。

"老范，上次那个'CDK4'被你敲掉之后情况怎么样？"裴金涛突然问起不久前他和老范讨论过的一个实验现象。

"哦，那个 CDK4 被敲掉后结果可有意思了！"老范颇为兴奋地说。

"说来大伙听听呗。"老叶鼓动道。

"好吧，我就给大伙分享这个有趣的现象。咱们行里的人都知道，细胞周期调控发生异常是所有恶性肿瘤的一个重要特征。目前，针对细胞周期调控异常的肿瘤靶向治疗，是肿瘤转化医学研究领域最前沿的热点。有研究表明：静止细胞若要进入周期运转，主要取决于细胞周期依赖性蛋白激酶的活性 (cyclin-dependent kinases4/6，CDK4/CDK6)。而这个 CDK4 则是癌基因 c-Myc 的重要靶基因，即：c-Myc 通过正向调控 CDK4 基因的表达，加速了细胞周期的运行，从而促进了肿瘤细胞的增殖。基于这个理论，科学家们认为：只要阻断 CDK4 功能，就可以抑制 c-Myc 过表达的淋巴瘤——一种高度恶性的造血系统肿瘤的发生。众所周知，这个假设曾在 c-Myc 过度表达的皮肤癌和乳腺癌动物模型中得到了证实。""按常理推断，我们的实验提出了这么个假设：如果事前对 CDK4 的功能进行阻断，那么就可以抑制 c-Myc 过度表达的淋巴瘤发生。我们实验小组以 Eμ-Myc 转基因鼠和 CDK4 基因敲除小鼠作为实验的动物模型，对这个假设进行了相应的实验论证。实验结果，让我们大吃一惊。实际的情况却是：对 CDK4 基因的敲除不仅没有减缓肿瘤发生，反而明显加速了 Eμ-Myc 转基因小鼠淋巴瘤演进过程。也就是说，实验结果与我们的假设刚好相反。"

"范老师，实验结果与假设相反这还有实验意义吗？"张磊专注地听完老范的描述，提了这么个问题。

"我也是这么想的。"金铃补充道。

"当然有实验意义。"一直在认真倾听的裴金涛代替老范回答了两位学生的提问，他说："如果实验不在同一个特定的环境下进行，或者说不在同等的条件下，出现相反的结果也是极有可能的。"

"裴博士的思考和奥尼先生的不谋而合。看来，裴博士是奥尼不二的人选了。"老范笑道。

"老范，您继续。"裴金涛笑笑。

"但是，当我们把这个实验继续下去的时候，我们意外地获得一个非常重要的发现，即：CDK4不仅参与细胞周期正常运转的调控，它还可能是维持基因组稳定性的一种重要激酶，倘若把CDK4敲除或是让它的功能缺失都会导致染色体组的不稳定。这个发现提示我们：靶向抑制CDK4治疗肿瘤可能存在一定的风险，极有可能会加速其他肿瘤的生长，譬如B细胞淋巴瘤。"

"太有意思了！"金铃兴奋地叫起来。

"这个实验结果已经被我们写到论文里去了，上星期我们收到了JCI接收发表的通知。"老范颇为得意。

"奥尼真够神速！"张磊感叹道。

"是萨娜不是奥尼。"老范轻描淡写的语气，他说："这类的小文章对奥尼来说不过是a peanut！（一粒花生米），他根本不会感兴趣的。"

"A peanut？如果换了我能发表这样的一篇论文，毕业就不成问题了！"金铃无比羡慕又无比感慨。

"小姑娘说这话好没骨气！"老叶用慈爱的语气批评道。

"叶老师，我的年纪已经不小了好不好？再不顺利毕业，我都快要变成灭绝师太啦！"金铃嘟起小嘴说。

"小姑娘，发文章和你谈朋友嫁人有什么关系？该谈朋友就谈朋友，该嫁人就嫁人。喏，就像戴大夫一样。"老范笑呵呵地调侃道。

"范老师，我怎么可能和人家戴哥相比？您老人家真是糊涂了！"金铃羡慕的目光看了东方梅一眼，戴维望着东方梅笑。

大伙一阵善意的笑。

这几个人的对话，佟小慧都听进心里去了，她期待丈夫能顺利加入奥尼的牛人团队，又担心 Dr. 温能不能给裴博士写封推荐信，佟小慧忧心忡忡。肖琴抱着刚睡醒的小女儿听大伙说话，科研对她来说完全是另外一个世界的事情，她当他们是在讲传奇故事。戴维温情脉脉地握着东方梅的手，小声地向她解释一些难懂的医学术语。

老范喝了几口酒就忍不住要说话，刚才得到大伙的捧场，他心里有点飘飘然。这会儿，他清了清嗓子，提高了声音："众所周知，细胞周期是 20 世纪 50 年代细胞生物学领域上最热门的一个概念，2001 年诺贝尔生理和医学奖分别颁给了 Leland H.Hartwell、R.Timothy (Tim) Hunt 和 Paul M.Nurse——他们的研究发现了细胞周期的关键因子与调控机制，促进了人类对细胞周期的了解，开启了癌症生成与不正常细胞周期调控的研究方向。"

"还有，在 20 世纪的同一时期，詹姆斯·沃森（James Watson）和弗朗西斯·克里克（Francis Crick）揭示了 DNA 双螺旋结构模型，他们探明了 DNA 分子的双螺旋结构，提示了 DNA 的复制机制，从而开启了分子生物学研究的新时代。可以说，DNA 双螺旋结构为现代生物技术插上了一双翅膀。"

"各位，我们为什么要不辞辛劳、甚至背井离乡地跑到美国来？干吗呢？我们为什么要没日没夜地投入一系列没完没了的庞杂实验？说白了！就是因为我们都怀有一个共同的梦想。在这里，我想问问各位：詹姆斯和弗朗西斯他们那样的科学发现，是不是我们在座的各位终其一生的梦想？"

"那是当然！"张磊和金铃闪闪发亮的目光看向老范齐声说。"范老师，您说得太好了！"金铃笑嘻嘻地补充道。

老范获得了众人一阵掌声。

"老伙计，我今天才发现你这么有口才！你不去参加美国总统的选举真是可惜了！"老叶调侃道。

"叶老师，刚才在听范老师说话的时候，我就想：咱们生物界的乔布斯将会是谁呢？"金铃一副渴慕的表情。

"我还以为你会说非你莫属呢！"张磊笑道。

"巾帼不让须眉啊！我相信金铃姑娘就是咱们未来的希望。"老叶热情地鼓励道。金铃颇为得意地翘着小嘴问张磊说："听见叶老师说什么了没？"

"没听见！"张磊冲她扮了一个鬼脸。

"CDK4是什么意思？"东方梅小声好奇地问戴维。她从事的工作与这个群体的科学研究完全不同，因为戴维的缘故她介入了这一个特殊的群体，他们的言谈令她耳目一新。在老范滔滔不绝地说话的时候，东方梅安静地坐在戴维身边默默地倾听，在座的每一位谈话的内容都让她感到既新鲜又好奇。因为戴维是他们当中的一员，她心里甜滋滋的，同时产生了一种强烈的渴望。她渴望走近他们，了解他们，为他们做些有益的事情。

"CDK4的英文全称是 cyclin-dependent kinases4/6，CDK4/CDK6是一种蛋白激酶，可以促使静止细胞进入周期运转，同时，它也是癌基因 c-Myc 的一个重要靶基因……噢，我这么说可能太复杂了，你能听明白吗？"

戴维小声而温柔地寻问东方梅。

"坦白说，我不太明白。"她秀美的脸向他微微仰起，她蹙眉凝神，可亲可爱的模样，令戴维的内心泛起一片柔情。

"像 CDK4 这类医学代码，对你来说完全是另外一个系统的语言，你当然不会立即就听明白的。等回家，我仔细给你解释 CDK4，好吗？"他看着她满脸爱意，目光熠熠生辉。

"好的呀！"她莞尔一笑，说："刚才，范老师说那几个人的名字我是知道的"。

"真的吗？这些人物你都知道啊？"他故作吃惊。她点点头，颇为得意地看着他笑，凑近他的耳根小声而风趣地说："对于伟大人物我生来就有一种特别的记忆。"

"那我的名字呢？"他对她耳语。

"Forget."她微笑着翘起了可爱的小嘴。

戴维和东方梅的小声对话被老范听到了，他朝他俩暖暖一笑，问："梅老师，您有没有听说过 Robert·Weinberg（罗伯特·温伯格）？"

"Robert·Weinberg？很抱歉，范老师，这个人我还真没听说过呢。"东方梅笑道。

"Robert·Weinberg 是美国科学院院士，麻省理工学院著名研究所 Whitehead 的创始人之一。他发现了第一个人类癌基因 Ras 和第一个抑癌基因 Rb，他的这个发现成为肿瘤研究领域乃至整个医学生物学领域最重要的里程碑。"戴维声音很动听地替东方梅回答老范的问题。

"嗯，是一个厉害人物。"东方梅肃然起敬。

"Robert·Weinberg 确实是一个厉害人物，他写过一部非常有趣的科普读物。"老范接过话来说。

"书名叫什么？"金铃迫不及待地问。

"《细胞叛逆者》！"戴维回答了金铃的问题。

"戴大夫说对了！"老范夸奖道。

《细胞叛逆者》是一本非常有趣的科普读物，不但通俗易懂，更让人过目难忘。"戴维的评价入木三分。

"戴大夫，上哪儿弄到这部书？"金铃问。

"网上就可以拿到它的原文。"戴维回答说。

"太好了！我回去就下载来好好看看！"金铃拍手笑道。

…………

东方梅第一次接触到"生命科学研究"这类话题，这群人的对话，把她带入了另外一个崭新的世界。虽然，一些医学术语对她来说，犹如希伯来语般具有魔力且晦涩难懂，却丝毫不妨碍她对这群人所从事的、具有非凡意义研究工作的理解。

裴金涛的家庭 party 在愉快的氛围中结束。在回家的路上，东方梅对戴维颇为感慨地说了一句："你们的研究太有趣了！"

四十六

　　一个阳光灿烂的周末，教堂清脆悠扬的钟声在清晨的空气里回响，回荡在丛林的四周，掠过碧波荡漾的 Olentangy River 河面，久久地停留在人们的心坎上。孩子们愉快地唱完了颂歌，牧师圆满地结束了布道。

　　在佳美团契里，周莺莺怀着无比激动的心情，神采飞扬地给同胞们分享她去旧金山参加护卫北京奥运圣火的经过。

　　肖琴坐在周莺莺的左边，佟小慧紧挨着肖琴而坐，其他的人依次围成了一个大圆圈。

　　2008 年 4 月 8 日下午，周莺莺一行二十多位华人自驾着十几辆车子浩浩荡荡前往旧金山，经过八个多小时的长途跋涉，他们住进了中国湾公园码头最近的一家旅馆。

　　第二天一早，他们用过早餐带足干粮，二十几个人雄赳赳、气昂昂来到了旧金山中国湾公园码头，那里已经集中了和他们一样，自发从美国各州赶来参加护卫北京奥运圣火的华人同胞。在这些热情万丈的华人同胞当中，有人用口红在脸上、眼角边、额头上画上了五星红旗的图案，有人在胸前贴着"支持北京奥运会"的画贴，还有人把自己打扮成中国的福娃。周莺莺和同去的华人在脸上画上一枚鲜艳的中国国旗图案，手持一张鲜红的袖珍小国旗，加入了这支自发的、庞大的护卫北京奥运圣火的队伍。

　　约莫过了半个时辰，他们头顶的天空上飞过两架小型飞机，飞机的尾部拖着两条巨型横幅，一幅写着："西藏永远是中国的一部分。"，另一幅写道："前进北京，前进奥运。"几乎是同一时刻，码头的另一侧出现了另一群身穿奇装异服的人群，他们扛着"雪山狮子旗"和"西藏独立"的标语牌，洪水猛兽般朝周莺莺他们这个方向涌来。

不等那群怪异的人马接近，左侧的巷子里忽然冲出一群年轻的中国留学生，他们高举着飘扬的五星红旗冲了上来，把那群怪异的人马给截住了。

两队泾渭分明的人马开始骚动、冲突，周莺莺的团队和爱国华人见此状况便迅速向学生们队伍靠拢，大伙很默契地拉开一个巨大的包围圈，将那群怪异的藏独分子团团地包围起来。

周莺莺团队里一位姓张的男士勇敢地走在最前面，他猛然把一位穿着支持藏独 T 恤衫的白人拉到一边，大声地责问他："先生，您去过中国吗？您去过西藏吗？您知道达赖喇嘛在西藏时人们过的是什么样的生活吗？先生，我告诉您，我到过那里，我亲眼看见那里人们过的是什么样的一种生活，我知道什么叫水深火热。先生，您明白什么叫水深火热吗？如果您明白的话，请您不要站到他们那边去！"

那位白人原是位不明真相之人，被张先生这么一质问，立刻心生愧意，连连道歉说："对不起，对不起，我走错队伍了。"

混乱中，有几个流里流气的白人挤到周莺莺的队友中间挑衅，一个皮肤晒得黑黝黝、满脸横肉的粗人，横着口气、操着地方口音很重的口语，指着周莺莺的鼻子唾沫横飞大吼："Get out! Chinese!"那汉子很粗鲁地将周莺莺往外推，后面跟着几个干瘦相貌猥琐的白人，中间夹着几个身穿喇嘛长袍的藏独分子。

周莺莺和队友彻底给激怒了，他们一窝蜂朝这群恶人扑上去，挥动着拳头大声回击："You ！ Get out! Get out! Get out!……！"

一个藏独分子跳出来趁机把周莺莺手中的五星红旗给夺了过去，他歇斯底里要把旗子撕成碎片，莺莺尖叫了一声猛扑过去……双方厮打、尖叫、混战、乱成一片。

一名帅气的警察挥动着警棒，严厉地指着抢夺周莺莺旗子的那位藏独分子发出严重的警告，周莺莺趁机夺回了那面五星红旗。更多的警察赶来了，他们很快控制了混乱的局面。

中国湾公园码头的背后是旧金山棒球"巨人队"的主场，此刻，主场以巨大的环形体育场为背景，主席台上方悬挂着"点燃激情 传递梦想"的巨大条幅，奥运火炬接力开幕式即将开始。

2008年4月9日下午1时20分，奥委会首席运营官诺曼·贝林厄姆一声庄严地宣布："旧金山火炬接力仪式开始。"

圣火护卫手用火种灯引燃了火炬，贝林厄姆代表旧金山接受了火炬，他把火炬交给接力第一棒——前奥运游泳冠军中国林莉的手中，林莉高举火炬向欢呼的人群致意，开始了第一棒传递。

从起点出发，前进中的林莉跑进了旁边的一个大仓库，整个传递活动似乎停止了……出乎人们的意料之外，大约四十分钟之后，火炬突然出现在另一条大街上。

圣火没有完全按照原来既定的路线传递。据说，基于安全起见，旧金山的警察变更了火炬传递的路线和方式，路程由原来的6英里缩短为3英里，新的火炬路线除了开幕的地点相同之外，与原先计划好的路线完全没有重叠。

圣火传递在人们的愕然中顺利完成。

"虽然没有能目睹'圣火传递'的整个过程，但咱们一点都不遗憾，咱们胜利了！想想，有那么多的华人同胞从各个州跑到旧金山来护旗，那场面多壮观啊！现在，俺一想起那个场面，都还激动得不行呐。"

周莺莺热泪盈眶地结束了旧金山护旗的故事，大伙也激动得鼓起了热烈的掌声。

"她真像是一个革命者。"佟小慧对肖琴低声感叹。

"她就是一个革命者，可惜呀，没有生对年代。"肖琴揶揄道。周莺莺一行在旧金山护卫"奥运圣火"的故事，让教会的兄弟姐妹们又敬佩又羡慕，大伙都说他们做了件一生中最有意义的事情。

周莺莺在佳美团契小组分享旧金山护旗故事的时候，老叶和裴金涛坐在一间婴儿室的地毯上担任临时"保姆"的任务，他们义务看护一些年纪较小的孩子，孩子们坐在地毯上玩玩具、滑滑梯、看图画书。成成和年纪大一些的孩子在另外一间宽敞的室内运动场里打篮球，裴金涛和老叶边照看孩子边就聊起了科研话题。

"老范做了一件大好事咧！"老叶说，他笑问裴金涛，"老奥对你的工作是否满意？"

裴金涛家的 party 结束不久的一个工作日午后，老范领着裴金涛去实验室见了奥尼，奥尼和裴金涛相谈甚欢。一个礼拜后，裴金涛结束 Dr. 温实验室的工作，正式加盟到奥尼的团队里。

"还好吧！老奥这个人不错，视野开阔，思路清晰，很有鉴赏力。十分感谢老范为我做了一件大好事。"

他们私下把奥尼非常中国式地称为老奥。

"你和萨娜相处得如何？"老叶又问。

"还好，相安无事。"裴金涛笑笑说："我俩各做各的事情，我主要是贯彻老奥的思想。现在，老范的思想变成了我的跑马场，我很乐意也很愉快。其实，我俩很多地方不谋而合。"

"那就好。"老叶为裴金涛感到高兴，他说"你总算找到一个好平台了，接着下来就看你们发大文章啦！"

"任重道远。老范在澳洲那边的情况怎样？"裴金涛颇为关切地问。老叶呵呵一笑，回答说："老范那人到哪，哪就光明一片。"

…………

老范带着女儿离开 S 州时正是繁花似锦的五月。

放眼望去，到处是莺飞草长、百花盛开。红色的山楂花和黄色的连翘格外惹人的眼，紫燕和鹡鸰在树枝上跳来跳去，叽叽喳喳欢叫个不停，空气中弥漫着忍冬花特有的清香。

索菲亚自从上次和东方梅小聚之后，每日的清晨都会在露台上小坐半个小时，呼吸新鲜空气，听听优美的音乐，她提前给肚子里的小宝宝做起胎教来了。她家的露台宽敞、漂亮，乳白色的栏杆上爬满了翠绿的藤蔓，七叶树的树冠就像一把大伞将露台遮去了大半，索菲亚坐在树荫下一张舒适的藤椅上，安静地倾听舒伯特的《摇篮曲》。

东方梅给她打来了电话："Hello！亲爱的索菲亚，我和戴维就要出发去拉斯维加斯了！"

东方梅的声音悦耳动听。

"Oh，My God！梅，你们什么时候出发？就现在？"索菲亚惊喜地坐直了身子。

"我们已经在机场了！"东方梅幸福满满的声音。

"真是一个美妙的周末！梅，祝福你，我亲爱的朋友！我要在主的面前虔诚地为你们祷告。哦，还有西蒙。天啊，亲爱的，我高兴得都快语无伦次啦！那么，请代我们问好你的新郎官罢！我和西蒙，哦，还有肚子里的小宝宝，我们一家祝你和外科大夫拉斯维加斯新婚快乐！"

"谢谢索菲亚！谢谢西蒙！谢谢你肚子里的小宝宝！"东方梅激动得热泪盈眶。

"哎哟，我的小宝宝好像在动了！梅，她真的知道你们的好消息耶！"索菲亚惊喜万分地叫了一声。

"索菲亚，我听到了舒伯特的《摇篮曲》。"东方梅笑道。

"没错，我在给小宝宝做胎教。梅，等我有了经验，以后就可以指导你啦！"索菲亚甜腻腻地说："梅，拉斯维加斯，加油！"

"索菲亚，你说什么呢！"东方梅脸红了。

相爱，不仅源于爱情更需要双方进一步的了解，慢慢去了解一个人的一切，并且，是在爱情温暖灿烂的光华中去获得这种了解，那是多么的令人神往啊！东方梅怀着甜美的心情和戴维一同出发，去享受属于他们人生当中最幸福和快乐的时光。

这对幸福的璧人踏上了飞往拉斯维加斯的班机，当晚，顺利入住了预先订好的威尼斯人酒店。

他们决定去拉斯维加斯之前，确切地说，自从和东方梅相爱之后，戴维就悄悄地为他们的婚礼张罗了。他背着东方梅悄悄地为他俩的新婚准备了一套中国风十足的礼服。爱，让戴维变得从未有过的温柔和细腻，他在与东方梅的亲密接触中读懂了她对旗袍的挚爱，他精确无误地获取了她的黄金尺寸。

　　戴维把定制新婚礼服的重任托付给予他亲如手足、情深义重的老乡加老同学——远在北京的夏倩倩。夏倩倩获得戴维这份特别的信任后，又高兴又感动又颇为好奇，心想："究竟是怎样的一位佳人征服了戴维的心？"

　　夏倩倩带着强烈的好奇心，一边按戴维给出的尺寸去为他们准备新婚礼服，一边费尽心思去猜想戴维的俏佳人。夏倩倩几乎动用了毕生的智慧和超人的想象——在她看来，戴维的爱侣一定是个容貌绝色的女子，而且，这位绝色女子必定拥有非同凡响的智慧和魅力。

　　因为，戴维给出的黄金尺寸泄露了这位绝色美女的核心秘密。

　　追求完美一向是夏倩倩的风格，为了完成戴维这份沉甸甸的信任和重托，夏倩倩亲力亲为、做足了功夫。她走访了北京好几家著名的老字号旗袍定制店，从旗袍的款式到手工、面料等一系列琐碎的细节，她都做了非常周详的调查和研究；有的"老字号"在手工方面确实是一等一的无可挑剔，但它的款式过于传统，缺少一些新鲜的活力，被夏倩倩否定掉了；有的"老字号"虽然在传统款式上做了一些改良，但又太缺少时尚的元素，达不到让人眼睛一亮的效果，最终，也被夏倩倩否定掉了。

　　"如何让新娘穿上一件时尚又不失传统魅力的旗袍？"这个问题让夏倩倩苦思冥想了好几个日夜。

　　最后，夏倩倩决定把重点放在新娘旗袍面料和款式的设计上。夏倩倩认为，新娘的婚礼旗袍既要保持传统旗袍的精髓，又要加入一些时尚的元素，面料和手工必须经得起考量。夏倩倩把定制旗袍的主要元素确定下来后，很慎重地选择了漪澜旗袍店来完成戴维和新娘的中式婚礼服饰。夏倩倩果然不负戴维的重托，在戴维携东方梅去拉斯维加斯举行婚礼之前，把一套新出炉的中式情侣新婚礼服不远万里地寄到了戴维手中。

那晚，戴维携带着这漂亮的礼服和他心爱的新娘一起，幸福地飞往著名的拉斯维加斯城。

在威尼斯人豪华的宾馆里，戴维替东方梅准备好满池子泡浴的热水，他在池水里撒上了玫瑰干花、滴了几滴薰衣草精油，满浴室的飘香……嗯，这个男人在最幸福的时刻不乏浪漫情调。

"哇，好漂亮——！"东方梅朱唇轻启、面若桃花。

"好好享受这玫瑰花浴，我外边等你——"戴维轻轻拥抱东方梅，在她漂亮的额头上亲了一下。

东方梅美美地泡了一顿玫瑰干花热水澡，她精神气爽、体态轻盈，穿了一件粉色薄纱丝绸睡裙，清纯脱俗地从浴室里走了出来——玲珑曲线的躯体在粉色的薄纱丝绸睡裙下隐隐若现，凌波微步令她细腰素宛无骨，进退间，飘忽若初下凡的天仙。

戴维坐在卧室的一张椅子上，含情脉脉地望着心爱的人儿。神采飞扬的她目光不经意地朝那张大号双人床上瞟了一眼，立即惊呆了！

——雪白的床罩上并排放着一对大红喜庆的中式情侣新婚礼服：一件雅致漂亮的针锈旗袍和一套崭新的男士唐装。

她一副愕然和不可思议的可爱神态。

"梅，你喜欢吗？"戴维起身欢天喜地地向东方梅走来。

"呀，哪来这么漂亮的旗袍呀！"她那一个"呀"字说得宛如黄鹂般婉转动听。

"喜欢吗？我的新娘！"他走过来很轻柔地将她揽入怀里，去嗅她那散发着清香味儿的发梢，亲吻她的细长的颈根……她怕痒，在他的怀里低笑，他搂着她的纤纤细腰，脸贴着她漂亮的颈根，温存地对她耳语："来，试试俺为你准备的新娘装。"

"你怎么知道我喜欢旗袍？啊，还有我的尺寸？你又是怎么知道的？"她一连串问题，问得他心花怒放。

"你从里到外都被我知道得清清楚楚。"他的回答又俏皮又暖心。

"讨厌！"她满脸羞红。

"喜不喜欢？"他傻傻地问。

"喜欢。"她一低头的娇羞，令他如痴如醉。屋里有理查德·克莱德曼的轻音乐《威尼斯之旅》隐约送入耳中。一对新人柔情蜜意，内心跳动着星光般的快乐。

"来，让我为你穿上。"他温柔地为她穿上光华灿烂的旗袍，轻轻地拉着她的手，两个人走到穿衣镜子前——他目光熠熠地盯着镜子里那位绝色的窈窕美人感叹："真美！"

"这旗袍好漂亮——"她粉面含羞、朱唇轻启，站在镜子前优雅地转动着身子。没错，那旗袍开衩的位置是她喜欢的那个尺度，旗袍的质地、款式、颜色和花样都是她期盼中的。

他冷不丁搂过她的细腰，在她光洁的额头上飞快地亲吻了一下，说："等着我。"

他急匆匆地奔浴室而去。

她又快乐又幸福，目光不自觉地往窗子的方向看，窗帘早就被他拉得密密实实，她怀着甜柔的心情，抚摸着身上质地柔滑、做工考究的新娘旗袍，一时感慨万千。

戴维旋风一般从浴室卷了出来。

他像个顽皮的孩子把睡袍往床上一扔（其实，他根本就没穿那件睡袍），火急火燎穿上新郎唐装，迫不及待跑到镜子前和她并肩站在一起。

他指着镜子里的一对璧人儿，兴高采烈地对她说："瞧，咱俩才是天生的一对，地配的一双！"

酒红色的中式新郎唐装，金色华丽的团龙图案，面料又挺又结实，穿在戴维身上显得格外地稳重和帅气；新娘旗袍用的是杏红色的桑蚕丝高级面料剪裁，华丽的牡丹刺绣，水滴立领，精细的绳边，配上精美的盘扣。设计师在传统旗袍的基础上做了大胆的改良，添了一些富有魅力的时尚元素。这件精美华丽的旗袍，穿在东方梅身上，她那苗条修长、凹凸有致、曼妙多姿的窈窕身材被完美地勾勒出来，无处躲藏。

"你是怎么知道我的尺寸？"她还在纠结这个问题。

"要知道吗？"戴维亲了亲东方梅的脸颊坏坏地笑，不等她反应过来，他一把抱起了她，把她放到床上……他支起胳膊无限爱怜地俯视着她，柔情蜜意地去亲吻她的红唇，动情地对她说："我的媳妇儿，自从俺见到你的那一刻，俺的心就偷偷地度量你的每一寸美丽。"

"讨厌啊！"她娇嗔道。

"今夜，俺就让你讨厌个够。"他很霸道地将她搂入怀里，他目如火炬，她面如桃花，他柔情似水地问："媳妇儿，告诉我，你喜欢不喜欢这件旗袍？"

"喜欢。"她热泪盈眶。

"怎么？你是喜极而泣吗？"他笑话她，她一时间竟泪如泉涌……他无限爱怜地去吻她的泪。对她温存细语，"媳妇儿，我爱你，真的，如果没有你，我这辈子恐怕都没得活了！噢，等过了明天，咱们就是老夫老妻了！"

"老夫老妻？"她破涕而笑，娇嗔道："我怎么就成了你的老妻？我…有那么老吗？"

"你当然不老！我希望咱们执子之手、与子偕老……"他深情款款地问："难道你不是这样想的吗？"

"我可不想那么快就老了！"她翘起小嘴说。

"好吧，你一点都不老，是我老了好不好？睡觉！"他把她的脑袋抱到枕头上，让她躺在自己怀里，温柔地为她脱去新娘的衣裳……他俩赤身裸体拥抱着亲爱而甜蜜地进入了梦乡。

第二天早餐过后，戴维和东方梅身穿喜庆的盛装，两个人手拉着手幸福满满地出了门，他们要到最近的一家婚姻登记所去办理结婚登记手续。

当他俩欢天喜地踏进这家婚姻登记所大门的时刻，前来注册婚礼的新人们早就排成了一条长龙。

身着盛装的戴维和东方梅一踏入登记所的大门，立即引起新人们的一阵骚动，新人们慷慨地把赞美送给他们：好漂亮的新婚礼服！好帅气的新郎！好漂亮的新娘！陌生的人们友爱地给他们让出位置，他俩谢绝了人们的好意，自觉地排在队伍的后面。

　　排在戴维和东方梅前头的是一对拎着婴儿篮前来登记的新人，年轻的爸爸把婴儿篮挽在臂弯上，婴儿篮在东方梅的面前轻轻地摇晃，小婴儿从睡眠中忽然睁开了眼，好奇地盯着她看——东方梅微笑着朝小婴儿摇摇手，小家伙激动得舞动着两只胖乎乎的小手，嘴里发出咿咿呀呀的欢叫声……年轻的母亲很热情地和东方梅打招呼，祝福东方梅早生宝宝。戴维目光熠熠望着东方梅笑，东方梅脸颊粉如三月的桃花。

　　"女士，我们计划要生一堆孩子呢！"戴维一脸认真地向年轻的母亲说道。

　　"啊！和我们一样！祝福你们！"年轻母亲的声音格外响亮。

　　"我们说过要生一堆孩子吗？"东方梅轻轻地扯了一下戴维的衣袖，小声嗔道。

　　"没有。是我们老戴家的规矩。"戴维咬着东方梅的耳根小声说道，语气几分俏皮。

　　"讨厌。"她翘起小嘴。

　　终于等到办理结婚手续的时刻，戴维和东方梅双双站在柜台前用了不到五分钟就把表格填好，手续就妥了。像所有拿到结婚证书的新人一样，他俩在众多陌生而友善的祝福声中，宛如一双快乐的小鸟飞出了结婚登记所的大门。

　　"我们是去教堂见牧师好呢？还是邀请牧师和我们一块儿到空中去？"戴维拉着东方梅的手跑到大草坪上，很兴奋地问。

　　"外科大夫，你有没有觉得咱们好像在玩过家家的游戏？"东方梅笑容灿烂、答非所问。

　　"过家家？像吗？媳妇儿，瞧，我这是正儿八经的一身新郎装哦！"戴维放开东方梅的手，指向自己的新郎装开心地笑。

去教堂见牧师或是把牧师从教堂里请出来，为新人主持新婚仪式是拉斯维加斯每日都上演的节目——教堂是现成的，牧师是现成的，婚礼仪式的套路也是现成的，新人们只需在一分钟内作出决定，象征性地付出一点服务费，婚礼仪式将会由最专业的人士来帮助完成。

"媳妇儿，咱们邀请牧师一道去空中举行婚礼吧！那才叫浪漫呢！"戴维亢奋地对东方梅说。

他牵着她的手向一辆花车跑去。

…………

戴维和东方梅在空中完成了他们幸福的婚礼仪式。

仪式一结束，戴维拉着东方梅的手漫步在拉斯维加斯的大街上。一路上，他们不断地接受陌生人们热情洋溢的赞美和祝福。不同肤色、不同人种、不同的语言，不同国家的人们毫不吝啬地赞美他们，赞美他们的新婚礼服，赞美男的帅气、女的漂亮……

这一天，他们收获了全世界的赞美和祝福。

他们驻足 Bellagio（百乐殿）酒店的广场，观看著名的"音乐水上芭蕾"，合着气势恢宏的音乐，他们和那些狂热的人们一道翩翩起舞。舞罢，他们跑去恺撒皇宫里观赏古罗马的建筑，以古罗马神话为题材的雕塑，林林总总、五光十色，在一座巨大的雕塑中间，他们乘坐电梯缓缓而上，从高空俯视或与一些巨型的雕塑比肩。

他们在恺撒皇宫里大饱眼福后，来到了四处弥漫着阿拉伯风情的Aladdin（阿拉丁）酒店。此刻，户外正是大白天，而酒店内却变幻成了傍晚的天空——夜幕低垂、四周莽苍，他们恍若踏上了古丝绸之路……后来，他们去拜会自由女神像、埃菲尔铁塔、沙漠绿洲、摩天大楼还有众神的雕塑，每到一处都惊喜不断。拉斯维加斯的繁华非同凡响。

戴维拉着东方梅的手在拉斯维加斯城游荡了大半天。最后，他俩意犹未尽地搭乘一艘漂亮的凤尾船回威尼斯人酒店。

大运河从酒店缓缓川流而过，摇着凤尾船的船夫拉开大嗓门高唱着意大利的咏叹调，微风拂面而来，河岸咖啡飘香。

戴维和东方梅手拉着手从凤尾船走了下来，他俩在 Veaetian（威尼斯人）酒店吃了一顿丰盛的自助餐。

回到酒店的房间，他们打算稍稍歇息，晚上继续出去领略拉斯维加斯不夜城的魅力。

放下米黄色的窗帘，一对新人相拥而眠。

毕竟是青春年华，他们稍稍歇息，精神和体力便获得了恢复。戴维从睡眠中先醒了过来，他静静地端详着怀里的东方梅，心湖泛起了爱的涟漪——她白皙细长的手贴在他心口上，睡眠中的她嘴角微微上翘，一副纯美可人的俏模样……戴维忍不住要去亲吻她温润的红唇。

轻轻的一吻，她张开了眼睛。

"你就像一朵百合仙子。"他很诗情画意地对她耳语，"轻轻一吻，花儿就张开了。"

"偷看人家。讨厌！"她娇嗔的声音如黄鹂般悦耳动听，他的手一动不动地枕在她的后脑下，"你的手不疼吗？"她问，微微抬起头想让他把手抽出来，他趁机一把将她搂进怀里，温热的鼻息喷在她的脸上，咬着她的耳根说："我想要你。"

"晚上。"她满脸娇羞。

"现在。"他用一个热吻堵住了她的红唇，在进入她的时候，他呻吟般地在她耳边说：

"我爱你——"

极致快乐的爱情之海翻起了鸿蒙初辟时的波澜——爱，给予人类奇妙无穷的快乐，同时，也赋予高级生命最神圣的意义。婚礼，不应该是爱的结束，而是爱和责任的开始。

戴维和东方梅融为一体的刹那，深刻地领悟到这一古老仪式的精髓和意义。

夜色降临。霓虹灯下的拉斯维加斯活色生香、艳丽迷人。

为了轻便出行，东方梅和戴维换上了简约的晚装，东方梅穿了件精致的香奈儿小 V 领乳白色真丝连衣裙，纤细的腰间束一条红色的皮质小腰带，脚上穿一双乳白色的香奈儿小皮鞋，乌亮的长发披在肩上，她走起路来神采飞扬、衣袂翩然。戴维一身 FILA 的着装打扮，白色带领 T 恤，米黄色的西裤，纯白色的轻便牛皮鞋，他走起路来脚上生风，精神帅气。

他拉着她的手漫步在流光溢彩的不夜城里，宛如好莱坞怀旧片中的一对金童玉女。

陌生的游人从他们身边经过、纷纷向他们投去羡慕的目光。

他们在人工巧匠复制的威尼斯运河边上徜徉，在总督府、各种名店、画廊驻足……拉斯维加斯这座不夜城，到处流光溢彩、到处是熙熙攘攘的人群，他们置身这座迷幻般的不夜城，仿佛一条街就走遍了全球。这类周游世界的感觉令他俩兴奋不已。

第二天，他们马不停蹄去领略了内华达州的自然风光，观赏胡佛水坝的米德湖和西大峡谷。

他俩并肩站在 3500 尺的石岩上眺望老鹰岩，戴维激动地对着浩瀚的苍穹大声高呼着东方梅的名字，大声地向天空宣告他对她的海誓山盟——"东方梅，我爱你！爱你！"

戴维高亢的声音在空气中传出很远，又在山谷里久久回荡，东方梅笑容灿烂，幸福至极。

"东方梅，请你记住这美妙的时刻——请你记住我。"他搂着她的细腰深情款款、细语呢喃。

夕阳，剪出他俩一对绝美的背影。

四十七

戴维和东方梅带着造物主满满的祝福完成了新婚之旅。

在返回 S 州的途中，他们意外地获知中国四川汶川发生里氏 8.0 级地震的消息。第二天，东方梅上班的时候，在邮箱里看到迈克一连写给她的两封邮件。

迈克第一封邮件内容写得很长。

不久前，他去拜访了东方梅的家人。迈克落笔深情款款，字里行间流露出对东方梅故乡和家人的挚爱之情；他称呼东方梅的父母为"亲爱的伯父和伯母大人"，称呼东方梅的兄长和嫂嫂为"大哥和嫂子"，赞美东方梅的小侄女东方小诗是一个十分可爱的小女孩。他说，从小侄女身上看到了东方梅的影子。迈克在东方梅的父母家住了一个礼拜，得到了东方梅家人的盛情款待，他和东方梅的家人度过了一段十分愉快的时光。

迈克的第二封邮件的内容很短。他告知东方梅说，他跟随当地的一个红十字会小组，前往发生地震的灾区参与救援，让她不要为他担心。

北京奥运圣火在堪培拉的传递刚刚顺利结束，海外华人还沉浸在奥运火种顺利传递的欢庆当中。汶川地震消息突然传来，把海外华人从欢乐的高峰拽入了悲伤的低谷。

中华民族素有"一方有难八方支援"的美德，得知汶川地震的消息，海外华人同胞紧急行动了起来。

几乎是同一时间，S 州的华人教会、各类华人社团、中国留学生联合会一齐聚焦中国汶川，S 州的华人商会率先发起为救助灾区同胞的爱心募款。接着，各类华人社团、中国留学生联合会也积极地投入了爱心行动，国际友人跟着纷纷加入爱心队伍。

这些日子，老叶和戴维下了班就到教会去参与组织募捐活动，裴金涛夫妇跟着肖琴也到教会帮忙来了。教会里人们祈祷的祈祷、募捐的募捐，教堂里人来人往、热闹非凡。

戴维既要完成实验又忙着去临床进行手术观摩，他下了班几乎顾不上吃一顿热饭，简单啃一个面包，一杯冷牛奶，就和老叶一同赶到教会帮助安排义捐的事宜。他们要去不同的社区接人、接物。

戴维和东方梅各自忙碌，各自住在自己的公寓里，他们已经有一个礼拜没有见面了。

为了募集爱心义款，东方梅下了班就和索菲亚一起，组织学生志愿者筹划各种义演，每天都忙到很晚才回到自己的公寓，和戴维一样以一个面包和一杯冷牛奶打发了晚饭。晚饭后，她又匆忙赶往 S 州一家海外华文媒体工作室，帮助编辑们以最快的速度集中改版，第一时间向国际友人报道中国汶川的最新震情，接受各界国际友人的捐款、捐物。

有日，东方梅和索菲亚组织学生们正在彩排，Moon 的妈妈上官女士和几位日本太太忽然到访。原来，上官女士从日本前来美国探望女儿，刚踏上美国的领土就获知中国汶川发生地震。当她了解到女儿正参加东方梅和索菲亚组织的爱心义演后，便领着几位要好的日本妈妈前来加盟。

参加义演的学生志愿者们克服了种种意想不到的困难，在不同的社区完成了一场又一场义演，获得的义捐悉数捐献给中国红十字会。

西蒙得知中国汶川发生地震的当天下午，立即组织了东亚系全体职员进行了爱心义捐。在义捐仪式上，他的演说颇为动情——

"女士、先生、同事们、朋友们：中国是我的第二故乡，我到过中国的许多地方，去过成都著名的宽窄巷，那是一个非常漂亮、非常有品位的文化之都，他们的'变脸'文化，还有众多的民间技艺给我们留下深刻而美好的记忆。

惊闻汶川地震，我和太太十分震惊，此刻，相信大伙的心情和我一样。

今天，我们在这里举行义捐，尽我们所能，希望给正在遭受灾难和痛苦的汶川民众捎去我们的一份爱心。

据我所知，迈克先生——我的好朋友、好兄弟他已经跟随当地红十字会前往汶川进行救援，他是好样的，是我们大家的骄傲。虽然，我们不能像迈克先生那样亲力亲为，但我们的心情和他是一样。在这里，我对每个参加本次义捐的爱心人士，表示最衷心的感恩和感谢。"

西蒙的演说结束，不同肤色、不同语言的人们纷纷解囊为汶川义捐。最后，西蒙领着大伙集体为汶川灾区的人们作了祷告和祈福。

东方梅站在不同肤色、不同人种的爱心人士当中，心潮澎湃、热泪盈眶。塞廖尔前来邀请东方梅在他主编的报刊上，撰写中国风俗民情的文章，他专门为中国汶川赈灾开设了爱心专栏。不到一周时间，塞廖尔收到了来自美国人民沉甸甸的爱心义款，他把这笔为数不小的爱心义款如数交给了东方梅，让她代为转交中国红十字会总会。

"爱，没有国界，不分肤色和人种。"塞廖尔在他开设的爱心栏目中以这么一句作为义捐的标题。

连续几个晚上，东方梅和索菲亚组织学生爱心小组前往不同的社区进行义演和募捐，由于没有得到很好的休息，加上从拉斯维加斯新婚回来的舟车劳顿，东方梅意外地病倒了。

东方梅昏昏沉沉睡去又迷迷糊糊醒来，当她再次睁开眼睛的时候，看见戴维满脸憔悴和一副焦虑的表情坐在床边。

她恍如做了一场大梦，感觉和亲爱的戴维分别了好长时间，心酸得眼泪簌簌地掉了下来。

"梅，你终于醒啦？太好了！你知不知道？你都快把我急死了！"戴维脸上的焦虑瞬间换成了惊喜和欢愉，他富于磁性的男中音悦耳动听。

东方梅满脸梨花带露、楚楚可怜，戴维欢天喜地、笑得阳光灿烂。他拉着她的手俏皮地问她："你怎么哭啦？是因为想我吗？"

"讨厌。"她的声音有气无力，"外科大夫，我睡了多长时间？"

"你足足睡了一个世纪！嘿嘿，我真害怕等你醒来，我都变成一介糟老头了！"他诙谐地调侃道，俯在她耳边温柔地解释说："梅，你在观看学生排练的时候昏过去了，索菲亚和 Moon 妈妈把你送到医院，Moon 妈妈给我打的电话，我急得快要死掉了。"

"你怎么可以这样不爱惜自己的身体呢？以后再也不许这么干啦！嗯，也怪我，没有照顾好你，全是我的错。"

他温柔地自责。

"瞧你，唠唠叨叨，都快成老太公了。"东方梅轻轻一叹，"外科大夫，我感觉咱们好像真的有一个世纪没见面了！"

"咱们何止是一个世纪没见面？你这一觉相当是天上一天，**俺在地上可是等了一万年**。"他说。

"夸张！"她幸福地笑了。

"梅小姐，医生说等你醒过来咱们就可以回家。"戴维俯首去亲吻东方梅的额头，冷不丁一把将她抱在怀里。

"老婆，咱们现在就回家！"他大声地说。

"讨厌！"她满脸娇羞。

他开心得呵呵大笑，强有力的臂膀抱着她大步朝门外走去。

这个周末，戴维起了个大早，他悉心煲好一小锅瘦肉青菜粥，又把东方梅换下来的衣物洗好、烘干。吃过早餐，他在餐桌上给东方梅留下一张字条，匆匆奔实验室加班去了。

戴维刚离开家东方梅就醒了，在她吃早餐的时候，索菲亚打来电话，东方梅愉快地接起电话："Hello! 索菲亚，是我。"

"夜莺一般婉转动听的声音啊！给我家宝宝做胎教最好！"索菲亚俏皮地在电话的另一头说。

"非常乐意为你家宝宝效劳。"东方梅的心情格外敞亮。

"今天有什么计划？"索菲亚热切地问。

"暂时没有，外科大夫最近老是加班。"东方梅的声音没有半点不快，反而给人一种幸灾乐祸的感觉。

"哦，祝贺你自由了！"索菲亚笑道。接着，她一副可怜兮兮的口吻抱怨道："梅，我都快没衣服穿了！"

"哦，是吗？你现在是在浴室里给我打电话的吗？我得好好想象一下——嘻嘻。"东方梅俏皮地调侃。

"噢，差不多就是这个狼狈样啦！"索菲亚大声地笑道。

"小妈妈，咱们一起去 shopping 吧！Hight Street 一条街都是准妈妈的漂亮时装！十五分钟后，咱们老地方见，先去喝一杯咖啡，如何？"

东方梅暖心的提议，索菲亚高兴得差点要跳起来。

"到底是我的好闺蜜呢！正中下怀！走起！"索菲亚声音响亮地说道，她开心地哼起了一首轻松愉快的歌子。

答应了陪索菲亚逛街购物，东方梅赶紧打扮起来。戴维今天加班，要到晚上才回来，她一个人在家反正也是闲着，闺蜜俩好久没有见面了，心里藏着许多体己话呢！她们说的老地方就是 Hight Street 的星巴克咖啡屋。

这间咖啡屋的后院有一个美丽的小花园，一条小径从小花园的中间穿过，对面是著名的 Olentangy River。

七月，北美真正的夏天临了。

金灿灿的阳光照在滚滚东逝的 Olentangy River 上，宛如无数面闪闪发光的小镜子。河两岸的树木葱茏，团花簇拥，成群的野蜂在花丛中嗡鸣，蝴蝶不甘寂寞，随着热烈的长风翩翩起舞，热烈的夏风拂面而来，百花的芳香味儿更加浓郁了。

今天，东方梅上身穿了一件瘦身的墨绿色双领针织短袖 T 恤，下身是一条时尚经典的奶白色大甩裤，脚上穿了一双舒适的 Prada[①] 白色平底小羊软皮鞋。白色的 T 恤立领把她那细长的脖子衬托得白皙漂亮，瘦身的 T 恤修剪出她一副美妙绝伦的好身材。她肩上挎着一只白色的宽口单肩包，头上戴着一顶宽大时尚的乳白色宽边法国少女遮阳帽，鼻梁上架着一副茶色的 Ray—Ban 墨镜，瀑布般的披肩长发在微风中轻轻飞扬。

东方梅把车子停在离咖啡屋最近的一个小停车场上。

在去往咖啡屋的小路上，有一时间，东方梅好像忘记了什么？她若有所思、驻足回首，看见路边的草坪开满了金黄色的蒲公英，格外耀眼、娇嫩无比，她心里一阵莫名的感动。

"这些花儿是什么时候开的？这个夏天真美啊！"她轻轻一叹，转身、抬头一眼看见索菲亚从小路的另一头迎面走了。

"好漂亮的人儿啊！好莱坞的影星宝贝儿见着你都得礼让几分！"索菲亚远远就张开了双手。

---

① Prada——意大利品牌，于 1913 年在米兰创建。

闺蜜俩亲热地拥抱。

"你这个幸福的小妈妈，让我好好瞧瞧。"拥抱过后，东方梅笑嘻嘻地审视起索菲亚来，"呀，你这肚子好像又大了一个尺码！"

"小宝宝在努力成长呢！"索菲亚笑起来脸更显圆了。

今天，索菲亚穿了一条加大号的蓝色细格孕妇裙，超大的裙摆巧妙地遮住她肉肉的腰部。一头金色的头发被高高束起，脖子根上露出一圈毛茸茸的氄毛，在七月艳阳的照耀下那圈氄毛呈一片橙色的亮。

索菲亚脚上穿着一双和东方梅脚上一模一样的 Prada 白色平底小羊软皮鞋，这两双姐妹鞋是她们不久前在 Outlet 超市一齐看上一同买下的。拥抱过后，两人发现了这非常有趣的不约而同——"瞧，咱俩今天竟穿了同样的鞋子！"索菲亚乐呵呵地说。

"心有灵犀！"东方梅答道。

"唉，如果你现在怀上宝宝就好了，咱们一起做妈妈多好啊！"索菲亚满心思都是在渴望生孩子，她一脸期待地看着东方梅笑。

东方梅的脸色"唰"地红了，索菲亚见状，便小声地鼓动她，"梅，你和外科大夫可要努力哦！"

"他很忙。"东方梅莞尔一笑，拉起索菲亚的手，问："小妈妈，现在，咱们去喝咖啡还是去 shopping？"

"咱们先去 shopping 吧！"索菲亚挽起东方梅的手臂，两个幸福的小妇人愉快地朝着步行街那一溜儿专卖店走去。

索菲亚肚子里的孩子快两个月了，东方梅新婚差不多也是两个月。她们两个是世界上最幸福的小妇人——一个陶醉于即将做母亲的喜悦，一个沉醉在爱情的蜜汁里。

索菲亚怀孕还不到两个月，渴望孩子心切的她从得知自己怀有身孕开始，就迫不及待地换上了宽松舒适的孕妇装；她三番五次地在东方梅耳边唠叨说，要开始准备举办 Baby Shower^① 的事宜。

按照美国的传统习惯，准妈妈的闺蜜会在婴儿出生前的一两个月，为准备妈妈举办一场隆重的 Baby Shower。

"索菲亚，时间还早得很呢！咱们不急，到时，我保证为你举办一场最隆重的、前无古人后无来者的 Baby Shower！如何？"

东方梅用最夸张的语言来表达她对索菲亚 Baby Shower 的高度重视。

"亲爱的梅，你不知道，等待的时日实在是太漫长了！"索菲亚不断地向东方梅诉说她的心情。

"我知道，索菲亚，请你相信，我当然知道。"东方梅用加强的语句来向索菲亚表达她的感同身受。

为了抚慰索菲亚急切的心情，东方梅陪着索菲亚不厌其烦地一家一家超市去 shopping。唯有 shopping 才是幸福女人打发漫长时光的最好方式。

"梅，我妈妈说，怀孕是女人一生最幸福的时光。"

"索菲亚，你现在是不是感觉特别幸福？"东方梅颇为感慨，她刚刚尝到新婚的快乐和幸福，将来她也是要为人母亲的，她要为戴维诞下他们的爱情结晶，她能体会索菲亚那种无与伦比的幸福。

"嗯，我现在感到特别的幸福。所以，梅，你不会认为孕妇就应该去捡丈夫宽大的衬衫来将就吧？"

"我当然无法想象你穿西蒙先生旧衬衣的样子。"东方梅十分理解索菲亚内心满满的幸福。她说："索菲亚，我觉得这世界上每个幸福的准妈妈都应该有一件漂亮的新衣裳。"

"啊，我太喜欢你的这句话了！"索菲亚听得心花怒放，她轻轻地摇晃着脑袋一副怜惜的语气，"我听妈说，她怀孕的那个年代，孕妇只能穿丈夫宽大的旧衬衣，市面上根本买不到合适的孕妇装。所以，妈整个孕期都毫无

---

① Baby shower——迎婴派对，美国人家在孩子出生前举办的特殊派对。

自信、毫无快乐可言。"

索菲亚说得可怜兮兮的，仿佛做母亲的不快乐就是因为缺少了一件漂亮的孕妇装。

"哦，小妈妈，我们现在就去买新衣裳！我们得把属于妈妈的快乐给补回来！啊，我想象得出，你母亲年轻时一定也是个大美人儿！"

"没错。妈年轻的时候确实就是一个大美人儿！"索菲亚眉开眼笑补充道，"妈说，她最大的遗憾是在怀孕的时候没能穿上一件漂亮的孕妇装，让别人感觉她变丑了！"

"所以，咱们不能留一丁点儿遗憾。走！"东方梅挽起索菲亚的手一起走入第一家孕妇时装店。

High Street 妇幼专卖店出售的孕妇时装全是世界品牌，一家接着一家，各种妇幼用品琳琅满目、应有尽有。

闺蜜俩手挽着手走入第一家妇幼专卖店，这是一家综合孕妇时装专卖店，分四季不同的花色、款式，其花色多样、款式新潮、风格各显千秋，不同的卖家不同的卖点，各有各的好看，索菲亚几乎每一款都爱不释手。

"这套、这套，嗯，还有那套……梅，这些我都喜欢！怎么办？难道我全都买下来了不成？难道我一年四季就只穿孕妇装？"

索菲亚开心得一塌糊涂，同时又失去了主张。

"索菲亚，你真得每天都穿孕妇装上班了！"东方梅调侃道，她劝索菲亚说："别急，咱们得货比三家，再走走、看看，索菲亚，还有下一家，你得冷静，冷静，再冷静。"

东方梅一副大人哄孩子的口吻安抚着躁动的索菲亚。

她俩经过一家专卖店的大橱窗前，被一幅巨型广告给吸引住了。广告上，英国超级名模凯特·莫斯①(Kate Moss) 穿着一款十分时尚的孕妇装，英姿勃

---

① 凯特·莫斯（Kate Moss）——当今世界级超级模特。

发、妖媚可爱，这件孕妇装标价竟达上千美金。

东方梅和索菲亚闺蜜俩一动不动地杵在橱窗前，两双美目一齐放射出快乐的光芒。殷勤的女服务生来到了她们身边，她指着橱窗里的广告照片微笑着向她俩解释："这是用来吸引顾客眼球的广告，如同孟菲斯音乐街上那只猫王穿过的长靴。亲爱的女士，欢迎光临本店，我有什么能帮到你们？"

"你们家有这款孕妇装吗？"索菲亚迫不及待地问。

"很抱歉，女士，目前没有现货。不过，我们店里的孕妇时装款式都是非常别致、漂亮的，请两位女士进店来慢慢选购吧！"

女服务生热情地把她俩迎进了专卖店。

在这家宽敞明亮的专卖店里。女服务生殷勤地给她们介绍不同功能和品牌的孕妇时装。这家孕妇时装在设计方面确实很有特色，品牌齐全，款式和风格多样好看，性价比也比较适中。

在众多的品牌当中，韩版孕妇时装无论在设计、用料、还是在做工方面都十分精致和漂亮，遗憾的是它们的码数普遍偏小。后来，索菲亚看中德国Star Collection 出品的一款孕妇时装——以向日葵为主题图案、两种不同底色的孕妇装。一款是淡黄的底、金色的向日葵，另一款是白底、蓝色的向日葵。前者大气、时尚，后者典雅、端庄，都是纯棉质地，配上漂亮迷人的 V字形领口。非常可心的是，这两个花色的孕妇时装都有适合索菲亚的大码数，索菲亚高兴至极，立即买下同一个款式两套不同颜色的孕妇时装。

临走，索菲亚把一套韩版孕妇时装往东方梅身上比了又比，满脸羡慕的表情对东方梅说："梅，这款孕妇时装太适合你了！要不，咱们提前买下？"

"早着呢！"东方梅红着脸说。

"小姐，你确定这款没有再大一点的码数吗？"东方梅见索菲亚对韩版孕妇时装恋恋不舍，便多问了一句，服务生态度很好地回答说："女士，真的很抱歉，确实没有。"

"好吧，索菲亚，咱们到下一家去看看。"东方梅拉着索菲亚的手离开了这个时装店，往下一家走去。

前面是一家美国孕妇时装店，索菲亚嫌弃美国孕妇时装在设计上毫无创意、毫无美感。她抱怨，美国设计师只会在牛仔裤腰上做点小文章，用松紧代替裤腰的做法非常小儿科。听索菲亚这么说，东方梅就跳过这家，闺蜜俩继续前行。

……………

花了大半天时间，闺蜜俩把整条街的孕妇时装店走了一个遍。最后，索菲亚买下八套漂亮的孕妇时装、两床婴儿抱被、十套幼儿服装，两个人提着大包小包的战利品，心满意足离开了孕妇时装专卖一条街。

午间咖啡时间。

索菲亚和东方梅坐在星巴克咖啡屋一张临窗的桌子旁，喝着咖啡、品着精美的点心、欣赏着窗外的景色，轻声地聊着愉悦的话题。

窗外，是一个开放式的小花园，花园里繁花怒放、各种低矮的灌木葱茏碧绿，花园的小道上不断有行人匆匆跑过。明媚的阳光下，黄色的连翘花显得格外耀眼。她俩兴致勃勃地谈论起熟悉的花卉来：紫蔷薇、三角梅、七色花、郁金香、水蜡树，还有紫丁香。

"如果眼前没有这些漂亮的花儿，喝咖啡的心情会不会有所不同？梅，我真的不能想象！"索菲亚笑道。

"索菲亚，你瞧瞧，我肯定那一株就是丁香！"东方梅指着远处一株随风摇曳的灌木。

"我觉得它更像是蔷薇，你知道它俩都开着紫色的花，很容易让人混淆。"索菲亚眯着眼睛眺望着那棵枝叶在微风中轻轻摆动的植物。

"你确定它就是蔷薇吗？"东方梅一时拿不准主意，她想起那年在亚特兰大迈克曾教她辨认紫蔷薇和丁香的区别，细节她都给忘了，只记得迈克说过的一句话："丁香花一般多出现在某种有纪念意义的地方。譬如，马丁·路德金博士的纪念馆就种了很多丁香。"

东方梅在马丁·路德金博士的纪念馆见过丁香花，那花有白色也有紫色，好像还有粉色。

回忆往事，东方梅忽然十分想念起远在中国的迈克来。

"索菲亚，也许你是对的，迈克说过丁香花一般都会种在纪念馆那类地方。"

"哈！你是以种植地来判断的吗？不过，我还是坚持我的判断是对的，你若不信，等迈克回来让他做裁判好了！"索菲亚轻轻地叹了一声，又很愉快地说："等迈克回来，我肚子里的宝宝就快要出生啰！"

"为小宝宝的到来干一杯！"东方梅举起咖啡杯与索菲亚的杯子轻轻地碰了一下，笑道。

窗外，有穿着比基尼的女郎和赤裸上身的男士匆匆走过。S州的人最喜欢做日光浴。S州地处北美中部，一年中的日照时间不长，"日光浴"便成了S州人夏日生活当中的一件大事。

"如果不怕小宝宝被晒坏，我想和他们一样。"索菲亚指着窗外那些晒日光浴的人一脸羡慕。

"我听妈说怀孕的人确实需要晒一点点太阳。"东方梅笑道。

"真的吗？我可以去做日光浴吗？"索菲亚兴奋而小声地问。

"我妈说是晒一点点太阳而不是做日光浴。"东方梅很认真地纠正道。

"噢，梅，不如咱们到花园里去坐坐？"索菲亚幸福地抚摸着肚子里的小宝宝提议道。

"是个好主意，走吧。"东方梅提着大包小包跟在索菲亚后面，她俩在花园里一棵小树下的一张长椅上坐了下来。

"美国人真是奇怪，白皙的皮肤多好呀，偏要把它晒得跟黄铜一般，我想着就纳闷。"东方梅说。

"这全是因为爱情。"索菲亚得意扬扬地看着东方梅笑。

"爱情？Why？"东方梅有点意外，耸耸肩。

"西方人非常崇拜古希腊的英雄。你知道，古希腊的英雄们个个都很英勇善战，人人都生得一副古铜色的皮肤。古铜色是古希腊英雄和美男子的标志，代表健康、威武、英勇、强悍。"索菲亚满脸自豪。

"女孩也要追求古铜色吗？"

"嗯，古铜色是美国男人和女人梦寐以求的颜色。梅，难道外科大夫不喜欢古铜色吗？"索菲亚突发奇想地发问。

"我希望把他晒成古铜色！"说到戴维东方梅忍不住笑出声来。

"为什么？"索菲亚有点好奇。

"他老说自己白，自恋。"

"没说你黑吧？"

"说啦，说我比他黑，讨厌。"东方梅噘嘴的样子很可爱，索菲亚抿嘴一笑，态度明确地和闺蜜站在一边，她说："下次他再嫌弃，咱们就把他丢出去晒成古铜色好了！"

"索菲亚，你真好。"东方梅心情极好地望着花园的远处，索菲亚几分激动的口吻告诉东方梅家族中的一件大事。

"梅，我爷爷就要结婚了！"

"什么？什么？你爷爷要结婚？"东方梅惊讶极了。如果没记错的话，索菲亚的爷爷差一岁就 100 岁了呗，开什么国际玩笑？东方梅满脸惊愕，索菲亚笑得阳光灿烂。

"是的，我爷爷就要结婚了！上星期，他在我们的家庭聚会上宣布了这个重要的消息！他说他马上就要结婚了！女朋友今年 88 岁，他俩是在 Facebook 上认识的，俩人可好了！"

"你们家人不反对啊？"

"为什么要反对？这么好的事情我们全家族的人祝福他们唯恐来不及呢！爷爷都这岁数了，上帝还赐予他爱情，他是多么的幸运呀！这也说明我爷爷的身体很健康对吧？我们大家都为他感到高兴。"索菲亚满脸幸福，她是真心替爷爷高兴。

"爷爷什么时候举行婚礼？"

"快了！爷爷说要和新娘子一起去拉斯维加斯举办婚礼。"索菲亚小声而兴奋地说。

"天啊！索菲亚，你爷爷好浪漫呀！不过，拉斯维加斯确实是一个非常适合浪漫的地方。爷爷真有眼光！"

东方梅想起和戴维在拉斯维加斯度过的快乐而浪漫的时光，从心底祝福索菲亚的爷爷。

"你怎么不说外科大夫更有眼光呢？"索菲亚俏皮地看着东方梅笑。

"索菲亚，你又笑话我啦！"东方梅的脸颊飞起两朵红云。

"梅，如果咱们两家将来能做亲家多好！"索菲亚浮想联翩。

"索菲亚，你真能想象，西蒙先生喜欢女孩，我们家外科大夫也喜欢女孩。咱俩如何做亲家？"

"Any way，戴太太，只要有梦想一切都有可能。现在，关键的问题是——您赶快怀上孩子！"索菲亚俏皮地指着东方梅笑道："瞧你，我一说到孩子，你又脸红了！"

"索菲亚，咖啡时间到此结束。"东方梅面如三月桃花，笑吟吟地站了起来。

"好吧，戴太太，咱们下次再约。"索菲亚大笑着跟着站了起来。

四十九

东方梅和索菲亚在咖啡屋门前作别后，她驾车绕道去了一趟华人超市，买了戴维喜欢吃的樱桃和蔬菜。此外，她还特地买了两磅牛肉、一条虹鳟鱼、一些海贝，准备为戴维做一顿丰盛的晚餐。

回到 Rose1840 公寓，东方梅看着离做晚饭的时间还早，就坐到电脑前，习惯地打开私人邮箱，一眼就看到了苏日娜的来信。

苏日娜在信里告诉东方梅说，在 Mr. 霍的热心帮助下，她父亲顺利入住了医院，经过相关的检查，大夫说她父亲患的是脑部的一种良性肿瘤，需要立即进行手术，父亲的手术就安排在近期，主刀大夫是北京著名的神经外科专家——王全林教授。东方梅读完苏日娜的来信心里甚是安慰，她默默为老人家的健康祈祷和祝福。

傍晚时分，东方梅开始为晚饭忙碌。

她把两大块生牛肉洗干净放入压力锅里，依次加入适量的八角、小茴香、老抽、甘草、花生米……最后，加入过面的清水，开火至半个小时。待压力锅完全冷却，半成品酱牛肉就出锅了。她刀工麻利地将酱牛肉切成了薄片，再用香麻油、芫荽和酱牛肉片一起快速地过一遍热油锅里，美味可口的酱牛肉便成了。

东方梅记得，戴维第一次吃到她做的这款独家秘制酱牛肉时，赞不绝口，接着，更是心心念念。

东方梅在厨房里忙了一个多小时，一顿丰盛的晚餐摆到了餐桌上。有：鳟鱼焖豆腐、秘制酱牛肉、凉拌木耳、卤花生、百合腰果炒香芹、哈利蘑菇浓汤。现在，就等男主人回家共进晚餐了。

东方梅摘下围裙，到卧室去换了一件舒适的居家休闲服，坐在沙发上浏览着电视节目。她左等右等，等到晚饭的时间都过了，还不见戴维的影子。

东方梅给戴维打电话过去，电话那头一直是忙音。差不多七点一刻，戴维打电话回来说，因为实验上的事情，他晚上不能回来吃晚餐了，而且晚上还得守在实验室里过夜。

接完戴维的电话，东方梅一个人草草地完成了晚饭。

吃晚饭的时候，东方梅想着好长时间没给家里人打电话了，吃过晚饭，收拾好厨房，东方梅坐在沙发上愉快地拨通了太平洋彼岸家的电话。接电话的是她的嫂子杨默，她感到有一点意外。

"小梅，你好吗？"嫂子的声音温暖而亲切，她们姑嫂自幼在同一个院子里长大，感情好得宛如亲姐妹一般。

"姐姐，我很好，你们好吗？"她习惯称呼嫂子为姐姐。

"我们都很好。小梅，爸妈可想你了，你最近很忙吧？"嫂嫂的问话充满了关怀。

"有一点儿。"她心里甜滋滋的。

"找到新姑爷了？"嫂子一言击中，东方梅笑了。她问："姐姐，小诗快高考了吧？"

"嗯，小诗很快就要高考了。"嫂嫂有点儿兴奋。

"时间过得好快呀！小诗有什么想法？"东方梅已经好些年没有见到这个可爱的小侄女了。

"小诗特别崇拜你，说是要报考你的母校呢！"嫂嫂在电话里笑道。

"考北大？好啊，有志气！她一定会考上的，我对小诗有信心。"东方梅接着问："姐姐，爸妈在家吗？"

"爸妈和小诗一早出去了，今天是周末，爸妈说要给小诗补补营养，我在家里搞卫生，估计他们快要回来了！"

"我哥呢？"东方梅问。

"你哥昨天又上北京出差去了，他呀，一天到晚不沾家，当律师就那样——瞎忙！"嫂嫂有些抱怨。

"人家律师可是要匡扶正义的啊！姐姐，您可不能说人家瞎忙。"东方梅替她哥哥说话。

"是的呀，我忘了你是他的亲妹子呢？"杨默笑道。

"姐姐，说真的，我特羡慕你和哥的爱情，你俩青梅竹马多好啊！"

"有什么好羡慕的？哦，刚才我说什么来？鬼丫头，又被你打岔过一边去了，老实坦白交代，你什么时候正式向我们通报新姑爷？"

嫂嫂的话让东方梅吓一跳：我和戴维的事一直没和家人说呀，嫂嫂怎么就知道了呢？东方梅不知不觉开了小差。

"小梅，你在听吗？"

"什么新姑爷？"东方梅终于回过神来。

"迈克到我们家来了！"杨默意味深长地补充，"小伙子真的很不错呀！人品和才华都十分了得。"

"姐姐，原来您说的是他呀！"东方梅笑了起来，简直是一个天大的误会。东方梅正想解释又听电话那头嫂嫂说："小梅啊！咱爸可喜欢迈克了！爸夸迈克人长得俊朗，脾性好，懂礼貌，有文采，还说得一口流利的中文。他俩可是一见如故，有说有笑，爷俩可是投缘着呐。老爷子一会儿和迈克讲中文，一会儿又和迈克说英文，咱爸那个开心啊，你自己去想象好啦！爷俩走到哪儿，哪儿就成了一道亮丽的风景。"

"邻里街坊都说老爷子寻了一位好女婿，都羡慕着呢！咱老爸也真是的'此地无银三百两'。人家也没问他，他自己主动向别人解释说：这是小梅的一个男同学。嘻嘻，大伙都猜出来啦！你和迈克的事情，我保证爸那儿一点问题都没有。估计，妈也不会反对，你哥就不用说啦！"

嫂子啰里啰唆地说了一大堆话。她那先入为主的结论，让东方梅听得啼笑皆非。

"姐姐，爸说得没错。迈克就是我的一位普通男同学。"等嫂子的话瘾一结束，东方梅呵呵大笑，反问她嫂子："姐姐啊，我什么时候告诉过你们迈克是咱家的新姑爷？"

"难道我们大家都弄错啦？"轮到嫂嫂惊讶了。

"完全错误。"东方梅的语气很是俏皮。

"小梅，迈克这么好的人你都看不上啊？"

"不是看上看不上的问题，而是另有其人。"东方梅故意和她嫂子卖起关子来。

"另有其人？好呀，东方梅，你快快向我坦白交代。！"嫂子颇为兴奋地命令道。

"嫂嫂，我们在拉斯维加斯登记结婚了。"东方梅一副云淡风轻的语气，却掩藏不住内心的巨大幸福。

"天啊！天啊！这么神速！"杨默猜想，能被她小姑子钟情的人必定是非同凡响。

小姑子生长在一个十分开明的知识分子家庭，公公对宝贝女儿的宠爱非同一般、非同寻常，公公对小姑子不仅百依百顺，而且，从不干预小姑子个性的自由发展。小姑子之所以能从小养成思想独立、超凡脱俗的生活做派，和老爷子放手不放眼的养育方式有着千丝万缕的关系。

"姐，他叫戴维，是一个外科大夫。"东方梅介绍完毕，接着心情极好地问杨默，"姐，你猜猜，戴维长得像谁？"

"戴维是一个美国人？"

"是一个地道的中国人，家住在中原。姐，您一定想不到，戴维长得像极了凌志哥哥。"东方梅欢言快语，毫不隐瞒。

"哦，天！"杨默十分惊讶。她当然想象不到戴维会长得像凌志，她更加想不到小姑子会对她说这样的话。她心里"咯噔"了一下，心想：这丫头心里终究还是忘不了凌志。

说到凌志，杨默的内心涌起了微澜。

东方梅对凌志的痴情，杨默心里最清楚。按理说，一个情窦初开的女孩家爱上邻居家的哥哥，也是一件很寻常的事情。可是，这件寻常的事情落到杨默小姑子身上就变得不寻常了。

东方梅暗恋哥哥的好朋友凌志，而凌志却一直当她是亲妹子。杨默原以为小时候这类玩过家家的小把戏，随着岁月的流逝自然而然就会让东方梅时过境迁或是淡忘。

谁知她的小姑子当真了，从小学到中学到大学，从国内到国外，小姑子一门心思装着这位邻家哥哥。当她完成海外求学，因为心中极其爱慕这位邻家哥哥的缘故，毅然卷好了行囊准备回国。临行之际，她忽然收到凌志新婚的喜讯，远在异国他乡的她大病了一场，从此断了回国的念头。

这些年，东方梅孑然一身流浪在异国他乡。

杨默每想着小姑子这段鲜为人知的情感经历，暗暗揪心。今天，她听到小姑子新婚的消息，心里自然是又惊又喜又担心。喜的是，小姑子终于觅到如意郎君，从此结束孑然一身的孤单之旅。惊的是，小姑子依然不能忘记那位暗恋过的邻家哥哥——凌志。让杨默更为担心的是，如果小姑子是因为那人长得像凌志而陷入爱情、甚至婚姻，那将是一件多么令人心酸的事情啊！

生活如此现实，虚幻的爱情和误会的婚姻，总有一天会让东方梅醒悟过来。杨默为小姑子的未来忧心忡忡。

"小梅，莱布尼茨有一句经典名言你是否还记得？"杨默喜欢哲学，东方梅也喜欢哲学，姑嫂常常谈论哲学。

德国著名的哲学家莱布尼茨是姑嫂俩谈论最多的一位哲人。

"'世上没有两片完全相同的树叶'姐姐，我明白您的意思。"东方梅爽朗地笑了，她说："亲爱的默姐姐，'此叶子非彼叶'。他俩是截然不同的两个人。姐姐，对于戴维，我有一种很清晰的认识。也许，我以往所经历的种种，都是为了铺就他的出现。姐姐，我很爱戴维。真的，对他的爱，感觉就像是飞蛾扑火。"

"飞蛾扑火？哈，我的好妹妹，你说的我眼泪都快要掉下来啦！放心，我和你哥哥还有爸妈都会祝福你们的。可是，你得向我保证——你和戴维一定要幸福，一定要快乐。"

杨默被东方梅赤诚的坦白感动得热泪盈眶。

　　"姐姐，难道您当初爱上我哥哥的时候就没有飞蛾扑火的感觉吗？"

　　"我们是青梅竹马的爱情，一切都顺理成章。你不说，我还真没想过'飞蛾扑火'是什么感觉。"

　　"您嫁给我哥有过一点点后悔吗？"

　　"不嫁给他我才后悔呢！"

　　"您真是我的好嫂嫂！我现在就想拥抱您！姐姐，我强烈建议你俩补办一次蜜月旅行！"

　　"我俩也去拉斯维加斯？"

　　"姐姐，您又笑话我了！"东方梅怂恿嫂子说："不过，拉斯维加斯值得你俩去浪漫一下。"

　　"小梅，你们结婚了，爸妈一定会祝福你们。特别是咱爸，我猜他一定会说。"说到这，杨默俏皮地模仿起公公的口吻说："'我相信我宝贝女儿的眼力，小梅，你让新姑爷给我补写一封求婚信来就妥了！'"

　　杨默模仿公公的语调惟妙惟肖，东方梅在电话里呵呵大笑，笑得眼泪都流了出来，"姐姐，您的模仿秀可以上吉尼斯纪录啦！"

　　"咱爸年轻的时候不就给咱姥爷写了一封求婚信才娶到咱妈的嘛，对不对？这可是咱们东方家的优良传统！当初，你哥在爸的授意下给我爸爸写过一封求婚信，乐得我爸连夜就把我嫁到你们东方家来了。"

　　"可是，妈的态度我还拿不准呢。"东方梅有点顾虑。

　　"妈？哦，新姑爷不是外科大夫吗？这么说，妈的伟大事业后继有人了呀！她老人家能不高兴？我怕妈是高兴都来不及呢！放心好了，小梅。"

　　经杨默这么合情合理的一分析，东方梅心悦诚服，她对杨默说："姐姐，看来。您比我更懂得爸妈。"

　　"必须的。"嫂子说。

　　姑嫂俩说着体己话，门铃响了。

　　"说曹操，曹操就到！他们回来了，小梅，等着，我去给他们开门。"杨默起身穿过客厅去把门打开，女儿小诗风一般地卷了进来，嘴里嚷嚷："渴死我了！渴死我了！"小诗一路小跑奔向客厅，端起茶几上的茶壶就往嘴里灌，杨默急忙喝住女儿，"这样喝水多不雅观呀！女孩家家，小心将来嫁不出去，快去拿个茶杯来。"

"整天说嫁人，我才不要嫁人呢！"小丫头一跺脚一扭头朝厨房找杯子去了。十八岁的东方小诗出落得清水一般的灵动和鲜嫩，她拥有一副高挑苗条的好身材，天庭饱满开阔、鼻梁挺拔，圆润漂亮的瓜子脸上，有一双水汪汪的大眼睛，黑白分明、顾盼生辉，长长的马尾扎在后脑上甩啊甩，这位妙龄窈窕的美少女，酷似少女时代的东方梅。

公公婆婆乐呵呵地走进了屋子，杨默上前去接过婆婆手里的菜篮。菜篮里装满了各种新鲜的菜蔬：紫色的豆角、绿油油的菠菜、鲜红的西红柿、白白嫩嫩的水豆腐、青脆脆的小青瓜，一只被处理得干干净净的土鸡，还有一条十分新鲜的石斑海鱼。

"爸、妈，小梅来电话了！"杨默高兴地指着电话机对两位老人说。

"哟，这孩子好久没来消息了，这回定是报告好消息来了吧？！"老爹听说是宝贝女儿的电话笑得合不拢嘴，他和老妻对望了一眼，欢天喜地去接宝贝女儿的越洋电话。

"是姑姑的电话吗？我听听！"小诗喝够了水、解了渴，从厨房欢欣雀跃地跑出来嚷着要去接她姑姑的电话。

"小诗，姑姑有重要事情和爷爷奶奶说，别闹。"杨默制止道。

"让孩子和她姑姑先说会儿吧，不急。"溺爱孙女的爷爷乐呵呵地把话筒递到孙女手上。杨默把菜篮送到厨房去，回头看了一眼，她公公婆婆满脸幸福排排坐在小孙女边上。

"Hello！姑姑，我马上就要参加高考啦！"小侄女像是马上要上战场的士兵一样兴奋。

"Hello！小诗，你有什么打算？"做姑姑的甚是关切。

"姑姑，您猜！"小侄女俏皮地把皮球踢回给姑姑。

"想做我的小师妹不？"做姑姑的明知故问。

"姑姑，您太厉害了！没错！我就是想做您的小师妹呀！"小诗兴奋得跳了起来。杨默站在厨房门口的边上对小诗说话了："小诗，你让爷爷听电话，姑姑有喜事要向爷爷奶奶汇报呢！"

"姑姑，您有什么喜事？让我猜猜。"小诗手握话筒笑嘻嘻地问对方："姑姑，您是不是要和迈克结婚啦？"

"当然不是。小诗，你把电话给爷爷。"东方梅笑道。

"好的。姑姑，无论如何，我都会祝福您！"小侄女俏皮地说了一句英语，声音宛如黄鹂般稚嫩动听。她乖巧地把电话筒送到爷爷的手上，转身冲她母亲扮了个鬼脸，跑去打开冰箱取了一只冰激凌躲进爷爷的书房里去了。

"Hello! 女儿——How are you？"

"Hello！亲爱的老爹！您和妈都好吗？"听到老父亲的声音，东方梅心里一阵温暖。

"傻丫头！我们好得不得了！"父女俩的感情水乳交融，两人忽而中文忽而英文，忽而中英文并用，用不同的语言表达他俩之间的默契和快乐。

"女儿，你是不是要告诉老爹爹你找到新姑爷了？"老父亲又俏皮又直截了当。

"恭喜爹爹，您的女儿终于嫁出去了！"女儿的回答更是俏皮。

"什么话？谁有那么大的本事娶到我东方家的宝贝女儿？"老父亲心里顿时乐开了花。老人先入为主地表达了自个的态度，他说："小梅，迈克确实是一个非常好的帅小伙，有才华、有品位、脾气又好，爸妈都很喜欢他。"

东方梅听得又着急又好笑，没想到迈克跑她家一趟就把她的一家老小给征服了。

"老爹爹，迈克不是您的新姑爷。您的新姑爷名叫戴维，他是一位外科大夫，家住在中原，是中国人，很有才华也很有品位，脾气也好。我俩上个礼拜去拉斯维加斯举行了婚礼。"

东方梅一口气把她和戴维的爱情故事说完，老父亲在电话那头沉默了大概两秒钟。声音洪亮地问："戴维？是个好听的名字。你俩结婚了？嗯，真是一件大好的事情！"老爹爹听了宝贝女儿神速的爱情故事，不惊不奇，更没有责怪女儿对待婚姻大事的轻率，语气充满了喜悦。

"老爹爹，这么说您同意啦？"女儿同样是俏皮的语气。

"当然！老爹爹在想，这个戴维用什么法子把我的宝贝女儿骗到手的？"老父亲语气诙谐而俏皮。

"老爹爹，戴维是我生命里想要遇见的那个人。"女儿带着几分撒娇的语调。

"嗯，我明白了。女儿，让新姑爷给我补写一封求婚信来吧！"老父亲既开明又幽默。

"爸，我保证他的求婚信一定不会比您当年写给外公的逊色。"女儿颇为得意。

"哦？是嘛？那么说他比你老爹爹要出色得多啰！很好！快快让他写一封求婚信来！"老爹爹命令道。

"老爹爹，不是求婚信，是？唉，我都被您老人家给弄糊涂啦！"东方梅向她父亲撒娇。

"没错，就是求婚信。"老爹爹又俏皮又幸灾乐祸，"小梅，仔细和你妈妈说说，就看能不能过你老妈这一关啦！"

"小梅——"母亲呼唤女儿的声音极其温柔。

"妈，您好吗？"听见母亲的呼唤东方梅差点掉泪。

"好，好，妈很好。小梅，戴维是一个外科大夫吗？"母亲的耳尖，听说新姑爷是她的同行心里早就喜欢了。

"妈妈，戴维是一位神经外科大夫。"

"嗯，这是一门很有挑战也很有前景的外科学，男孩子干这行肯定没错。"母亲的态度理性又清晰，接着又问："戴维和你一样在美国工作吗？"

"他是北京 B 医科大的在读博士，导师让他来美国做研究，他要到明年才博士毕业。戴维说了，他博士毕业就重返美国继续博士后研究。"

东方梅对待母亲的问题回答得小心翼翼，在他们东方家是反传统的慈父严母。她和哥哥从小就害怕冷静、理性的母亲，幽默、慈爱的父亲一向是他们的同盟。

"很好。小梅，妈妈相信你的眼力，也尊重你的选择。如果他是一位优秀的外科大夫，那么，他对工作不仅要有爱、有温度、更要有担当——对事业如此，对家庭应该也如此。小梅，你能明白妈妈说的话吗？我的宝贝女儿，妈妈祝福你和戴维，找个时间和戴维一起回家来。"

"谢谢妈——"东方梅幸福的泪水夺眶而出。

家人的开明和亲爱，让东方梅心里怀着巨大的幸福和快乐。这一夜，因着家人的祝福，她美美地进入了甜柔的梦乡。

梦里，繁花盛开。

戴维昨晚的实验很顺利就结束了。

他没有如约回到东方梅的公寓。她为他做了一桌他喜欢的菜肴，他却告诉她因为实验不顺利，不能回家和她一起共进晚餐了。并且，他还得留在实验室过夜。其实，戴维是在自己的公寓里心事忡忡度过了一个不眠之夜。

实验结束，戴维习惯在离开实验室前打开私人邮箱看看。非常意外，他在邮箱里看到两封新邮件：一封来自师姐，另一封来自师母。

这母女俩的两封邮件前后不到一秒钟先后到达。

戴维先阅读了师姐的邮件，师姐在邮件里只写了一句话，说她近日从日本启程到美国来探望他。戴维不明白师姐为什么会突然从日本跑来美国探望他，显然，师姐是单独一个人来的，她在邮件里没有提及大师兄万家驹。他俩到底发生了什么状况？ 师兄和师姐是一对恋人，去日本之前，两个人的关系一度紧张，导师名为安排他俩一同去日本进修，实则借机会让他俩的爱情得以修好。

师姐和师兄在日本进修快一年了，他们的感情修复得如何？ 戴维不可得知，心里极是疑惑。

戴维怀着一种奇怪的心情打开师母的邮件。

邮件的内容写得很含蓄且隐晦，但戴维能读懂师母良苦用心。原来，万师兄去日本后背叛了王娜师姐，和一个富二代女留学生发生了不该发生的关系，并且，情况要比戴维想象的复杂和严重。

师母在邮件里表达了对女儿现状的十分担忧，说私下给戴维写这封邮件实在是迫不得已，希望戴维理解一个做母亲的心情。师母再三请求戴维一定要照顾好王娜在美国的行程，无论如何都不能让王娜受到一丁点刺激。最后，师母希望戴维能把师姐顺利送上飞回北京的班机。

戴维似乎有些明白师姐来美国散心的用意，也明白师母邮件里所表达的担忧和顾虑。他向师母保证：他一定会照顾好师姐在美国的行程，他让师母放心，他会把师姐顺利送上飞回北京的班机。

王娜对戴维心存一丝爱意，做母亲心知肚明。女儿这个时刻的举动虽不理智也不合乎规矩，但合乎人之常情。母亲担心女儿的抑郁症会因为受到一丁点感情的刺激而发作，师母的担心正是戴维的担心。

王娜的到来让戴维的神经绷起十二分紧张。同时，也让他陷入一种颇为尴尬的境地。按理，师姐到美国来，他应该大大方方地把新婚爱人东方梅介绍给师姐认识。

但是，戴维面临的情况太复杂了。

显然，师姐此次来美国探望戴维是"醉翁之意不在酒"，而且，这个不在"酒"的女子，刚刚在感情上受了重伤。潜在意识里，她在寻求一种异性的安慰，寻求一根精神上的"救命稻草"。

也许，戴维就是师姐精神上的最后一根"救命稻草"。戴维这根"救命稻草"可以让王娜濒临崩溃的精神得到些许抚慰，相反，也可能成为压死骆驼的最后一根稻草。另一方面，戴维和东方梅刚刚新婚，还没来得及把新婚的消息告知导师和师母。要命的是，戴维从未在新婚妻子面前提到过有这么一个师姐。

王娜师姐的到来过于突然，戴维无法想象，倘若让这两位在他生命当中有着重要意义的女人贸然见面，会发生怎样的状况。他为此忐忑不安，在自己的公寓里煎熬了一个晚上。

"最好不让她俩见面！"一个很坚决的声音在他耳边响起，另一个声音又可怜兮兮地追问："如何避免让她俩见面？"唉，戴维思前顾后、左右为难，愁肠百结。

他索性把这个十分苦恼的问题交给上帝。

他学着基督徒们虔诚地祈祷起来："上帝啊！请您为我做主吧！请您千万千万护佑我们大家都平平安安！"

经过一番思考，戴维把自己的公寓认真地收拾了一遍，包括把他和东方梅的新婚美照全都暂时收藏起来。他打算找一个合适的时机向东方梅解释，她若是要详细问起这件事情，他就一五一十向她坦白交代。

"坦白交代？"为什么要"坦白交代"！戴维发现自己用词确实不当，好像是心里有鬼似的，忍不住呵呵大笑。自嘲"做贼心虚"，立即，他又发现自己还是用词不当。

"不能让师姐受一丁点刺激。"师母的叮嘱敲打着戴维的心，王娜的突然来访，勾起戴维对一段往事的回忆。

王娜是王全林教授的独生女儿。按学术辈分而论，她还是万家驹和戴维的大师姐。实际上，王娜的年龄比万家驹小三岁，比戴维小一岁。王娜的性格内向，不苟言笑，不善言辞，但骨子里却非常倔强，属于那类一旦认准目标就锲而不舍去追求、去坚守的人物。

王娜从小到大都是老师眼里那类好学生，她勤奋好学、懂事听话，各门功课非常拔尖。从小学到高中，她不断跳级，若不是父亲的反对，当年的中国科大少年班定会添了她这一员女将。

王娜从上学的那天起，一路走来，从未离开过"象牙塔"的学校环境。本科毕业后，她顺利进入研究生生涯，最后以优异的成绩获得留校的资格，并且，留在她父亲的实验室，成为父亲的一员得力助手。

王娜在遇到父亲的大弟子万家驹之前，感情生活几乎是一张白纸，自从遇上出身寒门的万家驹后，王娜的这张白纸开始书写公主与穷书生的现代爱情故事。万家驹不费吹灰之力就俘获了王娜的芳心。

可惜，人生没有尽善尽美，王娜在事业上一帆风顺，在个人的情感上却一路坎坷。

万家驹与王全林导师一家是山东老乡。

王全林教授学术造诣颇深，在医学界颇有名气。当初，万家驹只是山东一家小医院的一名小医生，颇有进取心的他偶然的一次机会，接触到前来讲学的王全林教授，并且，他很幸运地得到王全林教授的关心和帮助，从山东乡下小医院前来北京王全林教授的科室进修。

万家驹来进修那会儿，王娜刚刚参加工作，两位年轻人同在一个科室又同在一个课题研究小组。一个血气方刚、风流倜傥，一个眉清目秀、青春姣好，两人很快坠入了爱河。

许是爱情的动力又或是某种不可告人的野心，万家驹在进修期间非常刻苦、非常用功，经过一番努力，他考取了王全林教授门下的正规研究生，和王娜成了正式的同门师姐弟。

话说回来，戴维风尘仆仆赶来北京参加研究生面试。那时，他在伊犁 R 医院已经工作了五年。第一次参加考研分数刚好踏线，面试后就再也没有了下文，他伤心了好一阵。第二年，戴维打起十二分的精神参加了第二次考研，终于获得了心仪导师的面试。

戴维回北京参加研究生面试的那天，夏倩倩亲自去火车站接车。车站与五年前相比发生了很大的变化，秩序和卫生井然有序、焕然一新，戴维随着人流走到车站的出口，远远就听见夏倩倩再叫他的名字。

戴维在夏倩倩家住下的第一个晚上，夏倩倩一股脑儿向他这位发小倾吐这些年来积攒在心底的酸甜苦辣。她对他毫不设防，就像对待自己的亲手足一般亲爱和信任。

当戴维得知夏倩倩这些年来的经历时十分感慨，同时，又对夏倩倩生出几分敬重。他很暖心地安慰她说："倩倩，这些年来，你真的很不容易，但是，你也十分了不起。"

"唉，不说俺了。说说你的事吧！明晚，我来安排一下，把一个重要的人物介绍给你，也许对你有点帮助。"

第二个晚上，夏倩倩将他引荐给王全林教授的大弟子、戴维未来的准师兄万家驹。夏倩倩生意场上的朋友很多，万家驹算得上是一个。夏倩倩得知戴维报考王全林教授的研究生，自然而然就想到了万家驹。

夏倩倩在北京饭店特别订了一个单间，到场的就只有她、戴维和万家驹三个人。

"戴维，我给你介绍一下，这是你未来的万师兄。"夏倩倩很会说话，态度殷勤、用词得体，可是，她的话还没说完就被万家驹打断了。

万师兄瞟了戴维一眼，皮笑肉不笑地说："夏老板，你这么说我就不敢当了，我怕是大不了他多少呢！"万家驹颇为自谦地对戴维说："戴医生，你直呼我的名字好啦！万家驹——千万的万，国家的家，驹。嗯，也算是一匹千里驹吧！哈哈，请坐。"

万师兄没有和戴维握手，他一屁股坐在椅子上，跷起了二郎腿，朝夏倩倩朗朗一笑，说："夏老板，您太客气！"

"俗话说，大一天也是兄长。老戴，你坐到师兄的边上去。"夏倩倩让戴维坐在万家驹左边的椅子上，自己则在万家驹右边的椅子上坐了下来，她招呼服务生说："服务员，上菜。"

万家驹留给戴维的第一印象颇为深刻。在戴维看来，万家驹的言谈举止不太像是做科学研究的那类人，他说话的腔调和做派倒是像极了政府某个部门颇有点权力的一个小科长。同时，戴维还留意到：万家驹在同龄人当中，身材偏瘦、有点弱不禁风的样子，一头乌发齐齐地往后梳，发梢抹了当时最流行的发蜡油，看上去一头油光可鉴的乌亮。遗憾的是，他额头上的发际线有点不争气，过早地后退了一个码数，暴露了他的天庭不够饱满的缺陷。从外貌上看，万师兄丝毫不具备美男子的基本条件，但是，由于他的皮肤白皙而细腻，笑起来眼眸里有一种特别的魅惑——他属于眼睛会笑的那类男人。

据说，眼睛会笑的男人对一般女子具有很大的欺骗和魅惑。在谈话当中，戴维留意到：万家驹有一个非常特别的细节，和别人说话之前，他习惯斜着眼睛飞快地瞟对方一眼，眼神带着某种轻蔑的意味，然后，很快把目光移向别处，让人揣摩不透他的态度。

席间，戴维除了表示礼貌的"嗯、啊、哦"之类的叹词之外，几乎没说过一句完整的话。他一直在默默倾听万家驹夸夸其谈，他们的话题从夏倩倩的生意开始，一路聊到国内新闻、国际政治、影视圈里的绯闻，夹带一些莫名其妙的笑话。

后来，夏倩倩巧妙地把他们的谈话扯入了本次饭局的主题。夏倩倩给万师兄敬了一杯酒，然后说："万师兄，不瞒您说，戴维今年报考了您导师的研究生，明天就要参加面试了，希望万师兄今晚能给戴维多指导指导，如果能给一些良好的建议最好，我们不胜感激啊！"

"指导什么呀？我看戴医生明天的面试一点问题都没有。来，咱们一齐干了这杯酒。"万家驹举起酒杯说这话的时候，他们已经把两瓶五粮液喝得见底了。

"万师兄，您是海量。来，我替戴维把这杯干了。敬万师兄！"夏倩倩看了一眼醉意朦胧的戴维，把杯中的酒一干而尽。

"人家是英雄救美，夏老板，你可是倒过来美救英雄了！好吧，咱们干！"万家驹把杯中的酒水一干而尽。

"戴维的事情以后就拜托万师兄多多关照了！万师兄，不瞒您说，我和戴维是从小到大光着屁股长大的发小，我俩的感情比亲兄妹还亲。"

夏倩倩的舌头有点卷，但她的脑瓜清醒得很。

"好说！既然夏老板那么豪气，我也得来点儿真诚的了。"万家驹醉意朦胧示指朝戴维指了指，忽然打了一个很响的嗝，说："呐，戴师弟你得小心了，明天，导师会问这个问题。"

"什么问题？"夏倩倩很认真地替戴维问，万家驹笑眯眯地凑近戴维，一口酒气喷在戴维的脸上。

"小戴，你有女朋友没？"万家驹一副色眯眯的眼神。

"没有。"戴维回答得干脆利索。

"不是我问你，是导师明天要问你……"万家驹的脖子好像已经支撑不起脑袋的重量，一头伏在酒桌上。

"这叫啥问题？"戴维一头雾水。

"你师兄说笑的。"夏倩倩也醉了，但她的反应十分练达。

…………

他们仨都不同程度地醉了。

论酒量，夏倩倩要比戴维和万家驹都要强许多，她虽然醉意朦胧却还能清晰地拨出电话号码，让公司的人来酒店接他们回家。

万家驹上车前对夏倩倩说了一句颇有意思的话。

"夏老板，你这个发小长得也太帅了！男人看了都会心动，何况是女生？当然，我万家驹可以拍胸口向你打包票，我是一百个欢迎他的。希望他很快成为我的小师弟！哈哈哈……"

在回夏倩倩家的路上，戴维心有疑虑地问夏倩倩，"这个万师兄不会是同志哥吧？"

"他是同志哥？哈哈。"夏倩倩笑得气都快转不过弯来，"如果他是同志哥，我就是同志姐了！你就不懂你们男人的那点小心思了吧？他是在紧张你呢！老戴，万师兄和王娜师姐正在恋爱，你就不要太帅了哦！"

"想多了！"戴维当然明白夏倩倩所指，他有点替夏倩倩这餐请饭不值。他说："夏倩倩，你这顿饭怕是被我们给糟蹋了，毫无意义。"

"老戴，你又错了！咱们老祖宗有一句话说'成事不足败事有余'。你有没有认真去思考过它的含义？"夏倩倩乜着眼睛看戴维。戴维痞痞的一笑，回答说："我才懒得去思考！累不累啊？"

"他不能成你的好事，但，至少也不会去坏你的好事。这就是我这顿饭的价值和意义。"

"商人啊！商人！"戴维指着夏倩倩咧嘴笑。

第二天，艳阳高照。

戴维在热闹的鸟叫声中醒来，面试的时间是上午的十一点。

九点一刻，戴维穿戴整齐、精神饱满地出门了。当他来到面试地点，等候室里坐满了前来面试的学员。面试由学校研究生处统一安排，每完成一位面试，就有人出来叫下一位的名字和序号，戴维看了一下手中的表格，他被排在第十位参加面试。

将近午饭的时间，终于叫到了戴维的名字。

"请戴维同学进入面试。"

戴维心里一阵激动，他安定了一下紧张的情绪，迈着矫健的步履走进了面试室——他仰慕已久的导师王全林教授端坐在第一排面试官最中间的位置。王全林教授是一个整洁有型的中老年人，花白的头发一丝不乱，双目炯炯有神，脸上洋溢着中国知识分子特有的睿智和慈祥。

七位导师面试团成员一字排开，整齐而威严地端坐在戴维的面前。报考导师是面试提问的关键人物，其他面试官提的问题不多，有的面试官从头至尾一声不响。

"你是戴维？"王全林导师的声音和蔼亲切。

"是的。尊敬的王教授，我是戴维。我希望今年能成为您的研究生。"戴维小心恭敬地回答导师的第一个问题。

"那么，戴维，请你告诉我，为什么你要报考我的研究生？在此之前，你对我的研究有多少了解？另外，我们这个领域的前沿进展你又了解多少？这些问题，请你简单地给我们谈谈好吗？谢谢。"

王全林导师的问题既简单又复杂。

"好的。谢谢王教授。"戴维微微一笑，腰身挺得笔直，态度认真而恭敬，他从容不迫地说：

"尊敬的王教授、尊敬的各位评委，我叫戴维，是一位来自临床一线的年轻大夫，拥有五年的临床工作经历，在这五年的临床工作中，我遇到过许多疑难问题，'知其然而不知其所以然'是我和许多临床医生在最大的困惑；应该说，也是我们临床医生最常见的一种通病。同时，我也了解到，国外的医学同行他们大多是科研与临床结合得很好的全才，我很佩服他们，也很羡慕他们。我认为：只有通过科研来指导临床才能让我们真正做到'知其然而又知其所以然'，才能全面、高效地完成临床工作，才能让自己更有底气和自信。所以，我抱着提高解决问题的能力和学习研究的渴望来报考王教授的研究生。"

"在报考王教授的研究生之前，我认真阅读过王教授以往发表的一些论文，当我了解到王教授主要从事神经修复以及干细胞方面的研究，我非常激动、也非常渴望成为他的弟子。王教授德高望重、医术精湛，在行内是泰斗级人物，是我们年轻一辈看齐的目标，是我非常仰慕的偶像。"

戴维夸自己未来导师的口才十分了得，引得评委们一阵轻微而善意的笑声。

"关于咱们这个领域的研究前沿，我一直密切地关注它的动态和走向，对此，也有自己一些肤浅的认识和见解。在此，我将向王教授以及各位专家做个简单的汇报，希望得到王教授和各位专家的批评和指导。"

…………

戴维事前做了充分的准备，他回答的问题重点突出，条理分明，有思考有创意。同时，很好地展示了他知识储备较为丰富的一面。对于其他考官的问题，他也回答得不卑不亢、谦虚有礼。

"戴维，你回答得很好，我很满意。年轻人，谢谢你，让我看到了自己年轻时的风采。"

"王教授您这是夸考生还是在夸自己呀？"一面试官风趣地调侃。

众面试官一阵开怀的笑。最后，戴维赢得未来导师和面试官们一阵热烈的掌声。

"谢谢王教授，谢谢各位专家教授的指导。"戴维很谦卑地向面试官们鞠躬、致谢，他迈着自信的脚步走出了面试室。

整个面试环节结束，王全林导师并没有提到万师兄所说的那个极私人的问题。戴维心想：万师兄定是酒后说笑了。戴维怀着十分愉快的心情回到了夏倩倩的住处。

中午，夏倩倩亲自下厨做了几个家乡的凉拌菜，从北京饭店里买了一只烤全鸭。她在厨房里一边忙活一边询问戴维面试的情况，听完戴维的讲述她蛮有把握地对他说：

"老戴，你就安心等着好消息吧！"

夏倩倩这句话声音尚未落地茶几上的手机响了，夏倩倩颇为兴奋地朝戴维笑道："老戴，瞧我说什么来着？一定是好消息来了！赶紧去接电话。"

戴维接起手机立即听到万家驹洪亮的声音：

"小戴，是我——你师兄万家驹啊！导师今晚请客，北京饭店，傍晚六点，记得提前过来哦！"

与之前相比，万家驹对戴维的态度三百六十五度大转弯。夏倩倩在边上听得真切，不等戴维说话，她从戴维手里拿过手机对着话筒大声笑道："谢谢万师兄啦！戴维今晚一定准时赴宴。"

"呵呵，夏老板，晚上您一起过来吧！"万家驹俨然一副主人的做派。

"今晚是你们的师徒宴，我一介外人就不去叨扰啦！改天，我专门设宴请万师兄和王师姐，到时你俩可要赏脸哦！好啦，万师兄，我把手机还给戴维，你们师兄弟聊！"

夏倩倩一席殷勤周全的话说得万家驹周身舒坦。

他在电话里乐呵呵地对夏倩倩说："到底还是夏老板您和我客气了！好吧，找机会一定去吃您的满汉全席。"万家驹接着在电话里叮嘱戴维，"小戴，今晚导师全家一起参加晚宴，你早点过来。"

"好的，谢师兄。"

"好，咱们晚上见！"万师兄的心情一派大好。

夏倩倩家住亚运村，两百多平方米的居家面积，外加一个四百平方米的花园，花园里建了一个小凉亭，妥妥的一介大户人家。

这种房子是中国改革开放先富起来的那拨人的标志，屋里的红木家具既名贵又时尚。

夏倩倩和戴维面对面地吃着午饭，偌大个餐厅安静得掉下一枚树叶都能听得清清楚楚。夏倩倩的儿子参加夏令营到澳大利亚去了，倩倩打算以后把儿子送国外去接受教育。

"吃完午饭,你休息一下,晚上尽量打扮得精神一点。"夏倩倩眯起眼睛打量起戴维来,说话的语气像是一个溺爱弟弟的大姐姐,目光却宛然一介苛刻的形象设计师,她说:"还有,今晚你得穿一套西装去,第一次赴导师的晚宴一定得庄重一些。"

"又不是去相亲,搞那么隆重干啥?"戴维一副不以为然的态度,他吃好饭很自觉去收拾碗碟,夏倩倩连忙制止他说:"这些碗筷不用你动手,你坐到沙发上去吧!看看电视,晚上,听我的安排好了!"

戴维坐到沙发上,夏倩倩给他倒了一杯茶,问了一句:"你有没有带一套西装来?"。

"大热天谁会穿那玩意儿?"戴维喝了口茶,一脸不屑。夏倩倩听了有点生气,瞪了他一眼,说:"那你总得带一条领带吧?"

"没有。"戴维回答得干脆利索。

"天啊,老戴,你真不像是一个办事的人。"夏倩倩捧着一摞碗朝厨房走去,她边走边说:"不过也没关系,我衣柜里有条新领带,给你拿去用好了!"

"真的不用麻烦。"戴维说。

"啥叫不用麻烦?"夏倩倩把碗筷放到水槽回头看了一眼戴维,在池子里把碗筷刷得稀里哗啦地响,水花溅了厨房一地。洗好了碗筷,夏倩倩把厨房的地板拖得干干净净,将围裙脱下挂到厨房门后的钩子上,从厨房出来也不看戴维一眼,径直朝卧室走去。

夏倩倩捧着一只精致的盒子从卧室走出来,她把盒子轻轻地搁在茶几上,温柔地对戴维说:"打开试试,合不合适你?"

戴维将那盒子轻轻打开,里面整齐地码放着一条蓝色高品质波纹男士领带,金利来的牌子,裁剪和做工都十分考究。戴维小心翼翼地取出那条领带,看见商品卡上的标价:¥668。天啊!这条领带差不多要花去他两个月的工资。

"太奢侈了！"戴维不自觉地站了起来。

"6——6——8！多好的数字啊！非常适合你！来，给你系上！"夏倩倩走向前来拿过戴维手中的领带就要帮他系上。戴维本能地后退了一步，双手拒绝说："倩倩，这个真的太奢侈了！你还是留着应酬用吧！"

"奢侈？这也叫奢侈？我的妈呀！你真是要笑死我了！老戴啊老戴！你还真是从'桃花源'走出来的一介书生呢！"她下意识地回避那个"穷"字。

夏倩倩笑弯了腰。

从戴维嘴里说出的"奢侈"二字，让夏倩倩想起了儿时第一次吃"大白兔"奶糖时的心情，她对他又怜惜又心酸。她说："兄弟，都什么年代了？这金利来哪还算得上什么奢侈品啊！"

"倩倩，你待我那么慷慨，我已经感激不尽，我真的不能让你再为我破费啦！"戴维诚心诚意地婉拒夏倩倩的盛情。

为了说服戴维接受她的礼物，夏倩倩又给戴维补上了一堂关于什么是奢华品牌的课。

她说："领带中够得上奢华品牌的——意大利的 Gucci（古驰）算上一个；英国的 Burberry（博柏利）和 Dunhill（登喜路）就不用说了，他们都有上百来年悠久的历史；法国出品的 Lacoste（鳄鱼）和德国出品的 HugBoss（波士）这些年势头很猛，在咱们中国市场非常走俏。至于金利来嘛，它属于中等档次的品牌，1990 年起源于香港，是著名的慈善大使曾宪梓先生所创立。虽说金利来在国内有一定的名气，但离国际品牌差远了去，更谈不上奢侈品了。"

一条小小的领带被夏倩倩随手拈来，就能说出它的品质和后面的故事，戴维对夏倩倩很是佩服。

"倩倩，你懂得的东西真多，你这一课让我开了眼界。"戴维笑道。

"老戴，你不会嫌弃我送你这条领带吧？"夏倩倩问。

"怎么会？"夏倩倩把话说到这个地步，戴维就不好意思再拒绝了，他乖乖地伸出脖子让夏倩倩帮他把领带系上。

夏倩倩帮戴维把领带系好，后退半步认真审视戴维，小声叫了起来，"哎呀，你这衬衣的颜色不行，和这条领带不搭。"

戴维身上穿的是一件浅蓝色的条纹短袖衬衣，领带也是蓝色波纹状的，这一搭配，显得有点花里胡哨。

"你有没有带纯白色的衬衣来？"

"有啊，在旅行袋里。"戴维到客房去换了一件纯白色的短袖衬衣走出来。这是一件苹果牌短袖衬衣，花去他差不多半个月的工资，算是他比较贵的一件衣服了。

"天啊！你打算穿这件皱巴巴的衣服去赴你导师的晚宴吗？你给导师留下什么样的第一印象啊？"夏倩倩眼睛瞪得老圆。

戴维满脸无辜，他说："我就带这么一件纯色的衬衣，不就吃一餐饭嘛。哪来这么多讲究？"

"你赶快把衬衣脱下来，我帮你熨一下。"夏倩倩命令道。

戴维又走进客房去换衣服，夏倩倩七手八脚地把戴维皱巴巴的衬衣给熨好、吹干，白色衬衣重新穿在戴维身上，夏倩倩帮他系上了新领带。

"妥了！这才叫黄金搭配啊！好帅的一枚哥！"夏倩倩优雅地往后退一步，啧啧乐道："王导也就那么一个宝贝女儿，若是多一个，选你做东床女婿肯定比你那个万师兄强一万倍！"

"瞧你，瞎说。"戴维嘴上这么说，心里却十分感激夏倩倩。

"戴维，说心里话，你需要有个女朋友来帮忙打理了！"夏倩倩发自内心地感叹。

"切，我女朋友恐怕还没有出世呢！"戴维开心地笑。关于女朋友这事他想都没想。

"今晚，单凭你这个包装就能把你卖个好价钱！"夏倩倩眉开眼笑。

"十足的商人呐！"戴维揶揄道。

"商人也没什么不好。"夏倩倩嘴巴一撇教导戴维说："一个人的穿衣着装十分重要，有讲究着呢！它不只是取悦于人，更重要的——它是一种凝聚力、一种魅力、一种战斗力。"

"着装是一种凝聚力、一种魅力、一种战斗力？"戴维在服饰方面从未上过心，他很惊讶，一件普通服饰到了夏倩倩那里竟蕴含了那么丰富的含义，简直就是一件战斗的神器。他向她竖起了大拇指，他颇为幽默地回答夏倩倩说："倩倩，听你这么说，我一定能赢得今晚的战斗。"

"你斗啥斗？"夏倩倩满脸严肃，问戴维说："你给未来导师带手信了没有？"

"手信？什么手信？"戴维一脸茫然。

"手信是啥你都不懂啊？天！你刚才还说什么战斗来着啊？你的子弹呢？呵呵……天啊，你真是要笑死我了！"夏倩倩真的笑得眼泪都出来了。

戴维望着夏倩倩一脸无辜。

他确实不知道手信是何物？这不是他所熟悉的单词。夏倩倩用一种久经世故的口吻教导他说："你总不能空着双手去赴你导师的饭局吧？唉，手信这词我也是刚从广东老板那儿学来的，不怪你听不懂。"

戴维被夏倩倩说得心里极是惭愧。这礼节自幼在父母家里倒是被常常教导的，都怪这次一门心思全扑在面试上，把这么重要的礼数给忽略了。

"新疆有的是葡萄干，我总不能背着一大麻袋葡萄干上北京来吧？"戴维调侃道。

"也是。不过，你导师是一大知识分子，人家未必会计较这些俗礼。但是，咱们若是有手信自然就不同了，显得咱们更有诚心嘛！当然，给导师送手信也是有讲究的。太贵显得媚俗，太次又体现不出你的诚意。"夏倩倩想了一下，又说："老戴，我看这样，把孝敬你导师的这份诚意转给师母好了！"

"给师母送什么手信好呢？我得赶紧出去买啊！"戴维着急了。

"不急，我正好有个非常精致的女士手包。当今，大凡有点品位的女士都喜欢拥有一款上档次的手包，就送你师母手包好了。"

"什么手包？"戴维对女性时髦用品知之甚少。

"等着。"夏倩倩轻轻一笑，一阵风跑进卧室，捧着一只非常精致的盒子走出来，她从盒子里取出一个浅金色的皮质女士手包。那是一只米黄色的手包，造型简约、雅致，工艺十分考究，就连不谙奢侈品是何物的戴维，都感觉到了这只手包的气度非凡，他看得眼睛发亮。

"这手包太漂亮了！"他说。

"这就是著名的 Chanel（香奈儿），全天下的知性女士都为拥有它而感到骄傲。我坚信，这是送给你未来师母最好的手信了。"夏倩倩将手包重新装入盒子，捧着盒子送给戴维。

"太贵重了！夏倩倩，这个真的不行。我真的不能再接受你这么贵重的礼物了！你留着自个用吧！"戴维双手拒绝。虽然，他对女性奢侈品知道甚少，但对大名鼎鼎的香奈儿还是有所耳闻的，就像是听到的一种传说。

"老戴，我问你，咱们是不是老同学？"夏倩倩表情严肃。

"是。"他回答。

"咱们是不是一块儿长大的发小？"她又问。

"是，但是……倩倩，我真的不能再接受你这个贵重的礼物。"他的语气很虔诚也很坚决。她望了他一眼，沉默了一秒钟，说："好吧，就当是我借给你的，折合人民币 200 元，以后还我钱如何？"

夏倩倩硬将那只手包塞到戴维怀里。

她一副漫不经心的态度向他解释，"这手包是我去年在巴黎免税店买的，出厂价，打了一个三折，便宜得可以买一大把美国的青菜。你如果还觉得欠我人情的话，日后，你三倍还我好啦！老戴，如果你再敢拒绝的话，咱们现在、立马绝交。"

夏倩倩放了狠话，戴维不敢再推脱了。他手里捧着这个身价不凡的手包，怀里揣着一份物化了的沉甸甸的人情，内心感慨又极是温暖。

这天中午，戴维睡了一个又长又优质的午觉。

戴维一个午觉醒来，已近下午的四点，夏倩倩先他一步出门去应酬了。空荡荡的居室只剩下他独自一人，他稍稍地拾掇了一下自己，赶着出门去赴导师的晚宴了。

从亚运村到导师请饭的餐馆有不近的一段路程。

当戴维走进北京饭店大门的时候，立即有殷勤的侍者引领他前去导师预定的房间。虽说戴维是第二次见导师的面，但他心里怀着一种莫名的紧张，有点像是丑媳妇面见公婆的那种心情。

饭店金碧辉煌的墙上，映出戴维匆匆走过的倩影——笔挺帅气。他耳边响起夏倩倩说过的一句话："着装是一种魅力也是一种战斗力。"他从反光的墙上看到了自己帅气的影子，幽幽地舒了一口气。

侍者把房间的门轻轻推开，戴维一眼看见未来的导师王全林教授端坐在饭桌的主位上。

挨着导师坐在右边的是一位五官端庄的中老年女士。戴维想，这应该就是师母了，师母身边坐着一个面目清秀的女生，女生鼻梁上架着一副金色镶边眼镜，看上去几分腼腆，她应该就是导师的独生女王娜师姐。

王娜师姐的边上坐着满脸喜庆的万师兄，紧挨着万师兄而坐的是一个略略发胖的中年男子，他头发花白、脸上一团和气。导师左边空着一个位置，挨着空位子而坐的是一个满脸稚气的女学生。万师兄先前给戴维透露过消息说，导师今年招了一名女研究生。

戴维一进门，万师兄立刻起身离开了座位，满脸堆笑大步迎了上来。

"小戴，你终于来了！大家都等着你呢！瞧瞧，导师和师母特地给你留了一个好位子！"

万师兄的话体贴周全，顾及了长辈的威严又照顾了小辈的感受，让长辈听得舒服，小辈听得暖心。

"小戴，这边来。"导师招呼戴维了。

"王教授好！"戴维小心恭敬地走到导师的跟前，导师笑眯眯地站起来和他握手，导师的手又厚实又温暖，戴维紧张的情绪瞬间消失得无影无踪。导师很亲切地说："小戴，来，见过你师母。"

戴维又恭恭敬敬地走到师母跟前欠身问候道："师母好，这是我给您带的一点手信。"戴维很虔诚地把手信赠给师母,万师兄在一旁替师母接了过去。师母微微一笑,说:"小戴客气了!"

见过导师和师母,万师兄按顺序把戴维介绍给王娜师姐、实验室的老技术员老庄、戴维的同届同学高小燕。宾主介绍完毕,万师兄大声招呼服务生:"服务生,上菜。"

服务生上的第一道菜是著名的鲁菜——德州扒鸡。俗话说无鸡不成宴,大盘中的一只熟全鸡呈卧体状,两腿盘起爪入鸡膛,双翅经脖颈由嘴中交差而出,似鸭凫水,口衔羽翎,造型十分美观,全鸡的色泽金黄,黄中透红,似有一股荷的清香扑鼻而来……戴维望着这道美食中的艺术珍品不知不觉就分了神。

王全林导师坐在主位上慈祥地给两位新学生布菜,他把两只肥美的鸡腿分给戴维和高小燕。

"戴维、小燕,今天你俩是新人,来,先尝尝这道山东名菜。"

高小燕迫不及待地尝了一口鸡块连连赞叹:"香!好香!我从没吃过那么好吃的鸡肉!太好吃了!"

"很美味,谢谢导师!"戴维带上扒鸡手套拿起鸡腿轻轻地咬上一口,那扒鸡肉嫩味纯、清淡高雅、口齿留香。

两位新人吃得兴高采烈,万师兄带头鼓起掌来,师母脸上笑成一朵花,师姐微笑着友善地看了戴维一眼,老庄则笑得一脸和善,师母很温和地劝菜:"好吃,你俩就多吃。"

"别,等会还有更好吃的在后头,你俩得留着一点肚子。"万师兄很贴心的叮嘱道。

服务生依次给上了好几道大菜:胶东的红烧大虾、济南的九转大肠、四喜丸子、坛子肉、糖醋鲤鱼、一品豆腐……一桌七人上了不下十道菜,每一道菜都非常精致、美味。

九转大肠和坛子肉是万师兄的最爱,戴维留意到:这两道菜每转到万师兄的面前,师兄从不错过。万师兄吃得眉飞色舞,他给戴维夹了一圈九转大肠，说："快尝尝，这可不是一般的猪大肠，这是山东巨商的出品，历史悠久，下料狠、用料全、工序繁杂，酸甜苦辣咸，五味俱全。你知道，咱们的道家善炼丹，便有'九转仙丹'之名，要我说呢，吃这'九转大肠'就如同吃了'九转仙丹'一样健康长寿。"

"听听，他把稻草都说成金条了！"师母指着万师兄对丈夫揶揄道，师母又说："小戴，你每样菜都要试一试。今晚全是山东菜，也不知道合不合你的口味？"

"谢谢师母，每道菜都好吃极了！"戴维把那圈九转大肠送入口中，果然酸甜苦辣咸五味俱全。

酒过三巡，菜过五味，万师兄提议戴维和高小燕分别给导师和师母敬酒，给师姐和老庄敬酒。一时间，大伙互动起来，师生互敬、学生互敬，一顿晚宴，其乐融融。

导师笑说："年轻人喝酒适量就好。"师母接过话来说："别学你们的万师兄。"

"我没喝多少啊！师母，您又冤枉我了。"万师兄满脸通红。戴维给老技术员庄汉年敬酒，万师兄风趣地向戴维解释说："老庄，就是'无为而无所不为的那个老庄'的庄。小戴，你跟着我一起叫他老庄最好，这样更亲热。"

"庄老师，我敬您，以后请庄老师多多关照。"戴维双手举杯，恭恭敬敬地向老庄敬酒。

"戴医生，你客气了！"老庄把杯中的酒一干而尽，又问："听说你做了五年的临床医生？"

"是啊，在新疆支边了五年。"戴维回答说。

"不简单！"老庄夸奖道。

轮到给师姐敬酒，没等戴维说话，万师兄已经站到师姐身边抢着说："来，我替你师姐把你这杯酒喝了！"师姐红着脸看了万师兄一眼，温柔地对戴维说："不好意思，我对酒精有些过敏，你和他喝好了。"

酒足饭饱，大伙闲聊。

戴维留意到，导师看万师兄的目光是暖暖的，既有欣赏又有慈爱。师母对万师兄的态度有点奇怪，虽然，万师兄对师母处处周全、极尽殷勤，但师母对万师兄的态度似乎不咸不淡。戴维有点纳闷，他默默地想着这事，师母开口问他话了，中间隔着导师，师母的声音很轻柔，她问："小戴，北京的饭菜你吃得习惯吗？"

"谢谢师母关心。我是在北京上的本科，很习惯北京的饮食。"戴维很认真地回答师母的问题。

师母微微一笑，说："那就好。"接着，师母又问："小戴，你在边疆的生活很艰苦吧？"

"还行，我在伊犁一家医院工作，条件不错。"说到伊犁，戴维的精神气就来了，他主动向师母介绍伊犁说："师母，伊犁是一个非常漂亮的地方，人称'塞外小江南'，那里的风物漂亮得令人震撼。将来有机会，一定要请师母去看看。"

"我没去过新疆，听你这么说，还真想去看看啦！"师母态度可亲地望着戴维笑道。

"师母，到时，我当您的向导。"戴维心里兴奋莫名，说到伊犁，他心里有一种在和别人谈论自己故乡的感觉。

"哦，小戴，你得三包，包吃、包住、包旅游。"万师兄笑嘻嘻地插话进来说。

"必须的。师母，去伊犁旅游最好的季节是秋天。漂亮着呢！"戴维刚想向师母描述伊犁的种种风物，冷不丁听师母说："哦，自打从美国回来，我对国内的旅游几乎失去了兴趣。"

师母的态度三百六十五度转弯，戴维不知什么地方惹得师母不高兴，便不敢作声了。万师兄觍着脸、一副恭维的语气对戴维说："小戴，你不知道，咱们导师和师母在欧美待了十年，什么样的风景没见过？伊犁也算不上是什么奇特的地方。"

师母嘴角露出一丝不屑，扫了万师兄一眼，对导师说："全林，小戴这孩子厚道，我一眼就看出来了。"

"孩子们都还年轻，他们需要时间，需要慢慢成长。"导师笑容可亲地为万师兄打了圆场。

万师兄乖巧地接过导师的话来说："小戴，听见没？导师教导得极是，咱们年轻人需要不断学习、不断进步。"

"师兄，我给你斟点热茶。"高小燕忽然发现万师兄的那只茶杯空了，很暖心地去给他斟茶。

"不用，来，小燕，把茶壶给我。咦，这壶茶的温度正好，戴维刚才那壶有些冷了。"万师兄很殷勤地把导师茶杯里的旧茶倒掉，说："师傅，我给您斟些热茶。"万师兄恭恭敬敬地给导师斟好茶，转身想去给师母添茶，师母用手轻轻盖住了茶杯，面无表情地说："不用了。"

师母瞬间的微妙变化让戴维感到十分纳闷。

秋天是伊犁一年当中最美的季节。

戴维在最美的季节里离开伊犁，正式加入王全林导师的研究团队，开始了他的研究生学习生涯。

第一个学期如白驹过隙。

第二学期的伊始，戴维和同届学友高小燕完成研究生的开题报告，正式进入实验室的工作。在王娜师姐的指导下，他们从最基本的实验技术开始学习，到临床取材、配制各种培养基、给细胞换液、养殖目标细胞株、跑胶、做PCR……观摩师姐的各种实验操作，跟着师姐分析不同的实验数据。每天，他们都在实验室里忙得不亦乐乎。

实验室有三台电脑供分析实验及查询资料所用，这三台电脑当中，一台为师姐专用，另一台是万师兄的，剩下一台归属戴维和高小燕两人共用。为了方便工作，三台电脑都未设置密码。

前些日子，万师兄专用的那台电脑经常出故障，电脑师傅上门修了一趟又一趟。戴维怀疑是电脑版本过低便建议万师兄说，干脆申请另外换一台新电脑好了。万师兄听了一脸的委屈和愁苦，抱怨说："小戴，你是不知道咱们师父有多抠门！"

三台电脑原本是一字排开摆在实验室中央一张长台上，戴维和高小燕加入实验之后，万师兄嫌人多拥挤，就把自己那台电脑搬到与实验室连通的一间小耳房去了。后来，万师兄的电脑故障越来越频繁，他便经常借用戴维和高小燕共用的那台电脑。

某日中午，戴维急需分析一组实验数据，他像往常一样打开电脑——电脑屏幕立即弹出一位令人血脉偾张的裸体女人，那女子红唇烈焰、丰乳肥臀在扭动着蛇一般的腰身。戴维吓了一大跳，很纳闷，"怎么会这样？"瞬间，戴维大脑急转弯"肯定是被黑客入侵了！"他赶紧给电脑杀毒，赶紧把这妖艳的裸女给处理掉……这裸女就像一张狗皮膏药牢牢地粘在屏幕上，戴维东捣鼓西捣鼓费了九牛二虎之力才把这裸女从电脑上删除。

第二天，戴维一打开电脑，竟又弹出一位更加不堪入目的裸女……戴维纳闷极了！一抬头，目光恰好与高小燕的目光对视，后者站在电脑的对面一脸鄙夷的表情。

"怎么回事？"他问。

"我正想问你呢！"高小燕一副讥讽的态度。

"昨天我明明是把她删掉了的呀！"戴维气鼓鼓地说。他为这也是一头雾水，便自言自语道："难不成这电脑真是中邪了？！"

"咦，不是你干的好事？"高小燕的语气软了下来。

"肯定是有人动了咱们的电脑！"戴维豁然开朗。

"哦——"他俩四目相对、眼瞪得老圆，异口同声地说了一句英语："I know who did this！"

"怎么办？"高小燕问。

"什么怎么办？反正师姐不会动咱们这台电脑，师傅更加不会。"戴维想了一下，说："咱们又不能不让师兄使用对吧？只能这样了，以后，咱俩谁先到实验室，谁就先开电脑处理好垃圾，千万不能让师姐看见。"

"如果不小心被师傅看到了，我就告师傅说是你干的。嘻嘻。"高小燕幸灾乐祸。

"敢，看我收拾你！"戴维朝高小燕挥了一下拳头。

"老戴，你有没有发现？师兄这段时间的行为古怪得很！好像老是躲避师姐似的……"高小燕表情神秘地说。经高小燕一提醒，戴维感觉万师兄这段时间的行踪的确有点神秘，来实验室里呆不到半刻钟就匆匆离开，一副神龙见首不见尾的样子。戴维猜想万师兄是在忙毕业论文的事情，就劝小燕说：

"那是人家的私事，咱们不要在背后八卦。"

"我不过有点好奇而已，什么八卦呀？哼，不和你说了！"高小燕转身忙自己的事情去了。戴维不经意地朝窗子的方向瞟了一眼，王娜的身影一闪，人走了进来。

"你们在忙什么呢？"师姐柔声地问。小燕跑过来向师姐汇报说："师姐，我在准备做一个跑胶实验。"

"师姐，昨天，万师兄让我跑个胶，老是跑不出结果。我也不知道问题出在哪儿？麻烦您给看看。"戴维边说边把电脑强行关了机。

"把你们昨天实验的 list 拿过来给我看看。哦，小燕你还愣在那儿干啥，赶紧做你的事情去啊！"师姐微笑着吩咐道。

戴维找出实验记录，从记录本里取出一张纸条，纸条上的字迹写得龙飞凤舞、十分潦草，戴维态度恭敬地把纸条交到王娜师姐的手上。王娜低头一看，叫了起来。

"嗬，真要命。"师姐眉头微皱，把纸条递回给戴维，说："你仔细看看这 list 少了什么？"。

"引物！怪不得我老做不出结果！"戴维满脸惭愧。

"给我。"王娜要回 list，拿起实验台上的一支圆珠笔，在 list 上飞快地添上引物的名称和剂量。她教导戴维说："这事虽然不能完全怪你，但是，做实验不可以盲从别人的 list，得有自己的独立思考。以后拿到 list 要认真核对，别再犯这么低级的错误。"

"师姐教导得极是，我以后一定会注意。"戴维一副恭敬态度回答。

"叫我的名字吧，你整天叫我师姐、师姐，看把我都给叫老了。"师姐微微一笑，心情极好。

"不敢，师姐就是师姐。"戴维笑道。

"随你。"王娜是个很容易相处的人，她文静、随和。戴维拿着改好的 list 正想离开，又听见师姐问："你万师兄最近都在干些什么？几天没见他来实验室了！"

"师兄不是在做毕业论文吗？"高小燕快言快语地替戴维回答说。

"嗯，有可能。"师姐的回答很奇怪，脸上毫无表情。她径直朝万师兄放电脑的耳房走去，高小燕俏皮地朝戴维伸伸舌头。

师姐在师兄的电脑房里坐了约莫半个钟头，高小燕留意到师姐从耳房走出来的时候，面带愠色；师姐一声不吭地离开了实验室。

"老戴，我觉得好像哪儿不对劲。不会有什么大事发生吧？"高小燕神经兮兮地问。女人的第六直觉告诉她，师姐在师兄的电脑上看到了什么不该看的东西。

事实上，王娜在万家驹电脑上看到的内容远比高小燕想象的严重。

"啥意思？你是巫婆啊？"戴维笑嘻嘻地嘲讽高小燕，高小燕鼻子"哼"了一声，说："老戴，反正我的感觉不太好。"

师姐前脚刚走师兄后脚就到。与师姐相比，师兄满面春风，像个快乐的高中生，他身子斜斜地倚在门边上，笑吟吟地招呼戴维说："老戴，你出来一下。"

万家驹对戴维的称呼忽然从"小戴"升级为"老戴"。

"师兄，什么事？我在跑胶呢。"戴维问。

"高小燕，你帮老戴照看一下。"师兄命令道。

"好嘞。"高小燕回应了一声，朝戴维眨了眨眼，小声而俏皮地模仿万师兄的语气说："老戴，你出来一下！"

"一边去，小朋友！"戴维瞥了高小燕一眼，快步走了出去。万师兄奔上来，亲热地拍拍戴维的肩头，小声而愉快地对他说："俺老家有一好朋友来，俺现在手头紧，不是到月底了嘛，你给俺救急一下？"戴维问他，"要多少？"万师兄笑道："就两千吧！"

"两千？"戴维小声叫了起来，说："师兄吃一餐饭您就花两千？这也太奢侈了吧！"

"嚷那么大声干啥？生怕别人听不见啊？你到底是借还是不借？"万师兄绷起脸有点不高兴了。

"不是不借，是我口袋里没那么多现金，得去银行取。"戴维解释说。

"走啊！咱们现在一块儿取去。快点。"万师兄迫不及待的样子。

"等我把白大褂脱了呗。"戴维说。

"真麻烦，就一会儿。"师兄不由分说拉上戴维就往外走。

实验大楼的隔壁就是一家小银行，不过，要从后门出去。平日，他们都到这个小银行去存钱、取钱，戴维从银行取出两千块钱直接交给了万家驹。

戴维回到实验室和高小燕在讨论下步实验的事情，忽然，王娜师姐红肿着眼睛走了进来，不等他俩开口，师姐沉着脸对戴维说："戴维，你跟我出来一下！"

王娜师姐领着戴维走进隔壁导师的办公室，一进门，师姐情绪非常激动地问他说："你知道万家驹在干什么吗？"

"万师兄？他怎么啦？"戴维一脸困惑。

"我正想问你呢！"师姐看上去很恼怒。

"他说老家来人了。"戴维实话实说。

"你给他借钱了？"师姐一反平日的温和，声色俱厉，仿佛戴维和万家驹是同伙一般。

"嗯，俺是借钱给他了，师兄说他老家来朋友了。"戴维解释道。

"你就听他瞎编吧！嘿嘿。"一向文静的师姐冷笑了两声，又问："你借给他多少钱？"

"两千。"戴维满脸无辜。

"骗子！骗子！一群骗子……！"师姐的声音又尖又有气无力，她一头伏在椅背上哭了。戴维顿时手足无措，劝也不是，走也不是，默默地站在一旁。师姐哭了好一会儿，情绪略为平静，她眉头紧锁，神情颇为痛苦，一手扶着脑袋有气无力地对戴维说："我的头好疼，想安静一会儿，戴维，你先出去吧。"说着，她的眼泪又溢了出来，整个人看上去很是虚弱，背靠着椅子像是被人抽去了筋骨一般。

"师姐，你没事吧？我去给您倒一杯开水？"戴维很担心。

"不用。"师姐蚊子般细的声音，她挥挥手，让戴维走。后来，事情的发展让戴维始料不及，他后悔不该借钱给万师兄，因为这两千块钱的缘故，他成了不知情的帮凶。

其实，万家驹老家根本没有来人，他悄悄网恋了。更加严重的是他与网上恋人约会聊天的记录，不小心被师姐发现了，师姐跟踪万师兄来到他们两人约会的现场，把万师兄和女网友逮了一个正着……万家驹痛心疾首、双腿跪在地上，他向王娜坦白说：他借钱就是拿去给女网友当分手费的。如果，他借不到这钱自然就不会去见女网友了。他向王娜发誓，从今以后他不会再犯这种低级的错误，希望王娜给他一次改错的机会。

万家驹与女网友的私情很让王娜伤心，她生了一场不大不小的病。师姐生病的原因，除了师父被蒙在鼓里之外，师母和其他人都心知肚明。王娜的性情本来就内向，因此变得更加沉默寡言。她整天绷着一副冰冷的面孔，万家驹千方百计想博取佳人一笑，无奈，总是徒劳。王娜始终对他冷若冰霜，万家驹很是沮丧，他觉得她就像一块永远都焐不热的冰。他断定：王娜那张冷冰冰的面孔永远都不会再绽放笑颜了。

某日中午，万家驹觍着脸去约王娜一块到饭堂吃午饭，王娜正眼都不瞧他一眼，自顾低头做实验。万家驹催得急，她就不咸不淡回他一句："对不起，我很忙。"王娜当着戴维和高小燕的面，不给万家驹留半点情面，弄得万家驹很是狼狈。但他又不敢造次更不敢发作，他忍气吞声对王娜低声下气央求道："小娜，这都过了午饭时间，肚子能不饿？咱千万别把胃给弄坏了！走，咱俩一块儿去吃饭吧？"

"对不起，我还要修改戴维的实验计划。"王娜丢下万家驹走进另一间实验室，"呼"的一声把门给关上了。

万家驹万分尴尬，悻悻然离开实验室。因为受了王娜的冷落，万家驹心里生着闷气，他草草吃了午饭又返回实验室。若是换了平日，他是要回宿舍午休的。这天，他一反常态，吃了午饭又返回实验室。他一脚刚要踏入实验室的门槛，忽然听见王娜和戴维说笑的声音，他把伸出去的脚又缩了回来，整个人像一座冰雕杵在门外。

"这烩面真好吃！戴维，你在哪儿买的？"王娜的声音从未有过的欢快和晴朗，她看上去很开心，对戴维和万家驹两个人的态度天地之别。

"新开的一个面馆儿，俺家乡的风味。说真的，师姐，这烩面没有俺做的好吃！"戴维一副得意扬扬的口气。

"真的吗？你还会做烩面？"王娜的声音又惊喜又温柔，万家驹在门外听得怒火万丈，心想："这小子是啥意思？明知道我和王娜在闹别扭他却跑来献殷勤，这不明摆着乘人之危嘛！哼哼，他还能做烩面？狗屁！"万家驹气得两腿发抖，又听见戴维继续说："师姐，您喜欢吃，改天，我亲自下厨给您做好了！"

"好的呀！戴维，我就等着吃你做的烩面啦！"

万家驹从门缝里看见王娜笑颜如花，他的双手不知不觉握紧了拳头，真想冲进去送给戴维两拳……这时候，高小燕忽然朝门边的水池走来，万家驹转身逃也似的走了。

高小燕瞥见万家驹匆匆离去的背影，她回头朝戴维眨了眨眼。戴维见高小燕一副神秘兮兮的表情，小声而好奇地问她："干啥呢？"高小燕把食指放在嘴唇上轻轻地"嘘"了一声，压低声音对戴维说："刚才，万师兄站在门口，你没说他的坏话吧？"

"我们一直在谈烩面。"戴维笑道。

"你们在说什么悄悄话？"王娜从万家驹的电脑房走了出来，她把那碗烩面连面带汤吃了个精光。

"大师兄好像刚刚离开。"高小燕实话实说。

"别理他！"王娜态度冷淡丢下三个字。

…………

秋天，北京最美的地方要数香山。

香山漫山遍野的枫叶红得令人心醉，不仅引来了世界各地的游客，本地居民也按捺不住纷纷倾巢出动。秋天，去登高、去赏香山的枫叶是北京人永恒的生活主题。

这个周末，师姐陪师母上香山去赏红叶；万家驹忙着到医院去收集临床实验的标本；高小燕一连几个周末都忙着陪同来京的亲戚、闺蜜和同学去看香山的枫叶，去逛王府井大街，去时髦的大超市购物；偌大个实验室就剩下戴维一个人，显得格外安静。

在北京最美的季节，戴维丝毫不受外界的影响，一门心思沉浸在新的实验当中，他被奇妙的微观世界深深吸引……一连好几个日夜都泡在实验室里，一个实验接着一个实验。因为一个小小的新发现，他欢欣鼓舞、斗志昂扬、乘胜追击。戴维的勤奋和科研的天赋被导师看在心里，喜在心上。

王全林教授是一个具有国际视野的好导师。在临床上，他医术精湛、妙手回春；在科研领域，他独辟蹊径、术有专攻。戴维敏思好学、领悟能力超强，实验技术日趋完美，导师不断给他增加高难度的实验。在导师的引导下，戴维就像一匹朝阳千里马驰骋在生命科学的领域，以完美的姿态和日渐沉稳的实力驶入导师期待的黄金时代。

导师对戴维的喜爱越来越明显地写在脸上。为了拓展年轻人的国际视野，全面提升年轻人的科研能力，王全林导师为爱徒设计更长远的未来，决定把戴维送到国外去接受更好的训练。

王全林导师年轻时候曾在德国求学，他与当下享誉德国科学界的学术牛人波特·J是旧日的同门师兄弟，而且，两人年轻时私交甚好。如今，波特·J不仅拥有世界一流的实验室，更是拥有世界一流的科研团队。可以说，波特·J的研究团队是当今神经学领域里一座耀眼的地标。经过深思熟虑，王全林教授做出了一个重大的决定：把戴维送到德国波特·J的团队去学习，他的研究论文也将在波特·J实验室里完成。

在周一的 Lab Meeting 上，王全林导师宣布了这一重要的决定。

导师这一重要的决定让万家驹十分震惊。表面上，他装出一副为戴维高兴的样子，内心却是怒火中烧。他怀疑这一切都是王娜在捣鬼，他深信不疑，戴维和王娜私下好上了。不然，这个出国指标于公于私都应该是给他万家驹的。现在说什么都晚了！

"师傅是否知道我和女网友的丑事？"万家驹忧心忡忡，他暗暗地观察过导师的态度，情况好像没有他想象的那么糟糕。导师除了督促他的实验，没有批评他任何一句实验以外的话。他觉得导师应该是不知道这件丑事的，就算师母知道了，师母也不会轻易告知导师。万家驹了解师母的性格，吃准了师母不会对他轻易乱动。现在，最关键的他得从戴维的手里把王娜抢回来，他自觉有这个信心。毕竟，他和王娜的关系非同一般。这点，戴维无法比及。当然，出国的机会还是有的，就看他能不能赢回王娜的芳心。

"解铃还须系铃人"。王娜对他爱理不理、态度冷若冰霜，他该怎么办？万家驹挖空心思、日思夜想。最后，他决定从戴维那儿找到突破口。

戴维对师姐王娜在实验上给予的帮助心怀感激。毫无疑问，王娜与戴维相处的这段日子心情也是非常愉快的。戴维生性乐观、说话风趣，先前在临床工作中积攒了丰富的社会阅历，生活的趣事和幽默的笑话，他随手拈来就能让王娜捧腹开怀。和戴维在一起，王娜变得越来越爱笑了，她的笑声就像春天里的铃铛，清脆响亮。

王娜的笑声让万家驹感到十分惊讶。她一直给他很内向、很安静的印象，哪怕是在他俩热恋的那会儿，万家驹也未曾让王娜这么开怀大笑。在万家驹的印象中，王娜是不轻易露出牙齿大笑的那类女孩。可是，好几次，万家驹还没走到实验室的门口，远远就听见了王娜的笑声。起初，他以为她疯了，没有想到她会笑得前俯后仰。

王娜的快乐激起了万家驹对戴维的万丈妒火。他好奇、惊讶、气愤、胡思乱想，他冷眼审视起戴维来：这家伙确实拥有男人都会嫉妒的一副好皮囊，英俊潇洒、风趣幽默……男人讨女人喜欢的一切优点都被他占尽了！万家驹恨得咬牙切齿又万分沮丧。他猜想，王娜一定是移情别恋了！戴维实验的好数据与王娜有关，出国也和王娜有关。可是，戴维对王娜究竟是何种心思呢？是出于真心还是出于利用？万家驹决定亲自出马试探一下。

某个天气颇为闷热的傍晚，万家驹给戴维打电话说，他有非常重要的事情要找戴维商量，他约戴维晚饭后在研究所附近的一个公园散步。

师兄弟一见面，万家驹端着大师兄的派头，慷慨地祝福戴维获得出国进修的好机会，他还胆大包天地撒谎说，戴维能去德国研修全靠他在师傅面前为戴维美言。戴维颇为讶异地看了万家驹一眼，笑笑，也不致谢。他直截了当地对万师兄说："师兄，您有什么话不妨直说。"

"老戴，你没有爱上王娜？"万家驹果真就直截了当地问。

"什么？师兄！您说我爱上王娜师姐？"戴维的眼睛瞪得又大又圆，他站在原地，很严肃的表情盯着万家驹。万家驹面带讪笑，故作一副云淡风轻的口吻自圆其说："我就说嘛，这是不可能的事情！听你亲口这么一说，我就彻底放心了！"他拍了一下戴维的肩膀，一副虔诚的态度对戴维说："师兄向你表示十二分的歉意，请原谅！"

"师兄，别怪我说您，您和女网友那事让师姐挺伤心的。既然是错了，您就该向师姐负荆请罪呗。"

"我也想负荆请罪啊！可人家也得给机会不是？别说负荆请罪啦！她就是让我上刀山下火海、粉身碎骨我都心甘情愿。"万家驹话说得信誓旦旦且激动得脸都红了起来。

"您这话应该去说给师姐听呀！"

"她不是不给机会嘛，这不，我求你来啦。"万家驹一副可怜相。

"我能为您干啥？"

"你去德国之前帮我约王娜出来一趟。"万家驹央求道。

"好，我尽力。"戴维很爽快。

"老戴，你真是我的好兄弟！来，咱们来个拥抱！"万家驹激动地向戴维张开双手。

"两个大男人拥抱算个啥？"戴维笑着闪过一边去。

…………

自从和万家驹散步之后，戴维尽量避免和王娜单独待在一块。实在是因为实验需要，他让高小燕尽量和他们待在一块儿。起初，小燕觉得有些奇怪，后来她明白了其中的缘故，就很侠义地把实验的时间和戴维的排在一块。

万家驹得到戴维的许诺，似乎找回来了从前那种得意扬扬的自信。他坚信王娜离不开他，戴维对王娜没有别的心思，一巴掌不响，这个道理鬼都知道。后来，万家驹静下心来又想：他对王娜的感情似乎越来越淡了。坦白地说，他一开始对她就没怀有多少爱情。他很虚荣，她的外貌激不起他的半点欲望，她的洁癖和死心眼更让他感到闹心。唉，她唯一能吸引他的也许就是——她是王全林导师的独生女儿。他很明确，若能顺利成为王全林导师的乘龙快婿，他的生活立即会上一个层次，将拥有一般人所羡慕的一切。

这类走捷径获得富裕和体面生活的经验，万家驹从小就接受过现实生活的熏陶和洗礼。他永远都忘不了小时候在老家见过的最风光的一场婚礼，那排场和荣耀对他三观的影响极为深刻。

当年，他的一个堂兄娶了生产队长的女儿，新娘子不仅生得丑还是一个得过小儿麻痹症的瘸子，他的堂兄生得浓眉大眼、仪表堂堂、帅气逼人。他无法想象堂兄是以何种心情去接纳这个奇丑无比的新娘子？他们会产生爱情吗？答案是否定的。然而，堂兄那场排场至极的婚礼彻底颠覆了万家驹的三观。

当时，堂哥那场排场的婚礼给他们整个家族带来了无与伦比的荣耀，他们家族在当地所受到的尊敬前所未有。

"娶得好和嫁得好殊途同归。"这是万家驹总结幸福人生得出的一句金玉良言。

万家驹自幼生活在社会底层，物质与精神的双重贫乏，某些畸形的世俗令他耳濡目染，对于是非辨别能力尚未健全的他不但无法超越，更无法回避原生家庭环境中种种恶俗对他的侵染，畸形的价值观在他年幼的心灵打上了深深的烙印。成年后，尽管他凭借自身的努力离开了原生环境，但他却无法从精神层面去提高和修炼自身的认知。最终，在生活的种种诱惑面前，他失去了自身的定力，确切地说：他根本就没有定力。

俗话说："女子本弱，为母则刚。"王娜的母亲本身就不是弱女子，她给予王娜的母爱宛如铁壁铜墙。自幼生活在铁壁铜墙般母爱中的王娜，从未经历过外面世界的风雨，宛如温室里生长的一朵鲜花，不经风、不经雨，按理说，她的生活、事业和爱情本该是一帆风顺水到渠成。然而，她的情感生活却一波三折。

万家驹是王娜人生当中遇见的第一个以爱情面目出现的男子，他不费吹灰之力就俘虏了她的芳心。万家驹为人乖巧、能说会道、殷勤周全，王娜的母亲是一个生活阅历丰富、精致唯美的过来人，她一点都不看好万家驹。可是，爱情的主角是她的女儿。说王娜与万家驹日久生情也好，一见钟情也罢，青春正好的她完全彻底地坠入了万家驹精心编织的情网。

王娜单纯、痴情，万家驹工于心计。她对于他来说是一种需要，是一个生活的目标；而他对于她来说，是一种爱的渴望，是一种对爱情美好的梦想和归属。在爱情的领地上，她根本不是他的对手。他们好上不久之后，她不小心就怀上了他的孩子。很快，她又意外地流产，失去了他的孩子。因为王娜未婚先孕又流产这件事情，万家驹跪倒在师母的面前发下毒誓：毕业后立马迎娶王娜，若是违背了诺言他万家驹遭天打雷劈、不得好死。

万家驹与女网友约会的事情暴露，他万分沮丧、急得像热锅上的蚂蚁，再一次跪倒在师母面前。

这一次，他又把责任巧妙地推到女网友的身上，说女网友得了什么绝症，他的同情心一时泛滥，才犯了不该犯的错误。他当着师母的面又指天发誓：他的身子是清白的；他跪倒在师母面前痛心疾首地央求：倘若师母不肯原谅他，他连去跳楼或是跳海的心都有了。

师母气得浑身发抖。为了女儿，作为母亲的她不得不忍气吞声再次原谅了万家驹。现在，万家驹解决了师母对他有可能造成的伤害，就更加有把握地去解决他和王娜之间的别扭了，他有信心把这个女人给赢回来。

然而，王娜不幸被万家驹言中，她的心在悄悄地移情别恋。王娜被戴维的风趣和才情深深吸引，她在戴维身上看到了万家驹所不具备的坦诚和真挚。她和戴维在一起很开心也很放松，甚至忘记了万家驹的存在。

在王娜眼里，戴维是一个多么有趣的人啊！乐观、上进、机敏，再难的实验她只需稍加点拨，他立即就能融会贯通并顺利地完成，王娜对戴维产生了一种极微妙的感情。王娜喜欢默默去注视工作中的戴维——他凝神专注、冷峻帅气的模样，令王娜怦然心动。

"为什么在万家驹身上感受不到这种美好呢？"王娜常常不知不觉就开了小差。

生活有了对比，王娜的心被戴维身上所散发出来的某种独特的魅力所打动。她不能假装视而不见，也不能不偷偷地怀想。好几次，她远远地凝望着工作中的戴维，爱意顿生。

女儿微妙的心思逃不过母亲毒辣的眼睛。为着女儿的幸福，母亲和女儿进行了一次严肃的对话。虽然，母亲有一万个不喜欢万家驹的理由，但是"一女不事二夫"的传统观念却是根深蒂固。毕竟，女儿与万家驹有着实质性的婚姻。她教育女儿说，对待婚姻要学会包容，她希望女儿原谅和接受万家驹的道歉，两人重修于好。

戴维到底是一个聪明人，王娜对他产生微妙的感情，他自然感觉得到。所以，他一口答应万师兄帮他赢回王娜的爱情。

那日，戴维的实验进行得十分顺利，实验结束后，他邀请师姐一起去吃烩面，两人从烩面馆出来，他又邀请师姐一起去公园散步。散步的时候，戴维向王娜直截了当地谈到了万师兄，鉴于他俩的关系，他建议王娜无论如何都应该给万师兄一个认错的机会。

王娜听了戴维的话一言不发，默默掉泪。她的心情很复杂，她和万家驹的关系确实非同寻常，不是想分开就能分开的那种。可是，她对万家驹失望了，她对戴维越来越有好感……今儿，戴维如此坦诚地来向她替万家驹求情，说明他心里根本就没有她。

她还能说什么呢？她一时心绪凌乱，泪如雨下。

戴维见王娜如此伤感，不知该如何安慰她才好，他默默地陪着王娜绕着公园的湖边走了一圈又一圈。最后，王娜红着眼睛对他说：

"咱们回去吧！"

第二天傍晚，万家驹前来约王娜一起去吃晚饭，王娜答应了。他俩去了一家刚刚开张的新酒家。

烛光下，万家驹对王娜说尽了温存的话，使尽了追求异性的小伎俩。最后，他掏出一只精美的小盒子，从小盒子里取出一枚金光闪闪的戒指，正式向王娜求婚。王娜心绪纷繁，不拒绝也不接受，颔首端坐着一言不发。他小心翼翼地去拉她的手，她的手像是被蝎子蜇了一下似的缩了回去。

"咱们不是说好了吗？过去的都翻篇了！小娜，咱们重新开始好吗？"万家驹可怜兮兮地央求。

整个晚上，从头到尾几乎都是万家驹一个人在独白，王娜根本就没有搭理过他。到了最后，王娜对万家驹含糊其词地说了一句："我想咱们俩的事情还不是时候。"

"反正，这枚戒指是专门给你买的。你要这么说，我就当是暂时替你保管好了。亲爱的，不要让我等得太久。"他再一次伸出手去拉她的手，这一次她没有拒绝，她的手如冰块一般凉。

王娜和万家驹约会不久就向父亲提出要去日本研修。

她父亲有一位华裔挚友在日本东京大学医学部从事神经外科学研究，那人姓孟，王娜称他为孟叔叔。当初，王娜研究生的毕业论文就是在孟叔叔实验室完成的。Dr. 孟夫妇只有儿子没有女儿，夫妇俩待王娜宛如女儿一般。

王娜想离开北京独自到东京去待一阵子，好让纷乱的心绪得以安静，自然而然就想起了她的这位孟叔叔。父亲起初没有同意女儿的申请，后来，王娜的母亲做了父亲的工作，父亲就勉强同意了。

王娜向父亲提出去日本研修，万家驹紧跟着也向导师提出了和王娜一同前往日本学习的申请。

王娜心里极不乐意，但她无法向父亲明说。她母亲认为这并不是什么坏事，正好给他俩一个独处的环境，让他俩的感情得以弥合。王娜见母亲的态度那么坚决，便不敢违背母亲的意志。

海外经历对万家驹来说十分重要，他原先就为失去德国学习的机会而耿耿于怀。如今，导师批准他和王娜一同去日本研修学习，他高兴得连走路都忍不住连蹦带跳。万家驹得意忘形之际，想起了最能表达他心情的一句话："塞翁失马，焉知非福？"

这年冬天，戴维远渡重洋去了德国的慕尼黑，王娜和万家驹双双飞往日本的东京大学。

临行前的那个晚上，导师与戴维做了一次推心置腹的长谈。师徒俩从科研课题一直谈到年轻人的爱情和婚姻……戴维万万没有想到，平日严谨而不苟言笑的导师，对女儿竟这般的慈父柔情。其实，导师什么都知道，只是，他们自以为是地忽略了导师的感受。

"作为父亲，我希望小娜能健康快乐地生活着，希望她拥有一位真正懂她的、疼她的如意郎君。可惜，爱情与科研一样充满了未知。"导师说完这番话，目光略带苍凉，久久地望着窗外。

临别，教授把戴维一直送至门口，目光灼灼地嘱托戴维说："将来，小娜若真的遇上了困难，你要关心她、帮助她。"

"老师，请您放心，师姐她一定会幸福的。"戴维怀疑导师对万师兄的事情洞若观火，只是导师过于宽容，所以保持缄默。

戴维在德国待了一段日子，波特·J与美国老朋友托马斯在学术上有更多的合作，波特·J让戴维把一部分实验带到了美国托马斯的实验室。于是，在2007年圣诞节钟声敲响之际，戴维从德国来到了美国的S州立大学。

五十二

S 州的夏日不像南方那般炎热，然而，知了却是热闹得很，它们躲在浓密的七叶树上鼓噪、喧嚣。

这段时间戴维的实验特别多，他没日没夜泡在实验室里。戴维不住家的日子，东方梅早上醒来得特别早。

周末，她独自沿着 Olentangy River 边上的小道散步，明媚的阳光照着路边那些五颜六色的花朵，空气中充满了百花浓郁的芳香，太阳的光线斜斜地掠过她挺拔的鼻梁，她心情格外愉悦，渐渐地慢跑起来。在所有的运动当中，她最喜欢慢跑。

慢跑的时候，东方梅喜欢漫无边际地去想一些令人愉快的事情。这时候，光晕随着她的跑动一闪一闪，微风从耳边轻轻吹过，像是被亲爱之人亲吻一般的美好。她向前慢跑着，直跑得全身微微发热。在回家的路上，她不时俯身去抚摸路边那些绿草儿，去嗅嗅那些从树枝上垂下来的花朵，远处有三两声鸟儿的鸣叫，她感动莫名。

"如果戴维一同来才好呢！"东方梅在路边的一棵七叶树下停下了脚步，若有所思地眺望着前方。每次，戴维说来陪她散步，总是忽然奔跑起来，还挑逗她一起奔跑。并且，他喜欢跑到她的前头去。

"他像个调皮的大孩子！"

明明知道她是跑不过他的，却偏偏要和她比一个输赢。最后，还笑话她跑步的速度像只蜗牛。想着戴维平日俊美的英姿、得意扬扬的表情，东方梅心里极是甜美，她微笑着目视前方，轻轻一叹。

这天，东方梅散步回到公寓感觉有些困倦，她依偎在花瓣状的椅子里，不知不觉就睡了过去，自从上次她病愈之后，很容易犯困。

东方梅刚进入小寐，戴维就回来了。因为太想念东方梅的缘故，他取消了下午所有的实验。

屋里很安静，戴维踏入了这个拥有心爱之人的小天地，心情好得无法形容。发现她依偎在花瓣状的椅子里睡着了，他蹑手蹑脚地走到她的跟前，静静地凝视着小寐中的她——优雅、恬静，精致的嘴角微微往上翘。

"她太美了！"他俯下身去亲吻她的唇，耳边响起他俩往日有趣的一段对话。

"你是托马斯那类外科大夫吗？"她俏皮地问。

"当然不是！我不是托马斯，你也不能是特蕾莎——在我生命里，你永远是我的唯一。"他很认真的态度回答。

"你发誓。"她娇嗔的模样十分可爱。

"发誓的男人大多是不靠谱的。这世上哪有什么海枯石烂？若真有海枯石烂的那天，咱俩恐怕早就袅袅轻烟了！"他大咧咧地笑。

"无趣！"她生气的样子十分可爱。

"小妇人！你敢说我无趣？看我怎么收拾你。"望着她那可爱的模样，他又去吻她。

她大笑着跑开了。

…………

想起她往日的种种可爱，他忍不住去亲吻她那只漂亮的额头——轻轻地一吻，她"哼"了一声。他以为她会醒来，不想，她脑袋侧过一边去，继续小睡。唉，她那么爱睡又那么能睡他是领教过的。不过，良好的睡眠对她的健康大有益处，就让她多睡一会儿吧！

他轻轻地走进厨房。明媚的光线从百叶窗的缝隙渗了进来，厨房一片明晃晃、亮堂堂，案台上搁着一只雅致的藤制花篮，花篮里盛满了色泽鲜亮的瓜果和蔬菜，一只西红柿掉在花篮的边上。这盛满果蔬的花篮以米黄色的厨房为背景，宛如 19 世纪某个画家的一幅名作。

戴维记得，这只藤制的大花篮是今年开春，他和东方梅一起去逛 Hight Street 的周末街市①时买的。卖主是一位和蔼可亲的老太太，苍苍的白发上别着一朵金黄色的雏菊。老人的地摊前摆满了大小不等的手工藤制花篮和各种各样的动物手工艺品：金鱼、七彩文鸟、相思雀、蜗牛、小松鼠、小兔子、小羊羔……这些小动物，神态各异、栩栩如生，每一件都令人爱不释手。

老太太身边活跃着三位金发碧眼漂亮的小姑娘，她们高矮一致、相貌酷似，穿着同一款乳白色的公主裙，她们是老太太的三胞胎孙女儿。慈眉善目的老太太远远看见戴维和东方梅，便热情地向他们打招呼："美丽的姑娘，请停下你的脚步，瞧瞧，这是我亲手编织的小件儿，漂亮极了，随意挑选一个吧！"

"好可爱的小动物啊！"东方梅和戴维双双蹲在老太太的地摊前。他们兴致盎然地欣赏着那些神态灵动、栩栩如生的小动物，看看这个、瞧瞧那个，满心欢喜，爱不释手。

灵巧的小动物触动了东方梅心底最柔的神经。年幼时，她心灵手巧的外婆曾为她编织过各种可爱的小物件：红色的小龙虾、紫色的葡萄、青色的夹豆、金黄色的小金鱼……岁月尘封着美好的记忆，这一刻，蜂拥而至。

东方梅兴致勃勃地挑选起小物件来，三个漂亮的小姑娘叽叽喳喳地向她推荐各自喜欢的小物件。

"姐姐，这个小蜗牛可爱着呢！"

"姐姐，这只小白兔太可爱了！"

…………

"都漂亮极了！"东方梅应付着姑娘们，她把一条可爱的小鲤鱼举到戴维跟前，说："这条鲤鱼搁在你的书架上最好了！还有，这只画眉可以搁在咱们的床头，每天一早就让它把你这只大懒虫给叫醒！这只蜗牛看上去憨

---

① 周末街市——在美国某些州指定每月一次，人们会在指定的时间、地点将自家生产或加工的什物摆出来销售。

憨、好可爱！咦，还有这只小松鼠、小兔子……天啊！宝宝们，奶奶的小物件我全都买下好啦！全都那么可爱啊！"

听东方梅这么一说，三姐妹七手八脚地帮着把小物件装满了一只大篮子。"好啦！"东方梅拍拍手，站了起来，冲戴维笑道："我给东亚系的女生们都买上一个。哦，差点给忘了！咱们得给索菲亚买一只小牛牛。"

"为啥要给索菲亚买一只小牛牛？"戴维愣愣地问。

"明年出生的孩子属牛，索菲亚的孩子不是牛仔就是牛妹。"东方梅乐呵呵地回答说。

"好，那咱们就买下这只小牛牛了！"戴维俯身把一只可爱的小牛牛捡到大花篮里去。

戴维给老奶奶付了钱，他们和那三个可爱的小天使挥手道别。东方梅一手挎着花篮一手挽着戴维的臂弯，两人喜气洋洋地走在大街上，惹得每一个经过他们身边的路人，都忍不住投以他们羡慕的目光。

"以后咱俩努力生一群可爱的小姑娘！"戴维在东方梅耳边笑道。

"你以为我属猪啊？"东方梅娇嗔道，立即发现用错了词，赶紧"呸呸呸"了几声，说："要生你自个生去。"

她撒娇的模样甚是可爱。

"我和谁生啊？嘻嘻。老婆，咱俩就生一个排好了！最起码也得赶超老叶家吧！我要的全是姑娘，个个都生得和你一样优雅、漂亮。咱们家闺女的名字我都想好了，从老大开始——茉莉1号！茉莉2号！茉莉3号！茉莉4号……"

东方梅笑弯了腰。

"你当她们是你的科学实验啊？讨厌！不理你了。"东方梅推开戴维，提着篮子向前大步走去。

"本来就是我们老戴家的优良品种嘛！"他大言不惭，大笑着追上前去，接过东方梅手里的花篮，拉住她的另一只手，两人大笑着一齐向前跑去。

…………

回忆总是那么美好。

戴维环视着屋子的一切，内心一阵莫名的感伤。他担心睡眠中的东方梅着凉，便去卧室取了一条薄薄的毛毯给她盖上。

不想，她醒了过来。

"你回来啦？"她一副不可思议的表情站了起来，朝挂钟方向飞快地瞟了一眼："天啊！都什么时间了？"

她一惊一乍的模样甚是可爱。他因为她的可爱暂时忘记了烦恼，又恢复了平时的诙谐，他说："小姐，时间还早得很呢！"

"外科大夫，你今天看起来怎么那么憔悴？是因为实验不顺利吗？"她关切地问。

"通宵达旦，一无所获。"他撒了一个善意的谎，通宵失眠是真，通宵实验是假。

"可怜的人儿！你饿不饿？喝杯牛奶赶紧去休息一下吧！"她不容分说去给他冲了一杯牛奶，看着他喝下去，又送他走进了卧室，看着他躺倒床上，为他盖上被子，轻声地责备道："唉，你们这些人也真是奇怪！为了实验命都可以不要了，快休息吧！"

戴维困倦极了，躺在床上不到半刻钟，便响起了震天动地的呼噜声。

"他太累了！"东方梅凝望着睡眠中的戴维，轻轻一叹，轻轻地带上了卧室的门，她到厨房去为他准备一顿营养丰富的晚餐。

戴维小睡了一觉醒来精神特别好。

然而，他的好心情转眼即逝。他又想起王娜来美国这件事情。他坐在床沿愣愣地出了半响的神，慢悠悠起身去衣柜里找了一套居家衣裳。

东方梅在厨房里做五香鱼肉丸子。

她把从虹鳟鱼身上剔出来的肉和少量猪肉、泡好的香菇干一齐放到绞肉机里绞碎，然后，往打碎的肉末里加入适量的香料、麻油、盐、生粉、生抽等一大堆调料。

他悄悄地来到了厨房，倚着门廊饶有兴致地观赏她下厨的动作，冷不丁地对她说："让我来做鱼丸子吧，这可是我的拿手好戏。"

"吓我一跳！"她娇声道，回头看了他一眼，问道："你睡好了？才那么一会儿，我刚开始准备晚饭呢！"

"咱们一起做吧！"他接过她手中的活做起鱼肉丸子来，她去水池清洗菜蔬和香菜。锅里的水烧开了，他手起手落，一粒粒鱼丸子落到了滚烫的汤锅里——锅里的水翻动着水花。很快，一阵清香的鲜肉味儿扑鼻而来，他俩相视一笑，她说："真香。"

"我做的鱼肉丸子不香不要钱！"他得意扬扬。

"戴老板，你的鱼肉丸子多少钱一只？"她俏皮地问。

"多少钱都不卖！这鱼肉丸子是做给俺老婆吃的。"他把鱼肉丸子的材料搁在手心里，使劲一握，一只丸子从拳头的上方落入锅中。

"谁是你的老婆啊？讨厌！"她走过来用筷子夹起锅里浮起的一只熟透的鱼肉丸子，吹了吹气送到他嘴边，说："尝尝——"他一口把那只鱼肉丸子吃到嘴里。

"怎么样？我调的料好吧？"她笑嘻嘻地问。

"嗯，还行。谁教你的？"他吃完了那只鱼肉丸子。

"小慧姐。没想不到吧？戴老板？"她得意扬扬。

"哦？是嘛。梅小姐，你想不想知道是谁给小慧姐的配方？"他脸上写满了骄傲。

"谁？"她明知故问。

"那个人近在咫尺。"他完成了最后一个鱼肉丸子的制作。

"哦，那俺是泰山仰止啊！"她俏皮地用了一个"俺"，说到这，她忽然想起了一件重要的事情，她颇为严肃地对他说："外科大夫，我有一件很重要的事情要告诉你。"

"洗耳恭听。说——"他直了直身子，满脸正经地看她。

"咱俩的事老爹知道了！"她声音很轻，她说的这个老爹当然就是他的岳父大人啰，戴维一下被震住了，赶忙停下手中的活，小心翼翼地问道：

"老爹怎么说？"

"嗯——"东方梅低眉垂眼不说话了。他急得央求她，"快说嘛。老爹都说些啥？"他紧张得心都提到嗓门上来了。她瞟了他一眼，咧着嘴笑，不搭他的话。

"哎哟喂！我的小姑奶奶，算我求你啦！快说呀，求你！"他急得都快要给她下跪了。她"扑哧"一声笑了，俏皮地对他说："外科大夫，你听好了。老爹是这么说的：'姑娘，你让戴维亲笔给我写一封求婚信来。'"

"哈！就这一句？"戴维大大地松了一口气，"这么说，他老人家同意咱们在一起啦！哈哈！梅小姐，我太幸福啦！"他高兴得一把把她抱了起来，抱着她在厨房里打转转，仰着脖子大声嚷嚷，"哎哟喂！我可爱的老丈人啊！我要向他老人家致一千万个敬礼！"

"我都被你转晕了！快把我放下来呀！"她娇嗔道。

他轻轻地把她放了下来，想起岳父大人要他写一封求婚信心里又有点发愁，轻轻一叹："唉，老爹让我向他写一封求婚信是不是弄错了？我娶的可是他女儿呀！"

"那你也得写，我才不管呢！"她幸灾乐祸。

"我该怎么写才符合岳父大人的心意？"他虚心求教。

"我可不能教你！我总不能教你怎么去骗我爸，对吧？"她又俏皮又得意扬扬。

"啥叫骗啊？咱俩现在不是统一战线了吗？亲爱的老婆，最起码，你得给俺透露一点信息儿。譬如，我敬爱的岳父大人他有什么喜好？我总得先投其所好吧？你若是一丁点儿消息都不肯透露，万一我求婚失败……嘻嘻，那你真的就嫁不出去啦！"

"哈，戴先生，听你这么说，好像本小姐是非嫁你不可啰？"东方梅嘴巴一翘，屁股坐到椅子上。

"必须的。不过，主要是俺怕娶不到像你那么好老婆不是？梅小姐，求你就可怜可怜我呗！"他坐到她对面的一张椅子上。

"看在你有可能讨不到老婆的分上，我也只好给你透一点儿信息了！"她得意扬扬地笑道。

"嗯，俺的耳朵已经洗好了！"他坐直了腰身。

"我爹爹呢，是一位对文字很有鉴赏力的帅老头儿。外科大夫，首先，你的小楷字体要写得端正、漂亮；第二，你的书信要体现出十分诚意；第三，要特别注意文采；最后一点，就看你能不能打动老爹的心了。"

"这简直就是一篇高难度的高考作文！看来，我又得参加第二次高考了！唉，古今中外哪有女婿给岳父大人写求爱信的？我算是开了先例啦！"他唉声叹气，心里却是满满的幸福。

"是求婚信！不是求爱信！非写不可！"她很霸气地纠正道，毫无商量的余地。

"其实，这也难不倒我。"他精神抖擞地说："我只需稍稍思考一下就 OK 了！首先，我要真心实意地赞美岳父大人培养出那么优秀的女儿，我想，这个恐怕要比漂亮的小楷来得重要；其次，我还要一一罗列出他女儿的种种顽劣，哦，不对，是种种优秀——"他故意说错话，瞧见她横眉竖眼的样子，及时"纠正"了错误。

他俏皮地对她眨了眨眼，继续滔滔不绝。

"譬如：美丽呀，高雅呀，贤惠呀，这类养眼的词汇一个都不能少。最后呢，我得向他老人家表示一百二十分的诚意，一百二十分的感谢。我要感谢岳父大人，感谢他老人家为老戴家养育出那么优秀的媳妇儿。"

"外科大夫，看来你的逻辑思维相当周密嘛，我就预祝你求婚顺利好啦！"她呵呵大笑起身去炒菜了。

"梅小姐，俺也预祝你顺利出嫁。"他坏坏地笑道。

"讨厌！"她翘起小嘴对他下达了命令，"去，把池子里的青菜装到篮子里去！"

"遵命，小女人。"他大笑着去装青菜。

"哼，回来，你叫我啥？"她一手拿着锅铲另一手叉在腰间，她生气的样子甚是好看。

"我叫您——太太、夫人。"他笑嘻嘻地改正了错误。

…………

东方梅一边炒菜一边和戴维说起了苏日娜，说苏日娜会在秋天来美国旅游；说苏日娜父亲的检查结果出来了，是脑部的良性肿瘤，占位不大，医院已经安排了手术，主刀大夫是一位很有名气的老教授。

戴维"哦"了一声，他若有所思，好像陷入了一种莫名的苦恼。东方梅以为戴维还在想着如何给老爹写求婚信的事情，就安慰他说："其实，老爹是一个非常开明的老人，他让你写求婚信不过是想欣赏一下你的文采而已，大可不必那么紧张。"

戴维听了，笑道："我哪里是为这个事情紧张？他老人家给我展示才华的机会，我求之不得呢！放心吧，亲爱的老婆，我一定会写出一封漂亮的求婚信来给老爹寄去。"

"嗯，苏日娜说没想到我会嫁一个外科大夫。"东方梅又把话题转到苏日娜身上。

"嫁外科大夫好啊！她没说你中了一个头彩吗？"他得意扬扬。

"没有。"她笑道。

"哦，给她父亲做手术的大夫叫什么名字？"他问。

"好像是姓王，唔，对了，叫王全林，听说是一位大教授哦！"东方梅略略地想了一下，说。

听到这个熟悉的名字，戴维内心一动。

"你认识王教授不？"东方梅一边忙着手里的活儿一边问戴维。锅里的热油飞溅，一滴热油溅到她手上，疼得她"哎呀"地惊叫了一声，美眉皱成一个小疙瘩。

"怎么啦？让我看看！"戴维从水池边跑过来，拿起她的手仔细一看，手背上被热油烫出一小圈红晕。

"你忍一下。"他飞快地跑进客厅去找出那个简易的家庭药箱，从药箱里取出小瓶红花油，用棉签蘸上红花油，轻轻地涂在她烫伤的手背上，说："你坐到沙发上去歇歇，这儿让我来收拾好了。"

她坐到沙发上往烫伤的手背不停地吹气。

…………

戴维把晚饭弄好了。

一桌丰盛的菜肴，两只盛着深金铜色酒水的高脚杯，杵在几大盘菜肴的中间——自拉斯维加斯举行婚礼回来，他俩第一次坐在家里享受自己动手做的美味佳肴。

他俩重温新婚如胶似漆的日子又兴奋又感慨。灯火中，戴维清瘦的脸庞愈发俊美，东方梅面若桃花、妩媚动人。

"Cheers！"年轻的情侣轻轻地碰了碰酒杯，一齐饮下这甘露般的美酒。戴维以一种极认真的态度对东方梅说："梅，我有一件事要和你商量。"

"什么事？"她笑容灿烂。

"我有一个朋友下周要来S州。"他小心翼翼地观察她的表情。

"我还以为什么大事儿呢！热烈欢迎！"她云淡风轻冲他一笑，起身去厨房取了一只大匙羹出来，见他好似一副心事重重的样子，便取笑他："瞧你那愁苦样，莫非是前女友追过来了？"

她随口这么一说，他吓了一跳，立即态度认真地向她解释："当然不是！不过是一个普通的朋友而已。"

"需要我帮忙吗？陪同？当导游？本人很乐意为你的朋友效劳。"在她的心里，爱人的朋友就是她的朋友。

"这个倒是不用，再说啦，你也很忙。我向老板请了一周的假，陪朋友出去旅游一趟。"他埋头喝汤，不敢去看她。

"好呀，你也该出去放松放松啦！正好有伴，去吧，祝你们玩得尽兴快乐！我也乐得给自己放假，免得整天被你缠着。"她给他夹了一块酿豆腐，又关切地问："出行的路线计划好了吗？"

"她，哦，我那个朋友说想去西部看看。"他说话不像平常那么流畅，结结巴巴，她倒是爽快，接过话来说："这时候去西部旅游不错，正是时候。带你朋友去体会一下啥叫国家公园，多姿多彩着呢！肯定令你们惊喜不断。"她兴致盎然向他介绍西部迷人的风物，也不问他那个朋友是男还是女。

他悄悄地观察她，她一脸愉悦和平静。他回答说："好，我们计划在周末回来，也许还会提前一些，一回来，我就送她去机场。"

"这么匆忙啊？要不要我请你朋友的客？"她殷勤地问。

"算了吧，我们大家都很忙。"戴维说。

"唔，外科大夫，我差点忘了和你说了。西蒙这周去法国出差，索菲亚怀着身孕一个人在家，西蒙不放心。正好，你不在家，我这周搬去陪索菲亚小住几日。"

"你们闺蜜俩好像好久没见面了哦！西蒙先生不在家，你当然应该去照顾索菲亚啦！记得替我问候索菲亚和她的小 baby。"戴维很是意外，同时，也喜出望外。感谢上帝！这样的安排太好了！瞬间，戴维的顾虑和烦恼全都抛到九霄云外。他笑逐颜开，殷勤地给东方梅夹菜。

"西部的风景确实很迷人，带你的朋友多走一些地方，多拍一些漂亮的照片，祝你们玩得尽兴。"她真心实意地叮嘱他。

"我亲爱的老婆大人，你真好，考虑得非常周全。"他心怀感激，她的通情达理令他十分感动，他甚至很感激她没有对他的那个朋友刨根问底。当然，如果她问起来，他也会告诉她的。现在，她不问，他也不需要解释，最好。

鱼肉丸子吃起来又滑又嫩，蒜蓉盐焗的大虾壳酥肉味鲜，精肉配香菜做馅的水豆腐酿色泽诱人、口齿留香，凉拌海草蘸上芝麻真是美味无比。这晚，餐桌上的每一道菜都让戴维吃得津津有味，心情好得不同寻常。

"亲爱的老婆大人，你的厨艺堪称中华一绝。"他万分感慨："梅，不了解你的人，还以为你不食人间烟火。瞧瞧，你这超凡脱俗的俊模样儿，谁又能相信你是这一桌佳肴的大厨呢？"

"外科大夫，你赞美别人的方式很特别哦！"她笑起来妩媚动人。

"俺是在赞美自己的老婆，又不是别人。来，老婆，咱俩喝一杯交杯酒，重温旧梦。"他很浪漫地向她提议。

"才不是你的老婆呢！讨厌！我有这么老吗？"她娇嗔道。他一高兴就忘记了人家最不喜欢这个称呼。唉，真是高兴得有些得意忘形，机敏的他赶紧改正错误。

"我不是想着要陪你到地老天荒嘛！我发誓刚才是口误——我亲密的爱人、太太、夫人……这样的称呼总可以吧？"他笑吟吟地跑到她身边去揽着她的小蛮腰，夫妻俩一同喝了一杯亲爱的交杯酒。

戴维开启了一瓶马爹利 XO，他们夫妻俩属于能喝一点小酒的那类人。今夜，戴维说要和东方梅一同回味他们浓烈的爱情，自然，浓烈的爱情一定是要搭配浓烈美酒的。

马爹利 XO 酒体，舌尖初感圆润果香，后味悠长、柔滑细致，到了最后，是一种馥郁优雅的回味。

戴维自认为是这酒的知己，他对她说，唯有这 XO 能诠释他今夜是多么爱她的心情。他不停地向她诉说，她微笑着含情脉脉地看向他。

两个亲密的爱人躲在时光的闲暇里，饮着美酒、说着温柔而开心的话儿，情意绵绵，醉意微醺。

"此生有你，我真的很幸福，很幸福，我——戴维，幸福得一塌糊涂！东方梅，你知不知道？我曾经上百次地追问自己——幸福是什么？现在，我知道了。幸福，它不是一场梦。"

他醉眼蒙眬，频频向她举杯。

"外科大夫，你今晚怎会有那么多的感慨？"她脸色红润、颜如桃花，取笑他，"起初，我还以为你要作诗作词了呢？结果，你说了一大堆莫名其妙的话，这算是散文还算是随笔？"

"今晚，俺不作词也不写诗，只想和你谈情说爱。"他说这话听起来又俏皮又走心。

"怎么谈？说咱俩百看不厌？还是海枯石烂、永不变心？"她调侃道，望着他笑。

"此刻，用'相看两不厌'这五个字最好。"他舌尖有点打结，眼睛脉脉含情，他一把拉过她那只漂亮的手，诚心诚意地对她说："东方梅，你知不知道你有多美？美得让我这辈子恐怕在地球上都找不出第二个像你这样的女人。"他把她的手按在他的心口上，"你感觉一下，我的心在跳。你，就藏在这心尖上。我这颗心，因为有了你，它才能跳动。知道吗？ You are my terminator!"

最后一句他说的是英语。

"Terminator？"她脸色绯红，斜乜着眼睛看他，"这个词——我怎么听起来这么耳熟？啊！想起来了！"她忽然柳眉倒竖，"托马斯说过这词，他对特蕾莎说过这词。老戴，我讨厌这个 Terminator。"她有些恼怒，把手儿从他手心里抽了出来。

"梅，此 terminator 非彼 terminator。"他想向她辩解，话说到一半却被她打断了。

"托马斯就是另一个唐璜①！这有什么不同？"她醉眼蒙眬、面带生气望着他（后者也是一副醉眼蒙眬），她的脑子不断浮现出特蕾莎那个梦的情景：许多素不相识的女人（托马斯的情人）一丝不挂光着身子，同在一个泳池里……托马斯拿着一杆枪伏在屋顶上对她们一个个猎杀。

"多可怕的梦境啊！"她忽然有一点儿头疼，皱着美眉，捂着脑袋，说："特蕾莎太可怜了！"

"不，特蕾莎并不可怜！"他醉了，歇斯底里地为特蕾莎辩解，"梅，你不了解托马斯，你也不懂特蕾莎——特蕾莎狂热地爱着托马斯，托马斯对特蕾莎的爱，远远超过了他生命当中的任何一个女人。"

她望向他满脸惊讶。

"米兰·昆德拉这部小说的价值不只是解决黑或白这类脑残问题，而

---

① 唐璜——唐璜（Don Juan）是西班牙家喻户晓的传说人物，以英俊潇洒及风流著称，一生中周旋无数贵族妇女之间，在文学作品中多被用作"情圣"的代名词。

是——你知道，人性是复杂的，事物的表象和本质不同。唉，为什么你不能理解呢？"他发出一声叹息，接着振振有词。

"实际上，特蕾莎完全赢得了一个男人的心。梅，你知道，一个优秀男人成长的道路有多么艰难？多少坎坷？你根本无法想象，更无法预计未来在他生命里随时发生的事情……由不得选择，更不由得情愿或是不情愿。"

许是酒精的作用，他继续滔滔不绝，口若悬河。

今夜，戴维说的话让东方梅听起来十分奇怪，她很认真去倾听，想听明白他到底想表达什么？她全神贯注的神情让戴维备受鼓舞，这样一来，他愈发激动起来了。

"无论这个男人经历了多少坎坷，他一旦遇上生命中的真爱，他就会变得非常认真、非常执着、非常真诚，非常敢于担当。这就是一个优秀男人成长的全部过程。"

他深深地看着她，向她点头笑。

"你是在总结自己的成长过程吗？"她歪着可爱的脑袋问

"是，也不完全是。"他又喝了一口酒，问："还记得托马斯是如何形容对特蕾莎到来的感受吗？"

"她是一个放在树脂涂覆的草筐里的孩子，顺水漂来他的床榻之岸。"

她一字不落地复述了小说的原话。

"没错，梅小姐。"他向她竖起大拇指，说："因为特蕾莎的到来，托马斯才有了后来的成长，他的生命才划出'重'与'轻'不同的价值。倘若，托马斯没有遇上特蕾莎，那么，米兰·昆德拉恐怕就不会有这部小说啦。"

"你这观点很特别。"她笑道。

"换了我是作者，我绝不会让托马斯有那么一个悲惨的结局。有时候，我在想：《不能承受的生命之轻》与其说是一部言情小说，不如说是一部悲剧小说。唉，为什么悲剧总是要把有价值的东西牺牲给世人看呢？"

他在问她，也在问自己。

短短的半个小时里，戴维滔滔不绝的口才让东方梅感到十分惊讶。虽说，她已经有几分醉意，但不至于一塌糊涂。

她醉眼蒙眬企图去审视那个醉眼蒙眬的他，同样，他也醉眼蒙眬地企图去审视她！两个相爱的人儿如同隔着一层薄雾去看彼此，那种感觉真是朦胧美好、妙不可言。

"为什么一谈到托马斯他就变得激情澎湃呢？"她想不明白。

戴维反对东方梅把托马斯说成是唐瑾那类人物，他企图把她引入一个"人性化"的概念，然后，又把她引入"存在主义的范畴"。

他为自己的一番高谈阔论洋洋得意，而她却在不知不觉中对他产生了许多疑问。

"他是怎样的一种思想？"她第一次发出这样的疑问。

她似乎探视到了他的另一类思想。生活的学问、哲学的思考、医学的伦理……，这些对于他而言信手拈来却不乏其中的关联，他到底想向她表达什么样的深意呢？也许，他的内心世界比她所了解的表象要纷繁复杂得多。

"他绝不是一个头脑简单的外科大夫，也不只是一个讨人喜欢的词人。"她对他得出这样的结论。她一言不发继续默默地倾听。后来，他的言谈愈发令她捉摸不透了。

"其实，托马斯是一个非常忠于内心真实感受的男人。这类男人最难能可贵之处就是他不虚荣，不浮夸。他和唐瑾那类男优有着本质上的区别，简直是不可同日而语。如同外科大夫忠于手术的事实一样，托马斯是一介非常优秀的外科大夫。"

说到"优秀的外科大夫"这个词，戴维表现出极其的兴奋，那情形仿佛是在吹捧自己一般。

"托马斯身上所具备的优秀品质成就了他坚定的爱国情怀，这才是一个男人最重要的品质，他宁可失去上手术台的机会也绝不向侵略者屈服。其实，托马斯对待爱情也一样，完全忠于内心的感受，绝不勉强。我认为，单凭这一点，托马斯就算得上是一个真正的男人。"

"当然，托马斯不加约束、任凭原始的冲动天马行空，终究是要付出的代价的，'沉重的代价'——生命的代价。也许，这是米兰·昆德拉写作的高明之处。关于这点，梅小姐，您做何感想？"

她微笑不语。

许是酒精的作用，她听得有些混乱，老跟不上他的节奏，几乎是没来得及理清他上一个问题，他又跳到了另一个话题——"正如贝多芬第五交响乐曲的主题——贝多芬与巴门尼德①这位伟大的思想家风格迥异。在贝多芬的观念里，他视'沉重'一词为积极事物；而巴门尼德却恰恰相反，在德语中'困难'一词包含了'沉重'的意味，他所认为的'沉重'真就是'沉重'，丝毫没有幽默感。

贝多芬的'难下决心'可译意为'有分量的决心'——这种有'分量的决心'与他'命运交响乐'的主题是非常吻合的。换一句话来说，就是：非如此不可。如果，我们能像贝多芬那样视沉重为一种积极的事物该多好呢！"

"非如此不可？"她饶有兴致地重复了这几个字。

"对，非如此不可。"他笑容极好地回应她。

他不知道她为什么会注意到这个几个字？这几个字对于他俩的理解又有什么不同？他没有去做更深的思考。

在默默倾听的这段时间里，东方梅被戴维一番不知源从何起却如滔滔江河一般的表述深深困惑，她好像完全看不懂他了。而他却因为她默默的倾听获得了一种被知己者所悦的幸福，他为能在她面前得到酣畅淋漓的倾诉和袒露感到十分的愉悦和欣慰。他暗暗欣慰：将来有朝一日若是被她误解了，甚至因为她而含冤死去也不足惜。

"外科大夫，我听小慧姐说外科大夫普遍怀有极强的职业优越感，对吗？"酒精的作用开始淡化，东方梅感到身上一丝清凉的快意，宛如秋天里的一阵凉风刚刚吹过。

"嗯，没错，是太优越了！单从外在形象来看吧！身材不要太好，颜值

---

① 巴门尼德——古希腊哲学家。

不要太高，技术不要太好，收入不要太高，还不要太受人尊敬……恐怕，这个要求太难了！"

他说的全是反话、俏皮话，单凭他那副自恋的状态，就知道说话的人有多得意忘形了。他继续自恋："当然，周围的诱惑对外科大夫来说太大了！没法抵挡啊！假设，我说的是假设啊！梅小姐，假设有一天你错把我当成托马斯那类人物，我该怎么办呢？"他半开玩笑半认真。

"为什么要假设成托马斯那类人物呢？"她脸颊绯红乜着眼睛看他。

"God save me!"他完全被她的妩媚魅惑了，答非所问。

"你终于求助上帝啦？"她笑了。忽然想起他说他害怕夜里谈论鬼怪故事的往事。

"梅，我现在就想为你填一首词。"他望着她内心泛起爱意，转换了话题，他思维的跳跃跨度令她刮目。

"词兴来了？好呀，必须带一个'梅'字。"她很霸道地向他下达指令。

"梅小姐，您仔细听好了——"他低头略略一想，微微一笑，看着她的眼睛说："词牌名，《如梦令·咏梅》。"

接着，他那令人着迷的男中音娓娓动听：

"冰清撩人心弦，

馨香源于九天。

百花俱凋残，

咏春时节尚远。

梅艳！

梅艳！

我自笑傲霜寒！"①

"才华横溢！"她鼓起了掌声，欢快起身离开餐桌朝古筝走去，端坐在古筝前，一个优雅的转身，问他："这么好的词我借用一曲古筝来演奏它

———————

① 这首词为旅美时的一位好朋友所作。

如何？”

“求之不得！”他幸福地笑了。

她装好指套，修长的双手娴熟地拨动了筝弦。瞬间，美妙的筝曲如山之泉汩汩而出，淙淙然、淡淡然，不知不觉汇成了涓涓溪水，穿山越岭向着浩瀚的大海奔流……她朱唇轻启，轻吟浅唱他新填的词。

曲调曼妙，歌声甜美。

戴维沉醉在东方梅源于天赋却落于知性的韵律与歌喉的绝妙交汇中，他默默走到她的身边。拨筝之人的情怀，若相惜亦不弃，青春都一饷，竟把浮名换成一曲深情的低吟浅唱——

筝弦才歇，余韵绕梁。

“此曲只应天上有，人间能得几回闻。”戴维幽幽叹道：“将来，若有一日不幸被你惩罚，今日便是值了！”。

“戴先生，我为何要惩罚你？”她仰望他俏皮的语气笑问。

他顿时无语。

五十三

东方梅和索菲亚相伴的一周过得飞快。转眼，就到了周五的早上，天气有点起风的样子。

S 州一进入秋天天气就变得格外清凉。

早餐过后，东方梅身上穿了一件黑色的连体无袖瘦身长裙刚想出门，就给索菲亚从厨房追出来叫住了，索菲亚站在厨房门边对她说："天气预报说今天可能会有小雨，早上天气那么凉，你最好加上一件外套。"

"谢谢。索菲亚，你赶紧吃早餐，别把肚子里的小宝宝给饿坏了。"东方梅说着折了回来，往她住的那间屋子去取了一件卡其色风衣穿在身上。那风衣是 Ferragamo 牌子的经典款，风衣的颜色和裙子的颜色绝配，东方梅秀发披肩，脚上穿了一双精致的黑色高跟软羊皮皮鞋，手里拿着一只红黑两色的格纹皮质手拿包，脚步轻盈匆匆地穿过索菲亚家的花园。

半个小时后，东方梅把车子停在东亚系大楼边上的停车场上。今天，她的工作安排得特别满，上午有两次课，中午咖啡时间之前有一个小时的新职员面试。咖啡时间过后，她有重要的外事接待。

东方梅刚一走进东亚系的那扇旋转大门，卡翠娜从她的办公室迎了出来，很夸张地张开双手去拥抱东方梅，声音洪亮地夸东方梅说："啊！Ms.梅，今天您简直就是一个超级漂亮的模特儿！"

"谢谢卡翠娜！你的新裙子很不错哟，什么流派的新款儿？"东方梅发现卡翠娜今天穿了一条新裙子。

"风情万种的迈阿密！"卡翠娜得意扬扬地扭动她姣好的身材，露出一口洁白的牙齿。

"是小川先生给参谋的吧？"东方梅小声笑问。

"没错。"卡翠娜笑容满脸、连连点头。忽然，她的目光紧盯着东方梅身上的风衣嚷道："哟，Ferragamo？我的菜！Ms.梅，我有一双非常sexy的Ferragamo小皮靴，就玛丽莲·梦露穿过的那一款！"

"哦，是吗？我想象得出小皮靴穿在你脚上可爱的样子。"东方梅笑道。

"是的，是的！非常可爱！"卡翠娜亲昵的口吻说："Ms.梅，咱们快到需要互相吹捧的年龄啦！"

"现在就需要互相吹捧！"东方梅幽默地笑道。

"看得出来您和外科大夫过得很幸福。"卡翠娜满脸的羡慕，她轻轻地叹了一口气，说："好久没有迈克先生的消息，我想念他了。"

"我也想念他，希望他在中国一切顺利。"东方梅微微一笑，她知道卡翠娜和迈克拥有很好的交情。

"你和小川君什么时候给我们派发喜柬？"东方梅问。

整个东亚系都知道卡翠娜和小川一郎在谈一场马拉松恋爱，卡翠娜非常乐意向人们公开谈论他俩的爱情。不想，东方梅这一句寻常的问话，惹得卡翠娜稀里哗啦地伤感起来。

"Ms.梅，小川要回日本了。我们不知道还有没有未来呢？"卡翠娜忽然眼眶一红，眼泪差点掉下来。

"小川君要回日本？"东方梅很是吃惊，她事前一点都没有听说小川一郎要回日本的事情。

"是啊，他昨晚才做的决定，他妈妈从日本打来了电话。"卡翠娜的声音有些哽咽，她让自己镇定了一会儿，又说："他很快就会向系里打辞职报告的。噢，Ms.梅，也许他就在今日会递交报告呢！"

卡翠娜黯然神伤。

"噢，卡翠娜，很抱歉，我不知道该对你说些什么好？如果可以帮到你的话，我会很乐意的。"东方梅轻轻地拍拍卡翠娜的肩膀。

"Ms.梅，您真好。"卡翠娜十分感动，她眉眼一抬，目光从东方梅的耳根越过。她的眼睛忽然变得闪闪发亮，她的声音因为激动的缘故有些颤抖，小声对东方梅说："小川，他来了。"

东方梅转过身去一看，小川一郎腋下夹着一只黑色的手包，从那扇旋转门走了进来，向她俩微笑着挥了一下手。

"卡翠娜，你俩好好聊聊。"东方梅微笑着和卡翠娜道别。

⋯⋯⋯⋯⋯⋯

东方梅走进办公室刚刚坐下，秘书简豪俊就找她来了。简豪俊告知她，州政府刚刚发来一个参会通知，会议时间在今天上午的十点，也就是说，东方梅上完早上的两节课得立刻赶往州政府参会。因为会议的缘故，东方梅让简豪俊把面试新职员的时间另作安排。中午的咖啡时间过后，东方梅要接待前来访问的一个兄弟院校考察团，欢迎仪式过后，她与来自佛罗里达州立大学东亚系的艾琳娜女士有一个小时的会晤。

简豪俊离开办公室后，东方梅详细地阅读与艾琳娜女士会谈的资料。有人敲门，东方梅抬头一看，小川一郎笑眯眯地站在办公室的门口。东方梅立刻起身热情招呼小川一郎："小川先生，请进。"

东方梅把小川一郎让到沙发上坐下，为一郎斟了一杯茉莉花茶。

"真香。"小川一郎对着那杯花茶说。

"小川先生可喜欢饮茉莉花茶？"东方梅笑问。

"喜欢。我妈妈喜欢用樱花树叶和樱花自制茶叶，可香了。"小川一郎颇为骄傲，说："改天，让妈妈寄一些来送给 Ms. 梅尝尝。"

"谢谢，您妈妈真能干。"东方梅赞扬小川一郎的母亲。

"谢谢您对我母亲的夸奖。Ms. 梅，现在，请允许我向您汇报下午我们日语部的接待工作。"

"请吧，小川君。"东方梅微微一笑，认真地倾听小川一郎的汇报。

按照工作安排，小川一郎下午要对口接待来自西雅图大学东亚系的同行，他们在教学和科研方面将会有进一步的合作。今天，小川一郎来找东方梅是公私兼顾。小川一郎的工作一向高效务实，深得东方梅的赏识。听完小川一郎的工作汇报，东方梅毫不吝啬地夸小川一郎"Good job"！

出乎意料之中，小川一郎工作汇报后，颇有些歉意地向东方梅谈起了他辞职的事情。

"小川君，你确定真的要离开美国了吗？"小川一郎提出辞职，东方梅有些惋惜，小川君是一个难得的管理者，同时，他也是一个难得的好教师，东亚系需要他这类人才。

"主要是妈妈的意思，我还在考虑。"小川犹豫不决，照中国的古话来说，小川一郎是个大孝子，可他也不想让别人认为他毫无主见。
"小川君真有孝心。"东方梅赞许道。

"在日本，人们都说我们北海道长大的孩子最有孝心。您知道，我们自幼接受孝道文化的训练。"小川一郎满脸的自豪。

"卡翠娜和你一块去日本吗？"东方梅问。

"妈妈现在还不能接受我的女朋友是一个外国人。"小川一郎很直接也很实诚。

"卡翠娜可是一个难得的好姑娘哦！"东方梅真心实意地夸卡翠娜。

"嗯，我会努力让妈妈知道卡翠娜是一个好姑娘的。"小川一郎腼腆地点点头说。

"噢，那我提前祝福你们啦！"东方梅笑道。

"梅女士，您有没有去过北海道？"小川兴致很好地问。

"很遗憾，我没去过。但我看过日本一部很怀旧的老电影，据说电影的拍摄地就在你们北海道。"

"《追捕》？是高桑（高仓健）主演的那部电影吧！"小川准确地说出了那部老电影以及男主角扮演者的名字。

"没错，就是这部电影。小川君，您的记忆真好！"东方梅夸道。小川一郎听东方梅在夸他，心里高兴得很，他眉开眼笑地解释说："Ms.梅，我妈妈非常喜欢这部老电影。妈妈说，这部电影拍出了我们北海道的好景色。而且，拍摄外景地就是我们北海道日高地区的うらかわちょう（浦河町）。"

"Ms.梅，您知道那儿离我的家有多近吗？不到半个小时的自行车车程！小时候，我常骑自行车到那儿去玩呢！"小川一郎得意扬扬地说。

"小川君，您真厉害！听您这么说，我得找个机会去看看你们风景出众的北海道！"

"欢迎啊！ Ms.梅，北海道值得去看的地方可多啦！譬如知床半岛、阿寒湖、根室流冰、北浜站、富良野的薰衣草、札幌的旧道厅、小樽的运河、函馆的夜景……，这些地方在日本都是很出名的。'白色恋人'这个名字您听说过吧？这是旅客必去的地方。"

小川一郎和其他热爱故乡的人一样，对家乡的美景如数家珍。

"小川君，您热爱家乡之情真是让我感动。有机会，我和外科大夫一定要去北海道看看。"东方梅动容地说。

"Ms.梅，你们一定要去啊！到时候，记得告诉我一声，我保证给你们做好向导！并且，保证实行'三包'！"小川一郎很慷慨地说。

"小川君，西蒙先生下周从巴黎回来，辞职的事情希望您再慎重考虑，好不好？"东方梅一副商榷的语气，态度十分诚恳。

"好的。我已经答应妈妈回日本了，不急于这一时半会。"小川一郎颇为惬意地喝完最后一口茶，笑眯眯地站起身来和东方梅道别。

"Ms.梅，咱们下午见。"

…………

东方梅从州政府开会回来，就到了午饭时间，她在四季餐厅吃了一个汉堡、一包薯条和一杯咖啡。

当她回到办公室的时候，接到索菲亚打来的一个电话，索菲亚在电话里说：迈克从中国回来了！

"迈克回来了？他为什么这个时候回来？"东方梅很是惊讶。索菲亚说迈克在纽约等待转机时，给东方梅一连打了好几个电话都没有人接。东方梅立即查看了手机来电记录：果然有一个陌生的电话号码一连好几次打进来，她的手机处于静音状态。

"情况我不是很清楚，刚才接到迈克的电话，说他的飞机会两小时后到达 S 州飞机场，你能不能和我一起去接迈克？"索菲亚问。

"索菲亚，我恐怕整个下午都走不开。索菲亚，如果可以，你先去机场接迈克，然后定个地方，咱们晚上和迈克一起吃个晚饭可好？"

"我正有这个想法。你俩好久没见面了，得好好聊聊。等我接到迈克，定好地点再通知你好了。"索菲亚话里有话地说。

"索菲亚，谢谢你，咱们晚上见。"东方梅对索菲亚的体贴和周到充满了感激。

接完索菲亚的电话东方梅的心情忽然变得恍惚起来。

"迈克为什么在这个时候返回美国？照理说，应该不是工作上的安排，那他为什么会在这个时候回美国来呢？"

东方梅百思不解，迈克这次回来，她事先没有收到他的丁点儿消息……想着晚上与迈克的见面，东方梅心绪不安。

"唉，我是应该早一些告诉他的，可是，我在犹豫什么呢？"东方梅内心十分内疚和懊悔。她和迈克是"过来命的朋友"，她和戴维结婚这么大的一件事情，她终究错过了知会迈克的最好时机。

"他能理解吗？"东方梅一会相信迈克是能理解她，一会又疑心迈克……因为迈克的忽然回来，她忐忑不安地度过了一个艰难的中午。

…………

隆重而简单的欢迎仪式结束后，东方梅和艾琳娜女士进行了一个小时的会晤，所有的工作都在他们的计划当中顺利中完成。

东方梅在东亚系大楼送艾琳娜女士登上回旅馆的车子，回头遇上了从摩根银行办事路过的裴金涛夫妇，东方梅为裴大哥顺利加入奥尼团队感到高兴，她向佟小慧问起成成的情况。

佟小慧笑逐颜开告诉东方梅说，成成的学习进步很大，期中考试每门都拿了个 A。裴金涛夫妇十分感谢东方梅和戴维的倾情帮忙，说他们的家庭保险没有受到什么影响，成成术后胳膊好得很利索。佟小慧还告诉东方梅说：

"上周，成成参加学校组织的夏令营去了西部的黄石公园。"

东方梅听佟小慧说成成去了西部的黄石公园，立即想到了戴维和他的朋友，心想：今天是周五，赶明儿他们该回来了。

东方梅走上东亚系大楼阶梯的时候，接到了索菲亚打来的电话，索菲亚说她把迈克接到她家里，和迈克聊了很多事情（包括东方梅和戴维的婚事）。她和迈克约好，晚餐他们仨一起去 Hight Street 吃日本料理。

索菲亚在电话里没有透露迈克的态度，东方梅又不好意思追问，便说："索菲亚，谢谢你，咱们晚上见。"

接着下来的时间，东方梅一直都在胡思乱想。

她上洗手间的时候，从镜子里看见自己一脸倦容，心想：这个样子去和迈克见面可不好！她看了一下时间，离晚饭还早，便想着不如去戴维的公寓洗个热水澡，捋一捋纷乱的思绪，静一静心，顺便给戴维拾掇一下屋子。

戴维住的 Holiday House Apartment 离东亚系不远，若是在平时，东方梅步行十来分钟就可以到达。但是，东方梅想着晚上和迈克的约会，便开着车子往戴维的公寓奔去。

Holiday House Apartment 是一栋旧式的三层楼，呈东西朝向，戴维住在二楼，上了楼梯往左边数过去第二间。

东方梅把车子停在公寓北边的停车场上。上了楼，她直径朝戴维住的那间屋子走去，到了门前，她发现房门是半开着的。

"哦，他们回来了！"东方梅有点意外，她记得戴维说他们计划周日回来，没想着他们提前回来了。"唉，他总是忘记把门带上。"她心里一阵欢喜，暂时忘记了刚才的烦恼。

"戴——"她欢天喜地地推开那扇门，刚叫出一个"戴"字，立即打住了——屋里的情况让她感到有些意外。

她以为走错了房间，退出门外，认真看了一眼房号：NO.3。嗯，没错。可是……戴维的屋里怎么会有一位女生？东方梅脑子反应极快，立即猜到这个女生可能就是戴维说的那个朋友了，（东方梅颇有点意外，她没有想到戴

维的朋友会是一个女性朋友）

几乎同时，那女生呼地站了起来。

她原本是蹲着的，背对着门，戴维床上堆着一堆乱糟糟的衣物，女生的脚边放着一只打开的行李箱。

女士瞪着一双眼睛盯着东方梅看。

"您好，我是东方梅。"东方梅很有礼貌地向女生自我介绍，她微笑着站在门边像个来访的客人。

"东方梅？你——谁呀？"女生的问话很是奇怪，她满脸惊讶，目光犀利，仿佛她的领地遭到了外来的入侵。她高度警惕，十分神经质。

"我是谁？"给那女生奇怪的一问，东方梅愣住了。显然，戴维没有把她介绍给他的朋友。没等东方梅回答，女生兀自笑了，笑得有些怪异，她向前走近一步，问东方梅说："你是戴维的同事吧？"

东方梅抿嘴一笑，没有回答。

东方梅倒是把女生看了一个仔细：她生了一张圆圆的脸，一对未经修饰的眉毛显得有些杂乱，眉心过宽，一双杏仁眼里充满了问号，许是睡眠不足的缘故，她眼眶的周围有一圈明显的黑圈圈。女生的整个状态给人一种非常奇怪的神经质，就像一根被扯紧的橡皮筋。

"她好像对我怀有敌意？为什么？"东方梅敏锐地感受到对方的敌意。

东方梅想告诉女生说："我是这个屋子的女主人。"可是，话到嘴边她改变了主意，她很友好地寻问对方说："您是戴维的朋友吧？你们刚去西部旅游回来？"

"你怎么会知道我们刚去旅游回来？啊，我们确实是刚去旅游回来。哦，我们——"女生笑了一下，她乜斜着一双杏仁眼去看东方梅，两腮忽然飘起两朵红云。

女生说话的时候，东方梅的目光忽然落到床头柜的一张照片上———一对年轻男女并肩站在一起，背景是一棵千年巨型化石树。相片上的女子正是眼前这位女生，男子就是戴维。

"哦，是我们的合影……我们是……啊，我们不是一般的朋友。"女生顺着东方梅的目光转过身去解释说。她原想说"我们是师姐弟"临了，却冒出"我们不是一般的朋友"这么一句令人匪夷所思的话来。

女生说完这句话，把东方梅独自晾在一旁，蹲下去继续整理她那只乱糟糟的行李箱。

"'我们不是一般的朋友'？她对我说这话是什么意思？为什么要对我说这么一句莫名其妙的话？"东方梅很想问对方一个明白。可是，当她的目光环视了一眼屋子——她愣住了，像一根冰柱杵在原地一动不动。

这是她和戴维的爱巢。

平日，无论是床头柜、书架、电脑桌、茶几……几乎屋子的每一个可以摆放照片的地方，都摆上他们在拉斯维加斯拍摄的新婚美照。因为这些美照，整个屋子充满了他们新婚的气息。如今，除了这张天外来客似的男女合影以主人翁的派头占领床头柜之外，他俩的新婚美照全都消失得无影无踪。

"这是为什么？"东方梅满腹狐疑。

"女士，你找戴维有什么事？我可以代你转告的。"女生忽然停止拾掇什物站了起来，面对东方梅，脸上写满了不耐烦。

"我——我找戴维有什么事？"东方梅忽然变得口吃起来。就在这时候，她的手机响了。

她接起电话一听，顿时花容失色。

"Excuse me."

东方梅说了一句英文，转身急匆匆地奔下楼去。

东方梅前脚离开戴维后脚回来。

戴维抱着一袋的意大利咸面包棒和一品脱黄油进了屋，看见王娜还在拾掇衣物，他心里甚是着急。

"师姐，我给您买了意大利咸面包棒和黄油，您过来吃一点吧，咱们抓紧时间，飞机场离咱们这还挺远的。"

戴维把面包棒和黄油搁在餐桌上，去橱柜取了碟子和刀叉。

咸面包棒和黄油是王娜爱吃的食物，戴维特地去一家专卖店给她买回来。王娜没有理会戴维，她有点强迫症，把箱子里收拾好的什物又掏出来重新整理了一遍，左瞧右看，总觉得不妥。戴维耐着性子蹲在王娜的身边，说："师姐，我来帮您吧？"

"哎呀，你又师姐、师姐地叫！叫得俺挺心烦的，不是说好了嘛！叫我名字的嘛，你怎么又忘了？"王娜气呼呼地冲着戴维说。

让王娜生气的根本不是年龄的问题。

"对不起，是我错了，下不为例，师姐。"他赶紧承认错误，然而，他又不自觉地犯了同样的错误。（笑）

"你又叫师姐！讨厌！"她的一双杏花眼冲着他竖了起来，"刚才有一个女的来找你，奇怪得很，她什么也没说，急匆匆就走了。"

王娜的话让戴维吓了一大跳！

他呼地站了起来，心里七上八下，愣了好半晌，才缓过神来。

"你怎么啦？脸色这么难看。"王娜有点神经质地问："那个女生是你的同事吧？她来找你干吗呢？"

"嗯，应该是同事——应该是实验上的事情。"戴维机械地回答王娜说。随即，他问了一句，"师姐，您今天的药吃了没？"

王娜瞪了戴维一眼，她不喜欢戴维叫她师姐。她嘴角一翘，气呼呼地回答说："俺不想吃药，俺的病好了。"

"王娜，咱们还得吃药，我去给你倒一杯开水来。听话，咱们得把今天的药给吃了。"

戴维像哄孩子一般哄着王娜把药吃了。

王娜美国一行颇为开心，因为有戴维一路陪伴，她见识了大自然鬼斧神工的壮丽景色，领略了大自然无穷无尽的魅力，一连几日沐浴在大自然奇特而宁静的境遇里，愉悦的心情让她出奇地获得了良好的睡眠。她的精神和气色看上去比第一天到达美国时判若两人。

旅途中，王娜最开心的一件事情，就是和戴维在黄石公园巨大的千年化石前留下了一张双人照。她用一张精致的杭州丝绸手绢，把这张珍贵的双人照包裹起来，反复考量该把它搁在箱子哪个位置，这么一件小事情，竟让她磨叽了好半天。戴维提议说把照片夹在衣服中间最妥当，她才放心地合上行李箱。

　　"刚才你说有一位女士找我？"戴维小心翼翼地问。

　　"是的呀。"王娜一脸恍然说："她接了一个电话，急匆匆走了。你这位女同事很漂亮，很奇怪。"她神经兮兮地望着戴维说。

　　"呃，您没和她说什么吧？"戴维表面一副云淡风轻的样子，其实，他的心都悬了起来，他知道是东方梅来找他了。

　　"没有。"王娜一脸不屑。

　　"真好。"戴维舒了一口气，说："王娜，咱们吃好了赶紧出发。"

　　"好。"听见他叫她王娜，她很开心地笑了。

　　戴维开着车子风驰电掣地到达 S 州飞机场航班大楼的出发口，看着王娜的身影消失在安检通道的尽头，他立即转身离开了机场，十万火急赶回来寻找东方梅。可是，他一直都没能联系上她。

　　她的手机一直都处于关机状态，他火急火燎赶到 Rose 1480 公寓，打开东方梅的房门，屋子空荡荡的，没有丝毫女主人的气息。他又跑去东亚系那栋大楼的门前，东亚系那扇大门紧闭着，戴维这才想起今儿是周五，大伙早早就下班回家了。

　　戴维给索菲亚一连打了好几个电话，索菲亚的手机同样没有人接。戴维很是奇怪，接着给保罗打了好几个电话，好不容易才听到保罗一副懒洋洋的声音，保罗说他和由美子正在巴黎度假。

　　戴维十分落寞地回到自己的公寓，正维多娜佳寻他来了，维多娜佳说她要回意大利了，今晚特地来请他一同出去吃最后的晚餐。维多娜佳不由分说把戴维拉上了她的车子。

　　"她到底上哪儿去了呢？"戴维坐在维多娜佳的车上一直在想这个问题。

他心不在焉地听维多娜佳叽里呱啦说了一大堆话，维多娜佳春风满面、神采飞扬，戴维蔫不啦唧、心事重重，两人的表现天地之别。

戴维一会儿假想东方梅是因为生他的气关机了，一会儿又想：她应该不是那么小气的人。他一路胡思乱想、心情糟糕透顶。

"戴，你在想什么呢？在想你的新娘子吗？"维多娜佳取笑他，"把你的电话给我，我向你的新娘子请个假，我告她，借你用一个晚上，呵呵。"维多娜佳放肆大笑。

"维多娜佳，求求你，别开这样的玩笑好吗？"戴维唉声叹气地跟着维多娜佳走进了意大利人开的酒庄。

五十四

话说东方梅在戴维的公寓忽然接到一个电话，顿时花容失色，她顾不上理会王娜，转身奔下楼去。

东方梅接到的是 Maria Hospital 打来的电话，对方说索菲亚出了一些意外正在医院接受紧急处理。东方梅非常担心索菲亚母子的安危，火急火燎地赶往 Maria Hospital。在医院的走廊上，她遇见了索菲亚的邻居玛莎太太。东方梅从玛莎太太那里得知索菲亚发生意外的经过。

傍晚，一场微风细雨过后，索菲亚穿戴整齐走出家门去赴他们三个人的约会。隔壁邻居玛莎太太正在院子里给花儿剪枝、施肥，看见索菲亚穿戴一新、精神气爽的样子，便热情地打招呼说："西蒙太太，您穿得这么隆重是要去参加朋友的 party 吗？"

"哦，是去参加老朋友的聚会。"索菲亚兴高采烈地回答，远远看见玛莎太太在为一盆新品种施肥，便非常好奇地问："玛莎太太，你们家花园又添新品种啦？"

玛莎太太是一个极其热爱花卉之人，她家的花园除了冬天被白雪覆盖之外，其他的季节都盛开着不同的鲜花。

"对呀！就是这个。"玛莎太太指着跟前一盆开满了白色小花朵的花卉眉开眼笑。

"这花叫什么名字？"索菲亚好奇地问。

"'六月雪'！它的花儿香得很呐。"玛莎太太开心极了。

"六月雪？名字真好听！为什么叫六月雪？我过去瞧瞧！"索菲亚说着就往玛莎太太花园方向的篱笆边上走去，玛莎太太捧起她那盆新花卉很殷勤地送了过来……忽然，听到索菲亚"哎呀"一声，玛莎太太眼睁睁看着索菲亚在隔着篱笆不远的地方跌倒了。

"天啊！西蒙太太！"玛莎太太尖叫了一声，疾步从她家花园跑过来好不容易才扶起索菲亚。索菲亚脸色苍白，豆大的汗珠顺着她的脸颊滚落，她捂着腹部直喊疼……玛莎太太赶紧拨打了120。

索菲亚的腹部受到了轻微的撞击，医生说，索菲亚腹疼的主要原因是因为外力所引发的宫缩所致。医生给索菲亚做了适当的处理，把她安置在观察室里随时监测情况变化。

鉴于索菲亚三个多月的身孕，医生建议索菲亚做一个相关的染色体筛查，以确保胎儿的健康成长。医生介绍说，染色体筛查主要是对 18 号、13 号、21 号三对染色体进行测定，这三个染色体当中任何一个缺失对胎儿的发育都非常不利。其中，13 号染色体的缺失表现最为严重，它的缺失将会导致胎儿不能在母体发育成熟，多数还会出现自然的流产现象。如果是 21 号染色体缺失，不仅会导致 Down Syndrome（唐氏综合征），而且大多数患唐氏综合征的儿童都会有轻度到中度的弱智。18 号染色体的缺失则会导致 Edwards Syndrome（爱德华综合征），就是胎儿各种状况的畸形。

索菲亚听了医生的解说心里颇为紧张，她决定接受医生的建议对腹中胎儿进行相关的染色体筛查。东方梅安慰索菲亚说，提早做个检查对孩子和大人都有好处，不必太过于紧张。东方梅想给西蒙打个电话，这才发现她们两个人的手机都没电了。东方梅担心索菲亚饿肚子，关切地问她："索菲亚，你想吃什么？我给你去做好了。"

"什么胃口都没有。"索菲亚在为腹中的婴儿担心。

护士送索菲亚去做三维彩超，结果还真是发现了一些问题，影像标明胎儿脊柱腰部的某个位置发现一个小结节。主管大夫私下对东方梅说，鉴于索菲亚目前的身体状况，胎儿发生流产的可能性很大，希望她们要有思想准备。听大夫这么一说，东方梅眼泪"唰"地掉了下来，她难过极了。索菲亚好不容易怀上这个宝宝，如今却要面临如此残酷的现实……东方梅请求医生帮助索菲亚渡过难关，尽量保住她腹中的小宝宝。

"我们都希望他（她）是一个健康的胎儿，你朋友要做的就是全力配合我们。但愿上帝眷顾你的朋友。"

医生说索菲亚需要留在医院观察一段时间才能出院，东方梅寸步不离地守在索菲亚身边。这夜，索菲亚的睡眠相当糟糕，一个晚上好几次从睡眠中惊吓醒过来，出了一身身冷汗，东方梅一直拉着她的手，陪着她、安慰她。差不多天亮的时候索菲亚才睡去，东方梅到隔壁的一间休息室歇了一会儿。

天大亮的时候，东方梅去看索菲亚，经过短暂的睡眠，索菲亚的精神看上去好了许多，东方梅稍稍松了一口气。接着下来，东方梅又情不自禁地想起自己的心事来：

"戴维屋里那个陌生女子是谁？为什么戴维事前不给她说明是一位女性朋友？为什么他们屋里的新婚照片会消失得无影无踪？戴维好像在忌讳什么？他在忌讳什么呢？"

一连串的为什么令东方梅百思不得其解，她越想越是苦恼不堪。

索菲亚见东方梅一副恍恍惚惚、心不在焉的情形，以为她还在因为自己的婚事没有告诉迈克而自责，索菲亚颇为内疚地对东方梅说："都怪我，把约会给搅黄了。梅，你赶紧去给迈克打个电话吧！咦，我的手机怎么没电了？糟糕，你的手机呢？"

"我的手机也没电了！"东方梅从手包里找出手机拿去充电。待东方梅把手机连到充电装置上，索菲亚又说：

"梅，坐到这儿来，我有话和你说。"索菲亚往床的另一边让了让，东方梅便坐在靠近索菲亚的床沿上，索菲亚拉着东方梅的手说："梅，你知道吗？迈克对你真好。"

"我知道。"东方梅颔首回答。索菲亚轻轻一叹，把昨天和迈克的对话说给东方梅听。

索菲亚把迈克从机场接到家里来。闲聊中，她把东方梅和戴维结婚的事情告诉了迈克。迈克的反应在情理之中又在索菲亚的意料之外，迈克原本是一个性情安静之人，听到东方梅和戴维新婚那一刻就更加安静了。过了好些时辰，迈克轻声问了索菲亚一句，"梅，她过得幸福吗？"

"我从未见过她脸上有那么红润的气色，如果不是因为爱情，那又是为了什么呢？"索菲亚毫不隐瞒自己的观点。

迈克脸上绽放出灿烂的笑容，那是一种发自心底的笑。

"我应该送他俩一份漂亮的新婚贺礼。可是，索菲亚，我送什么礼物好呢？"迈克一脸虔诚。

"你的祝福就是送给新人最好的贺礼。"索菲亚为迈克的友爱和虔诚深深动容。他们约好晚上和东方梅一起去老地方共进晚餐，迈克要当面给东方梅送上他真诚的祝福。

"梅，这是迈克的新手机号码，你记得联系他。"索菲亚从挎包里拿出一张写有电话号码的字条交到东方梅手里，东方梅看着手中那张纸条，心情难受得无法言喻。

有护士进来送索菲亚去做其他检查，东方梅趁机回了一趟索菲亚的家，她去给索菲亚做点可口的食物和带一些换洗的衣服过来。

东方梅心绪繁杂地开着车子往索菲亚的家去。

迈克的归来、索菲亚发生意外、戴维屋里那位女生……这三件大事就像三座大山一齐压在她心上。还好，索菲亚暂时无事，迈克的友谊让她感到宽慰。一想到戴维，东方梅的心情就变得十分微妙和复杂。

这微妙和复杂宛如一种无形的重量压在东方梅的心头上，待她离开医院、离开索菲亚，这无形的重量仿佛一下全落到了脚上，她拖着沉重的步子走进索菲亚的家，坐在沙发上歇了好一阵子，内心反复追问："戴维在忌讳什么？他对我隐瞒了什么？"

屋里很安静。

风，轻轻地从百叶窗的缝隙钻了进来，百花的气息随风潜入，屋里充满了花草的清香。东方梅的鼻黏膜受了刺激，微微酥痒。她忽然感觉好累，不仅是身体上的累，她的心更累。她想好好地静一静，可是，这繁杂的心事却宛如潮水涌上心头。

"他一定是隐瞒了某些重要事情！他说是一个朋友要来美国旅游？一位朋友？我怎么就没有想到是一位女性朋友？一位女性朋友又如何？"

东方梅自我安慰又自我解说。

"可是，我们的新婚照片为何会因为这位女性朋友的到来消失得无影无踪？显然，这是戴维故意所为。这又是为什么？唯一的解释是，戴维与这位异性朋友的关系非同寻常。"

东方梅不寒而栗，不敢再往下想了。

她想等着他的解释。然而，她又质疑，"他能给出答案吗？如果给出的答案比她想象的还要残酷，她又该如何？"

东方梅回忆起那晚戴维极力为托马斯辩护的情形，就连贝多芬与巴门尼德这样的音乐大家都被他搬出来了。他说，特蕾莎其实很幸福，无论托马斯经历了多少个女人，他对特蕾莎一定是真爱。他还说，特蕾莎才是托马斯的真命天使……最后，他说我是他的 Terminator，还填了一首词，说什么以后若是被我冤枉死了也值得？他究竟想表达什么呢？

东方梅细细地回想那晚戴维所说的每一个字、每一句话，现在，她才觉得他当时是话里藏话呢！他给了她那么多的暗示。可惜，因为沉醉在他的爱情当中，她完全失去了基本的甄别能力。

"恋爱中的女人情商为零！"这老话说的一点没错。东方梅忽然意识到：她对戴维的了解实在是太少了。实际上，她根本不了解他这个人。

"你嫁给了一个熟悉的陌生人！"一个声音清晰地在她耳边说，东方梅吓了一跳。

"是因为他长得酷似凌志？"一个声音在问。另外一个声音立即反驳："当然不是。"

"可是，东方梅，你了解这个叫戴维的人吗？"

她的几个声音此起彼伏。东方梅的内心一时翻江倒海、五味杂陈，她百感交集、泪流满面。

因为惦记着躺在医院里的索菲亚，东方梅默默擦去脸上的泪水。她去厨房为索菲亚做了一小奶锅的牛奶麦片粥，她把做好的粥盛到一个保温壶里，返回卧室去取了索菲亚的衣物。

　　东方梅收拾妥当准备出门的时候，她的手机响了。

　　"我的天！终于有人接电话了！"塞廖尔在电话里很着急地说。

　　"很抱歉，塞廖尔，我的手机没电了，刚刚充了一些电，什么事让您那么着急？"

　　"出大事了！"塞廖尔说，"昨晚，迈克和你家戴维在酒庄里打了一架，他俩在警察局待了一宿。"

　　"迈克和戴维打架？他们为什么要打架？"东方梅在电话里轻轻地叫了起来，这件事情太让她感到意外了，她很着急问塞廖尔，"迈克现在在哪儿？他出来了没有？"

　　"我已经把他保出来了！刚送他上了亚特兰大的飞机。他爷爷病重，他是专程回来探望爷爷的。"塞廖尔说。

　　"迈克的爷爷病重？天！塞廖尔，我很抱歉。"东方梅心想："这么大的事情，迈克为什么对我只字不提？"

　　"保罗的朋友把戴维保释出来了，您快回去看看吧。"塞廖尔很自责地检讨说："都怪我没有看好迈克。昨晚，是迈克先动手打你家戴维的。我很抱歉，梅。"

　　"塞廖尔，谢谢你告诉我这些。咱们迟点再联系好吗？我现在要赶去医院看望索菲亚。"

　　"索菲亚怎么啦？"塞廖尔不知道索菲亚发生意外的事情。

　　"还好。塞廖尔，我得走了，迟点联系你。"东方梅一时半会向塞廖尔说不清索菲亚的事情。她刚挂了塞廖尔的电话，索菲亚家里的固定电话响了起来，东方梅走过去接电话，是保罗从佛罗伦萨打来的，保罗听见是东方梅的声音颇为意外，他说："哦，Ms.梅，是你啊！我一直在给你和索菲亚打电话，电话打爆了都没人接，昨晚，迈克和戴维被带去警察局待了一夜。"

"塞廖尔刚刚和我说了。保罗，他俩怎会打架？"东方梅很是奇怪。

"是迈克动手先打了你家戴维，我那位警察朋友说了。噢，我一时半会也说不清楚，你赶紧回家去看看你家外科大夫吧！"保罗叮嘱说。

"他俩到底发生了什么事？"东方梅很是着急。

"梅，我说了你可别生气。"保罗停顿了一会儿，说："他俩是为着一位女士打架的。当时，你家戴维和一位女士在一块儿喝酒。所以，迈克忍不住就动手了。"

"一位女士？"东方梅立即想起戴维屋里那位神秘女子。但是，人家与迈克素不相识，迈克何苦为一位陌生的女子去和戴维打架呢？

"维多娜佳。"保罗直截了当地说。

"维多娜佳？"这个答案太让东方梅感到意外了。保罗忽然想起戴维与维多娜佳的前尘往事，急忙向东方梅解释说："我听说维多娜佳要回意大利，我没猜错的话，戴维不过是去给她饯行而已，这也没什么。偏偏，迈克喝了很多酒，你家戴维也喝了不少，他俩都醉了。在那种地方两个大男人因为酒醉打架不是什么稀奇的事情，Ms.梅，别想那么多，你快回家去看看戴维。"保罗好声好气地劝说。

"保罗，谢谢你告诉我这些。"东方梅心里一团糟糕。

"索菲亚呢？让她来听电话吧！"保罗连续问了两遍，东方梅才回过神来，机械地回答保罗说："索菲亚在医院，我正要赶去医院呢。"

"索菲亚在医院？她怎么啦？"听说怀有身孕的妹妹在医院，保罗的心提了起来。

"医生在给索菲亚做检查，是有一些情况……保罗，您能不能和西蒙联系一下？可是，索菲亚说要等检查结果出来再告诉他。"东方梅说得含糊其词，她不敢把索菲亚滑倒的实情告知保罗，怕他担心。

"我知道了，我会通知母亲和姐姐尽快赶去照顾索菲亚。Ms.梅，辛苦你了。"保罗客气地说。

"应该的。保罗，祝你和由美子旅途愉快。"东方梅挂了保罗的电话，太阳穴好像被人用针狠狠地刺了一下，疼得她眼泪都掉了下来。

她走到镜子前照了照，看见满眼是血丝。她害怕这个时候偏头疼发作，赶紧找出一粒止疼片来用温开水服了下去，这才匆匆出了门。

东方梅把牛奶麦片粥送到医院时，索菲亚已经做完了所有的检查。索菲亚见东方梅满脸的疲惫和莫名的忧伤，心里十分歉意，她很心疼地对东方梅说："梅，我让你受累了！"

"咱俩还用说这样的客气话啊？"东方梅挤出一丝笑容，声音带些鼻音，她刻意回避索菲亚一袭关切目光，低头去给索菲亚盛粥。

"索菲亚，我熬了一些麦片牛奶粥。来，趁热吃。"东方梅盛了一小碗牛奶麦片粥送到索菲亚手中。

"这粥真好吃。"索菲亚吃了一口粥，悄悄看了一眼东方梅，小声而关切地问："梅，你好像有心事？"

"没有。"东方梅低眉颔首眼泪差点要掉下来。

"你没有和迈克联系？"索菲亚轻声问，她怀疑东方梅还在因为没有和迈克联系上而自责。

"塞廖尔给我电话说迈克回亚特兰大去了。"东方梅勉强笑笑。

"迈克回亚特兰大了？这么快？为什么？"索菲亚一连几个问号，迈克之前没有和她谈到爷爷生病的事情。

"爷爷病重，他是赶回来探望爷爷的，可是——"东方梅说着眼泪就掉了下来，"索菲亚，对不起。"

"怎么又扯上塞廖尔？"索菲亚很是吃惊，她不知道迈克与戴维昨晚打架的事情。经不起索菲亚一再追问，东方梅把迈克和戴维昨晚在酒庄打架被警察带走，两人在警局待了一个晚上，今早才被保释出来的整个过程，一五一十地说给索菲亚听。

索菲亚听得满脸惊讶、眼睛睁得老大老圆。

"这简直就是天方夜谭！一个晚上发生这么多的事情！天啊，迈克为什么要去打你家戴维？我明明和他说好了的呀！他真是疯啦！怎么可以那么冲动？这根本不是他的风格！"

"都怪我，好端端地把三个人的聚会搞砸了。要不，迈克也不可能和你家戴维遇到一块。可是，他俩是怎么遇到一块的呢？"

索菲亚越想越不明白，迈克明明和她说好的，他要祝福东方梅和戴维新婚的呀，他又不是一个没有定力的人，怎么一转身就去打人家戴维了呢？索菲亚觉得这件事情有些蹊跷。

"昨晚，戴维和维多娜佳在一起，被迈克遇上了。"东方梅表面上看似很平静，内心却十分难受，她说："塞廖尔给我打电话说了这事，他早上送迈克去了机场。"

"维多娜佳？他俩昨晚又在一起了？哦，我明白了！"索菲亚苦笑道："说到底，迈克还是因为你——去打了你家戴维。"

"什么逻辑？"东方梅轻轻问了一声。

"美国男孩处理问题的方式就是这样的。"索菲亚挥了挥拳头，"照理，你和戴维结婚这件事情，迈克就算十分伤心难过，也不会去打你家戴维的。当然，戴维和你刚刚新婚，他不该和其他女孩单独去酒庄那种暧昧的场合。偏偏，给迈克撞见了，而且，又是维多娜佳。唉——"

索菲亚轻轻地叹了一声，看了东方梅一眼，东方梅心里明白索菲亚话里所表达的意思。索菲亚说："梅，迈克他心里有你，他终究还是因为你才去打了你家戴维。"

"那么说，他是替我娘家人出手去打戴维了？"东方梅听得既感动又哭笑不得。

索菲亚点点头，说："应该就是这个意思。在西方，年轻人婚前可以有 n 个男女朋友。一旦进入婚姻就很保守了。无论男女，他们不会在工作之外的场合，单独和异性待在一起，特别是有过故事的异性，主要是避免让人产生不好的联想。"

"这就是文明世界的规矩吗？"东方梅露出难得的笑容。

"算是吧。"索菲亚轻声说："梅，迈克，他心里有你。你在他内心占有很重的分量，他不允许你受到一丁点儿委屈和伤害，尤其是来自戴维对你有可能的伤害。你明白我的意思吗？"

索菲亚一番肺腑之言，东方梅听得内心酸楚得不可名状。

回想与戴维在拉斯维加斯那场浪漫的婚礼，又联想到在戴维公寓遇见的那位神秘女生，东方梅百感交集、眼泪默默地从眼角流了下来。

"咦，你怎么哭了？"索菲亚小声地问，她抽出一张纸巾递给东方梅。轻轻感叹道："梅，像你和迈克这样的好朋友自古以来少之又少，除了格利高里和奥黛丽·赫本，在这个世上我想不出第三对来了。"

索菲亚的比喻实在是漂亮，说得东方梅又感动又惭愧。

"我哪有奥黛丽·赫本那么好？"

"我敢保证，在迈克心中恐怕你比奥黛丽·赫本要好一千倍一万倍，不信，咱们打赌？"

"好啦，索菲亚，咱们打什么赌啊？"东方梅笑着落泪。

"不打赌也行，梅小姐，你不能再掉眼泪啦，瞧瞧，这个样子可不漂亮哦！"索菲亚俏皮地把一枚小镜子举到东方梅跟前。

中午，索菲亚的母亲和姐姐从弗吉尼亚赶了过来。

有索菲亚的母亲和姐姐接班，东方梅暂时离开医院回 Rose1480 公寓去。当她打开家门，一眼看见戴维和衣躺在沙发上睡着了，她内心一阵心酸。经过一个晚上和白天的折腾，她心力交瘁，没有一丝力气来生气了。

她迈着铅一般沉重的步子，走进卧室和衣倒在床上，不到一分钟，便沉沉睡去。

黄昏时光，戴维先醒了过来。

他立即感觉到屋里有东方梅的气息。卧室的门半开着，他上前去轻轻把门推开，内心一阵狂喜：他亲爱的梅果然安静地睡在床上。

他轻轻地走上前去，依着床沿坐在地毯上，静静地端详着睡眠中的她——微微皱眉似有重重的心事，令人爱怜。

戴维望着睡眠中的东方梅一时思绪万千。

　　他好不容易把王娜师姐送上飞机，心里极其牵挂着东方梅，他一路呼啸从飞机场赶回来，大凡东方梅有可能出现的地方他都跑了一个遍，始终寻不着她的一丝踪影。失魂落魄的他孤苦伶仃地回到自己的公寓里发呆，维多娜佳仿佛从天而降，敲响了他的门。

　　"咱们去意大利酒庄吧！像你这么优雅的绅士不应该拒绝意大利女郎的热情。今晚过后，也许，咱们这辈子都没有机会见面了！"维多娜佳说得又伤感又煽情。

　　她的言语触动了他的心。

　　"好，咱们一起去。"戴维最听不得离别伤感之类的话，他暂时忘记了寻不着爱人的烦恼，赴维多娜佳之约，一醉解千愁。

　　"看你，脸都红了，咱们今晚只喝酒不谈爱情。明天，嗯，或是后天，我就离开这可爱的 S 州了。戴，你是我永远的朋友。"维多娜佳俏皮地挽起戴维的胳膊。

　　"能够为热情的意大利女郎饯行，我万分荣幸。"戴维这句话的确发自心底，维多娜佳离开 S 州，他不但不会伤感，反而感到一阵轻松。刚送走师姐，这会又要送走维多娜佳，真好。

　　他俩走进酒吧正是热闹的节点。

　　灯火闪烁、音乐迷人，男女宾客脸上像是涂了一层粉色，奇妙的酒水缓缓地进入脉管，脉管里的血液一往无前地澎湃激荡……嗯，意大利人的美酒真好。

　　美酒驱走了戴维身心的疲惫，让他暂时忘记寻不着爱人的烦恼。

　　他和维多娜佳一直在喝酒，红葡萄、白葡萄、威士忌、鸡尾酒……他俩喝的酒水很杂，不合常规、不讲规矩。两人直喝得醉意微醺，维多娜佳又邀请戴维去跳舞，跳完一支舞曲又去喝酒，两人踏着音乐的旋律在光影里来来回回。

　　她不停地和他跳舞、喝酒、不停地胡说八道……有一时刻，维多娜佳扔下戴维自个儿去舞蹈，戴维坐在舞池边上醉眼蒙眬。维多娜佳的酒量和舞技令他望尘莫及、感慨万千。

"戴，来，喝下这杯——"维多娜佳摇摇晃晃端来两杯不同的酒水。她把一杯刚要递给戴维，脚下一个趔趄，身子一歪，眼看就要摔倒，戴维赶紧上前一把扶住了她……就在这一刻，一记响亮的耳光宛如天外来客，狠狠地抽在戴维的左脸上，维多娜佳手中的酒杯打碎在地，尖叫了起来。

人群顿时哗然。

未等戴维反应过来，重重的一拳又砸在他的右眼角上，顿时，疼得他眼冒金星、天旋地转。慌乱中，戴维赫然看见迈克一张因为愤怒而变形的脸……惊愕中，戴维匆忙迎战——瞬间，两位身强力壮的年轻男子拳脚交加……直到两个体格强壮的人一齐重重地摔倒在地上。

警察来了。

他俩被送去医院做了简单的外伤处理，戴维的右眼眶上包扎了一块纱布；迈克鼻子的两侧肿得老高，做了冰敷后罩上一只大口罩。两个男人看上去就像是一对两败俱伤的拳击手。

他俩在警局做了笔录，又在警局待了一个晚上。

第二天一早，戴维清醒过来回想昨夜发生的事情懊恼至极。保罗的朋友把戴维保释了出来，戴维直接去了东方梅的公寓。他坐在沙发上等待东方梅回来，左等右等，抵抗不住袭来的阵阵困顿，不知不觉便睡了过去。

…………

"千错万错都是我的错。昨晚，我真不该答应维多娜佳去酒庄喝酒，唉——"戴维轻轻一叹。

他这一叹，东方梅忽然醒了过来。

"你终于醒了！"他那口气好像什么都没有发生似的，真是让人生气。她看见是他，一言不发又把眼睛闭上，一滴眼泪很不争气从眼角溢了出来。

"梅，对不起，都是我不好，我给你去倒杯水。"他心虚得很，赶紧赔礼道歉，赶紧去倒开水。她胸口像是压了一块石头，等他一离开，有气无力地坐了起来。

"喝口水吧？"他可怜兮兮地把水杯递到她跟前，她依然是一言不发，不看他，也不接他递过来的杯子。

"喝口水吧？等你喝了水——咱俩聊聊，好吗？"他可怜兮兮地央求她，她冷冷地瞟了他一眼，见他右眼角上包着一片纱布，模样有点儿滑稽。

"是迈克打的，我想不明白他为什么要打我？简直就一个疯子！"他愤愤不平。

"你不打算解释一下？"她很生气，但在努力克制着。

"解释？解释为什么被迈克打吗？我怎么知道！"他气呼呼地说。

"我说的不是这件事。"她表情严肃。

"哦，你说的是我师姐吧？我之前和你说过的。"他忽然把话打住了。实际上，他之前没有和她说过是他的师姐要来美国，他忽然意识到这个问题的严重性。

"你和我说'有一个朋友要来美国旅游'，指的就是这个朋友吗？"她一副讥讽的口吻。

"梅，情况不是你想象的那样。"他知道她想要他解释什么，但他又怕一时半会解释不清，反而给他带来麻烦，他索性采取大事化小、小事化了的态度，回答她说："她只是我的师姐而已。"

她沉着脸一声不吭。

他继续向她解释道："我师姐有病，我们的情况有点儿复杂，我一时半会也向你说不清楚。很多事情，我也是情非所以。梅，我以后会慢慢向你解释清楚的，好吗？"

说这话的时候，他眼眶上的外伤很尖锐地疼了起来，疼得他龇牙咧嘴、眼泪直冒、眉头皱成一个疙瘩。

她很不满意他的这个解释，不但含糊其词并且毫无诚意。她越发认定这个师姐与戴维的关系非同一般。而他，因为伤口疼得厉害，根本没意识到他的含糊其词的解释不仅没有解决问题，反而严重误导了她的思想。

这一刻，他多么希望她能给予一些关注，哪怕是一丁点怜惜。然而，她没有在意他的痛苦，她很生气，气得一塌糊涂。

　　"那些照片都上哪儿去了？"她问。

　　"我暂时给收起来了。"他很坦白地说。

　　"碍什么事？"她问。还好，她没有说："碍你们什么事？"这是她一贯优雅风格的使然。

　　"不碍事，shit——！"他疼得用手压着伤口气呼呼地说了一句粗话。继而，他的语气又软下来，央求她，"梅，我们没有故事。我说过，我以后会向你慢慢解释清楚的，以后——"

　　他疼得实在是难以忍受，整个巴掌贴到伤口上。她终于把目光停留在他的痛楚上，同时，她更加生气了。

　　"梅，别想那么多好不好？反正，我师姐她已经回国了——哎哟喂！疼死我了！"他疼得大叫了一声，心想：这个女人怎么这般铁石心肠？连亲夫的痛苦也不管不顾了！

　　"哦，你是怕你师姐看见咱俩的新婚照就会发病？"她冷笑。

　　"你在想什么？"伤口疼得令他很不耐烦。

　　"一个陌生女人出现在丈夫的卧室里，你认为女主人会想什么？"她忍不住爆发了。

　　"一个陌生女人出现在丈夫的卧室里？"他被"陌生女人"和"卧室"这些恶心的字眼给激怒了。他"呼"地站了起来，盯着她，满脸的冤屈和愤怒。若是换作当年，他定会用最刻薄、最恶毒的词语来回应对方。唉，现在，他不得不忍气吞声，因为对方是他深爱之人。他无可奈何又低声下气地央求道："梅，你讲点道理好不好？她是我的师姐，不是什么陌生女人。"

　　"没错，她是出现在你丈夫的卧室里，但是，我可以对天发誓，我没有做任何对不起你的事情。"

　　"既然是师姐，为什么不可以介绍我俩认识呢？"她的问题击中了他的要害、他的忌讳。他承认在师姐来美国旅行这件事情上对妻子有所隐瞒，但他丝毫没有欺骗妻子的意思。他极力向她辩解说："梅，请原谅，我也是情非所以。"

"情非所以？又是情非所以！你和她到底还有的多少情非所以？"她钻进了文字的胡同。

"我师姐有病，她不能受一丁点的刺激。她的父亲是我的导师，师母专门给我写了邮件，我不想把事情弄得一团糟。梅，很多事情不像你想的那么简单，噢，当然，也不是那么复杂。我这么做真的是情非所以——"

他心烦意乱、词不达意，偏偏她是一介语言天才，这一回，他真是百口莫辩了。

她气呼呼地躺倒在床上，背对着他。

看窗外的天色已晚，戴维心乱如麻、不知所措。最后，他强打起精神坐到她的身边，低声下气地问："梅，你肚子饿了吧？咱们是在家做饭还是出去吃日本料理？"

仿佛是等了一个世纪那么漫长，才听见她冰冷的回应："你走吧，我想一个人独自安静。"

她的声音怪怪的，好像是哭了。

"至于吗？梅，咱们和解吧！好吗？求你了"他急了，去搬她的肩，去拉她的手，她一动不动，不理睬他。他可怜分分地看着她的背影，底气不足，仿佛在自言自语："我和她真的没有什么，你想多了。"

"我想多了？什么叫我想多了！还情非所以！真是毫无诚意！"她是一秒钟也不想和他待在一起了，她决绝地向他下逐客令："外科大夫，我是想多了，我也是情非所以，请你留给我一点独自的空间好吗？"

伤口疼得他撕心裂肺，她的冷酷更是令他伤心透顶。

"好，你让我走，我走就好了。"他故作坚强地站了起来，迈开大步走了出去，卧室的门在他身后"呼"的一声关上了。

外面的天空漆黑一片。

当晚，戴维回到自己的公寓啃了半个冷面包，喝了一瓶可口可乐权当了一顿晚餐，他和衣倒头在沙发上将就睡了一夜。第二天一早，他在肚子饿得咕咕叫中醒了过来，回想昨晚和东方梅的不欢而散，他心里十分惆怅。

冰箱里还有一些面包片，戴维就着冷牛奶和冷面包吃了早餐。喝完最后一口牛奶，他忽然想起前些日子从临床标本分离出来的细胞株，上周陪王娜出去旅游，他把细胞株搁到冰箱暂时保存起来。一周过去了，不知道那些细胞株生长的状况如何？想到这些好不容易才培养出来的细胞株，戴维再也顾不上去想自己的心事，匆匆奔实验室去了。

戴维从冰箱里取出装有细胞株的器皿放到显微镜下察看，顿时吓得他直冒冷汗，视野中的细胞株浑浊一片、奄奄一息，看上去情况相当危急。如果不能把这些濒临死亡的细胞株抢救过来，他前段时间的努力将前功尽弃。不仅如此，下一步的实验将会受到严重的影响。

戴维心急如焚，他把所有的细胞株认真地察看了一遍，几乎每一皿细胞株都受到不同程度污染。他遵循常规的细胞抢救措施，对所有的细胞株进行逐个的清洗。然后，重新加入新配制的小牛血清培养基，静观后效。

戴维忙碌了整个上午，为了随时能观察到细胞株的变化，他在实验室里守了一天一夜。这些可怜的细胞株被污染得太严重了，经过一天一夜的抢救，依然无济于事。

戴维十分焦虑，一屁股跌坐在椅子上，一筹莫展。

过了好一会儿，戴维忽然想起了裴金涛博士。两周前，在医学中心的一个学术会议上，他俩就原代细胞的培养问题上做过一些探讨。裴金涛博士在原代细胞培养方面有丰富的实践经验，他给戴维讲述了在做原代细胞培养时发生的一个小插曲。

裴博士曾从乳腺癌组织分离出实验所需的间质细胞和癌细胞（即：原代培养细胞），经过培养，细胞长势良好，因为有其他实验任务，奥尼让裴博士把养育细胞株的任务交给科室一位名叫 Emma 的女技术员。不想，这原本养得好好的细胞株到了 Emma 手上，不到半个月就莫名其妙地死了一大半。

Emma 是科室出了名的"搅屎棍"，年纪不大，坏毛病不少，懒惰、毛躁、缺乏责任心、爱向老板打同事的小报告。平时，同科室的人都不愿意和 Emma 搭档做事。Emma 是奥尼的小老乡，偏偏，在奥尼眼里，他这位小老乡单纯、直率、可信。

事实上，在奥尼对待 Emma 的态度上，再一次证明人无完人；再伟大的人物也是人，人性的某些弱点不可避免。

为了挽救濒临死亡的细胞株，裴金涛让 Emma 除了给细胞进行常规的处理之外，还让她取抗支原体抗生素原液，按一定的比例加入需要抢救的细胞株当中，很快，那些濒临死亡的细胞株全都救活过来了。

这原本是一件寻常不过的事情，Emma 却跑到奥尼那儿去打了裴金涛的小报告，说裴博士 have secrets。

奥尼听了十分生气，在 Lab Meeting 上公开批评了裴金涛，告诫实验室的其他同事说："I hope that there are no secrets on the protocols in our lab.（我希望我们实验室的实验操作方法是共享的。）"

实际上，使用抗支原体抗生素对受污染的细胞株进行紧急抢救，是裴金涛个人总结出来的一个小经验，不属于实验室的 protocol。事后，裴金涛向奥尼做了专门的解释，奥尼在 Lab Meeting 上，很绅士地向裴金涛作了道歉，这事也就翻篇过去了。

戴维听了这个小插曲，觉得有些不可思议，便说："没想到奥尼这么著名的实验室也会养着 Emma 这类奇葩人物。"

"林子大了什么鸟都有。"裴金涛笑道。

"加入抗支原体抗生素的比例是多少？"戴维后悔当时没有向裴金涛问清楚这个关键的数据。于是，戴维十万火急地给裴金涛打去电话。凑巧，裴金涛在实验室加班，他爽快地答应忙完手头上的活儿，立马过去帮忙。

不到半小时，裴金涛就赶来了。

裴金涛把细胞株放到显微镜下观察，发现戴维的细胞株实在是被污染得太严重了。他指示戴维按 1:1000 的比例配制好抗支原体抗生素，然后，往细胞株里适量加入，静观其变。

"能不能救活过来就看这几日了！记住，每隔三小时观察一次，有情况随时给我电话。"裴金涛叮嘱戴维说。

裴金涛走后，戴维没日没夜地守着这些可怜的细胞株，他定时给它们冲洗、换液、加药，就像守护一个生病的孩子。整整一个礼拜，戴维没有吃过一顿热饭，没睡过一个完整的觉。

每个清晨，他一睁开眼睛顾不上洗漱，就从培养箱里取出每一皿细胞株放到显微镜下观察，他按时给细胞洗澡、换液，他盼星星、盼月亮，做梦都在盼望出现奇迹。终于，在第七个早晨，他看到了奇迹的出现——那些奄奄一息的细胞株又恢复了生机勃勃的长势。

"天啊！终于把它们给救回来了！"戴维长长地舒了一口气，立即给裴金涛博士打去电话报喜。

抢救完细胞株，戴维十分想念起东方梅来。

他鼓起勇气给她打电话过去——东方梅的手机处于关机状态。戴维很是纳闷，他打开电脑希望在邮箱里能看到她的消息。很意外，他却收到师母发来的一封邮件，师母在邮件里告诉他，导师在体检中不幸发现罹患晚期胰腺癌。师母希望戴维看到消息，尽快安排回中国一趟。

"恩师罹患绝症！"这个噩耗令戴维万分震惊，他决定立即启程回国去探望导师。启程之前，他必须和东方梅见上一面，他要尽快解开她的心结。戴维已经一个礼拜没见到东方梅了，眼下又联系不上她。情急之下，他想到了索菲亚，立即给索菲亚打去电话。

索菲亚告诉戴维说，东方梅今天上午刚刚离开 S 州去西雅图开会。接到戴维的电话，索菲亚颇为惊讶，她问戴维说："你太太出差你都不知道啊？"

"我这周全泡在实验室里。"他有点儿尴尬，说的却是实情。

"你们这些科学家呀真是不可思议，赶紧给太太赔个不是吧！"索菲亚善意地笑道。

"谢谢索菲亚。"挂完索菲亚的电话，戴维又发愁了，东方梅一时半会回不来，他想等等东方梅，再决定回国的日子。

中午时分，他拨通了东方梅的电话，他如释重负、情深意切问候她，"梅，你好吗？"

"好。"对方淡淡的语气。

"你啥时候能回来？"他很温柔的语气问。

"说不准。"她的语气依旧是淡淡的。戴维的电话让东方梅感到有点意外。那晚，她给他下了逐客令，他竟一连几天不见踪影，完全不把她的感受放在心上，这让她很是伤心。

"我今晚上西雅图去找你好吗？"他迫不及待地说。

"哦，我的行程安排得很紧，恐怕没有时间见你。"她拒绝了他的要求，态度极是冷淡。

"对不起，梅，是我错了，请你原谅。现在，我有一件很重要的事情要和你商量。真的，非常重要。"

电话那头东方梅一言不发。

"我导师病了，病得很重，我得马上回中国一趟。可是，我有很多话想当面和你说清楚。我希望，在回国之前，咱们能见上一面。"

听说戴维的导师病重，东方梅内心有所触动。她默默听完戴维的电话，语气平静却不乏温情地对他说："你先回国探望导师要紧，祝你旅途顺利。"

"谢谢。梅，等着我回来。"戴维除了感动再也找不到其他的语言。

在一个彩霞满天的黄昏，戴维踏上了飞回中国的班机。

九月的 S 州秋意渐浓。

一个秋高气爽的午后，东方梅约塞廖尔在四季餐馆的咖啡厅见面。自从迈克回南方之后，她一直没有他的消息。塞廖尔是迈克的发小，东方梅想着塞廖尔或许会给她带来迈克的一些消息。

"Ms. 梅，你好吗？"塞廖尔热情地问候。

"我很好，塞廖尔。"东方梅微笑着向塞廖尔表达她的歉意，"约您见面实在是打扰了您。"

"我们是朋友不必客气。"塞廖尔一脸真诚。他们各自点了一杯咖啡，东方梅轻轻问道："塞廖尔，迈克，他好吗？"

"迈克回南方后我一直没有他的消息。也许，迈克回到农庄后会很忙。"塞廖尔安慰东方梅说。

"不知道爷爷的情况怎么样了？我很是挂念。"东方梅心里十分内疚，除了默默为老人家祈祷之外，她毫无办法。

"上帝会保佑他老人家的。"塞廖尔暖心地祈祷。

"塞廖尔，那晚他俩究竟发生了什么？"她问。

"他俩都醉了！"塞廖尔避重就轻，"他俩在警察局待了一个晚上，不过，请你放心，他俩应该不会留下糟糕的记录。他俩都是好人，我可以担保，他俩都不是本·拉登派来的。"塞廖尔风趣地笑道，露出一口洁白的牙齿。

"塞廖尔，可不可以和我说说那晚的经过？"

"当然，如果您想听的话。"塞廖尔向东方梅一五一十地描述了事情发生的经过。

那晚，迈克如约来到 High Street 日本料理店，直到天黑都没有等到东方梅和索菲亚，他给她俩打了好多次电话，电话一直处于关机状态，她俩像是从地球上消失了一般。迈克以为是东方梅不想见他，故意躲避他，他万分沮丧又胡思乱想，他依依不舍地离开日本料理店，寻塞廖尔来了。

"那晚，迈克西装革履，眼里尽是忧伤。"塞廖尔向东方梅描述他第一眼见到迈克的情形。

"对不起，塞廖尔。"东方梅心里十分内疚。

"迈克非常看重您的友情。那晚，索菲亚和您双双缺席，他误以为是您不想再见他了。对不起，换了我，可能也会这么想的。人有时候的想法就是奇怪。梅，请您原谅。"

"我怎么会不想见他？"东方梅轻声地叫了起来。

"其实，戴维和维多娜佳在一起喝酒，也不是什么大不了的事情。那晚，迈克对我说他的心好痛，好痛。所以，就去打了你家戴维。"

东方梅默默倾听塞廖尔的讲述，当她听到塞廖尔说"迈克说他的心好痛，好痛，所以就去打了戴维。"这句话时，立即联想到在戴维屋里见到的那位神秘的女生，想起戴维那一句"情非所以"，她的眼眶忽然充满了泪水。

"那晚，路灯都亮了，迈克突然出现在我家门口。他看上去又黑又瘦，精神糟糕透顶。我不知道他经历了什么？他和从前判若两人，我上前去拥抱他，他竟然掉泪了。我问他，'迈克，你怎么啦？'他二话不说，拉着我就往外走，说'塞廖尔，咱们上酒吧喝酒去！'"

"上酒吧喝酒？"塞廖尔惊叫起来。他和迈克是发小，迈克最讨厌的地方就是酒吧，塞廖尔追问迈克，"老伙计，你确定我的耳朵没听错？"

"没错，去酒吧！"迈克吹了一声悠长的口哨，脸上的笑容又苦又涩，他把塞廖尔拉上他的车子，车子开得飞快。

迈克深爱着东方梅，而东方梅与戴维一见钟情。风，可以带走季节。风，却带不走迈克对东方梅的深情。

塞廖尔无法安慰心碎的迈克。虽然，他们一起长大、一起上学、一起逃学、一起读《麦田里的守望者》……他们的情谊宛如滔滔江河、永不枯竭。今夜，迈克备受情感的煎熬，塞廖尔唯有默默陪伴。

他俩走进玛利亚酒吧正是最热闹的时刻。

劲歌、热舞，霓虹灯闪烁，酒精的作用使得人们情绪格外高涨，他们开怀大笑、高谈阔论，酒吧是美国最豪放的地方，是年轻人激情澎湃的去处，令人热血沸腾的故事随时上演。

舞池摇滚乐的节拍蛊惑人的情绪，David Guetta①的 *Lover On the Sun* 是迈克平日的最爱，此刻，却令迈克十分烦躁。

迈克点了一杯纯麦威士忌，这种由苏格兰大麦制成的威士忌，有一种好闻的木炭味。塞廖尔点了一杯百威啤酒，他今夜的任务是陪迈克到这儿来买醉的。

今晚，迈克喝的酒水有点儿乱，威士忌刚下肚，接着来一杯伏特加。塞廖尔从来没见过迈克如此豪饮，他提心吊胆，劝迈克说："照这样喝下去咱俩恐怕很快就分不清天南地北啦！"

"分不清天南地北才好呢！塞廖尔，来。"迈克拿起一杯威士忌一仰脖子喝了下去，他点了一支雪茄点叼在嘴上，今夜的他完全变了一个人。

花枝招展的女郎前来拉迈克的手和他对舞，迈克大笑着应约而上，两人疯狂地扭动着、舞动着、嘴里不断地往外吐烟圈圈……有一时刻，迈克忽然被烟呛着了，蹲在地上咳得满脸通红。

塞廖尔将迈克扶出酒吧，两人在露台上透了一会儿气，塞廖尔说："迈克，你不会抽烟，干吗要浪费这么贵的雪茄呢？"

"浪费？什么叫浪费？"迈克醉眼蒙眬拉起塞廖尔的手，又回到了热闹的酒吧中心。迈克点了两支鸡尾酒，一支如烈焰般火红，一支如大海一般湛蓝，他把红的交给塞廖尔，蓝的留给自己。

他对着塞廖尔的耳朵大声说："塞廖尔，我现在就想去过西部牛仔的生活！你要不要一起去？"

他的眼睛都红了。

"为什么要去过西部的牛仔生活？"塞廖尔大声地问。

"自由，还有心中的橄榄树！"迈克撇下塞廖尔，举着酒杯向吉他手走去，他把酒杯交给吉他手，从吉他手的手中拿过吉他，边弹边唱起了好听的

---

① David Guetta——大卫·库塔，法国著名的电音制作人。

中文歌曲——《橄榄树》。

整个酒吧安静了下来。

"迈克的歌声醇厚、略带沙哑，好听极了。"塞廖尔对东方梅说："但是，我感觉到他在流泪。确切地说，是他的心在流泪。"

"我听不懂中文的歌词，但我觉得那旋律很美。所有的酒客都为迈克的歌声陶醉了！"

…………

忽然。迈克停止了歌唱，他目光犀利地盯着一个方向。顺着迈克的目光，塞廖尔愣住了。

舞池的不远处，一对勾肩搭背、摇摇晃晃的年轻男女，听到迈克的歌声，两人同时转过背来。

他们竟是戴维和维多娜佳！

没等塞廖尔回过神来，迈克扔下吉他，就像一头愤怒的狮子朝那两个人冲了过去。迈克的动作像闪电一般迅速，他一拳打到戴维的左脸上，一拳又打在戴维的右脸上、身上……起初戴维被一拳揍得懵懵懂懂，后来他本能地奋起反击，两个身强力壮、血气方刚的小伙子扭打在一起……

维多娜佳站在一旁失声尖叫。

被酒精燃烧得热血沸腾的人群顿时哗然、尖叫，口哨声此起彼伏，酒吧变成了拳击场。

警察来了。

"事后，迈克很是懊悔。他对我说：'塞廖尔，我昨夜做了一件非常愚蠢的事情，我一生都会为此事感到懊悔。'"

塞廖尔把迈克的原话一字不落地转述给东方梅听，东方梅听得眼泪默默地掉了下来。

"时间，会让我们学会理解过往的一切。"塞廖尔安慰东方梅说："一旦有迈克的消息，我会在第一时间里告诉你。Ms.梅，别太难过了！我相信，迈克会理解你的，他一定会祝福你和戴维。"

"谢谢塞廖尔。无论如何，请替我向迈克转达我对爷爷的问候和祝福。我无时无刻不在为爷爷的健康祈祷，希望他老人家早日康复。"

"放心，Ms.梅，我一定会向迈克转达你对爷爷的问候。"

…………

东方梅与塞廖尔见面后的第二天中午，她接到西蒙从家里打来的一个电话说索菲亚流产了，夫妻俩刚从医院回到家里。东方梅听到这个不幸的消息心里非常难过，她眼睛含着泪水开着车一路呼啸来到索菲亚的家。

西蒙在厨房熬牛尾汤，索菲亚躺在楼上卧室的大床上，刚刚失去孩子的她满脸悲戚，闺蜜俩一见面紧紧地拥抱在一起。

索菲亚是多么渴望有个孩子呢！知道肚子里的孩子患有先天不足症，她还是下定决心要把这个孩子生下来。为了这个孩子，索菲亚做好了吃尽一切苦头的准备。可是，这个可怜的孩子却离她而去了。

索菲亚刚刚尝到做母亲的喜悦，又跌入失去孩子的痛苦深渊。这个打击对她来说太大了。

"索菲亚，你得振作起来，咱们还年轻，一切都会有的。"东方梅安慰索菲亚说。

"她那么小，怎么说走就走了呢？"索菲亚泪如涌泉。失去孩子的现实让她难于接受。

"索菲亚，你不是说'主所安排的一切都是好的'，对吗？这个孩子太可爱了！她回到了天国一定是快乐的。"

"梅，我明白你想表达什么。"索菲亚轻轻地拍了拍东方梅的手，关切地问"你和戴维还好吧？"

"哦，还好。"东方梅黯然神伤，其实，戴维回中国之后，他们一直没有联系。她不想让索菲亚知道她和戴维之间的冷战。她主动转换了话题，"索菲亚，你怎会想着她一定是个小女孩呢？"

"我和西蒙都特别喜欢小女孩。"

"索菲亚，我私下问过大夫。大夫说，等你的身体康复之后可以生很多孩子。"

"真的吗？大夫说我可以生很多的孩子？噢，梅，你真好。"索菲亚拉着东方梅的手十分安慰。

"我保证没有听错。"东方梅俏皮地逗索菲亚说："索菲亚女士，我现在要现场采访——您和西蒙先生计划要生多少个孩子？"

"吉尼斯纪录？嗯，没错，我们必须争创吉尼斯纪录！"索菲亚幽默地回答道。

"你俩真是志向远大啊！"东方梅微微一笑，感慨。

"外科大夫喜不喜欢女孩？"索菲亚饶有兴致地问。

"他？"绕来绕去，索菲亚又说到戴维，东方梅内心一片苍茫。可是，当她触及索菲亚那双友善的眼睛时，她立即把内心的忧伤丢到一边去，她装出欢天喜地的样子对索菲亚说："外科大夫说要生一大群女孩。"

"哈！他和西蒙一个样！"索菲亚无限憧憬地说："将来，咱们两家要住在一个村子里多好！嗯，说不准，咱们的某两个孩子还会让咱们做成亲家呢！"

"索菲亚，你怎么这会儿又想生男孩啦？"东方梅真是佩服索菲亚强大的生育欲。

"男孩女孩咱们想生多少就生多少！不然，咱俩怎么能做亲家？"索菲亚越说越兴奋了。

"你真是一个生育狂啊！"东方梅说着动手去挠索菲亚的痒痒，索菲亚扭着身子东躲西藏，闺蜜俩一时笑声朗朗。

西蒙亲手烧制的牛尾汤出炉了。

"美味的牛尾汤来了！"西蒙在楼下就听到了妻子和东方梅的笑声，他甚是欣慰，都说女人最懂女人，西蒙从内心感激东方梅给妻子带来了欢笑。他捧着热气腾腾的牛尾汤吮喝着上楼来。

"你们笑什么呢？"西蒙笑容灿烂地问。

"这是我们的秘密。"索菲亚俏皮地回答说。

"用爱心熬出来的牛尾汤就是不同凡响。好香的汤啊,我的口水都快流一地啦!"东方梅笑道。

"您呐,甭客气。"西蒙一口练达的京腔,他殷勤地为两位女士分盛香喷喷的牛尾汤。

靓汤入口,闺蜜俩不约而同地称赞道:"这汤真好!"

西蒙站在一旁心里乐开了花,他得意扬扬地说:"看来我这熬牛尾汤的手艺可以上 CCTV 啦!"

两位女士喝完了牛尾汤,西蒙笑眯眯地捧着空瓷碗下楼去了。

闺蜜俩说着体己的话,不知不觉又说到迈克。索菲亚颇为沉重的心情告诉东方梅说:"迈克昨天给我打了电话,他爷爷去世了。"

"他爷爷去世了?"东方梅极是震惊。前几天,她刚和塞廖尔谈到迈克爷爷的病情,老人家怎么就去世了呢?东方梅一时悲痛,眼泪簌簌地掉了下来。她泪眼蒙眬追问索菲亚,"这是什么时候的事情?"

"迈克回去不久爷爷就去世了,迈克说他想辞职。"

"迈克为什么要辞职?"悲痛中的东方梅惊讶万分,她立即想到迈克和戴维打架的事情。

"迈克辞职是早晚的事情。"索菲亚非常诚恳地向东方梅解释说:"迈克自幼在爷爷的农庄里生活,祖孙俩的感情十分深厚。老人家生前有个愿望,希望迈克将来能继承家族的农庄事业。你知道,迈克非常尊重他的爷爷。当然,他也有自己的梦想。"

索菲亚说到迈克的梦想就不再往下说了。东方梅知道,迈克有个非常美丽而浪漫的梦想:有朝一日,他带着美丽的女主人一道回农庄。

东方梅满脑子尽是迈克爷爷慈祥的面孔。

上回,她随迈克去爷爷的农庄疗养,爷爷给予她无微不至的关怀,爷爷的传奇故事深深地打动了她的心。然而,爷爷病了,她未能前去探望,连一声问候都未能捎去,而且老人家去世那么重要的消息,迈克都不让她知道,东方梅难过极了,不知不觉泪流满面。

"梅，你不要过于自责。我们都知道迈克和戴维在酒吧发生的那件事情完全是一个误会。"索菲亚安慰东方梅说："迈克很看重你的友情。你是知道的，迈克就是那么认真的一个人。梅，请你给迈克一些时间，相信我，你们的友谊是经得起考验的。"

　　"索菲亚，你说的这些我都懂。可是——唉，是我不好。"东方梅难过得声音几度哽咽。

　　"迈克为这事挺懊恼的，他和我说，他很对不起你，是他先动手打了你家戴维。他想亲自向你表达歉意，但他又缺乏勇气。他回到爷爷农庄后，还一直为这件事情感到懊悔。他想给你打电话，可是，到了最后，他还是未能把号码给拨出去。梅，请你原谅迈克好吗？"

　　"请求原谅的是我，不是迈克。"东方梅泪流不止，索菲亚为她拭去脸上的泪水，温柔而小声地安慰她，"等过些日子，你们见个面好好谈谈，一切都会好起来的。"

　　东方梅泪中带笑点点头。

　　原先，东方梅是奔着安慰索菲亚而来的，此刻，东方梅却成了被索菲亚安慰的对象。

　　如果说，世上有一种"闺蜜关系"犹如一种没有血缘的姐妹亲情，东方梅和索菲亚这对闺蜜就属于这一类。

五十六

戴维离开美国半月有余。

这些日子，东方梅很难想象戴维在中国的情形。在一个月白风清的夜晚，她伫立在落地窗前久久地凝视滚滚东逝的 Olentengy River，天边一颗寂静的星辰映入她的视野，令她心潮起伏。

她以为见不着戴维心情就会渐渐平复。实际上，情况恰恰相反。无论她置身多么繁忙的工作还是奔波在多么累人的旅途，她的心无时无刻都在惦记着戴维。在工作的某个空隙，在不经意的回眸之间，全是他的音容笑貌……挥之不去，拂之还来，如影随形，令她万分惆怅。

戴维回国后，东方梅曾去过他的公寓。

那是一个礼拜五的傍晚，她鬼使神差地去了一趟他的公寓。显然，戴维在回国前将屋子悉心布置了一番，丝毫不差地恢复了他俩在一起生活（师姐到来之前）时的温馨原样。

置身于屋里这熟悉的一切，东方梅再也感觉不到往日的温存。那种心情就像是自己的奶酪被别人动过了一般。她的心有点烦，还有一点儿乱。她在戴维的公寓里来回踱步，心情甚是沮丧，脑子不断地浮现米兰·昆德拉在《生命不能承受之轻》里所描写的场景："托马斯和他的情人们在做爱之后将现场恢复得毫无破绽。"

可怜的东方梅潜在意识里患上了和特蕾莎同样的"心病"。她耳边响起她和戴维往日的一些对话——"男人，尤其是具有职业优越感的优秀男人，他们是生活中的佼佼者，不可避免，他们会有一些与众不同的特殊经历。"

戴维竟然把托马斯不检点的行为云淡风轻地称作"特殊经历"。

"你是不是和托马斯一样有过类似的'特殊经历'？"她曾经这么追问过戴维。

"绝对没有！梅女士，请注意：咱们是在讨论关于像托马斯这类'优秀男人'所延伸出来的话题——我是说从忠于国家的层面来看，托马斯算得上是一介优秀男人。梅小姐，俺敢指天发誓：俺绝对不是托马斯。再说啦，俺不是已经被您检阅过了吗？"他总是振振有词，而且，他大胆的用词常常令她脸红心跳。

"讨厌！"她闹了个大红脸。

屋子经过戴维精心的拾掇确实令人爽心悦目，细微处虽然不乏粗糙遗漏，却不妨碍男主人所要表达的诚意。

东方梅不时弯腰去拾掇被戴维遗落在地上、桌椅狭缝中的一些小物件……后来，她在床头柜和床之间的夹缝里意外地捡到一张疾病诊断传真。诊断书上的内容引起了她的注意：患者的姓名叫王全林，诊断结论是晚期胰腺癌。

东方梅心想：王全林应该就是戴维的导师了。她把那张诊断证明小心翼翼地放入抽屉里。

一个阳光明媚的周末，苏日娜从中国如约而来。

第二天一早，东方梅和苏日娜一同飞往纽约州的 Buffalo（布法落）小镇，到达 Buffalo 之后，她俩租了一辆轿车直奔尼亚加拉大瀑布景点。

在苏日娜的印象中，尼亚加拉大瀑布只是一个比较大的瀑布。当她亲临其境时才真正认识到，尼亚加拉大瀑布根本不是她想象中的概念，她完全被它那雷鸣般的声势和雄伟瑰丽的景象所震撼。

尼亚加拉大瀑布主要由马蹄形瀑布（Horseshoe Falls）)、美利坚瀑布（American Falls）和新娘面纱瀑布（Veil of the Bride Falls）三组瀑布组成。

苏日娜和东方梅先是搭乘"雾中少女"(Maid of the Mist) 号游船到尼亚加拉河的下游去观赏和仰望瀑布——澎湃的水流宛如千军万马奔腾而下，无数朵激情飞扬的浪花在阳光强烈的照耀下，形成无数梦幻般五彩斑斓、纵横交错的彩虹。苏日娜激动得大声欢叫，她的欢叫声立即被震耳欲溃的巨响所淹没。

当她们从游船走下来，又去乘直升机，在飞机上俯瞰整个尼亚加拉大瀑布的全貌，造物主鬼斧神工的神来之笔令她们感慨万千。

到了夜晚，她俩又兴致勃勃地去看尼亚加拉大瀑布的水上烟花。五彩灯光打在磅礴的瀑布上形成别样神秘的美景。苏日娜从未如此尽兴，东方梅也暂时忘记了内心的忧伤。

她们在第三天下午回到了 S 州。

第四天一早，东方梅领着苏日娜去参观坐落在 S 州 Dayton（代顿）的美国最著名的空军博物馆。

Dayton 空军博物馆是 S 州著名的人文景点，每年都接待数以百万计的、来自世界各地的游客。这个著名的空军博物馆主要收藏了从飞机发明到现代历次战争的各类飞机机种，大多以美国的战机为主，还有少量外国著名的飞机。

东方梅领着苏日娜观赏了从莱特兄弟试飞开创世界航空历史新纪元，至今包括 F-22 在内的美国军事航空发展的一段历史；观赏了二战时期美国"飞虎队"在中国战区使用过的一款老式飞机和一些老照片、老物件，其中，"Bloodchit"（血少女）小布条引起了她俩的关注。

苏日娜指着小布条上非常幼稚的中文笔迹笑着对东方梅说："我丈夫学写中文的时候就写成这个样子，他老抱怨说咱们的中文太难写了。"

"你丈夫说的没错，咱们的文字对外国人来说就像是某种具有魔力的特殊符号。我听迈克爷爷说，这张小布条在二战时期是他们飞行员的护身符，可有魔力了！"东方梅笑道。

"迈克的爷爷到过中国？"苏日娜好奇地问。

"是的，迈克的爷爷是 Doolittle 轰炸队的一名敢死队员，他到过中国，还有一段传奇故事呢！"

"哇！"苏日娜十分惊讶，眼睛瞪得老圆，"迈克的爷爷是 Doolittle 轰炸队的敢死队员？那么说，老人家就是电影《东京上空 30 秒》的原型人物喽？"

苏日娜一副不可思议的表情。

"没错。我也没有想到，总以为电影里的人物离我们很遥远。"东方梅感叹道。

"迈克的爷爷真了不起！"苏日娜满脸钦佩。

空军博物馆展出的内容庞大而复杂，东方梅和苏日娜重点参观了二战中与中国相关的部分，认真听讲解员介绍了各种飞机的类型和机种。最后，她俩从现代飞行展区一览而过。

在美丽的夕阳中东方梅和苏日娜驱车尽兴而归。

苏日娜在 S 州和东方梅开心地待了一周。

在她离开美国前的一个清晨，东方梅与苏日娜并肩走在 Olentangy River 的小道上散步。

一路上，繁花似锦，葱茏的花草丛中翻飞着五彩斑斓的蝴蝶，空气中有百花的芳香，枫叶的颜色尚未完全变色，S 州的秋天还未真正到来。东方梅为苏日娜未能等到 S 州的秋天感到有一点点遗憾。

"苏日娜，这些年你过得怎样？"东方梅关切地问。

"很好。"苏日娜笑得很甜，眼睛都快要流出蜜来。苏日娜嫁给那位德国籍的丈夫后，和大多数已婚的西方妇女一样全身回归家庭，过起相夫教子的全职太太生活。周末，他们一家子上教堂做礼拜，丈夫休假时间一家子便快乐地外出旅游，日子过得从容有序，苏日娜十分惬意和满足。随着孩子们渐渐长大，苏日娜在当地的中文学校做了一份义工，教授不同国家的孩子学习中文。

她两个宝贝儿子自幼讲得一口流利的中文，完全得益于她这位热爱母国语言母亲的功劳。

"苏日娜，你真是一大赢家。"东方梅又羡慕又感慨。

"梅，我有个问题一直想问你。当初，咱们做毕业论文的时候，是什么原因让你放弃了选择米兰·昆德拉笔下的人物做分析？"

东方梅嫣然一笑，回答苏日娜说："苏日娜，这也正是我想问你的一个问题。"

"哦，这么说咱俩心有灵犀。"苏日娜笑了。

当年，她俩几乎同时选择了米兰·昆德拉笔下的人物来做毕业论文的主题，后来，又不约而同地放弃。

"当时，我觉得米兰·昆德拉笔下的人物太晦涩难懂了，我不是不想选，而是害怕自己把握不准。"苏日娜说。

"所以，咱俩不约而同绕开了米兰·昆德拉。然后，咱俩又不约而同地选择了鲁迅。"东方梅接过了苏日娜的话说道。

"现在看来，鲁迅笔下的人物我们也未必能懂，年轻那会儿，我们是不是有点无知无畏啊？到现在，我一想起当年，就想笑。"

"没错，咱们就是无知无畏。"东方梅笑出声来。

"梅，你知道吗？后来，我又发现了米兰·昆德拉的另外一部小说，他那部小说可有意思了！"

"说说看？"

"《生活在别处》。"

"这小说的名字让我想到一个非常有趣的英语单词。"东方梅笑道。

"哪个单词？"苏日娜很好奇。

"Escape."

"逃跑？哈，真妙！"苏日娜鼓掌笑道。

"也许，生活真的就是在别处。"东方梅想起了自己的心事，幽幽的一叹。

"你好像有心事？"苏日娜一袭关怀的目光。

"没有。"东方梅笑笑，问苏日娜，"你父亲的情况如何了？"

"老人家的运气好得很！"说到父亲，苏日娜眉开眼笑。她说："给老爸做手术的是京城最著名的神经外科专家王全林教授，手术很成功，爸的身体恢复得很好。上帝保佑,爸遇到了贵人!"

"王全林教授?"东方梅心里咯噔一下,立即想起在戴维公寓里见到的那张疾病诊断书,上面写的正是这个名字。

"多亏了 Mrs.霍帮忙。他们演艺圈的人脉广,王全林教授是京城数一数二的名医,手术号每天都被排得满满的,他的号真不容易排上。"

"教授的年纪应该很大了吧?"东方梅问。

"女儿都到了谈婚论嫁的年龄。梅,你说吧!那么好的一个教授,为人和医术都是一等一的好。偏偏,唉,家家都有一本难念的经。"苏日娜长吁短叹。

"怎么说?"东方梅好奇地问。

"王教授的独生女儿与父亲的得意门生相爱相恋。听说,两人都到了谈婚论嫁的地步。后来,教授的女儿忽然就抑郁了,我猜想,八成是男方辜负了人家姑娘,让人家姑娘受了刺激。"

毫无疑问,"王教授的女儿"就是东方梅在戴维公寓里遇见的那位神秘的女生,她确实给人一种抑郁和神经质的感觉。

东方梅回想那天在戴维的公寓里,那女生含糊其词的一句话——"我们不是一般的朋友"……东方梅还一直在琢磨这句话的含义呢!现在,听苏日娜这么一说,她心里立即明白了。难怪戴维说他师姐不能受一丁点刺激,难怪他会说情非所以……天啊!东方梅不敢再继续往下想了。

苏日娜说者无心,东方梅听者有意。

现在,苏日娜说的每一句话,都让东方梅听得胆战心惊。她好像已经触及某些残酷的真相了——他俩的新婚照片为什么会在戴维师姐到来后消失得无影无踪?为什么需要戴维做一个解释就这么难?

"太可怕了!"东方梅一想到与戴维的婚姻可能是一个彻头彻尾的欺骗、一个谎言,她十分痛苦、羞愧万分,瞬间,她的脸色变得苍白。

苏日娜见东方梅瞬间好像陷入一种莫名的苦恼和恍惚当中,很是讶异,她去拉东方梅的手,对方的手冰冷潮湿。她怕东方梅是不是生病了,关切地问她："梅，你哪儿不舒服吗？"

"哦，我怕是偏头痛要犯了！"她满脸苦楚、有气无力，一手按在太阳穴的位置上。事实上，她的心比偏头痛还要难受。

"啊，可怜的人儿，你这偏头疼一直都没好吗？咱们坐到那张椅子上去歇一会儿吧！"苏日娜拉着东方梅的手向前走了几步，在路边一棵树下的一张椅子上坐了下来。

"外科大夫知不知道你患有偏头疼？"苏日娜关切地问。

"知道又能怎样？"东方梅挤出一丝苦笑，她又委屈又难过又羞愧，眼泪很不争气地流淌下来。

"来，我帮你揉揉。"苏日娜用中指轻轻地揉着东方梅的太阳穴。东方梅痛苦莫名，她一头伏在苏日娜的肩膀上抽泣起来。

"可怜的人呐，你家大夫若是见着你现在这可怜的模样，不知道要怎样心疼死了呢！梅，咱们回家吃粒止痛片吧！来，我背你！"

身材高大的苏日娜站了起来说要背东方梅走。东方梅一听，笑了。

"苏日娜，你一点都没变，还像从前那样。"东方梅笑着落泪，她想起那年暑假，跟着苏日娜练习骑马不小心扭伤了脚踝，苏日娜二话不说，背起她就往蒙古包跑。

"你不是笑话我气壮如牛吗？我现在依然气壮如牛呢！要不要我背你？"苏日娜呵呵大笑重新坐到长椅上。

一阵微风从河面吹来，拂在她俩的脸上，东方梅轻轻地擦干了眼泪，动情地说："苏日娜，你真好。"东方梅把头靠在苏日娜的肩膀上，她俩依偎地坐着宛如一对亲爱的姐妹。

东方梅患有偏头疼的毛病整个大学时代遐迩闻名，天气稍稍转变或是遇上沉闷的环境，她的偏头疼就容易发作。苏日娜曾经笑话东方梅说："有朝一日，但愿你嫁一位大夫，随时可以治你的偏头痛。"

正如苏日娜所愿，东方梅嫁给了一个大夫。虽然，东方梅嫁的是一介外科大夫。但自从和戴维结婚后，东方梅的偏头痛很少发作，她几乎忘记了自己患有这个顽疾。

"我感觉好多了，苏日娜，咱们回家吧。"东方梅的心情稍稍平复，闺蜜俩手拉着手朝家的方向走去。

回到公寓，东方梅也不吃止痛片，她躺在床上休息了一会儿，晚饭的时候，感觉好多了。

晚上，闺蜜俩入睡前并排靠在床头上坐着翻阅着杂志、聊天，床对面的墙上挂一帧戴维和东方梅的新婚合影，苏日娜越看越喜欢。照片上的东方梅一身精致的红色绣花旗袍，美丽典雅、双眼含情；新郎官气宇轩昂、英气逼人。

"外科大夫长得真好看，帅！梅，你不会是被他的帅气给迷住的吧？"苏日娜问。

东方梅笑笑。

苏日娜又说："我就纳闷了，是不是叫戴维这个名字的人都长得很帅啊？"

"说说看？"东方梅立即警惕起来。

"记得我的小表妹乌云图雅吧？"苏日娜颇为自豪，小表妹乌云图雅是他们家族当中，第二位出来参加工作的女性成员。

"当然记得。"东方梅的脑海立即浮现当年那个身穿蒙古族服装一脸稚气的小女孩。

"他们医院也有一位名叫戴维的外科大夫，据说长得可帅了，当年，她们的护士长差点为他殉情。"

"乌云图雅是在伊犁的 R 医院工作吧？"东方梅忽然记起苏日娜和她说过小表妹的工作单位。

苏日娜点点头，回答说："是一家不错的三甲医院。"

"那个护士长叫什么名字？"东方梅的背都直了起来。

"叫丁什么……嗯，是叫丁澜。咦，你问那么清楚干吗？"苏日娜瞟了东方梅一眼，调侃道："你不会以为那位戴维就是你家外科大夫吧？全世界同名同姓的人多了去！就像我——苏日娜这个名字，上网一搜，一大箩筐。"

"我？不会。"东方梅抿嘴一笑，对苏日娜说："苏日娜，不早了，咱们睡觉吧！"

"想你的外科大夫了吧？一日不见，如隔三秋。梅小姐，我懂得这滋味不好受。嗯，美人儿，说不准，你一觉醒来，你家外科大夫就从中国飞回来了呢！好吧，咱们睡美容觉！"

苏日娜一骨碌钻到空调被里去，不到一分钟，卧室里响起了苏日娜粗重的呼噜声。东方梅在苏日娜的呼噜声中彻夜难眠。

第二天一早。

东方梅满脸倦容去送苏日娜踏上飞往德国的飞机。

五十七

十月底的一个清晨戴维从中国飞回 S 州。

他在纽约转机时遇上了飞机晚点，原计划当晚 22：00 点到达 S 州的班机直到次日凌晨才在 S 州飞机场徐徐降落。

戴维从中国出发前给东方梅发去一封邮件告知他到达 S 州的时间，在纽约等待转机的时候，他又给东方梅发去一封邮件告知飞机晚点了。

这一路上，戴维时刻都在想念东方梅。他想象他俩在机场见面的种种情形，心情好得一塌糊涂。当他满怀期待走出到达航班大楼的出口时，却意外地见到了前来接机的保罗。

"老戴，没想到是我来接你吧？"保罗一副幸灾乐祸的样子，大大咧咧地走上前来拍拍戴维的肩膀和他用力拥抱，很豪气地接过戴维的行李。保罗说："老戴，我非常遗憾地告诉你——你亲爱的妻子东方梅小姐正在芝加哥开会，明晚才能回到 S 州。"

"谢谢保罗！有劳兄弟了啦，改天请你去吃香港百汇。"戴维笑逐颜开，双手向保罗作揖，虽然第一眼没能见到亲爱的妻子，但妻子心里还是有他的。瞬间，他的心情好得不能再好。

"兄弟，我一定带由美子同去。"保罗呵呵一笑，说："老戴，改天，我请你和梅小姐一同去我们家吃由美子做的三文鱼寿司。"

"你们家？你和谁的家？抓紧结婚吧！兄弟，我可不能老是跟着你到别人家去蹭日本料理。"

戴维一副过来人的口吻关心起保罗的终身大事来。

"我俩不结婚也不分彼此啊！你是知道的，由美子穿上婚纱上教堂那是早晚的事情！"保罗自信满满地说。

"好吧，好吧，别学卡翠娜和小川一郎那一套。"戴维俏皮地忠告保罗说："兄弟，对待爱情得速战速决，蜗牛那套持久战太折煞人啦。"

"蜗牛的速度也不错啊！好菜要慢火去熬——各有各的滋味！老戴，你不懂小川君，我懂。"保罗大声笑道。

经过十几个小时的飞行又在纽约机场折腾了一宿，戴维又困又乏，回到公寓，他和衣倒在床上，不到一分钟就响起雄壮的呼噜声。

戴维一觉醒来，竟是伸手看不见十指的暗夜。

路灯将窗前那些高大树木的影子投射在墙上，影影绰绰，像极了小时候看的皮影戏。戴维十分想念东方梅，他很想给她打去电话，看看时间却已是半夜，只好忍住对她的思念。

戴维忽然想起她写的一句诗："你的白天是我的黑夜。"他内心不禁佩服起她的文采来。漫漫长夜，因为思念爱人，夜，变得十分漫长……唉——不如，与夜共眠吧！

戴维倒在床上，继续他幸福的睡眠。

戴维这一觉又睡到了第二天的上午。洗漱过后，他终于忍不住给在芝加哥的东方梅打去电话："梅，晚上我去接你的航班。"他克制住内心的激动。

"不用，我和同事在一起。"她声音淡淡的毫无热情。

"我晚上一定去接你！"他太幸福了，根本不介意她的态度。她一言不发，默默地挂了电话。

从芝加哥飞往 S 州不到一小时。

东方梅刚从航班楼的出口走出来，戴维便兴高采烈地迎了上去。他一脸帅气的微笑，含情脉脉地望向她。

女同事朝戴维打了一声招呼，俏皮而小声地祝福东方梅说："Have a good night！"

"Have a good night！"戴维礼貌地回应东方梅的同事，他当着女同事的面亲热地拥抱了东方梅。

在一阵微妙的慌乱后，东方梅发现：戴维的发型是新做的，颇有点时尚和新潮的味道，略显清瘦的他看上去更加帅气了。

"累了吧？"他深情地问候她，一手拉过她的行李，一手很霸道地去拉着她的手。他俩来到他的车子旁，他把行李箱放入后车厢，一如既往殷勤地替东方梅打开车门。

"去哪？"他坐在驾驶位上温柔地问。

"Olentangy River。"她的回答很有意思，Rose 1480 公寓就座在 Olentangy River 边上。

"Ok！"一切都在他的意料之中，她讨厌去他的公寓，他表现出一副满不在乎的样子。

回到 Rose 1480 公寓，戴维先给东方梅倒了一杯热果汁，又跑去浴室为她放好满满一浴缸的泡澡水，他殷勤地为她忙碌着，她始终对他一副冰冷的态度。有一瞬间，她坐在沙发上似乎有话要对他说，却又一动不动愣愣地坐着，一副心事重重的样子。

"梅，我有很重要的话想对你说。你先去泡澡，然后，咱们好好聊聊。"他态度诚恳，声音充满了磁性。

东方梅一言不发走进了浴室。

待她从浴室出来，他已经为她准备了一杯加了枫浆的热牛奶。同时，他也为自己倒了一杯冰镇的可乐，那杯可乐冒着小气泡，一如他微妙的心情。她穿着一条碎花睡裙，坐在他对面的沙发上，有一种超凡脱俗的美。

戴维默默地猜度着东方梅的心思，他故作平淡的外表渐渐地因为她的美转化为内心的冲动，由于极爱她的缘故，他突破了阻碍心灵的一切屏障。

"梅——"他有点彷徨，欲言又止。她一脸惊讶，看了他一眼，依旧默不作声。

"我导师的病况很糟糕，他得的是晚期胰腺癌。这种病非常凶险，随时都会——"他的目光在她秀美的脸上停留了片刻，声音轻柔地说："我在美国的实验工作要提前结束了。"

其实，他已经提前预订了返回中国的机票，他之所以没有把离开 S 州的具体日子告诉她，是因为他心里非常不舍和无奈。他尽量把话说得委婉一些，想让她有一个思想准备。

听戴维说到他导师病况凶险，东方梅脸上流露出一种极为深切同情。她从心底为戴维的导师感到惋惜，她听苏日娜说王全林教授是一个非常令人敬重的老专家，经他手里救治的病人不计其数。

"真的一点办法都没有了吗？"她关切地问。

"嗯，癌细胞已经发生了转移。"戴维满脸悲戚和无奈。

"哦，我为你的导师感到难过。那么，就尽快回到他老人家身边去吧，不要再去伤老人家的心了。"东方梅的最后一句话，话中有话。

戴维没有听出东方梅话里的深意。因为顾及导师的病况，又因为顾及与东方梅的即将分离，他心乱如麻、有些木讷。她的话听起来是有点奇怪，但他没有过多去深究，相反，他十分感激东方梅的通情达理，正当他满怀深情想向她表示谢意时，忽然听到她说：

"戴维，我们分手吧。"她的声音不大，给他的震动不亚于十个原子弹爆炸的威力。

"分手？我们为什么要分手？"他十分讶异地望向她。

"一切都将过去。"她说，那种冰冷的态度拒人以千里之外。

"'一切都将过去'？什么意思？"他可怜兮兮地望着她，忽然回过神来，问道："是因为我的师姐吗？这事，我正想向你坦白交代呢！"

他忽然想笑。

他说要向她"坦白交代"，他故意用了这么一个贬义词，不过是想向她表达自己的诚意。其实，他并没有什么特别需要向她"坦白交代"的事情，在师姐这件事情上，他只需要做一些解释而已。

然而，在她听来，他这个"坦白交代"却有另一番含义。

"坦白交代？噢，他真的要坦白交代了！"东方梅像是遭遇触电一般，愣住了。

她不敢去想象他的"坦白交代"。她担心她的神经接受不了刺激，她的偏头痛恐怕要发作了。她眉头紧锁、痛苦不堪，她自以为已经知道了事情的全部真相，已经不需要他"坦白交代"了（如果他知道她会这么想，打死都不会去用"坦白交代"这个该死的贬义词。现在晚了！）。她不想让残酷的事实再一次刺激她的神经、折磨她那颗可怜的心脏。再说，戴维的"坦白交代"对双方都毫无益处。

既然如此何必当初？何必把往事撕破？毕竟，戴维的导师是一个值得敬重的老人。在和戴维匆促结婚这件事情上，她已经知道错了，现在，不能一错再错。尽管，她事前一无所知，但她还是不能原谅自己。她不能假装不知道，更不能和戴维继续过特蕾莎和托马斯那样的爱情生活。

戴维有太多的故事，东方梅需要的是一份简单的爱情，既然，他给不了简单，她只能放弃。再说，他们闪电般的爱情和婚姻一开始就是一个错误。现在，该结束了。

东方梅沉默好半晌，她克制住内心的波澜，对戴维说："拉斯维加斯的婚礼不足当真，权当是一场游戏，该结束了。"

"游戏？你说咱们拉斯维加斯的婚礼是一场游戏？"戴维十分震惊，目光犀利地盯着东方梅，他情绪万分激动地质问："东方梅，你这话是什么意思？难道我认认真真去准备的一场婚礼，对你来说只是一场游戏？什么叫该结束了？你到底在想什么？"

她再度沉默不语。

"说话呀，东方梅！"他大声嚷道。

在戴维看来，东方梅是多么绝情啊。对于他俩的爱情和婚姻，他是非常认真非常投入的，他对她毫无保留，他为她付出了毕生的情感和爱，甚至完全失去了自我。而她，竟然说他们的拉斯维加斯婚礼是一场游戏！不足当真！他不敢相信自己耳朵，更不敢相信她会那么冷酷无情。

"你以为拉斯维加斯是一个什么高尚了得的地方吗？告诉你，就连布兰妮和贾森这样青梅竹马的婚姻又如何？不超过55个小时！我们才认识多久？

几年？几个月？几天？我们彼此了解多少？"

她的声音听上去冷酷无情。

说到布兰妮与贾森，东方梅想起和苏日娜通电话时，苏日娜就明确反对他俩去拉斯维加斯举行婚礼。苏日娜说拉斯维加斯是一个罪恶的城市，是一个被上帝放逐的城市，一个让世人逢场作戏的地方。

"你说呢？"他傻傻地问。她的冷酷，他忽然感觉好像一点都不认识她了。

"我们充其量不过是一对熟悉的陌生人。"她沉下面孔，决心已定，她要彻底摧毁戴维的幻想，她毫无表情地继续说："拉斯维加斯本来就是一个逢场作戏的地方，我和你的婚姻也不过是一场逢场作戏，该结束了。"

"Ok，好，那么，请你告诉我。到底是为什么？总得有个理由吧？"他被她的冷酷无情给激怒了，他在心里愤愤地想：这是一个多么铁石心肠的女人啊！我到底得罪了她什么？

"没有为什么。我累了，我要休息了。"她不想再搭理他，她确实很累、身心疲惫。

"难道你一开始就打算和我玩一场游戏吗？"他愤愤地质问，以为她会理直气壮地反击。可惜，他错了。她一副无精打采的样子从沙发上站了起来，他忽然心就软了，跟着站了起来，可怜兮兮地央求说："梅，求你，就算你让我去死也给我死个明白吧？"

他这话若是换在平时，她早就忍俊不禁地笑了。此刻，她一言不发丢下他离开了客厅，走进卧室，随手关上了门。

这一夜，他汲取上次的教训没有离开她的公寓，他在客厅的沙发上睡了一夜，他想以他的虔诚和柔情来打动她。

第二天一早，戴维为东方梅做了一桌丰盛的早餐。

两只煎得金黄的荷包蛋、火腿、肉松小馅饼、小黄米粥、面包片、牛奶、枫浆、奶酪、樱桃、切好苹果和雪梨片。大凡东方梅平日所喜欢的，他尽可能都摆上了桌。

做好早餐，戴维左等右等，卧室的门毫无动静，他不能再等了，这天上午他还有一个重要的实验。他胡乱吃了几口早餐，在餐桌上给东方梅留下一张字条，奔实验室去了。

那夜，东方梅一夜未眠。

她很晚才起床，洗漱完毕走出卧室，看见餐桌上摆了一桌丰盛的早餐，还有一张字条。字条上写着："梅，我做好了早餐，你挑喜欢的吃。我上午有一个重要的实验，先走了。爱你的戴维。"

东方梅有点意外。昨晚，戴维竟在客厅睡了一夜。她的心又凄然又惆怅，轻轻地叹一声。当她吃完一只荷包蛋的时候，手机响了，是迈克打来的。东方梅又惊又喜，心情略带一点儿复杂。

"梅，你好吗？"迈克的声音温存动听，这是他回爷爷农庄后第一次给她打电话，她听得心头一热，眼泪默默地掉了下来。

"我很好，迈克，你好吗？"

"很好。梅，咱们今天一起吃午餐，好吗？"

"你在哪里？"东方梅有点儿惊讶，她事先没有收到迈克要来S州的消息。

"两小时后空降S州。"迈克笑道。

"好，咱们中午在四季餐厅见。"东方梅说。

"梅，中午见。"迈克愉快地回应。

话说，戴维吃完早餐匆忙奔实验室来，他把细胞株放到显微镜下观察，发现细胞株的长势良好，心里一阵高兴。回国一个月，这些细胞株都是保罗替他打理的，他对保罗自然充满了感激。

戴维立即动手给细胞株进行日常护理，换液、冲洗、加上新的培养液，又把它们重新放回培养箱。接着，他去提一个重要的质粒。再接着，他开始了一个重要的实验。

戴维忙碌一个上午，快到午饭时间时，他给东方梅打电话，想约她一起去四季餐厅共进午餐。东方梅的手机一直在占线，他干脆挂了电话，直奔东亚系找东方梅来了。

戴维快走到东亚系大楼时，在小道上，远远看见迈克和东方梅两个人有说有笑从东亚系大楼的阶梯走了下来。

戴维愣住了。

他快速躲进路边的小树林中，怔怔地望着他俩一对璧人似的背影，欢快地从他的视野中消失，内心升起一股莫名的惆怅。他折回自己的实验室，叫了一份外卖。

那个下午，戴维感觉时间过得特别慢，特别难熬。

他心思恍惚、丢东拉西，连最简单的一个实验都做不好。他心烦意乱，索性放弃实验，跑去动物房给裸鼠搞卫生、换水、换食物。看着那些乖巧、可爱的小动物，戴维暂时忘记了心中的烦恼。

他从动物房回来发现培养基用完了，技术员今日没来上班，戴维便自己动手配制起培养基来。在给培养基加热的时候，他脑海里总是不断出现东方梅和迈克上午有说有笑的画面。

他心里感到有点纳闷：迈克怎么会在这种时候出现？嗯，他俩在一块是多么快乐呢！戴维越想心里越不是滋味，不小心把培养基给烧煳了，整个实验室充满了烧焦的煳味。

保罗一阵风卷了进来，他眉头紧皱，捂住鼻子，大声风趣地调侃道："我亲爱的戴维兄弟，你是在烤牛排吗？"

"我还烤人排呢！"戴维满脸苦笑。

"怎么啦？哥们！瞧你一副失魂落魄的样，好像是被心爱的女人给甩了？"保罗不愧是过来人，眼睛毒辣得很，他拍着戴维的肩膀，大声笑问："是不是又被那个狐狸精给缠上了？好事呀！"

"还狐狸精？好事？我都快郁闷死了！"

"哈，真被我说对了？"保罗一副幸灾乐祸的小样，笑道："老戴，听我的——这回乖乖去给梅小姐跪搓衣板，然后，老老实实承认错误！"

"切，还是你给由美子跪去吧！"戴维一脸不屑。

"由美子只会把我扔进洗衣机去搅拌！"保罗呵呵大笑，说："戴，放心，你跪搓衣板的那会儿，我一定替你向上帝祈祷。相信我，梅小姐不会让你把膝盖跪坏的。"

"唉，我怕是从今以后连跪搓衣板的机会都没了！"戴维叹了一口气，哭丧着脸说。

"啥？真被梅小姐抛弃了？"保罗满脸同情，他教导戴维说："好兄弟，我教你最后一招——回家做一桌美味佳肴。哄美人开心，你得准备一瓶上好的意大利红酒。"

"这回就算带去吃法国大餐恐怕也晚了！唉——"戴维唉声叹气。

"谁说的？女人的胃和男人的胃一样重要。梅小姐不是喜欢吃日本料理吗？需要帮忙的话，随时 call me，我保证由美子做出来的日本料理定能哄得你家梅小姐笑逐颜开。真的。"

保罗不但侠肝义胆，还可以拉上由美子为朋友两肋插刀。在他心里，由美子的日本料理都能拯救整个世界，别说是戴维和东方梅之间的小别扭了。

"戴，就这么定了！我现在要去见由美子了。Bye——！"保罗豪爽地丢下一句话，一阵风跑了。

保罗一走，戴维回想起和东方梅一起去吃日本料理的欢乐往事，他心情激荡、感慨万千。他拿起电话立即给东方梅打过去。电话接通了，他极其温柔、极其讨好的语气对她说："梅，今晚咱俩一起去吃日本料理吧？"

"很抱歉，晚上有安排了。"她声音淡淡的好像在打发别人的一个饭局。其实，她晚上根本没有什么安排。

"晚上有安排了？"他愣愣地问，立即想到了迈克。

"是。"她应了一声挂了电话。

五十八

　　当晚，戴维无精打采地回到东方梅的公寓，打开冰箱取出面包片、冷牛奶和花生酱，在面包片上抹上花生酱就着冷牛奶权当了晚饭。饭后，他坐在临窗的莲花椅子上等待东方梅回来。

　　他左等右等，一直等到晚上十点一刻，依然不见东方梅的影子。他有点担心，给她打去电话，对方没接，也没回信息。他又担心又闷闷不乐，不知不觉起身去酒柜取了一瓶葡萄酒，打开瓶盖就像喝开水般豪饮起来……

　　一瓶葡萄酒不到半个钟就被他喝得精光。

　　他把空酒瓶顺手往脚跟一丢，躺在椅子上发呆、眼睛望向漆黑一片的窗外，内心宛如被蚕吃一般隐隐作痛……他不敢想象今夜的东方梅和谁在一起？他脑幕上不断浮现上午迈克和东方梅在一起有说有笑的欢乐场景。

　　有那么一个时刻，他突发奇想：如果不是因为迈克暂时离开美国去中国工作，他和东方梅的爱情会不会发展得如此顺利？会不会有拉斯维加斯婚礼一说？想到这些，他莫名羞愧、莫名懊恼，甚至怀疑自己在爱情上有乘虚而入之嫌。他很沮丧地想：东方梅心里爱的是迈克。

　　他开始怀疑东方梅对他是否产生过爱情？他极力去寻找东方梅没有爱过他的蛛丝马迹。有一瞬间，他认定她是被他的外表迷惑了。她说过，他长得酷似她的一个故人。什么故人能让她如此念念不忘？除了初恋情人还能有谁？戴维豁然醒悟：原来东方梅把我当成了那个故人！人家的替身！唉，说来说去她根本就没有爱上我这个真人。

　　随后，戴维又想到了迈克，或许东方梅和迈克是真心相爱的。毕竟，他俩知根知底相处了那么多年。难怪她会质问我，我们认识多少年？多少月？

多少天？难怪她会说："我们充其量不过是一对熟悉的陌生人。"唉——当时，我还觉得她只是冷酷无情呢！现在想来，她说的句句都是心里话，而我总是自作多情！还当她的面自夸如何理性，如何讨厌煽情呢！想来人家才是真正的理性，才是真正的讨厌煽情！戴维啊戴维！你自认为聪明透顶，其实，在东方梅面前他不过是一介大傻瓜。

戴维在胡思乱想中又去酒柜拿了一瓶葡萄酒。

"她为什么把我们的婚姻说成是一场游戏？"他把第二瓶酒喝去大半的时候，忽然想到了这个问题。

在戴维眼里东方梅不是一般女孩，从一见钟情到与她新婚至今，他对她的认知，未曾有过丝毫改变。她确实不是一般的女孩，她毕业于中国最好的高等学府，接受西方文化的熏陶，她的思想和观念与普通女子天地之别。在事业和情感上，她和西方女子一样推崇独立、自由，和西方的独立女性一样，无论是事业或是情感都拿得起放得下，来去自如，从容潇洒、不受羁绊。对待伴侣，对待婚姻，合得来就在一起，谈不拢拎包走人。

戴维越往深处想心里就越发怵。在对待感情和婚姻方面，他自叹不如东方梅潇洒。

屋子很静，只有钟摆的声音——时钟的长针已经走到晚上的 11 点。

这个钟点，对美国人来说已是很晚了，除了喜欢泡吧的年轻人，大多数上班族早就进入了梦乡。

戴维还在苦苦地等待着东方梅。

其实，东方梅并没有和迈克待在一起，迈克这次回 S 州是来办理工作辞职手续的，他俩在四季餐厅吃过午饭后就分手了。傍晚，东方梅叫了一份外卖。她在办公室吃完晚饭，边处理手头上的工作边胡思乱想。大部分时间，她沉浸在纷乱的心事中。

她和迈克各自经历了一些不同的生活轨迹，嘴上不说，彼此都能体谅对方的苦衷。迈克并不知道东方梅和戴维的爱情出现裂痕，他特地为那晚的莽撞行为向东方梅表示深深的歉意，真心祝福东方梅和戴维的婚姻幸福。

这个时候离开 S 州虽说不是迈克的真心，但他不得不面对这样的现实——倘若，他留在 S 州怕给东方梅添一份烦恼；另一方面，迈克回阿尔斯泰农庄也是爷爷生前的一个愿望。东方梅本想挽留迈克，毕竟，在高校做管理是迈克的热爱，也是他的优势。但是，迈克已经做出了辞职的决定，东方梅只好以道别的方式来结束他们的重逢。

"迈克，祝你的农庄事业蒸蒸日上，生机蓬勃。"东方梅带着依依不舍的心情祝福迈克。

"会的。到时请你和戴维一起到爷爷的农庄来。保重，梅。代我问候戴维。"迈克微笑着与东方梅拥抱道别。

东方梅一心想逃避戴维，不想再听他苍白的辩解，更不想去面对他那些复杂的过去。拉斯维加斯的婚礼虽然美好，对她来说宛如虚梦一场。如今，迈克离她远去，戴维也将离她而去，人生当中最珍贵的友情和虚幻的爱情转眼即逝，东方梅的心无法不悲伤。

这夜，东方梅与其说在办公室加班，不如说躲在无人知晓的角落暗暗落泪伤怀。

戴维耐着性子等待东方梅回家，越等心情就越沮丧，等人真是一种非常残酷的折磨，特别是在等待一个心爱的人儿……在酒精的作用下，戴维的心情越发烦躁起来。

这时候门响了。

东方梅无精打采地走了进来，她看上去又疲惫又憔悴。在楼下的时候，她望见自家的窗口黑灯瞎火，以为屋里没人。等她开了门、开了灯，赫然看见戴维从椅子上站了起来，她十分讶异。

"你终于回来啦？"他的脸上略带愠色却是一副讨好的语气。

"你怎么会在这？"她的语气和表情仿佛他是一个未经许可、贸然闯入她领地的陌生人。他很生气也很难过，因为顾及她的情绪（他虽然喝了酒，面对她还能克制住自己，真是难为了他），他变得无比的克制和无奈。

彼此沉默了几分钟之后，他带着几分激动的神情走到她的跟前，满嘴酒气对她说："梅，我克制来克制去，实在是撑不下去啦！咱们这样下去可不行！你不要我，总得给我一个明白的说法吧？就是让我去死也得让我死个明白啊！"

他越说越激动声音都发抖了。

东方梅闻到戴维身上一股酒气，她惊讶得无法形容，她一时红着脸、瞪着眼睛看他，满腹狐疑，又闷声不响。戴维见东方梅如此情形，错误地判断这是他一个极好坦白的机会——于是，他就把这段日子以来所受的冤枉和委屈一股脑儿地向她倾诉："梅，我对你一往情深，难道你丝毫都感觉不到吗？特别是在拉斯维加斯婚礼之后，我把整个儿都交给你啦！除了你，我现在是一无所有。我无法想象，如果失去你，我以后的生活会是怎样的颓废和荒芜，会是多么的……唉，生活还有什么意义？"

他差点就要说出'生不如死'这类没有骨气的话来。还好，他没有说出来。他说："梅，求求你——给我一点时间，我会毫无保留地向你坦白交代我过去所经历的一切。"

"我发誓，我不是坏人，我的生活很检点，不像托马斯，我不抽烟、不嫖、不赌、不喝酒……呃，只是因为刚才你还没回来，我才喝那么一点点……"

他忽然意识到自己的话自相矛盾，可怜兮兮地冲她咧嘴一笑。

"一点点？"她心想，一言不发地看了他一眼，两只空酒瓶静静地躺在不远处的地毯上，他手上还拿着半瓶酒水。

他说话的内容很琐碎，啰里啰唆，一改他平日干脆利索的风格，声音听起来却是十分动人。她好几次瞪着眼睛奇怪地看着他，他只顾着自己滔滔不绝地表白——除了表达对她不可遏制的爱慕之情，还列举了以往的种种温存，以及因为要照顾她的情绪，导致他内心种种的惶恐和不安……总之，因为她，他完全改变了自己，从肉体到灵魂，彻底脱胎换骨。

当然，他后来所说的一些内容，一点都不比热恋时他对她倾诉的柔情蜜意来得半点逊色。东方梅虽然不想听戴维的解说，但听他说到他对她的爱慕之情以及种种的顾及时，她几乎要被他感动了。

虽说，离开他的决心曾有过片刻的动摇，但一想到她可能给对方（戴维的导师及女儿）带来的痛苦和伤害，她暗暗地痛下决心，决不动摇她要离开他的决心和意志。

她很害怕被他一番柔情的轰炸而有所动摇。然而，他后来的话却激起了她的怨恨，她的怜悯之情完全化作了愤怒。她尽量保持着优雅的镇定，耐着性子听他把话说完。

"梅，我确实太爱你了！爱得太强烈！我吃迈克的醋是真心，你知道，这是人之常情。谁让他对我老婆贼心不死呢？我说这话并非空穴来风。我俩在酒吧打架事出有因，我不得不进行爱情保卫战……哼哼，别以为你那个迈克朋友有多友善、多纯洁、多绅士、多富有牺牲精神。算了吧！我告诉你，如果不是因为我娶了你，他会向我大打出手吗？他所谓的绅士风度都是表象。其实，他的骨子里虚伪得很。"

"他为什么偏偏要在这个时候出现？今天上午，我去东亚系找你，你俩在一起。呃，我都看见了！"他鼻子哼了一声，接着振振有词。

"这就是迈克的别有用心。虽然，我并不想去打探你和迈克的往事，但我也从未怀疑过。梅，希望咱们彼此能换位思考。如果这样，所有复杂的问题都可以简单化，咱俩就可以扯平啦！"

戴维想表达的意思他是那么的信任她、理解她，希望她也能给予他同等的信任和理解。可惜，戴维表白的时机选择错了，同时，他在用词方面又犯了大错。更糟糕的是，他并没有及时发现并纠正这个错误，反而自以为是，沾沾自喜，甚至还天真地认为，他如此坦白和真诚一定会令她感动和感激。于是，他在表情上不由自主地流露出一种稳操胜券，得意扬扬的神气。

他彻底地把她给惹恼了。

在她看来，他根本没有诚意要向她做解释。更可恨的是，他不但没有尊重她和迈克的友谊，反而含沙射影地讥讽她和迈克的纯洁往事。他的话说得多么动听啊！还说什么信任和理解她呢！就在今天上午，他居然跟踪了她和迈克的行踪！她十分惊骇！十分生气！她一生气就忍不住激动，一激动脸色就变得更加红润了，她冷冷地对他说："戴先生，按您所说，我应该向您表示万分的感激才对。可是，我还是听不明白，到底是让我感激您爱我太过于强烈呢？还是让我感激您从迈克先生的不友善、不绅士的贼心里挽救了我的罪过？很抱歉，也许我曾给您带来痛苦，不过，那完全是无意的，更不会像某些人故意隐藏事实的真相，故意欺骗对方的感情。再说啦，我和迈克之间从来就没有什么好隐藏的——什么叫'咱俩可以扯平了'？如果真有您所认为的话，我希望，今晚以后不会再成为您我之间需要相互坦白的问题。总之，您以前对我的种种顾虑和种种情非所以，现在，对我来说已经不重要了。"她加重语气说完最后一句话，"而且，从今晚之后，一切都没有存在的必要。"

整个说话的过程，她对他极其礼貌地用了一个"您"字，她的态度和语气又客气又冰冷，拒人于千里之外，她看上去真是恼怒极了。

他的身子原是斜靠着沙发背站立的，此刻，听了她这番话，又气又急，忽然就站直了。她完全误会了他，并且，她还十分不善意地嘲讽了他——她亲爱的丈夫。他十分悲伤，他在她心目中的分量竟然不如迈克的万分之一。

他一想到迈克和东方梅有说有笑的情景，忍不住要大动肝火。他真没想到，她对待他们的婚姻竟是这么一个无所谓的态度——就像她所说，"拉斯维加斯的婚礼不过是一场游戏"。

她一点都毫不顾忌他的感受。因为悲伤、生气，他脸色铁青，整个神态都掩饰不住他内心的愤怒和烦忧。奇怪的是，就在那一刻，他忽然变得格外有耐性地保持着一言不发。

经过一番令人沉闷的沉默后，他强作镇定对她说："真没想到您会说出这样的话来，我还是想不明白为什么我会令您如此生恶厌烦？被您不假思索如弃履一般抛弃？尊敬的梅女士，难道这是您一贯的做派吗？作为一个男人，我问这样的问题，您也许觉得很可笑、很可怜，对吧？现在，我是不是应该去跳楼才算是妥当呢？"

他冷嘲热讽程度似乎比她更胜一筹。东方梅针锋相对、毫不示弱，她话里有话地质问："先生，就算这是我的做派，您也不应该感到奇怪才对。什么叫'terminal'？您觉得这个词很有意思对吗？一枚勋章？一枚情感的印记，抑或是一枚什么定亲的戒指？如果我没有理解错——我想，这就是您赋予我的最高荣耀了！可是，既然，您师姐已经成为您生活当中的'情非得已'，那么，我还想知道，那个倒霉的小护士又是怎么一回事？外科大夫，您到底还有多少情非得以？也许，您觉得这样的生活很精彩对吧？Please，why do you want me to be your wonderful life？（拜托，你为什么要把我拽入你精彩的生活？）"最后一句，她说的是英语。

戴维的脸色"刷"地变得惨白。

她自以为是击中了他的要害，就不打算再听他的任何解释了。她鄙夷的目光望着他，冰冷的语气接着说："难道您真的以为我会鬼迷心窍去爱一个毁掉一个又一个女人的hypocrite吗？外科大夫，您可以继续为托马斯那类伪君子喝彩、唱颂歌。抱歉，我不是特蕾莎，绝对不是。"

"Hypocrite？天啊！在她心里我成了一个hypocrite！"这个词深深地刺痛了戴维的心，他感觉瞬间被对方推下了万丈冰窖。

"她竟然去调查了我的过去！"他彻底被震惊了！他的震惊不是因为她窥探到了他的往事有多么龌龊、多么的见不得人。而是，她本身的这个行为，表明她对他毫无信任可言，这是对他爱情赤裸裸的伤害。

真相并非她所了解的那样，关于情感问题，他曾想找一个适当的时机让她知晓他的过往。后来，他又侥幸地想，其实，他那些所谓的曾经往事也没什么特别需要向她坦白的地方。唉，都说"女人心大海针"！就连东方梅这类出类拔萃、聪慧绝顶的女子也难免不落俗。

"什么多一事不如少一事？简直就是害人又害己！"

现在一切都晚了，戴维懊悔死了。

他尝到了百口莫辩的滋味。师姐的到来，戴维抱着多一事不如少一事的态度，他没有告诉妻子师姐到来的实情，而是轻描淡写地对妻子说："一个朋友来美国旅游。"当时，妻子也没多问一句。倘若，她当时多问了一句，他会向她解释清楚的。妻子没问，他暗自庆幸他们之间的默契和信任。现在，他知道错了，彻底地错了。她根本不信任他，她去调查了他的过去。唉，他真是被冤枉死了！

戴维的坏脾气忍不住爆发了："噢，这就是你对我的全部看法吗？一个hypocrite！我毁了一个又一个好女人！"他大声地冲着她吼叫，一举手气呼呼地把剩下的半瓶葡萄酒全往嘴里灌了下去。他再也受不了啦！气得不知所以，愤愤地朝落地窗走去，痛苦万分，不可名状，他满脸悲愤地转过身来不甘地冲她干号："是，我在您心目中是一个十恶不赦之徒！您就是这样看待我的吗？呵呵，您这是和谁去调查我的过去呢？是哪个该死的王八蛋给您提供这莫须有的罪证？告诉我，我立马去宰了他！"他满嘴酒气、满脸通红、大声地咳嗽起来。

"难道这些都是子虚乌有？"她毫不示弱。

"有！有！没错！我是一介罪孽深重之人！我罪该万死！"他忽然像一只泄了气的皮球，怔怔地望着她，最终没有了底气，他自怨自怜，"一切都怪我，怪我太自以为是……最终伤害了你高贵的自尊。"他满怀央求的眼神望着她，"梅，给我一点时间好吗？求你！"

"还有这个必要吗？"她的笑容尽是苍凉。戴维第一次混沌的态度以及后来的用词让东方梅误会更深了，她更加坚信她所了解的一切，她十分伤心和绝望。于是，她对他发下狠话说："如果在这之前我能够了解这一切真相，任凭你采取什么方式向我求婚，我都不会答应的。"

戴维听了东方梅的话如五雷轰顶，他极力克制住内心的波澜，听她继续说下去——"我第一眼看到你就怀疑自己做了一个梦，一个美丽而虚幻的梦，没料到这个梦让我跌入万劫不复的深渊。咱们该结束了！"

他被她后面那句"咱们该结束了！"气糊涂了，酒精起了作用。他满脸通红，情绪激动，恶狠狠地质问她："我只是你的一个梦？一个'替代品'？一个'影子'？对吗？我问你——东方梅，你有没有真正爱过我？哪怕是一刹那！一瞬间！有吗？你根本就没有爱过我，对吗？其实，我不过是你的一个'替代品'而已！我没说错吧？你敢承认这个事实吗？敢面对你自己真实的内心吗？"

同样，她也被他的话气得一塌糊涂。她闷声不响地看着他。他见她与先前的咄咄逼人相比好像是被什么给镇住了，便认定自己说得在理，激动得继续以下的话题："梅，这不公平。我是倾心爱你的，你是我的 terminal——我发誓绝对是发自我的真心。梅，我们都不是十七八岁的少男少女了，既然，我们都是大男大女，有点过往的故事有什么大惊小怪的呢？"

她看了他一眼，他的话听起来莫名其妙。她的表情，却让他误以为逮住了最佳的反击机会。于是，他继续说："当然，现在迈克回来了，你后悔的话，一切都还来得及。"

她气得怔怔地睁大了眼睛。

"你无需去求证我那些子虚乌有的罪过，那绝对不是咱俩分手的理由。你知道，那不过是一个漂亮的借口。虽然，我并不了解你和迈克的过去，但凭男人的直觉，我敢肯定迈克是深爱着你的。过去是，现在也是，他依然对你不死心。这个事实你不能否定吧？所以，你和我结婚算得了什么？不过是一场游戏，一张薄纸而已！"

这原本是戴维气头上的话，在东方梅听来却是句句发自他的内心。

"原来他一直在怀疑我对他的感情，他根本就没有信任过我，他不仅没有诚意向我做任何解释，反而，倒过来怀疑我，指责我对婚姻的忠诚。"

她越想越气，气得脸色一阵白一阵红。然而，他依然不顾她的感受，一副得理不饶人的做派。

"迈克与你所谓的'过了命的友情'不过是一个漂亮的借口。当然，冰雪聪慧的你，怎么可以和一个'替代品'、一个'影子'共度宝贵的一生呢？现在，我总算是明白了！你说咱们的拉斯维加斯婚礼是一场游戏，这话出自一个从未投入过对方爱情的女人之口十分合情合理。"

"在你看来，我很失败对吧？的确，是我太自作多情了！落得今天这样的下场完全是我活该！"

他越说越激动，仿佛他成了一个彻底的受害者。他讥讽嘲笑、夹枪带炮一股脑儿向她发泄心中的委屈和烦恼。

他发泄完了，对象也弄错了。

"简直是胡说八道！情况根本就不是这样，明明是你的问题，怎么就成了我和迈克的问题了呢？什么'替代品'？什么'影子'？这些才是真正的子虚乌有呢！"

东方梅被戴维一番狂轰滥炸，泪流满面，因为情绪过度激动的缘故，她浑身发抖，无法再与他争论下去。她抵挡不住内心阵阵袭来的悲怆，失声恸哭朝卧室奔了过去。卧室那扇厚实的门在她身后发出"呼"的很响的一声，严严实实地关上了。

听到"呼"的一声关门声，戴维如梦初醒、万分懊悔。

"我又错了！真是罪该万死！我明明是来向她坦白交代的，怎么就变成来揭发她、指责她了呢！我真是该死！"

那扇门将戴维和东方梅阻隔在两个不同的世界。

他知道，照她的脾性，她永远都不会原谅他了，永远都不想见他了。戴维又后悔又沮丧，他垂头丧气地打开屋子的大门，拖着沉重的步子走下楼去。

屋子回归一片寂静。

　　戴维垂头丧气离开了东方梅的公寓，他没有回自己的公寓，开着车子莫名其妙地向北跑了好长一段路。

　　深更半夜，路上完全没有了车的踪迹。

　　戴维早些时间喝了红酒，经过一番激烈冲动的争吵，再经这浩浩的夜风一吹，完全没有了酒意。他把所有的车窗全部打开，任凭夹带着百花芳香的夜风热烈地灌进车子里来。

　　他的脑子彻底清醒了。

　　"东方梅是怎么知道我在新疆那些陈芝麻烂谷子的破事的呢？她怎么会如此固执地认为我和师姐的关系非同寻常？"

　　戴维心里带着种种疑问，不知不觉就把车子开到S州大学西边的一个大牧场上（这个问题就怪戴维没有认识到，东方梅是个冰雪聪明的女子，对生活素材的蛛丝马迹进行艺术提炼并加于想象，于她而言得心应手）。

　　牧场的四周是一大片似乎永远都不能摧毁的树林。

　　戴维的车子绕着大牧场慢悠悠地转圈子。吓的树木丛林中，飞翔着无数闪闪发光的萤火虫，这些发光的小精灵和夜空闪烁的繁星相映成趣，呈现出一派安静的流光溢彩。

　　风中，有戴维熟悉的香蕨和红松的气息。不久前，他和东方梅一起来过这个牧场，在树林里他们发现了香蕨和红松这两种特别的植物。一般说来，香蕨大多生长在温暖的南方，而红松却长见于寒冷的北方。这两类奇特的植物竟在这儿比邻而居，S州真是一个十分神奇的州。

　　戴维很诗情画意地把自己比喻成红松，把东方梅比喻为香蕨。说他俩的上世定有未了的情缘，注定今生要在这个神奇的 S 州相见，就像这香蕨和红松。

东方梅听了戴维多情的比喻，微笑不语，她一双美丽的大眼睛宛如闪烁的星辰。

戴维停下车子，漫步在大牧场。他尽情地呼吸着带有香蕨和红松气息的空气。想起那天的东方梅，他的心变得酥软甜柔。他绕着偌大一个牧场走了一圈又一圈，香蕨和红松气息让他感到无比的慰藉，他情不自禁地对着月亮默默地祈祷起来。

"上帝啊，但愿她今夜是一时说了气话，明天原谅我好了！我是多么地爱她呢！她怎么会舍得离开我？万能的上帝啊！请您祝福我们！"

戴维祈祷完毕，心情平静了许多。他回到车上，听了一首歌，然后，开着车子沿着来时的路慢悠悠地回到 Holiday House Apartment 公寓。

早上，戴维被保罗的一个电话叫醒。

上午科室有个非常重要的 Lab Meeting，戴维竟然给忘了。好在，保罗提前给他打来电话。他一骨碌爬起来飞快地更衣、洗漱，啃了一片冷面包，出门驱车呼啸而去。

在 Lab Meeting 上，托马斯给戴维布置了一个重要的实验，要求戴维在离开前务必完成所有数据的收集。为了完成托马斯布置的实验，戴维没日没夜在实验室忙了整整一个礼拜。

戴维就要离开 S 州了，科室的同事要为他举办一个欢送 party，保罗负责张罗 party 的一切。

戴维一边忙着实验一边利用空闲的时间去办理各种离开手续，他去 Chase 银行关闭私人账号，去房管中心提交退房申请，在网上出售他的车子……这段时间，他忙得无暇顾及伤心。

戴维被诸多琐事缠身，但他心里时刻都在惦记着东方梅，他好几次给她打去电话，电话那头始终没人接。有日，戴维从银行办完事情回到公寓已到了响午，肚子饿得咕咕作响，冰箱只剩下半瓶冷牛奶和几张面包片，他将就吃了一个简单的午餐。

因为要收拾什物，他的卧室和客厅乱七八糟，到处是衣物、书籍、鞋子、袜子、喝空的咖啡罐、饮料瓶……壁柜的门敞开着，行李箱像一张鳄鱼的嘴张开着，一条蓝色的 Gucci 桑蚕丝领带搭在箱子边上。

"外科大夫，你这屋子有点乱。"戴维想起东方梅第一次上他这屋子来时说的话，不禁苦笑。

那时候，他正处在最开心的时刻，他俏皮而又意味深长地回答东方梅说："这屋子缺一个女主人！"

后来，他成功地让她成了这屋子的女主人。

"多美好的一段时光啊！"戴维感叹时光飞逝、往事如烟。这条精致漂亮的领带是东方梅送给他的生日礼物，Gucci 的经典款，也是他平生第一条高级奢华饰品。在穿戴方面，她是他最好的导师和高级顾问。在他眼里，东方梅的审美远远超过了夏倩倩。

每次，他俩要去参加外国朋友的家庭 party，东方梅都会亲自为他挑选衣服，亲手为他打上不同颜色的领带。

那晚，他打上这条精致漂亮的 Gucci 领带去参加朋友的 party，他成了 party 的亮点。大伙都赞叹说：这领带的颜色、质地与他深灰色的西服很搭，与他的气质更是绝配。

他听了满心欢喜、得意扬扬。

往日的欢乐和今晚的落寞天地之别，万分伤感涌上戴维的心头——就像是做了一场梦，他想起东方梅说的"拉斯维加斯婚礼是一场美丽而虚幻的梦"这句话，心都碎了。

他反复在心里追问：怎么说分手就分手了呢？他反复地检讨自己，我为什么要对她说那么粗俗的话？真是太不应该了！我这是在干什么呀？明明是要去向人家坦白认错，偏偏又胡扯什么迈克、什么影子、什么替代品！唉，我真是一个大混蛋！一个大傻瓜！上帝啊，万能仁慈的上帝！请求您再给我一个向她赎罪的机会吧！只要她能回到我的身边，让我干什么都行！您让俺明天就去洗礼也是可以的。

戴维想起母亲在他年幼时教导的一句，"平时不烧香，临时抱佛脚"。说的就是平时不注重修行，等到遇到困难的时候，再去求神拜佛都来不及了。戴维很沮丧地想：也许上帝没有闲工夫来管他这凡尘俗事了呢。

屋里很静，墙上的挂钟发着清晰的滴答声，戴维很想念东方梅，忍不住又要给她打电话。刚要去拨电话号码，他忽而又想：我何不直接找她去呢？这么一想，他立马行动，驱车前往东亚系大楼。

戴维把车停在东亚系大楼的停车场上，远远看见卡翠娜和小川一郎站在阶梯上说话，他三步并两脚跑上前去和他俩打招呼。

"Hello！卡翠娜！Hello！小川君！"

卡翠娜看见是戴维，双目顿时睁得又大又圆，很惊讶地问："戴，您不是和梅小姐一起出去旅行了吗？"

"旅行？谁告诉你的？"戴维愣愣地问。

"昨天，梅女士亲口告诉我的呀！她向西蒙先生告了长假说是要外出去旅行的呀！我还以为你俩又一起去度蜜月了呢！"卡翠娜快言快语、盯着戴维一脸好生奇怪。

戴维尴尬极了。好在，他反应得快，故作轻松地耸耸肩，笑道："是啊，我俩在玩一款有趣的小游戏。卡翠娜，您确定梅小姐真的离开东亚系了？"戴维又问。

"非常确定。"卡翠娜认真地点点。

"OK！我俩的游戏开始了！卡翠娜、小川君，Bye——Bye！"戴维向卡翠娜和小川挥挥手，一溜烟跑了。

"他俩太有趣了！"卡翠娜丰富的想象力又开始发挥作用了，她兴奋地对小川一郎嚷嚷："咱们也像他俩那样玩一个小游戏吧！"

"怎么玩？"小川一郎一脸认真。

"咱俩玩一个简单的——"卡翠娜对着小川一郎耳语，小川一郎笑了，说："好，咱俩从不同的方向步行去 Sushi 店。"

"谁后到谁买单！"卡翠娜的声音格外响亮。

…………

戴维心急如焚开着车子直奔东方梅的公寓，他抱着一丝幻想希望能见到东方梅，他停好了车子飞快跑上楼去敲开东方梅公寓的门，敲了半晌没人应答，他摸了摸口袋，这才发现忘了带钥匙。

无奈之下，他返回车上坐着等她回来。

他透过车窗遥望东方梅卧室的那扇窗子，窗子的大半部分被那颗七叶树翁翁郁郁的枝叶遮挡。曾经，窗子的后面珍藏着他们往日弥足珍贵的快乐时光。在每个空气清新的清晨，他们在热闹的鸟鸣声中醒来，每个甜柔的夜晚，他们在夜莺的歌声中相拥睡去。

如今，那扇窗子紧闭着，往日热闹的鸟儿也不知去了何处？戴维静静地望着那扇窗子，心情十分惆怅。他坐在车子上等啊等，直等到夜色渐渐地围笼过来——天完全黑了下来，依然不见东方梅的踪影。

戴维怀着比夜色还要暗的心情默默地启动车子，返回自己的公寓去取东方梅公寓的钥匙。半小时后，他开着车子又回到东方梅的公寓，他心绪浩渺地走进那个属于他们的家。

这夜，戴维孤零零地睡在宽大的双人床上，被褥和枕巾幽幽散发着东方梅往日的气息，那是她留给他最后的记忆。

…………

Olentangy River 的分叉处是一块三角形陆地，豪华的意大利餐馆就坐落在这片风景迷人的陆地上，保罗和科室的同事在这家豪华的意大利餐馆为戴维举行隆重的送别 party。

意大利豪华自助餐十分丰盛。

以海鲜为主，辅以牛、羊、猪、鱼、鸡、鸭等各种家禽制成的各道美食，还有众多的菜蔬以及各式各样的粉和面食。意大利菜肴一般都只做六七成熟，非常重视牙齿的感受，以略硬而有弹性为美；醇浓、香鲜、断生、原汁、微辣、硬韧，这十二个字是意大利菜肴的精髓和特色。

在这类豪华的意大利餐馆，诸如佛罗伦萨牛排、罗马魔鬼鸡、那不勒斯考龙虾、巴里甲鱼、奥斯勃克牛肘肉、扎马格龙沙拉、烩大虾、烤鱼、冷鸡……等等，这一系列大菜是必不可少的。当然，与这些大菜相比，意大利的面条、薄饼、米饭、肉肠和饮料更上一层。

参加欢送 party 的同仁们吃得热火朝天、津津有味，这些美食对于此刻的戴维来说却如同嚼蜡。他心心念念着东方梅，心思根本就不落在这些意大利美食上。他心思恍惚，魂不守舍，一会儿猜想她去了哪里，一会儿又自问她为什么对他那么绝情，一会儿又很自责……吃好了意大利美食，保罗又领着同仁们去隔壁听歌、跳舞。

趁着大伙玩兴正浓，戴维悄悄地溜了出来。临窗而立，他眺望窗外那条缓缓流动的 Olentangy River，一时心潮澎湃。

他的爱人就居住在这条河的岸边，醉眼蒙眬的他仿佛看见伊人楚楚动人、婉约站立在水的中央。

他无法想象，在他离开美国后的那些日子，她的生活、她的心情，以及关于她的种种。他多情地期盼：在离别的岁月里，她也会想念着他，她也会时常回忆起他们在一起的快乐和幸福。他在内心深深地祈祷：祝她开心健康，并且，希望她千万千万不要把他忘记。

酒足饭饱，歌停舞罢。

保罗把一件印有 S 州特别标志的白色 T 恤上披在戴维胸前，这件 T 恤上写满了同仁们的亲笔签名和祝福。在大伙的簇拥下，戴维和全体同仁留下了一张温馨的合影。

戴维离开 S 州的前一天，裴金涛博士一家刚从美国南方度假回来，夫妻俩想为戴维举办一个饯行晚宴，被戴维婉言谢绝了。戴维说，等他从中国回来再和东方梅一起到小慧姐家吃客家菜。

离开 S 州前的晚上，戴维心潮澎湃、思绪万千，给东方梅写下了一封长长的书信。

第二天，戴维怀着依依难舍、万分惆怅的心情踏上了飞往中国的航班。在飞机奋力腾空的刹那，他的大脑一片空白，眼泪默默地从眼角流淌下来……泪眼蒙眬中，他望着窗外那片苍茫的云海，内心呼唤着东方梅的名字。

他发誓：他一定会重返美国寻回他的爱人——东方梅。

六十

　　话说，东方梅"砰"的一声关上身后的那扇门，她一头倒在床上用被子蒙住头恸哭流泪，她十分伤心和绝望。

　　她期盼戴维能向她做一番合理的解释，或是据理力争，甚至像平日一般粗口骂娘。如果，他真的那样做了的话，多少能消除她心里的一些阴影，让她心里好受一些。然而，他不但没有好好向她解释，更没有据理力争。比骂粗话更令她气恼的是：他竟胡搅蛮缠拿迈克来说事，还莫名其妙说他是她的"替代品""影子"……一点诚意都没有。

　　"真给苏日娜说对了！拉斯维加斯是一个被魔鬼控制的城市！她当时真是昏了头！竟然欢天喜地去赴他那场虚幻的婚礼！她的幸福从此万劫不复……"

　　东方梅愁肠百转、被痛苦煎熬了一夜。

　　天光泛起鱼肚白的时候，她实在困得不行，不知不觉睡了过去。醒来，她去向西蒙告了一个长假，说要外出旅行。

　　从东亚系大楼出来，东方梅一时想不出该上哪儿去旅游？她习惯地把车子开到 High Street 那家星巴克咖啡馆，点了一杯清咖啡，心情极其复杂。

　　她和戴维有过爱情。虽然，她已经向他宣布分手，但是，她对这份爱情似乎有些藕断丝连。然而，无论欢乐或是悲伤，过往的一切都将随风，她要尽快忘记和戴维相关的一切。

　　没有加伴侣的清咖啡又苦又涩，东方梅微微皱起眉头，平日，她从不喝清咖啡。今日，她鬼使神差点了一杯清咖啡，刚喝上一小口，胃都快痉挛起来。她赶紧往清咖啡里加了些伴侣，再添上几块小方糖。然后，用一只小匙羹慢慢地搅拌着。

加了伴侣和糖的咖啡微甜清香，令她心情一阵甜柔、舒爽。

"真不明白美国人怎会对清咖啡嗜之如命？"她想起了远在南方的迈克。她曾向迈克问过这类问题，迈克颇为幽默地回答说："美国人的舌尖喜欢接触生活的原味。"

东方梅想象迈克在农庄的每一天都会很繁忙，自从迈克和戴维在酒吧间发生肢体冲突后，迈克就一直没有和她联系过，她以为永远失去了这个朋友。直到前天，迈克重新出现在她的面前，她喜极而泣、感慨万分，对于迈克的友谊她怀着失而复得的欣慰。

现在，东方梅一想到戴维心就很痛，她无法忍受这场婚姻带来的那种被欺骗的苦楚。她有一种逃到天涯海角的冲动。可是，哪里才算得上是天涯？哪里又是海角？东方梅任思绪天马行空。

邻座来了一对小情侣，他们低声而热烈地讨论着出行计划。

女生说想去西部的 Yellowstone National Park（黄石公园）看野生动物，看英格曼云杉，去探访峡谷、瀑布，去体验温泉……她说得眉飞色舞、两眼生辉。男生坐在女生的对面双手托在下巴，专注倾听小爱人的心声，不时伸手去帮女生把散在额前的一缕头发挽起，这个小动作温馨迷人。

"眼下不是去黄石公园最好的季节。"男生目若星辰看着女生，非常柔情地向女生解释说："那儿现在寒冷得，野生动物早就躲了起来，英格曼云杉长在最高的山脉上，咱们根本爬不上去，万一运气不好的话，还会遇上可怕的 Teton - Yellowstone tornado[①]——啊，救命！"

男生很夸张地吓唬女生。

"别和我说什么 Teton - Yellowstone tornado——谁都知道那是百年不遇的事情。"女孩一脸不屑，翘着小嘴说："咱们带上冰鞋吧？正好还可以滑雪呢！"

---

① Teton–Yellowstone tornado——提顿 - 黄石龙卷风。

"No way." 男孩摇摇食指态度很坚决。

"要么，咱们去泡温泉？" 女孩说。

"你不怕温泉把你煮成熟鸭子吗？" 男生笑道。

"这不行那不行，咱们总可以去看看 Grand Canyon（大峡谷区）、Mammoth Hot Springs（猛犸温泉）和 Old Faithful（老忠实间歇泉）吧？" 女孩子好像是生气了。

"遇上火山爆发的话我们连小命都丢了！" 男生很夸张的表情和动作。

"那，你说——！" 女孩真的生气了，她用食指点了一下男生的高鼻梁，很霸气地问："你说我们能去哪儿？"

男生沉默了几秒钟，一副深思熟虑的语气，说："呐，咱们的假期也不长，就找一个景色迷人、瓜果飘香、碧波万顷、价格特别便宜，风格又特别浪漫的地方去度假好了！"

"夏威夷！" 女生小声而惊喜地叫道。

小情侣的对话被东方梅全听了进去。眼下，确实是去夏威夷旅游度假最好的季节，温润迷人的海洋气候，众多别开生面的自然景观，夏威夷最令东方梅怦然心动的恐怕还是——它那份独特的宁静。

心动不如行动，东方梅立马回家定好了出游的线路和机票，当晚，就乘班机飞往夏威夷。

夏威夷的疆土由诸多岛屿和小岛组成，在主要的八个岛屿中，除了第八个岛屿 Kahoolawe（卡胡拉威岛）为无人岛之外，其他的每个小岛都有其独特的历史文化、自然景观、艺术音乐和风味美食。

东方梅乘坐的飞机在檀香山国际机场降落，她转乘 Island Air（岛屿航空）直达夏威夷最幽静的岛屿——拉奈岛。

当晚，她入住 The Lodge at Koele（柯艾雷度假村）。这是一家高雅迷人且富有英国传统气息的乡村式豪宅，坐落在历史悠久的拉奈牧场原址上，建筑以牧野狩猎木屋式样为主，兼具绚丽多彩的夏威夷风情。

东方梅对下榻的柯艾雷度假村十分满意，回归大自然的愉悦心情，让她获得了意外优质的睡眠。

在拉奈岛上的头三天，她一大早就起来绕着马场周边的草坪散步，有人告诉她，附近有一间兰花温室里正盛开着兰花，她便怀着一种十分愉悦的心情前往观赏，把温室里的各种兰花观赏了一番，心满意足地回到下榻的豪宅。

服务生给她端来了精美的早餐，她坐在霞光万丈的露台上喝小杯牛奶，吃新出炉的杜松小馅饼；之后，她半躺在奇妙的摇椅上看书。待午间咖啡时间过后，她跑去音乐室听好听的乐曲，然后，沿着开满了各种野花的小道，慢悠悠地走回村子。

拉奈岛的黄昏降临，以暗蓝色为背景的天空显得扑朔神秘。东方梅站在暮霭四合的氛围里眺望远处，她的胃产生一种极微妙、极奇怪的感觉，她忽然感到十分落寞和忧伤。

拉奈岛太安静了！

东方梅需要一个内容更丰富的外在环境。第二天一早，她离开了拉奈岛前往毛伊岛。

毛伊岛——在马克·吐温①笔下极其美丽、神秘和异化，东方梅刚踏上毛伊岛立即就感受到了它的与众不同。正如马克·吐温笔下所写：我从没在一个地方待得如此愉快，离开时还恋恋不舍……毛伊岛到处充满了欢乐和活力，无论是人或是风物，到处展现着生命的活力和欢歌。

东方梅被它独特的欢乐所感染。

她欢欣鼓舞地加入了戏海的一族，兴致勃勃地穿上美人鱼的服饰，摆动着它美丽的"尾巴"，在清澈而开满了珊瑚的海水中浮游……这种水中的运动，的确给她带来不同寻常的快乐。她时而与彩虹般的热带鱼嬉戏，时而与其他的鱼群结伴而行，时而愉快地升至安静的水面冒个泡。

---

① 马克·吐温（Mark Twain，1835年11月30日—1910年4月21日）——美国作家、演说家。

她的心情好得不能再好。

第二天一早，她兴致勃勃地加入登山族的队伍。站在一万英尺高的火山口上，观看红红的日出染红了辽阔的天际，她心旷神怡、莫名地感动起来。

毛伊岛生长着大片的竹林，东方梅喜欢独自穿行在阳光疏影的竹林丛中，她走走停停，听听远处的鸟鸣，任思绪如浮云般自由。遇上雨天，她就安静地坐在落地窗前，倾听雨滴拍打竹叶发出的声响，她的心因为得到大自然奇妙的安抚，格外愉悦而宁静。

毛伊岛一年一度"逆脊鲸回家"的壮举尚未开始，心急的游客们一大早就跑去观看逆脊鲸避冬的天堂，东方梅跟在一群人的后面。偶尔，遇见一两只庞然大物在清澈温馨的海水中嬉戏，她和游客一齐发出阵阵欢乐的尖叫。

在毛伊岛上东方梅收获了别样的开心。有一个时刻，她忘记了内心的痛苦和忧伤。可是，不过四十八小时的光景，她的神经又从毛伊岛上的热闹和狂欢中清醒过来。

晚上，她和游客一道去品尝毛伊岛上的美食。各种美味的海鲜和奇异瓜果香味扑鼻、应不暇接。芝士焗龙虾原是东方梅的最爱，今个儿也不知为啥？她闻到一丝芝士气味，整个胃立马翻江倒海。

殷勤的服务生给她端来当地最美味的面食Manju——那是一种包着苹果、椰子和菠萝的小馅饼，她浅尝小口，竟"哇"的一声全吐了出来，椰肉的气味令她感到害怕。

她草草地结束美食之旅。回到住处喝了一杯热牛奶，胃稍稍舒服了一些。接着下来的几天，她一觉醒来，感觉身体混沌困乏、毫无力气，早上洗漱的时候又生出几分恶心，想吐却没有吐出来，那种奇怪的感觉令她难受极了。她以为是累着了，又估摸是被某种食物坏了肚子，便要去寻一片胃药，这才发现她没有带任何药物出来。

"若是戴维在就好了！"她忽然想到了戴维（他平时外出都会随身带一些常用的药）。

"为什么还想到他！"她很是自责。

她让服务生送来一杯热牛奶（除了牛奶，她对任何食物都提不起兴趣）。喝了热牛奶，她感觉身体依然困乏得很，又躺回床上，不想，一觉就睡到了黄昏。

她一连三天足不出户。到了第四天，她的精神似乎好了一些，却依然没有胃口，每天除了喝少许的热牛奶和面包片之外，她对海鲜类或是带一些香味的食物望而生畏。

窗外的阳光很好，景色甚是迷人，她却失去了兴趣。东方梅在夏威夷度过半个月的光景，启程回S州去了。

回到Rose1480公寓，她发现屋子被收拾得一尘不染，餐桌上还多了一盆紫色寒兰。那盆紫色寒兰生机勃勃，似君子又像佳丽，东方梅内心忽然涌起一种想哭的冲动。电脑台上放着一封书信，是戴维在离开S州前给她写的。她无精打采，不假思索就把那封信丢进了垃圾篓。

"一切终将过去。"她对自己说。

戴维离开了美国东方梅暂时感到一丝轻松。很快，她又陷入另一种莫名的烦恼当中。她感觉身体特别慵懒而且还微微发热，用手背贴在额头上探了一下。就在这一刻，手机响了，是索菲亚打来的电话。

"你终于接电话了。梅，这些日子你好像从地球消失了一般。"索菲亚在电话里调侃道。

那天，东方梅去向西蒙告假，索菲亚正好回了娘家。她从娘家回来，得知戴维提前结束实验回中国去了，她并不知道东方梅与戴维闹分手的事情，联系不上东方梅，她以为东方梅跟着戴维回中国度假去了。

"我刚刚从夏威夷回来。"东方梅说。

"哈，去夏威夷也不告诉我，我以为你跟外科大夫回中国度假去了呢！重色轻友！"索菲亚嗔道。

"索菲亚，我有些不舒服，体温好像有点高，你可不可以帮我去超市买些口服液过来？"东方梅有气无力。

"你发烧了吗？我这就给你买药去，咱们一会儿见。"索菲亚挂了电话。

在美国，退烧口服液不属于处方药，在超市就可以买到。索菲亚从超市买了退烧口服液，奔东方梅的住处来了。

索菲亚进门第一眼看见东方梅，大吃一惊。东方梅脸色蜡黄，整个人无精打采、十分憔悴，和往日神采飞扬的她判若两人。

"天！到底发生了什么可怕的事情？我的美人儿，难道你是因为思念某人憔悴成这个可怜的小样吗？"

索菲亚上前去拥抱着东方梅。

"我好像发烧了。"东方梅答非所问。

"你测过体温了没有？"索菲亚用手探了一下东方梅的额头。

"我这就去拿体温计。"东方梅去卧室把体温计取了出来，把体温计夹在腋下。到了时间，她取出体温计递给索菲亚看，索菲亚看了看体温计说："没发烧呀！奇怪了，你的脸色怎么那么难看？像个——"没等索菲亚把话说完，东方梅感到一阵恶心，跑到洗手间去哇啦哇啦地干呕了一通。

见此情形，索菲亚内心一动："她会不会是怀孕了？"索菲亚一阵狂喜，又兴奋又激动地问："梅，这个月你的大姨妈按时来了没？"

"大姨妈？"经索菲亚这么一问，东方梅吓了一跳，小声叫道："大姨妈好像快两个月没来了！"

"好事呀！"索菲亚一拍手，笑道："梅，你肯定是怀上小宝宝啦！等着，我去买一些妊娠测试条，咱们验一下就知道了，这个我有经验。"索菲亚激动得手都发抖了，她撇下站在原地发愣的东方梅，一阵风跑出门去。

不到半个钟头的时间，索菲亚拿着一盒妊娠测试条回来，她经验老到地指挥东方梅操作。很快，测试条的结果出来了，索菲亚眼睛睁得老大，叫道："天啊！天啊！梅，你真的有小宝宝了！外科大夫要当爸爸了！"索菲亚兴高采烈去拥抱东方梅，声音响亮地说："我要做姨妈了！梅，你真伟大！"

"我有小宝宝了！"一股凉气从东方梅的脚底直串到头顶，她呆若木鸡，完全失去了主张。

"必须立刻把好消息立即传达到太平洋彼岸去！告诉外科大夫！他要做

父亲了！天啊！我的手机呢？"索菲亚激动得满屋子去找手机，她高兴得真是糊涂了，手机握在她手里，她却满屋子去寻手机。

"拜托，索菲亚，请不要给戴维打电话。"东方梅花容失色、有气无力地央求索菲亚。那一刻，她仿佛被拽入某种深深的烦恼当中，迷茫而忧伤，她反复追问索菲亚："你确定没错？"

"没错。梅，你和戴维的小宝宝来了，你不高兴吗？"东方梅的情绪如此反常，索菲亚十分纳闷。

"索菲亚，我忽然觉得好累，好累，我想休息一会儿。"东方梅一副疲惫不堪，好像是患了重病。

"你哪儿不舒服？"索菲亚很是担心。

"我休息一会儿就好。"东方梅说着和衣躺在床上，

"梅，你真的需要好好睡上一觉，瞧你，满脸憔悴。"索菲亚很体贴地替东方梅盖上被子。索菲亚心想：东方梅带着身孕去旅游竟丝毫不觉，如今，她和戴维又是新婚别离，太难为她了。

"你先睡上一觉，我等会给做点燕麦牛奶粥来。"索菲亚温言细语地安慰道。

"谢谢索菲亚。"东方梅有气无力。

索菲亚走后东方梅没有了睡意。虽然她的身体极度困乏，小腿在轻微地抽筋，可怜的她大脑却清醒得很——婚姻的阴影、意外的怀孕，令她痛苦不堪！孩子的意外到来没给她带来丝毫做母亲的喜悦，相反，令她陷入了一种深深的惶恐和哀伤之中。她怀着几分好奇去抚摸那平坦的腹部，怎么也想象不出那里有一个小生命在茁壮成长。

多么令人悲伤的事情啊，她的偏头痛偏偏又发作了。

她一动不动地躺在床上，任凭偏头疼肆虐……这一次，她竟然没有想到要去吃止痛片，她在朦胧模糊的悲伤中睡去。醒来，索菲亚坐在她的床边一袭关怀的目光。

东方梅强打精神坐了起来。

"梅，我给你做了牛奶麦片粥。试试，这个能接受吧？"索菲亚笑眯眯地端着一小碗牛奶麦片粥送到东方梅的跟前。东方梅拿起匙羹舀了一小勺送入嘴里，那滋味甜甜的，十分可口，她微笑着说："很甜，谢谢索菲亚。"

　　"多吃点。"索菲亚眉开眼笑。东方梅刚吃了两小口又不想吃了，她苦着脸，指指心口说："这儿好像被什么东西给顶着，好难受。"

　　"为了小宝宝，你得多吃几口。乖，听话，把可爱的小嘴儿张开——"索菲亚接过东方梅手里的粥，舀了一小勺像哄小孩一般喂东方梅喝粥。东方梅默默地吞下那一小口粥，眼泪止不住地流下来。她说："索菲亚，你若是这孩子的母亲就好了！"

　　"傻话。别忘了，我也是你肚子里小宝宝的干妈妈。"索菲亚笑道，又满怀歉意地说："梅，这粥我怕是没你做得好，你将就多吃点好吗？"

　　"嗯，这粥做得真好。索菲亚，让我自己吃吧。"东方梅不忍拂索菲亚的一片心意，尽管，她的胃此刻难受得很。

　　"过了反应期会慢慢好起来的。"索菲亚一副过来人的口吻，"我怀孕那会儿也有一点反胃，但没有你那么厉害。梅，咱们得找一位保健大夫。我看，就找克丽丝大夫好了！"

　　克丽丝大夫是索菲亚上次怀孕时的保健大夫，现在负责指导索菲亚进行身体康复调理，索菲亚与克丽丝大夫建立了很好的友谊。

　　"听你的。"东方梅心里比索菲亚更急着想去见大夫，但她俩去看大夫的目的完全不同，闺蜜两个的想法南辕北辙。

　　索菲亚约好了克丽丝大夫，时间定在下周一的上午。西蒙将去北卡参加为期一周的学术活动，索菲亚把东方梅怀孕的消息告诉了西蒙，西蒙听了十分高兴，叮嘱索菲亚说多去陪陪东方梅。

　　"那是必须的，谁让我是小宝宝的干妈妈呢！"索菲亚欢天喜地，高兴得就像自己怀孕了一般，她兴趣盎然地问西蒙说："亲爱的，你猜猜，梅肚子里的是男孩还是女孩？"

　　"女孩吧！"西蒙笑道。

"亲爱的，外科大夫也喜欢女孩，说要让梅生一大群女孩，个个长得像妈妈一样漂亮。"索菲亚对未来充满了憧憬，她眉飞色舞地说："将来，咱们和梅两家做邻居最好，两座大 house 并排在一起，孩子们玩到一块……嗯，说不准咱们两家还能结亲家呢！西蒙先生，你说呢？"

"这个主意真好！不愧是我的好太太！"西蒙乐呵呵地夸索菲亚。

"西蒙先生，你这会儿又喜欢男孩啦？"索菲亚笑问。

"如果外科大夫都喜欢生女孩的话，咱们怎么也得生上几个男孩呀！不然，咱们两家怎么做亲家？"西蒙风趣地说。

"西蒙先生，咱们的想法不谋而合。向上帝祈祷吧！阿门！"索菲亚虔诚地在胸前划了一个十字架。

东方梅得知怀孕的第二天，忽然很想吃酸甜凉拌黄瓜。中午，她独自步行到 Aesculus Village 附近的小超市去买黄瓜。在小超市里，她很意外地遇见前来购物的佟小慧。见到佟小慧的一刹那，东方梅的眼睛湿润了。

她俩有好长一段时间没见过面。自从佟小慧正式上班后，忙于工作和照顾家庭，没有再去参加 K.L 教堂的英语学习。东方梅与戴维从拉斯维加斯举行婚礼回来，几乎没有到 K.L 教堂去参加义教活动。

佟小慧看见东方梅的脸色蜡黄、人十分憔悴，完全不似与以往她所见的那般神采飞扬。佟小慧十分又惊讶，她十分怜惜地拉着东方梅的手走到颇为安静的一个角落，关切地问："小梅，你的脸色怎么那么差？是病了吗？还是因为工作太劳累？"

"近来胃口不好，睡眠有点差。"东方梅的美眉微蹙，胃又不舒服了。

"是不是怀上小宝宝了？"佟小慧的眼睛毒辣，东方梅脸上泛起了红晕，她不好意思地点点头，佟小慧又问："几个月了？"

"不知道。"东方梅说。

"也不奇怪，当初我怀成成那会儿也是稀里糊涂。起初，还以为是吃坏肚子了呢！"佟小慧仔细打量起东方梅的身子来，她笑道："瞧你这个情形应该有三个月了，你上医院检查了没有？我听说美国对孕妇的保健是很周全的。"

"索菲亚帮我约了克丽丝大夫。"东方梅没有丝毫做母亲的喜悦。

"戴维不在身边，以后有要帮忙的事就吱一声，想吃什么和我说，我去给你做。你现在反应很大吧？"佟小慧很暖心地问。

"谢谢小慧姐，我现在闻到一点异味就想吐，根本没什么胃口。"东方梅苦笑道。

"没事，过一段时间就会好的。每个女人怀孩子都要经历这么一个过程。"佟小慧安慰东方梅说。

"小慧姐，裴大哥的实验有新进展吧？"东方梅转移了话题。

"你裴大哥呀，前段时间整个人都泡到实验室去了，没日没夜。还好，总算没有白费工夫，他出了一大堆好数据。这两天，老板给他放假，让他待在家里写大文章呢！"说到丈夫，佟小慧眉开眼笑。

"太好了！裴大哥就要发大文章了！"东方梅高兴起来，胃好像没那么难受了。

"说是在 *Science*[1] 上发呢！老裴是第一作者。"佟小慧颇为自豪地补充道。

"小慧姐，你得给裴大哥加强营养，多弄几个好菜给庆祝一下！"东方梅提议道。

"要不，小梅，你今晚一块到我们家来？咱们也为小宝贝庆祝庆祝？"佟小慧热情相邀。

"小慧姐，您瞧我这胃口，今晚就算了吧！"东方梅美眉微皱，婉拒佟小慧的盛情。

"也好，等你过了这段时间。咦，刚才你说想吃什么来着？瞧我这脑瓜！"佟小慧问。

"凉拌黄瓜片。"东方梅笑道。

---

[1] CNS——科学界公认的三大顶级杂志，即 *Cell*、*Nature*、*Science*。

"正好，我刚才看见这儿有新鲜的青瓜，咱们买上一些，待会，我上你家给你做去。"

佟小慧拉着东方梅的手往蔬菜行走去。

"不用啊，小慧姐，凉拌黄瓜我自己会做的。"东方梅笑道，忽然看见绿油油的菠菜，又说："菠菜好像也不错。"

"喜欢的话咱们都买上。瞧，这菠菜的根茎好大，营养全在这儿啦！"佟小慧随手拿了一把菠菜放到购物篮里。

"做沙拉吃吗？"东方梅问。

"做菠菜汤最好，往汤里搁一点瘦肉，又营养又美味，包你好吃。"佟小慧笑道。

"哈，您这么说，我要流口水了。"东方梅笑道。

"走，咱们交钱去。"她俩在小超市买了黄瓜、菠菜还买了一些鸡蛋和打碎的猪肉末，两人有说有笑沿着那条花香浓郁的小道，来到东方梅居住的Rose1480公寓。

东方梅在客厅摘菜，佟小慧在厨房熬粥。东方梅小心翼翼地向佟小慧咨询妊娠方面的知识。

"小慧姐，三个月的胎儿有多大？"

"不大。"佟小慧回头瞟了一眼东方梅的腹部，说："妊娠头三个月在医学上称为妊娠早期，这个阶段正是受精卵向胚胎、胎儿剧烈分化的时期，换一句通俗的话来说，就是胎儿'分化组装成形'的重要时期。在这个时期，孕妇要尽量避免剧烈的运动和过度的劳累，多休息，注意加强营养，主要是避免发生意外的流产。"

"小慧姐，这个时候，如果去做剧烈的运动就很容易发生流产对吧？"聪明的东方梅听出了其中的关键，她特别地问了这么一句。佟小慧以为她是担心流产的事情，就安慰她说："理论上是这么说。可是，你大可不必担心。大多数情况下，多数孕妇都能安然度过这个时期。我看你的身体素质那么好，一点问题都不会有的，放心好了！"

东方梅听了佟小慧的话心里反而发愁了。

佟小慧给东方梅清蒸一个梅菜肉饼，做一碗菠菜肉末汤，凉拌一碟青瓜片。这些小菜很合东方梅的胃口，她破例喝了两碗白米粥。喝完粥，佟小慧和东方梅坐着说了一会儿话，又叮嘱她孕妇必知的一些基本事项，就回家去了。

佟小慧走后，东方梅开始细细琢磨起"剧烈运动"这些令她想入非非的字眼来，她把佟小慧的话仔细地回忆了一遍，从中获得了某种重要的启发，她一阵莫名的轻松。

第二天，东方梅开始了佟小慧所禁止的"剧烈运动"。她沿着那条熟悉的小道快跑、慢跑、跑得大汗淋漓、气喘吁吁……接着，她回到家里又做起了各种家务，扫地、拖地、擦窗……此外，她还胡乱吃起东西来。她以为过量地吃多汁的西瓜可以让她拉肚子，甚至意外流产。为了到达"意外流产"，东方梅在默默地做努力。

非常令她沮丧的是，她所期盼的情况始终没有发生。

接下来的日子，她都在坚持做"剧烈运动"，无论天晴或是刮风下雨，她又跑又跳，直累得趴在地上不能动弹——然而，无论她如何地坚持"剧烈运动"，也无论她如何地进行"过度劳累"的体力工作，她的身体出奇地平静，没有丝毫意外流产的迹象。

日复一日，胎儿在她的子宫里顽强地成长。

在一个秋蝉鼓噪的午后，东方梅心烦意乱地喝了一大杯苦咖啡，跌坐在椅子里放声痛哭。

周一的上午，东方梅被索菲亚拽着去见克丽丝大夫。克丽丝大夫给她做了仔细检查，告诉她说："你腹中的胎儿发育非常良好，并且，胎儿顺利进

入了 *Third trimester*[①]。"

索菲亚听了万分惊喜，东方梅听了如五雷轰顶。

克丽丝大夫说她腹中的胎儿已经进入 Third trimester——这就意味着几乎没有意外流产的可能。而且，根据 S 州生育法的规定，就算东方梅想终止妊娠也必须征得医生的许可。也就是说，要不要把孩子生下来这个问题，东方梅失去了自主权。

怀孕这件事情对东方梅来说特别缺乏真实感。在那么长的时间里，她居然丝毫没有察觉到生理上的微妙变化，直到激烈的妊娠反应出现，她才有一种如梦初醒的感觉。

她真是被爱情冲昏了头脑。

"这个孩子怎么说来就来了呢？"她反复地在心里自问，这个孩子的到来没给她带来丝毫的愉悦，相反，添了她无穷无尽的烦恼和忧伤。

克丽丝大夫为东方梅建立了孕妇保健卡，要求她定时来做常规保健。索菲亚欢天喜地拉着东方梅走出医院的大门，东方梅冷不丁对索菲亚说了一句，"索菲亚，我不想要这个孩子。"

"啥？你说啥？ Termination of pregnancye！梅，你疯啦？怎么可以说这么残酷的话？"

不久前刚失去孩子的索菲亚杵在原地，一脸惊骇。

"堕胎"这个词在美国历史上曾引发过"生命派"和"选择派"两大派系的激烈交战。1973 年"选择派"获得了发言权，堕胎权作为个人的基本权利被美国最高法院确定下来，它同言论宗教自由一样受到了宪法的保

---

① 美国最高法院在 1973 年对罗伊诉韦德案（Roe v Wade）作出了判决，推翻了十六个州的反堕胎法。确定了"三阶段标准"：妊娠第一期（First trimester，妊娠头 3 个月）妇女有做决定的自主权；妊娠第二期（Second trimester，妊娠中 3 个月），各州可以限制堕胎，但不能禁止堕胎，医生有话权；妊娠第三期（Third trimester，妊娠后 3 个月），除非母体有生命危险，为了保护胎儿，各州立法限制或禁止堕胎。

护。然而，随着美国人传统价值的回归，堕胎这个事件越来越成为人们忌讳和敏感的话题。因为太敏感的缘故，"堕胎"一词让普通的美国人都难以启齿，人们在谈论这件事情的时候往往避免直呼其名。因而，堕胎一词被一连串颇为隐晦的句子所代替。例如："生殖健康程序"（Reproductive health procedure）或是"妊娠终止"(Termination of pregnancye) 等等，索菲亚的说法就属于后一种。

"对不起，索菲亚，我还没做好准备。"东方梅的辩解苍白无力，在索菲亚听来既冷酷又无情。

"梅，现在离孩子出生还有足足的七个月，我们可以慢慢去做各种准备呀，咱们不着急。"索菲亚温言细语，东方梅心烦意乱，只顾胡思乱想，她索性不与索菲亚争辩。

索菲亚见她沉默不语便以为她回心转意了。

"你在顾虑什么呢？是因为戴维不在身边吗？梅，不是还有我们在嘛！我发誓，我这个干妈会一直陪在你身边，照顾好你和小宝宝的，并且，随叫随到。好吗？"索菲亚情真意切。

"索菲亚，我——"东方梅欲言又止。

"你到底还有什么顾虑？"索菲亚追问。

"我说不清楚。"东方梅眼睛一红，泪珠子掉了下来，她和戴维的事情如何向索菲亚说得清楚？她唯有沉默。

"梅，你不要这个孩子总要告知戴维一声吧？"

索菲亚这一问，东方梅顿时花容失色，不敢去看索菲亚的眼睛，她声音宛如游丝，她说："索菲亚，我真的好累。"

"好，咱们回家。好好睡上一觉，明天，一切都会好起来的。"索菲亚挽着东方梅的手向停车场走去。

六十一

东方梅去看了克丽丝大夫又度过了难熬的一周。

周五的下午，索菲亚正在 K.L 教堂协助牧师准备周末给新人洗礼的必须圣物，忽然接到克丽丝大夫打来的电话。

克丽丝大夫在电话里说，东方梅跑到医院来向她正式提出要"终止妊娠"的申请，"My God!"索菲亚惊骇地叫了一声，丢下手头的工作心急如焚地赶往医院。

索菲亚在克丽丝大夫办公室见到了东方梅，她不容分说一把拉住东方梅的手就往外走。

"索菲亚你干吗呀？"东方梅一边挣扎一边说，索菲亚的力气大得惊人，东方梅像是被人从一个巨大的漩涡里拽了出来。

"东方梅，这话应该是我问你才对！你来这儿干吗？"索菲亚横眉竖眼，直呼东方梅的大名，她非常生气，气得眼泪都要掉下来了。由于过于激动，索菲亚的声音都发抖了："梅，你想干什么？你太让我失望啦！如果不是克丽丝大夫及时电告我，你是不是真就干出傻事来？嗯，你给我说说——我宝贝干女儿到底有什么错？你干吗要这么残忍待她？东方梅，我告诉你——如果我的宝贝干女儿真出了什么意外，我——索菲亚，这辈子都不会原谅你！我们也不要做好朋友了！"索菲亚又气又急，丝毫不给东方梅争辩的余地。

东方梅被索菲亚劈头盖脸一顿臭骂，心里又憋屈又心酸，一头倒在索菲亚的怀里放声大哭，哭得索菲亚心里甚是酸楚，跟着落下泪来。

她搂着东方梅哄孩子般的语气安慰她说："好啦，别哭啦。我原谅你了！还好，我宝贝干女儿平安无事。咱们现在回家，以后，可不许这么干了。"

索菲亚搂着东方梅的肩膀送她上了车的副驾。

为了防止东方梅再次做出傻事，索菲亚索性把东方梅接到家里来同吃、同睡。反正，东方梅在休假，西蒙最近在出差，索菲亚可以一刻不离地守在东方梅的身边。为了说服东方梅把这个孩子生下来，索菲亚背着东方梅给迈克打去电话，希望迈克能和她一起说服东方梅。

初初的几天，东方梅住在索菲亚家里茶饭不思，闷闷不乐。到了夜里，东方梅连续不断做噩梦。好几次，她在半夜里尖叫着醒过来，出了一身冷汗。索菲亚甚是担心，她每晚都睡在东方梅身边，给她讲轻松愉快的笑话，友爱地拉着她的手入眠。等着东方梅睡去，索菲亚才放心安歇。

索菲亚感觉东方梅有很深的心事，她不好过问，只能观其言察其色小心翼翼地行事。

"索菲亚，我真的不能要这个孩子。"有一天，东方梅颇为平静地对索菲亚说。

"为什么不要这个孩子？"索菲亚心平气和地问。

"我和戴维分手了！"东方梅泪眼婆娑。

"什么时候的事情？你俩为什么要分手？"索菲亚惊讶极了，她有点明白东方梅不想要这个孩子的原因了。可是，他们为什么要分手呢？他们俩不是恩恩爱爱、快快乐乐的吗？怎么突然就闹分手了呢？索菲亚很是疑惑。

"我俩在一起不合适。"东方梅的答案含糊、牵强，索菲亚不好再继续盘问，毕竟是他们夫妇俩的隐私。

"孩子的事情他知道吗？"索菲亚小声地问。

"不知道，我也不想让他知道。索菲亚，我们去拉斯维加斯举办婚礼本身就是一个错误，该结束了。"

"Why？"索菲亚耸耸肩，她彻底听不明白东方梅这话的含义了。

当初，他俩高高兴兴去拉斯维加斯举行婚礼，就那么几个月前的事情，怎么就成了一个错误？他们到底发生了什么非要分手的状况？戴维回中国去了，东方梅不肯说出原因，索菲亚无从得知。可是，孩子是无辜的，无论如何，索菲亚都不愿意东方梅伤害这个孩子。

孩子，对于索菲亚来说比自己的生命还重要，她要竭尽全力去保护这个孩子——她的宝贝干女儿。

"她真是身在福中不知福！"索菲亚望着东方梅一脸羡慕和无奈，那种失去孩子的伤痛至今午夜梦回都令索菲亚疼彻心扉。"我一定要阻止她做这件愚蠢的事情。"索菲亚决定换另外一种方式来开导东方梅，她决定不去触及她和戴维的婚姻，只谈她肚子里的那个孩子。

"梅，在美国有很多孩子都是在单亲家庭长大的。如果我没有记错的话，奥巴马先生就是其中一位。单亲算不了什么坏事，我们有足够的能力给孩子爱和关怀，帮助孩子健康成长。再说，你还有我们呢！我、西蒙、迈克，我们都是这个孩子的亲人。知道吗？我们是多么盼望这个孩子来到这个美丽的世界啊！你只要把我的宝贝干女儿顺利生下来，咱们一起看护她成长好吗？梅，答应我，求你了。"

东方梅沉默不语。

索菲亚继续教导她说："梅，作为一个母亲怎么可以随意剥夺孩子的生存权利呢？孩子没有错，如果，你坚持认为你们的婚姻是错误的话，那你更不可以让未出世的孩子来为你们买单。这不公平，对一个小生命来说，非常残忍，非常不公平。"

索菲亚苦口婆心地劝说东方梅，她的话说得入情入理又感人肺腑。大多数时候，东方梅沉默不语，她的心思实在是令人难于捉摸。

第二天，当第一道阳光射进窗户，东方梅早早就醒了过来，她看了一眼身边的索菲亚，她睡得正香。东方梅悄悄地下了床，麻利地穿上外衣，披上苏日娜不远万里从中国给她带来的一条厚实的驼绒披巾，轻轻地带上了房门，走出屋子去。

天气变得越来越凉。

那些曾经红得光辉灿烂的枫叶正逐渐失去它亮丽的颜色，变得越来越黯淡。入秋后露水很重，东方梅走在草甸子中央的一条羊肠小道上，那条小道带着她一直走向密林深处。

　　一路上，她贪婪地呼吸着略带些凉意的空气，走着走着，走到林中的一条小溪边上。小溪水清澈见底，小鱼和小虾在清澈的水里游动，小溪的对面赫然站立着一只漂亮的长脚大鸟——那鸟儿一身洁白的羽毛，一双细长的腿，一条细长的脖子，脖子的上端顶着一只火焰般的冠子。

　　从鸟儿的有些笨拙的体型来看，它应该是一只母鸟，而且，是一只正在怀有身孕的母鸟。

　　许是听到细微的声响，那只怀孕的鸟儿停下了饮水，扬起细长的脖子，张着一双好奇的大眼睛盯着对岸的东方梅看，它给人一副从容不惊，雍容华丽、非常高贵的印象。

　　东方梅与它隔着浅浅的小溪相互对望，一种莫名的感动暖暖地涌上东方梅的心头。整个静谧的丛林里，只有她与鸟儿在静静地对望着，相隔不到一英尺的距离……鸟儿发出一声轻柔的鸣叫，仿佛在问她"你为什么忧愁？"，又仿佛在向她表达一种亲昵。

　　"你好吗？"东方梅微微一笑，朝那只鸟儿轻轻地问，她迈开脚步绕过小溪边向那只鸟儿走去。鸟儿安静地等待着，仿佛在等待一位老朋友，待东方梅走近，它很温柔地把长长的嘴喙伸了过来。东方梅轻轻去抚摸着鸟儿的嘴喙，她和鸟儿仿佛是在进行一种奇妙的心灵交流。刹那间，东方梅那颗备受煎熬的心仿佛获得一种无法言喻的慰藉。

　　最后，鸟儿轻轻地叫唤了一声，离开了小溪。

　　东方梅望着那只可爱的鸟妈妈驮着颇为沉重的身子往密林深处走去。立刻，密林不远的地方传来另一声鸟的鸣叫，东方梅赫然看见另一只长脚大鸟竖着长长的脖子站立在密林中……

　　原来是一对恩爱的鸟夫妻！

　　东方梅望着这一对鸟夫妇的背影消失在密林的深处，她依依不舍地离开了小溪。

　　"要不要这个孩子？"这残忍的问题又开始撞击着她的心，刚刚获得瞬间的轻松随即了无踪迹。

她独自在林中走了许久，一排排树木犹如一堵堵墙，里三层外三层地将她包围，任何人的眼睛和声音都难以穿过，她仿佛置身在一个独立而隐蔽的王国，她感到一种从未有过的安慰。当她快步走出这片小森林，整个人都沐浴在晚秋的暖阳之中。

东方梅快要走到索菲亚前院那片草坪的边缘时，她远远看到索菲亚的屋子前站着一对青年男女。

女是索菲亚，那男生是谁呢？她有点儿纳闷。正当她纳闷之际，那男生朝她奔跑过来了！

"迈克！是你吗？"在东方梅的惊愕中迈克已经跑到她的跟前。

"你好吗？梅！"迈克的声音给人一种十分遥远的感觉，他们目光对视的刹那，东方梅发觉迈克眼里藏着很深的忧伤。

站在东方梅面前的迈克，宛如 18 世纪一位饱经风霜的西部牛仔。他一身泛白的牛仔衣裳，头上戴着一顶翻着边儿的咖啡色牛仔帽，一副浓密的络腮胡，给人一脸沧桑的感觉。

昔日白净的迈克如今看上去又黑又壮，东方梅差一点就认不出他来了。若不是他那熟悉的、动听的男中音冲击着她的耳管，若不是他那温暖深情的目光真诚地看着她，她真的就认不出他来了。

"迈克，你怎么会在这儿？"她十分诧异。

"接到索菲亚的电话，我就来了。对不起，顾不上换这衣服。"迈克歉意地耸耸肩，风趣地打着手势，说："喏，就像蒲公英一样从空中飘来，我这个样子很奇怪，对吧？"

"是很奇怪。"她笑了，目光迷离，眼睛有一层黏糊糊的液体。

"你瘦了！"迈克望着清瘦的东方梅暗暗神伤。是的，她瘦了，可她沉稳得不露一丝痕迹。他还发现，在她眼屏上漂浮着一层彩虹，一种给人视觉上分裂的感觉，就像油漂浮在水上。他的心，为她忧郁的眼神深深震撼。

同样，东方梅默默地望着迈克，她估摸他肯定是吃了不少日晒雨淋的苦楚。据她了解，现今的美国农庄早就不是 17 世纪的刀耕火种。她很纳闷，迈克怎会把自己弄得跟西部牛仔似的，一副劳碌沧桑的模样。她出神地琢磨着这个问题。

"你怎么会变成这个模样？"她直愣愣地问。

他笑了，露出一口洁白好看的牙齿。他温情脉脉地看着她，温存地反问："变成这个样不好吗？瞧，我这臂膀变得又结实又强壮。"他举起结实的臂膀很得意地秀给她看。

"嗯，是很好。"她忽然笑着落泪。

"为什么哭了呢？傻丫头！"他头一次用老大哥的口吻称呼她"傻丫头"，他走上前去轻轻地拥抱她。确实，他从来没有这么称呼过她，这种称呼让东方梅感到温暖，这是一种亲人间的温暖。他是她的亲人。

迈克回到农庄后，整日暴晒在佐治亚州强烈的阳光下辛勤地劳作，他白皙的皮肤被强烈的阳光烤得像煤炭般乌黑发亮。在每天的劳作中，他浑身涌动着青春热血，他那颗敏感善良的心却无时不被失落的爱情所煎熬。他强迫自己每天埋头于农田里的粗活、重活，企图在繁重的劳作中忘却精神上的苦楚，企图在博大而奇妙的大自然怀抱里自我抚平内心的忧伤。

他羡慕先民那种简单而快乐的生活，只为生计、只为父老妻儿取得衣食和一席居住之地，他们以身体的劳作为代价取得生存的胜利。同时，也获取延续后代的种种乐趣。他的先民们是幸福和快乐的。可是，迈克体会不到他先民们那种简单的幸福和快乐，他对纯物种般的延续充满了不屑，他需要一种更为高尚的情感，这种高尚的情感应该是和心爱的人儿在一起相亲相爱地度过一辈子，他们的后代应该是美好爱情的结晶，而不仅仅是延续物种的需要。

迈克始终没有获得他先民的那种简单快乐，除了劳作给他带来身体上的疲劳、和让他在疲倦中稍稍入睡这点可怜的益处之外，在精神上对他毫无帮助、也毫无益处。可是，迈克依然不断地给自己增加繁重的体力劳动，他期待凭借那可怜的身体劳累给他带来某些麻醉，让他获得可怜的睡眠。然而，仁慈的睡眠之神不仅没有给予他丝毫怜悯，反而站在远处冷冷地瞧着他，面目狰狞地嘲笑他，让他患上了该死的失眠症。

迈克的失眠状况一日比一日严重，他带着失眠的亢奋在地里不停地劳作，就像一个苦行僧，无论刮风或是下雨。直到有一日，他忽然接到索菲亚的一个电话。那夜，他意外地享受到了睡眠带来的最大幸福，他出奇地睡得很沉、很沉，一觉睡到了天亮。

深秋的一个日子，迈克和东方梅在长风浩荡，漫天落叶的秋天再度重逢——他俩在相互凝视中陷入久久的沉默。

"你俩好亲热啊！来，让我加入你们的快乐！"索菲亚赶了过来，站到他俩中间，一手拉一个，三个人一字排开，愉快地走在开阔的草坪上，索菲亚风趣地问："梅，你有没有发现迈克就像一个西部牛仔？"

"索菲亚，给你说对了！"迈克得意扬扬的口吻地替东方梅回答，他接着告诉她们，"不瞒你们说，我正打算给爷爷的农庄添些可爱的荷兰奶牛。那样，我就实至名归了！"

"好主意呀，将来咱们的小宝宝都喝爷爷农庄出品的新鲜牛奶。"索菲亚拍手称道。

"迈克，农事很忙吧？"东方梅关切地问。

"秋玉米刚刚入库，白花花的棉田眼看着就要开镰了。今年，咱们计划再开垦一些荒地出来，明年种上五颜六色的薰衣草。梅，你想象一下：五颜六色的薰衣草一齐长起来会是怎样的一个漂亮？还记得你给我提的那个建议吗？在棉田远处的山脚种上五颜六色的薰衣草！"

迈克开心地看着东方梅笑。

"怎么可能忘记？哦，我都想象得出那漂亮的景色啦！"东方梅露出难得的一笑。

那年，她随迈克来到爷爷的农庄养病，他俩并肩站在阿尔斯泰祖屋的门廊下，眺望一望无际的棉田，她指着远处山脚的一片荒地对迈克说："如果在那儿种上五颜六色的薰衣草那就美不胜收了！"

她的话一直被迈克记在心里。

　　三个人一齐走进索菲亚的家，迈克立即吩咐索菲亚说："索菲亚，请你给我们准备些简单的午餐。现在，我要和梅单独谈一点事儿。"

　　"到楼上的露台去好了，我已经为你们备了水果和茶。"索菲亚望着迈克会心一笑，把他俩请上了露台。

　　露台的前方对着一大片空旷的绿草地，草地的远处就是刚才东方梅拜访的那片漂亮的小森林。在这个枫叶被染成五颜六色的季节，大自然的景物漂亮得令人眼花缭乱。

　　露台很静，迈克和东方梅隔着一张小茶几分别坐在两张舒适的藤椅上，茶几上的果盘盛着洗好的樱桃、草莓和葡萄，一壶泡好的茉莉花茶冒着缕缕茶香。迈克轻轻感叹："梅，好久没听你演奏《茉莉花》了！"

　　"我也好久没有弹古筝了，怕是生疏了呢！"东方梅笑道，她修长漂亮手指在茶杯边上轻轻地点了点，这个优雅的动作，迈克立即想起了北京的那些岁月。他微微一笑，无限感慨道："时光飞逝"。忽然，他话锋一转，问东方梅，"告诉我，为什么？"

　　迈克没有点出问题的具体内容，东方梅听得心知肚明，她怔怔地望着那杯清澈的茶水，黯然神伤。

　　"一定要说吗？"她问。

　　"我们是不是过了命的朋友？"他的语气极其温和。

　　"这孩子我不能要。"东方梅小声说道，她的话让迈克听起来很是骇然。尽管，他之前已经从索菲亚那里得知东方梅对孩子的态度，但是，这话从东方梅嘴里说出来，他依然感到不可思议。

　　"孩子有什么问题吗？"迈克的表情和语气从未有过的严肃。当然不是因为孩子本身有什么问题，这正是东方梅难于启齿的原因。瞬间，他俩陷入了微妙的沉默。

　　"梅，我给你带来了一份礼物，是爷爷留给你的。"迈克首先打破了沉默。他从衣袋里掏出一只小布包，很慎重地将它交到东方梅的手上，东方梅满脸狐疑看着迈克，迈克示意她把小布包打开——

小布包是双层的，最里的一层包着一方素色塔夫绸刺绣小手帕。东方梅小心翼翼地取出小手帕打开，手帕的中央上绣着一朵十分精致的红牡丹。东方梅仔细查看这朵不同凡响的牡丹刺绣：针线细密、不露边缝，严整富丽、雍容华贵，形态娇而不冶，色彩艳而不俗。女红之巧，十指春风回不可及，东方梅小声惊喜叫道："恐怕这就是传说中的汴绣①了！"

很早以前，东方梅从文字记载中了解到汴绣，知道其起源于宋代，不仅历史悠久，更素有"国宝"之称。北宋时期，汴绣凭借其绣工精致、图案严谨、格调高雅，被选用于专门制作皇帝王妃、达官贵人的官服和装饰品，故又有"宫廷绣"的美称。遗憾的是东方梅从未见识过汴绣的真面目。然而，当她第一眼看到这朵雍容华贵的牡丹花，手触摸到那光滑细腻的塔夫绸时，立即就想起了这大名鼎鼎的汴绣。

"没错，这就是汴绣。爷爷亲口告诉我的。很漂亮，对吧？"迈克颇为动情地问："梅，还记得爷爷给咱们讲的故事吗？"

东方梅微笑着点点头。

"爷爷的故事你只听到一半。梅，威廉爷爷和一位美丽的中国女孩曾经有过一段美好的爱情。"

"是吗？"东方梅望着惊讶得无法形容。在东方梅讶异的目光中，迈克把爷爷传奇的爱情故事给她娓娓道来。

"她是房东的小女儿——一位非常淳朴善良美丽的好姑娘。在爷爷养伤的日子里，他俩产生了爱情。可是，自从爷爷离开中国后，他们再也没有重逢。这条手绢就是他们的爱情信物。"

"多年以后爷爷才获知：他养过伤的那个村子在他离开不久，遭到了日军的蹂躏和屠杀，几百号人家无一幸存，包括那位姑娘的一家。"说到这，迈克的声音哽咽得无法言语。

---

① 汴绣——中国传统刺绣工艺之一，国家级非物质文化遗产。

东方梅端详着那朵雍容华丽的牡丹花，想象着年轻的威廉爷爷与美丽的中国姑娘相亲相爱的情景，不知不觉泪流满面，她轻轻地感叹道："战争总是会摧毁美好的事物。"

"梅，爷爷让我把这方珍贵的小手绢转交给你，老人想给你未来的小宝宝留个念想。爷爷还想让你告诉小宝宝，有一个名叫威廉·阿尔斯泰的美国飞行员曾经到过中国，是中国给了他第二次生命。"

"对不起，迈克。等小宝宝长大了，我一定带她去拜访爷爷的农庄，我一定会把爷爷的故事讲给小宝宝听。"东方梅心里明白迈克给她讲爷爷这个故事的深意。

"感谢上帝！"迈克虔诚地在胸前划了一个十字，望着东方梅欣慰地笑了。

…………

迈克吃过午饭后匆匆赶回南方去了。

热烈的长风吹了过去，大自然的神秘之手把所有的绿叶染成了五颜六色：淡黄、明黄、橘黄、粉红、火红、深红色……一树树五彩斑斓的秋叶组成了秋天最美妙动人的景象。

如果说春天是生命的起始，夏天是生命的成长，那么，秋天则是生命最丰盛的收获季节。在这个奢华的季节，东方梅收获了最奢华的情意。

每个周末阳光明媚的早晨或是落日的黄昏，东方梅和索菲亚这对异国闺蜜的身影总是相伴出现在铺满奢华秋色的小道上，克丽丝大夫说散步对孕妇最有益处，索菲亚作为孩子的干妈妈当然义不容辞。

在这些美好的日子里，除了索菲亚，东方梅身边还会时不时出现迈克帅气的身影相随。

迈克每次到 S 州来，都会给东方梅带来许多农庄的小食品，在众多农庄风味小吃中，东方梅最喜欢吃奶奶亲手腌制的小橄榄、小黄瓜，琼斯大婶秘制的山楂果酱，敏蒂小姐新鲜出炉的小松饼……东方梅换着口味吃着这些来自南方的风味小食，内心感受到一份来自亲人般浓浓的情意。

因为爱，东方梅沉醉在北美最美丽的景物当中，沉醉在索菲亚、迈克以及来自阿尔斯泰农庄人们无私的博爱中；因为爱，她幸福了整个秋天。随着腹中胎儿渐渐长大，东方梅从对孩子取舍的纠结和痛苦中走了出来。

　　戴维也渐渐地淡出了她的生活。

　　很多时候，东方梅伫立在黄昏的天光里，遥望天边那一轮徐徐的落日，情不自禁发出一声叹息。

　　日子就像 Olentengy River 的流水一去不返。

六十二

深秋过后的 S 州下了一场很大的雪。

美国一年一度最隆重的传统佳节——圣诞节又将拉开帷幕，节日特有的气氛随着纷飞的雪花越来越浓，美妙的圣诞旋律已经响起，孩子们欢天喜地、笑声朗朗，圣诞老人载满礼物的雪橇已从遥远的北极向全世界出发了。

东亚系的圣诞 party 依然走在各系部的前面。

自从小川一郎辞职返回日本后，卡翠娜发生了明显的变化。她漂亮的大嗓门比从前低了半个音调，服饰由繁杂变得简约，烟熏雾绕的眼影变成了一袭清水洗眼眉。卡翠娜疏于化妆打扮，时装也懒得去观赏，再好的戏剧也让她提不起丝毫的兴趣来，可怜的卡翠娜完全变成了另外一个人。都说"女为悦己者容"，这话一点不假。

接替小川一郎工作的新人名叫南野秀一，大家都称他为南野先生。南野先生在日本人当中属于身材比较高大、外表比较俊朗的那类佼佼者，他走到哪里阳光就照到哪里，他浑身充满了阳光般的魅力。南野先生有一个高挑、性感、漂亮的俄罗斯籍女友，芳龄二十一，南野先生大女友五岁。他俩金童玉女，天生一对、地配一双。

"江山辈有人才出。"南野先生和俄罗斯女友爱情的风头，远远盖过了当年的小川一郎和卡翠娜。

东亚系添了南野先生与俄罗斯女友这么一对新人，更是添了一道十分耀眼靓丽的风景线。每当上班时间，南野先生和俄罗斯女友手拉着手，高调地从卡翠娜办公室窗前经过，留下一串银铃般的笑声。

情侣的笑声洒落在卡翠娜的心湖，立刻泛起了阵阵涟漪——卡翠娜无限感慨、万分惆怅。她脑海里不断回放与小川一郎往日的美好片段，对爱人深切的思念日复一日、月复一月，卡翠娜明艳如花的容颜日渐憔悴。

直到有一日，卡翠娜再也经受不起这万般的相思之苦，她毅然作出重要的决定：过完今年的圣诞节，她就辞去东亚系的工作，飞往日本去寻找她亲爱的小川一郎。

卡翠娜已经物色好顶替她工作的最佳人选——这人正在东亚系做volunteer，一位名叫蒂娜的非洲裔姑娘。与卡翠娜相比，蒂娜更年轻、更具有活力。东亚系的同事几乎在第一时间里发现：面带稚气的蒂娜，无论是在外貌和气质上和初初出道的卡翠娜非常相像，两个人站在一块看上去就像一对孪生姐妹。同样是一副高挑袅娜的好身材，一头浓密乌黑的卷发，一双黑白明亮的大眼睛，一只厚实性感的大嘴唇；略有不同的是：卡翠娜比较知性、稳重、成熟，蒂娜更像是一位活泼可爱的邻家小姑娘。

今年东亚系的圣诞 party 依然安排在老地方——181 South Oval Dvive The Faculty Club 二楼的大厅，时间比去年提前了两天，定在 2008 年 12 月 10 日晚上 7：30。

时间很快就来到了 2008 年 12 月 10 日的晚上。

181 South Oval Dvive The Faculty Club 整栋大楼灯火通明、人声沸腾，大人和小孩都穿上了节日的盛装，气球和彩带在人们的头顶上飘，美妙的音乐充满了大楼的每一个角落，空气中弥散着复合鲜花的芳香。今年的圣诞节，除了东亚系和医学中心的外科大夫们选择 181 South Oval Dvive The Faculty Club 作为举办圣诞 party 的地点外，S 州立大学的其他几个系部和研究机构也不约而同地选择在这座大楼的不同楼层来举办各自盛大的圣诞 party。

西蒙先生一如既往做了热情洋溢的圣诞致辞之后，东亚系盛大的圣诞party 开始了。

长条桌子上摆满各种美味的冰镇海鲜：即食的大虾、螃蟹、海螺，还有各种生鱼刺身、三文鱼片、生蚝……不同风味的美食摆了几条长桌，周围一溜现做美食的师傅们忙得热火朝天。

嘉宾自取美酒的地方依然是一条冰雕大鲤鱼张着大嘴，五颜六色的酒水顺着鲤鱼的大嘴一直流到鱼的尾部，冰镇后的美酒又香又醇，嘉宾们免不得要多喝几杯。

"年年岁岁花相似，岁岁年年人不同。"东亚系的 party 上添了不少新面孔，东方梅端坐在 party 的一角和索菲亚低声笑语。昨天，索菲亚去见了克丽丝大夫，克丽丝大夫说索菲亚明年有望能怀上小宝宝，就为克丽丝大夫这么一句珍贵的话，索菲亚乐得一整天合不拢嘴。

乐曲适合慢三慢四，索菲亚拉起东方梅的手往舞池里走，她说慢三慢四比散步更有意思，即可当散步又可进行胎教。闺蜜俩踏着曼妙的旋律，舞步和舞姿甚是柔美，引得众人好生羡慕。

由美子挽着保罗的手加入进来了，这对璧人似的情侣深情款款地拥抱着在舞池中翩翩起舞，羡煞了舞池边上那群跃跃欲试的年轻人。和往年一样，年轻人一对对、一双双，医学中心那群年轻的外科大夫领着他们漂亮的舞伴热情地加入了进来。他们当中有不少是刚从国内过来的访问学者，又年轻又帅气。望着那些充满朝气的东方面孔，东方梅有一种恍如隔世的感觉，戴维年轻帅气的笑容在她脑海里不断闪现……去年，她就是在这个盛大的圣诞party 与戴维相遇，那情形仿佛就发生在眼前，她内心十分惆怅。

闺蜜俩走了一会舞步，坐在靠近舞池的一张椅子上，卡翠娜领着迈克和塞廖尔从热闹的人群中穿过来了。

"迈克来了！"索菲亚惊喜地叫起来，声音未落，迈克已经快步走到她俩的面前，他上前去和索菲亚握手，和东方梅轻轻拥抱。

"梅，你好吗？我刚下飞机就赶来了！"迈克西装革履，笑得阳光灿烂。

他恢复了她从前那个熟悉的样子——儒雅、帅气、风度翩翩。卡翠娜站在一旁笑眯眯地看着迈克，风趣地调侃："梅，你有没有感觉时光仿佛又回到了从前？"

"是的，美好时光再现。"迈克很开心地替东方梅回答，东方梅转向塞廖尔和他握手，"你好，塞廖尔，欢迎你。"

"我想着你俩今晚一定会来！"索菲亚笑眯眯地向塞廖尔伸出了手，夸他道："塞廖尔先生，你越来越帅了！"

"谢谢索菲亚！"塞廖尔眉开眼笑。

旧日朋友欢聚一堂，迈克感觉又回到了从前。他从侍者手中的托盘上给每个人都取了一只盛着红酒的酒杯，满怀欢喜举着酒杯向大伙提议："女士们、先生们，为我们的重逢，为圣诞，干杯！"

"干杯！"大伙举杯齐声笑道。

"卡翠娜，听说你要辞职，是真的吗？"大伙围着一张圆台坐了下来，迈克关切地问卡翠娜。

"是的，迈克先生，我就要飞到日本去了！"卡翠娜眉开眼笑，举着酒杯对迈克说："来，为友谊，咱们干了这杯！"

"祝你和小川一郎先生拥有幸福的未来。"迈克诚挚地向卡翠娜祝福。大伙一齐上前来和卡翠娜干杯，迈克又说："可惜，眼下不是樱花盛开的季节，不然，我会跟着你一起飞到日本去赏樱花。"

"等到樱花盛开的季节，我在日本恭候大家的光临。"卡翠娜的声音像一串风铃般动听。

"为爱情，为友谊，干杯！"索菲亚说，大伙一齐举起了手中的酒杯。

"有一种心情，我不知道算不算是爱情？"卡翠娜笑盈盈地望着大伙很动情地说："明知道，也许不可能重来，可我的心，依然执拗着要去问一个清楚和明白。此去日本，我不敢奢望获得小川君的爱情。但是，我对那个生他养他的地方是情不自禁地向往。"卡翠娜忽然落泪，她含泪笑道："各位亲，你们不会笑话我傻吧？不远万里跑去日本，这到底算不算是奔着爱情？"

"当然是奔着爱情，奔着伟大的爱情！卡翠娜，加油！"索菲亚替大伙大声回答说。

"来，我们大家一齐为卡翠娜伟大的爱情干杯！"迈克领着大伙一齐向卡翠娜举起了酒杯。大伙干了一口，塞廖尔接过迈克的话来说：

"因为美好的事物，美好的心灵体验，年幼的我们曾经是那么任性和执着，现在依然。不是吗？谁让我们还年轻呢？噢，也许，爱情和年龄无关，虽然，年轻是我们的资本。就我个人而言，爱最重要。"

"拥有爱又拥有爱的能力，这是一件多么幸福的事情啊！这样，我们的生命就变得越来越丰盈了！"

"卡翠娜，真诚地祝福你！"塞廖尔的一番激情飞扬的感慨，像散文又像是诗，获得众人热烈的掌声。

"塞廖尔，生活让我们大伙都变成了哲学家。"东方梅笑道。

"这话说得漂亮！"迈克带头鼓掌。

"迈克，你得承认你是最幸运的一个。瞧，至少，今夜你可以陪着你喜欢的人儿共度良宵。"卡翠娜望着迈克和东方梅直不愣登地举着酒杯说："为你俩——前无古人后无来者的友谊干杯！"

"干杯！"

大伙一齐向迈克和东方梅举起了酒杯。

"谢谢卡翠娜！"迈克非常意外、也非常感激卡翠娜此时此刻替他说出了他心底的话。的确，迈克是幸福的也是快乐的，在这般美好的圣诞之夜，他为能与东方梅再度重逢感到十分欣慰和快乐。

"如果说爱一个人是一种幸运，那么被爱的那个人难道不也是一种幸运吗？"卡翠娜俏皮地看着东方梅笑。

"是啊！万事万物皆因爱而存在。如果没有爱，这世上恐怕就变得毫无意义了！"东方梅接过卡翠娜的话，嫣然一笑。

大伙不约而同地鼓起了热烈的掌声，保罗吹了一声漂亮的口哨。

…………

圣诞 party 直到午夜才结束。

东方梅回到家里躺在床上久久不能入睡，她腹中的胎儿已经六个多月了，克丽丝大夫说小宝宝发育得非常好。随着腹中胎儿的渐渐长大，东方梅越来越清楚地感受到小生命的存在，她接受克丽丝大夫的建议，每天坚持听半个小时轻柔舒缓的轻音乐，这样既能颐养孕妇的心情又做了胎教，一举两得。

随着音乐的律动，清晰的胎动激发了东方梅无穷的想象，她第一次感受到初为人母的喜悦。很多时候，她即兴拨筝而歌，陶醉在与小生命奇妙的交流当中，获得一种无比甜柔的喜悦。

"多可爱的小生命呀！"这是她的第一个孩子，是她和戴维的爱情结晶。唉，一想到戴维，东方梅又万分惆怅和伤感。

这些日子，她开车经过那些曾经和戴维一起虚度光阴的地方，鬼使神差地把车子停了下来，在那些熟悉的地方流连徘徊……她一声长叹，扪心自问："我在想什么呢？我可是什么也不能想啊！"

那些从前被她忽略的事物，却越来越生动地展现在她的面前——譬如：曾经盛开得极绚烂的花朵，夏日里绿得耀眼的树叶，安静的湖泊和从丛林里扑棱棱飞出的小鸟……还有，她和戴维一起走过的每一条大街和小巷。这熟悉的一切，不经意就勾起她的回忆。

有一次，她在从 K.L 教堂回东亚系的路上，看见人家窗台上摆着一盆漂亮的秋海棠，她愣愣地站住了，久久凝望、泪眼蒙眬。曾经，戴维和她匆匆经过一个教堂，教堂边上种着一片秋海棠。

戴维指着那些秋海棠让她看，颇为得意洋洋地对她说："这秋海棠在俺家乡开得比这漂亮多了！嗯，起码要漂亮一百倍！一千倍！"

"海棠依旧，斗转星移。"东方梅坐在路边的一张椅子上黯然落泪，她和戴维在万物复苏的春天相遇，在火热的盛夏相亲、相爱，又在萧瑟的秋天不辞而别。短暂的爱情，成了她生命中的最痛。

"为什么要相遇？难道这就是所谓的命运？我们之间到底有没有发生过真正的爱情？"

暮色苍茫中，东方梅孑然独立，一声长叹。

她这一声长叹惹得月隐星沉。

戴维乘坐的飞机绕了大半个地球。

在长达十六个小时漫长的飞行途中，戴维的心无时无刻不在被煎熬。他牵挂着东方梅，心情宛如机舱里那盏昏暗的灯。因为过度思念爱人，他头痛欲裂、苦不堪言，他向漂亮的空姐要了小瓶低度意大利酒，凭借这瓶小酒在半醒半梦中度过了难熬的旅途。

漫长的旅途，他昏昏沉沉地睡过了一些时辰，在半梦半醒中坠入他和东方梅昔日的快乐时光。多年以后，每想起这一段非同寻常、特别孤独难熬的旅程，戴维都会感慨万千。

航班到达北京上空正是中央电视台早间新闻联播时间。

戴维拖着沉重的双腿和同样沉重的行李箱随着人流走至出口，看见高小燕挤在一堆人中朝他奋力招手。

"老戴，终于把你等到了！你这趟飞机晚点，害得我等了一个世纪！"高小燕夸张的口气继续调侃，"如果你的班机再晚一些，我真会以为你被本·拉登给劫去了！"

"飞机晚点啦？我怎么一点都不知道！"戴维满脸憔悴，暗暗感谢那瓶奇妙的意大利酒。因为这酒的作用，他整个飞行期间都处在昏沉的梦境当中，丝毫不觉时空流转。

"咦，你身上有一股酒气？你在飞机上喝酒啦？"高小燕从戴维手上接过行李箱，闻到一缕淡淡的酒味。

"你狗鼻子啊？车开过来了没有？"戴维的头脑有点温吞吞。

"什么车呀！你以为我是开专车来接你的呀？想多了！戴维先生，欢迎回到祖国怀抱！走吧，咱们往前走几步去搭2线机场大巴。"高小燕幸灾乐祸地揶揄道。她很卖力地拖着戴维那只沉重的行李箱，脚步一拐一拐，样子有点滑稽，惹得戴维忍不住大笑。

"你笑什么？本小姐够意思吧？记得请客！"

"没车早说呀！快——把那个行李箱给我，挺沉的，你等会儿，我去找个推车过来！"戴维追上高小燕，一把拿过她手里的行李箱，四下张望，看到一辆手推车停在出口不远的地方。他赶紧跑过去把推车弄了过来，把所有的行李都码到推车上。

出了门，戴维被北京的冷空气一吹，脑子就完全清醒过来了。他俩在风中等了十来分钟，一辆机场大巴开过来了。

"导师好吗？"在车上，戴维问起了导师的情况。

"不好。师母说北京天气太冷、空气又不好，想让师傅到上海去养病，已经托人联系去了！"说到导师高小燕的心情很是低落。

"导师打算什么时候动身？"戴维关切地问。

"说不准。你知道导师的脾气，只怕是师母的一厢情愿。导师现在每天都还忙着去给病人做手术，下礼拜的手术号都给排满了！"

"这怎么行？导师自己都是病人，怎么也得好好歇歇呀！"戴维为导师的健康忧心忡忡。

"是啊，就看你这位得意高徒能不能起点作用啦！"高小燕轻轻地叹了一口气，抱怨道："全中国的病人都一齐冲咱们导师来，导师现在是一口气也没得歇了！"高小燕说的是实情，各地的重病号都希望到首都来治病，都奔优质医疗资源而来。

"不行呐，我得去好好劝劝他老人家！"戴维愤愤地说。

"嗯，兴许导师能听你的话，嘻嘻。"高小燕一脸讨好地笑道。车里有人大声说话，五湖四海的口音，一路上，不时有人下车，好不容易到达终点站，他俩下了大巴，在路边拦了一辆的士。

回到住宿的公寓，戴维见屋子被人收拾得干干净净。高小燕向他邀功说：

“老戴，得知你要回来，我早早就请人过来把卫生搞好了！瞧，这房间、这地儿，还行吧？”

戴维听了心里高兴，夸高小燕说：“不错，还是你们女同胞细心。待会，我请你上全聚德吃烤鸭！”

“真的？老戴，那我就不客气啦！”高小燕高兴得跳了起来。

“你一个大姑娘多少也得表示些矜持吧？瞧你，高兴忘形的小样！”戴维笑道。高小燕小嘴一撅，说：“去，少来！”她一眼瞧见戴维正弯着腰从行李箱里取出一些小试管，知道是戴维带回的实验细胞株，想着等会儿肯定得立马把这些宝贝疙瘩送到实验室的液氮罐里去保存。于是，高小燕得意扬扬地看着戴维笑，她说：“老戴，你行呐，弄些个宝贝疙瘩回来，少不了需要我帮手吧？”

“废话，你以为全聚德的烤鸭是免费的啊？走，现在就和我一起去实验室先干活！”戴维说着迈开大步朝门口走去。

“哈，老话怎么说来着？天下没有免费的午餐！一点不假啊！”高小燕噘着小嘴跟在戴维的身后。

在实验室里忙乎了半晌，戴维领着高小燕上全聚德吃烤鸭去了。他俩在从全聚德回来的路上，戴维向高小燕问起王娜师姐的情况。

“师姐的情况怎么样？”

“能怎样？住 303 医院去了！她这次发病的时间特别长，每天都得吃一大把药。唉，师姐真是可怜！”

“怎么会这样？”戴维很是吃惊，上个月他回来探望导师的时候，师姐看上去挺正常的呀！才隔这么一两周的时间，她又住进医院里去了？

“还不是给万师兄害的！女人啊！太痴情也不行啊，师姐这辈子算是玩完了！”高小燕继续说：“老戴，你知道不？万师兄跟着那个富家女跑了，连学位都不要了，我觉得他是没脸回来了。你说万师兄怎么可以这样？做人也太不厚道了，太 low 了！咱们导师对他可不薄啊！这才真是现代版的陈世美呢！”高小燕越说越气，气都不打一处来了。

"现代版的陈世美？不过是一介小丑而已。"戴维说着心不在焉起来，他想起远在太平洋彼岸的东方梅，心情极是惆怅。高小燕也不说话了，师姐的遭遇和导师的病情让他俩忧心忡忡，他们一路沉默，各怀心事回到公寓自己的屋子。

第二天，北京的天空依旧是一副灰蒙蒙的样子。戴维在朦胧的梦境中醒来，竟一时弄不清自己身在何方，待他彻底地清醒过来，才确定人已经回到了北京。正在洗漱的时候，寝室的电话响了，他有点纳闷：这么早会是谁打来呢？他接起话筒一听，咧嘴笑了。

夏倩倩特别响亮的声音在电话里对他说："欢迎回到祖国母亲的怀抱！老戴，时差倒过来了没有？今晚，去大酒店为你接风洗尘！"夏倩倩口中"戴维"改成了"老戴"。

戴维觉得这称呼又有趣又好玩，与东方梅结婚后，他感觉"老戴"这称呼更适合他。此刻，夏倩倩的盛情让戴维感动得一塌糊涂。

"谢谢倩倩！"因为感动，戴维省去了夏倩倩的姓，听上去亲热多了。话一出口他又感觉有些别扭，正儿八经地回到从前对她称呼，"夏倩倩，不好意思，今晚恐怕不行，我已经和高小燕约好一起去看导师。"

"噢，没事。老戴，那咱们改天吧！改天，我请你去香格里拉大酒店吃大餐！记住我新手机号码：135206X9733 。咦，刚才你怎么称呼我来着？'倩倩'？挺好的呀！嘻嘻，好像有一点暧昧啵。不过，哥们，以后你就别夏倩倩、夏倩倩的点我的大名好不好？说好了！就倩倩——两字！记住啦！Bye——！"

…………

早餐后，戴维衣装整齐去拜访导师。

导师家住在单位的海归楼，这是一栋颇有名气的教工大楼，始建于20世纪的80年代末。顾名思义，此楼是专门为当年的海归人才建造的。王全林教授属于入住该楼的第一批海归人才，他早年留学德国并在德国获得医学博士学位。

导师一家住在海归楼最东边五楼的一个单元里，这是一套旧式的四房两厅，卧室宽敞，客厅稍稍逊色。屋子的陈设经师母悉心布置，素雅大方、简洁实用。师母喜爱侍弄花草，导师家的窗台、阳台和客厅都布满了不同种类的喜阴植物。冬天，窗外白雪皑皑，窗内导师家却是难得一见的绿荫。

高小燕提着一袋新鲜水果，戴维抱着一大箱牛奶，师母亲自给他们开了门，迎接他们的到来。

听到戴维和师母说话的声音，导师从客厅里一张旧式的藤椅上轻飘飘地站了起来，站在戴维面前的。昔日身体颇为健硕的导师，如今竟被恶疾折磨成一介干瘦的小老头。

戴维的心头一紧，难过至极。

导师看上去从容淡定、满脸慈爱，戴维与导师目光对视的刹那——有一种想哭的冲动。他的导师正被恶疾肆虐、生命日渐凋零……而他，作为导师的高徒却束手无策，眼睁睁看着死亡之魔站在导师身边冷笑着，戴维又难过又伤心，一时无语。

师母在一旁抱怨说："你导师总不听话，让他好好休息配合治疗，他就敷衍我说去肿瘤病区挂了号，可人却天天往科室里跑，手术一天也没少做。小戴呀，这次你回来了，得替我好好劝劝你们的师傅。"

导师听完师母的唠叨，呵呵一笑，招呼戴维说："小戴，过来，坐到我这边来。别听你师母瞎说，我本人就是大夫嘛，怎么会不听大夫的话呢？"

导师一如既往的俏皮、诙谐和幽默，师母说他偷换概念。

导师在学术上对学生要求很严，在生活中对学生却是十分慈爱。在戴维的印象中，导师是一个很有生活智慧的人，不仅博学、还十分幽默和风趣。戴维听师母说过，导师年轻时喜欢跑步，喜欢在寒冬腊月洗冷水澡。

戴维对导师是高山仰止，佩服至极。

导师这次忽然罹患重大恶疾，戴维始终接受不了这个残酷的现实。导师握着戴维的那只手，依然宽大、温暖，却少了一些分量，轻飘飘地给人一种不太真实的感觉。

"小戴，你回来我很高兴。给我说说你在国外的实验情况吧？"导师望着自己的高徒眉开眼笑。

"瞧瞧，一开口就谈工作，真拿他没办法。小戴，你向你导师汇报。小燕，你随我到厨房来帮忙。中午，我给你们师徒做几个好菜，好好陪你们导师吃餐饭。"师母吩咐道。

在导师期待的目光中，戴维仔细地向导师汇报了他在国外的工作和实验情况。导师目光炯炯、精神矍铄，专注地听取他的每一个实验、每一个实验的细节，中间，导师还提了不少问题，遇着戴维答不上来的，师徒就关键的问题还进行一番深入的探讨，直到戴维从中获得一点有益的启发，导师才露出欣慰的笑容。

"戴维，你带回的细胞株要尽快复苏、扩增和妥当保存好，注意做好预防细胞污染。另外，你赶紧设计好下一个实验。争取后天，把实验的具体方案发到我的邮箱里。"

导师给戴维布置了新的实验。

…………

见过导师后，戴维开始了新的实验。

他复苏了部分带回来的细胞株，做了相关的病毒制备，对指定的目标细胞进行了系列的基因功能测试。同时，他复苏了实验所需的293T细胞，让目的基因的质粒和病毒包装质粒进行了共转染。这个实验，他反复做了好几个来回，结果都不理想。

戴维对实验的可行性产生了质疑，导师给他发了十几份重要的文献，让他暂时放下手头的实验去认真阅读。当戴维从中得到了一些重要的启发之后，重新调整了某些实验环节。同时，他对293T细胞的稳定性进行了全程的跟踪。最终，他发现了问题所在。某日，他在重新进行目标转染48小时后，成功地获取了理想的数据。

这次成功的转染让戴维高兴了好几日。很快，他又遇上一个新的难题。从临床标本分离出来的细胞，早上还生长得好好的，到了傍晚竟变得奄奄一息……当初，裴金涛裴博士传授给他救治细胞的秘方又派上了用场。

这天，戴维忙到大半夜，才稍稍松一口气。他和衣倒在实验室的简易床上，不知不觉就一觉睡到了第二天的上午。

将近午饭时间，戴维的手机响了。

"科学家，是我。"夏倩倩的声音又兴奋又洪亮。自从上次在香格里拉大酒店为戴维接风洗尘后，她仿佛从地球上蒸发了一般。足足三个月，戴维没有听到夏倩倩的任何消息。

"老戴，这回我又发了！"夏倩倩在电话里说她刚从泰国回来，这一次，她的生意好极了，她又要大发了。

"发大财啦？嗯，很好。"戴维累得半死，一点都兴奋不起来。

"老戴，今晚咱俩一起吃个饭吧！保证全是你喜欢的家乡菜。"夏倩倩依然一副高涨的情绪。

"好呀，沾你一点财气。"戴维一听说家乡菜就来劲。

"说好了，下班我去接你。"夏倩倩既干脆又周到。

"谢谢啦！"戴维笑道。

傍晚，夏倩倩开着一辆新宝马前来接戴维，她把他带到她的新别墅——香香山庄。

香香山庄是北京新贵的居住地——一群以意大利托斯卡纳建筑风格为基调的联排别墅。别墅外立面层次丰富、材料多样、色彩绚丽，给人一种非常醒目的异国情调。夏倩倩的宝马在精致的人工曲径上缓缓穿行，远道而来的西方建筑群坐落在这片东方的领土上，别样的异域风情与奇特的东方神韵相得益彰。瞬间，给戴维一种穿越时空的感觉，他忍不住对夏倩倩说："嗯，这东西合璧别有一番风味，还行。"

夏倩倩微微一笑，朱唇轻启道："老戴，你若是夏天来咱们这香香山庄，景色就更美了！移步异景、曲径通幽、鸟语花香。可惜，眼下是隆冬季节，咱们北方除了塔松，花鸟早就了无踪迹。"

香香山庄别墅的空间设计错落有致，前二后三下沉式三面环绕的庭院很有特色，首层三面采光多面观景，是名副其实的户户观山，家家有景。餐厨的空间对着近百平方米的中院，院子里的状况一览无遗。

戴维站在厨房的门边上，看见院子里有一群小男孩在玩赛车游戏，夏倩倩推开窗子叫她儿子的名字，一位小男孩应声跑进屋来。夏倩倩对儿子说："快叫舅舅好！"小男孩俏皮地朝戴维眨了眨眼，大声地叫戴维："戴维舅舅好！"戴维摸了一下小男孩的头笑道："乐乐又长个了！"

"是呀，他就知道长个不知道长脑。"夏倩倩抱怨道。

"你可不能这么说咱们乐乐。乐乐，我听说你上个学期又拿三好学生啦？"戴维笑眯眯地问。那孩子红着小脸蛋很自豪地回答说："是拿了两个奖——还有一个是数学学科优秀代表！"

"真棒！乐乐，舅舅奖励你——拿着！"戴维变魔术似的给孩子拿出一盒巧克力。

"谢谢舅舅！"乐乐高高兴兴接过巧克力跑自己房间去了。

夏倩倩请了一个远房的堂嫂来帮忙打理家务。堂嫂是一个厚实胖墩的中年妇女，手脚勤快，少言寡语。堂嫂的丈夫前年因病去世了，他们的一双儿女早已各自成家，堂嫂在老家没有什么事情可做，便安心来夏倩倩家里帮忙。夏倩倩告诉戴维说堂嫂娘家有点出身不凡，祖上有人曾在皇宫里做过御厨，堂嫂得过祖上的一些真传。

夏倩倩让堂嫂做了一大桌家乡的招牌菜，什么道口烧鸡、鲤鱼焙面、炸莲夹、羊肉烩面、柿子烙饼、酱红萝卜……这些出了名的家乡菜式，每一道都做得有板有眼，并且色、香、味、形、皿俱全。这些赫赫有名的招牌菜完全不像是出自一位普通农妇之手。

美味的家乡佳肴，搭配意大利红酒，戴维大快朵颐。

饭饱、酒足，夏倩倩和戴维隔着茶几喝茶、闲聊。闲聊中，戴维得知夏倩倩新处了一位男友，男友是专做进口意大利红酒生意的，最近在北京开了好几家连锁公司。

意大利红酒让戴维想起了S州的玛利亚酒庄，想起了在美国和东方梅度过的一段快乐时光，想起东方梅小诗里的一句，忍不住把这诗句给念了出来。

"如流星划过——有人，从我的生命里匆匆走过。"

"多美的诗句呀！谁写的？"夏倩倩好奇地问。

"她写的。"戴维黯然神伤。

"东方梅？我一猜就是，说说你们的爱情吧？老戴，所谓'一日不见，如隔三秋。'你肯定想她了吧？"夏倩倩取笑戴维。出乎她的意料之外，戴维淡淡地回了一句："我们结束了！"

"你们结束了？ Why？"她说了一句英语，眼睛睁得老大老圆，问："老戴，你不是和我开国际玩笑吧？别忘了，你俩的结婚礼服可是我亲自帮着置办的噢！怎么就结束了？你啥意思啊？难道你们跑去拉斯维加斯玩过家家游戏？"

"最后一句给你说对了！她也是这么说的。"戴维吹了一声口哨，一副玩世不恭的语气唱了一句流行歌曲，"一场游戏一场梦——"

"老戴，你真的被抛弃了？是不是背着人家干了什么坏事被发现了？"夏倩倩揶揄道。

"唉，连你都这样编排我，我还能有活路吗？唉，我是百口莫辩了。说到这事，我真是被冤死了！"

戴维唉声叹气，把茶水一饮而尽。

"和我说说？怎么被冤枉法？或许我还能救你一把？"夏倩倩的侠义劲又上来了。

"我给你说……"

戴维听得心里感动，就把王娜去美国旅游与东方梅不期而遇造成的误会，东方梅去调查他那一段支边历史，他和迈克在酒吧间打架，连同维多娜佳如何死缠烂打地追求他……一大堆破事全说给夏倩倩听。

"天啊，你这一堆破事我听得头都晕，难怪人家要误会你了。老戴，这回你真是玩完了！"

夏倩倩替戴维唉声叹气起来。

"啥叫玩完啊？我一点都没有和她玩的心思，我保证对她全是认真的。"戴维争辩道。

"一件简单的事情，被你搞得那么复杂！老戴啊老戴，要我说呢，你的桃花运够旺，如果能借给我去做生意那可就大发啦！我保证我的名字很快就上福布斯榜。"夏倩倩嬉笑道。

"我都落到这步田地了，你还冷嘲热讽，够朋友吗？"

戴维垂头丧气。

"老戴，我给你分析分析。"夏倩倩动了恻隐之心。她安慰戴维说："以我作为一个女人的心理，东方梅和你能走到婚姻这步田地，按理说，不可能说分手就分手的。虽然，我没有见过东方梅本人，但从你对她的种种描述，我判断东方梅属于那类比较重感情的端庄女子。她不可能视爱情为一场游戏，她说你们的拉斯维加斯婚礼是一场游戏，肯定是气话，不必当真。"

夏倩倩得出结论说："她心里肯定是有一个解不开的心结，都怪你当初不能当面向她解释清楚。不过，你现在可以通过邮件给她写清楚嘛，你俩得心平气和去面对彼此的过去。尤其是你，一个男子汉，不能小肚鸡肠。还有，你吃人家迈克的醋干吗？这点俺就不赞同你了！你想想，如果东方梅真想嫁给迈克，还能等到现在？还能轮到你？换了我，早就嫁人家了！等你遇见人家的时候——早就绿叶成荫子满枝啰！"

"老戴，你觉得俺说的是不是这个理？你仔细想想，你可别不高兴。你得拿出十二分的诚意来。赶紧的，回去就给东方梅写一封长信！"

夏倩倩命令道。

戴维听得一愣一愣的，心里倒是舒坦了许多。说到让他给东方梅写一封长书信，他就像一只泄气的皮球，说："我何止写了一封？都n封了！人家根本不 care——我给她寄去邮件全都石沉大海。"

戴维长长一叹。

"可怜的人啊，连忏悔的机会都没有了！咦，会不会是你那个破邮箱出了问题啊？"夏倩倩突发奇想地问。

"也有可能。估计是人家把我的邮件设为垃圾了！"戴维一脸苦笑。

"现在，你只能耐心等待了！"夏倩倩颇为同情地安慰。

"是啊！我得尽快完成毕业论文。"戴维又叹了一口气。夏倩倩接过他的话来取笑他说："然后，理直气壮上美国找她算账去。"

"是可怜巴巴地向她坦白交代。唉，就不知道人家还要不要我了？"戴维可怜兮兮的口吻。

"没出息！"夏倩倩笑道，"呃，老戴，我问你一个问题。"夏倩倩认真起来。

"你问。"

"我一直闹不明白，你一介外科大夫弄好手术刀已经余粮满仓了，干吗还非要去折腾科研干啥？"

"夏倩倩，你这么说就 out 了。我问你，咱们中国大夫与美国大夫相比，最大的差距在哪？"

"啥差距？不都是在看病做手术嘛，再说啦，咱国家的病种比美国多了去，人家都夸咱中国大夫厉害着呢！"夏倩倩噘起了嘴巴。

"哼，真是井底之蛙。"戴维满脸不屑，他说："美国的外科大夫不但有很强的临床能力还有雄厚的科研背景，科研指导临床不是一句空话。人家大夫用药能走到五线、六线，咱们能走到三线、四线就很不错了。为啥？就是咱们的科研水平不如人家呗！和人家相比，咱们差了十万九千里都不止。"

"这些年，美国在转化医学方面做得相当漂亮，他们在及早发现和及时干预诊治肿瘤病人方面做得最好。在美国，大部分的恶性肿瘤病人能获得及早的发现、干预和有效的治疗，病人的治愈和生存质量，美国在世界上是 NO.1。归根结底——科研给临床诊疗提供了非常重要的导向作用。"

戴维的一番话让夏倩倩茅塞顿开。

她真心夸戴维说："老戴，你和从前完全不一样了。嗯，喝过'洋墨水'就是不同，令我刮目相看。"

···········

秋天很快过去，刚入冬的北京一连下了好几场大雪。今年的冬天，北京的天气特别寒冷。

戴维更加忙碌了，白天跟着导师到临床去做手术，晚上泡在实验室里整夜做实验。导师自知留给自己的时间不多，一边顽强地和病魔作斗争，一边忘我地投入到救治病人的工作中。

导师每天的手术档期安排得满满的，手术预约已排到了下下两个礼拜。戴维目睹导师如此超负荷地工作既担心又心疼，他劝阻不了导师，只能默默地跟在导师身边，尽量为导师分担一些工作。

在一个雪花漫天飞舞的日子，戴维和高小燕提着新鲜水果和营养品去303医院探望师姐王娜。

那天，雪下得很大，他们身后留下四行深深的脚印。

很快就要到圣诞节了，超市里、街道上到处充满了圣诞的气息。戴维和高小燕并肩走着，心里却十分想念远在地球另一边的东方梅。他默默地回忆起他俩初次见面的那个晚上——东亚系热闹非凡的圣诞party，东方梅就像一道耀眼的光芒掠过他的心空，他被她那超凡脱俗的美貌和不同凡响的气质深深吸引、深深震撼，他对她一见钟情。

戴维美滋滋地回忆着那晚的每一个场景和每一个细节，不知不觉分了神，脚底一个趔趄，差点被摔出一个大跟头。高小燕目睹他那狼狈的样子，笑话他说："老戴，你不会是因为就要见到师姐激动成这个样子吧？"

"去，丫头片子，别胡说八道！"戴维满脸正经地呵斥高小燕。高小燕也斜着眼睛看了他一眼，翘着小嘴对他说："我听师母说师姐恢复得差不多了，很快就要出院了。等会儿，见了咱们师姐，你说话可要注意，千万别提与万师兄有关的事情。"

"切，我有那么多事吗？管好你自个的嘴巴得了！"戴维一脸不屑，刚才的一个趔趄打断了他美好的回忆，很是扫兴。

走进 303 医院，他俩找到护士工作站，被值班护士告知，王娜师姐刚被送去做几项常规测试要很迟才回病房，他们把礼品放到师姐的病房，给师姐留了一张便条就离开了。

窗外，雪花漫天飞舞，圣诞节临了。

圣诞节这晚，戴维和高小燕在导师家吃了一个团圆饭。圣诞节到来之前，他们和师母一起把师姐从医院接了回来。师姐的病情有所好转，鉴于身体虚弱的缘故暂时留在家里调养。

从导师家吃完圣诞晚饭回来，戴维打开电脑百无聊赖地浏览着邮箱，邮箱堆满了垃圾，他像一名愤怒的清洁工，花了好长时间才把垃圾清理干净。忽然，一封熟悉的邮件映入他的眼帘：

保罗来信了。

"这个该死的保罗！重色轻友！这么久才给我写信。"戴维又兴奋又激动，他沉闷的心情一扫而光。他一字一句很仔细、很认真去阅读起保罗的来信——保罗的来信简单明了，不经意当中带来了戴维渴望的珍贵信息。保罗说，今年医学中心的圣诞 party 还在老地方举行，托马斯的研究队伍又壮大了；保罗还说，他去参加东亚系的圣诞 party，见到迈克和东方梅，东方梅怀上了小宝宝。

最后一句让戴维十分震惊，就像引爆了一枚原子弹，这枚原子弹正好把他的心脏炸得一个粉碎。

戴维回国后曾给东方梅寄出不下十几封邮件，可是，每封寄出的邮件就像一只离巢的飞鸟一去不返。他想通过索菲亚或是保罗去了解东方梅的情况，由于重重顾虑，最后，都放弃了。他企图在和保罗进行学术交流的缝隙，旁敲侧击地捎上一两句与东方梅沾边的话，希望能从保罗的嘴里套出一两句关于东方梅的信息。可惜，保罗这个外国人实在是榆木脑瓜，一点都不开窍，根本就弄不懂戴维的良苦用心。

戴维忍受着内心对东方梅思念的煎熬，让自己淹没在繁重的工作和实验当中。在完成一个又一个实验的空隙，他总是情不自禁地想念东方梅。他默默地伫立在窗前，面对漫天飞扬的雪花，想弄明白哪一个方向朝着太平洋。白天，他想着美国的晚上，想他心爱的人儿是否已经安睡；晚上，是美国的白天，他又想——今天，东方梅会和谁在一起，她过得开心吗。他心存一点点奢望，奢望她会想起他。

戴维想起离开美国前的一夜，他长吁短叹、心碎肝疼……他深深地自责，真不该对她隐瞒师姐到来的真实情况。如果，当初一五一十地向她坦白一切，也不至于落到今天这份伤心的田地。

"东方梅怀孕了？"戴维一夜难眠，不敢再往下深想……也许，保罗没有把话说满是顾及我的面子。迈克就坐在东方梅的身边，傻瓜都能猜想得到这孩子的父亲是谁。

这一夜，戴维的心碎了。

"难怪她对我如此绝情，她和迈克终究是有感情的，他们终于走到一块了！"戴维万分悲伤，他终于明白寄给东方梅的邮件，为什么会石沉大海、一去不返的原因了。

"他们怎么可以这么快就有了小宝宝？"戴维莫名地掉泪。

戴维回国后吃多少苦受多少委屈都算不了什么，他心中藏着一个强烈的愿望，爱情依然在他心中燃烧。他被这个强烈的愿望支撑着，被爱情之火温暖着，他既幸福又悲伤，既痛苦又快乐。

他的目标很明确，尽快完成毕业论文，尽快完成学业，尽快去美国把他的爱情寻回来，把他的爱人寻回来。他渴望与东方梅早日团聚，渴望她能体谅他的苦衷，了解他，信任他，原谅他的情非所以。他怀着殷切的期望，期待他们一起回到拉斯维加斯新婚时的快乐和幸福。

保罗的这封邮件彻底粉碎了戴维的美梦。戴维长吁短叹、感慨人生无常，命运弄人。

"下一步，我该怎么办？要不要去美国？"除了完成学业，这成了戴维最难于决策的问题。

他无法忘记和爱人在一起的美好时光，无法忘记与心爱人儿相处的那一段刻骨铭心的爱情。他强迫自己去接受这突如其来的残酷现实，可是，珍贵的记忆却常常在他机体疲惫之时乘虚而入。他真的无法忘记那些美好的时光，他在精神上饱受蚕吃般的痛苦和煎熬。

午夜梦回，戴维泪流满面。在漫天飞雪的寒夜，他只有一次次借酒消愁，与酒共眠。

岁月的脚步从不因人们的悲欢而放慢。转眼，季节轮回又到了万物复苏、莺飞草长、阳光明媚的春天。

这年，北京的春天似乎来得更早一些，冰冻的河水还在化雪，桃花已经盛开，花儿绚烂得一塌糊涂，蒲公英的花絮到处飞扬。

导师的病日渐沉疴，在生命的最后时光里，这位可敬的医学前辈仍然以超乎常人的毅力坚持在手术一线；不断加大剂量的杜冷丁，使得导师瘦骨嶙峋的躯体愈见单薄。

戴维目睹导师日渐消瘦不成人样的容颜，难过得躲在洗手间里失声痛哭，他私下与手术室的护士商量，找借口尽量少排导师的手术。不想，这事被导师发现了，他差点失去做第一助手的工作。

在一个烟雨朦胧的傍晚，天空布满了乌云，远处黛一般的森林，显得格外庄严和肃穆。

戴维和导师联手完成了一台长达十几个小时的大手术，因为这台手术老人家的元气被消耗殆尽。戴维搀扶着不到一百斤体重的导师从手术台走下来，确切地说，几乎是戴维抱着导师从手术台走下来。

师徒俩依偎着走过平日那条长长的走廊，回到医生休息室去。这一次，戴维觉得平日那条走廊格外地长，师徒俩相互搀扶着，仿佛走过了一个世纪那么漫长……导师轻飘飘的体重依偎在戴维身上，轻如鸿毛。走廊很安静，戴维清晰地听见他和导师不同频率的呼吸声。

戴维把导师扶进医生休息室。自从导师患病后，老庄特意为他定制了一张舒适柔软的座椅，座椅高矮适中，可灵活调节高度和移动位置，戴维小心翼翼地把导师搀扶到座椅上。导师的身体软绵绵地跌入座椅的怀抱。

导师看上去疲惫至极、虚弱不堪……才坐到椅子上，导师便吩咐戴维去查看明天的手术安排。导师的声音细如游丝却又十分坚定和清晰，一句话的工夫，导师似乎用尽了平生的力气。

戴维不敢违背导师的指示，默默地为导师泡上一杯龙井新茶，便前去察看手术的安排。那杯新茶像往常一般冒着袅袅轻烟，这是导师平日的习惯，每次下了手术台，都会品上一杯龙井新茶。

戴维就离开那么一会儿，当他返回导师的办公室，导师好像刚刚睡过去了一般——那杯新茶冒着微微的热气，导师还未来得及品尝。

柔和的灯光下，导师满头银发微微发着亮光，导师的头静静地靠在椅背上，老人家看上去一脸安详。屋里静极了，导师原先粗重的呼吸仿佛消失了一般，戴维关切地看了一眼睡眠中的导师，一种异样的感觉袭上心头。

他轻轻地走向前去，轻轻地呼唤他的导师——没有听到导师的回应，更没听到导师的呼吸。戴维摸了一下导师的脉搏……脉搏毫无动静，导师永远地睡过去了——

一切来得突然一切令人措手不及。

戴维的心脏就像是被人当成鼓一般狂敲，他愕然跪倒在导师的跟前，泪流满面去拉导师的手。

导师的手依然温热，戴维不敢相信导师就这样永远地离开了这个世界……多不真实啊！戴维无法抑制悲伤，他把耳朵紧紧地贴到导师赢瘦的胸口上……没有听到导师的心跳，那意味着生命存在的心跳完全消失了。

导师走了，老人在极其安详的睡眠当中，在等待明天的工作安排当中，永远离开了这个被他所热爱的世界。戴维再也忍不住内心的悲伤，他一头伏在导师依然温热的怀里放声恸哭。

窗外，雷鸣电闪、狂风大作，倾盆暴雨抽打着刚刚返青的嫩叶……戴维像一个刚刚失去父亲的孩子，哭得撕心裂肺。

…………

导师在万物复苏的春天离开。

导师下葬那天，戴维在郊外看见一大片紫罗兰色的小花朵，他想起了 S 州的春天，想起和东方梅一起郊游——他们在冰雪消融的荒地上看见一大片紫蓝色的小花朵，东方梅甜美的声音在他耳边清晰地响起："外科大夫，这是艾略特的四月花——"她把一朵紫蓝色的小花朵举到他的眼前。她说："英国诗人艾略特把这朵紫蓝色的小花称之为'四月花'，其实，它的学名叫海葱。海葱是一种生命力极顽强的根茎植物，每年初春冰雪尚未消融，海葱就盛开出这么一朵紫蓝色的小花。好美呀！"

"外科大夫，你猜猜——诗人究竟想表达什么呢？为什么说四月是最残忍的季节？为什么要把这紫蓝色的海葱命名为四月花？"

东方梅一连串的发问又可爱又富于思想。戴维想起和她在一起度过的美好时光，近乎心碎。

刹那间，戴维忽然悟出了诗人想要表达的真意。从字面上看，诗人似乎认为"四月"是残忍的，但是，"残忍"这个词，不仅包含着生命的凋零更暗示着新生命的蓬勃发生。正如中国清代著名诗人龚自珍的著名诗句："落红不是无情物，化作春泥更护花。"

艾略特和中国古诗人的想法不谋而合。

戴维认为，艾略特这不同凡响的诗句同样是为他导师这类高山仰止的人物而写的。虽然，艾略特和他导师生活在不同的国度和时空。正如，美国诗人亨利[①]《人生礼赞》里的神来之笔——"时光飞逝，艺术永恒。"

远处有人家陆续给先人上坟。

清明节在四月的烟雨中拉开了序幕，脍炙人口的唐诗宋词给这灰色朦胧的烟雨世界添了几分暖色。

---

① 亨利·沃兹沃斯·朗费罗（Henry·Wadsworth·Longfellow，1807 年 2 月 27 日—1882 年 3 月 24 日），美国诗人、翻译家。

六十四

圣诞节过后 S 州又下了几场鹅毛大雪。

一天中午，索菲亚陪东方梅去见克丽丝大夫，克丽丝大夫给东方梅做了仔细的检查后，告知她们说："孩子很健康，是一个漂亮的女孩。"索菲亚听了克丽丝大夫的话，高兴得跳起来和东方梅拥抱。她说："希望干女儿将来长得和妈妈一样大气、漂亮！"

"索菲亚，你的干女儿又踢我了！"从医院走出来，东方梅欢快地对索菲亚说。

"让我听听！"索菲亚把耳朵贴在东方梅的肚子上，欢天喜地对东方梅说："嗯，我听见宝宝说，她想跳舞了！"

"好啊，那咱们现在就跳？"东方梅调皮地拉起索菲亚的手轻轻地踮起了脚跟。

"哎哟喂，我的小妈妈！说让你跳你还真的就跳啊！瞧，这雪地里滑！"索菲亚赶紧制止了东方梅。

闺蜜俩四目相对开心得呵呵大笑。

索菲亚说："梅，我们为小宝宝庆祝一下。我要为你们母子办一场盛大的 Baby Shower！"

"索菲亚，时间早着呢！"东方梅笑道，按照美国的风俗习惯，Baby Shower 一般都在孩子出生前的一个月举行。

"七个月、八个月，嗯，时间也差不多了！"索菲亚掰着手指算了一下。

"这天寒地冻的，明天又是周末。索菲亚，不如咱们躲在家里一块儿吃个火锅？"东方梅提议道。

"好啊！到我家来好了，我负责准备。你通知迈克，咱们四个人好久没在一起吃火锅啦！不对，现在，咱们是五个人啦！别忘了咱们还有这个小人儿——"索菲亚轻轻地拍了拍东方梅的肚子里的小娃娃，美滋滋地说："唉，我现在一想着我的干女儿，心情好得就像是中了诺贝尔奖似的。梅，你明晚早点过来，我让迈克去接你好了！"

"不用，我可以自己开车过来。"东方梅说。

"也好，你小心点儿。"索菲亚叮嘱道。

索菲亚对火锅的那份热情着实让东方梅感动，吃火锅和吃大餐的感觉大不一样。吃大餐冲的是美食的名气，吃火锅吃的是一种氛围，大伙围坐在一起吃火锅，感觉就像一家人。

S州有一家中国人开的火锅店，是四川独特的麻辣风味。索菲亚觉得在外头吃火锅既少了些氛围还要受时间的限制，不如在家吃火锅来得亲切和自由。吃火锅是一件工序最简单的事情，只需到华人超市去买适合口味的火锅底料回来，再把下火锅的各类素菜、荤菜配齐就妥了。

厨房的活儿全交给迈克和西蒙两位男士，两位女士乐得坐在客厅里喝茶、聊天，索菲亚偶尔跑去厨房搭把手，东方梅是名副其实坐享其成的主儿。索菲亚不时跑进厨房指点江山，有一刻，她指着挂着围裙、戴着厨师帽的迈克向东方梅大声调侃："梅小姐，你瞧瞧，迈克像不像一介大厨师？"

不等东方梅说话，迈克乐呵呵地回了一句中原的方言："什么叫像？俺就是五星级餐馆的一介大厨师嘛！"

索菲亚大笑，东方梅一时沉默，她想起了戴维。

今晚，他们准备的火锅食材种类多样、内容丰富，有小肥羊肉片儿、牛肉片儿、鳟鱼片儿、鱼肉丸子、山药片、白萝卜片、草菇、雪豆苗、豆腐、腐竹、西洋菜、甘蓝、葱丝、大白菜……此外，还备下日本芥末、鱼子酱做配料。

鸳鸯火锅一半是麻辣汤，一半是精肉枸杞药材清汤。麻辣汤是红色辣椒油做的底，枸杞精肉汤烧成了乳白色。此刻，红、白两道火锅底汤被烧得翻滚着，热气腾腾，香气扑鼻，撩起了大伙的食欲。

四个人热热闹闹地围成了一桌。

窗外，是一派苍苍茫茫的灰色调，呈黑色的树枝上挂满了一束束晶莹透明的冰凌，覆盖在 Olentangy River 河面上冰雪在悄悄融化……迈克看了一眼窗外，诗意地说了一句："隔着窗子就能听到来自河面那种神秘的声音——"

"哈哈，我听到的是肚子饿得咕咕叫的声音！"西蒙从厨房拿出四双筷子幽默地笑道。

他们一边热火朝天地吃着火锅，一边欣赏窗外春天暗流涌动的景物，时光宛如一艘神秘的小船，载着青春正好的他们。

"梅，你调制的蘸料让我有一种人在北京的错觉。"迈克砸着嘴巴一副很享受的样子。

"没错，给人舌尖一种穿越时空的感觉！"西蒙用筷子熟练地夹起一块肥羊肉片往麻辣底料里涮了两涮，利索起筷，点了一下蘸料，送入嘴里，满口浓香，连连称赞。

两位男士齐齐夸奖东方梅调制的蘸料，索菲亚忍不住用筷子点了点蘸料，放入嘴里品尝，又点了一下自己调制的蘸料放到嘴里对比，感叹："梅，你调的蘸料确实是超级棒！"

东方梅配制的酸辣芝麻蘸料大受欢迎。

"梅，你是怎么调制这个蘸料的？"迈克好奇地问。

"祖传秘方，不告诉你！"索菲亚替东方梅俏皮地回答说，东方梅抿嘴一笑，朝迈克说："回头我给你写个 list。"

"瞧，闺蜜情深都比不上你俩那份'过了命'的情谊啊！"索菲亚乐呵呵地调侃。

"索菲亚，你说得对极了！"迈克心花怒放，他涮了一块肥羊肉片，殷勤地夹到东方梅的小碟子里，说："趁热，快吃。"

"噢，我的眼睛快受不了啦！"索菲亚叫了一声，朝丈夫风趣地笑道："西蒙先生，你应该向迈克学习。赶紧的，给我涮一片肥羊。"

"遵命！"西蒙伸出筷子去夹了一片生羊肉片，在热汤里涮了涮，点了一下蘸料，放到索菲亚面前的小碟子里，学着迈克的口吻说："趁热，快吃。"

四个人不约而同呵呵大笑。

笑毕，索菲亚笑吟吟地举着酒杯提议说："现在，请各位把酒杯举起来，为我的宝贝干女儿干一杯！而且，你们每个人都得说一句祝福的话。西蒙先生，你先来。"

"新世界欢迎你，可爱的宝贝小天使！"西蒙笑吟吟地站了起来，举着杯子望着东方梅。

"祝愿漂亮妈妈和小宝贝平安、健康！"迈克举起酒杯站了起来，望着东方梅一脸深情。

"噢，轮到宝宝的干妈妈说话了！我说什么好呢？我好激动呢。"索菲亚笑嘻嘻地站了起来，俏皮地朝东方梅眨了眨眼睛，很温柔的声音说："希望我的干女儿将来长得和她妈妈一样漂亮、高贵、善良、聪慧、快乐、幸福！"

"谢谢，我替小宝宝谢谢大家！"在索菲亚还未开口祝福前，东方梅已经站了起来，她甚是感动，满面红光、举着酒杯对大伙儿说："这一杯，我干了！所有的感恩和祝福都藏在这杯酒里，谢谢宝宝的姨妈和舅舅们！"

东方梅把小半杯红酒一干而尽。

吃完火锅，大伙接着品尝索菲亚制作的甜点。迈克忽然感慨："好久没有听到梅的古筝演奏了！"

"我很愿意为大伙演奏一曲。可惜，这会儿没有古筝。"东方梅笑笑，耸耸肩，满怀歉意。

"噢，我楼上有萨克斯，请迈克你来一首萨克斯《茉莉花》如何？"西蒙兴致勃勃地提议。

"鼓掌欢迎！"索菲亚带头鼓掌。催促丈夫说："西蒙先生，你快上楼去取萨克斯下来。"

西蒙三步并两脚跑上楼去，不到一分钟时间，他提着一支铮亮的萨克斯走下楼来，把萨克斯交到迈克手上。

铮亮的萨克斯被迈克以最标准的姿势握在手里，他很绅士地向三位热情的观众鞠了一躬，说："女士，先生们，请欣赏——萨克斯独奏：《茉莉花》!"

"呃，等一下，迈克，我给你做钢琴伴奏，不是独奏。"西蒙笑着跑到钢琴前坐下。

"Let's go——"迈克一声令下，萨克斯宛如一条东逝的音乐之河，浩浩荡荡、从容不迫；西蒙的钢琴宛如河中翻起的浪花朵朵……瞬间，音乐河两岸的花朵宛如星光般璀璨、绚烂。

迈克和西蒙合作的一曲萨克斯、钢琴《茉莉花》，天作地和，让人耳目一新，别有一番风味。

演奏者和听者都深深陶醉。

曲声才止，索菲亚忽然问东方梅说："梅，你有没有想过给小宝宝起什么样的名字？"

东方梅沉醉在好听的旋律当中，不假思索、脱口回应索菲亚说："咱们就叫她小茉莉吧！"

"茉莉？很好！东方茉莉！"迈克接过东方梅的话欢快地提议，大伙一齐朝他看去，他愣愣地抱着萨克斯站着，脸都红了。

"这名字响亮得很！"索菲亚表示支持，东方梅如梦初醒，她笑吟吟地对迈克说："确实是一个漂亮的名字。"

"宝宝的全名就叫——东方茉莉·戴。"迈克受到东方梅的鼓励，兴高采烈地补充道。

瞬间，东方梅愣住了。

体贴细微的索菲亚估摸是因为那个"戴"字激起了东方梅内心的波澜。她亲热地搂着东方梅的双肩，柔声地对她说："梅，这个名字真的很好。又响亮又气派！"

"谢谢迈克。"东方梅鼻子忽然一酸，她起身对索菲亚说："索菲亚，时间很晚了，我们该回家了。"

…………

火锅宴结束，东方梅每天都沉浸在妙不可言的做母亲的幸福当中。

她对迈克和索菲亚充满了感激，她庆幸当初没有做出那个愚蠢的举动。不然，她会如何地后悔呢！

"东方茉莉·戴？多美丽动听的名字啊！"东方梅心里默念着迈克给小宝宝起的新名字，轻轻地抚摸着隆起很高的腹部，感慨万千。

窗外，冰雪消融。

北方的春天不能用春寒料峭来形容，风，依旧刺骨寒冷。在这寒冷的冰雪消融的时刻，东方梅的心却是温暖的。早上出门时，就连刺骨的朔风都让她感到欢欣鼓舞。因为有一股特别的劲风，来自她腹中渐渐长大的孩子，这孩子让她感受到了生命的巨大活力。

季节轮回，春天的脚步悄悄地踏上 S 州的大地。

这天傍晚，东方梅结束了一天的工作，迈着愉快的步子走出东亚系的大门，她习惯在大门前站一会儿，目光朝前面的大草坪投去一瞥。

这一瞥，她几乎被震住了：原先那片被皑皑白雪覆盖的草甸子，在她不经意的时候开出了一大片碧绿的春意，嫩黄色的蒲公英甚是耀眼，幼小的蝴蝶到处翻飞。一位身穿白色风衣的少女和一位身着大红色长外套的中年女士站在草坪的中央，她俩远远地向她招手。东方梅迟疑了片刻，两位女士衣袂翩然地向她快步走来。

原来是 Moon 和她的母亲上官女士。

Moon 去年 7 月就毕业了，母女俩此刻出现在东亚系大楼门前，东方梅颇感意外。

"梅老师，您好！"Moon 是一位很有礼貌的女生。

"梅老师，您都快要做母亲啦？您的预产期是什么时候？"上官女士笑盈盈地问。

"过了春天，很快了！"东方梅说了个大概，她说："刚才，我真不敢相信是你们母女俩呢！Moon 没去华尔街上班吗？"

东方梅听说 Moon 在华尔街找了一份很好的工作。

"计划总赶不上变化。Moon 在华尔街找的那份工作说没就没了。这不，我们刚从日本过来，想去东亚系帮 Evan（Moon 的男朋友）拿一份学习证明。"上官女士替女儿解释道。

去年八月，Moon 签约了华尔街的一家大公司。签约后，她回到日本家中等候工作通知。不想等到九月，随着百年老店雷曼兄弟公司的破产，美国全面爆发了金融危机，Moon 失去了华尔街那家公司的工作。

Moon 和男朋友 Evan 原来都是商学院的学生，Evan 对日语情有独钟，在东亚系选修了日语课程。Evan 是 S 州本地人，家人全都在 S 州本地工作。Moon 面试华尔街的那家公司关闭后，她在 S 州找了一份工作。有意思的是，Evan 跑去日本做了一名外教。两位新人新婚伊始就开始了两个国家的分居生活。

上官女士对女儿的婚事十分开明，她没有反对女儿选择在 S 州找工作，也没有反对女婿跑去日本。相反，她认为两地分居可以考验一下年轻人的爱情，反正他俩都还年轻，有的是共处的时间。

"你们和日语系的人约好了没有？"东方梅看了看手表，这个时间点日语系怕是没人了。

"约好了的。南野秀一先生在办公室等着我们呢！"Moon 欢快地回答说，小姑娘新婚后变得妩媚了许多。

"梅老师，我们这次回美国来暂时不走了，Moon 在 S 州一家日本 Toyota 公司找了一份薪水不错的工作。Moon 打算一边工作一边考 S 州立大学商学院的研究生。我们在 Rose 1480 公寓租了一套屋子，是二楼的 203 房。"Moon 妈妈笑眯眯地说。

"巧了！"东方梅拍手笑道："我正好住楼上 303 房，这下咱们可是做了邻居了呢！"

"咱们是邻居啊！好的咧，以后咱们可以经常见面了哦！"上官女士高兴得眉开眼笑。

"你们快去办事吧，咱们再联系。"东方梅和上官女士握了握手。

"再会，梅老师。"Moon挥手和东方梅作别。

…………

东方梅刚回到公寓，就接到佟小慧打来的电话，佟小慧说他们夫妇俩晚饭后想去拜访她。东方梅听了心里很高兴，便说："热烈欢迎裴大哥和小慧姐！"

东方梅把风衣脱下，站在穿衣镜前转悠，她发现腰身明显地胖了一圈。这段日子，她的食欲很好，睡眠不差，气色红润了起来，皮肤富于弹性且有光泽。不像其他孕妇那般面色蒌黄、暗淡无光。

东方梅在准备晚饭的时候迈克打来了电话。迈克在电话里告诉她说，塞廖尔把她的五首新诗刊登在州报的第三版上，她将会获得一份丰厚的酬劳。东方梅听了风趣地笑道："这么说，咱们又可以大吃一顿火锅啦！"

"没错，得赶紧再吃上一顿火锅，不然夏天就到了！"迈克一副兴高采烈的语气。

"你什么时候回亚特兰大？"东方梅想起迈克说过要在开春之前回南方去，说农庄有一大堆农活，虽然有表弟卡罗帮忙，但很多事情还得他亲力亲为。

眼下，春天都来了，迈克一再推迟回南方的时间，他心里考虑着东方梅，眼瞧着她的身子越来越沉，迈克有些放心不下。尽管，他小心翼翼地把这份深情的心事收藏起来，最终还是被细心的索菲亚看出了几分，索菲亚为迈克对东方梅的深情深深感动。

"早着呢。梅，今晚咱俩去看一场电影吧！"迈克提议道。这段时间，迈克不是陪东方梅散步就是陪她去看电影。

"迈克，今晚不行呐，家里来客人啦！"东方梅欢天喜地。

"什么贵客？"迈克很是好奇。

"裴大哥和小慧姐。"东方梅笑道。

"嗯，真是贵客呢！梅，记得代我问好裴大哥和小慧姐。我也好久没见着他们了！"迈克很自然地随东方梅称裴金涛和佟小慧为哥姐，这还是头一回，这回他和东方梅说的是中文，东方梅听得格外亲切。

她俏皮地回答他说："迈克先生，我一定把你的问候带到。并且，我现在就代表裴大哥和佟大姐对你表示衷心的感谢。"

迈克听了"嘿嘿"直笑，他说："谢谢梅小姐，明天是周末，咱们照旧去 Olentangy River 边上散步。"

"好的。迈克，咱们明天见。"东方梅说。

…………

前些日子，东方梅跟着迈克和索菲亚一起去 K.L 教堂做义工，熟悉的场景让他们仿佛回到了从前。每遇到从中国内地过来的访问学者，东方梅心里自然就想起了戴维。这熟悉的环境留下太多与戴维相关的记忆——这台桌、椅子、各种学习的道具、书柜里他翻过的每一本书，甚至是窗外的每一道风景、每一阵吹过的微风……

这熟悉的一切，时常不经意牵动着东方梅那根敏感的神经。

在某个讲课的瞬间她忽然想起戴维，想起他俏皮的一颦一笑，不知不觉就分了神，她暗暗自责。有一次，她甚至控制不住波动的情绪，躲在洗手间里悄悄落泪。索菲亚看出了端倪，私下劝东方梅和戴维恢复联系，却被东方梅态度颇为坚决地拒绝了，她不许索菲亚再提起戴维的名字。

从那以后，索菲亚发现：东方梅常常会不自觉地对着窗外某个景物怔怔地出神，索菲亚看在眼里不敢劝又不敢说，只能暗暗担心。有日，索菲亚把担心说给迈克听。其实，东方梅微妙的变化迈克早就看在眼里。

"K.L 教堂不适合梅来做义教。"迈克明确地向索菲亚表态。

"我也是这么想的。"索菲亚非常赞同迈克的提议，她得找一个合适的借口让东方梅暂时离开 K.L 教堂。

在一个学习结束的晚上，索菲亚以抱怨的口吻对东方梅说，最近要求参加义教的教师太多，老师比学生多出好几倍，大伙的热情害得她左右为难。东方梅听索菲亚这么说，微微一笑，通情达理地对索菲亚说："那你就让我去偷闲几日好啦！"

"梅，还是你最好，体贴我。"索菲亚高兴得张开双手去拥抱东方梅，迈克站一旁偷笑，他们的愿望轻而易举就达成了。

"索菲亚女士，我也非常体谅你的苦衷。"迈克风趣地笑道。

"迈克先生，为了我的宝贝干女儿，准你陪梅女士去偷闲几日。"索菲亚的慷慨真是令人感动。

在周末，在每天工作的八小时之外，迈克都会抽出时间去陪伴东方梅，他们要么一起去看新片上映，要么一起散步。这段日子，巧逢许多新片上映，喜欢看电影的迈克和东方梅乐得今天上这家电影院，明儿赶那家电影院。每看完一部新片，他们就热烈地评论起该电影来。至于该影片的故事情节、演员的演技、导演的拍摄技术甚至是演员的服装、背景音乐等等，诸多要素全都列入他们评论范畴。他们各抒己见，给电影写短评，最后，把稿子一齐发给塞廖尔，让塞廖尔做决断。塞廖尔左看右看，两人的短评各显千秋、不分伯仲，令他爱不释手，索性把两人的稿件同时刊登在同一娱乐板块上。不想，吸引了众多年轻读者的关注，该刊物的发行量顷刻飙升。

东方梅和迈克接到塞廖尔报喜的电话，两人相视开怀大笑。

周末的早晨，迈克陪同东方梅散步，他俩走在 Olentangy River 的小道上，微风携带着百花的芳香从河面掠过，轻轻地拂在他们青春的脸上。他们仿佛回到了当年的北京时代。

他们一路回忆着过去、谈论着未来、最后，又谈论那个即将降临的小天使，有一个时刻，迈克突发奇想，他认为东方梅腹内的小宝宝能听见他俩的对话。迈克把这个想法说给东方梅听，东方梅开心地笑，问道："真的吗？她真的可以听见我们的谈话？"

"当然，我保证。"迈克很认真的表情和语气回答说："我听奶奶说，小宝宝在娘胎里是可以听见外边的人说话的。而且，小宝宝出生后，对这个人的声音会感到特别熟悉和亲切，会和这个人特别地亲。"

"我相信奶奶说的话。"东方梅望着迈克灿烂一笑。

日子如行云流水，友情的天地美好而温馨。

六十五

傍晚七点，裴金涛夫妇走进东方梅的公寓。

佟小慧给东方梅带了一些自己腌制的客家咸菜，东方梅欢天喜地地从佟小慧手中接过小坛子咸菜，对小慧说："小慧姐，我好久没吃到咸菜了！"

"怕没有你外婆的手艺好呢，喜欢的话，吃完我再给你做。"东方梅曾对小慧说过她外婆做的咸菜有一种特别的清香。

"嗯，闻着就香！"东方梅欢快地把小坛咸菜搁到厨房的壁柜里，她把佟小慧夫妇让到沙发上，给他们夫妇端出一盘洗好的樱桃，又沏了一壶茉莉花茶，三个人坐沙发上说话。

"小梅，裴大哥有件事想找你帮忙。"佟小慧替丈夫先开了口。

"裴大哥，我很愿意为科学家服务。"东方梅笑道。

"太谢谢了！是这样的。昨晚，我研究生时的老同学姚创打来电话说，单位组织一个考察团想来美国考察，姚创是学校新任命的人力资源部部长，是这次考察团的领队，他问我能不能给联系一下 S 州立大学。"

"所以，你裴大哥就想到你了！"佟小慧在一旁笑着补充道。

"裴大哥，我很乐意帮这个忙。"东方梅很爽快地答应了。

"谢谢小梅。昨晚，姚部长和我略略谈了一下，他们主要是想来访问 S 州立大学医学中心的一些机构，学习和借鉴人家先进的管理理念和新技术。看看以后是否有机会进一步和 S 州立大学建立一些合作。同时，他们也想招聘一些急需的人才。"

"裴大哥，人才招聘座谈会可以安排在我们东亚系进行，场地是现成的，学生志愿者也是现成的。至于姚部长一行的访问计划，您让他们尽快发一个具体的诉求过来。我下周一向西蒙先生做个汇报，他在Ｓ州立大学的人脉广，人很热心。我想，应该能帮得上忙。"

"小梅，太谢谢了！"东方梅的热心和周全让裴金涛夫妇十分感动。

"不客气。裴大哥，举办人才座谈会的事咱们得做好前期的宣传工作，让更多的人知晓和参与，效果会更好一些。您看如何？另外，裴大哥，您让姚部长确定好具体的行程，我们可以安排学生志愿者去接机和提前安排好相关的接待工作。这对我们东亚系学中文的学生来说，也是一次难得的锻炼机会。"

"小梅，你考虑得十分周到。"佟小慧由衷地感叹。她瞅着东方梅的身子日渐见沉，便关切地问："小梅，你的预产期快到了吧？"

东方梅嫣然一笑，回答说："快了，这孩子和夏天有缘。"

"夏天生的孩子好啊！热情、活泼、性格好。小梅，我怕裴大哥这事情把你给累着了！你千万得悠着点，别太累。"佟小慧叮嘱道。

"举手之劳，不累。小慧姐，这事您和裴大哥放心好了。能在东亚系接待国内来的亲人，我心里高兴得很。"

"这事就这么妥了，回头我给老姚打越洋电话去。"裴金涛高兴地起身，夫妇俩与东方梅道别。

裴金涛回到家里立即在Ｓ州华人圈里，发布了关于姚创一行前来Ｓ州立大学访问和举办人才招聘座谈会的信息。

这个消息一发出，在华人圈里引起不小的轰动。

有人给裴金涛打来电话来咨询，朋友们都表示一定要参加这个人才招聘座谈会。这个消息更是乐坏了Ｓ州的资深老华侨——叶知秋。他一直在鼓励和倡导年轻一代学成回国创业，换一个角度来说，也是他本人多年以来的夙愿。为了帮助裴金涛组织好这个人才招聘座谈会，老叶给裴金涛提了不少好的建议，他还利用自己的关系网把人才招聘座谈会的消息，发布到Ｓ州以外其他州的华人圈子里去了。

回国创业对新生代海外研究人员具有相当的吸引力，他们当中有不少的人正计划回国。姚创一行的到来，正好给他们提供了解国内单位对人才需求的一个大好机会。

人们关注和参与座谈会的热情远远超出了裴金涛的预想。

现在，S州的各路华人研究员都在关注和谈论这个即将到来的人才招聘座谈会，就连华人圈里鼎鼎有名的王子梁（S州立大学的终身教授）教授也给裴金涛打来了电话，说他会抽出时间前来参加。有趣的是，一些国际友人知道了这个座谈会的消息，也带着极大的好奇心要求前来参加。

晚上，东方梅收到裴金涛转来的姚创一行前来访问S州立大学的计划书，访问的时间就定在这个周末。时间紧迫，东方梅根据姚创一行访问计划的诉求，大致捋了一下思路。

周一的上午，东方梅向西蒙作了汇报，得到了西蒙的大力支持。

"我的第二故乡来亲人啦，热烈欢迎！"西蒙先生风趣地表达了他的热情和真诚。他吩咐东方梅说："Ms.梅，请你把姚先生一行的访问计划，发一份到我的工作邮箱，需要协调的地方你先列出一个 list，随时联系我。"

"谢谢西蒙。"西蒙的热心在东方梅的意料之中，但她依然为他的慷慨十分感动。

西蒙一向以雷厉风行的做派著称，东方梅的执行力更是非同凡响。根据姚创一行的访问计划，东方梅拟定了接待方案，然后交给助手简豪俊负责组织具体实施。

为了让姚创一行访问S州立大学医学中心的计划得以顺利进行，周一的下午，东方梅代表西蒙先生专程去拜访了S州立大学医学中心的负责人——贝鲁特先生。贝鲁特先生是西蒙高中时代的老同学、老朋友，热情地接待了前来拜访的东方梅。听完东方梅的诉求后，贝鲁特先生立即对姚创一行计划访问的几个部门下达了接待通知。东方梅从贝鲁特先生办公室回到东亚语言系，立刻致电裴金涛向他报告了这个消息。

裴金涛激动得在电话里叫了起来："那么说，医学中心的几个部门都愿意接待老姚他们啦？太好了！小梅，真的非常感谢你！感谢西蒙先生！你一定要代我感谢他！"

"不客气。裴大哥，您让姚部长他们按原计划出发就好了。我们的学生志愿者会在他们到达 S 州前落实好各方面的接待工作。"

"好，我今晚回家就给老姚打电话去。小梅，真的非常感谢！"裴金涛心里高兴得不行。

裴金涛吃过晚饭立即给姚创打去越洋电话，姚创在太平洋彼岸那头听到这个消息激动得说不出话来。

从前，听说美国人的时间概念很强，办事非常讲究效率，这次真让姚创亲身感受到了。他在电话里再三叮嘱裴金涛说："老裴，你一定要替我好好感谢东方梅女士，感谢她的倾情帮助，真的。"

"老姚，周末你就可以见到梅女士本人了，你老人家亲自向梅女士表达谢意更显真诚。"裴金涛笑道。

"首先向老同学致敬！"姚创在电话里呵呵大笑。

…………

为了迎接姚创一行的到来，周二的上午，简豪俊给招募来的学生志愿者做一些具体培训。讲中文、懂中国礼仪是做好接待工作的首要，学生们的热情和认真真是令人感动，他们按照接待方案的要求一丝不苟地进行演练，力求做到每一个环节都完美对接。

按计划，人才座谈会安排在东亚系第一会议厅进行，此刻，简豪俊正领着学生们在布置会议的现场。

迈克从州政府办事回来恰好路过东亚系，他顺路来看望东方梅。会议厅的大门开着，东方梅的办公室就在隔壁。迈克路过第一会议厅的大门，会议室里的热闹引起了迈克的注意，他凑近会议厅的大门刚想看个究竟，就被一眼尖的女生发现了。

"迈克！"那位眼尖的女生兴奋地喊出迈克的名字，立即，一群男女学生热情万丈地围了过来。这些学生原是和迈克十分稔熟的，好久不见，大伙一齐沸腾了起来，他们拥着迈克又跳又笑又是尖叫。学生著名主持人波波·熊一下就把迈克抱了起来，两人冷不丁一齐跌坐在地上，大伙哄堂大笑。

"帅哥、美女们，你们在干什么呢？"迈克坐在地毯上问。

"我们在演练！"学生们一齐大声回答。

"为什么演练？"迈克一头雾水。

"迈克先生，您好！您请坐。"一位女生很有礼貌地向迈克欠身，用流利的中文向他问好。

"周末有中国朋友要来 S 州立大学访问，我们很荣幸参加接待工作。喏，我们在演练，在布置这个会议厅呢！"波波·熊兴高采烈地向迈克解释道。

"您好，迈克先生，客人是从 Ms. 梅的家乡过来的。"简豪俊走上前去和迈克握手。

"辛苦了！简秘书，客人什么时间到？"迈克站了起来笑吟吟地问。

"周六上午。"简豪俊回答说。

"好，志愿者算上我一个！"迈克拍拍简豪俊的肩膀，向学生们挥手说："孩子们，再见。"

"Bye，迈克先生！"学生们一齐把迈克送至大门外。

东方梅在办公室修改学生的论文，听到隔壁颇为热闹，正想起身去看个究竟，办公室的门被轻轻地推开了，迈克满脸春风地走了进来。他远远地向她伸出手去："梅，你好吗？"

"好极了。迈克，什么风把你给吹来了？"东方梅和迈克握手，把他让到沙发上，给他沏了一杯茉莉花茶。

"我刚从科里那里回来，顺路来看你。渴死我了！"迈克一口气喝完一杯茶，说："这茶真香！再来一杯！"

"知道你喜欢，给你留了一包。"东方梅笑吟吟地从抽屉拿出一包茉莉花茶递给迈克。

"真好，收下了！"迈克眉开眼笑。

"迈克，塞廖尔设计的新刊物版面我看过了，我特别喜欢他对色彩的挑选和搭配，非常完美，还添了不少内容。"塞廖尔最近主编了一份新报刊，他把原始设计发给东方梅，想听她的建议。

"添了不少内容，主要是针对大学生们这个庞大的读者群。梅，能得到你的欣赏，我们的功夫总算没有白费。"迈克乐呵呵地说。

"迈克，你有没有想过回学校来？"东方梅很真诚地问。

"暂时不会。我喜欢尝试不同的职业。"迈克话题一转，问道："听说老家有客人要来？"

"嗯，是裴大哥原来单位的同事，他们要来访问 S 州立大学。"

"好事呀！志愿者算上我一个！"

"求之不得。"东方梅莞尔一笑，起身去打印了一张姚创一行的行程安排表，递给迈克，满心欢喜地说："正好，你能帮上我一个大忙。"

"万分荣幸。梅，我得走啦，有事随时给我电话。"迈克起身与东方梅握手道别。

转眼到了周五的晚上。

八点一刻，姚创一行乘坐的班机准时降落在 S 州的机场上，裴金涛和迈克领着东亚系的几位学生志愿者早早在到达厅的出口处等候着。

裴金涛和英俊潇洒的迈克站在一起，两人西装革履、精神抖擞，迈克天生一副好莱坞大明星的范儿，裴金涛显得格外精神，他俩身边围着几位朝气蓬勃的、身穿印有 S 州立大学 Logo 校服的美国学生，人手扬着一张小小的五星红旗，年轻的笑脸洋溢着青春特有的热情。他们的目光一齐朝出来的人流张望。

姚创一眼看见了裴金涛，他高兴地朝他们挥手。学生们热烈地摇动起手中的小红旗，齐声说："欢迎姚先生一行！"

学生志愿者说着流利的中文殷勤地接过客人手中的行李。裴金涛把迈克介绍给姚创，姚创用英文说了一句"Hello"，立刻听到迈克用悦耳动听的男中音以流利的中文问候他说：

"您好！姚先生，欢迎你们到S州来！我是迈克。"迈克大方热情地向姚创伸出手去，两人的手握到一块。

"迈克先生，没想到您的中文说得那么好！刚才，远远看见您站在裴博士身边，我还以为是遇见好莱坞大明星了呢！"姚创幽默又不乏真诚地赞美迈克。

"谢谢，姚先生，这些都是东亚系学习中文的美国学生。"迈克把几位学生志愿者给姚创做了介绍，几位学生一齐有礼貌地向姚创问候说："姚先生好！欢迎姚先生！"

"如果只听他们说话的声音，我一定会把他们当成中国孩子的。"姚创又惊讶又感动，说："孩子们，辛苦啦！谢谢你们！"他向美国学生竖起大拇指，夸他们说："你们的中文棒极了！"

"我们不辛苦，谢谢姚先生夸奖，我们非常喜欢中文。"波波·熊和那几个美国学生很礼貌地向姚创微微一鞠躬。

姚创和同事们开心地笑了。

"老师们请——"学生们志愿者们很有礼貌地请客人上车。姚创和裴金涛、迈克三个人共一辆，迈克亲自给姚创开了车门。

"迈克先生，您的普通话带一口京腔味儿。"车子走向高速公路的时候，姚创夸迈克说。

"老姚，迈克先生早年留学北大，是东方梅女士的老校友和老朋友。之前，迈克先生做过S州立大学的校长助理，兼任S州立大学国际学生事务办公室的负责人。迈克先生现在S州一家有名的报社工作。听说你们要来，迈克先生主动和我们一起接你们来了。"

"非常感谢迈克先生。学生们的中文说得那么好，果真是名师出高徒啊！"姚创向迈克投去钦佩的目光。

"姚先生，您过奖了。梅女士是一位非常出色的女士，她才是学生们的好老师！欢迎你们到美国来，我很高兴能为你们服务。"迈克满脸真诚。

"是啊，很期待见到东方梅女士，希望能亲自向她表达我们真诚的问候和谢意。"姚创对东方梅心怀敬意。

"姚先生，咱们到了！"迈克把方向盘往右打了一下，车子从右边的一个高速出口驶了出去。

迈克把姚创一行送至 Marriott 宾馆，领着学生志愿者离开了。裴金涛跟着姚创走进住宿的房间，把一份具体的安排表交到姚创手上。

"老姚，这是根据你们访问计划作出的具体安排，你看看如何。"

这是一份做得非常仔细周全的访问安排表，从访问的内容到时间、地点以及车辆的接送和担任翻译的人员，表格上一目了然。最让人亮眼的是，每个项目的衔接时间精确到了分钟。

"老裴，我真是服你了！精确到每一分钟呐！都说老美的时间观念特别强，这下被你学到骨髓里去了！"

这张十分严谨的行程安排表，让姚创内心极受震撼。

"必须的。老姚，人才座谈会安排在明天上午九点半开始。会议时间大约两个小时左右。午饭后，去参观一下我工作的实验室，我已经和老板打过招呼了。参观完实验室，咱们到 Dayton（代顿）美国著名的空军博物馆去逛一圈，这是全世界游客到 S 州来必去的一个人文景点。咱们去转一下，也表示到过 S 州一游了！"裴金涛风趣地说。

"周一上午九点，梅老师和迈克先生会在东亚系等你们，然后陪同你们一起去医学中心参观访问。哦，周一上午，我有一个重要的实验，就不陪你们了，我争取去机场给你们送行。"

裴金涛简明扼要地向姚创说明了大概的安排。

"老裴，你忙就不要去送我们了，咱们回头联系。"姚创说。

"去机场送你们没问题。老姚，这次时间安排得太紧了，去 Dayton 我们也是走马观花。"裴金涛笑道。

"老同学，这次多亏了你帮忙。真的非常感谢。"姚创握着裴金涛的手，内心充满了感激。

"老伙计，客气话我们就不多说了！今晚早点休息。明天早餐后，学生志愿者会准时开车来接你们去东亚系——我和梅老师他们在东亚系那边等着。"裴金涛很豪爽地说。

"无论如何，都得好好感谢你和梅老师还有那些国际友人们。"姚创把裴金涛一直送到宾馆得大门外。

"老姚，明天出门记得穿上外套，别看 S 州到处是阳光明媚的样子，室内也很温暖，一旦出了门，你立马就能体会到 S 州不同凡响的春寒料峭。"裴金涛临走时叮嘱道。

"好嘞，老伙计，听你的吩咐，咱们明天见。"

"明天见。"

裴金涛和姚创握手道别，他离开宾馆快步朝马路对面一个公交小亭子走去。

六十六

春天来了。

这是一个不寻常的周末，海外科研人员难得的休闲日子。姚创一行举办的海外人才座谈会定在周日上午九点半，地点在东亚系的第一会议厅，时间为一个半小时。

姚创照常起了个大早，他丝毫不受时差的困扰。

窗外，春光明媚，草坪翠绿，四周安静，一只飞鸟从窗前掠过，发出一串清脆的鸣叫声。

姚创把一件白色衬衣穿在身上时，想起裴金涛昨夜叮嘱他穿上一件外套的事，便从行李箱里找出一套西服来，再打上一条蓝色条纹的领带。出席这类正式场合西装革履最为合适，姚创人到中年身材略略发福，这套深灰色的西装穿在他身上显得格外庄重。

经过一夜的睡眠，姚创消除了旅途的疲劳。

姚创与裴金涛同岁，祖籍山东，人长得浓眉大眼，典型的北方汉子。他学统计学出身，性格外向、作风干练，天生一块搞管理的材料。这次他带队出国，肩负着学校未来发展的重任，他们学校地处南方比较偏僻的区域，离省城远，地理位置不占优势，资源相对欠缺，引进高层次人才是他们迫在眉睫的事情。

如何为学校发展引进紧缺的高端人才，是姚创多年以来思考的一个重要课题。他们带着对人才的热切渴望，第一次迈出国门，第一次走进海外人才当中，怀着真诚的希望去了解人才、识得人才，为学校的发展赢得人才。

时间不差半分，姚创一行吃完早餐，东亚系派出的车子已经在他们下榻的宾馆大门外候着了。

这是一辆七座的黑色商务车，司机就是那位名叫波波·熊的美国男生，波波·熊说着一口流利的中文很有礼貌地告诉姚创说："姚先生，裴博士和梅女士他们在东亚系等候你们的到来，请上车吧！"

不到半个时辰，车子就开到了东亚系大楼门前的停车场，波波·熊停好了车，走在前面领着姚创一行往东亚系大楼走去。上了阶梯，裴金涛、东方梅、东亚系的负责人西蒙先生还有昨天接车的迈克先生和几位学生志愿者，他们都站在东亚系的大门外迎候姚创一行的到来。

东方梅身穿一件V领韩版白色碎花连衣裙，外罩一件墨绿色的羊绒针织外套，脚上穿了一双漂亮的乳白色软羊皮平跟鞋，乌黑的头发盘成了一个优雅的发髻，她举止优雅、顾盼生辉，给人一种超凡脱俗、仪态万方的印象。她是一位孕妇、一位准妈妈，但她气色红润、步履轻巧、神采飞扬，丝毫没有一般孕妇的臃肿和迟钝。

姚创第一眼看见东方梅，就被她那高贵优雅的气质和不同凡响的东方神韵所震撼。

"姚部长，这是东方梅女士。"裴金涛很庄重地向姚创介绍了东方梅。

"您好，姚先生。"东方梅的声音带有很明显的胸音，听上去十分柔美。姚创对这位美丽高雅的女同胞充满了感激，同时，他对东方梅发自心底的敬重和钦佩。

"您好，梅女士，久仰大名，十分感谢。"姚创伸出双手热情地去和东方梅握手。

"您客气了！姚先生，这是我们东亚系的头西蒙先生。"东方梅微笑着向姚创介绍了站在她身边的西蒙。西蒙先生握着姚创的手一口流利的中文，友好而风趣地说：

"欢迎姚先生，欢迎各位远道而来的先生们，希望咱们东亚系能给大家带来宾至如归的好心情。"

"谢谢西蒙先生！从昨天起，我和我的同事就已经享受到了宾至如归的好心情，东亚系学生们的中文棒极了，今天听了西蒙先生的普通话，我更加体会到名师出高徒这句话的深刻含义了。非常感谢西蒙先生的热情款待和鼎力支持，非常感谢！"姚创向西蒙作揖道。

"姚创先生不必客气。"西蒙笑道。接着，姚创向西蒙先生介绍了随行的一行。

"西蒙先生，这是我们 H 医学院科技处的李处长，研究生院的刘院长，我们 H 医学院第一附属医院的赵院长，附属医院新成立的转化医学中心张主任。"姚创向西蒙介绍了一同前来的同事。

"欢迎你们的到来。"西蒙微笑着和姚创的同事——握手。接着，他很自豪地把身边的迈克也向姚创作了介绍，他说："姚先生，这是迈克先生，我的老同学和老朋友，他的普通话那才叫字正腔圆呢！"

"您好，迈克先生，我们算是老朋友啦，非常感谢您昨天为我们所做的一切。"姚创热情地上前去和迈克握手。

虽然和迈克才见两次面，迈克留给他的感觉宛如老朋友一般。

"哈，原来你们早就认识啊！很好。姚先生，等会，我就不随你们到会场去了，我有一些事情需要先离开，预祝座谈会圆满成功。"西蒙说。

"谢谢西蒙先生！"姚创和西蒙握手道别。

"老姚，会场已经坐满了人，比我们预料的多来了不少人。一会儿，我先给你介绍认识一下王子梁教授和叶知秋教授。"裴金涛说。他事前向姚创介绍过王子梁和老叶这两位 S 州华人科学家中的元老和重量级人物。

"好的，老裴、梅老师，那咱们就先到会场去？"姚创说。

"请吧！"东方梅微笑着招呼道。

立即，一个学生志愿者走过来领着姚创一行往座谈会的现场走去。

会场坐满了人。

空气中散发着玉兰花淡淡的清香——椭圆形的会议台上摆放着紫红色与白色的双色玉兰花。

玉兰花的花期十分短暂，属于中国名贵园林花木，取意纯洁高雅、一尘不染，花语亦是独特：高洁、报恩、真挚。选择如此与众不同的花卉作为迎宾花，可见主人的美好用心，略知花语的姚创心里暗暗感动。

座谈会东面墙的投影幕布上写着一行娟秀的红色楷体字："热烈欢迎来自中国海城医学院的姚创先生一行。"

当姚创和同事们步入会场，会场立刻响起了一片掌声。

裴金涛领着姚创走到两位资深华裔科学家——王子梁教授和叶知秋教授的跟前，给他们彼此做了介绍。

"尊敬的王教授、叶教授，我们是来向你们学习、向大伙学习的，希望两位教授不吝赐教。鄙人姚创，在此谢过！"姚创很谦卑地向两位教授自我介绍、作揖。

"姚部长，我们互相学习，有什么地方用得上我们的，吱一声好了，我们是很爱国的哦！"老叶风趣地说。

"谢谢叶教授和大伙的大力支持。"姚创见过两位教授后，学生志愿者将他引导到对面的嘉宾席上坐下。

姚创留意到偌大的一个会议厅坐满了人，有一些年轻的学者坐在后来添加的椅子上。大伙坐定后，姚创目光朝东方梅和迈克座位的方向投去感激的一瞥，开始了他此行的讲话。

"女士们、先生们，同胞们、朋友们，尊敬的东方梅女士、迈克先生、王子梁教授、叶知秋教授：

大家上午好！我是来自中国南方海城医学院的姚创。此时此刻，我的心情十分感动。首先，我要特别感谢尊敬的 S 州立大学东亚系的西蒙先生、东方梅女士，还有迈克先生以及东亚系可爱的学生志愿者们，感谢我的老同学裴金涛博士，感谢尊敬的王子梁教授、叶知秋教授以及今天前来参加座谈会的每一位青年才俊们。因为有大伙的倾情帮助和热情参与，我们第一次跨洋的座谈才会得以顺利举行。在这里，我代表我自己、代表海城医学院，对各位再次表示万分的感谢！谢谢大家！"

姚创说完一番话，站着向大伙又是鞠躬又是作揖，获得会场上一阵阵雷声般的掌声。

"各位，我们考察团第一次迈出国门，我们是来向大家学习的，也是来向大家取经的。请允许我占用一点时间向大家介绍我们团队的五名成员。他们是：我们海城医学院科技处的李处长、研究生学院的刘院长，还有我们海城医学院第一附属医院的赵院长、附属医院新成立的转化医学中心的张主任。"

姚创的声音刚落，又是掌声一片。姚创接着说："女士们、先生们：下面我占用大约十几分钟的时间，向各位介绍一下海城医学院的概况。"

姚创就着屏幕上的PPT娓娓而谈。

"我们海城医学院位于中国南方亚热带风情的沿海之滨，从1956年创建专科学校开始到1965年升格为五年制医学本科院校，经历了一段颇为悠久的办学历史。半个多世纪以来，据不完全统计，我们学校为国家和地方培养和输送了近18万余名医学人才。我校培养的医学人才覆盖了全省的各大、中、小型医院。我们做过一个统计：发现省内的每一家医院，每十个医生当中就有一个医生是我们的校友。"

"这些年来，我们学校在各方面都取得了快速的发展。首先，从单一的校区发展为两个校区，学校总体占地面积由原来的500亩拓展为1900亩；我们拥有两所直属的三甲附属医院，第三所直属附属医院正在建设当中；专业设置方面，我们由原来单一的医学专业发展到目前已经拥有了25个普通本科专业，覆盖了医学、理学、管理学、法学、工学、文学、经济学等七个学科门类。"

"我们学校自1984年获硕士学位授予后，经过几代人不懈的艰苦努力，去年年初成功地获得了博士点的授予。为了完成这重要的一步，海医人用了整整二十二年的努力，经历了不少曲折也吃过不少苦头。我们深深地体会到，人才是第一生产力。老实说，没有人才什么也干不了，没有强大的人才团队，要实现学校快速发展就成了一句空话。"

说到人才问题，姚创颇为动容，他话锋一转，立即切入今天座谈会的主题："现在，我们学校正面临着一个大的发展、一个大机遇。说白了，我们今天到这里来开座谈会的目的就是要寻找人才，寻求各位的鼎力帮助。坦诚地说，在启动人才引进、特别是引进海外高层次人才方面，我们刚刚起步，我们缺乏足够的经验，缺乏对海外人才的了解。如何尽快引进人才？如何建立一套科学的管理机制？我们迫切需要找到答案。时不我待，各位，我和我的团队带着诸多问题不远万里地走出国门，诚心诚意来向大家学习和请教。希望各位专家、教授、学生们、朋友们不吝赐教。现在，我把下面的时间交给大家。谢谢！"

热烈的掌声中，叶知秋接过姚创引进人才的话题，第一个发表自己的见解。他说："尊敬的姚部长，我今天要说的第一句话就是，咱们海归人才回到祖国最缺的就是一件合身的衣裳。"

老叶的话一出口，会场立即笑声一片，掌声一片。掌声过后，姚创笑吟吟地恭请老叶说：

"叶教授，请您继续。"

"谢谢姚部长，那么我就来说说我两个老友回国创业的故事。"得到姚创的鼓励，老叶把老友范立明回国不成远去澳大利亚的经历以及廖博士回国后因为职称问题，不能专心从事科研的尴尬叙述了一番。

叶知秋一番颇为感慨的发言，犹如一石激起千层浪，座谈会的氛围立即活跃了起来。

有人提出单位选拔人才的标准，有人淡到人才的管理机制，有人提出人才软环境的建设，有人甚至很不客气地指出国内一些用人单位，对引进人才缺乏诚意、有叶公好龙之嫌，有人谈到 SCI 的影响因子与考量人才标准的问题，也有人谈到国内缺乏科研软环境的问题……大伙各抒己见，畅所欲言。

有的意见甚是尖锐，有的建议很现实。

大家比较一致地认为：国内很多用人单位在引进海外人才方面没有做好充分的准备。引进海归人才的机制及管理相对滞后，海归人才回国后未能很好地投入工作，甚至陷入"英雄无用武之地"的尴尬境地。

海外流传的一句戏言"海归又归海了"，这不仅是一句俏皮话，而是一种现实的存在。

参会者的热情和积极的发言让姚创深深感动，同时，也感受到了肩上沉甸甸的重量，一种强烈的使命感震撼着他的心灵。

听完众人的发言后，姚创颇为激动、幽默又不乏风趣地回应说："尊敬的叶教授，各位，我们此行的目就是要为海归人才做好量体裁衣的工作，希望将来你们当中有人能成为我们海城医学院重要的一员，我们会为各位准备好一件得体、漂亮的新衣裳。"

姚创的回应获得热烈的掌声。

热烈的掌声过后，一直在默默倾听的重量级人物、S州立大学美籍华裔教授王子梁先生发言了。

"尊敬的姚先生，我是王子梁，贵校求才若渴的诚意很让我感动，刚才从你的报告中得知，贵校培养了众多基层医务人员，给老百姓带去了实实在在的福祉。在此，我向贵校表示深深的敬意。"

"谢谢王教授，我们一直在努力。"姚创微笑着起身向王教授作揖表示敬意，王子梁教授接着说："21世纪的国际竞争归根结底就是人才的竞争。这些年，我和国内的接触比较多，最大感触就是国内对人才的重视前所未有。国内很多用人单位主动走出国门，求贤若渴。没错，海外人才回国工作的好时机到了。"

"在这里，我浅谈一下国际上是如何去评价一介人才标准的。换一句话来说，国际同行是如何看待SCI的影响因子的。我想，这也是大家比较关心的一个话题，我谈一些个人的看法，供大家参考。"

王子梁教授态度谦卑诚恳，沉稳的声音给人一种特别的亲和力。这一刻，会场安静得连一枚羽毛落下都能听得见。

"首先，评价一个学者的学术水平，国外的同行一般不会单纯以影响因子来作考量，专家们可能会更注重该作者发表的文章被引用的次数和High index，后面这个是另一种计算方法；第二，发表文章的杂志在行业中的地位与声誉（reputation）这也是一个非常重要的指标。"

"咱们举个例子来说：一个连续五年都在 PLOS one 上发表 20 篇论文的作者，按文章影响因子的基数来计算，他总的影响因子差不多就是 80 分左右；而另一位作者，如果他五年内在 *Nature cell biology* 上只发表了 2 篇论文，他总的影响因子恐怕也只有 40。但是，按照国际同行的评判标准，后者的学术影响恐怕会远远大于前面的那位。"

王子梁教授的话刚停下，老叶穿插了一个问题，他说："王教授，听您说到文章篇数的事情，我想问——哦，姚先生，我听说国内有的单位对人才只认文章的篇数，有这样的情况吗？"老叶把这个问题抛给了姚创。

"是有这样的情况。但是，我保证我们听了王教授这一席话后，回去不会再去犯这么低级的错误。"

大伙一阵掌声。

"谢谢姚部长。"老叶摸着他那光秃的智慧脑瓜，笑了。大伙跟着一阵愉快的欢笑。王子梁教授微微一笑，接着说："PLOS one 与 JBC 的影响因子曾一度有过相当的地位。我说的'相当'不是'等同'。在座的各位都知道，JBC 作为百年经典——它在全球的认可度远远排在其他的杂志之上，美国在组织评审 NIH R01 或 R21 课题时，评委们只要看到点数为 5 分以上并且发表在这类经典杂志上的文章，例如：在 Cell 系列、Nature 系列、Science 系列或是 NEJM、Lancet 等，都会被认为是好文章。"

"一般来说，10 分以上的经典杂志文章被认为是大文章，20 分以上即是顶尖文章。同是 10 分的文章，*AutopHagy* 的影响因子要比 PNAS 的高出一些，但它的影响力却不如 PNAS。AutopHagy 与 Cell cycle，Apoptosis 原则上同属一个级别，它们的点数大概都在 7 分左右，通常都比 Cancer Research 的影响力要小一些。"

"近几年来，Autophagy 点数呈飙升趋势，主要是因为被某些主编的大综述所引用的频率高了。但是，我美国的同事在做与 Autophagy 相关的课题时，都不太 care 在这个杂志上发表，他们更愿意把文章发表到 Gene & Development 或 PNAS 这些杂志上。为什么呢？就是我所说的在同领域的影响力。早些年，咱们中科院对 SCI 杂志的分区进行过比较科学和系统的处理，将它划分为Ⅰ区、Ⅱ区、Ⅲ区。我认为，这是一种相对比较好的表达，在这个系统中归属Ⅰ、Ⅱ区的文章都是好文章。"

在王子梁教授讲话的整个过程当中，姚创一行在聚精会神地倾听，认真地做好记录。王子梁教授发言完毕，姚创情不自禁地站起来向王教授鞠躬、作揖，他万分感慨地说："'听君一席话胜读十年书'。非常感谢王教授的指教！"

科技处的李处长也颇为激动站起来向王教授作揖，说："尊敬的王教授，我是科技处的老李，刚才听了您非常专业的讲解，我的眼界大开。希望有一日，能请您到我们学校去做一些指导。刚才我们姚部长也说了，我们那儿是一个美丽的海滨城市，海鲜算得上是世界一流的，我们恭候王教授的光临！"

老李的话音刚落，姚创接过老李的话风趣地对王教授笑道："王教授，我们的海鲜是不是世界一流我说了不算。但是，老李的酒量和诚意我敢保证绝对是一流的。欢迎王教授，欢迎各位光临海城医学院！"

"姚部长的口才和外交真是了得啊！"老叶带头鼓起了掌，立即，会场鼓掌一片。

"谢谢，我非常高兴接受李处长、姚部长的热情邀请。在座的各位，我提议大伙有机会都去海城医学院看看，尝尝咱们世界一流的海鲜。"王子梁教授乐呵呵地说："姚先生，让大伙继续吧！"

"各位，就人才问题我们还想听听大伙的高见。"姚创说。

"姚先生，我是从其他州赶来参加座谈会的鲁俊忠，我在做博士后的研究工作。刚才听了前辈们的发言很有感触，我想回国创业，老母亲都催了好几回了。不瞒大家说，我已经是大龄青年啦。"

鲁博士腼腆地挠着耳根，大伙一阵欢笑打断了他的话。有人小声而俏皮地提醒他说:"鲁博士,这儿是人才座谈会,不是相亲大会,别跑题啦!"有人趁机向姚创提问说:"姚部长,你们学校的人才计划里有没有考虑解决人才婚姻大事的问题啊?"

"有啊,我们单位有专门关心人才个人大事的机构——工会。"姚创风趣地回答。

"各位,言归正传。让鲁博士接着说。"老叶鼓了几下掌,大伙安静下来了。

"姚部长,我刚从国内考察回来。除了刚才各位说到的问题之外,我对贵单位能否'建立一套科学的、可行的人才管理机制',还有人才的软环境会更感兴趣一些。不瞒您说,我回了一趟国,感觉很多用人单位这方面好像都很欠缺……噢,我可以在这里发发牢骚吗?"鲁博士很憨厚地问。

"谢谢鲁博士,您说来给我们听听。"姚创微微一笑。

"咱先别说这个人才管理机制和人才软环境的问题,就拿很现实的一个人才条件来说吧!有的单位在制定人才标准方面真不怎么接地气,若是真的按照他们那个条件,这个人才还非得施一公这类泰斗不可。另一个条件让人感觉更加离谱,这个人才引进之后,要求人家入职后在两年内至少要发两篇点数为 10 以上的 SCI 论文。您说,这还是科研吗?且不说这个要求是否切合实际,是否符合科学规律,咱就拿那个科研平台来说吧,很多用人单位就一个空壳,零起步。就像我的一哥们说的,他那除了有一间厨房,啥实验室都没有。嗯,就算是有了很好的平台,科研也不能这么出文章的吧?这得符合科研规律啊!不然,咱去放卫星好了!"

鲁博士的发言引得会场一阵笑声。

"王教授,请问您一年能放一颗卫星吗?"老叶幽默地问。

"不能。"王子梁教授呵呵一笑,目光看向姚创说:"姚部长,鲁博士的话有道理,咱们做科研遵循的是科学规律而不是行政指令。"

"没错,我完全赞同。鲁博士,你今天的发言给我们很大的触动和启发。作为单位的人力资源部门,我们一定要吸取这类教训。非常感谢王教授和鲁博士"姚创带头鼓起了掌。

大伙一阵热烈掌声。

"姚部长，我接着刚才鲁博士的话题，再谈谈'人才软环境'这个问题。"王教授微笑道。

姚创微笑着朝王教授点点头，很诚恳地说："有请王教授。"

"谢谢姚部长。"王子梁教授说"的确，'人才软环境'这个要素也是国内难招到人才的一个硬伤。21世纪，科研不再是某一个人或是某一个单位的单打独斗，更不单靠实验台和先进的实验仪器，而是一个庞大的联合作战军团。它需要形成一个浓郁的科研氛围，这个浓郁的科研氛围就是咱们说的'人才软环境'，这个'软环境'对每一位科研工作者的成长，对每一项重大实验的突破实在是太重要了。"

"我们有很多杰出的idea就是在不断的（思想）碰撞中产生的，国外研究机构非常重视'人才软环境'的养成。在座的各位研究员都知道，国外的每个实验室每周都有自己特色的Lab Meeting，并且，每一栋实验综合大楼每周都还会有一个下午的happy time，此外，定期召开不同学科领域的综合性学术交流也是一种常态。"

"所谓的'人才软环境'通俗来说就是'科研氛围'，也可以说它是科学家特质的外在表现。我想表达的是，人才的价值不只是体现在人才的待遇上，更重要的是让人才充分发挥他的创造力。"

"非常抱歉，姚部长，今天我说多了，应该把更多的机会让给年轻人。谢谢大家！"王教授微笑着站起来谦虚地向姚创和与会者作揖致谢，获得大伙一阵热烈掌声。

掌声刚落，坐在老叶后排的张磊和金铃双双举手要求发言。姚创望着那两位充满朝气的年轻人，呵呵一笑，大声说："有请后面那两位年轻人，请志愿者把话筒送给他们。"

金铃笑嘻嘻地指着张磊对学生志愿者说："把话筒交给他好了，我俩同一个问题。"

张磊笑眯眯地接过话筒站了起来，不好意思地挠挠头，说："尊敬的姚部长，我们想问您一个很实在的问题，像裴金涛博士这样的人才，你们单位开价是多少？"

"问得好！"有人带头鼓起了掌，大伙一阵愉快的笑。众人的目光齐齐地朝姚创看去，姚创微微一笑，回答说："如果我们能把裴博士引回去，我们就是学校的功臣，裴博士对我们来说，价值连城。"

"姚先生，您没有正面回答张磊的问题，您这是外交辞令。"金铃俏皮地替她的同学说话了。

大伙一齐欢笑。

"各位才俊，我们迟点会出台相关的人才招聘计划和配套的政策。希望各位关注海城医学院的外网。会后，我们会给各位留下具体的联系地址。还有，我现在就委任裴金涛博士作为我们的第一联络员。未来的日子，我们热烈欢迎各位莅临海城医学院，进行实地考察和做学术交流。谢谢大家！"

姚创一行第一次走出国门，他们的人才招聘座谈会在欢乐融洽的气氛中结束。会议一结束，他们收到了十几份人才简历表。

用过自助午餐后，裴金涛领着姚创一行去参观了自己工作的大楼。在实验室里，他给姚创一行介绍了最新的实验设备和仪器，实验室的管理和运作，人员结构以及近年来的研究成果。

姚创一行赞叹不绝。

从裴金涛工作的大楼走出来，他们马不停蹄奔 S 州著名的人文景点 Dayton（代顿）——美国著名的空军博物馆而去。

在这个人文景点，他们参观了从飞机发明到现代历次战争的各类飞机机种，了解到从莱特兄弟试飞开创世界航空历史新纪元到美国军事航空发展的一段历史。他们站在一架贴有"飞虎队"标志的老式飞机前，深深地为美国飞行员与中国民众在战争中结下的生死情谊所感动。

周一上午，在东方梅和迈克的陪同下，姚创一行对 S 州立大学著名的医学中心进行了学术访问。医学中心的负责人贝鲁特先生亲自前来接待，贝鲁特先生是一个高个子、幽默、干练的美国人，早年毕业于哈佛大学医学院，同年获得医学博士学位和公共管理双学位。因为西蒙的缘故，贝鲁特先生专门向东方梅紧急学了一句速成的中文"有朋自远方来，不亦乐乎"，他用刚学来的这句普通话表示欢迎客人的到来。

"'有朋自远方来，不亦乐乎'，欢迎姚先生！欢迎各位！"贝鲁特先生热情地和姚创握手，他的普通话听起来有些滑稽。东方梅在一旁特别说明，"姚部长，贝鲁特先生为了学好这句中文练习了一整个晚上。"

大伙一阵愉快的笑。

"贝鲁特先生，您是一位非常了不起的语言天才。"姚创给贝鲁特先生竖起大拇指。

"真的吗？梅老师，我的中文是不是可以过四级了？"贝鲁特风趣地问。姚创接过话来笑道："贝鲁特先生，您的中文可以过六级啦！"

大伙又一阵轻松愉快的笑。

"噢，谢谢。"贝鲁特先生耸耸肩、笑了，他很绅士地对姚创说："姚先生，我很乐意做你们的向导，请。"

贝鲁特先生领着姚创一行，参观了他们医学转化中心的重点实验室。在组织库和分子诊断平台的建设方面，姚创提了不少问题，实验室的工作人员非常热情地给予解答。在访问的过程中，贝鲁特先生所领导的医学中心，他们先进的管理理念以及近年来所取得的重大研究成果，令姚创他们耳目一新。就组织库的管理、标本的收集，以及临床诊断治疗信息等等方面，赵院长和张主任提了不少想了解的问题，国际同行们都非常热心细致地给予解答。

东亚系的学生翻译工作做得相当到位，另有，东方梅和迈克的一路支持和相助，姚创一行对医学中心的访问得以非常圆满地完成。

…………

姚创一行就要离开 S 州了。

他们给东方梅、西蒙、迈克分别赠送了三把用于装饰的大折扇，大折扇的上面有应景的团图，有姚创亲自书写的漂亮草书。

姚创赠给东方梅的是画有一枝红梅的大折扇上，姚创在这支独特的梅花下方题了两句古诗："万树寒无色，南枝独有花。"

东方梅手握着这把大折扇爱不释手，她满心欢喜，她说："姚部长，如果我没有记错的话，这两句诗应该出自明代·道源的《早春》。"

"正是。梅老师真是好记性！"姚创满脸的钦佩望向东方梅。

"谢谢姚部长，您的草书十分漂亮。"东方梅微微一笑，问站在她身边的迈克说："迈克先生，看看姚先生送你什么好诗句？"

迈克把大折扇"哗"的一声展开，大声地念了出来"马到成功！"

迈克颇感意外和惊喜，好奇地问："姚先生，您是怎么知道我喜欢骏马的？"姚创一脸神秘，乐呵呵地回答说："迈克先生，这是我们的一个秘密。"

"好吧，让我们看看西蒙先生的大折扇写什么来着？"东方梅笑盈盈地望向西蒙。

"哗"的一声，西蒙一把手中的大折扇展开：

一轮圆月挂在中空，静谧的夜空下，一对才子佳人在弄筝吹笛。姚创的草书龙飞凤舞地写着"琴瑟和鸣，岁月静好。"

"太美了！我太太一定会非常喜欢！谢谢姚先生。"西蒙乐呵呵地向姚创作揖，又夸东方梅说："姚先生，若是论古筝，梅女士才是真正的高手。"

"我早就听说梅老师的古筝'余音绕梁三，日不绝'，但愿日后有机会得以一闻。"姚创笑吟吟地向东方梅作揖。

"承蒙西蒙先生夸奖。姚部长，有机会我一定献丑。"东方梅谦虚地回礼笑道。

"愿在故里喜闻梅老师的古筝。梅老师，常回家看看。"姚创向东方梅发出了邀请。

"故乡见。"东方梅爽快地回应道。

夏天。

辽阔、曼妙的大自然处处留下生命难以磨灭的印迹，永远不会失去光泽的湖，永远不能摧毁的树林，永远散发着香蕨木和红松芬芳的牧场，还有代表生命不可复制的绿色……大自然的一切在炎热的夏季里呈现出一片铺天盖地、生机盎然的景色，它们组成了大自然最深邃、最恢宏、留给人印象最深刻的大背景。

茉莉花即将盛开。

在一个景色迷人的周末，在一个令人舒适的高尔夫俱乐部宽敞的活动大厅，索菲亚为东方梅置办一场隆重而温馨的 Baby Shower。

美国传统意义上的 Baby Shower 属于准妈妈和女性朋友们的聚会，由准妈妈最要好的闺蜜发起，聚会上女性朋友们一齐把祝福、忠告、礼物连同幽默和善意的玩笑洒向准妈妈，旨在帮助准妈妈做好物质和精神上的双重准备。索菲亚为东方梅举办的 Baby Shower 完全打破了美国的传统习俗，她代表东方梅向所有的新老朋友发出了盛情的邀请，更像是一次隆重的朋友大聚会。

佟小慧第一次参加 Baby Shower，感到十分新鲜和有趣，她听肖琴讲过，美国人的 Baby Shower 和国内摆满月酒的含义差不多，前者是为新生儿到来之前举办的欢迎仪式，后者则是为新生儿到来之后的接风洗尘，内容都是庆祝新生命的到来。

迈克在四月中回了南方，在东方梅 Baby Shower 开始前的一天，他特意从南方赶了过来。这会儿，他和索菲亚领着东亚系的一些学生忙着布置

Baby Shower 的现场，忙着招呼宾客。

阳光灿烂，和风习习。

东方梅 Baby Shower 现场是一片粉红色的天地。粉色调的贴墙，粉红色的窗帘，粉色的气球和彩带，美妙动听的音乐在粉色世界里缓缓流淌……一台被装饰成粉色的钢琴上摆放着一只用粉色婴儿尿垫卷成的圆塔巨型假蛋糕，和一只同样是巨型的茉莉花蓓蕾状抹了白色奶酪的真蛋糕，真蛋糕的底座是用绿色奶油做成的叶子。

这一真一假的两只巨型蛋糕，摆放在 Baby Shower 活动的中心位置，看上去又壮观又温馨。

各式各样、琳琅满目的婴儿礼物堆在一架钢琴的周围，一辆漂亮的小婴儿车扎上了彩色的气球，婴儿车里装着一群可爱的小动物玩具，小狗熊、小白兔、小松鼠、小鸡、小鸭，一位金发碧眼的小公主站在一架小钢琴上随着音乐翩翩起舞，各式各样的婴儿衣服叠成了一座小山……

朋友们是多么慷慨啊！有人开玩笑说，索菲亚是在给东方梅未来的小宝宝办时装秀呢！

"女士、先生、朋友们：大家好！这是东方梅女士 Baby Shower 的直播现场，我是主持人索菲亚。今天，我要把最诚挚的问候和最深的祝福送给大家！感谢各位的光临！"

索菲亚一身盛装，喜气洋洋，作为东方梅未来孩子的干妈妈，索菲亚脸上洋溢着幸福的光彩，她那天才主持人的特长被发挥得淋漓尽致。

"接着下来，我们要隆重地请出今天 Baby Shower 的主角、魅力四射的准妈妈——东方梅女士！大家鼓掌欢迎！"

在雷声般的掌声中，打扮得宛如新娘子一般的东方梅闪亮登场——她头戴用茉莉花编成的花冠，身穿一件粉色轻纱曼妙的公主连衣裙，手臂上戴着乳白色的蕾丝手套。她优雅时尚，仪态万方，她微笑着缓缓走到众人面前，向众人微微鞠躬、致谢。

"大家好！此时此刻，我感到非常快乐和幸福！感谢各位新老朋友们的光临！感谢你们一路以来的呵护和帮助！在这里，我要特别感谢索菲亚女士和迈克先生！感谢他们一直以来的爱心陪伴！感谢他们为我精心准备的今天这场豪华漂亮的 Baby Shower！Anyway，我要感谢和感恩的太多，我将永远铭记今天的此时此刻。最后，祝福各位有一个轻松愉快的周末！祝各位幸福、安康、好运连连！再次感谢朋友们的光临！"

东方梅的声音悦耳动听，雷鸣般的掌声再次响起。

"好，现在有请魅力四射的准妈妈入宝座！"索菲亚牵着东方梅手领着她坐在钢琴边上一张舒适的宝座上。以准妈妈的宝座为中心，朋友们里三层、外三层坐成了好几圈。

Baby Shower 游戏环节开始了。

女宾优先，她们被要求做些简单有趣的小游戏：手绘小宝宝的模样、猜宝宝出生的日期、体重、准妈妈的腰围、体重和喜好……画小宝宝模样时，允许画一些搞笑的内容。

索菲亚大声宣布了游戏规则之后，小助手 Moon 和叶家的两个大女儿立即就把小卡片和笔快发到每一位女嘉宾的手上。

游戏的结果很快揭晓，索菲亚愉快地向众人宣布：佟小慧女士猜对了准妈妈的体重，肖琴女士猜对了准妈妈的腰围，上官女士猜对了准妈妈的喜好。说到这儿，索菲亚暂停了一秒钟，提高了声音非常愉悦地问："大家想不想看看克丽丝大夫手绘的小宝宝？"

"想！"

在齐刷刷的回应中，索菲亚把手中的一张铅笔画缓缓展开，萌哒哒的小女娃坐在准妈妈的肚子里朝大伙说："Hello！"

大伙一阵欢畅的笑。

克丽丝大夫获得了头等奖，东方梅给克丽丝大夫颁发了一张绣着金灿灿"福"字的大红肚兜。佟小慧、肖琴、上官女士分别获得了一束鲜花和一张小礼物卡。

男宾的重头戏开始了。

一张长桌上摆好了一排装满饮料的奶瓶，参赛的选手都是清一色的年轻男士，索菲亚隆重地宣布比赛的规则：选手们必须在规定的时间内，喝完奶瓶里的饮料，胜出者就是本次比赛的冠军。

以保罗为首的一群大小伙子摩拳擦掌跃跃欲试。

"开始！"索菲亚一声令下，赛手们动作迅速地投入了比赛，竞赛场面相当滑稽、搞笑——有人因为过于紧张手里的奶瓶滚落到了地上，有人则被奶瓶里的"奶水"淋了一个满腮，有人把瓶子里的牛奶灌进了鼻孔，有人呛到了喉咙，大声地咳嗽起来……

众人尖叫，笑得前俯后仰。

索菲亚忍不住笑弯了腰，Moon笑得滚到了她妈妈怀里，由美子笑得双手捂住了脸，东方梅笑得"哎哟哎哟"直揉腹部，佟小慧与肖琴笑得抱成了一团，西蒙笑得把手伏在迈克的肩膀上，迈克兴奋得直跺脚，裴金涛和老叶笑得直摇头，有人吹起了一声长哨……这个游戏将全场的宾客推上了欢乐之巅。

最终，保罗获得了本次比赛的冠军。

"现在，有请尊贵的准妈妈东方梅女士把这个气势不凡的奖品颁发给获得本次比赛的冠军。保罗先生！来，音乐响起！"

嘹亮雄壮的颁奖曲中，两名学生志愿者抬出事先藏在耳房里的一只特制的塑料巨型奶瓶——在人们的惊叫和欢呼声中，东方梅笑不拢嘴地捧着巨型奶瓶颁发给了保罗，保罗捧着巨型奶瓶欢天喜地送到了由美子怀里。

众人一阵雷声般的掌声和笑声。索菲亚逗他兄长说："希望保罗先生和由美子小姐早日用上这只大奶瓶！"

…………

游戏到了最后的环节更是暖心。

准妈妈现场拆开朋友们送的礼物。东方梅每拆开一件礼物，索菲亚就大声把贺卡上的祝福念出来，这些写满祝福的小卡片在被大伙分享后，将会被装订成册，成为新妈妈和小宝宝日后最有意义的纪念册。

"Wishing you all the best with your expected new arrival——Mei.（带着新的期许和最美好的祝愿送给你——梅）"

"Wishing you all the best with the new baby who is not far away now——Mei（最美好的祝愿送给你和你即将来临的宝贝——梅）"

"Please let us know if you need absolutely anything along the way.（如有任何需求请告诉我们）Very excited for the both of you.（为你们俩开心）"

"Dear Mei，To the soon to be parents! Wishing you a hassle-free pregnancy.（亲爱的梅，恭喜你很快成为孩子的母亲，很快从怀孕的烦恼中解放）。"

"Dear Mei，Thanks for inviting us along to share in the excitement of your soon to be new arrival, wishing you all the best with babyhood.（感谢你的邀请和分享你的快乐，所有美好祝福送给你）。"

"We are wishing you a magical and memorable few years of upcoming babyhood. All the best. We love you——Mei.（我们衷心祝愿你即将拥有愉快且难忘的孩子到来的日子，所有美好祝福送给你，我们爱你——梅）。"

"Plenty of good wishes and big kisses are coming your way! Congratulations on your upcoming little one, we're so excited for your growing family.（所有美好祝福和亲热正在你们希望的路上，恭喜你们添丁，我们真心为你们家庭兴旺而开心。）"

…………

索菲亚念着这些饱含深情的祝福语，东方梅感动得热泪盈眶。

在众多琳琅满目的礼物中，迈克奶奶为小宝宝精心准备的一床茉莉花刺绣小抱被十分精致——浅绿色的丝绸被面上绣着朵朵洁白素雅的茉莉花儿，那些花儿看上去栩栩如生、芳香可掬。东方梅抚摸着迈克奶奶用自家农庄生产的棉花制作的小抱被，一股暖流默默地在心底流淌。

佟小慧托人从国内带来的《育儿大全》令东方梅惊喜万分，肖琴亲手做的娃娃小布鞋精致乖巧，由美子为小宝宝缝制的日本小和服花色甚是漂亮，上官女士为小茉莉编织的小毛衣非常暖心，干妈妈索菲亚送的各种婴儿用品，足够开一个小杂物店，朋友们送的婴儿礼物数也数不清。

温馨的 Baby Shower 让东方梅沐浴了一场快乐的祝福雨，她既感动又开怀，她向众朋友们深深地一鞠躬，动情地致谢道："感谢感恩今天所有的朋友们！以后的日子，回想这一天，我永远都不会感到孤独和寂寞。"

Baby Shower 到了切蛋糕的环节。

朋友们品尝着滋味美好的蛋糕，漂亮的准妈妈——东方梅端坐在古筝前，以一曲旋律优美、节奏明快的——《茉莉花》为隆重的 Baby Shower 画上了圆满的句号。

东方梅 Baby Shower 后的第三天，迈克赶往飞机场的路上，意外地接到索菲亚打来的一个重要电话。索菲亚在电话里说"东方梅在百合花医院刚刚诞下一位漂亮的小女孩"。

听到这个令人兴奋的消息，迈克立即掉头赶往百合花医院。

在百合花医院产科 S—1 号 VIP 房，产后的东方梅安静地躺在一张洁白的大床上，索菲亚喜滋滋地抱着那个刚出生不久的小婴儿在床边转悠，嘴里不停地唠叨："真是一位漂亮的小天使呀！我的宝贝儿！你能不能睁开一点点眼睛看看干妈妈呀！"

索菲亚怀里的小婴儿闭着眼睛、嘟着小嘴、皱巴巴的一团小脸蛋。

"像个皱巴巴的老太太。"东方梅笑道。她疼了一夜，今天早上八点诞下这个小婴儿。

"人家刚刚来到这个新世界，怎么就成了皱巴巴的老太太了呢？绝对不可能！"索菲亚温言细语又不乏风趣俏皮，"小妈妈，等咱们小茉莉一睁开那双漂亮的大眼睛，该是要迷死多少人啊！"

索菲亚用鼻尖轻轻地触碰了一下小婴儿的小鼻子，小婴儿本能地皱了皱小鼻子，惹得索菲亚心花怒放，惊喜地叫道："瞧，茉莉好可爱呀！她皱小鼻子了！"索菲亚的眼睛一刻也不愿意离开小茉莉。

整个屋子都是索菲亚在说话，她实在是太高兴太兴奋了。

"小茉莉就像一枚嫩嫩的小蓓蕾！"迈克轻轻地推开了门走了进来，他站在索菲亚的身边笑容灿烂地看着那个刚出生的小婴儿。

"舅舅来啦！小茉莉叫迈克舅舅好！"索菲亚抱着小婴儿转向迈克。

"小茉莉，你好！"迈克伸手去轻轻拉着小婴儿嫩嫩的手指。赞叹道："这小手儿真漂亮！"

"小茉莉长大后也要像妈妈那样成为一等一的古筝高手！"索菲亚得意扬扬地夸干女儿。

"梅，你好吗？"迈克微笑着去和东方梅握手。

"很好，谢谢迈克。"东方梅看上去满脸倦容，因为产后伤口的疼痛，她未能得到很好的休息。

"梅，辛苦了。"迈克看得心疼。说："你得吃点东西才行啊！想吃点什么呢？"迈克问。索菲亚接过话来说："上官女士已经回家去给梅做好吃的了，这会儿也快回来了。"

"我不饿。早上进产房前已经喝了牛奶麦片粥，上官女士给做的，她可有经验了。"东方梅微微一笑，说话有气无力。

说曹操，曹操就到。

"噢，迈克先生，你不是已经回亚特兰大了吗？"上官女士提着一只保温壶走进屋来，她看见迈克有点意外。

"没有赶上飞机，却赶上小茉莉出生了。"迈克幽默地回答，又问："上官女士，您给梅做了什么好吃的？"

"菠菜鸡汤乌冬面。放心，营养绝对保证。"上官女士边说边把保温壶搁在床头柜上。

"谢谢上官姐，我现在不想吃。"东方梅说。

"小梅，产妇的第一餐很重要。生孩子使尽了元气，得赶紧补一补。"上官女士宛如娘家人一般温暖、贴心。

"是啊，小妈妈，咱们多少得吃一点。"索菲亚跟着上官女士劝东方梅。她把小茉莉往迈克怀里轻轻一放，说："舅舅抱一下。上官女士，请把面给我。"索菲亚从上官女士手中接过那碗面,笑眯眯地对东方梅说:"来,我喂你吃,让我沾一点喜气!"

上官女士扶着东方梅慢慢地坐起来,东方梅喝下索菲亚喂来的一勺鸡汤,笑道:"这汤好鲜美。"

上官女士笑眯眯地解释说:"我放了点小蘑菇,鸡汤给仔细过滤掉了多余的油。"

"上官女士真是美食家呀!小妈妈,来,咱们多吃一些。"索菲亚殷勤地劝道。

"索菲亚,我自己吃吧。"东方梅脸上飞起了两朵红云,当着迈克的面索菲亚称呼她"小妈妈",这个新称呼让她有点不适应呢!

"那可不行,为了我的宝贝干女儿,我得亲自喂新妈妈喝足鸡汤。"索菲亚不容东方梅拒绝,殷勤地给东方梅喂鸡汤。

四月的阳光透过粉红色的窗帘,屋里呈现出一片温馨的粉色——婴儿粉色的小脸蛋、小胳膊、小手、粉色的皮肤、粉色的婴儿服、婴儿帽……这满屋子的粉色让人倍感温馨。迈克凝视着怀里的小婴儿轻轻感叹:"这粉嫩嫩的小脸蛋多可爱啊!"

"嗯,这粉嘟嘟的小脸蛋明后天就会变黄了!医生说那是婴儿黄疸。"上官女士一副过来人的口吻。

"婴儿黄疸要不要紧啊?"迈克听了几分担心。

"不打紧的,当初 Moon 也出现过。那时候,我毫无经验,都快被急死了。后来,听大夫说多数婴儿黄疸一个礼拜后会自然消失,这是新生婴儿的一种生理现象。听说,也有例外的。"

"来,让姨妈抱抱。"上官女士伸手从迈克怀着接过小茉莉,亲了一下小茉莉的小手儿,闻到一股淡淡的茉莉花香。她说:"好香啊!我闻到一股茉莉花的清香。"

"上官女士,刚才您经过医院的花园没看见茉莉花开吗?小茉莉是在茉莉花盛开的季节出生的,自然是香喷喷的啦!"迈克笑道。

"我想起来了！花园里是开了很多茉莉花呢！唉，时间过得真快啊！"上官女士眉开眼笑，她突发好奇地问道："东方茉莉，这个漂亮的名字是谁给起的？"

"当然是迈克舅舅给起的啦！"索菲亚得意扬扬地替迈克回答了上官女士的问题。她刚才一直在专心伺候东方梅进餐，这会儿，东方梅把鸡汤乌冬面全吃了，索菲亚把空碗儿放到床头柜上。

"东方茉莉·戴。"迈克微笑着念出小婴儿的全名。

"这名字真好听呢！"上官女士鼓掌笑道。

…………

有护士进屋来。

"小婴儿沐浴的时间到了！"护士小姐笑盈盈地走进屋来对大伙说。她从上官女士怀里把那个小婴儿抱了出去，迈克怀着依依不舍的心情站在门边，看着护士小姐的背影消失在走廊的尽头。

当天下午，佟小慧得知东方梅生产的消息便赶往医院来了，她给东方梅带来了热乎乎、甜滋滋的鸡蛋甜酒糟，这是专门给产妇准备的一道客家传统食物。加了鸡蛋的甜酒糟不仅对产妇的身体有滋补功效，还可以帮助产妇产后顺利催奶。东方梅吃着熟悉的家乡风味，内心温暖得无法形容。

第二天，东方梅的乳房胀痛难忍，医生建议她给小茉莉母乳喂养，小茉莉轻轻一吮母亲的乳头，疼得东方梅眼泪掉了下来。护士解释说，乳晕周围集中了丰富的神经末梢，等乳腺管打通就不会那么疼了。东方梅第一次尝到初为人母的疼并幸福的滋味。

东方梅产后第五天，母女俩离开了医院。

为了照顾东方梅的月子，佟小慧在村里帮忙找了一位月嫂——张婶。张婶刚从国内过来专门等候儿媳妇生产的，儿媳妇的预产期还早，张婶待在家里无事可做，就给东方梅帮忙来了。起初，东方梅不太愿意请人，觉得自己可以照顾好小茉莉，经佟小慧和索菲亚一旁说叨，她便答应了下来。

待东方梅母女安顿好后，迈克就回南方去了。

六十八

先前，东方梅不想要这个孩子，现在，她把这个小婴儿从医院带回自己的公寓，母爱便彻底被激发了。

夏日的一个午后，东方梅在小寐中突然惊醒，她梦到小茉莉不见了，惊出一身虚汗，睁开眼一看：身边的小茉莉果然不见了（张婶想让东方梅一个人好好休息，悄悄从她身边抱走了小茉莉）！东方梅大惊失色，叫着小茉莉的名字，鞋也不穿，赤脚奔出了卧室，看见张婶抱着小茉莉坐在客厅里看电视，她才松了一口气。

从此东方梅好像变了一个人，她强悍的护犊之举、舐犊之情，让张婶目瞪口呆，张婶从没见过这么离不开孩子的妈妈。东方梅几乎是片刻都不能与小茉莉分开。

无论白天晚上，无论醒着睡着，东方梅常常会因为一个噩梦突然醒来，而且，总是在做同样的一个梦。

东方梅亲力亲为照料小茉莉的吃喝拉撒，不让张婶沾一点小茉莉的边儿，就是索菲亚前来探望小茉莉，她也不舍得让索菲亚抱一会儿小茉莉。

白天，张婶除了做一点吃的之外几乎无事可做。夜里，东方梅一连起身好几次给小茉莉换尿布、喂奶、喂水，每次更换完尿布，她都要给小茉莉清洗小屁股，煮开水消毒用过的奶瓶……她对小茉莉事无巨细，亲力亲为，对小茉莉的用物更是近乎洁癖。

从医院回来，东方梅没有睡过一次安稳觉。张婶看东方梅实在是辛苦，等她稍稍入睡就从她身边抱走小茉莉。不想，东方梅立即就醒了过来，她紧张兮兮地要求张婶把孩子送回她的身边。

张婶帮了十几天的忙东方梅便让她回家去了。小茉莉天生一副好体质，加上东方梅的奶水充足，她就像上官女士描述的那类好婴儿：吃饱了睡，睡醒了吃，一点都不闹人。偶尔，吃完奶的小茉莉还会把眼睛睁开一条小缝儿，那是小婴儿无意识的一个小动作，做母亲的却高兴得一连给索菲亚打了好几个电话，说小茉莉看见妈妈了。

很多时候，东方梅痴痴地盯着这个可爱的小家伙看，觉得她哪儿都长得像戴维——眼睛、鼻子、小嘴巴，嗯，还有微微皱眉头的小痞样。小茉莉的身上到处是戴维的影子。

"怎么长得一点都不像妈妈啊？"东方梅不知不觉就分了神，戴维现在过得怎么样？哦，我怎么还会去想他呢？我真不该再想起他。想到戴维，东方梅心情就变得恍惚。

小茉莉就像一颗嫩嫩的小树苗，她全部的精力和时间都用来向上生长。东方梅的奶水很充足，小婴儿的食量却很小，常常一边乳房还没吮空，小家伙就睡着了。

"真是小睡猪！"东方梅轻轻地揉着另一边胀痛的乳房，望着睡熟的小茉莉，一筹莫展。

有日午后，东方梅忽然感觉浑身不自在，好像是快要感冒的样子，脑袋昏昏沉沉，左侧的乳房一阵阵刺痛，疼得她眼泪都掉了下来。她对着镜子查看那只刺疼的乳房，不由得大吃一惊：那乳房又红又肿！她赶紧把家庭医生叫来一看，医生说她得了乳痈。

因为要治疗乳痈，医生让东方梅暂停给小茉莉喂母乳，改用喂牛乳。谁知，小人儿抗拒牛乳，每次给她喂食，都像是受了莫大的委屈，大声啼哭，小脸蛋涨得通红。这段时间，小茉莉睡眠很不踏实，无论白天黑夜，很容易从睡眠中惊醒过来，哭得惊天动地。

东方梅很是自责，觉得自己不是一个合格的母亲。有日，索菲亚前来探望小茉莉，正好遇上东方梅给小茉莉喂牛乳，小茉莉哭得一塌糊涂，索菲亚很是心疼。她从东方梅怀里抱过小茉莉，轻轻地哼起小曲，温柔地哄着小茉莉喝完一小瓶牛乳，小茉莉乖乖地躺在索菲亚怀里睡去。索菲亚很有成就感，颇为得意地对东方梅说："小茉莉和干妈妈特亲。"

"这小人儿什么时候才长大？"东方梅望着躺在索菲亚怀里粉团一般稚嫩的小茉莉，美眉微蹙，一声长叹。

"小妈妈，风一吹，我就长大啦！"索菲亚晃悠着怀里的小茉莉，替小茉莉回答妈妈的问题。东方梅在整理小茉莉的衣物，索菲亚关切地问她说："梅，明天我搬过来和你一起照顾小茉莉吧？"

"不用，我自己可以的。"东方梅淡淡一笑。

产后的生活与平日忙碌的工作相比确实有些单调。并且，东方梅产后没有得到很好的调理和休息，感觉有点疲惫不堪。然而，她是一个极其要强的人，即使累得倒地，也会咬着牙根坚持。其实，她的内心并不明白自己在坚持什么，她的心情常常莫名其妙地烦躁、沮丧。她本能地爱这个孩子，但有时候却十分不开心，她没有享受到做母亲的那种满怀的喜悦。

索菲亚和东方梅的心情完全不同，她对小茉莉充满了爱心，希望能帮助东方梅照顾好小茉莉。既然，东方梅都说了自己能行，索菲亚也不好过于勉强，只能多多走动。每一次临走的时候索菲亚都会很体贴地叮嘱东方梅说："梅，你随时叫我。"

"谢谢索菲亚。"每一次，东方梅都会抱着小茉莉把索菲亚送到公寓的大门外。

夏天的早晨，地处美国中北部的 S 州晴空朗朗、阳光和煦、微风撩人，通往小森林那条小路的两旁开满了五彩缤纷的鲜花，枝条上的鸟儿呼朋唤友叫得欢天喜地，金色的阳光照射在绿叶上，到处闪动着钻石般迷人的光芒。

上官女士早餐过后，前来约东方梅去小森林边上散步，她带着东方梅推婴儿车，两人愉快地出了门。

Rose 1480 公寓边上的小森林，事实上是 S 州立大学生物系为学生观察各类生物打造的一块实习基地。这片小森林沿着 Olentangy River 一路过去，大约有 70 公顷的占地面积。小森林里荟萃了上百种不同种类的飞鸟以及丰富多样的各种植物物种，小森林的中央有一只很大的湖。据说，这湖里生活着种类多样的龟和蛇，湖边的芦苇长得又高又密。

夏天，这大片的芦苇绿得甚是好看；秋天，芦苇的花絮组成了另一组诗情画意；到了冬天，这芦苇变得一片灰暗的枯槁。远远看去，就像一幅十九世纪意大利抽象派的绘画。

戴维和东方梅相恋的时光，他俩曾绕着这湖一圈又一圈地漫步，这湖边留下他们太多的足迹，见证了他们诗意般的爱情。

今天，东方梅身上穿着一件蚕丝面料的白色碎化连衣裙，脚上穿了一双乳白色的小羊皮平跟鞋，一头乌发在后脑勺上挽成了一个漂亮的发髻，宽大的法式遮阳帽戴在头上，臂弯里挽着一只精致的针织苏绣手包，这个美人儿又时尚又漂亮。与做姑娘时不同，东方梅这只手包装满了小婴儿的各种用物：纸巾、尿布、备用的衣物、装水的奶瓶。

东方梅站在如洗的碧空下，微风轻轻撩起了她的裙钗。她，就像是刚刚从油画里走出来的一位美人儿。

"我从没见过像你这么漂亮的产妇，身材一点都没有走形。"上官女士发自内心的夸奖。

"我里子穿了一件塑身衣。"东方梅笑道。一阵微风拂面而过，她说："好像有青苹果的味道。"

"呀，你真是一个诗人，说话和别人都不一样，小梅，我特别喜欢听你说话。"上官女士望着东方梅一脸的羡慕，她指着小道边上的一处树荫处说："咱们往哪儿去。"

上官女士推着婴儿车和东方梅并肩走在小森林的小道上。小森林里很安静，听到远处隐约有流水的声音。她俩走着走着就来到一条用木条搭建的桥头前，刚才听到流水声就是从这桥下发出来的。这是 Olentangy River 穿过小森林的一条小支流，河面上横七竖八地卧着一些枯木，一支伸出水面的枯枝上站着一排羽毛鲜艳、翘着褐色长尾巴的水鸟。

这些水鸟一点都不怕人，对于她俩的忽然闯入，整排鸟儿都齐刷刷地朝她俩看过来，那情景就像是在夹道欢迎她们的到来。

　　望着这些可爱的小鸟，东方梅莫名感动，她指着鸟儿对上官女士说："瞧，它们那样子多像站着一排绅士啊！我听说，西方绅士穿的燕尾服就是仿照这些鸟儿的尾巴形状来裁剪的。"

　　"嗯，是很像。它们叫什么名字？我对鸟类知识一无所知。"上官女士很歉意地说。

　　"如果迈克在就好了，他肯定知道这些鸟儿的名字，他的知识最全面。"东方梅感叹道。

　　"是的呀，迈克先生真是见多识广呢！Moon 跟我说她最喜欢听迈克先生的讲课啦。咦，好像迈克先生回农庄有好长一段时间了哦，不知道他现在过得怎么样？"上官女士颇为动情地说。

　　"他应该会很忙。"

　　"我想也是。"

　　"上官姐，小茉莉这会儿该喝点水了。"东方梅停下脚步，从挎包里取出一只装着清水的奶瓶，给小茉莉喂了一些水。

　　"你这个妈妈够细心的。"上官女士夸奖道。

　　她们在小道边上的椅子上歇了一会儿，上官女士担心走得太远会让东方梅受累，就建议沿着小森林最近的一条小道回公寓。她们推着婴儿车走出小森林，漫步在 Olentangy River 的小道上。

　　Olentangy River 对岸停靠着几艘漂亮的私家游艇。岸上，好像有人家在举行周末水上 party。几棵硕大的胡桃木树荫下，热热闹闹的一群大人和小孩，人们的欢笑声随着微风不时飘过来。

　　"美国人挺会享受生活的！"上官女士笑道。

　　"是啊，周末总少不了聚会。"东方梅说。

　　日子如流水一般又过了一个礼拜。

上官女士和女儿一同外出旅游，东方梅自从和上官女士作了那次愉快的散步后，一个多礼拜几乎大门不出、二门不迈。

乳痈治愈后，东方梅给小茉莉恢复了母乳喂养。然而，她的奶水明显不如之前充足，小茉莉的食量却越来越大。

某日午后，小婴儿饿了，母亲的奶水不足，小家伙性子急、脾气忒大，动不动就哇哇大哭。东方梅手忙脚乱去冲奶粉，不小心被开水把手背烫起一个大水泡，疼得她眼泪"唰"地掉了下来……

小婴儿在一旁哭得惊天动地。

小茉莉越大越不好带。晚上老是闹肚子饿，夜尿的次数特别多，一个晚上，东方梅起来换了十几次尿布。后来，她才发现一个小秘密——这个小调皮一泡尿能分好几次来完成，稍有动静就憋住，刚刚换好新尿布，她又给尿湿了。

面对小茉莉，东方梅就像是面对一场又一场的小战争，累得她几乎筋疲力尽、人仰马翻。日复一日，夜复一夜，她的睡眠毫无规律、一团糟糕，熊猫眼悄悄地爬了上来。

东方梅初为人之母的艰辛刚刚开始。

那日中午，小茉莉刚刚入睡，东方梅百无聊赖，在书柜前流连，一眼看见书架上摆着伍尔芙的小说——*Mrs. Dalloway*[①]，她随手拿下来翻阅，内心感慨万千。她似乎对这部小说又有了全新的认识，她忽然心血来潮想要把这部小说重新翻译一遍。

刚巧，索菲亚前来探望母女俩，她看见东方梅手里捧着伍尔夫的小说，颇有点惊讶。她知道东方梅近来睡眠严重不足，生活毫无规律，便劝她说：

"梅，你怎么还有精力去阅读伍尔夫的小说？不如，趁着小茉莉睡觉你赶紧睡一会儿吧！"

[①] *Mrs. Dalloway*——英国女作家弗吉尼亚·伍尔芙（Virginia Woolf，1882 年 1 月 25 日—1941 年 3 月 28 日）的名作之一。

"我还想去翻译它呢！索菲亚，我忽然有一种感触。"东方梅看上去有点恍惚，无精打采。

"你还想去翻译它？老天！瞧你现在这个样子能吃得消吗？赶紧上床去睡一会儿吧！我在这儿看着小茉莉，你就放心睡觉好了。"

索菲亚不容分说就把东方梅送到床上去，东方梅躺在床上却完全没有了睡意，她望着天花板对索菲亚说了一句莫名其妙的话。

"生活无趣得很。索菲亚，如果这小说能给我带来一点生活的乐趣又何乐而不为呢？"她说。

"亲爱的，你怎么会这么想？"索菲亚很是惊骇，她坐到东方梅的身边很暖心地问："你怎么啦？是不是太累了？"

"索菲亚，真的不容易。"东方梅说着眼泪"唰"地掉了下来，养育孩子的艰辛远远超出她的想象。

"伍尔夫说得多深刻啊！一个真正独立的女性应该是有闲暇的，一笔由她自己支配的钱，一支笔，一个属于她自己个人的独立空间。"

东方梅泪眼婆娑。

"梅，难道你现在不是一位独立的女性吗？你没有一笔可以由自己支配的钱？没有一支笔？一个属于个人独立的空间？照我看来，你比伍尔芙要富有多了！最重要的，你现在还拥有了小茉莉。"

索菲亚真心实意地羡慕东方梅。

"可是，伍尔夫所拥有的东西我望尘莫及。"东方梅苦笑道："索菲亚，说真的，我很佩服伍尔芙。和其他关怀女性意识觉醒的女权主义者相比，伍尔芙是最独特的一个。她强调独特的女性意识，更重视女性独特的价值。她倡导女性一定要成为自己——噢，索菲亚，我好像有些明白了！你知道，女性要成为自己那么多重要多么不容易啊！为什么有些事情男生可以一走了之，而我们女人却不能呢？"

东方梅陷入了某一种沉思。

"瞧，你又胡思乱想了。"索菲亚说。她知道东方梅想表达什么，她能理解她内心的苦楚，可她不知道如何去帮助她释怀，她只能以她所获取的知识和生活体验去开导东方梅说："梅，上帝创造男人和女人的时候就不一样了！"

"是啊，伍尔芙曾饱尝过生活的不幸，但是，上帝又是多么地眷顾她呢！她终归遇到了生命的挚爱——伦纳德。"

"没错，伦纳德确实是一个不可多得的奇男子伟丈夫，但他并不是这世界上的唯一。也许，在我们的人生当中就遇到过。梅，生命不是安排而是追求。你怎么知道有些事情不会是一场好事多磨？抑或是在人生的某一个转弯遇上更美好的事物？"

索菲亚的话在旁人听来也许是过于隐晦，但聪明的东方梅能听明白她话里的深意，她对索菲亚充满了感激。

"索菲亚，你怎么看待 Mrs. Dalloway 的婚姻？倘若，当初克拉丽莎选择了彼得而不是黛洛苇……情况又会怎样？"

"这就是克拉丽莎难于作出的选择。"在这个问题上，索菲亚不打算继续和东方梅谈论下去，她明白东方梅内心的苦楚，她不想绕回到她们从前争论过的问题。索菲亚意味深长地劝慰东方梅说："没有倘若。只有'这种婚姻方式'和'那种婚姻方式'，各有各的好。"

"索菲亚，我问你，精神空虚和睡眠不足哪样更令人可怕？"东方梅一副不继续辩论决不罢休的做派，索菲亚知道自己历来都不是东方梅的对手，便很暖心地问："梅，我明天搬过来和你们一起住好吗？"

"索菲亚，真的不用。放心，我能行。"

"翻译小说的事情咱们可以放到以后，好吗？等小茉莉长大了，咱们有大把时间呀！"索菲亚说。

"等小茉莉长大？老天！"东方梅脑袋倒在枕头上，不到一刻钟，卧室就响起了她颇为粗糙的呼吸声。

"她太缺乏睡眠了！"索菲亚望着睡眠中的东方梅轻轻一叹。

夏日的一个傍晚。

佟小慧提着新酿的甜酒糟前来探望东方梅。那一刻，黄昏的天光把屋子烘托得金碧辉煌。东方梅穿着一件白色的无袖连衣裙，人显得格外清瘦，一副弱不禁风的样子，看得令人心疼。佟小慧关切地问："小梅，你怎么会瘦成这个样子？是睡不好呢？还是吃不好？"

"嗯，还行，都好。"东方梅温噢地回应，眼睛湿润了。她每次见到佟小慧，都感到特别亲切，宛如家人一般。

"每个母亲都是这样辛苦熬过来的。"佟小慧温言细语地安慰东方梅，又关切地问："小梅，你的奶水够不够小茉莉喝？"

"越来越少了！"东方梅看上去很是焦虑。

"休息不好也会影响奶水分泌的。要不，咱们还是再请一个人过来帮照顾小茉莉？"佟小慧提议道。

"请人来也帮不上什么忙。"东方梅说。

美国妇女在产假里都很独立，凡事都亲力亲为，佟小慧相信东方梅不缺乏这类独立担当的能力。但她毕竟初为人母，毫无经验，爱人又不在，身边也没有一个人帮忙。再说，东方梅的状态很让佟小慧担心。

"小梅，我想问你一个事。"佟小慧有点小心翼翼。

"小慧姐，你问。"东方梅一脸认真。

"你生孩子的事情有没有告诉家里人？"佟小慧这么一问，东方梅愣了半晌，一声不响。

自从和戴维分手后，她在家人面前没有再提及戴维的名字。偶尔，嫂嫂问起，她也是敷衍了事。

"小梅，我没有别的意思。我觉得你需要有个亲人在身边帮忙照顾一下小茉莉最好。妈妈能不能过来？"

佟小慧知道东方梅的母亲刚刚退休，老人家身体硬朗又是老医生，如果她母亲能来最好。但，这正是东方梅的难言之隐。

"小慧姐，我一个人就可以照顾好小茉莉的，真的。"东方梅脸上露出一种坚毅的表情。她主动转换了话题，问道："小慧姐，裴大哥的实验最近有没有新的进展？"

"噢，你裴大哥他们上个月给 Science 投了一篇大文章。这不，Science 的评委们一下就给他们提了五十几个问题，让他们给回答呢！"说到丈夫的事情佟小慧满脸喜悦。

"五十几个问题？天！裴大哥真是了不起！"东方梅感叹道。

"也没啥了不起，老叶不是说了嘛，他们都是一些高级技术民工。"佟小慧揶揄道。

"小慧姐，您这么说我可就不同意了，裴大哥他们的研究工作关系着我们全人类的大健康呢！"

"小梅，你说话就是和人家不一样。"佟小慧脸上笑成一朵花。

六十九

　　六月的风吹得满世界的树木枝繁叶茂，花团锦簇。

　　东方梅的睡眠越来越糟糕，她的偏头疼发作得愈是频繁，精神看上去越来越差。她常常倚在窗前望着窗外那些郁郁葱葱的树木发呆，耀眼的光线跳跃在碧绿的叶子上，令她心烦意乱。

　　小茉莉满月了。

　　那是一个阳光灿烂的早晨，东方梅一大早就收到了迈克特地为母女俩预定的两大束鲜花。迈克送给小茉莉的是宝宝鲜花当中最经典的一款，名为："太阳花·永远快乐"——由十八枝粉色太阳花配上桔梗和黄莺组成；一枚心形小卡片，写着："祝小茉莉健康快乐！"送给东方梅的祝福则是一大束珍稀的绿色康乃馨，洁白的满天星簇拥在康乃馨的周边，心形的小卡片上写着："祝美丽的母亲永远健康、快乐！"

　　迈克好听的声音在东方梅的耳边响起："在所有的花卉当中，我最爱满天星，最爱它独特的花语——无论你身处何地，无论你开心还是忧伤，这满天的星星都会默默地关注你、陪伴你，即便是在很遥远的地方。"

　　迈克人未到，但他寄来的礼物却令人暖心。

　　迈克在两日前给东方梅写来邮件说，他陪父母正在欧洲旅游，他为不能赶回来参加小茉莉的满月深感遗憾，但愿东方梅母女喜欢他捎去的礼物并祝她们平安、快乐。

　　西蒙夫妇一同前来祝福小茉莉的满月。

　　东方梅抱着小茉莉站在大楼的门前迎接他们的到来。西蒙和索菲亚夫妇给东方梅母女俩准备了一大束鲜花，六枝多头粉色香水百合高高举起六枝红火耀眼的红掌，最外围的一层也是洁雅的满天星。红掌代表初生的婴儿，百合代表母亲，满天星代表赠花者，三者高低错落紧密地拥抱在一起，蕴含着无比美好的祝福和情意。

"谢谢西蒙、谢谢索菲亚，这花儿太漂亮了！"东方梅把他俩送的一大束鲜花捧在怀里，有些苍白的脸上笑意盈盈。

索菲亚非常开心地把小茉莉抱在怀里，小婴儿喉咙发出婴儿特有的"咕咕"音，逗得索菲亚和西蒙开怀大笑。

"多可爱的小茉莉呀！让干妈妈亲一个！"索菲亚在小茉莉胖嘟嘟的小脸蛋上亲了一口，幸福在她脸上荡漾，她对丈夫说："瞧瞧，西蒙先生，小茉莉对你笑了呢！"索菲亚把小茉莉竖着抱起来，拉着小茉莉的手向西蒙说："快说，欢迎西蒙先生！"

小婴儿看着西蒙皱了皱小鼻子。

"小茉莉会笑了！"西蒙又惊又喜，他最近老是出差，已经有好一些日子没见到东方梅母女了，今日见着东方梅便是暗暗吃了一惊：她怎么会那么消瘦？脸色苍白，一副弱不禁风的模样。小婴儿和母亲天地差别，小家伙白白胖胖、精神漂亮，红扑扑的小脸蛋、藕节般的小胳膊，十分惹人喜爱。

"我们上楼去。"东方梅捧着鲜花，索菲亚抱着小茉莉，西蒙提着礼物大家伙高高兴兴地上了楼。

今天是小茉莉的满月。

上官女士一大早就过来帮忙张罗午饭。听到客厅里说话的声音，上官女士戴着围裙笑吟吟地走了出来，她看见是索菲亚夫妇，便说："西蒙先生，好久不见！哎哟哟，索菲亚，小茉莉又赖上你啦？瞧她那个得意的小样！"

"是啊，就像一粒小糯米！给她粘上啦！"索菲亚抱着小茉莉笑颜如花，小家伙萌哒哒地盯着索菲亚看，咧着小嘴笑。

上官女士上前来接过西蒙手中的礼物，东方梅把鲜花放到落地窗前那张圆桌上，桌子的花瓶插在两大束鲜花，她去储藏室寻了一只干净的花瓶出来，准备把西蒙夫妇送的鲜花给插上。

"西蒙，你抱抱小茉莉。"索菲亚把小茉莉交到西蒙的怀里，小茉莉瞪着萌哒哒的大眼睛转向西蒙，西蒙满心欢喜，连连去亲她的小脸蛋，小婴儿兴奋得手舞足蹈、小嘴咕咕叫。

"西蒙先生，您抱小茉莉到落地窗那儿去，她最喜欢看窗外的风景啦！说您都不相信，小人儿晓得看风景了！讨人喜欢着咧！"

上官女士笑眯眯地看着小茉莉对西蒙说。

"谁说不是？这个小美人儿，别说让我每天都见她，就是想着她，我都开心得很呢！"索菲亚接过上官女士的话来说："上官女士，我给梅小姐带了点妈妈做的 lasagne（意大利千层面），您记得给放到冰箱去保存起来。"

"好嘞。"上官女士愉快地回答。

"上官女士，辛苦您啦！我听索菲亚说您做的日本料理好吃极了！"西蒙抱着小茉莉在落地窗前转悠悠。

"一点都不辛苦。西蒙先生，今天，我特地给大家做日本料理吃，希望你们喜欢。"

"小茉莉，今天我们有口福了！"西蒙朝小茉莉眨眨眼，小婴儿笑了。西蒙说："上官女士，我听说您可是大厨！"

"人家上官女士就是大厨！不是听说。"索菲亚笑嘻嘻地插话进来，她帮着东方梅把花插到花瓶里去。

"保罗带由美子去见你父母啦？"东方梅小声问索菲亚。

"嗯，我们一大家子都喜欢由美子。妈说由美子又温柔又漂亮是她心目中的好媳妇儿。"索菲亚声音甚是欢快。

"由美子好幸福。"东方梅羡慕的语气。

"梅，迈克真是一个有心之人呐。"索菲亚看着迈克送给东方梅母女的鲜花赞叹道。

"是啊，你们都是有心人。有你们，我真的很幸福。"东方梅望着那散发着芳香的朵朵鲜花，感叹："太阳花·永远快乐，绿色康乃馨珍贵、绵长，还有你们这红掌、香水百合和满天星组合。我知道，你们送我的每一样都是满满的祝福和美好的陪伴。"

东方梅眼里闪动着晶莹的泪。

"傻丫头，你的眼泪就这么浅。我看我那干女儿就遗传了你这个基因，一哭就满脸梨花带露。"索菲亚低声笑道。她望了一眼窗外，轻轻一叹，说："也不知道迈克的病现在可是好些了没有？小茉莉的满月少了他，还真是少了不少热闹呢！"

索菲亚话一出立即捂住自己的嘴巴，她犯了一个小错误。之前，迈克交代她千万不要让东方梅知道他生病的事情。他说陪父母外出旅游只是一个借口，索菲亚不小心却把这事给穿帮了。

"迈克生病了？什么时候的事情？他不是说陪父母去欧洲旅游吗？他怎么就生病了？"东方梅震惊极了。迈克得了什么病？为什么要对她隐瞒？迈克一定是得了什么急病！东方梅心里着急，眼泪掉了下来。

"梅，你别急呀，坐下来，听我说。"索菲亚急急去拉东方梅的手，对方的手冰凉。

"索菲亚，迈克到底是怎么回事？"东方梅坐在椅子上，因为情绪突然激动的缘故，她感觉有些头晕。

"他得了急性心肌炎。"索菲亚尽量放平语调。

"迈克得了急性心肌炎？天！怎么会发生这样的事情？他的身体一直都是很强壮的呀！这个病到底要不要紧？"东方梅一连几个为什么，急得眼泪汪汪。她心里一点底都没有，如果戴维在就好了……唉，怎么又想到他！东方梅内心一片苍茫。

她心思恍惚地听索菲亚述说迈克得病的经过。

"自打迈克回到农庄便全身心地投入荒地的开垦。这年，佐治亚的阳光特别酷热，天气又特别沉闷，一阵雷雨，间隔一阵酷热的艳阳。迈克不顾日晒雨淋、夜以继日地辛勤劳作，完全忘记了自己……"

"那日上午，他在劳作中淋了一些雨又经一个下午的暴晒，回到家里感觉身体有些不适，没太在意。晚饭后，又去为那几头荷兰奶牛冲洗牛床。他得知你的奶水不足，就从别的农庄买了几头产犊后的奶牛养着，想着尽快让你们母女俩喝上他们农庄自家产的优质牛奶。他忘记了白天劳作的疲惫，又忙乎上大半宿，到了后半夜，忽然发起了高烧，说心口处隐隐作痛。奶奶赶紧让人把他送进医院，医生说他得了急性心肌炎。"

"天啊，他也太不爱惜自己了！"东方梅泪眼婆娑。

"梅，我问过保罗，保罗说急性心肌炎如果能得到及时的治疗，很快就会好的。迈克不想让你担心，不让我说。都怪我。"

"但愿迈克早日好起来。"听了索菲亚的解释，东方梅的心情稍稍得到一些安慰。

门铃响了。

"梅，擦擦眼睛，我去开门看谁来了！"索菲亚起身离开去开了门。

裴金涛夫妇乐呵呵地走了进来，东方梅高兴地迎了上前去，"裴大哥、小慧姐，你们来啦！"

"今天是小茉莉满月了，我们来祝贺一下！瞧，这是成哥哥送给小茉莉的小礼物。"佟小慧把一幅成成的手工画送到东方梅手里，说："成成原先要和我们一起来的，说要把他亲手画的向日葵送给小茉莉。不巧，今儿赶上他们学校的运动会，让我们代他把礼物送给小茉莉呢！"

"谢谢成哥哥，我瞧瞧成哥哥送给小茉莉的画！"东方梅兴高采烈地打开那幅画。

"哟，是一朵金灿灿的向日葵啊！漂亮着呢！"上官女士在一旁笑眯眯地夸奖道。

东方梅把那幅画挂在客厅的墙上，西蒙夫妇一齐说："漂亮极了！"

佟小慧给东方梅带来新酿的客家甜酒糟，索菲亚的鼻子灵，说小慧一进屋就带来了甜酒的香味儿，她欢天喜地对小慧说："小慧姐，将来我生宝宝的时候，你也给我做酒糟吃呗。"

"没问题，全包在我身上。"佟小慧很豪爽地笑道。

"索菲亚，甜酒糟就让宝宝的爸爸替你吃好了！"东方梅风趣地笑道。索菲亚微满脸遗憾，耸耸肩，说："看来也只能如此了！"

"小慧姐，索菲亚不能吃糖分太高的食物，今晚，咱们暂时不上甜酒糟这道美食，我把它藏起来，免得有人在一旁流口水。"东方梅捧着佟小慧送来的甜酒糟走进了厨房。

上官女士把美食摆满了一桌，笑眯眯地招呼大伙说："女士、先生们，小茉莉的满月晚宴准备好了，请大家入座！"

…………

夜，彻底地暗了下来。

满月后，小茉莉喜欢在傍晚喝饱牛奶后入睡，到了夜晚变得精神十足。上官女士叮嘱东方梅尽量别让小茉莉白天睡得太多，然而，东方梅这个年轻的母亲对小茉莉宠爱有加，听之任之。

在小茉莉睡觉的时候，东方梅常常伫立在落地窗前久久凝望，夜空下呈现出一条灰色带状的 Olentengy River，她的内心涌起一种被河水带走的感觉。这条江的尽头是海洋，海洋的对岸是她遥远的母国。

"戴维，我曾经的爱人！既然，我已痛下决心与你决绝，为何我内心深处却时常不经意就会把你想起？在这么个苍茫的时刻，应该是北京的早晨了吧？你在做什么呢？偶尔会不会也想起我？想起我们的过去……"

东方梅凝视着那条灰色的河流，与戴维在一起时那欢乐的往事一幕幕在脑海里翻滚、重现。

伍尔夫的声音冷不丁在她耳边响起："一个经历了 40 年感情煎熬的女人，依然在内心保留着对对方最初的那份情感——唯有真正的情感才会让一个女士留下如此深刻的印象。"

"是啊，她与戴维相识相恋不超过半年，想不到，她对他竟也产生了如此深刻的感情……"

这念头一出，东方梅立即骇然。继而，她又产生了怀疑：他们真的是爱情吗？她对他、又抑或是他对她真的是出于爱情吗？爱情究竟是什么？戴维酷似凌志的外貌到底给她带来多少表象的诱惑？

东方梅迷失在思想那片错综复杂的丛林里。

"40年感情的煎熬是怎样的一个概念？毫无疑问，从少女克拉丽莎到达洛维夫人几十年的生活，应该是作者伍尔芙本人与命运挣扎与妥协交织进行的人生奏鸣曲。"

东方梅发自心底感叹："我和达洛维夫人有着多么相似的遭遇啊！都遭遇过一段刻骨铭心的感情。最终，达洛维夫人没有嫁给彼得，她也没有嫁给凌志。

我的经历与达洛维夫人终究是不同的。达洛维夫人和彼得曾经是真心实意、彼此相爱的，对于凌志，我不过是倒映在水中的一朵水仙花——自恋，不对，是暗恋。然而，我对那段虚无的爱情和达洛维夫人对彼得的爱情同样是刻骨铭心的啊！"

"只有一天的生活让我感觉是非常危险的。"达洛维夫人的独白让东方梅不寒而栗。

"如果人只有一天的生活，那是多么的危险啊！恐怕是连一丁点反省改错的机会都没了，背负着错误的一生转眼即逝那是多么可怕的事情。"

伍尔夫的 *Mrs.Dalloway* 令东方梅彻底地着迷。她觉得自己就像小说中所描述的那样："在一天当中发生了多次重要的改变——从一介单身女子变成了已婚妇女，从已婚妇女变成了离婚妇女，从离婚妇女变成了一介单亲母亲。

在这一系列复杂的角色变换中，她完成了对命运的抗争对失败爱情的接纳。"

她很忧伤，她的忧伤既矛盾又复杂。

小茉莉在东方梅纷乱复杂的忧伤中，一天天变得生动起来。小茉莉对母亲的气息有一种天然的依赖，她喜欢被母亲抱在温暖的怀里吮着甘甜的乳汁，进入安稳的睡眠。

她，完全不懂母亲的忧伤。

小茉莉吃饱喝足，安然入睡；睡足醒来，舞拳踢腿，一副快乐的小样。

小茉莉的精力越来越旺盛，醒来几乎没有半刻停歇，她的每一寸都充满灵动的气息。她的眼睛美得令人羡慕，眼白透着澄净的瓷蓝，是婴儿眼睛特有的蓝。她的小鼻子、小脸蛋、小嘴巴，她的一颦一笑，她生气时的小痞样……

小茉莉的一切像极了父亲——戴维。

"瞧，小茉莉真是像极了外科大夫。"有日，索菲亚凝视着可爱的小茉莉脱口而出。

索菲亚的一句话令东方梅伤感了好几日。

七十

七月，满世界的新绿，满世界的蓬勃生机。

S州到处燃烧着生命的激情。枝繁叶茂的森林，极致绽放的繁花，空气中的莺歌燕舞，清溪里荡漾着欢畅的鱼儿……艳阳高照的午后，树上的众知了奏响气势恢宏的交响乐。

然而，在这如火如荼的夏日，东方梅的世界却经历着一场比隆冬季节还要残酷的冰冷。

小茉莉满月后的一个夜晚，东方梅好不容易才把她哄睡，小茉莉忽然从睡眠中大声啼哭着醒来。东方梅察看尿布，是干的；给她喂奶，她勉强吸了几口，小脸蛋憋得通红，撇开奶头大声啼哭……

佟小慧曾经叮嘱过东方梅说，小婴儿啼哭不外乎有三种情况：尿尿、饥饿或是身体不适。以往，遵照佟小慧的经验指导，东方梅都能照顾好小茉莉的起居。唯有这次，小茉莉的表现十分奇怪，不是尿尿也不像是被饿着，呼吸有点急促，像是生了急病的样子。

东方梅给吓坏了，深更半夜，她抱着小茉莉不知如何是好，惊慌失措的她给上官女士打去电话——

上官女士接了电话跑上楼来，用手探探小茉莉的额头，体温不高，她抱着小茉莉左瞧右看，也看不出什么大毛病。上官女士凭老经验，觉得小茉莉不像是得急病，但一时又找不出小家伙啼哭的缘由来。

小茉莉啼哭了好一会儿，张着小嘴，像一条缺氧的小鱼，两眼泪汪汪，望着上官女士可怜兮兮地笑了一下。

"哦，小可怜，你到底是哪儿不舒服？"上官女士纳闷着，小婴儿打了一个嗝，呼吸又变得急促起来，瞬间，小脸蛋憋得通红……

"天啊！小茉莉的鼻孔好像被堵住了！"上官女士终于发现了问题所在。她指示东方梅道："快，去拿把小镊子来，再拿点棉签、温水。"

上官女士用小镊子、棉签从小茉莉的鼻腔取出一块硬硬的分泌物，小茉莉的呼吸立即顺畅多了，小家伙露出了笑脸。

东方梅终于松了一口气，经过一番折腾，小茉莉安静地睡着了。

静静的午夜。

东方梅坐在婴儿床边心潮起伏，一场虚惊闹得她心惊胆跳、心力交瘁。她彻夜难眠、心思飘忽，内心被一些说不明道不清的情愫蚕食着、煎熬着……也许，她的坚持和抵抗过于强烈、过于持久，她已经不堪重负。

独自抚养孩子的艰辛和来自内心深处的精神折磨，在她心里产生一种世界末日即将来临的恐惧。

她不再是那个在人生旅途中咬着牙根顽强跋涉的强者，这一趟初为人母的孤旅，她一个人走得太累、太累……生活的洪流滚滚而来，完全超出了她的抵抗能力。

东方梅的失眠症越来越严重。

在小茉莉酣然入睡的夜里，东方梅完全没有睡意，她泡一杯咖啡，去阅读伍尔夫的 *Mrs. Dalloway*——她以为这样的阅读可以转移她的心思，缓解她内心莫名的压力，从中获取别样的精神养分，帮助她度过漫长而孤独的暗夜。

然而，这种劳心劳力的阅读和熬夜对她毫无益处，相反，给她的健康雪上加霜。

经过那夜的一场虚惊后，东方梅对小茉莉的照顾更加小心翼翼、谨小慎微了，她那强悍的护犊之情真是令人感叹。

日复一日，月复一月，东方梅日渐憔悴，人比黄花还瘦。上官女士看在眼里，十分心疼。她对东方梅说："瞧你，瘦得就剩一副骨头了，若是让戴大夫知道，恐怕是要心疼死了呢！"

东方梅默然落泪。

上官女士把担心说给索菲亚听，其实，索菲亚对东方梅的情形也是看在眼里、急在心上。东方梅的健康每况愈下，她寝食不安、情绪烦躁，精神很不好。偶尔，邻家传来一首熟悉的歌曲，她会恍惚半天，坐在沙发上落泪。最糟糕的是，她的偏头疼又频繁发作了。

半夜十分，东方梅强忍着令人沮丧的头疼症，咬紧牙关去照顾小茉莉的起居，实在疼得不行，她忍不住去找止疼药……可是，想到药片会过奶，她又把药片放回抽屉里。

在这么个艰难的时节，东方梅太需要一双可以依靠的臂膀，一个可以让疲惫身心得到安歇的港湾，一份温馨的爱。然而，这些都不是索菲亚、上官女士、甚至是迈克所能给予的。

东方梅品尝了初为人母的艰辛，又失去了刻骨铭心的爱情；更让她心碎肝痛的——是她的爱人亲手摧毁了她对爱情的信念。与其说，东方梅想从学术上去研究 *Mrs. Dalloway* 这部作品的现实意义，还不如说，在她潜意识里深深地渴慕伦纳德对伍尔芙那种坚贞不渝、无微不至的爱情。

她企图为自己不可向人倾诉的心病寻找一条特殊的治疗途径。她以为会找到这条特殊的途径。可是，她错了，她的思想走入了另一条死胡同。

因为一点小事，她莫名地伤心流泪，刚刚开始做一件事情，她忽然变得茫然不知所措，她在堆满了婴儿什物的屋子里徘徊，伫立在小婴儿的床前毫无主张……几乎所有的事情，她都力不从心，毫无快乐可言。

她就像一座孤岛，一座思想的孤岛。她终日郁郁寡欢，害怕与他人交流。无论是平日无话不谈的闺蜜索菲亚，还是亲如家人的上官女士，她对她们越来越淡漠，越来越疏离。

她整天都处在心思恍惚当中，从强悍的护犊发展到对小茉莉毫不关心。小婴儿又尿又饿，躺在婴儿床上哭得凄风惨雨……

任凭小人儿哭得天崩地裂，她木然地坐在一旁，宛如一座石雕。

晚饭后，上官女士上楼来探望母女俩，在门外，远远就听到了小茉莉非常响亮的啼哭声。她摁了好久的门铃，东方梅才出来开了门。上官女士赶上前去一把抱起啼哭的小茉莉，心疼得不行，东方梅站在一旁一脸漠然，往日强悍的护犊之举荡然无存。

上官女士给小茉莉更换湿透的尿布，给小婴儿喂饱了牛奶，忙碌了好一阵子，才把小婴儿安顿好。先前哭得一片凄风惨雨的小婴儿，此刻，睁着一双无辜的大眼睛盯着上官女士看，看得上官女士很是心酸。东方梅站在一旁像个做错事的孩子，默默流泪……

"小茉莉饿坏了，小梅，你干嘛不给小茉莉喂奶呢？"上官女士轻声地责问东方梅。

"没有奶水了。"东方梅一脸无辜。

邻居家的音乐从怀旧歌曲，转换成另一首揉人心肺的 *You Don't Live Here Anymore* ——东方梅若有所思走到窗前，望着窗外，似乎陷入一种麻木的状态。

"小梅，你是不是不舒服啊？晚饭你吃了什么？"上官女士关切地问，她感觉东方梅是病了。

"不饿。"东方梅一动不动地伫立在窗前，上官女士无法揣摩她的心情，就给索菲亚打了电话。

索菲亚接到上官女士的电话立刻赶了过来。那晚，索菲亚留在东方梅公寓照顾小茉莉。第二天，索菲亚联系了东方梅的家庭医生，家庭医生颇为遗憾地对索菲亚说："东方梅患了产妇最常见的产后抑郁症。必须得进行有效的药物干预和治疗。"

为了照顾东方梅母女的生活，索菲亚住到东方梅的家里来。鉴于东方梅糟糕的睡眠，医生给她开了些帮助睡眠的药片，由于药物过奶，小茉莉再次暂停母乳喂养（其实，东方梅的奶水已经很稀少了），好在小茉莉对牛乳早已适应。小茉莉的食欲很好，很容易在夜里饿着醒来，睁着一双圆溜溜的大眼睛可怜巴巴地盯着索菲亚看半晌，索菲亚又心疼又心酸，眼泪跟着掉了下来。

因为可怜的小茉莉，索菲亚的母爱彻底泛滥。

她不分白天黑夜都陪伴着小茉莉。晚上，她不厌其烦地起夜给小茉莉换尿布，喂牛奶，抱着小茉莉在屋子里晃悠悠，轻声给小茉莉唱儿歌，哄着小家伙入睡。趁着小茉莉入睡，索菲亚赶紧跟着睡下，等到小茉莉醒来，索菲亚又跟着起来忙碌。

索菲亚担当起一个母亲的重担。

经过一段时间的朝夕相处，小茉莉对索菲亚产生了类似母亲的依赖。小茉莉已经十分熟悉索菲亚的气息了，只要听到索菲亚说话的声音或是轻微的脚步声，她的脸上就表现出一副安静、愉悦的表情。

在被小茉莉的需要中，索菲亚那颗曾经因为失去孩子而受伤的心灵获得莫大的安慰。无论是白天或是黑夜，小茉莉一刻都离不开索菲亚，同样，索菲亚也一刻都不想离开小茉莉。

在母亲生病的这段日子里，小茉莉表现得很乖，不哭也不闹，她好像也知道母亲生病似的，特别懂事。索菲亚对小茉莉又心疼又怜惜，每个晚上都要抱着小茉莉入睡，白天也舍不得让小茉莉睡在婴儿床上。

为了给小茉莉添加辅食，索菲亚开始认真研究起《小婴儿食谱》来。她照着婴儿食谱上的要求，不断地给小茉莉添加新的口味，俨然担当起一个做母亲的神圣责任。

小茉莉日渐长大，愈是惹人喜爱。

经过一段时间的调理，东方梅的睡眠得到稍稍改善，但她的焦虑症却日渐严重了。她一天到晚心神不宁，常常陷入一种不可名状的焦虑当中，看见小茉莉和索菲亚亲热互动，她又羡慕又嫉妒。她怀疑自己缺乏母爱的能力，又自卑又自责，无端端落泪……想到小茉莉成长，想到孩子遥远的未来，她更是忧心忡忡，寝食不安。平日做事干脆利索的她，如今做起事来丢三落四，就连最简单的一件小事情都做不好。

东方梅糟糕的状况，索菲亚看着眼里，心里十分着急。大夫说，产后抑郁症属于非精神病性的抑郁综合征。相对单纯的药物治疗，心境的调理显得更为重要。大夫提议说，最好让东方梅暂时离开熟悉的环境（医生认为熟悉的环境会给她带来某种不愉快的刺激），去风景优美的地方进行一段时间的疗养。当然，亲人的陪伴、挚爱的呵护也是让患者早日康复很重要的因素。

说到亲人的陪伴、挚爱的呵护，索菲亚为难极了。

戴维远在地球的另一边，他压根就不知道东方梅现在的情形，就算他知道了，也不能立马飞到她们母女身边来。再说，东方梅压根就不愿意提及戴维。面对被抑郁症困扰的东方梅，索菲亚一筹莫展。

佟小慧每个周末都过来帮忙照顾小茉莉，她多少知道东方梅的"心结"所在。俗话说，"解铃还须系铃人"，能够解开东方梅心结的唯有戴维。佟小慧试着和东方梅谈心，她转弯抹角地和东方梅谈及戴维，好几次，都以东方梅的沉默不了了之。

时间又过去了半个多月。

有日，迈克一连打来好几个电话，东方梅都没有去接，她一副冷漠的状态，听而不闻。索菲亚问她说："梅，你为何不接迈克的电话？他都问了我好几遍你和小茉莉的情况了，我还是告诉他吧！"

听到迈克的名字，东方梅悄然落泪。

索菲亚觉得不能再对迈克隐瞒下去了，她背着东方梅给迈克打电话。迈克得知东方梅生病的事情，第二天就从亚特兰大赶来了。

那是夏日的一个中午。

太阳照在屋顶上，屋子里十分安静。小茉莉喝好了牛奶刚刚睡去，索菲亚坐在沙发上收拾小茉莉干净的衣物，东方梅坐在临窗的椅子上，望着窗外那条滚滚东逝的 Olentangy River 发呆。她从清晨到晚上，一言不发，独自沉迷在自己的世界。

午后的艳阳将东方梅置于半明半暗的阴影中，她穿了一袭白色轻纱质地的连衣裙，苍白的脸庞被阳光涂上一层自然的粉色，白皙细长的脖子，凸起的锁骨格外显眼。她乌发披肩，安静地坐在椅子里，给人一种格外孤独和冷漠的印象。

门铃响了，索菲亚起身去开了门。

迈克走了进来，东方梅听到屋里有些动静，微微地侧过头来看了一眼，眼神是冷漠的，脸上毫无表情。

　　两个月不见，东方梅变成这么一个令人辛酸的模样，迈克的心在那一刻，碎了。

　　"梅，你好吗？"他走到东方梅身边温柔地问候她。她一声不吭，眼睛望着窗外。

　　"梅，迈克看你来了。"索菲亚在她耳边轻声提醒。

　　"迈克？"东方梅淡淡一笑，回头看了一眼迈克，目光又转向窗外，窗外的美景似乎更吸引她。

　　"梅，我是迈克。"他拉过一张椅子和她并排地坐着，顺着她的目光望去窗外，是那条缓缓流动的江水。

　　他的眼睛瞬间被泪水模糊。

　　"迈克，我知道是你。可是，我想安静一会儿。"她朝他温柔一笑，凄楚的笑容令他内心十分悲怆。

　　"梅，我们出去走走，好吗？"他去拉她的手。

　　"不好。"她机械地回答，把手收了回来，眼睛依然出神地望着窗外。

　　"迈克，你过来一下。"索菲亚站在门边一副要外出的样子，她压低声音对迈克说："梅一夜都没睡好，等会，你想办法让她睡上一会儿。"索菲亚把一张小纸条交给迈克，又说："小茉莉一会儿若是醒来，你照着这条子上写的去做好了。我回家去取些换洗的衣物过来，等会儿西蒙也一起过来，今晚咱们一块儿吃个晚饭。"

　　迈克打开那纸条一看，上面写着全是照顾小茉莉需要注意的细节。索菲亚如此细心照顾小茉莉，迈克心生敬意。他把索菲亚送出门外，又返回到东方梅身边默默地陪着她，他挖空心思在想：有什么法子能让她开心呢？至少让她开口说话也好啊！

　　东方梅一直看着窗外，迈克顺着她的目光看去——窗外，不远地方的一棵山毛榉树，伸出的枝条上站着一只鸟儿，那鸟儿不时用它的喙去叮咬一根从藤蔓吊下来的一枚青豆夹……

"瞧，那只漂亮的鸟儿在吃豆子！哦，是 green bean！"她的眼眸闪动着一丝惊喜的光芒，指着那枚青豆夹小声地叫迈克看。

"嗯，没错，那是一枚绿色的豆荚！"迈克回了一句英语。

"Green bean？噢，Mr. Bean！啊，我好久没有看到他的节目了！他上哪儿去了呢？"她笑了。

"多么奇特的联想啊！一枚普通的青豆荚让她联想到一位举世闻名的幽默大师。"迈克欣赏的目光看向东方梅，心想："她笑起来的样子一点都不像是在生病。"迈克估摸，"她一定是想起了 Mr.Bean 带来的那些快乐时光。"

其实，那些快乐的时光也是迈克生命里一段珍贵的记忆。

"何不借助 Mr. Bean 这位幽默大师让东方梅重拾往日的快乐？"迈克突发奇想。他立马想到了好朋友塞廖尔——他俩也是 Mr. Bean 的铁杆粉丝，说不准塞廖尔那儿有 Mr. Bean 的新片子呢！

迈克立即给塞廖尔打去电话。

"老伙计，我有 Mr. Bean 的老片子也有他最新的杰作，你需要哪些？"塞廖尔在电话里一副得意扬扬的口吻。

"全要！塞廖尔，务必请你以最快速度给我送来。"迈克命令道。

"老伙计，你要开私人影院吗？"塞廖尔幽默地问。

"你只管送来，我有大用途。"迈克笑道。

"小 case，老伙计，我保证以最快的速度把 Mr. Bean 送到你身边。"塞廖尔侠肝义胆地说。

迈克和塞廖尔打电话的时候，上官女士进门来了，她手里捧着一碗刚刚做好的饺子。

"哦，迈克先生也在？"上官女士有点意外，她笑吟吟地问："什么时候到的？"

"我刚刚到。谢谢您，上官女士，这段时间辛苦您了！"迈克起身走向前去和上官女士握手。

"迈克先生，一起吃点饺子？"上官女士问。

"不用，我在机场吃了饭，饺子留给梅吃好了。"迈克说。

"我也不吃。"东方梅跟着说道。

"上官女士，您来得正好，我正想带梅出去透透气，麻烦您照看一下小茉莉，可好？她还在睡觉呢！索菲亚和西蒙一会儿一起过来。"迈克和上官女士说话。

上官女士指了指东方梅的背影，小声对迈克说："迈克先生，你来得正好，她不能老是坐在沉闷的屋子里发呆，得想办法让她出去呼吸一下新鲜的空气。这儿有我，你放心好了。"

"谢谢。"迈克对上官女士充满了感激。

"梅，你不想去看看那些可爱的青豆荚吗？说真的，我不知道豆荚里面是不藏着红豆呢！"

"我觉得不太像是红豆荚。"东方梅的兴趣被提起来了，迈克趁热打铁地问了她一句："咱们去看看不就知道了？走吧！"他盛情邀请道。

"好。"她一字千金。

迈克领着东方梅一起出了门。上官女士拿起东方梅那顶法国少女遮阳帽笑吟吟送到东方梅手中，说："戴上这漂亮的帽子出去就更漂亮了！"

迈克和东方梅去查看了那些青豆荚。然后，他们往 Olentengy River 边上的小道去散步。后来，东方梅感到有些累了，他们才慢慢地往回走。

回到公寓，东方梅意外地睡了一个小觉。

太阳西沉。

朵朵云彩交融在一片金碧辉煌天光中。这晚，索菲亚做了一桌美国家庭最常见的晚餐：牛奶煮玉米粒、烤牛排、生菜沙拉、面包片、肉松和芝士土豆泥，还有一碗蘑菇奶油汤。

东方梅的食欲有了好的变化，她喝完了一小碗蘑菇奶油汤，还吃了两片夹着肉松的面包片。显然，迈克的到来给她带来了些许变化，苍白的脸上添了几分温柔的表情。

迈克说话的时候，她表现出一种难得的关注。

小茉莉安静地躺在索菲亚的怀里，睁着一双明亮的大眼睛好奇地盯着迈克看，看得迈克心花怒放。索菲亚笑眯眯地逗小茉莉说："迈克舅舅是不是长得很帅啊？小姑娘可不能老盯着帅哥看哦！"

小茉莉乐了，手舞足蹈，喉咙里发出愉悦动听的"咕咕"声。迈克高兴极了，伸出双手要去抱小茉莉，小茉莉却毫不领情地皱起小鼻子哭了起来。

"小孩脸三月天，说变就变。"迈克笑道。

"唉，小茉莉太黏我了！"索菲亚的语气里充满了幸福。她抱着小茉莉晃悠悠地转了一圈，小家伙停住了啼哭，一脸梨花带露地盯着迈克看，索菲亚拉着小茉莉稚嫩的小手去触一下迈克高鼻子，说："这是迈克舅舅的大鼻子！"

小茉莉咧嘴笑了！

迈克乐呵呵的再次向小茉莉伸出双手。这一次，小人儿居然主动投怀送抱，迈克抱过小茉莉开怀大笑。

小茉莉越来越离不开索菲亚。

特别是到了晚上，若是见不到索菲亚，小茉莉就会睁着一双大眼睛满屋子去寻找，若是听不到索菲亚的声音，小家伙就会哇哇大哭。几乎每个晚上，小茉莉都要躺在索菲亚的怀里，听索菲亚吟唱好听的儿歌才肯睡去。

晚饭后，迈克把带东方梅母女去农庄疗养的计划说给西蒙夫妇听，得到西蒙和索菲亚的支持。索菲亚对小茉莉十分不舍，她担心迈克缺乏照顾小茉莉的经验，决定随他们一同南下，在阿尔斯泰农庄小住一段日子。

索菲亚把去南方计划说给东方梅听，东方梅听了就问迈克，"咱们是去阿尔斯泰农庄吗？"

"是的。"迈克极其温柔的目光看着东方梅说。

"迈克，我很期待和小茉莉一同去拜访阿尔斯泰农庄。"东方梅的眼眸闪过一丝喜悦的光辉，那曾经给她无比抚慰和快乐的农庄，在她记忆深处留下了难于磨灭的印象。

"感谢上帝！"迈克在胸前划了一个十字。

七十一

经过充分的准备后，索菲亚随东方梅母女一同南下。他们先乘飞机到达亚特兰大，然后，迈克租一辆六座的车子往爷爷的农庄飞奔。

黄昏时光，他们的车子顺利到达阿尔斯泰农庄那座高大的百年祖屋大门前，以奶奶为首的一群人已经候在那儿了。

门前的喷泉依旧喷着美丽的水花，池边的花卉依旧五颜六色地盛开，远处的白色栅栏爬满了绿色的藤蔓……这熟悉的场景在东方梅的记忆中不曾有半点改变。她的眼眸里闪动着泪光，内心的喜悦洋溢在脸上。

卡罗扶着白发苍苍的奶奶站在人群的中央，东方梅又看到从前那一张张亲切而熟悉的笑脸——伍迪大叔、琼斯大妈、农庄的左邻右里……还有一些陌生的新面孔。

迈克领着东方梅走到丽莎奶奶的面前，索菲亚抱着小茉莉紧随其后，奶奶慈爱地把东方梅搂在怀里，说："好孩子，欢迎你。"

"谢谢奶奶。"东方梅被奶奶暖暖地搂着，泪水默默在脸上流淌，丽莎奶奶让她想起了亲爱的外婆。

"奶奶，这就是我常和您说的索菲亚。"迈克向奶奶介绍了索菲亚，索菲亚怀抱小茉莉微笑着问候奶奶说："丽莎奶奶好。"

"你好，索菲亚。迈克说你一直在帮助梅和小茉莉，我们真的很感谢你，好孩子。"奶奶瞅着索菲亚怀里的小茉莉，小声问："Baby 睡着了？"慈爱的目光落在小茉莉粉嘟嘟的脸蛋上，轻轻地赞叹：

"好可爱的小 baby 呀！"

小茉莉原先是睡着的，这会儿，忽然睁开了一双大眼睛，安静地望着奶奶咧了一下小嘴，笑了。

"小 baby 醒了！听见奶奶在表扬她了呢！"索菲亚笑道，把小茉莉竖着抱了起来。

大伙一齐围过来，异口同声赞叹：

"好漂亮的小娃娃呀！"

"小 baby 叫什么名字？"一位怀抱小婴儿的非洲裔少妇笑眯眯地问。这是一位浑身洋溢着热情和充满活力的美少妇，一头乌黑的卷发被编成许多漂亮的小辫子，所有的小辫子一齐拢到后脑勺上挽成一个挺拔的髻，挺拔的髻上扎着一条金色的丝带。

东方梅下车的时候就注意到这位陌生的美少妇了。最先吸引东方梅眼球的是她身上那件颜色十分抢眼的连衣裙，金色的底配上大红色的花朵。这位漂亮的少妇让东方梅想起了卡翠娜，美少妇的脖子上也吊着一串印第安人的骨制项链，她的耳环又大又圆，金光灿灿。

"梅，这是辛获，琼斯大妈和伍迪大叔的大孙媳妇儿，我好哥们路易斯的妻子。"迈克又笑向辛获说："辛获，这是梅。"

辛获热情地望着东方梅发自内心地赞叹："梅小姐，你真漂亮！"辛获腾出一只手去握东方梅的手，很亲热的语气说："知道您和小茉莉要来农庄，我可高兴了！咱们以后可以一起带孩子玩耍了，多好！"

"谢谢辛获。"东方梅微微一笑，朱唇轻启。

迈克接着把索菲亚给辛获做介绍，她们两个抱着小娃娃互相向对方问了一声好，小琳达一双萌哒哒的大眼睛盯着索菲亚和小茉莉看，两个小婴儿相视咧嘴一笑，同时发出有趣的"咕咕"声。

"瞧，她俩在互相问候了！"辛获爽朗地笑道，她拿着小琳达的手去握小茉莉的手。

"辛获，你怀里的小娃娃多大了？叫什么名字？"索菲亚笑问。

"她叫小琳达，昨天刚好满一百天。小茉莉比小琳达小一个月。小琳达是姐姐，小茉莉是妹妹。"

辛荻对小茉莉的情况如此的熟悉，索菲亚听得十分惊讶，东方梅内心甚是感动，迈克站一旁微微一笑，继续给东方梅和索菲亚介绍其他人。

小茉莉刚刚醒来，精神得很，她在索菲亚怀里睁着萌哒哒的一双大眼睛望着周围陌生的面孔。

"这个小娃哇不认生呢！"有人夸了一声，小茉莉小嘴一扁，"哇"的一声响亮地哭了起来。

众人一阵友善的笑。

"小茉莉乖，瞧，琳达姐姐都不哭鼻子呢！这是奶奶、辛荻阿姨……好多的叔叔阿姨……瞧，这是妈妈。"索菲亚细声细气地哄着小茉莉，小茉莉看见了妈妈的脸，停止了啼哭，梨花带露，小嘴咧了一下，笑了。

"瞧，小娃娃笑了！"

众人大笑。

丽莎奶奶慈爱地冲小茉莉笑，柔声说："小茉莉，咱们进家去。"

东方梅和索菲亚被众人簇拥着走进阿尔斯泰那座高大的祖屋。

进了屋，东方梅站在高大宽敞的客厅中央，环视着眼前这熟悉的一切：宽敞明亮的大厅，豪华精美的水晶枝形灯，螺旋状的扶手楼梯，楼梯边的墙上挂满了阿尔斯泰家族的老照片……

东方梅清晰地记得初次踏入阿尔斯泰祖屋时，所产生的那种强大的视觉冲击。

大厅整洁如初，一切都没有改变。只是，阿尔斯泰爷爷坐过的那张椅子，如今，静静地虚待着。东方梅再也见不着阿尔斯泰爷爷那高大魁梧的身影，再也听不到老人家朗朗的笑声。

睹物思人，东方梅眼眶里有泪打转。

阿尔斯泰爷爷洪亮而慈爱的声音又在东方梅耳边隐隐响起："欢迎你，来自东方的美丽公主。"

"梅，咱们到楼上去看看，奶奶已经给你准备好房间了，还是你从前住过的那间。"迈克体贴地对东方梅说。

他俩绕过众人上了楼。

迈克轻轻地推开那扇熟悉的房门，漂亮的牡丹指画一尘不染，花儿栩栩如生。东方梅信步走到窗前，轻轻地推开那扇窗子，眺望那条日夜流淌着浑黄色河水的佛林特支流，爷爷慈爱的声音缓缓地穿越时空而来，回响在她耳边——"好孩子，你看，左边是我们家族的森林，右边流淌的是佛林特河一条较大的支流，沿着这条支流一直走下去，在转角的地方，河的左岸是戴洛苇家族农庄，河的右岸是杰丽蒂太太的黑星农庄。

好孩子，你再往咱们农庄的密林深处看，密林的中央藏着上帝恩赐给我们的一只宝物。改天，让迈克带你去好好享受这只宝物。我保证，巴登温泉都不能与它比及。"

风吹过树梢，爷爷的声音渐渐地消失在空气中。东方梅怔怔地望着窗外，她一时百感交集、泪如雨下。

"梅，你怎么哭了呢？不喜欢这间屋子吗？"迈克很是心疼，他走向前去轻轻地拥抱了她。

"我想爷爷了！"东方梅的声音哽咽，她情绪过于激动，伏在迈克的怀里恸哭。迈克的眼泪跟着流了下来……他的泪洒落在她乌黑的秀发上，她的泪却湿透了他胸前的衣衫。

"梅，休息一下，你太累了。"迈克温柔地对东方梅说。一路奔波，她看上去极是虚弱。他极为关切地注视着她，一种神圣的情感，一种重大的责任化作一股更为深沉的力量。

她躺在那张温暖的床上，不到一分钟，便发出匀称的鼻息声。

…………

琼斯大妈准备的晚餐太丰富了！

秘制的五香烟熏牛排、金灿灿的炸仔鸡、香喷喷的火腿香肠、玉米皮做的塔可卷饼、蔬菜沙拉、煮青豆、香草蘑菇奶油汤……满满一桌农庄菜肴，色相诱人、香味扑鼻。

琼斯大妈特地为东方梅准备了一道本地传统的食物：涂满了黄油、热气腾腾的烤红薯。这是迈克事前特别交代琼斯大妈给精心准备的，上次东方梅来农庄的时候，对这款食物情有独钟，说是吃到了玛格丽特《飘》里黑妈妈为斯佳丽做的一道美食。迈克一直把这件事记在心上。

这晚，丽莎奶奶特别为东方梅和小茉莉做了主题祷告。

"万能的主啊！感谢您赐予我们可爱的小茉莉，感谢您的慈爱将她们母女带到阿尔斯泰农庄，阿尔斯泰农庄沐浴着神的荣耀和欢乐。万能的主啊！愿您看顾梅母女的平安和健康，仁慈的主啊！请赐福我们在座的每一位：平安、健康、和幸福，我们以耶稣基督的名义向主祷告，阿门。"

"阿门！"大伙齐声说。

丰盛的晚宴在祷告声中开始，在人们品尝美食的欢笑声中结束。

小茉莉到农庄的第一个晚上，因为有索菲亚的陪伴，小家伙和往常一般睡得香甜踏实。为了帮助小茉莉尽快适应新的环境，索菲亚在辛获的卧室搭了一个床铺，夜里和辛获一同起夜照顾两位小婴儿。

婴儿室设在一楼。

在小茉莉到来之前，辛获作了一番悉心的布置。从婴儿室的窗帘到床上用品既漂亮又温馨，小茉莉的婴儿床紧挨着琳达的婴儿床，两个小婴儿睡在两张一模一样的婴儿床上。婴儿室和辛获睡的卧室有一个相通的门，方便辛获夜里起来照顾小婴儿。

辛获是一个十分能干的年轻妈妈，虽说琳达是她的第一个孩子，但她有着十分丰富的照顾婴儿的经验。辛获在生孩子之前，是一家医院里婴儿室的一名专职保育员，照顾小婴儿对她来说轻车熟路。

辛获的丈夫路易斯是一名现服役军人，小两口离多聚少，辛获生孩子后暂时辞去了医院的工作，和大多数美国妇女一样，回家专心照顾好小婴儿的起居。这次，辛获专程带着小婴儿前来农庄探望伍迪大叔和琼斯大妈，她会在阿尔斯泰农庄住上好长一段日子。

伍迪大叔和琼斯大妈生养了两女一男，大女儿就是辛荻的婆婆。儿子排行老二，现在是亚特兰大一家私立中学的校长，儿媳妇一口气给他们生了五个孙辈儿女。小女儿在华尔街一家大公司做高管，是一个彻头彻尾的独身主义者。

伍迪大叔和琼斯大妈有自己的房子，他们的房子建在迈克爷爷祖屋不远的一座小山坡上。他们大部分时间都在阿尔斯泰的农庄里生活，他们从年轻开始就一直在帮衬打理阿尔斯泰农庄，他们与阿尔斯泰家族有着一种天然的难于割舍的亲情情缘。

伍迪大叔是一个孤儿，自幼在阿尔斯泰农庄长大，迈克爷爷的父亲待他如同已出，琼斯大妈也是迈克爷爷的父亲帮忙给娶进来的。伍迪大叔夫妇和前面两个孩子一直住在阿尔斯泰农庄，第三个孩子出世的时候他们新建了一所房子。后来，孩子们一个个长大都离开了家，夫妇俩又搬回阿尔斯泰的祖屋来居住。一来，可以和迈克的爷爷奶奶做伴；二来，方便照看农庄的事务。他们像一家人一样共同生活了将近一个世纪。

辛荻的娘家在离萨凡纳不远的乡下，她和丈夫路易斯从小在一个村子里长大。两人青梅竹马，恋爱成婚。小时候，路易斯常随母亲到阿尔斯泰农庄探望外祖父母，他和迈克属于发小情谊那类小哥们。后来，迈克回到萨凡纳父母的身边生活，每到周末，他常常跑去找路易斯一起玩耍，他和辛荻也十分熟稔。

迈克去 S 州探望东方梅母女的第二天，辛荻带着小琳达来到了阿尔斯泰农庄。之前，迈克并不知道辛荻要来阿尔斯泰农庄度假，辛荻也是临时做的决定，她在来阿尔斯泰农庄的路上给迈克打了电话。

迈克万万没想到，辛荻的到来给他帮了一个大忙。

"感谢上帝！"迈克深信这一切巧合都是上帝最完美的安排。辛荻是一个性情中人，她非常看重迈克与丈夫的友情，凡是迈克需要帮忙的事情，她从不袖手旁观。他们夫妇俩都很尊敬迈克，敬重迈克博文广识、多才多艺、为人真诚、待人和善；他们羡慕他会讲一口流利的汉语，羡慕他跑去那么遥远的地方，还结识了那么一个美丽高贵的中国女孩。

之前，辛荻见过东方梅的照片，在她眼里，这个东方女孩有着一种超凡脱俗的美和一种不可言喻的高贵气质。辛荻第一次从迈克嘴里听到东方梅的名字，就感觉到这个中国女孩在迈克的心里占着很重的分量。虽然，迈克没有亲口对她说明这一点，但凡经历过爱情洗礼的年轻人，对此类事情都怀有一种非凡的领悟。今天，辛荻目睹了东方梅的芳颜，便从心底发出惊叹："我从未见过这么漂亮的可人儿！简直就是天仙下凡！她微微一笑，倾国倾城！"

东方梅即刻俘获了辛荻的爱心。

辛荻确实是一个带孩子的行家。一分钟之前，小茉莉被辛荻那张黝黑的陌生面孔吓得哇哇大哭。一分钟之后，小茉莉却乖乖地被辛荻抱在怀里，咧着小嘴朝她笑了。把小茉莉交给辛荻帮忙照顾，索菲亚总算是放心了。但是，索菲亚一想到就要离开曾经日夜相伴的小茉莉，而且，她们会有一段很长时间的分离，心里难受极了。

…………

索菲亚离开阿尔斯泰农庄的那天，天气格外晴朗，阿尔斯泰祖屋门前那棵枝繁叶茂的树枝上，鸟儿叽叽喳喳地叫个不停。

索菲亚静静地凝视着那个睡眠中的小婴儿：粉嘟嘟的小脸蛋、翘翘的小鼻子、淡淡的小眉毛、藕节般的小胳膊……想到即将和小茉莉分别，索菲亚忍住快要掉下来的眼泪，俯下身去亲吻小婴儿。

迈克和东方梅双双走了进来，目睹索菲亚对小茉莉的难分难舍，迈克十分感慨，东方梅泪流满面。

"我真舍不得小茉莉！"索菲亚抹了一下眼睛，她泪眼婆娑，冲他俩抿嘴一笑。

"放心吧，索菲亚，相信我，我会让小茉莉和小琳达一样每天都过得快快乐乐的。"

辛荻站在婴儿床的另一边，她的声音很轻，却透出一种足以托付的信赖和真诚。

"辛荻，拜托了！"索菲亚和辛荻拥抱道别。

索菲亚就要离开，东方梅心里忽然有一种空荡荡的感觉，她拉着索菲亚的手眼泪默默流淌，索菲亚紧紧地拥抱着东方梅，安慰她说："我和西蒙在S州等着你和小茉莉回来。当然，我们也会找机会来看望你和小茉莉。"

"放心吧，索菲亚，梅和小茉莉在这儿一切都会好起来的。"迈克把索菲亚的行李箱放入车后厢。

迈克亲自送索菲亚去亚特兰大搭乘下午飞往S州的航班。

丽莎奶奶、伍迪大叔和琼斯大妈还有农庄的人们，一群人汇集在阿尔斯泰祖屋的大门前。

索菲亚和大家握手、拥抱道别。

七十二

索菲亚离开后的一个傍晚。

敏蒂和哥哥斯汤特兄妹来访，阿尔斯泰祖屋一时好不热闹，他们兄妹俩刚从亚特兰大回来，他们去了一趟亚特兰大表姨娘的家，表姨娘给斯汤特介绍了一个对象，女方是亚特兰大一户开木材厂人家的小女儿，敏蒂陪哥哥去相亲，顺便逛了一趟亚特兰大。

亚特兰大是美国南方最豪华的一个大都市。

敏蒂平日很少出远门，此番陪哥哥去亚特兰大相亲，她又兴奋又开心。虽说要去亚特兰大大都市，但敏蒂的主要任务是陪哥哥去相亲。所以，她没有想要去逛大商店、大超市的购物计划，更没有去观赏大都市繁华风景的心思。到了表姨娘家，敏蒂整天待在家里帮忙做家务，斟茶倒水、招待贵客。对方长辈来相亲那天，敏蒂很安静地陪在哥哥身边倾听表姨娘和对方的长辈们唠嗑、聊天，她在哥哥极其重要的场合，表现出一位好妹妹应有的体贴和懂事。

斯汤特相亲的对象卡瑞娜，在父母家排行老三，上面有两个身强力壮、聪明能干的哥哥。卡瑞娜人长得高挑漂亮，待人亲切、通情达理，虽说是父母唯一的小女儿、掌上明珠，但卡瑞娜天性豪爽、又勤劳又能干。她深谙礼仪，遇事颇有主见，待人接物落落大方，丝毫没有一般城里小姐那种矫揉造作。卡瑞娜平日不喜化妆，相亲的那天，她特地描了一个淡妆，天生丽质的她，看上去更是添了几分妩媚。

卡瑞娜第一眼就看上了身材高大、粗壮结实的斯汤特。不到半天时间，卡瑞娜就和未来的小姑子便玩到了一块，她俩年纪相仿、生性直率、十分投缘。未来的岳父母见斯汤特一副身强力壮、憨厚的模样，更是喜欢得不行。斯汤特和卡瑞娜的亲事一拍即合，敏蒂的表姨娘全权代表男方的长辈与女方家长立即达成了约定：秋后，就把这两个年轻人的婚事热热闹闹给办了。也就是说，今年秋后戴洛维农庄将要迎娶新一代的女主人。

敏蒂去亚特兰大还有一个小小的心愿，她想去采购一些五彩丝线回来向辛荻学习刺绣，上回小茉莉"Baby Shower"时，奶奶送的那床茉莉花图案的小抱被，就是辛荻一针一线给绣出来的。辛荻的刺绣功夫属于家族珍传。如今，亚特兰大乡下会刺绣的年轻人几乎凤毛麟角。敏蒂很是羡慕辛荻的刺绣功夫，她想向辛荻学习刺绣。然而，想在亚特兰大这类大都市寻找普通的刺绣丝线确实有点不是那么容易，好在，敏蒂的未来嫂子是一个寻找稀奇宝物的行家，卡瑞娜领着未来的小姑子两人穿大街走小巷，最后终于在一家华人的杂货店找到了敏蒂需要的五彩丝线。

兄妹俩带着从亚特兰大亲戚家送的礼品来拜访阿尔斯泰农庄。这些礼物都是美国普通家庭制作的各种美味小吃，有不同口味的巧克力、糖果，还有各式各样不同馅料制成的小馅饼。

敏蒂上亚特兰大之前就知道东方梅母女要来农庄，她特地从亚特兰大给小茉莉和小琳达买回一对漂亮的芭比娃娃。她把穿粉色公主裙的芭比娃娃送给小茉莉，穿着蓝色公主裙的芭比娃娃送给小琳达。此外，敏蒂特地从自家花园摘了一大束鲜花来送给东方梅。

斯汤特昨晚在家里忙碌了一整夜，他在忙着烤一只全乳羊。这羊是他们家今年刚出栏的新品种，烤全羊是斯汤特的拿手好戏，他给全乳羊抹上一种墨西哥的特殊香料，他烤出来的全乳羊肉质肥厚、口感鲜美，人们在几公里外都能闻到这乳羊的香味。

敏蒂兄妹到来的时候，东方梅和辛荻正带着两个小婴儿在后院的草坪上玩耍。硕大的枫树下，铺了一张宽大厚实的毯子，小茉莉趴在地毯上，翘着小脑袋儿，小琳达翘着小屁股坐在小茉莉面前使劲摇晃着小风铃，风铃每发出一阵清脆的响声，就惹来两位小婴儿又笑又尖叫。

"真是两个小可爱！"辛荻笑道。

"小傻瓜只会看琳达姐姐傻笑，瞧，口水都流了一地。"东方梅望着小茉莉美眉微蹙。

"谁说小茉莉是小傻瓜呀？人家才不傻呢！来，小茉莉，咱们玩这个。"辛荻把一只穿着红线的小铃铛送到小茉莉手里，小茉莉手握着小风铃学着琳达姐姐那样摇晃起来，因为力度不够，小铃铛发出低沉的声音。东方梅望着小茉莉轻轻一叹，眼泪流了下来。

"姐姐，您不舒服吗？"辛荻关切地问。

"哦，一只虫子刚从我眼前飞过。"东方梅用手擦了擦眼睛说。她怔怔地看着小茉莉，幽幽地说了一句，"这个小人儿什么时候才能长大？唉。"她目光移向远处，一脸愁云惨淡。

之前，迈克和辛荻说过东方梅的情况，叮嘱辛荻要帮助照顾好小茉莉。辛荻发现东方梅情绪忽然低落，便想着法子去逗她开心。

"姐姐，等小琳达长大了，我想让小琳达随小茉莉一块儿去中国看看，您说好不好？我还想让小琳达向您学习中文！"

"当然好。"听辛荻说让小琳达和小茉莉长大后一起去中国，东方梅露出了难得的笑脸，她指着吐口水泡泡的小茉莉对辛荻说："瞧，小茉莉又在玩口水泡泡了！"

"姐姐，小茉莉怕是要长牙了！瞧，小琳达这儿长了一颗小门牙！"辛荻把小琳达的小嘴巴微微分开让东方梅看。

"是哦，小琳达真的长了一颗小门牙！"东方梅惊喜地说。

小茉莉的活动比不上琳达姐姐灵活，只会笑，因为有小茉莉助兴，小琳达摇小风铃更加起劲了。小琳达使劲摇着小风铃，小茉莉使劲地笑，整个后院都被这两个小婴儿的笑声充满。

迈克在给奶牛冲洗牛床，奶牛屋建在后院不远的树林边。

迈克圈养的荷兰奶牛已经产奶了，东方梅和辛荻都喝上了自家产的新鲜牛奶。辛荻每天的奶水都很充足，在东方梅生病的日子里，辛荻把两个小娃娃养得又结实又健康。

斯汤特兄妹在客厅见过迈克奶奶和琼斯大妈，琼斯大妈把兄妹俩带来的食物送到厨房里去。奶奶对敏蒂说："辛获带着小茉莉和小琳达在后院的草坪上玩，你的梅姐姐也在。你快去见见她们吧！"

敏蒂一手抱着送给两位小娃娃的礼物，另一手抱着一大束鲜花，欢天喜地奔后院的草坪去。

"奶奶，迈克在家么？"斯汤特满脸喜气洋洋。

"迈克在奶牛屋，斯汤特，你也去呀。"奶奶慈爱地说。

"谢谢奶奶。"斯汤特跟着他妹子奔后院的草坪去了。

"这兄妹俩一天到晚都快快乐乐的，真好。"琼斯大妈望着斯汤特兄妹俩的背影笑逐颜。

…………

"梅姐姐，我看你和小茉莉来了！"敏蒂大老远就冲东方梅亲热地喊道。上次东方梅来农庄疗养和敏蒂结下了姐妹般的情谊，东方梅喜欢敏蒂的热情和纯粹，敏蒂心里十分敬爱东方梅。

此刻，东方梅侧身坐在地毯上，夕阳的余晖照在她秀美的脸上，仿佛给蒙上了一层神秘的色彩。她心情漂浮不定，她的心思仿佛总是停留在远方。

敏蒂兴高采烈地把一大束鲜花送到东方梅面前，东方梅微微地吓了一跳，望着敏蒂一脸惊讶。

"梅姐姐，这是我从花园刚刚摘来的花儿，送给你。"敏蒂亲热地把花儿送到东方梅的手中。

"谢谢。敏蒂，你好吗？"东方梅淡淡地问了一句，她凝视着那些五颜六色的花瓣儿，沉浸在一个别人不能进入的世界。

"嗯，很好。"敏蒂点点头，说。她见东方梅的反应很淡漠，一点都不像从前，她暗想，梅姐姐是不是不欢迎我啊？她悄悄观察起东方梅来：她的梅姐姐明显地消瘦了，一副生了病的样子。从前那双神采飞扬的眼眸子不见了……她的脸色有些苍白，美眉微蹙，一副心事重重的样子。"到底为什么呢？"敏蒂正揣摩着，辛获热情洋溢地和她搭话了。

"敏蒂小姐，我听说你陪斯汤特到亚特兰大相亲去啦？这好事情可是成了没？"

辛获主动问起哥哥的好事，敏蒂开心极了。她眉飞色舞地回答辛获说："当然成啦！只等秋后棉花入库，我们戴洛韦农庄就要迎娶新的女主人！辛获，到时你一定要来参加斯汤特的婚礼哦！"

"必须的。敏蒂，我想知道什么时候可以来参加你的婚礼？"辛获笑嘻嘻地问，敏蒂脸色"唰"的红了。她扭捏说："早着呢！"

辛获正想开敏蒂的玩笑，斯汤特跑了过来和她们打招呼。

"Hello，梅小姐！Hello，辛获！Hello，小宝贝们！"斯汤特俯下身子伸手在两个小婴儿胖嘟嘟的脸上轻轻地捏了一下，说："两个小可爱！Bye——Bye！"斯汤特乐呵呵地往奶牛屋找迈克去了。

"敏蒂，刚才你的脸红了！为啥？"辛获知道敏蒂喜欢迈克，故意逗她。

"辛获，我什么时候脸红了？"敏蒂明知故问。

"我看见你脸红了！来，坐这儿。"辛获挪开一些位置让敏蒂坐到毯子上，两个小婴儿萌哒哒的两双大眼睛一齐朝敏蒂看，惹得敏蒂呵呵大笑，指着她俩说："瞧，这两位小傻瓜盯着我看的小样！好可爱呢！辛获，咱们做个小游戏，瞧她俩的选择。"

敏蒂把两个穿着不同颜色公主裙的芭比娃娃摆在两个小娃娃面前。小琳达毕竟是姐姐，她先伸出胖乎乎的小手一把抓住了穿蓝色公主裙的芭比娃娃，就往嘴里送。惹得敏蒂和辛获呵呵大笑，辛获从小琳达手里拿下芭比娃娃，说："小傻瓜，这个不能吃的呀！"

小茉莉眼睛鼓鼓地盯着穿着粉红色公主裙的芭比娃娃，满脸激动，嘴里发出"咕咕咕"的声音。敏蒂乐得呵呵大笑，一把抓住粉色公主裙的芭比娃娃送到小茉莉手里，小茉莉动作笨拙照样把芭比娃娃往嘴里送，流出来的口水全滴到芭比娃娃的身上。

惹得敏蒂和辛获又一阵大笑。那一刻，东方梅被她们两个的笑声感染，望着两个小娃娃手里的芭比娃娃，说："好漂亮的芭比娃娃。"

"梅姐姐，您小时候喜欢玩芭比娃娃吗？"敏蒂笑嘻嘻地问。

"当然，很喜欢的。"东方梅露出了笑脸。两个小娃娃使劲地摇动着手里的芭比娃娃，没听到响声，更加使劲了。辛荻笑道："这两只芭比娃娃的骨架怕是要被她俩摇散了！"

"散不了，坚实得很。"敏蒂笑道。

两位小婴儿使劲摇晃了一会儿，又去扯芭比娃娃的衣服、头发、小胳膊、小腿儿，玩得不亦乐乎，口水流了一地。辛蒂不停地给她俩擦口水、喂果汁。敏蒂不知道东方梅患有产后抑郁症，她和辛荻说话的时候留意到，她的梅姐姐安静地坐在一旁，仿佛沉浸在某种令人费解的境遇当中。

敏蒂猜不出她的心思，又不敢多问。

小茉莉抓着芭比娃娃的一只大腿使劲地摇晃，嘴里发出"咕咕咕"的声音，敏蒂看得欢喜，把小茉莉抱过来，在她胖嘟嘟的小脸蛋上亲了一口。不想，小茉莉"哇"的一声哭了。辛荻赶紧从敏蒂怀里抱过小茉莉稍加安慰，小茉莉停止了啼哭，瞪着一双泪汪汪的大眼睛去看敏蒂，一副幸灾乐祸的小样笑了。

"小调皮！"敏蒂轻轻地点了一下小茉莉的鼻子。

迈克和斯汤特有说有笑从奶牛屋里走了出来，在奶牛屋里，迈克听斯汤特滔滔不绝地讲述他上亚特兰大相亲的事情。斯汤特生性腼腆，不善于在众人面前说话，但他在迈克面前完全变了一个人。听完斯汤特美滋滋的描述，迈克乐呵呵地问他说："你确定秋后就迎娶卡瑞娜？"

"当然。迈克，到时你得做我的伴郎。"斯汤特央求道。

"好，我答应做你的伴郎啦！"迈克拍了拍斯汤特的肩膀，爽快地答应了斯汤特的请求。

"这才是我的好兄弟啊！"斯汤特的心情好极了。他俩说着话一齐来到了女士们的跟前。

"Hello！敏蒂，你好吗？"迈克很礼貌地向敏蒂打招呼，他看见东方梅手里握着一大束鲜花，便在她身边坐了下来，伸出鼻子去嗅了嗅那束鲜花，笑盈盈地对东方梅说："这花儿真香。梅，你好吗？"

东方梅抿嘴一笑，回答说："我很好。迈克，这是敏蒂小姐刚才送给我的花儿。"

"我刚从家里的花园里摘来的。"敏蒂笑容灿烂地补充。

"谢谢你，敏蒂。"迈克望着微笑道。

"小茉莉很可爱。"敏蒂说。

"嗯，她好像要长牙了，老流口水。"迈克从口袋里掏出一条手绢去帮小茉莉拭擦口水，见斯汤特笔挺地站着，就招呼他说："斯汤特，你坐下来，给辛获讲讲你的爱情故事呗。"

斯汤特一听，脸都红了，一直红到耳根。辛获笑着逗他说："斯汤特，你就给我们讲讲呗。"

…………

"孩子们，晚饭做好啦，回来吧！"琼斯大妈站在祖屋的后门朝他们挥手招呼。

丰盛的佳肴摆满了椭圆形的餐桌。

香喷喷的烤全乳羊被切成小方块整齐地码满了两大盘子，松软可口的肉卷造型甚是漂亮，土豆片被烤得金黄，芦笋浓汤散发着淡淡的清香，金黄色的玉米粒浸泡在乳白色的牛奶里，生菜沙拉鲜嫩无比，小馅饼、小甜点、腌橄榄、腌黄瓜条……各种开胃的庄家制美食也摆上了餐桌。

大伙热热闹闹地吃了一顿丰盛的晚餐。

饭后茶余，大伙都很关心斯汤特兄妹上亚特兰大相亲的大事。斯汤特在众人面前一贯腼腆、话少，敏蒂是哥哥最佳代言人，她每说到得意开心处，大伙就呵呵大笑，斯汤特跟着憨笑，安静地坐在迈克身边的东方梅，偶尔露出了一丝难得的笑容。

茶语过后，斯汤特兄妹俩骑着高大的骏马回家去，迈克把斯汤特兄妹俩送到浓荫小道的尽头。敏蒂问迈克说："梅姐姐好像不是很开心？"

"她患了产后抑郁症，需要疗养一段时间。"迈克向索菲亚解释说。

"天啊，难怪辛荻说做母亲是女人一生最重要的转折点。"敏蒂态度诚恳地对迈克说："迈克，我们得想办法让梅姐姐开心起来。我听爷爷说，人只要开心就不容易生病，我以后会经常过来帮辛荻照顾小茉莉。"

"谢谢敏蒂，你是一个非常有爱心的女孩。"迈克用一种敬佩的目光看着敏蒂说。

"噢，老天！我一直都是有爱心的呀！迈克，你怎么现在才发现呢？"敏蒂耸耸肩表示遗憾，但她的笑容格外灿烂。她看见，迈克的眼睛闪动着一种亮晶晶的光芒，这是敏蒂从未见过的。那一刻，她的心如同被一阵轻微的电流穿过，从未有过的微妙感觉。

迈克微笑不语。

"再见，迈克！"

打那以后，敏蒂来阿尔斯泰农庄的次数更密了。几乎每日都来，除非家里有什么特别的安排。她来阿尔斯泰农庄向辛荻学习刺绣，更多是来帮助照顾小茉莉的生活。

很快，小茉莉对敏蒂阿姨的热爱超过了辛荻阿姨。

现在，只要敏蒂一出现，小茉莉便笑逐颜开、手舞足蹈地扑向敏蒂阿姨的怀抱。

七十三

农庄的棉珠进入了花铃期。

一望无际绿色海洋般的棉田，在一夜之间添了无数繁星般的浅黄色花朵儿，棉珠迎来了一生当中最旺盛的生长时期。同时，也步入一个脆弱、危险的时期。这个时期的棉珠，很容易遭受各种害虫及病菌的危害，对环境气候也特别敏感，对水肥的需求更是相当苛刻。稍不留神，大片棉田就会因为病虫的危害或是水肥不足导致大量的花铃脱落。同时，这个时期的棉苗若是任其徒长也会影响棉花的丰产。

为了确保棉花的丰产，迈克和卡罗从早忙到晚，他们一大早就驾着农用卡车在一望无际的棉田中间巡视——对大片棉田进行全方位的监测，给棉田喷洒杀虫剂，对土壤进行合理的追肥和浇水，同时，还要组织人手对棉田进行中耕除草、整枝……整个夏天，卡罗和迈克忙得脚不沾地、不亦乐乎。

每天清晨，迈克一大早起来去巡视棉田，然后和卡罗一道安排雇员们一天的农事。当他完成农庄的事务，回到祖屋沐了一个早浴，精神气爽地坐在餐厅里阅读着当日的新闻。这时候，东方梅刚好醒来，她洗漱后下楼来和迈克一同共进早餐。

他们一边品尝着琼斯大妈准备的丰盛早餐，一边聊着轻松愉快的话题。这时候，丽莎奶奶就在后院草坪的一角，伺候那十几只硕大的火鸡。奶奶喂饱了火鸡，前脚迈进祖屋，后脚就跟着滚进两团白色毛茸茸的小动物。

奶奶笑吟吟地说："阿曼达、黛西快去向梅小姐问个早安！快去见见你们的小主人！"

那对宝贝儿十分通灵，撒开腿儿，欢快地朝东方梅和迈克奔跑过来。东方梅一看，乐了。

黛西是一只蓝白双色非常美丽的布偶猫，它瞪着一双又大又圆、温柔漂亮的蓝眼睛，乖巧玲珑，惹人喜爱。阿曼达是一只纯白色的萨摩耶犬，它外形漂亮、行动优雅、活泼可爱。

黛西"蹭"地一下串到迈克的大腿上，乖巧地发出"喵喵"的叫声。阿曼达看上去有些腼腆，它摇着尾巴慢悠悠地走到东方梅脚跟前嗅了嗅，很绅士地端坐在她的脚跟前。

"阿曼达真是一副绅士的派头！"东方梅指着阿曼达的背影笑道。

"是啊，阿曼达在美丽的女士面前总能表现出恰到好处的绅士风度。不像黛西，见着帅哥就忘记了矜持。"迈克幽默地笑道。

东方梅仔细观察黛西：几乎是全身纯白色的它，除了拥有一双漂亮的蓝眼睛外，脖子根部像是带了一圈漂亮的浅蓝围脖；耳朵长得很精致，吻部是圆形的，脸上有一"V"形蓝色斑纹，前脚的双掌像是戴了一双白色手套；它耳郭和脸部的上端好像是被人轻轻地染了一丝蓝色。

"我从未见过这么漂亮的猫儿！黛西的眼睛像海水一般湛蓝，它的毛发白得好纯粹呀！"

东方梅说话的时候，黛西朝她哆哆地叫了两声。迈克呵呵大笑，说："梅，黛西知道你在夸它！"

迈克向东方梅介绍了黛西的家族。

他说："黛西是一只可爱的布偶猫，另一个名字叫仙女猫。它们这个家族的成员个个都生得容貌美丽，且，非常有灵性。瞧，刚才黛西就知道你在表扬它了！"黛西听迈克说它的名字，冲迈克"喵喵"地叫了起来。

"好啦，现在轮到介绍阿曼达了！"迈克把黛西轻轻往地上一放，招呼"阿曼达，过来——"

阿曼达听到主人叫它，赶紧起身欢快地摇着尾巴走到迈克的跟前。

"阿曼达，问梅小姐好。"迈克微笑着命令道，阿曼达很乖巧地转向东方梅伸出前爪。

"阿曼达，真乖。"东方梅用手去拉了一下阿曼达的前爪。阿曼达看上去有点儿羞涩，它嘴里发出"嘤嘤"的声音。东方梅留意到，阿曼达的眼睛是棕色的，又明亮又机灵。她饶有兴致地和它对视了一下，笑道："迈克，阿曼达的眼神像个孩子。"

"有研究表明，狗狗具有三岁孩子的智商。"迈克笑道。

"阿曼达是个男孩？"东方梅好奇地问。

"没错，阿曼达是个男孩。阿曼达的意思就是'爱'。"

"哦，那么说黛西是女孩啰！"

"真聪明！黛西确实是个女孩。梅，刚才你有没有注意到阿曼达的表情？它一直在对你微笑，对吧？"

"是啊，它好像一直在微笑。"

"萨摩耶犬另一个名字叫'微笑天使'。"迈克打发阿曼达说："去吧，找黛西玩去。"

迈克谈论阿曼达的时候，黛西找丽莎奶奶去了，阿曼达听见迈克这么一说，一溜烟跑了出去。

"微笑天使？爱？阿曼达这名字起得真好呢！"东方梅望着远去的阿曼达笑道。

"是奶奶给起的，奶奶给它俩起的名字特好。自从它俩到阿尔斯泰农庄以后，给奶奶带来了不少的快乐。"

"名副其实。"东方梅笑道。

迈克说："自从爷爷去世后，奶奶独自一个人闷闷不乐。朋友给我建议说，给老人家买只可爱的小宠物吧！这样可以分散老人对逝去亲人的关注，又可以给老人带来意想不到的乐趣。于是，我就上网去查阅了小宠物资料，最后决定给奶奶买这对宝贝疙瘩——萨摩耶犬和布偶猫。"

"自打阿曼达和黛西来到阿尔斯泰农庄，奶奶每日都亲自给它俩喂食、喂水、洗澡照顾它俩的生活，奶奶走到哪阿曼达和黛西就跟到哪，除了睡觉，这两个宝贝疙瘩几乎与奶奶寸步不离。奶奶与这对宝贝疙瘩朝夕相处，看着这两只小可爱嬉戏、玩耍、调皮，终于露出了笑脸。"

"我以前听人家说猫和狗是不能同笼的。意思就是说，猫和狗一般不能和睦相处。阿曼达和黛西好像不同哦！它俩一天到晚几乎形影不离。"

"动物之间也有友谊。"迈克笑道。

丽莎奶奶挎着一只盛满火鸡蛋的篮子，笑盈盈地朝他们走了过来，大声地对他们说：

"孩子们，今天我们又收获了十枚火鸡蛋！瞧，好大的一只呀！"

丽莎奶奶把一篮子火鸡蛋搁在餐桌上，从篮子里取出一枚硕大的火鸡蛋乐呵呵地举到他俩面前。

"梅，这枚火鸡蛋起码有三两重！"迈克从奶奶手里接过火鸡蛋掂了掂，把火鸡蛋交到东方梅手里，说："你感觉一下。"

"挺沉。"东方梅笑道。

十只火鸡蛋装满了一篮子。东方梅发现，每枚火鸡蛋的外壳上都布满了浅褐色的斑点。迈克指着蛋壳上的斑点对东方梅说："瞧，斑点越多，说明蛋的纯净度就越高，品质越好。"

"哦，为什么呢？"她十分好奇。

"可以说这是火鸡蛋的一个特质，也可以说是人们总结的一个经验。"迈克从篮子里挑出一枚个头比较大的火鸡蛋举到东方梅的跟前，问："瞧，它上面的浅褐色斑点是不是特别多？特别密？"东方梅点点头，迈克又说："还有，这枚火鸡蛋的两端很明显地突出来。"迈克从篮子里又拿出另一枚火鸡蛋，说："咱们把这两枚火鸡蛋做个比较。"

"这枚蛋的两端突出来很明显！"东方梅指着其中一枚火鸡蛋说。

"这就对了！像这枚尖头钝尾的火鸡蛋，在火鸡蛋中品质当属最上乘。等会，咱们把这枚火鸡蛋煮熟，一刀切开，你会发现，它整个儿都呈心的形状，这就是鉴别火鸡蛋品质最重要的一个特征。"

迈克得意扬扬。

"没想到一枚火鸡蛋还有这么多的讲究！迈克，我真是服了你了！你肚子里到底还装了多少我所不知道的？”

“正如，你可爱的小脑袋里究竟装了多少我所不知道的？”他学着她的口吻反问道。

“又让你笑话了！”东方梅说。

“奶奶，咱们现在一共收了多少枚火鸡蛋？”迈克问。

“差不多 50 枚啦！”奶奶脸上笑成了一朵花。

老人家今年一共养了十几只青铜火鸡，除了两只雄性火鸡外，其余的全是刚进入旺盛生育期的雌性火鸡，雌性火鸡们像是比赛生蛋似的接二连三不停地下蛋，下的火鸡蛋一个比一个大。

“奶奶，咱们晚饭添一道火鸡蛋吧！”迈克兴高采烈地提议。

“好啊，今晚我给你们煎火鸡蛋吃。”奶奶乐呵呵地把一篮子的火鸡蛋送到厨房里去，阿曼达和黛西欢快地跟在奶奶的身边。

“梅，咱们出去走走。”迈克心情极好地站了起来，他向东方梅发出了热情的邀请。

“好的。”东方梅愉快地答应。出门前，她头上戴着一顶宽边的遮阳帽，身上穿着一条飘逸的碎花连衣裙。迈克上身穿一件白色的 T 恤，下身穿一条蓝色的牛仔裤，头上戴一顶咖啡色的牛仔帽。

他俩并肩走过一望无际的棉田，一缕带着热气的风拂面吹过，棉花幽幽的清香扑面而来。走到棉田的中央，东方梅忽然站住了，她指着近处的一朵棉花，问了一个有趣的问题。

“迈克，瞧，这花朵儿——早上，我明明看见它是淡黄色的，一眨眼的工夫它怎么就变成紫色了呢？难道是我记错了？”

她满脸疑惑望着他，他微微一笑。

“梅，你没记错。早上你看见的花朵儿确实是淡黄色的，因为授粉的缘故，到了下午它就变成了紫红色。瞧瞧，这朵紫色的花儿就是授粉后的花朵，它改变了颜色。”

“好神奇哦！”她看着那朵花儿感叹道。

"是啊，你可能还不知道，棉花的花期是很短暂的，最长也就是一天的工夫而已。以后，它会慢慢地长成一枚绿色的棉桃。嗯，再过一些时候，你就可以看到无数可爱的小棉桃啦！"

"神奇极了！"她蹲下身去小心翼翼地拾起掉在泥土上的一枚紫色花瓣，平生第一次目睹这奇妙的棉花开，又听迈克这么奇特的解说，她瞬间就爱上了这朵美丽温情、昙花一现的棉花朵儿。

他俩穿过棉田就到达了小森林的边缘。

小森林就像一部隐藏着各种神奇秘密的书本，当他俩步入它的怀抱，这部神奇的书本立即他们敞开了大自然的秘密。

小木屋隐藏在高大茂密的树林中央，温泉在小木屋子门前冒着气泡。偶尔，一只飞鸟扑棱棱地从屋檐下低低飞过，窗外一枚落叶的声音依稀可听。屋内的温度和湿度刚好，坐在二楼宽敞明亮的落地窗前，欣赏着窗外微妙的变化，无论是晴天或是雨天，各有各的景致，这时候，心情最是惬意。

东方梅再次踏入这间熟悉的小木屋，站在小木屋的中央有一种恍如昨天的感觉———一切宛如从前，一切未曾改变。

"梅，猜猜，我给你带来了什么？"当东方梅在电视机前的一张椅子上坐下时，迈克打开电视，把一盘光碟插入播放器里。

"好莱坞大片？"她的精神被提了起来。他神秘地笑笑，摁了一下遥控器的开关。

"啊！是 Mr. Bean ！"她对着电视屏幕兴奋地叫了起来，"这家伙又出什么好戏了？"

"《憨豆先生的假期》！"迈克兴高采烈地在东方梅身边的椅子上坐了下来。

电视屏幕上出现了久违的憨豆先生——这次，憨豆先生意外地中了一笔大奖，这笔大奖让他获得免费去法国南部里维埃拉度假的一次机会。

憨豆先生立马带着他的行李和摄像机，前往梦想已久的有阳光和沙滩的法国南部，开始他美妙的度假生活。然而，免费的假期并没有他预想中那么顺利和惬意。途中，憨豆先生经历了一连串的灾祸和突发事件。

在一连串的灾祸和突发事件中，英国喜剧天才罗温·艾金森窘态百出，把憨豆先生独特的"一根筋"演绎得淋漓尽致、令人捧腹。

东方梅开怀大笑，迈克亦开怀大笑。

大笑中的迈克望向大笑中的东方梅，两个快乐的人儿四目相对，笑得眼泪都流出来了。

…………

午后，下了一场小雨。

他俩在小木屋吃了三明治、喝了咖啡。窗外，有阳光从高大的树木冠顶上投射下来，形成一排排非常壮观的光柱。迈克说，这时候去森林里散步会有许多意想不到的惊喜，东方梅听了欣然与他前往。

他俩各自戴着一顶帽子，一前一后走在森林中间的小道上。

东方梅发现，雨后，森林里那些低矮的花草格外蓬勃生机，它们当中生长着一些硕大、奇形怪状的花朵，还有一些被迈克称为香草的植物……这些，都是东方梅从未见过的，她兴奋得就像一个孩子，不时发现新事物，不时尖叫着跑过去仔细查看，迈克在一旁热情地向她介绍这些奇花异草的名字。

此后，她不断遇见惊喜。在森林的背阴处，她看到许多不同颜色的蘑菇。迈克教她如何辨别可食蘑菇与毒蘑菇，迈克说，蘑菇的颜色越鲜艳表明它的毒性就越大，东方梅听得十分惊讶。后来，他们在森林的一棵卧地的朽木上看到一大簇木耳，这熟悉的东西令东方梅感到十分愉快，她欢快地摘下那些可爱的木耳，收获的喜悦溢满了心间。

"迈克，这么多？怎么办？"她捧着一堆木耳笑吟吟地问。

"来，放这！"迈克把头上的牛仔帽摘下来倒过来，让东方梅把木耳放到帽子里去。遵照迈克的指示，东方梅小心翼翼拨开一丛丛衰草，又意外地收获了许多金针菇……整个下午，她都被快乐所充满。

"你怎么知道那么多的秘密？"她开心极了。

"我当然知道大自然的秘密——从小就知道。"迈克得意扬扬。他喜欢看她一惊一乍、欢欣雀跃的俏模样。很多时候，他痴痴地望着不远处的她，而她，正俯下身子去嗅一朵花的清香。他心里十分感慨："快乐对她来说太重要了！她笑起来一点都不像是生病的样子，她太美了！"

　　阿尔斯泰农庄的棉花朵儿由浅黄色变成了紫色，不久，紫色花朵儿就变成了青涩的小棉桃。

　　东方梅在迈克多情的陪伴下，尽情地享受着大自然无与伦比的、美妙的馈赠。她朗朗的笑声越来越多，她的微笑一天比一天迷人，她与生俱来的东方神韵又绽放出不可描摹的神采飞扬。

　　某日，他俩又去森林里探寻大自然的秘密。迈克望着沉醉在森林秘密中的东方梅叹道："她若是能留下了多好！"

　　"你在说什么？"她听到了他的叹息，但没听清他感叹的内容。她的心思一直在搜寻远处的景物。

　　被她冷不丁一问，他脸色"唰"地红了。

　　"没说什么。"他赶紧解释说："我是说，这森林里藏着很多很多的秘密，需要用一生的时间才能去了解。"

　　"迈克，你说这话让我想起了一位哲人。"她说。

　　"谁？"他好奇地问。

　　"一个美国人！梭罗！"她调皮地笑道："我终于明白他为什么要写《瓦尔登湖》了！"她摘下一枚硕大的叶子，举着那枚叶子回到迈克的跟前，问道："瞧，这是什么？"

　　"一枚大叶子。"他回答说。

　　"不对，是铁扇公主的芭蕉扇。"她俏皮地纠正道。

　　"好吧，你说是铁扇公主的芭蕉扇那就是。"他笑道。

　　"迈克，快看！"她的目光从迈克的肩膀边上穿过，十分惊喜地叫了起来。

迈克转过身去一看：一群梅花鹿正从小森林穿过。

许是听到他俩说话的声音，梅花鹿群忽然停了下来，睁着一双双萌哒哒的大眼睛齐齐看了过来。

"噢！它们被漂亮的女士吸引住了！"迈克欢快地笑道。

在经历了无数个热情的白天和静谧的黑夜之后，东方梅在阿尔斯泰农庄恢复了健康。

转眼就到了小茉莉的百日宴。

这天，天气格外晴朗，阿尔斯泰祖屋大厅里人们欢聚一堂、热闹非凡，迈克按照中国的传统习俗为小茉莉举办了百日"抓周"活动。

一张崭新的毯子铺在阿尔斯泰祖屋大厅的中央，新毯子的另一端整齐地摆放着供小婴儿抓周的各种小物品：红色的鼠标一个、塑料尺一把、毛笔一支、五彩糖纸包着的糖果一颗、巧克力一块、胭脂盒一个、小人书一本、小铲子一把、玫瑰花一朵、老算盘一把……大凡能想到的物件都给摆上来。

此刻，身穿粉色公主裙的小茉莉端坐地毯的中央，她瞪着一双漂亮的大眼睛盯着不远处的小物件，手舞足蹈、有点小兴奋，迈克蹲在毛毯的另一端微笑着向她招手招呼："小茉莉，过来取小礼物！"

众人围着小茉莉一齐叫唤："小茉莉，爬过去！爬过去！"

"小茉莉，加油！加油！"小茉莉在热情的鼓动声中，挪动着小身子欢快地朝前面的物件爬过去。

众人敛声屏气。

在众多的物件当中，红色的鼠标实在是太惹小茉莉喜爱了，她伸出小手一把抓住红色的鼠标就往嘴里送。

众人一阵欢笑。

迈克抱起小茉莉在她脸上连亲几口，大声向众人宣布道："小茉莉拿到了红色的鼠标！将来定是一个现代才女！"

众人一阵掌声。

奶奶乐哈哈地把一枚用红绳子系着的茉莉花玉坠挂在小茉莉胸前，这枚茉莉花玉坠是用上好的白玉雕琢而成的，水色上好、晶莹剔透，花瓣的边缘是一圈好看的微紫色，花托则是亮得耀眼的祖母绿。这是丽莎奶奶特地为小茉莉准备的百日礼物，望着这份珍贵的礼物挂在小茉莉的胸前，东方梅感慨万分，她说："奶奶，这朵茉莉花太珍贵了！"

"这美丽的花儿给小茉莉戴着真是漂亮极了！"丽莎奶奶笑得眼睛眯成了一条缝。

是夜，东方梅躺在床上久久不能入睡。

回想白天热闹的场景，她的内心深深被感动。迈克的情谊、奶奶的慈爱、辛荻对小茉莉无微不至的照顾、阿尔斯泰农庄人们给予她们母女点滴的爱护和关怀……全都涌上东方梅的心头，生活的每一个场景、每一个片段、每一个细节，每一张温暖而亲切的面孔，都在她脑海里翻滚、生动。

"爱，没有国界，不分肤色和人种。"东方梅想起塞廖尔曾经和她说过的一句话。此时此刻，东方梅对这句话体会得尤为深刻。她默默地体会着这份跨国界、超肤色和人种的情谊和爱，禁不住热泪盈眶。

夜深人静，东方梅忽然非常挂念起小茉莉来——在生病的这些日子，她几乎无暇顾及这个可爱的小婴儿，小婴儿能得以健康成长，全赖于辛荻不分昼夜亲力亲为的照料，还有阿尔斯泰农庄所有人们无私的帮助和关怀。

迈克、辛荻、丽莎奶奶、琼斯大妈、伍迪大叔、敏蒂……他们这些人都是东方梅母女俩没有血缘的亲人。如果没有她们无私的爱心援助，她真的无法想象，她们母女将如何度过那些艰难的时刻。

这一夜，东方梅心潮澎湃、不能成眠，她披上一件外衣，悄悄地走下楼去，轻轻地走到婴儿室的门前。

婴儿室的门开着一条缝，屋里有一丝灯光透出来。

东方梅纳闷：这么晚了这两个小家伙还没睡吗？屋里隐约传来轻柔如梦语般的催眠曲……辛荻在哄孩子睡觉，到底是哪位小调皮不肯睡觉呢？小茉莉还是小琳达？东方梅怀着极其好奇轻轻地推开婴儿室的门——辛荻背对着门口坐在一张矮凳上，她怀里抱着小婴儿在喂奶。

轻吟浅唱就是从辛荻嘴里发出来的。辛荻吟唱得很投入，丝毫没有察觉门儿被人推开。东方梅轻轻地唤了一声，"辛荻。"辛荻微微吓了一跳，她满脸惊讶地转过身来望着东方梅，轻声地问："姐姐，这么晚了你还没睡呀？"

"你不也是没睡吗？"东方梅一眼看见辛荻怀里的竟是小茉莉，轻轻笑道："还真是小茉莉呀，你这个小坏蛋。"

小茉莉从辛荻怀里坐了起来，眼睛睁得又大又圆，奶也不吃了，朝她母亲咧着小嘴笑。

"你怎么还不睡？小坏蛋。"东方梅轻轻地点了一下小茉莉的鼻子。小茉莉皱了一下鼻子，笑了，一副幸灾乐祸的小痞样嘟起小嘴吹口水泡泡，惹得辛荻和东方梅小声地笑了。

辛荻对着小茉莉"嘘"了一声，小家伙手舞足蹈乐得更欢了，小嘴发出卜卜的声音。另一张婴儿床上上，小琳达睡得正香，她睡眠一向很好，丝毫不受周围的影响。

"来，妈妈抱。"东方梅向小茉莉伸出双手，自从生病之后，她第一次爱心满满地去抱小宝宝，小茉莉抱在怀里，东方梅很惊讶地对辛荻说："小茉莉很沉呢！"

"是啊，差不多赶上琳达姐姐了！"辛荻笑道。

"辛荻，真是委屈小琳达了！"东方梅很是歉意。自从东方梅母女俩来农庄之后，小茉莉和小琳达一同分享辛荻的奶水。也就是说，辛荻承担了两位小婴儿的母乳喂养。

"琳达姐姐一点都不委屈，我的奶水充足得很，喂饱这姐妹俩还富余着呢！敏蒂昨天还笑话我是一头超级奶牛。"

辛荻骄傲地笑道。

"好辛荻，你真是一位好妈妈。"东方梅对辛荻心怀感激。她凝视着灵动可爱的小茉莉内心万分感慨：她身上到处都是戴维的影子，就连她笑起来的小痦样都像极了戴维。

"小茉莉和琳达的胃口都好极了！梅姐姐，为了营养均衡，咱们得给她俩添加一些辅食了，这样才有利于宝宝们的生长和发育。"

辛荻提议道。

"辛荻，这方面你是行家，我听你的好啦。"东方梅看过《育儿大全》，书里也是提倡给逐渐长大的婴儿添加辅食的。

"梅姐姐，给婴儿添加辅食我可有经验了。我学的专业可是婴儿的护理和保健。改天，咱俩一起去超市，我给您推荐几款最适合婴幼儿的辅食。"辛荻得意扬扬地说。

"好辛荻，你对我和小茉莉那么好，叫我如何感谢你？"面对辛荻的爱心，东方梅感动莫名。

"谢什么呀？小茉莉那么可爱，我怕是一刻也离不开她了呢！"辛荻望着东方梅怀里的小茉莉一脸柔情。她说："姐姐，让我再给小茉莉喂点奶水吧！瞧她无精打采的样子，怕是快要睡觉了呢。"

辛荻从东方梅怀里接过小茉莉，熟练地给她喂奶，不到一刻钟的时间，小茉莉吮着辛荻的奶水在辛荻的怀里睡去了。

夏日里的一个早晨，辛荻开着车子带上小琳达和东方梅母女俩，她们去了一个美国超市。在超市里，两个母亲各自推着自己的小宝宝，辛荻兴致勃勃给东方梅介绍各式各样的婴儿辅食。

最后，她们买了不少婴儿辅食，顺便还逛了一趟母婴专卖店，买了大人和小婴儿的服饰。

东方梅给琳达和小茉莉买了同款的公主裙，琳达的是蓝色，茉莉的是粉色。同时，东方梅给辛荻和自己买了同款的全桑蚕丝面料的碎花吊带连衣裙，辛荻的是蓝色，东方梅的是粉色。

第二天，两对母女一同穿上新的衣裙在晨风中散步。两位年轻的母亲各自推着一辆婴儿车，晨风中，她们衣袂翩然、青春靓丽、香气袭人，惹得翻飞的彩蝶一路跟随。

东方梅和辛荻结下了姐妹般的情谊。

在辛荻眼里，东方梅容貌秀丽、气质高雅，是一个内心极其丰富的美人儿，用她的话来形容东方梅的内心——"就像一条美丽动人的河流，河的两岸盛开着迷人的花朵。"

辛荻对东方梅的敬爱日益剧增。

在东方梅的眼里，辛荻是个超级有爱心的年轻母亲，她从辛荻身上看到了坚忍、善良和爱。

两个年轻的母亲在一起谈孩子、谈工作、谈生活、谈哲学、甚至谈更深的人生思考……东方梅的学识、视野、风度和品味远远超出一般的女性，她独特的思想不时散发出迷人的光芒，令辛荻十分敬佩。

辛荻常常想：像东方梅这类优秀的女性，同性尚且爱之，更何况是一位内心对她怀有爱慕之情的异性？迈克对东方梅的关怀和爱慕，辛荻看在眼里，喜在心上。

"如果他俩能走到一起该多好啊！"辛荻默默地为迈克虔诚祈祷：上帝啊！让这美好的一对人儿在一起吧！

入秋后不久，辛荻带着小琳达回萨凡纳乡下去了。

在离开阿尔斯泰农庄前的晚上，辛荻和东方梅促膝聊天，两人越聊越投机，一直聊至深夜。最后，辛荻提议说："姐姐，咱们让小琳达和小茉莉做一对好姐妹吧！"

"琳达和茉莉早就是一对好姐妹了呀！辛荻，等小茉莉长大了，我带她去萨凡纳看望你和小琳达，我们永远都不会忘记你和小琳达。"

"姐姐，您客气了。等小琳达长大后，我也让她到中国去学习，希望小琳达将来像姐姐您那么有才气又漂亮！"

"好辛荻，谢谢你。"东方梅和辛荻紧紧地拥抱在一起。

…………

真正的秋天到了，整个世界仿佛一下子安静了下来。

岁月，那些曾经的失望瞬间全被快意的凉风吹到海角天边。那些曾经的不安，全都被漂亮的云朵拂去了九霄天外。那些曾经的躁动，被一阵细雨安抚得了无痕迹。秋天，是岁月最温润的季节，它从不遮掩生活的本质，而是尽最大的可能还原和暴露生活的真实面目。

秋天，繁华尽处是迷人的殷实和坦然。在这写满诗意的季节，东方梅恢复了健康。

从前那种生机勃勃的气息又回到了她的身上。她走起路来脚步轻盈、神采飞扬，说话的声音像夜莺的歌喉一般悦耳动听，脸上绽放着阳光般明媚的笑颜。她的一举一动亲切优雅、生动迷人。

辛荻离开阿尔斯泰农庄后，小茉莉的婴儿床从楼下搬到楼上东方梅的卧室里，母女俩共住一室。起初，小茉莉不太习惯与母亲相处，到了晚上，总是睁着一双乌亮的大眼睛四下寻找辛荻阿姨。见不着辛荻阿姨，小茉莉顿时瘪起小嘴，眼泪汪汪。

东方梅看出小茉莉的心思，温言细语地安慰她说："小茉莉，辛荻姨妈回家去了，小茉莉要听妈妈的话，等小茉莉长大了，妈妈带你去找辛荻姨妈和琳达姐姐好不好？"

小茉莉似懂非懂，望着母亲咧着小嘴笑了。

"小宝宝，妈妈给你唱好听的歌儿好不好？"东方梅轻轻地给小茉莉哼起了好听的儿歌。

小茉莉在母亲甜柔的歌声中安静睡去。

小茉莉除了对辛荻十分依恋之外，还十分喜爱敏蒂。每次见着敏蒂，她欢天喜地伸出小手去要对方抱。敏蒂说是来和辛荻学习刺绣手艺，其实，大部分时间都和小茉莉腻在一块。久而久之，小茉莉对敏蒂的感情与辛荻相比有过之而无不及。

辛荻手把手教会了敏蒂刺绣的基本功，敏蒂开始尝试去做各式各样的小香包，她把各种鲜花烘干，再把带着清香的干花装入精心刺绣好的小荷包里，制成一只只芳香迷人的小香包。

秋后，斯汤特要迎娶新娘，敏蒂打算把亲手做的小香包作为手信送给每位前来参加哥哥婚礼的宾客。敏蒂一有空闲就忙着制作小香包，她制成的小香包越来越多，很快就要堆成一座小山了。

除了给哥哥的婚礼做准备之外，敏蒂还特地为小茉莉制作了不同花样的小香包。她随手在一只小包上绣上不同的小动物或是小花朵图案，无论是小动物或是小花朵，敏蒂给小茉莉做的小香包一个比一个漂亮，它荟萃了敏蒂刺绣功夫的最高境界，灌注了敏蒂对小茉莉的疼爱。

敏蒂把各种图案的小香包挂在小茉莉的婴儿床边，在小香包的下端续上不同颜色的小须儿，屋里稍有微风，小须儿便轻轻飘动，小香包的幽香充满了屋里的每一个角落。

敏蒂给东方梅缝制薰衣草小香包，她听老人们说薰衣草具有安神助眠的功效，她在东方梅的床头、衣柜挂上好几个薰衣草小香包。敏蒂心灵手巧、慷慨大方，阿尔斯泰农庄的每一个人都获得敏蒂亲手缝制、赠送的一只小香包值得一提的是，敏蒂为迈克精心缝制了一枝玫瑰干花小香包。敏蒂这一古朴的举动，其寓意之美好不言而喻。

中国古代女子因为爱情会为爱人亲手缝制爱情信物。美国民间，同样也流传这类古老爱情的表达方式——玛格丽特在她名篇《飘》里，就描写过多情的斯佳丽给阿希礼缝制一条带流苏的黄腰带。虽然，斯佳丽对阿希礼的爱情表达多么不合时宜，但敏蒂和斯佳丽不同，她可以大大方方地向迈克表达爱情。

敏蒂的心事被东方梅看在眼里，她为迈克和敏蒂感到高兴。

迈克似乎有些不太识趣，他把敏蒂为他特制的小香包，转身就挂到小茉莉的胸前。他说："小茉莉，这个漂亮的小香包送给你了！来，小宝宝，让迈克舅舅抱抱！"

好笑的是小茉莉竟然不领迈克的情，小人儿在母亲怀里扭捏半晌不让迈克抱，转向敏蒂阿姨伸出小手要她抱，这一可爱的举动，引得大伙一阵欢笑。

东方梅把小香包从小茉莉胸前取了下来，亲自交到迈克的手上，意味深长地对他说："这可是敏蒂专门给你制作的，是敏蒂的一番心意，你要好好珍藏才是。"

迈克从东方梅手里接过那只散发着玫瑰花香的小香包，大咧咧地冲敏蒂一笑，说："谢谢啦！"

敏蒂的脸"唰"地红了。

风和日丽的日子，农庄人的生活显得颇为精彩和微妙。

就像一个遥不可及的梦境——远处有教堂隐约的钟声，天空湛蓝得看不见一丝云彩，湖中的大鹅宛如野白合般静静的漂浮在水面，丽莎奶奶圈养的那十几只火鸡成群结队，慢悠悠地穿过后院的大草坪进入阿尔斯泰家族的森林之中。

斯汤特兄妹俩一大早来约迈克和东方梅。他们两天前就说好，要带小茉莉一块儿出去露营。

离阿尔斯泰农庄小森林有一段距离的东南边上，有一片开阔、宁静的湖泊，湖边长满了各种高大的树木，在这些高大树木的丛林中，藏有整洁漂亮的农家露营小木屋——这些依山傍水的小木屋专为人们前来避暑而建造，多为邻近的农庄人所有。外来人只需花上很少的钱就可以在小木屋里住上好几个日夜，小木屋里日常用物应有尽有，周围的湖泊可以垂钓，木屋前空旷的草坪可以供人们举办烧烤 party。

小木屋散发着一种天然的圆木香味，湖水清澈，微风轻拂，水面不时泛起一圈圈记忆般的涟漪；鱼儿在幽静处游动，一两只飞鸟从湖面飞过。小木屋显得格外安静。

他们从老乡那里买了一些新鲜的鱼饵，其实，是一些身上披着一层苔藓的蚯蚓。老乡告诉他们说，这是本地最能引诱鱼儿上钩的诱饵。弄到了鱼饵，迈克和敏蒂兄妹分别在湖边不同的地段去垂钓。

这天上午，小茉莉醒了就吃，吃了又睡，跟着几个大人傻乐了大半天，这会儿，小人儿睡着了。东方梅留在小木屋照顾小茉莉，不知不觉也躺在小婴儿边上小睡了一觉。

晌午过后，太阳光线渐渐变得柔和，小茉莉从酣睡中醒过来。

东方梅把小茉莉放在婴儿车上，推着婴儿车去湖边查看迈克和斯汤特兄妹俩垂钓的情况。湖泊静谧处，鱼儿十分活跃，它们在水面上穿梭腾跃，有些大胆的鱼儿冷不丁跳出水面去捕食低飞的小昆虫。

忽然，一只从远处飞来的红蜻蜓停在迈克的鱼竿上。

小茉莉眼尖，看见那只漂亮的红蜻蜓，乌亮的眼睛顿时瞪得老大老圆，她手舞足蹈，嘴里发出快乐的咿呀声，东方梅刚想去制止小茉莉……就在那一刻，迈克"嗖"的一下猛地把鱼竿拉了起来——他大声而兴奋地叫道："瞧，好大的一条鱼啊！"

一条鳟鱼扑棱棱地在吊钩上挣扎着。

"你们来得正好！"迈克麻利地将那条鳟鱼从鱼钩上取下来，高高兴兴地把鱼儿举到小茉莉的面前，小家伙乐得更欢了，手舞足蹈、嘴里发出"噗噗"的声音，口水湿透了胸前的小围兜。

"她差点就把鱼给吓跑了！"东方梅眼睛往桶里看了一眼，水桶里已经装了不少的鱼，她笑道："迈克，原来你是一个钓鱼高手啊！"

"你现在才知道啊？"迈克得意扬扬，耸耸肩、表示遗憾，他取下鱼搁到桶里，把鱼竿往远处使劲地甩了出去。

"敏蒂他们在哪？"她微笑着问。

"敏蒂在下一个点，斯汤特在湖的对面，我们比赛谁钓的鱼多。嘿嘿，比赛时间估计快到了！"迈克看了一下表。忽然，小茉莉一声欢快的尖叫，一群红蜻蜓在迈克钓鱼竿的上空飞舞，那情形美得令人眼花缭乱。

"瞧，你还能钓到鱼儿吗？"东方梅指了指小茉莉，笑道。

"没问题，鱼儿只要嗅到诱饵的腥味，恐怕什么都听不见了！"迈克咧嘴朝东方梅灿烂一笑，目光爱怜看了一眼小茉莉，徐徐地收回鱼竿，把诱饵固定得更加牢实一些，又使劲地把鱼竿线往远处甩了出去。

迈克回头看了东方梅一眼，东方梅直着腰身眺望远方，她那颇为肃穆的表情被一层黄金般的光晕笼罩着。那一刻，她美得无与伦比，美得令人眼花缭乱。

迈克忽然没有了钓鱼的心思。

他腼腆地朝她笑笑，说："梅，我怕是钓不到鱼啦！今天，我甘愿向他俩认输。走，咱们去看看斯汤特他们钓了多少鱼。"迈克把鱼竿一扔，乐呵呵地来推婴儿车，大声说："小茉莉，咱们给斯汤特他们捣乱去！"

"不带这鱼走吗？"她问。

"没人会要我们的鱼。"迈克推着婴儿车直径往前走了。

他们绕着湖边转了大半圈才遇上正在专心垂钓的敏蒂，敏蒂的收获不比迈克少，她钓了十几尾中等大的罗非鱼还有两条大约两斤重的鳟鱼。敏蒂看见他们到来便匆匆地收了鱼竿，冲着对湖对面的斯汤特大喊了一声："斯汤特，比赛结束了！"

斯汤特的声音很洪亮地从湖对面传了过来，"好嘞，你们先回去，我随后就到！"

敏蒂站了起来笑吟吟地问："迈克，你钓了不少鱼吧？"

"嗯，是不少。最大的就是这个。"迈克指着小茉莉风趣地笑道，三个大人不约而同地望着小茉莉呵呵大笑。

"走吧，咱们先回去做准备，一会儿斯汤特就回来了。"敏蒂利索地收拾好钓具。

他们一行人并肩走着、说笑着沿着来时的路往回走。

刚回到小木屋不久，斯汤特提着水桶回来了。他今天可是大赢家，钓的全是两磅以上的大鳟鱼。两个男子汉在屋外负责宰杀活鱼，敏蒂则在小木屋里负责给鱼涂抹香料，东方梅在给小茉莉喂牛奶。

待敏蒂把所有的鱼都抹上了香料，迈克便在屋外忙着燃起烤炉来，小茉莉喝完牛奶伸出小手去要敏蒂抱。

"小茉莉到底和敏蒂阿姨亲呢！"敏蒂在小茉莉的脸上很响地亲了一口，洗干净手，把小茉莉从东方梅怀里抱了过来。

东方梅转身去冲洗奶瓶，她瞅着敏蒂和小茉莉如此亲密，笑道："敏蒂，你这么喜欢孩子，将来定是一个很有爱心的妈妈。"

"姐姐，我现在连孩他爹都不知道在哪里呢！"敏蒂俏皮地回应道，眼睛朝门口瞟了一眼，那情形好像是怕屋外的人听见她说这话似的，声音压低了半个音节，语气开心得很。

"噢，要说孩子她爹，我觉得眼前就有一个人非常合适。"东方梅望着敏蒂诡秘地笑。

"谁呀？我怎么就不知道呢？"敏蒂忽然变得扭捏起来，她明知故问，脸红到了耳根。

"敏蒂，要我说出他的名字吗？"东方梅的话音尚未落地，迈克急匆匆地跑进屋来，问："你们看见打火机了没有？"

东方梅和敏蒂同时愣住了。

她俩心里同时想着一个人，这个人竟冷不丁地跑了进来。敏蒂的第一反应是，迈克是否听到了她们的对话？东方梅的反应却是，如果迈克能听到她们的对话就好了！

迈克见她俩愣愣的样子，逗她俩说："你俩刚才是不是在说我的坏话？不然，我一进来，你俩怎么好像都傻了？"

敏蒂只顾低头去逗小茉莉玩，东方梅瞟了迈克一眼，笑道："呃，我们是在说一个人。"

"姐姐！"敏蒂嗔道，脸色宛如桃花，她猜到东方梅又要笑话她了，便打岔过一边去，揶揄道："迈克，你那么聪明的一个人，找不到火机，就学古人用石头来取火呗。"

敏蒂的声音和往常不同，语气有些嗲。迈克一脸困惑望了敏蒂一眼，而敏蒂却是一副窘态，东方梅瞧着他俩奇怪的表情，差点笑出声来。

"瞧，我找到打火机了！"迈克从一堆杂物中找到了打火机，拿着那只打火机逃跑似的跑了。

"刚才我好在没说出他的名字哦！敏蒂，你说了吗？"东方梅故意问。

敏蒂"啊"的脸又红了。她回答东方梅说：

"当然没有。"

"我听老人说，你心里若是想到一个人，那个人立即就会出现。这就叫'心有灵犀'"东方梅笑道。

"姐姐，您就别笑话我了。"敏蒂口齿含糊小声地辩说："我刚才根本就没有想到他。"

"你真的没想他？"东方梅故意加重语气。

"真的没有。"敏蒂完全没有了底气。

"是啊，我好像听见一只皮球在漏气！"东方梅哈哈大笑。

"姐姐，你真坏。"敏蒂娇嗔道。

"敏蒂，你的脸又红了！"东方梅走过去搂住敏蒂的双肩，对她温言细语，"好敏蒂，如果爱一个人，就应该勇敢去向他说出来。"

"我会的。"敏蒂低声说道。

…………

"敏蒂真心实意地爱着迈克，他俩应该成为天底下最幸福的一对。"东方梅真诚地祝福迈克和敏蒂，她想为这一对可爱的人儿做一点好事。

第二天早晨。

小茉莉还在甜柔的睡眠中，敏蒂起了一个大早，她在准备丰盛的早餐。斯汤特在屋后准备钓鱼的工具，他打算今天再去钓一些大鱼上来烤好，带回家去给家人一同分享。为了赶在太阳出来前钓到更多的大鱼，斯汤特一早就拿着鱼竿和鱼诱饵踩点去了。

小茉莉醒来喝了一大瓶牛奶，小人儿精神抖擞，眼睛又大又亮。近来，因为长牙的缘故，小茉莉极喜欢玩口水泡泡，还喜欢吮手指，像多数年轻的母亲一样，东方梅往小茉莉嘴里塞了一个奶嘴。

吃好了早餐，喂饱了小茉莉，东方梅把小茉莉交给敏蒂帮忙照顾。她约上迈克一同出去散步。

迈克和东方梅并肩漫步在湖边的小道上。

秋天的阳光是安静的，它静静地照着山野和丛林，照着迷人的湖泊，照着一望无际的棉田——那曾经绿得像海洋般的棉田，在岁月流转的光华里，被染上了一层魅惑的金色。

昨夜下了一场小雨，早上的空气格外清新。

迈克穿了一件 Ferragamo 牌子的白色 T 恤，一条深蓝色的牛仔，脚上穿着一双轻便的耐克跑步鞋，他神清气爽、潇洒帅气。东方梅也是一袭乳白色 FILA（斐乐）运动衣装，配上一双精致的乳白色轻便运动鞋，她气色红润，神采飞扬。

他俩沿着湖边的小道一直往前，不时，东方梅别出心裁走上路边一条松软的青苔上，迈克担心她会滑倒，便一步不落地紧跟在她的身旁。

"敏蒂是一个难得的好姑娘。"她以这么一句开始和迈克的重要谈话，毫不设防的迈克迎着朝阳，心情很好地接过东方梅的话说："没错，敏蒂确实是一个好姑娘。"

"这么好的姑娘，将来一定是一位好妻子、好母亲。"东方梅侧脸过去看着迈克笑道。

"哦，她是不是好妻子这个我就不知道了！"迈克的回答直截了当。这样的话题让迈克感到纳闷，起先，他以为东方梅是因为感激敏蒂，后来，他觉得好像又不是那么一回事。

"梅，你一大早约我出来散步就是为了和我谈这些奇怪的问题吗？"

"敏蒂这么好的姑娘，你千万别错过了！"东方梅的态度和语气都非常诚恳，话里的意思傻瓜都能听得明白。

迈克停下了脚步来，望着她抿嘴一笑，表情颇为高傲，一副俏皮的语气反问她，"照您这么说，我是不是得把全世界的好女孩都娶回来当太太？"

他看上去好像生气了。

迈克用这种玩世不恭的口吻来和东方梅说话，好像是第一次，她感到十分震惊，立即联想到戴维。在她的印象中，只有戴维才会用这种玩世不恭的口吻来和她说话的。

"迈克，你怎么啦？"东方梅愣愣地望着迈克，他立即感觉到了她的尴尬，他确实不应该以这类玩世不恭的口吻来和她说话，这不是他的初衷，但，他情不自禁。他知道东方梅是一番好意，他知道敏蒂是一位好姑娘。可是，敏蒂是好姑娘和他有什么关系？迈克估计他刚才的态度和口气把东方梅吓到了，立即恢复以往的温文尔雅向她表示歉意。

"对不起，梅，如果你不喜欢我这种说话的方式，以后，我永远都不会这样对你说话了，请你别生气呀！"

她感受到了他的诚意，同时，也很自责。再同时，她为敏蒂感到十分的不甘心。

"对不起，迈克，也许是我把话说得太直接了。"东方梅的声音压低了半个声调，很诚恳地问："难道你没看出来敏蒂是真心待你好的吗？你俩青梅竹马，挺好的呀！"

"你说挺好的？梅，你一直都在为我的个人问题担心吗？梅，关于那个问题，对我来说，也许是一个很遥远的问题。"迈克甚是激动，却又十分克制，他答非所问，却又十分真诚。

他把"个人问题"说成"那个问题"。在这一点上，他相信东方梅和他是心有灵犀的。

"你总不能这样一直单身下去吧？"

她和他当然是心有灵犀的，正因为这样，她才会为他担心。她知道美国人特别忌讳别人谈论个人的隐私，同样，因为他俩那份过了命的情谊，她相信他能明白她的心意。

"梅，如果，你真想知道这个问题的答案，那么，我可以告诉你——人生有很多种活法，很多种生活方式。到目前为止，没有哪一位圣贤能告诉我，什么是最好的，什么是最糟的。"迈克抿嘴一下，自嘲："我觉得，我现在就过得很好，非常好。根本不需要什么好姑娘。"

"关于人生的理论，我说不过你。可是，迈克，难道你真的要一个人孤独到老吗？"

东方梅联想到自己的现状，内心一时悲伤。

"哈，说到这个你就言重了！"迈克颇为潇洒地说："在我的生活当中，从来就没有'孤独'这个概念。如果有的话，那就是波澜壮阔的海和天空闪耀的星光。您知道，'孤单'与'孤独'是两个不同的概念，我可能会'孤单'但绝不'孤独'。再说啦，我现在已经有了小茉莉，她是您的女儿，也是我的干女儿。您怎么能说我会一个人孤独到老的呢？ No way!"

他态度坚决地否认了她的观点。

"迈克，咱们指的完全是两码事。"东方梅颇为激动地争辩道。

"两码事？"迈克反问。不等她回答，他又语气坚定地说："Anyway，I don't think so."

"迈克，你在偷换概念。我知道，我说不过你，可是，我相信，将来会有一个人可以说服你的。"东方梅笑道。

"好极了！那么，咱们从现在开始——等着。尊敬的女士，我们现在可以回去了吗？瞧，这日头都快升到中天了！请——"迈克一个漂亮的一百八十度转身，很绅士地向东方梅欠了欠腰身。

"谢谢你，迈克先生。"东方梅微笑着目光瞟了一眼迈克，她边走边得意扬扬地想：敏蒂是一个有爱心、有智慧、有能耐的美人儿，不怕你现在不认她这份情。我相信，总有一日，你俩还是会走到一块儿的。东方这么一想，忍不住"扑哧"地笑出声来。

"笑什么呢？女士？"迈克好奇地问。

"小羊羔总有一天是要归巢的。"她答非所问。

"嗯，说得真好。那么，咱们什么时候去给小茉莉洗礼？"他心无旁骛地问了一句。

"随你。"她笑道。

"感谢上帝！"他吹了一声嘹亮的口哨。

小茉莉长大需要时间，爱情也需要时间，迈克有的是时间，他要倾心倾意地等待他心中的爱人。东方梅却想：迈克和敏蒂是多么般配的一对啊！他俩青梅竹马，对农庄事业有着共同的热爱和满腔的热忱。更重要的是，敏蒂对迈克怀有赤诚炙热的爱情，她深爱着迈克，她不单可以成为迈克事业上的好帮手，更是他人生伴侣的最佳人选。

远处的枫叶渐渐地换成了五颜六色。

辽阔、静默的大自然妙不可言，美丽、魅惑的生活环境很容易让人产生美好的爱情。东方梅坚信：迈克和敏蒂是这片土地上的主人，他们有充分的理由去享受大自然的馈赠，无论是丰厚的物质还是精神世界的奢侈品——爱情。

他俩需要的只是时间。

"是离开的时候了！"

东方梅和迈克作了这次有意义的散步后，决定尽快离开阿尔斯泰农庄回S州去工作。她把决定说给迈克听，虽然，这在迈克的意料之中，但这话从东方梅嘴里说出来，他依然感到十分突然。

"时间过得太快了！"迈克发自内心的感慨。

七十六

十月底的一个黄昏。

太阳静静地西沉，迈克领着东方梅去视察他新计划开垦的那片山地。他头戴一顶咖啡色的牛仔帽，身穿一件蓝黑花格短袖上衣，下身是一条洗得发白的牛仔裤，手里拿着一根小木条走在前面，不时敲打小道边上那些茂密的杂草；东方梅跟在迈克的身后，她穿着一袭洁白的连衣裙，头戴着一顶白色宽檐的遮阳帽，裙裾在微风中轻轻飞扬。

棉田正处于迷人的吐絮期。

他俩从一望无际的棉田中间穿过，被云朵一般洁白的朵朵棉花包围，两人在"云朵"中间走走停停。

远远看去——就像是一段遥远而奇特的记忆。

东方梅沉浸在农庄静谧而生机蓬勃的境遇中。她亲身感受到了棉田与周边山野连成海洋般惊心动魄的绿，平生第一次目睹棉花儿在一天当中神奇的颜色蜕变，目睹棉花儿变魔术般变成了一枚枚碧绿的小棉桃，小棉桃在光阴的流转中被涂上了金色。

转眼，这金色的棉桃就开出了云朵般的棉花。

时间过得真快呀！东方梅记得，初到农庄的第一个星期，在一个细雨朦胧的清晨，她站在棉田的陇上用照相机拍下一朵朵温情的棉花朵儿，那些美丽的瞬间永远定格在她的记忆深处。

"梅，咱们这个地区每年都要产出上百万英镑的棉花，整个 KING 地区要数阿尔斯泰农庄出产的棉花产量最高、品质最好。"

"咱们农庄的棉花不仅丝光好、色泽洁白，而且，质地上乘，方圆百里顶呱呱的一流。"

迈克双手叉在腰间一副自豪的语气。东方梅欢快地问道:"迈克,这棉田是不是就要开镰了?"

"若是在从前祖父他们早就开镰了!"迈克俯下身去摘了一只半裂开的金色棉桃,他把那只棉桃送至东方梅跟前,风趣地说:"瞧,这位公主已经迫不及待想要出嫁了!"

"这个比喻真好!难怪斯汤特说要在秋后迎娶新娘子!"东方梅好奇地问:"迈克,刚才你说祖父那辈早就开镰了是什么意思?"

"嗯,是这样的。那时候,收割棉花全靠人工完成。人们得根据化球裂开的情况分好几次采摘,工作量又大又繁杂,开镰时间一般都比较早。现在,咱们用采棉机采收棉花,就不需要那么赶了。"

"瞧,还有好些棉球没有完全裂开呢!"东方梅指着近处好几个尚未完全裂开的棉球说。

"是啊,采摘棉花的时辰是很讲究的。开镰之前,咱们得仔细去查看棉珠的情况。一般来说,等到棉珠的脱叶率达到90%、吐絮率达到95%以上,那才是开镰的最好时机。另外,在采收棉花前大约18—25天左右,还得喷施催熟剂帮助棉株脱叶。棉株脱叶越完全,采下的棉絮纯度就越高。"

"'隔行如隔山',迈克,你知道得真多!"东方梅发自内心的感慨,"说真的,我很难想象在这片广袤土地上曾经生活的先人们,他们为了获取生存资料的那个刀耕火种时代。"

她很快转移了下一个话题。

说到这片广袤土地上的先人们,说到刀耕火种时代,迈克的内心被深深地触动。这类问题他也曾深深地思考和感慨过——在过去很多个忘我的劳动中,在很多个因为思念东方梅而难以入眠的夜晚……今天,得以和思念中的女子并肩站在这块广袤的土地上,亲耳听到她这类和他极其相似的思考和感慨,迈克内心备受感动。

"她就是我平生难得的知己啊!"迈克向东方梅投向深情的一瞥,心里愈发对她爱慕和敬重了。

"梅，现代化的耕种和收割的确大大地减轻了棉农的劳动强度。但是，采用机械化播种和收割也是非常有讲究的——咱们就先说说播种棉苗吧！在播种之前，得先统一规定好行间距离。哦，咱们农庄采用的行间距离是66+10cm。另外，在进行田间作业时，棉箱的高度不能超过4.8米，棉苗使用的最大重量也不能超过18.5吨……"

"在收割棉花的时候，咱们采用的是约翰迪尔的9970五行采棉机，它的总长度大约是8.3米，宽4.572米，最大的高度是7.534米。"

…………

关于农事，迈克如数家珍。

东方梅默默地凝神倾听，她对迈克佩服得五体投地。她发自心底地赞叹："迈克，你不愧是一位搞农业的行家！"

"梅，这不过是每一个现代棉农必须掌握的基本技能。"他的态度谦虚，人却神采飞扬。

"迈克，使用机器收割还需要人工辅助吗？"东方梅问了一个很有意思的问题。

"这个问题问得好极了！"他满目生辉向她解释说："棉花经过机械采摘之后，我们会组织人工来进行一两次清田作业，主要就是让那些漏网的棉花能得到回笼。"

"那么，我们什么时候开镰？"她指着前面那一大片宛如飘满了云朵般的棉田，再一次提起这个令人兴奋的问题。

"下个月初吧！这大片就可以先开镰了！"他指着棉田欢快地说。

"好啊，阿尔斯泰农庄今年肯定又是一个大丰收年！"

"必须的。小姐，请继续——"迈克领着东方梅快步走出了棉田，他们走上一块地势不高的坡地，轻轻松松地越过一座小山坡，来到一片稍微平坦、宽敞的荒野。

他俩对着夕阳并肩而立，留下一双美丽的剪影。

迈克指着前面那一片荒野地对东方梅说："瞧，我要把眼前这一大片的荒地开垦出来，种上各种不同颜色的薰衣草——蓝色、粉色、紫蓝色、紫色……等薰衣草长成的时候，不仅点缀了农庄，而且，咱们很快就会有自家出产的最纯粹的薰衣草精油可用了！"

迈克温情脉脉地看了东方梅一眼，又指向山地的右边，继续介绍他美好的计划。

"另外，在那儿，咱们建一个初具规模的小型精油厂。梅，不瞒你说，我还有很多新的计划，诸如：圈养奶牛和火鸡，等等。改变农庄传统单一的经济，追求立体新型的农庄经济一直是我的梦想。"

东方梅听得心潮澎湃。

"迈克，如此庞大的计划需要多少年才能完成？"她兴致盎然地问。

"只需要做好科学的规划。我想，应该不需要太长时间。"迈克的回答自信而坚定，他怀着一种极其温柔的心情去看她。

黄昏的天光里，她体态修长柔美，脸庞清秀可人，鼻梁挺拔骄傲，一缕青丝从耳边垂了下来……她看上去若有所思又颇为沉稳，周身散发着一种圣洁的光芒……许是大自然的美在她内心所起的反应，比起她自身无法预知的美更加令人惊心动魄。

迈克的心醉了！

她动情地望着远处，忽然回眸发现他痴痴地看着她。她抿嘴一笑，轻轻地吟诵一句优美的诗句："宁静绚丽的黄昏在幽远的地方微笑①——"

"这山野上没有打盹的羊儿。"他微笑着衔接了诗的下一句，他不敢再去看她，他的目光移到更深更远处的地方，装出一副云淡风轻的样子。

她听了呵呵大笑。

"这山野上是没有打盹的羊儿，却有两个实实在在的大傻瓜！迈克，我真的没有想到阿尔斯泰农庄的落日竟是这般壮美！美极了！美得让我无可奈何。"

---

① 英国维多利亚时代著名的女诗人——勃朗宁夫人诗歌《废墟上的爱》里的句子。

她深深地吸了一口大自然带着泥土芬芳的空气感叹道。

"无可奈何？"他含情脉脉地望向她。

"没错，是这样的感觉。"她一脸圣洁、心无旁骛。

"哦，是吗？"他的思绪因为她的美变得一派纷乱……他的目光依依不舍从她张被光晕笼罩着的、生动漂亮的脸庞移开，耳边听见她十分诚挚的声音在对他说："迈克，我相信，你一定能成为阿尔斯泰农庄最棒的新主人。"

"真的吗？"他的心在刹那间受到了某种强烈的鼓励和暗示，他再一次（上一次他在农庄向她表白过爱情，被她委婉地拒绝了）鼓起了勇气，委婉地向她表达了爱情。

"梅，新农庄缺的是一个女主人。"他说。他眼眸里烁着一种为她所熟悉的炽热之光，她避开了他那炽热的目光，颇为俏皮的语气对他说："将来，阿尔斯泰农庄会拥有一位聪慧能干的女主人。"

"梅——"他动情地伸出双手轻轻去扶住她的双肩，轻柔地将她转向自己的怀抱，深深地看着她，温存地问："你和小茉莉能不能留下来？"

"不能。"她黯然神伤，本能地后退了半步。

"为什么？"这个答案他早就料到，但她的回答仍然让他感到骇然。

"对不起，迈克，这不公平。"东方梅眼睛含泪，极力克制住内心突如其来的悲伤，她想到了戴维。

"梅，你想说的，我都懂，我根本不在乎那些乱七八糟的想法。"他饱含深情颇为激动地问她，"这些年，我的心意难道你一点都不明白吗？"

"明白又能怎样？"她的眼泪忍不住流了下来，转身一溜小跑，跑下了那个小山坡。

夜风，把她的泪珠子一路吹落，宛如抛洒一粒粒晶莹剔透的珍珠；他紧跟着追在她的后面，他在坡下的平地上追上了她。他又心酸又心疼，一把将她紧紧地拥在怀里……他的举动令她骇然。在她印象中，他对她从来都是温文尔雅、绅士风度。

今天，他好像变了一个人。

"对不起，迈克，我们一开始就不是爱情，你知道的……"她心烦意乱、又惊又急，挣开了迈克的怀抱，踉跄地走至一棵山毛榉树前，一手在扶着那棵山毛榉的树干上，面对渐渐暗淡下来的天色，伤心恸哭。

迈克的心碎了。

他长叹一声，走到她的身后，默默地陪着她流泪。过了许久，她渐渐地安静下来。

"对不起，是我不好。"他恳请她说："如果是我让你感到伤心难过，就请你忘记我刚才说过的话。梅，咱们回家。"

他去拉她的手，她的手很是冰凉。

他俩默默地走了好长一段路，快要走到阿尔斯泰祖屋的时候，东方梅向迈克提出，她想在离开农庄前带小茉莉去看望爷爷的墓地。迈克回答她说如果明天不下雨的话，他们就带着小茉莉一起去阿尔斯泰家族的墓园祭奠爷爷。

回到阿尔斯泰祖屋，琼斯大妈已经准备好了晚饭。这晚，东方梅晚饭吃得很少，吃完晚饭就回卧室去了。小茉莉很乖，吃饱喝足，一觉睡到天亮。

东方梅一夜难眠。

她心潮起伏、思绪万千，迈克再次向她表白爱情，让她心怀愧疚和深深的不安。与戴维相识、相爱让她倍感命途多舛，不可预见的未来让她深感惶恐。

在这个夜深人静的晚上，她第一次把迈克和戴维做比较，心情陷入一种不可言喻的苍凉。这两个在她生命当中先后出现的男人，一个代表友情，一个代表爱情。他俩对她来说都十分重要，意义非凡。

如今，爱情消失了，友情也让她深感愧疚。她很伤心，躲在被子下哭泣，不知不觉泪水把被子打湿了一片。

黎明时分，东方梅依旧不能入睡。

她靠在床头上发呆——床头柜上放着艾米莉·狄金森的英文原版诗集，她伸手去拿那本诗集，泪眼婆娑地翻动着，女诗人给大自然写的那封书信，深深震撼了她的心灵。

她欣然命笔，在一张彩色信笺上写下最能表达她心境的一首新诗，这首新诗题为：无法悲伤。

我无法忍受内心的悲伤

在回家的路上

步入大自然

看缤纷的花朵

看曼妙蝶舞

听一只鸟儿在歌唱

一切并非

为我

多情的诗人

曾给大自然写信

从未获得

回音

它

安静包容

一言不发

直到

回归

与自然融为一体

或许

某天会有一个孩子

指着泥土

对妈妈说

瞧

她　在那儿……

写完这首小诗，东方梅心情平静了许多。晨光微曦，她酣然入梦。那张写有新诗的信笺飘落到地毯上。

第二天，迈克起了个大早。

天气格外晴朗，迈克沿着森林边上的小道上晨跑，阳光明媚，空气清新，他为东方梅没能早起和他一同晨跑感到有点遗憾。

丽莎奶奶在大厅里准备去家族墓园祭奠爷爷的鲜花。一只由各种鲜花编织成的大花环，一大束由白菊、黄菊、百合花、马蹄莲组成的各种各样的鲜花，还有不少的小蜡烛。

迈克沐了个早浴，清爽地坐在餐厅里阅读着周刊，等待东方梅下楼来一起早餐。他左等右等，过了早餐时间，还不见东方梅下楼来。他正想上楼去看看，忽然听到楼上传来小茉莉的哭声……他三步并作两脚飞快地跑上楼去，轻轻地敲了敲东方梅卧室的门，没人应答。

小茉莉的哭声惊天动地从屋子里传出来。

迈克轻轻地推开房门，眼前的景象让他十分吃惊。东方梅侧身睡在大床上，她的呼吸声听上去有些粗重。小茉莉则躺在离母亲不远的婴儿床上哭得凄风惨雨……迈克朝婴儿床奔了过去，小茉莉看见迈克的脸，立即停止了哭泣，瞪着一双泪汪汪的大眼睛，笑了。

迈克从婴儿床上抱起小茉莉，轻手轻脚地去取婴儿床边上的一片干净的尿不湿，不想，一脚踩到地毯上的一张信笺——他好奇地拾起张信笺仔细一看，是一首小诗。

他快速地阅读了那首小诗。心想：东方梅昨晚定是一夜未眠。他默默地把那张信笺放到床头柜上，抱着小茉莉轻轻地带上房门。

十点一刻东方梅醒了。

她起身走到窗前，一把拉开窗帘，窗外一派阳光明媚。东方梅忽然记起昨天和迈克说好去爷爷墓地祭奠的事情，回头看了一眼墙上的挂钟，低低地叫了一声："天！我怎么给睡过头了！"她的目光自然又落到小茉莉的婴儿床上……咦，小茉莉不见了。

　　"我怎么睡得那么沉呀！"她很是自责。急急忙忙去洗漱，急急忙忙化了个淡妆，急急忙忙走下楼来。

　　当她走在楼梯间从扶梯往下看去——小茉莉骑在迈克的脖子上，一大一小的两个人正在客厅里玩得欢。小茉莉手里拿着一朵紫蓝色的牵牛花得意地挥动着，迈克嘴里不停地逗小茉莉说话。东方梅还没来得及向他们打招呼，迈克先看见她了，朝她笑道：

　　"梅小姐，时间还早着呢！别急，慢慢地走下来。"

　　奶奶听见迈克说话的声音，从厨房里走了出来，她慈爱地招呼东方梅说："梅姑娘，快过来吃点心，奶奶今天给你准备了蓝莓小馅饼。"

　　"谢谢奶奶！"蓝莓小馅饼是东方梅的最爱，奶奶真是暖心。东方梅从楼梯上愉快地走下来，经过迈克和小茉莉身边，她飞快地在小茉莉脸上亲了一口，往餐厅走去。

　　"奶奶，您做的蓝莓小馅饼真好吃！"东方梅吃了三个小馅饼，喝了大杯牛奶，吃了一只香蕉和半个苹果。

　　"喜欢就多吃点，这儿还有一只煎鸡蛋。"奶奶说。

　　"吃不了啦，奶奶，我肚子快要撑破了！"东方梅笑嘻嘻地站了起来和奶奶一起收拾餐具。奶奶阻止她说："这儿不用你动手，你赶紧上楼去准备一下，等会，咱们一起去墓地探望爷爷。"

　　"我已经准备好了，奶奶。"东方梅说着和奶奶一起把用过的餐具送到洗碗机里去。

　　"好孩子，记得戴上墨镜，这阳光太刺眼了。"奶奶叮嘱说。

　　"好嘞，奶奶，我记住了。"东方梅起身离开了餐厅，迈克抱着小茉莉走过来迎接她，以小茉莉的口吻招呼她说："小妈咪，到这边来。"

"让小茉莉坐到婴儿车上去吧！"东方梅从迈克怀里接过小茉莉，把小家伙安顿在婴儿车上，从手包里掏出一张纸巾为小茉莉擦口水，说："瞧，你这个口水大王！怕是把迈克舅舅的衣服都弄脏了。"

"一点儿都不脏，舅舅最喜欢小茉莉的口水啦。"迈克拿起一只漂亮的小铃铛在小茉莉面前摇了一下，清脆的铃声惹得小茉莉乐得手舞足蹈，迈克把小铃铛送到小茉莉的手里，说："拿着，等会一路摇过去——好听极了！"

"我来推婴儿车吧！梅，你提花篮好了。"迈克把一大篮子鲜花交到东方梅手上，他推着婴儿车，回头招呼了一声奶奶说："奶奶，咱们出发吧！"

"孩子们，走吧。"奶奶戴着帽子从卧室里走了出来。

东方梅一身素色的衣裙，头上戴着一顶白色法式宽边遮阳帽，鼻梁上架着一副深色大墨镜，长发披肩、衣袂翩然，她一手提着花篮一手挽着奶奶；奶奶一身素色的花衣裙，戴着一副浅色的墨镜，手上打着一把小洋伞；迈克白色的衬衣蓝色的牛仔裤，戴着一副深色的大墨镜，双手推着婴儿车。

老少一行四人，在十月上旬一个阳光明媚的上午，沿着一条干净的小道向阿尔斯泰家族墓地的方向走去。

阿尔斯泰家族的墓园建造在祖屋西边一片安静的小树林里。和大多数美国家族的墓园一样，阿尔斯泰家族墓园的四周种着葱葱郁郁的松柏，汉白玉做的墓碑被绿茵茵的芳草包围着，墓园一片安详、宁静，远处三两声鸟鸣——墓园更显得寂静了。

步入墓园，一种庄严肃穆的氛围令人油然而生敬意。

迈克和东方梅一左一右站在奶奶的身边，小茉莉坐在迈克面前的婴儿车上，在威廉·阿尔斯泰的墓碑前，奶奶领着他们做了祷告。之后，奶奶温言细语地对着老伴威廉·阿尔斯泰的墓碑说："老头儿，梅姑娘和小茉莉看你来了！"

东方梅向着威廉·阿尔斯泰的墓碑鞠了三个躬，说："威廉爷爷，我和小茉莉一起来看望您了！"

迈克蹲在爷爷的墓碑前点燃了数支小蜡烛，东方梅抱起小茉莉恭恭敬敬地把一只大花环敬献在威廉·阿尔斯泰的墓碑前，迈克把朵朵鲜花插满爷爷墓地的四周，威廉·阿尔斯泰慈祥的笑脸被掩映在鲜花丛中。

东方梅仔细去察看威廉爷爷墓碑上刻着的一行俊秀英文：

"The person lying here, regardless whether he lives or dies, will always remain an eagle warrior soaring amidst the blue sky .（躺在这里的这个人，无论他活着和死去都是蓝天上的一只鹰。）"

"这是爷爷生前为自己写下的一则墓志铭。"迈克向东方梅解释道。

东方梅默默地念着阿尔斯泰爷爷这一则墓志铭，脑海清晰地闪出初次见到威廉·阿尔斯泰爷爷时的情形，爷爷生前对她的种种慈爱和关怀一齐涌上心头……东方梅潸然泪下。

小茉莉看见母亲眼泪汪汪，小嘴一瘪，跟着哭了起来。小茉莉一哭，东方梅愈是伤感，她泪流满面。迈克红着眼眶给东方梅递去一张纸巾，他从东方梅怀里接过小茉莉，轻声地说："小茉莉不哭。来，喝点水。"迈克把装有温开水的奶瓶送到小茉莉嘴里，小茉莉停止了啼哭。

奶奶去拉东方梅的手，安慰她说：

"好孩子，别哭。爷爷是一个喜欢热闹的人，今天，老威廉知道你和小茉莉来看他，他在天堂里不知有多高兴呢！好姑娘，跟我来，我给你介绍一下阿尔斯泰家族的其他亲人。"

奶奶把准备好的鲜花交到东方梅的手上，她领着东方梅从威廉·阿尔斯泰的祖辈开始，依次走过阿尔斯泰家族所有逝去亲人的墓碑前。每经过一块墓碑前，奶奶就向东方梅讲述主人生前的趣事。

"这个人热爱土地远远胜过热爱他的老婆。现在，他终于可以和土地紧紧地拥抱在一块了。"

这是迈克祖爷爷的墓志铭。

丽莎奶奶说："祖爷爷生前特别幽默、爱笑。"丽莎奶奶在说这句话的时候，一群小鸟正好从她们的头顶上飞过，发出一阵愉悦的欢叫声。奶奶眉开眼笑，指着那群小鸟对东方梅说：

"瞧，祖爷爷一定是听到我们在说他了！从前，老人家的笑声经常惊动祖屋后院的一群鸟儿，就和刚才飞过的那群飞鸟一样。"

丽莎奶奶说祖爷爷生前特别喜欢黄菊，东方梅就给祖爷爷的墓碑前送上一枝盛开的黄菊花。

紧挨着祖爷爷边上的是利兰祖奶奶，祖奶奶的墓志铭写着："我生平最爱百合花。亲爱的孩子，我知道你会来看我。那么，请你送我一朵百合花好啦！谢谢你——我的好孩子。"

不待丽莎奶奶解说，东方梅将一朵洁白芳香的百合花恭敬地送至祖奶奶的墓碑前。丽莎奶奶在一旁笑道：

"梅姑娘，利兰祖奶奶今天一定会笑得合不拢嘴。你不知道，利兰祖奶奶年轻时可是一个标致的美人儿。"

东方梅俯下身子去看利兰祖奶奶墓碑上的照片，那是一张年轻女子的照片，照片上的女子颇有几分玛丽莲·梦露的模样。

"利兰奶奶年轻时果然是一个美人儿。"东方梅说，她好奇地问："为什么祖奶奶要放这么年轻的照片在这儿？"

"利兰奶奶爱美，嗯，她特别爱美！"丽莎奶奶笑道。

"祖奶奶真是可爱！"东方梅感叹道。

"梅姑娘，你知不知道百合花的花语？"丽莎奶奶慈爱的语气问。

"知道一点。"东方梅微笑着用一连串成语回答了丽莎奶奶的提问，"百合花象征着：百年好合，美好家庭，伟大的爱，深深祝福。"

"梅姑娘，祖奶奶就是要把这美好的祝福回送给你和小茉莉的呀！"奶奶慈爱地笑道。

"祖奶奶不但漂亮还十分可爱！"东方梅怀着一种敬爱的心情，在祖奶奶的墓碑前深深地鞠了一躬。

…………

走完阿尔斯泰家族的每一块墓碑，东方梅发现阿尔斯泰家族的墓志铭都拥有一个共同的风格：轻松快乐、幽默风趣。并且，每一条墓志铭都透露出逝者生前，阳光、乐观、风趣、高雅的情趣。奶奶告诉东方梅说，这些墓志铭都是逝者在生前就为自己写好了的。

东方梅听了奶奶的话内心极受触动。

如果一个人在生前能够尽情去做自己喜欢做的事情，去爱自己喜爱的人，并且，被所喜爱的人所爱；那么，当他（她）离开这个世界的时候，就不会有遗憾了！

从爷爷的墓地回来，东方梅一连几日见不到迈克的影子，卡罗似乎也不曾露过面。东方梅很是奇怪，她猜想这表兄弟俩一定是外出办事了。但，这又不太符合迈克的风格，他大凡要出远门总会事先告诉东方梅的。

一连几个傍晚，东方梅默默地站在阿尔斯泰祖屋的门廊下，眺望那条通往外面世界的浓荫小道，直到夜幕降临，她始终没有看见迈克的影子。晚饭的时候，东方梅听奶奶说，卡罗和迈克去了琼斯博罗。

实际上，只有卡罗一个人去了琼斯博罗参加好友的婚礼。迈克一连几日躲在森林中的小木屋里。他有很深、很重的心事，他的心事不能对他人言语，又久久不能释怀，他只好一个人躲起来，独自消化那沉重的心事。

第三日的午后，迈克懵懵懂懂地走出小木屋，他急匆匆地穿过那片小森林，经过一片寂静的旷野，直奔另一座小山坡里去。当他走上一个小山坡的时刻，一朵大大的积雨云正笼罩在他头顶的上空，偌大个晴天顷刻间转成了阴天。

他来到一条小峡谷的边上，那儿的榛树生长得甚是茂盛，芳草疯长，百花吐艳，一条寂寞的小溪在丛林中默默流淌……不久前，迈克发现了这个极其私密的地方，这个地方又隐蔽又清静又有灵气。

在这儿静静待上一会儿，能让迈克释怀心里的许多事情。

每当，迈克内心深感伤痛又无法医治的时候，他常常选择逃离人群跑到这类安静的地方独思默想，从年少开始，他就养成了这么一个习惯。

那天早上，迈克无意中看到东方梅写的一首新诗，他思考得很多。

他们从阿尔斯泰墓园祭奠爷爷回来，迈克的心就被一种无法释怀的悲伤久久地笼罩着。东方梅那首新诗让他心绪不宁、内心隐隐作痛……他想不明白为什么会这样？他甚至怀疑自己是不是生病了？但，这应该不是身体上的疾病，是他的心，生病了。

然而，他的"心病"无人可以医治。

迈克坐在花草丛中，他的脚、腿和膝盖在狗尾草和野菊花中，轻柔地来回搓动着。有一时刻，这个简单的机械动作竟给他带来一阵不可名状的放松和愉悦。他忽然觉得这些花草树木都深怀灵性，懂得他的心情，他要去接触它们，用全身的肌肤去和它们相触。

他扬起双臂慢慢地躺了下来。

迈克要把自己所有的痛苦都向它们倾诉……他让花草抚摸着他的脸、他的腹部和他的胸膛，这种触觉是那么的奇妙啊！一阵彻身的清凉随之而来，灵魂竟在片刻间得到无比温存的慰藉。

他贪婪地吸取那充满花草芳香的空气，他嗅到了泥土朴素的气息。其实，这些熟悉的东西早就沁入到他的血液中，成了他身体甚至是生命的一部分。只是在这一刻，他才感觉到生命获得了无限的充盈。

他自幼生长在一个严格的浸礼教家庭，经受过耶稣基督博大的爱和无私的精神洗礼，他学会借着造物主的眼光去看待眼前的一切：天空、大地、花草树木、飞禽走兽乃至人世间所有的人和事。

囿于自幼接受的这种教育，这一刻，万事万物在迈克的眼里，变得格外多情和光华绚烂，他思想的脉络也变得越来越清晰……他耳边赫然响起那首爱的颂歌[①]——万能的主在他耳边轻声地对他说：

"爱，是恒久的忍耐；爱，是不嫉妒；爱，是不自夸；不求自己的益处；爱，是万能主的恩典；爱，不喜欢不义；只喜欢真理；爱，是永不止息。"

迈克终于明白了生命当中一个非常重要的问题：他和东方梅之间存在一

---

① "爱的颂歌"——出自《圣经》《新约全书》的"哥林多前书"第13节。

份神圣的情感——这份神圣的情感远远超乎爱情、亲情和友情，它是一种超然而妙不可言的、深深的爱。

东方梅将要开始新的生活，迈克很想和她一起挑起生活的重担，和她一起把小茉莉抚养成人。说到小茉莉，他是多么疼爱这个小婴儿啊！自打她从娘胎里开始一直到现在，他目睹了小生命成长的每一个过程，目睹了母女俩遭遇的艰难和苦困；他和她们母女俩相处得水乳交融，他对这个可爱的孩子怀有亲生父亲般的深情厚谊。然而，迈克美好的愿望终究是一厢情愿，东方梅一次次地拒绝了他的爱情。

那天早上，他在她卧室里看到了那首新诗，他彻底地读懂了她的内心以及她内心的悲伤。那一刻，他从对东方梅恋恋不舍的情感中，获得了一种从未有过的超然。

诚然，当一个人陷入爱情并且深切地去爱恋着另外一个人的时候，那种神圣的情感是非常令人刻骨铭心的。然而，爱情的伟大之处就在于：当一个人一旦陷入爱情，就会变得心地纯净、精神亢奋、意趣高远，就会主动远离现实生活当中的一切琐碎与平庸，就会变得格外地纯粹。

迈克本质上是一个纯粹之人。

因为对东方梅怀有真挚的爱情，他的生活变得更加纯净和透明。因为，这世界上有这么一个独特的人儿值得他去爱慕，值得他去为了她而不顾一切，甚至付出生命的代价。他，因为她的快乐而快乐，因为她的幸福而幸福，因为她的痛苦而痛苦。

他看不得她难过，更不能让她伤心。虽然，她拒绝了他的爱情。但他一想到她从此要孤身一人去担当起生活的重担、去照料小茉莉的成长，想到她作为单亲母亲所要面临的种种艰辛；他忧心忡忡、寝食不安，他决定要为东方梅母女俩做一点有益处的事情。

迈克怀疑戴维和东方梅两个人之间产生了严重的误会。

"解铃还需系铃人"。东方梅的心结唯有戴维才能解开。经过长时间的观察和思考，迈克断定：东方梅和戴维依然存在着美好的爱情。

迈克躺在花草丛中思绪万千。

天空冷不丁下了一场大雨，因为陷入深深的思考，迈克竟浑然不觉……待那场透彻的大雨过后，他头顶上的天空一派湛蓝，万里碧空，无一丝云彩。

浑身湿透的迈克从草地上一跃而起，迈着坚定的步伐，大步流星地朝森林中的小木屋走去。

迈克神情肃穆坐在临窗的桌子前。

他背着东方梅擅自做出一个非常重要的决定。他通过保罗获得了戴维在中国的通信地址，他郑重其事地给戴维写了一封长长的书信——为了她的幸福，他终于有了现实意义上的作为。

迈克的心感受到了那种很纯粹的幸福。

七十八

十月，对于远在另一个半球的北京来说，秋意正浓。

香山的黄栌在秋蝉的欢叫声中渐渐地由金黄变成了殷红。戴维回国后，经历了一番精神和身体上的磨难——导师的溘然长逝，无数次实验上的失败以及无比沮丧的心情……无论生活如何艰辛，它都无法摧毁戴维顺利完成学业的心智和意志。然而，让他哀伤不已的却是深藏于心却又无法言喻的爱情。

夜深人静，戴维因为思念东方梅而长吁短叹。午夜梦回，他时常伤心得不能自拔……在艰难的岁月里，他始终挂念着远在异国他乡的爱人，他怀着希望一次次地给她写信，却又一次次地忍受着石沉大海、杳无音信的绝望。

去年的圣诞节，戴维收到保罗寄来的一封简短邮件。保罗一笔带过提到了东方梅和迈克，说东方梅怀上了小宝宝。戴维由此认定东方梅和迈克已经组成了家庭，并且，怀上了迈克的孩子。那一刻，戴维整个人坠入了黑暗的深谷，他那颗可怜的心被摔得支离破碎。

"她为什么待我如此绝情？"戴维忘不了东方梅。尽管，她对他那么绝情，但，他依然恨不起她来。他只是觉得很委屈，很冤枉。期间，他不乏冲动想要立刻飞到美国去追问她一个明白。

为了摆脱内心的痛苦，戴维把全部的时间和精力都投入到实验和工作当中。艰苦卓绝的努力，使得他在同期研究生当中率先在 *Cancer Research* 上发表了一篇很不错的论文。并且，顺利地通过了毕业论文答辩，拿到了博士学位。

现在，戴维开始寻找工作了。

他把目光全放到来自美国的工作招聘。他已经接受了美国两家研究机构的面试：一家是哈佛大学的医学研究中心，另一家是得克萨斯州立大学的研究院。在等待这两家单位工作通知的同时，他试着给托马斯发了一封长长的感谢信，在信里，戴维不仅向托马斯表达了情真意切的谢意，还不失时机地向托马斯表达了对托马斯研究方向的浓厚兴趣。

戴维写给托马斯的书信文笔流畅、情真意切，托马斯看了十分感动又十分欣赏他的才华。感动之余，托马斯立即向戴维发出了工作邀请。他给戴维的回复简洁而有分量：亲爱的戴维，托马斯欢迎你归队。

收到托马斯的回信，戴维立马给前面那两家机构回复说，他已经找到了新的工作，谢谢他们给予他面试的机会。接着，他第一时间把这个好消息告诉了夏倩倩。夏倩倩听了很为戴维高兴，说她必须得在北京一家新开的豪华酒店为他好好庆贺。

夏倩倩的生意做得风生水起，照她如此迅猛的发展势头，行内已经有人预言：夏倩倩很快就会成为中国入选美国《财富》杂志的候选人。

那晚，夏倩倩宴请戴维，到场的就他俩。

夏倩倩喝了不少五粮液，戴维也喝得不少，两人喝到微醺之时，坐在休息间里聊天、说傻话。

"老戴，你决定去美国找东方梅了？"夏倩倩醉眼蒙眬，她一直都知道戴维心里有个结。

"大丈夫一言九鼎，驷马难追！"戴维舌头有点打结，态度却毫不含糊。

"老戴，假如，我说是假如哦，假如东方梅真的和迈克组成了家庭，你怎么办？你想过没有？你还要去美国吗？"

夏倩倩这个假设真把戴维给难住了，他闷声不响一个劲儿喝酒。

"老戴，这是一个很现实的问题，你得好好考虑。"夏倩倩希望戴维把这个问题考虑清楚再做决定要不要去美国。

"如果我不去美国，我又怎么知道？我又怎么考虑？"戴维举起酒杯一口干了个干净，他恶狠狠的语气说："我和东方梅是有婚约在先。再说，东方梅——这仨字早就刻在俺这儿了！"他手指往心口一戳颇为激动地问夏倩倩，"你觉得我能忘记她吗？我去美国，我是豁出去了！"

"哈，这么说你只能上美国抢媳妇去啦！"夏倩倩夹枪带炮嘲讽戴维。

"俺就跑美国去抢媳妇儿！怎么啦？不行吗？"戴维一脸痞笑，手里转动着酒杯。

"你这话说得好像不对哦！老戴，她本来就是你的媳妇儿嘛，怎么就变成抢了呢？俺得罚你一杯！"夏倩倩醉眼蒙眬指着戴维说，她的舌头全卷了，忘了这个"抢"字是她先说出来的，她醉了。

"这话好像不是我先说的，嘻嘻。"戴维这会儿倒是清醒了。

"就是你！大大的狡猾！服务生，给我们再来一瓶五粮液！"夏倩倩冲着门外喊了一声，戴维紧跟着夏倩倩大声说：

"服务生，给我们再拿一瓶 40%vol XO 人头马！"

…………

那晚，戴维和夏倩倩醉得一塌糊涂。

第二天醒来，戴维很意外地在邮箱里收到迈克的一封邮件。邮件的内容写得很长，戴维一口气读完了这封长长的书信，干枯的心田宛如获得一场畅快淋漓的甘霖。

Dear 戴维：

你好！我是迈克，经过深思熟虑，我决定给你写这封长信。首先，我为去年在维多利亚酒吧发生的那个事情表示诚恳的歉意。

也许，那是一个误会，请原谅我的莽撞和冲动。诚然，倘若那样的场景再现，我肯定还会犯同样的错误，请你原谅。

戴维，你和东方梅究竟发生了什么？这是你们秘密，我无法得知。我写这封信就是想告诉你一些重要的事情。在你离开美国后，发生在梅身上的一些事情以及她所遭受的磨难。

你离开美国后，梅意外地发现她怀上了你们的孩子，她陷入了深深的自责，甚至痛不欲生。她不想要那个孩子，她用各种愚蠢的办法来折磨自己，将自己置于种种不可理喻的惩罚和危险当中。

感谢上帝！如果没有索菲亚寸步不离地守护和照顾，我无法想象梅会发生什么样的事情，她的精神一度接近崩溃，我和索菲亚始终无法理解，是什么原因令她如此伤心欲绝？她为何要如此冷漠对待那个在腹中健康成长的小生命？除了安慰她、阻止她这个愚蠢的做法，我们几乎爱莫能助。

要不是上帝的仁慈，要不是上帝的看顾，我和索菲亚所做的一切努力都将付之东流。

感谢仁慈的上帝！阿门！

梅承受了常人不可理解的压力，吃尽了初为人之母的种种苦头。在今年初夏，她顺利地诞下了你俩的孩子：东方茉莉·戴。

正如她漂亮的名字一样，东方茉莉·戴是一个十分漂亮、十分可爱的小天使，所有见过小茉莉的人都对这个漂亮小婴儿赞不绝口、疼爱有加，我和索菲亚、西蒙尤甚。

非常抱歉，我们做得不够好，由于缺乏照顾产妇的经验，梅在产褥期间不幸罹患产后抑郁症。你知道，她从前是多么开朗的人啊！忽然变成了另外一个人。她整日郁郁寡欢，独自坐在屋子里伤心落泪，不愿意出门也不喜欢和别人交流，对索菲亚也变得冷漠。她的食量少得可怜，睡眠十分糟糕，她越来越消瘦，瘦骨嶙峋，弱不禁风。她一味地沉浸在自己的世界里，最后，连可怜的小茉莉也无力去照顾。

为了给梅做治疗，不得不停止小茉莉的母乳喂养。可怜的小茉莉因为改变饮食（牛乳）哭得凄风惨雨。好在，经过一段时间的药物治疗和调理，梅的状态得到了一些改善，但她的状况依然不太好。医生建议说让患者离开熟悉的地方，外出去做一次轻松愉快的旅游，有利于康复。于是，我和索菲亚商量，也得到了西蒙的支持，我们决定让梅和小茉莉跟随我一起南下，到我爷爷的农庄生活一段时间。

我们在仲夏之际离开了 S 州，索菲亚陪同梅母女俩一起南下，我们四人一起来到了爷爷的农庄。幸运的是：我发小的媳妇儿辛获凑巧也带着她刚出生三个月的小婴儿来爷爷农庄度假。真是巧极了！（这应该是上帝仁慈的安排，感谢上帝！）辛获是一个非常有经验、有爱心的年轻母亲，在照顾婴儿方面是一等一的好手。小茉莉得到辛获无微不至的照顾，她和小琳达（辛获的女儿）一同分享辛获的奶水，两个小天使非常健康、非常快乐、非常可爱。

亲爱的戴维，请你想象一下：两个不同肤色的小婴儿并排睡在一起，宛如一对有趣的小姐妹。

大自然的魅力无与伦比，梅到达爷爷的农庄后，获得了良好的睡眠。她的状态变得越来越好，气色和精神开始恢复到从前，她越来越喜欢户外活动。每一个早晨和黄昏，她都喜欢在小森林边上散步。

随着梅身体的渐渐康复，敏蒂和斯汤特前来约我们一起去钓鱼、烧烤、露营——在这里，请允许我向你介绍一下敏蒂和斯汤特兄妹，他们是另外一个农庄的小主人，兄妹俩是我亲密的发小。他们家的人从前喜欢养马、骑马，和玛格丽特《飘》里所描述的养马人家一样，圈养宝马是他们家里的一大特色。当然，现在农庄养马的情况和从前大有不同了。

骑马狩猎是一件非常愉快的事情，我很惊讶东方梅的马术如此漂亮、娴熟。我保证，当你看见她骑在马背上那种英姿飒爽的模样，你一定会为造物主的恩典深深动容。

再次感谢万能的上帝！阿门！

戴维，请允许我向你介绍一下爷爷的农庄。我爷爷的农庄一直以广泛种植棉花为主，就像玛格丽特小说《飘》里所描述的一样。棉花一直是我们这个地区的心脏，棉花的种植和收割代表着这个地区心脏的舒张和收缩，也代表着一种亘古不变的生命力。我们的祖先在此劳作，我们新一辈也在此劳作。用中文的一句成语来表述最贴切不过——"生生不息"。

我带着梅走遍了家族的山水和森林，告诉她，我对未来农庄的种种设想和规划。因为梅喜欢各种颜色的薰衣草，喜欢薰衣草精油的香味，我决定开辟新的领地来广泛种植各种颜色的薰衣草。当然，包括计划来年建造一个小型的薰衣草精油加工厂……总之，梅喜欢的事情都是我未来事业的动力。可是，这一切非我所愿，这也是我无法回避的现实。

戴维，面对你，我毫不隐瞒，我不知道你和梅之间发生了什么。也许，你也知道我对梅自始至终怀有爱情。除此之外，我与梅——我们之间一直保留着一份"过了命的情缘"。

非常遗憾，我对她的爱情完全是一厢情愿。从开始到现在，我也曾为此而伤心绝望。然而，让我感到安慰的是，我与梅存有一份"过了命的情缘"。我们之间这份特殊的情缘不会因为时空的更迭而改变，也不会因为时间的流逝而淡忘。我很庆幸，我的脉管里流动着她的血液，我的生命已经拥有了她的陪伴。请原谅我这么说。

坦白地说，我很爱她，为她付出一切、甚至是我的生命，我也在所不惜。可是，换一句话来说，她不需要我的爱情，我的爱没有让她感到轻松和愉快，没有感到幸福。相反，我的爱让她陷入深深的自责和痛苦当中。目睹心爱之人如此苦楚，对我来说，是一种难以忍受的折磨，是一种深深的自责。

戴维，梅还在深深地爱着你，单凭男人最愚钝的第六感觉，我都能深切地感觉到这一点。日前，梅已经恢复了健康，她很快就要离开阿尔斯泰农庄，带着小茉莉重返 S 州立大学工作。

信写到这里，戴维，你应该明白我写这封信的含义了吧？戴维，如果你是一个真正的男人，如果你还是梅的丈夫、小茉莉的父亲，那么，我希望你把属于丈夫和父亲的责任担当起来。

期待你的消息。谢谢！

迈克 2009 年秋于阿尔斯泰农庄

迈克的来信令戴维心潮澎湃……

他想立即给迈克回信，可是，由于他太过于兴奋和激动，并且，他胸中积蓄了千言万语，这一刻，却不知道该从何处下笔了。恰好在这个时候，高小燕给他打来了电话，高小燕在电话里说，师姐让他赶紧去实验室一趟。

戴维电脑未关便急匆匆奔实验室去了。

原来，师姐的电脑又死机了。戴维帮她重新安装电脑系统，他一个人捣鼓了大半天才把师姐的那电脑弄好。后来，师姐又安排他去提了几个质粒。

中午，戴维回宿舍小寐了一下。

他做了一个非常美好的白日梦。他梦见，他漂洋过海来到了风光秀丽的阿尔斯泰农庄，梦见农庄那些从未谋面的、满怀爱心的人们：迈克的奶奶、辛获和那个小婴儿、敏蒂和斯汤特兄妹……梦中，他忽然身处一望无际棉田的中央；他眺望远处的山脚下，那儿盛开着五颜六色的薰衣草……

他渴望的目光在焦灼地寻找那个心爱的、熟悉的身影，他日夜思念的爱人——东方梅。

他四处寻找，都见不到她的影踪，他着急极了，有人告诉他——他的爱人带着孩子刚刚出去散步。于是，他就在偌大的一个农庄里到处寻找：他急匆匆地穿过一片小森林，一口气奔上一个小山坡，时而急走在一条浓郁小道上，时而奔跑在被芦苇包围的湖泊边……他唯恐错过每一个爱人可能出现的地方。

眼看天色渐晚，他急得大声呼喊起他爱人的名字来……最后，戴维在撕心裂肺的呼唤声中醒了过来。

戴维坐在电脑前心潮澎湃，他给迈克回复了一封压缩了他千言万语的书信。

Dear 迈克：

你好！来信获悉。万分高兴、万分羞愧、万分感激。

回国后，我一直在寻找和等待梅的消息。过去的一年里，我的内心备受折磨和煎熬。的确，我与梅之间产生了深深的误会，我深知这误会给梅造成了难于言语的伤害，甚至伤透了她的心。可是，无论如何，迈克兄弟，请你相信，我一直坚守着我与梅的爱情。

迈克，你是我的好兄弟。谢谢你和索菲亚夫妇为梅及小茉莉所做的一切，你们的情意将让我永生铭记，感激不尽。

目前，我已完成博士学业，同时获得了美国和德国方面的一些工作邀请，尊敬的托马斯先生为我提供了 S 州立大学医学研究中心一个 postdoctoral research 的岗位，我已经接受了这份宝贵的工作邀请。如果一切顺利的话，我将在今年圣诞节前，或是更早一些时候到达 S 州。

Dear 迈克，麻烦你告知我关于梅返回 S 州的具体行程，我将在 S 州安置好我们的家，然后，亲自去机场迎接她们母女回家。

迈克，我的好兄弟，请允许我再次对你高尚无私的情意表示最诚挚和最深切的谢意。此外，还请你代我问好索菲亚和西蒙先生，问好你慈爱的奶奶，问好辛荻，问好阿尔斯泰农庄所有善良的人们。

愿上帝护佑和祝福你！

戴维 2009 年秋于北京

戴维把邮件寄出的第二天就收到了迈克的回信。

迈克这次回信的内容比第一封书信简单多了，字里行间流露一种忘我的喜悦和美好的情怀。戴维读着迈克的来信，不禁为之动容。

Dear 戴维：

你好！来信已阅，万分欣慰和高兴。一年来，梅虽然经历了许多痛苦，也付出许多。但是我相信：因为你的爱和坚守，她所有的付出都是值得的，她所有的痛苦即将成为过去。同时，我也相信：你是一个值得她和小茉莉信赖和托付的好丈夫、好父亲。

给你寄出第一封书信不久，我收到了索菲亚的一封邀请函，索菲亚给我们带来了特大的好消息：她就要当妈妈了！索菲亚和西蒙计划在圣诞前，为他们即将到来的小宝宝举办一个盛大的 Baby Shower，我和梅都收到了他们夫妇俩热情洋溢的 party 邀请。现在，梅的情况良好，她一天到晚笑逐颜开、神采飞扬，她满怀热情地为索菲亚的 Baby Shower 做准备，每天都忙于刺绣。哦，忘了告诉你，梅到农庄来向辛荻学会了刺绣，她的刺绣功夫很快就要赶上辛荻了。

索菲亚说要赶在圣诞节前举办 Baby Shower，愿万能的主祝福他们以及他们的孩子。戴维，如果你能赶上索菲亚的 Baby Shower，最好。到时，我会把梅母女搭乘航班的信息告知你。

戴，我们保持联系。同时，我希望我与你的联系暂时对梅保密，我想送给她一份"惊喜"。希望这份"惊喜"带给你们最诚挚、最美好的祝福，愿你们一家快乐、幸福。

谢谢你对我的信任，真诚地祝福你们。

迈克 2009 年秋于阿尔斯泰农庄

戴维喜滋滋地阅读完迈克这封承载着满满祝福的书信，立刻给迈克回了一封情真意切、言简意赅的书信。

Dear 迈克：

你好！一切照你所说。

谢谢你，谢谢你为我们所做的一切，我回到 S 州会在第一时间里和你取得联系。迈克，我的好兄弟，我最真诚的朋友，唯愿仁慈的上帝赐予你最美好的祝福和恩典。

深深地祝福你！

戴维 2009 年秋于北京

戴维轻轻一点鼠标，给迈克的书信寄了出去。此刻，他的内心被一种不可名状的幸福冲击着。

因为过于兴奋和幸福，他一连几夜未能睡个整觉。上苍对他不薄！虽然，他走了那么多弯路，吃了那么多苦头，但是，在命运的另一头，仍有美好的爱情和幸福善待着他。

他暗暗庆幸：这一路走来从未因为现实的残酷而放弃对真爱的追求，也没有被生活的种种表象所魅惑，他始终听从他内心的声音。

最终，戴维守得云开月朗、苦尽甘来。

十月中的一天。

东方梅在邮箱里收到三封邮件，第一封是卡翠娜从日本寄来的。第二封来自 S 州的佟小慧。最后一封是索菲亚 Baby Shower 的邀请函。东方梅阅读着这些来自远方的书信，脸上露出了甜美的笑容。

卡翠娜和小川一郎的爱情终于有了美满的结局。卡翠娜的爱心和孝心彻底征服了未来的日本婆婆，她和小川一郎的爱情获得整个小川家族的认可和祝福，他俩的婚礼在紧锣密鼓地进行。

东方梅读着卡翠娜欢天喜地的书信，想象着卡翠娜和小川一郎幸福的模样，内心无比感慨。

佟小慧的来信让东方梅欢欣鼓舞。佟小慧在信里说，裴金涛博士作为第一作者的文章获得在 *Nature* 杂志上发表。王子梁教授和老叶他们一群华裔科学家特地为裴博士举办了一场盛大的 party。

最后一封是索菲亚的书信，索菲亚捎来的好消息让东方梅喜极而泣。索菲亚怀孕已经三个多月，医生说她腹中的胎儿发育良好。索菲亚和西蒙做出一个重要的决定：他们将在天高气爽、枫叶撩人——北美最迷人的季节里，为小宝宝举办一个盛大的 party。

基于诸多令人开怀的好消息，东方梅决定近期就离开阿尔斯泰农庄，回到 S 州立大学去继续工作。随着离别日子的到来，东方梅对阿尔斯泰农庄每一个熟悉的景物、每一张亲切的面孔都充满了依依不舍之情。

十月十五日这天下午。

敏蒂独自一个人开着车子来访，她一反平日随意的牛仔、T恤和扎马尾的装扮。今日，她穿了一件时尚漂亮的宝蓝色无袖连衣裙，橘红色的束腰带在腹部的右前方打了个漂亮的蝴蝶结，一头长发烫成了微微卷曲大波浪，她看上去又漂亮又时髦。

敏蒂破例化了一个淡妆，浓密的眉毛被修成了一枚弯弯的柳叶眉，施了薄薄一层粉底的脸上打上了桃红色的胭脂，烟熏咖啡眼影恰到好处。她脚上穿着一双橘红色的细跟高跟鞋，身上散发着一种类似栀子花的清香。

敏蒂把车子开到阿尔斯泰祖屋的边上，她迈着轻快的步子走向阿尔斯泰祖屋的大门。远远看上去，她十分惊艳，宛如好莱坞一位专门饰演怀旧大片的女明星。

敏蒂是专程奔迈克而来的。

她在客厅里没有见到迈克，也没见到其他人，上楼直奔东方梅的卧室。经过一段时间的相处，她和东方梅的感情水乳交融、情如姐妹，彼此之间无话不说。

敏蒂亭亭玉立站在东方梅卧室的中央，向东方梅大大方方地展示自己前所未有的惊艳打扮。

"天啊！敏蒂，你太漂亮了！好莱坞的女明星全都给你比下去啦！"东方梅发自心底的赞叹，"俗话说，三分人才七分打扮。敏蒂小姐本就天生丽质，今儿一经装扮，我的眼睛都快被你亮瞎了！"

"我这条裙子真的合适吗？姐姐，我这个发型好不好看？"敏蒂被东方梅这么一夸，兴奋得脸都红了。

"十分惊艳！漂亮极了！"东方梅脱口而出。

得到东方梅如此高的评价，敏蒂心里的惶恐一扫而光，取而代之是一副阳光灿烂的好心情。

"敏蒂，你一定是来找迈克的吧？"东方梅笑眯眯地问。

"当然不是——"敏蒂脸色绯红，言不由衷，她说："姐姐，我可是来看你和小茉莉的。"

"真的吗？"东方梅故意逗她，"这话，我今天听起来怎么感觉有那么一点点儿别扭呢？"

"姐姐，你又笑我了！"

"小茉莉刚刚睡着，我在收拾东西。亲爱的敏蒂，你现在最应该做的就是去见见英俊潇洒的迈克先生。"东方梅俏皮地朝敏蒂眨眨眼睛，笑道："如果我没猜错的话，他现在就在森林的小木屋子里等着你呢！我亲爱的妹妹，快去那儿找他吧！ Good luck ！"

"哦，反正我现在也没事，你又嫌我烦，姐姐，那我只好去看看他好啦。"敏蒂背着双手扭捏着，娇羞的模样甚是可爱。

"去吧，去吧，我现在真的好烦你呢！"东方梅乐呵呵地把一身盛装的敏蒂往门外推。敏蒂神采飞扬地走下楼梯，东方梅笑吟吟地倚在楼梯的扶手上朝敏蒂挥手。

"姐姐，咱们一会儿见！"敏蒂说。

出了阿尔斯泰祖屋的大门，敏蒂高高兴兴地穿过棉田、穿过丛林、穿过小溪、直奔那间有她心爱之人的小木屋。一路上，她的心情欢快得就像一阵风，这个世界是多么美丽呀！阳光、树木、花草、飞鸟……敏蒂司空见惯的一切，瞬间，变得格外地生动和美好。

有一时刻，敏蒂觉得自己远离了现实，进入一个五彩斑斓的梦幻世界——关于爱情，关于幸福。从今以后，她不再去理会别人如何看待她、议论她，她要勇敢去追求属于自己的爱情，属于自己的幸福，她一刻也不想等待对方的主动，她已经下定决心要做一个勇敢的新女性。

她的梅姐姐曾经鼓励她说："都 21 世纪了，女性对爱情的想法怎么可能还停留在 19 世纪呢？爱情的主动权不应该只属于男性，追求爱情的幸福，女性同样拥有主动权。"

梅姐姐说得多好啊！敏蒂想：既然迈克不主动向我表白爱情，那么，我就得行使爱情的主动权啦。

得到东方梅的鼓励，敏蒂对迈克的爱情信心更足了。

哥哥斯汤特原先想和她一起来阿尔斯泰农庄，甚至可以和妹妹一起去找迈克的，他是一位好兄长，只要他亲爱的妹妹需要，他随时都可以出手相助。可是，爱情这个奇妙的东西又怎能让别人代劳呢？这个道理敏蒂是明白的，她拒绝了哥哥的好意。

敏蒂想："我可不能让斯汤特在场，如果迈克对我说了些什么不中听的话，我自然不想让斯汤特知道，我更不想看到他俩为我打架。"

敏蒂是一个聪明善良的女孩，内心很有主张，她幻想着与迈克即将见面的种种情形，她开心地抿嘴一笑，脚步轻快地向前跑去。爱情女神带着习习香风朝小木屋奔来，迈克却浑然不觉。

早餐过后，迈克借口说来小木屋看看有没有东方梅落下的东西。其实，这只是一个借口，迈克说不清楚为什么要独自到小屋子来？总之，他就想一个人安静地在小木屋待上一阵子。

他百无聊赖地在小木屋里这里走走、那儿看看，忽然发现沙发上丢有一本小说，小说的封面朝下，他好奇地拿起来看——是芭芭拉·凯的小说：Deep in the heart。

这是东方梅随身带来的，迈克随手把它装入一只纸袋里。

门铃响了。

迈克感到有点奇怪："这个时候会有谁来访呢？"他朝门的方向看了一眼，问："谁呀？门没锁，进来吧！"他说。

门"吱"地响了一声，敏蒂笑盈盈地走了进来。

"啊，是你？就你一个人？"见是敏蒂迈克有些震惊。他内心有一丝说不清道不明的烦恼和狂躁。对于敏蒂来说，迈克在她眼里却是另外一番情形：迈克表现出来的冷峻有一种不可言喻的美，仿佛有一种巨大的力量默默地发自他那俊美挺拔的躯体，这股力量刹那间震动了敏蒂，她随即为之神魂颠倒。

"是的，斯汤特不能来。"她撒了一个谎。若在平时，敏蒂兄妹俩总是形影不离的。

他沉默了。

敏蒂对他的情意他不是不明白。但是，他希望她最好不要那么直白和莽撞地说出来，也许，这样对他们来说会更好。他愿意和她一直保持着这类单纯的朋友关系，他认为，单纯的朋友关系更适合他们。

偏偏，敏蒂就那么勇敢地把自己的情感向迈克挑明。而且，不止一次。这让迈克十分尴尬，甚至有些恼火。

"坐吧。"他的语气有点生硬。

"好。"她微微一笑，不和他计较。

在沉寂的气氛中，他俩双双落座，立刻，一种莫名的紧张气氛在彼此之间弥散开来。

小木屋的温度是令人舒适的，屋里的采光相当充足，环境十分安宁。以前，敏蒂来过这间屋子，对小木屋的环境非常熟悉。今天，她发现小木屋多了一样小景物：窗边挂着一盆精致的吊兰，吊兰开着紫色的花。

这盆精致漂亮的小景物是东方梅母女到来后新添上去的，于是，敏蒂主动打破了沉默。

"多美的吊兰啊！"她说。

"是吗？你是否认为我已经忘记我说过的话了呢？"他的语气冷冰冰的，一点面子都不给。

敏蒂感到一阵小眩晕，内心很受打击。

迈克说这句话是有来头的，她当然记得，不久前的一日，迈克毫不留情地拒绝了她的爱情。那天，他是多么的绝情呢！一点都不像她所认识的迈克。

"事情总不会是那么绝对的，对吧？难道不是这样吗？"敏蒂昏昏沉沉，她强打起精神，很倔强地问："难道，你一点都不被我的热情打动吗？"

她说的是热情不是爱情。

屋里一片寂静。

"不。"他说："不是那个问题。如果我们真的相互了解对方的话，你就不会那么说了。当然，我知道你是下了决心，可是，这有什么用呢？勇敢？错！最终还是徒劳而归，你又何必呢？"

迈克的话说得很决然，语调中流露一种对敏蒂的不信任甚至是气恼。敏蒂听出来了，她的心忽然缩紧了，一时无法开口说话。

见她沉默，他开始洋洋自得起来。

他继续说一些在敏蒂听起来是多么冷酷无情的话啊！有一刻钟，迈克似乎完全忘记了对方的存在。最后，他说："从今以后，我无法给予谁爱，我也不需要爱。"

他说的是"谁"而不是指"她"，他竟然把她当成了谁。敏蒂自然是很生气，很生气啦！但她克制住了糟糕的情绪。她好声好气地问："那么说，您的意思是您一点都不会爱我的啰？我一点都不值得您去爱啰？"她对他使用了一个从来没有使用过的"您"字。

"是的。如果你一定要这么理解的话。不管怎样，没有，我并不需要这个——爱！可是……鬼知道呢！也许，它最终还是会出现的。"

他语无伦次，由于思虑太深的缘故，他说着说着，有些恼怒的样子。明明是在对敏蒂说话，心里却无时无刻不记挂着东方梅母女。他那个所谓的大爱不等于爱情，他对敏蒂属于是大爱的一部分，根本就不是爱情。他本来想对敏蒂表达这个意思，却偏偏说了许多莫名其妙的话，真是让人听不明白。

其实，迈克的心里很乱。他根本就不知道自己究竟要对敏蒂说些什么才好？总之，他见到敏蒂就心烦得很。

他不想见她，而她，偏偏就想见他。

身陷爱情当中的敏蒂完全误解了迈克所要表达的真意，她热切的眼神望向他紧追不舍地问："那么说，您最终还是需要爱情的，我这样理解不对吗？"

他的目光瞟了她一眼，冷酷地笑，一声不吭，根本不打算回答她的问题。瞬间，敏蒂感觉到嘴唇都在发木。

"难道，这就是一个现代女性主动追求爱情所应得的结果吗？"敏蒂很悲哀蒂想，她感觉自己很悲摧、很无耻。可是，她还得暗暗地给自己打气："你认为我悲催就悲催吧！无耻就无耻吧！迈克，任你怎么看待我，天！谁让我那么爱你呢？"转而，她又想："他到底是怎样的一个人？我又是怎样的一个人？难道我真的就不配得到他的爱情吗？"

他俩的心思南辕北辙，各自沉迷在自己的世界里。他们的对话在旁人听来真是牛头不对马嘴。

"是的，当一个人最终决定要孤身一人。那时候，就可能会出现一个超越自我的我。这个我，可以超越任何的爱、任何的情感。其实，这世界还有一种比爱情更深远的东西，它的存在完全超越了人们的视野，就像有些超越了人们视野的星星一样。如果，我和你在一起不过如此。"他说。

"他这话是什么意思？我是完全听不明白了！他当我不存在吗？好像他表达的又不完全是这个意思，唉。"

敏蒂彻底听不明白迈克的话。

他就像一个高深的哲人，他思想所抵达的那个高度和深度，她永远都无法抵达。她忽然明白为什么东方梅能如此深得迈克的心。因为，他们才是属于同一类人。但是，事实摆在那里，东方梅是不会对迈克产生爱情的。这点，大家都看得十分清楚。

敏蒂睁着一双忧虑的大眼睛关切地去看迈克，后者却是一脸坦诚。

"他一定觉得自己胜利了！然而，我是多么喜欢他这种纯粹的表现呢！"敏蒂的内心涌起一种莫名的冲动，她觉得自己更爱迈克了。于是，她微笑着很温柔的语气问他：

"如果我——就是你所说的那些超越人们视野星星中的一颗。那么，你会怎么看待我呢？你会接受我吗？"

敏蒂说这话的时候，忽然觉得自己很懂哲学，她为此感到十分骄傲。她的话好像起作用了，迈克定定看着她，语气十分冷酷。他说："傻丫头，你根本就不明白！"

这话听起来和"白痴"没什么差别，敏蒂给迈克惹恼了，她也学会了冷嘲热讽："先生，你太傲慢了！迈克先生，从某个层面上来说，你同样不明白我，我们作为女人的一番情意。我们的思想、我们的观念、我们的价值观，甚至，你根本就不懂我们对您的看法。"

敏蒂原想说"我"字，临了却把"我"改成了"我们"。她真是一个冰雪聪明的女孩，她要让他知道：她也是很有思想、很有自尊心的。但是，她立即又很自卑地想：在爱情面前，她的自尊心一文不值。

敏蒂一番颇为掷地有声的话，立即让迈克意识到自己可能伤害到对方的自尊心了。于是，他的态度和语气都有所变化，他很谦恭地向她表示歉意。

"对不起，敏蒂，我向你表示真诚的歉意。"他说。

"嗬，居然如此高贵的您都肯向我道歉了！那我就原谅您了吧！"敏蒂摆出一副女汉子的大度。

她心里高兴极了！

迈克开始向她低头了，这是平生的第一次！既然有了第一次，就可能有第二次、第三次……谁知道呢？敏蒂似乎看见爱神站在不远处向她微笑。敏蒂心里高兴得很，大胆地去拉迈克的手，央求他道："我们和好吧！迈克？求你了！"

迈克很无奈地看了她一眼，也不说话，眼睛却流露出从未有过的温柔。他俩沉默了，多么温馨的沉默呐，屋子很安静，他们也很安静，安静得连对方的心跳都能听得真真切切。

"敏蒂，对不起，你不懂我。真的，你不懂。"迈克的态度十分诚恳，把手收了回来，他的意思很明显，他和敏蒂不会产生爱情。

"我怎么就不懂你啦？说说看。"她很勇敢地看着他的眼睛，几分命令的语气。他默然一笑，说："我不敢想象也不能保证，如果有一天，梅遇上了困难我不在她的身边……我这么说你该明白了吧？"

"哈，先生，你也太小看人了啦！"她的眼睛睁得老大，反问道："你怎么知道如果是那样的话，我不会和你一起站在梅姐姐的身边？"她满脸豪气，一副女汉子的做派。

"算啦，敏蒂，你完全听不明白我的意思。"他耸耸肩，一副不胜烦恼的样子。

"我懂，非常懂。"敏蒂很倔强地说。她兴奋得像个孩子，兴高采烈地问："难道，你没有发现我今天和以往不同了吗？"

"有什么不同？"他哈哈一笑，说："马尾不见了，T恤换成了连衣裙，仅此而已。呃，敏蒂，还别说，你穿裙子比穿T恤好看。"

"何止是好看？梅姐姐都说我长得像好莱坞女星呢！"她大声地纠正他说的话。

"哦，是吗？她真是这么说了吗？好吧，就算你是一位大明星吧！"他很开心地说。

"我走啦，明天，梅姐姐和小茉莉就要离开农庄了，我去看看她们还有什么需要我帮忙的。"

不等他回应，她抬起脚朝门口走去。

她将要跨出门槛的刹那，忽然又回过头来，俏皮地对他说："我知道，你明天要去送小茉莉，记住，我会在这儿一直等着你回来的。"

他听了耸耸肩，笑。

八十

东方梅要离开阿尔斯泰农庄了。

在这段不寻常的岁月里，东方梅和迈克的家人建立了亲人般的深情厚谊，丽莎奶奶舍不得东方梅更舍不得小茉莉。离开阿尔斯泰农庄的那个早上，小茉莉吃过早餐又睡着了。奶奶看着熟睡中的小茉莉，忍不住去抚摸她嫩嫩的小脸蛋、胖嘟嘟的小胳膊、小手。奶奶叮嘱东方梅说："等小茉莉长大了，记得带她一起回来探望阿尔斯泰农庄。"

"奶奶，等小茉莉长大了，我一定带她回来探望阿尔斯泰农庄，探望奶奶和大家。"

东方梅被一群爱心满满的人们包围着，她热泪盈眶。

"上车吧，小茉莉要和大家说再见了。"迈克从东方梅怀里抱过熟睡的小茉莉，把小茉莉轻轻地放入后车座的婴儿篮里。

"再见！奶奶！再见！琼斯大妈，再见！伍迪大叔，再见！卡罗、敏蒂、斯汤特……再见，阿尔斯泰农庄！"

东方梅和奶奶、琼斯大妈、敏蒂一一拥抱，和众人挥手作别。

迈克开着车子载着东方梅母女，缓缓地驶向那条通往外面的浓荫小道。东方梅摇下车窗频频回望，以迈克奶奶为中心的一群人，站在阿尔斯泰祖屋的大门前，宛如每一次迎接东方梅的到来。他们是东方梅在这一片热土上没有血缘的亲人。

车子往亚特兰大方向飞奔。

一路南下，窗外的景色纷纷往后逃窜。车上播放着一首轻音乐，隐隐约约，旋律十分耳熟，东方梅一时想不起这首乐曲的名字来。大多数时间里，他俩都很沉默，隐约的旋律在流动的时光里，给人一种很不真实的感觉。

"梅，你闭上眼睛休息一会儿吧？还有很长的一段路途，要不要我把音乐关了？"迈克打破了沉默。

她的脸色略为苍白，眼睛周围有一圈暗色的晕。迈克心想：东方梅昨夜一定是没有睡好。

"不用，谢谢。"她莞尔一笑。轻声问："这首歌叫什么名字？听起来怎么那么耳熟？"

"*When You Say Nothing At All*——罗南·基汀的名作。"他很轻的声音回答。

"*Notting Hill* 的主题曲！"她立即想起来了，这是她当年最喜欢的一首曲子。

"我们都很喜欢这部电影和这首歌，不是吗？"他微微一笑，道出了她的心里话。

"是啊，那时候我们是多么的年轻啊！"她轻轻的一叹，说："没想到一晃就过去了那么多年。"

"好再，我们现在还算太老！"他深情地看了她一眼，把音量稍稍提高，她默不作声，随着袅袅歌声，两人同时沉浸在过去的回忆中。

当年，这首优美的旋律成就了罗南·基汀的盛名，也打动了无数年轻的心灵，包括东方梅和迈克。

在那个追梦的春春年华，俊美、帅气的迈克在很多场合演绎过罗南·基汀这首触动灵魂的歌曲。在东方梅的印象中，谦逊有礼的迈克和负有盛名的罗南·基汀在气质上颇有几分相似，他俩的微笑如出一辙，同样是青春、帅气、迷人。每当，迈克在舞台上演绎这首劲爆的歌曲时，台下观众 High 的场面绝不逊于罗南·基汀举办的个人演唱会。

在这么一个作别的时刻，东方梅听到这首熟悉的旋律，宛如与一位旧时的知己久别重逢。随着歌声的渐远，岁月带走了他们美好的青葱年华，给他们留下无数温馨的回忆。

"梅，我有一个很严肃的问题想问问你。"迈克的声音很轻。

"你说。"她微笑着。

"如果，我背着你去做了一件事，你会不会很生气？甚至，会不会不认我这个老朋友了？"

"怎么可能？迈克，你这个问题问得真是奇怪。"她笑了，调侃他道："难不成，你背着我去给小茉莉去洗礼了？"

"当然不是。"他欲言又止。

"Anyway，迈克，你为我所做的一切，我都会心怀感激。我怎么会怪你呢？还不认你这个朋友？永远都不会！"她的态度十分诚恳。

"anyway（无论如何）"这个英文单词包含了多少信任和宽容，东方梅的坦诚和信任令迈克十分感动，他轻轻地对东方梅说："谢谢你，梅。"

背着东方梅私下和戴维联系这件事，一直让迈克心里惶恐和不安。他担心东方梅知道后会不原谅他、从此不认他这个老朋友。现在好了，她的坦白和信任让迈克感到欣慰。同时，心里难免几分落寞。

迈克恍惚的情形让东方梅感到疑惑，她心里直嘀咕："他究竟为我做了一件什么样的事情？为什么不直接告诉我？"转而，她又想："既然对他说了'无论如何'，那就不该对他刨根问底了！"

他俩沉默着，车子犹如河流上的一叶飞舟。

亚特兰大这个古老的城市，正以最灿烂的阳光、最湛蓝的天空迎接他们三个人的到来。

飞机上，小茉莉醒了。

她睁着一双明亮的大眼睛、目光炯炯有神地看着眼前这新鲜的一切：那么多的人！那么多的新面孔！她又好奇又惊喜！一脸生动的表情，鼓着腮帮子发出"呜呜"的声音，她又激动又兴奋又开心，萌哒哒的可爱小样，吸引了邻座人们的目光，有人友善地去拉拉她的小手，有人啧啧地赞美她可爱、漂亮。

小茉莉新奇、兴奋了好一阵子，累了。小家伙安静地偎在迈克的怀里玩吐口水泡泡的小游戏，迈克时而给她揩口水，时而给她喂些水，时而在小茉莉耳边温言细语，两人俨然是一对亲昵的父女。后来，小茉莉在迈克的怀里安静地睡着了。邻座的大婶向迈克夸小茉莉说："先生，您的小女儿真可爱，长得像她妈妈一样漂亮。"大婶的声音极是轻柔，却被东方梅听到了，她听迈克很有礼貌地回应女士说："谢谢女士的夸奖，她确实是一位可爱的小天使。"

整个飞行途中，东方梅闭目养神。上飞机的时候，她的胃忽然有点不舒服，迈克以为她睡着了，便和空姐要了一条毛毯给她轻轻盖上。

飞机抵达 S 州上空的时候，机上播放着一首好听的歌子，小茉莉在迈克的臂弯里睁开了眼睛，她咧着小嘴笑了。

"梅，我们到了。"迈克轻柔地说，东方梅像是从梦境醒了过来，微笑着看了迈克一眼。

"小茉莉真乖，咱们准备下飞机啰！"迈克在小茉莉红彤彤的小脸蛋上轻轻地亲了一口。

…………

整个航班大楼流淌着一系列怀旧的经典歌曲。

忽明忽暗的过道，人来人往人群，熟悉的旋律缠绵、悠扬，刹那间，让人产生一种时空交错的魅惑，一切都是那么的熟悉，一切又将变得遥不可及。这熟悉的旋律仿佛在为迈克和东方梅的作别铺垫别样的记忆。

人流中的迈克和东方梅忍不住停下了脚步，他俩敛声屏气，倾听那些熟悉得不能再熟悉的歌子——从罗南·基汀的成名曲 *The Long Good Bye*（漫长的道别）到充满了人生哲理的 *Life Is Rollercoaster*（人生像过山车）到《人生不能重来》这一系列怀旧的歌曲和旋律，曾经陪伴着他们一起走过的青葱岁月，此情此刻，宛如昨日重现。

东方梅的心被深深地感动，她与迈克凝望的瞬间，眼睛被泪水打湿——今天，迈克的头发格外有型。昨天，他特意去理发店做了发型。崭新的白色衬衫搭配深蓝色的牛仔裤，脚上穿着一双深色的 Clarks 休闲皮鞋。他一米八几的高个子，显得身材特别挺拔、潇洒、帅气。

小茉莉被迈克暖暖地抱在怀里，就像一朵粉嫩的小花朵儿。

东方梅长发披肩，一袭白色飘逸的连衣裙、外搭一条紫色披巾，脚上一双乳白色的休闲小羊软皮鞋，走起路来又轻巧又惬意。

东方梅推着行李车与怀抱小茉莉的迈克并肩走在一起，他们仁宛如幸福的一家，路人纷纷向他们投去羡慕的目光。

…………

接机厅的出口近在眼前，远远望去——栏杆外面人头攒动，他们是前来迎接亲人或朋友的人群。

这一刻，迈克停下了脚步。

他满怀深情、依依不舍地在小茉莉的脸上亲了又亲，小茉莉似乎预感到了什么？她那双漂亮的婴儿眼紧紧地盯着迈克，两只漂亮的小手紧紧地拽住迈克的衣襟。

"梅，听我说，我们就此道别。请原谅，我买了下一班返回亚特兰大的班机。"迈克憋足了平生的勇气，他的眼睛湿润了，他温柔地看着她，语气温存无比，他说："梅，戴维就在前面的出口等着你们。"

迈克的声音很轻，却在东方梅心里激起了千层巨浪。

她木头一般愣愣地杵在原地，一副讶异的表情望着迈克，过了好一阵子，她才反应过来，问："迈克，原来，你为我做的——就是这件事情？"

东方梅如此震撼迈克始料不及，他既内疚又欣慰。内疚的是，他应该早些时候让她知道，不至于让她受到如此大的震撼；欣慰的是，她并没有表现出很生气的痕迹，她这个状态让他又怜惜又心疼。

"梅，听我说——"他刚开口想向她做解释却被播音里那位很温情的女声给打断了。

"亲爱的东方梅女士，敬请留意，您的丈夫戴维先生在出口处等候你们母女的到来。谢谢。"

播音员的声音温情、甜美，反复播送了好几遍，几乎响彻了整个航班大楼的上空。东方梅从懵懂的状态中清醒过来，往日的种种幸福和心酸一齐涌上她的心头……

"迈克，这就是你背着我为我做的那件事情？"她再一次追问，忽然泪流满面。

"对不起，梅。"迈克伸手去给东方梅揩去泪水。其实，他的心也在流泪……只是，他不想让她看见他在流泪。如果，他此刻让泪水流出来，那泪水一定也是为她祝福的。他不能忍受她伤心难过的样子，更不能忍受让她受到任何的委屈。他像哄孩子一般温柔地待她，给她揩去眼泪，微笑着说："梅，别哭。瞧，人家在看咱们呢！小茉莉也要笑话你啦！"

迈克把那个懵懂的小婴儿送到她母亲的怀里，哄她说："小茉莉乖，迈克舅舅累了，让妈妈抱抱。"

小婴儿被妈妈抱了过去，转过小脑袋来睁着圆圆的大眼睛去看迈克，瘪着小嘴，一副想哭的表情，见迈克和她妈妈说话，她不甘心地一次次向迈克伸出小手要他抱……最后，小茉莉感觉迈克舅舅这次真的不会抱她了，她满脸的无助和无奈，可怜兮兮地盯着迈克看，直看得迈克的泪水在眼眶里打转。

小茉莉自懂事以来，就像一粒小糯米早晚黏着迈克。有时候，她对迈克的依赖远远超过了母亲。迈克是小茉莉出生后接触到的第一个男性长辈，她从迈克身上获得父爱般的安全与温暖，她和迈克有着父女般的情缘。小茉莉离不开迈克，迈克对小茉莉更是依依不舍。

送君千里终有一别。

东方梅把小茉莉安置在行李车的婴儿座位上，迈克在小茉莉的脸蛋上亲了又亲。播音里忽然传来 Michael.learn 那首令人荡肠九曲、百度萦回的怀旧歌曲——*Take Me to Your Heart*。

东方梅与迈克四目相对，热泪盈眶，紧紧地拥抱在一起。

"迈克，这一路走来真的不容易，好在，风雨中有你。谢谢你，我亲爱的朋友。"

"忧伤的旋律阻挡不了生活的洪流。亲爱的梅，我衷心祝福你和小茉莉，还有戴维。愿万能的主与你们同在。"

"谢谢。"东方梅泪如雨下。

"别哭，别哭。梅，请你记住，无论你在什么地方，我对你的祝福一定是满满的。"

迈克和东方梅这对被索菲亚誉为"格利高里和奥黛丽·赫本第二"的异性好朋友，他们在 Michael Learns To Rock 浪漫的歌声中相遇、相知，他们相互扶持、共同走过了一段峥嵘的岁月。此刻，他们又在 Michael Learns To Rock 真挚而美好的旋律中作别。

"迈克，保重。"东方梅的声音哽咽。

"梅，你一定要幸福。"迈克泪水盈眶。

"再见！迈克！"她转身的刹那，有泪飘落。

"再见！梅！"他转身的刹那，笑着落泪。

Michael Learns To Rock 那首动人心魂的——*Take Me to Your Heart* 缠绵悠扬，宛如一只美丽的凤凰久久地盘旋在航班大楼的上空。

迈克和东方梅彼此转身朝着相反的方向走去。

…………

接近到达厅的出口——

东方梅远远看见人群中翘首以盼的戴维——他依然精神、帅气，他满脸焦急朝到达厅里张望。几乎是同一时刻，他看见了远远走来的东方梅母女，内心的喜悦瞬间变作阳光般灿烂的笑容，他灼热的目光宛如一道强烈而温暖的阳光，刹那间，融化了东方梅内心的冰雪。

"小茉莉，那是爸爸——！"东方梅停下脚步，俯下身子指着远处的戴维轻声对小茉莉说。

戴维迫不及待地从人群中走了出来，他大步流星地朝着东方梅母女俩奔了过来——

小茉莉与父亲从未谋面。

这一刻，她竟仰起那张甜美的小脸蛋，朝向奔跑而来的戴维，露出向日葵一般灿烂的笑容。

完

后　记

　　当第一眼看见"她（东方梅）"的时候，我脑幕清晰地闪现出梭罗在《瓦尔登湖》里写下的一句话——"一亿人当中，才能有一个人生活得诗意而神圣。"直觉告诉我：她，就是那一亿人当中，唯一能够得上过诗意而神圣生活的幸运儿。

　　她，从古老而神秘的东方走来——高贵、典雅、美丽、智慧。如此高贵、美丽、健康、智慧、完美的一介东方美人，单纯用人类现有的文字来描摹，无论如何都无法做到尽善尽美。

　　在创作《此情永驻》这部小说的过程中，我遇到许多有趣的人和事，旅居美国的一段时光，留给我太多奢华和美好的记忆。迥异的风物、人情和习俗，不同肤色的男女老幼，其中的友情、亲情和爱情，无一不令人回味……时光匆匆，恍然如梦。

　　当一切已经逝去，我们再也回不到过去的美好时光，再也找不回那种朋友初见春风拂面、摄人心魂的美妙感觉——好在，还有文字。唯有文字能让我们在这片刻飞逝的时光中变得不朽。

　　有朋友在阅读我部分小说的初稿时，笑称：你小说当中的某某很像咱们当中的某某，你写的那些生活、那些故事和场景仿佛就是我们的昨天。也有朋友说，看了这部小说，让他（她）想到了玛格丽特的《飘》……诸如这些，对我而言实在是一种鼓励，一种在我疲惫的写作旅途中所馈赠的一抹清凉。

　　《此情永驻》从开始创作到定稿用了将近十年时间，在这个漫长而有趣的创作过程中，我的精神和生活获得了种种意想不到的历练，同时，心灵也获得成长。譬如，当你描写到某个快乐的情节时，你的现实生活却充满了忧伤甚至悲恸；当你欢喜万分时，你的小说却进入了深秋扫落叶般的残酷……又譬如，当你文思泉涌之时，你的身体却正遭遇着不堪的病痛；你从黄昏执笔到第二天的黎明，看到了一丝天亮，而你的心脏却已经不堪重负……作家要处理的不仅是创作中的矛盾，更要学会与现实生活妥协，与各种困难和睦相处。

有一种树，到现在我都叫不出它的名字，它的一生似乎每时每刻都在不断地蜕皮，每蜕一次皮，它都展现出新的活力。站在这棵特别神奇的树面前，我特别能体会它获得新生般的喜悦——那是一种只可意会不可言传的喜悦。

我非常幸运，得以生活在一群善良而又有思想的朋友当中，他们是我强大的社会支持系统，是我永不可摧毁的精神力量，他们始终陪伴着我走过这部长篇小说的春夏秋冬。在此，我对所有爱我、支持我以及我所爱的朋友们表示最衷心的感谢。

同时，特别鸣谢著名的华裔学者、美国 MD·安德森肿瘤中心病理学、肿瘤学双科教授谈东风先生，感谢他亲自为《此情永驻》题写书名。特别鸣谢 87 版《红楼梦》袭人扮演者、中国著名的电影表演艺术家袁玫女士。

我始终认为：人类得以不断向文明迈进全赖于那些富于梦想的美好心灵。

梅　青

2020 年 9 月 3 日